AF202385

GRIT POPPE, geboren 1964 in Boltenhagen, studierte am Literaturinstitut in Leipzig und arbeitet als freiberufliche Autorin. Ihr Jugendroman *Weggesperrt* wurde mehrfach ausgezeichnet, unter anderem mit dem Gustav-Heinemann-Friedenspreis für Kinder- und Jugendbücher. Für den Jugendroman *Verraten* erhielt sie den Deutsch-Französischen Jugendliteraturpreis. Sie lebt in Potsdam.

Von Grit Poppe ist in unserem Haus erschienen:
Rabenkinder

Zusammen mit Niklas Poppe:
Die Weggesperrten. Umerziehung in der DDR - Schicksale von Kindern und Jugendlichen

GRIT POPPE

MAUER DES SCHWEIGENS

DIE AKTE LEIPZIG

Kriminalroman

Ullstein

Besuchen Sie uns im Internet:

www.ullstein.de

Wir verpflichten uns zu Nachhaltigkeit
- Papiere aus nachhaltiger Waldwirtschaft und anderen kontrollierten Quellen
- ullstein.de/nachhaltigkeit

MIX
Papier
FSC FSC® C021394

Originalausgabe im Ullstein Taschenbuch

1. Auflage Januar 2025

© Ullstein Buchverlage GmbH, Berlin 2025

Wir behalten uns die Nutzung unserer Inhalte für Text und Data Mining
im Sinne von § 44b UrhG ausdrücklich vor.

Umschlaggestaltung: bürosüd° GmbH, München

Titelabbildung: © www.buerosued.de (Landschaft), Personen:

Arcangel Images / © Evgeniia Tankova

Gesetzt aus der Quadraat powered by *pepyrus*

Druck und Bindearbeiten: ScandBook, Litauen

ISBN 978-3-548-06913-5

TEIL EINS

1

Die Kreide rieselte in feinem Staub auf ihre frisch geputzten Schuhe, während Ina Reinhardt die Sechser-Malfolge für die dritte Klasse an die Tafel schrieb. Sie hörte hinter sich das Rascheln von Papier, das Flüstern eines Kindes, dann war es still.

Die Lehrerin drehte sich um und lächelte. Sie hatte sich ein bestimmtes Lächeln angewöhnt, um den Schülern zu begegnen. Ein sehr schmales, dünnes Lächeln, brüchig wie Eis. *Komm zu mir, wenn du magst, aber komm mir nicht zu nahe,* hieß es. Nicht, dass sie sich vor den Kindern fürchtete. Es ging um den Respekt, den sie sich täglich neu verschaffen musste. Gerade in diesen Zeiten des Umbruchs und der allgemeinen Verunsicherung, der – wie sie es empfand – Unordnung und des Chaos.

Sie wusste nicht, was die Zukunft bringen und ob sie ihren Job behalten würde. Es sah nicht danach aus. Der neue Direktor, der stets glatt rasiert in die Schule kam, hatte ihr und ihren Kolleginnen und Kollegen »mit großem Bedauern« eröffnet, dass bis zum Ende des Jahres 1991 Entlassungen erfolgen würden. Nicht nur in dieser Polytechnischen Oberschule, in ganz Leipzig. Die Zahl 7.000 fiel. 7.000 Lehrerinnen und Lehrer allein in Leipzig. Aber es werde »Einzelfallprüfungen« geben, und er persönlich würde sich selbstverständlich für den Erhalt jeder einzelnen Arbeitsstelle einsetzen.

Ina Reinhardt gab nichts auf diese vollmundigen Versprechungen. Der neue Direktor kannte sie ja kaum richtig. Und in ihrer Kaderakte stand, dass sie nach einem entsprechenden Studium als Freundschaftspionierleiterin eingestellt worden war. Auch wenn sie von Beginn an lieber in der Unterstufe unterrichtete, hatte sie ihre politische Funktion erfüllt, gewissenhaft, für die SED, für den Staat DDR. Sie hätte sich nicht träumen lassen, dass ihr gerade das mal auf die Füße fallen würde.

Die Mädchen und Jungen schrieben die Aufgaben mechanisch in ihre Hefte. Sie konzentrierten sich auf die Tafel und schauten an der Lehrerin vorbei. Nur Elsa schrieb wieder einmal nicht. Sie hockte teilnahmslos auf ihrem Platz in der mittleren Reihe und starrte sie an.

»Elsa, hast du eine Frage?« Die Lehrerin veränderte ihren Gesichtsausdruck nicht; sie wollte weder freundlicher zu Elsa sein als zu den anderen Kindern noch unfreundlicher.

Elsa schüttelte den Kopf.

»Warum schreibst du dann nicht?«

Das Kind zuckte mit den Schultern und murmelte etwas. Die Lehrerin verstand nur das Wort »vergessen«.

»Hast du deinen Füller vergessen?« Sie wischte sich mit der Kreide in der Hand eine Strähne aus dem Gesicht. Die Kreide legte sie selten beiseite. Der Staub auf ihrer Haut beruhigte sie: Sie war die Lehrerin, sie gehörte hierher. Die Schülerinnen und Schüler hatten ihren Anweisungen zu folgen, auch Elsa.

Das Mädchen schüttelte den Kopf.

»Hast du dein Heft vergessen?« Ihre Stimme blieb ruhig. Die Kinder schrieben. Nur zwei oder drei von ihnen hoben die Köpfe und blickten neugierig zu ihrer Mitschülerin.

»Nicht das Heft«, antwortete das Kind leise.

»So. Also nicht das Heft. Was dann?«

Elsa schwieg. Sie zog ihre Unterlippe zwischen die Zähne.

»Was *dann*?«

»Meinen Schulranzen.«

Die Lehrerin schluckte. Elsa vergaß oft etwas. Mal die Federtasche, mal ein Buch. Die Hausaufgaben sowieso. Aber ohne Schulranzen in die Schule zu gehen, dazu gehörte schon einiges an Kopflosigkeit. Es lag bei diesem Kind jedoch nicht an mangelnder Intelligenz, das wusste Ina. Sie war ein durchschnittlich begabtes Mädchen; es schien allerdings so, als lebte sie in ihrer eigenen Welt, als sei sie eines dieser Kinder, die sich verträumt und unaufmerksam treiben ließen; die am Nachmittag nicht mehr wussten, wo sie am Morgen ihr Fahrrad abgestellt hatten.

»Dann komm bitte nach vorn, und löse die Aufgaben an der Tafel.« Ihre Stimme klang jetzt streng, fremd, verärgert; das Lächeln verrutschte seltsam. Sie nahm sich vor, in der Pause mit dem Kind zu reden.

Sie wollte es nicht vor der Klasse demütigen. Sie wollte es *auf keinen Fall* demütigen. Ina musste auf der Hut sein; auf der Hut vor den Fallen ihres Berufes. Es gab viele Fallen und viele Fallensteller. Die Kollegen, die Kinder, der Direktor, die Eltern …

Immer häufiger und ungenierter hörte sie ihren Spitznamen, den ihr die älteren Schüler gaben. Vor ein paar Tagen verbot sie einem Jungen das Rauchen auf dem Schulhof; er schnipste die Kippe in hohem Bogen durch die Luft, so dicht an ihr vorbei, dass der Rauch ihr in die Nase stieg. Sie trat die Glut aus, eher instinktiv als absichtlich, und der Junge murmelte etwas. Sie tat, als hätte sie ihn nicht verstanden, und drehte ihm den Rücken zu.

Er sagte es noch einmal, leise, gehässig: »*Narbengesicht.*«

Sie ließ sich nicht provozieren, ging steif weiter. *Narbengesicht.* Dabei sah man ihre Narben kaum noch. Nur bei genauem Hinschauen erkannte man die auf der Wange und die winzige unter ihrem Kinn.

Seit der Wende wurden die Schüler aufsässiger, ließen sich von ihr, der ehemaligen Pionierleiterin, kaum noch etwas sagen, wehrten Ermahnungen mit höhnischem Gelächter ab. Aber natürlich gab es auch erfreuliche Tage, hilfsbereite Kollegen und nette Schüler.

Die Schule genoss einen verhältnismäßig guten Ruf: Sie lag verkehrsgünstig, bot ein vergleichsweise preiswertes Mittagessen, die Wände waren erst kürzlich in hellen grüngelben Farben gestrichen worden. Lehrer, Eltern und Schüler hatten bei der Umgestaltung der Schule mitgeholfen. Eine neue Zeit begann. Ernst Thälmann hatte ausgedient. Sie musste nicht mehr darauf achten, dass die immer gleich aussehenden Wandzeitungen über den Arbeiterführer gerade hingen, oder darauf, dass das Thälmann-Foto wieder mal staatsfeindlich verunstaltet wurde – ein durchaus beliebter Sport unter den Jugendlichen. Die Wandzeitungen waren abgeschafft worden, die sozialistischen Parolen waren verschwunden, als hätte es sie nie gegeben, der Fahnenappell fand nicht mehr statt, es gab keine Pioniere und FDJler mehr. Sie war jetzt nur noch eine ganz normale Lehrerin.

»Komm bitte an die Tafel, Kind. Worauf wartest du?«

Elsa erhob sich immerhin. »Ich kann nicht«, sagte sie.

Ina fühlte die Kreide in ihrer Hand schmierig werden. Sie hatte nicht wenig Lust, sie dem Kind an den Kopf zu werfen. Mit Kreide zu werfen war nicht unüblich gewesen. Die Schüler kannten das und lachten meist, wenn das Stück durch den Raum flog. Aber sie befand sich in der Zeit der Überprüfung. Sie durfte sich keinen Fauxpas mehr leisten. Mit 36 würde sie nicht so ohne Weiteres einen neuen Job bekommen, keinen, der ihr gefiel, jedenfalls.

»Jetzt komm her. Stell dich nicht so an«, sagte sie leise. »Hast du mich gehört?«

»Ja, Frau ...« Offenbar kam das Kind nicht auf ihren Namen. Es schob sich langsam an der Schulbank entlang.

Ina wandte sich der Tafel zu und schrieb die Zusatzaufgabe auf die olivgrüne Fläche. Unruhe breitete sich in der Klasse aus, jemand unterdrückte ein Kichern, und das Tuscheln hörte auch nicht auf, als sie sich wieder umdrehte.

Elsa stand dicht neben ihr und sah zu ihr hoch. In ihren kieselsteingrauen Augen lag ein Lauern. Sie hielt die Hand ausgestreckt, als erwarte sie Schläge mit einem Rohrstock. »Darf ich die Kreide bitte?«, fragte sie.

Die Lehrerin erschrak leicht vor den Worten und der fordernden Hand. »Natürlich«, sagte sie hastig. Das Gewisper und Geflüster in der Klasse hatte noch zugenommen, und schließlich, als sie ihre Kreide an das Kind weitergab, erkannte sie den Grund. Elsa trug weder Schuhe noch Strümpfe; sie stand barfuß vor ihr.

»Aber, Mädchen!«, entfuhr es ihr. Es war Ende März, manchmal herrschte noch Frost in der Nacht, und es war nicht besonders warm im Klassenzimmer. »Wo sind deine ...« Sie deutete stumm hinab, als wäre das Wort »Schuhe« angesichts der nackten Tatsachen etwas Unaussprechliches.

»Vergessen«, murmelte Elsa. Sie wandte sich der Tafel zu und begann zu schreiben.

Ina sagte nichts. Sie starrte auf die schmutzigen Zehen, auf die Hacken, die rot aussahen, wie wund gescheuert. Irgendetwas stimmte hier nicht. Sie musste auf der Hut sein. Sie durfte sich nicht nachsagen lassen, sie hätte die Zeichen übersehen.

Das Quietschen an der Tafel hörte auf. Es war merkwürdig still in der Klasse geworden. Trotzdem sammelte sie zwei Stifte ein, die im Weg lagen, und reichte sie dem pausbäckigen Jungen, dem sie gehörten. Alles war in Ordnung. Sie hatte alles im Griff. Für jedes Problem gab es eine Lösung. Auf beinahe jede Frage konnte auch eine Antwort gefunden werden.

Sie hob den Blick.

Elsa stand barfüßig und breitbeinig da, den Kopf erhoben, die Fäuste in die Hüften gestemmt. Die Kreide klemmte wie eine weiße Zigarre zwischen ihren Lippen. An der Tafel ballte sich der pure Unsinn. Elsa hatte hinter jede Aufgabe dieselbe Zahl geschrieben. Seltsame Zeichen und Fratzen leisteten der Zahl Gesellschaft.

Ina betrachtete das Bild nicht ohne Faszination: die Ziffer 666, unbeholfen gemalte Pentagramme, Grimassen mit langen Zähnen, mit Hörnern oder spitzen Ohren – so genau war es nicht zu erkennen – wirkten in diesem Zimmer so deplatziert, als hätte sich jemand auf dem Lehrertisch übergeben. Elsa schien unbeteiligt, ihre grauen Augen, ihr schmales, blasses Gesicht verriet weder Genugtuung noch Furcht. Sie stand einfach nur da.

Ina ging langsam auf Elsa zu, die jetzt nicht mehr so selbstsicher aussah, die ihre Arme hängen ließ und auf ihre nackten Füße starrte. Ina riss ihr das Stück Kreide aus dem Mund. »Wisch das ab«, sagte sie und drückte ihr einen Schwamm in die Hand.

Einen Moment betrachtete Elsa den Schwamm, als wüsste sie nicht, wozu der gut sein sollte.

Das ist ein Hilferuf, dachte Ina, während sie zusah, wie ihre Schülerin eine Fratze nach der anderen, eine Ziffer nach der anderen von der Tafel löschte.

Das Kind braucht Hilfe. *Deine* Hilfe.

»Na schön, pass auf«, sagte Ina nervös. »Du gehst jetzt zum Hausmeister und bittest ihn um ein Paar Schuhe, Turnschuhe oder ... Schau einfach, was er hat. Er kümmert sich um die Sachen, die liegen bleiben, verstehst du? Sag ihm, dass ich dich schicke … Und warte einfach da auf mich. Ich hole dich dort ab. Ist deine Mutter zu Hause?«

»Weiß nicht«, nuschelte Elsa. Sie kaute wieder auf ihrer Strähne.

Ina schaute auf die Armbanduhr. »Hast du alles verstanden?«

Elsa nickte, ohne sie anzusehen.

Ina dachte daran, dem Mädchen durch das dünne blonde Haar zu streichen, ein paar tröstende Worte zu sagen, aber sie ließ es. Niemanden bevorzugen. Die Zeichen erkennen. Auf schwierige Situationen reagieren. Das Problem lösen. Aber niemanden bevorzugen.

Elsa trug graue Turnschuhe, als sie über den Parkplatz vor dem Schulgelände liefen. Wie selbstverständlich gingen sie nebeneinanderher. Ein paar Erstklässler, die an der Bushaltestelle standen, winkten ihr zu, und sie winkte zurück. Sie fühlte sich gut in ihrer Haut. Sie wurde gebraucht, sie tat etwas. Vielleicht würde man sie doch nicht entlassen, wenn sie sich einbrachte, wenn sie ihre private Zeit opferte.

Zu Hause wartete niemand auf sie. Der Mann, den sie liebte, hatte sich vor Kurzem von ihr getrennt. Ohne Vorwarnung, von einem Tag auf den anderen. Er war verheiratet, Vater eines halbwüchsigen Sohnes, seine Frau erwartete das zweite Kind. Vielleicht war diese angeblich ungewollte Schwangerschaft der Grund für den Bruch. Sie wusste es nicht. Anfangs hatte sie versucht, es herauszubekommen, ihn eventuell umzustimmen. Dann rief sie ihn nicht mehr an. Aus, vorbei, tot. Sie fühlte sich manchmal leer, das schon. Ihre Haut fühlte sich leer an, ihr Herz, ihr Kopf. Aber sie gehörte jetzt wieder sich selbst. Niemandem sonst. Sie fühlte sich leicht, erleichtert. Keine heimlichen Treffen. Kein Hoffen, kein Warten auf einen Anruf, auf seine schnarrende Stimme am

Telefon. Seine Stimme schnarrte manchmal, wenn er getrunken hatte, wenn er sie wollte und nicht haben konnte. Sie musste keinen teuren Wein mehr kaufen. Sie kaufte jetzt Billigwein in Tetrapaks. Nicht weil es billiger war, sondern weil er es verabscheute, wenn sie solchen Fusel trank.

Narbengesicht. Manchmal begannen die Spuren in ihrem Gesicht zu jucken oder zu brennen. Wenn das Wetter umschwang oder der Vollmond sie nicht schlafen ließ.

Ihr Liebhaber hatte sie nie nach den Narben gefragt. Sie war darauf gefasst gewesen, sie malte sich das Gespräch aus: *»Ein Unfall, ja ...?«*

»Nein, kein Unfall. Oder doch ... Man könnte es so nennen ... Man könnte Unfall dazu sagen.« Aber er war zu taktvoll oder zu gleichgültig, um nachzuforschen.

Ihr Magen knurrte. Sie klimperte mit dem Schlüssel, als könne das eine Geräusch das andere vertreiben. Sie schloss den Wagen auf, einen gebrauchten Golf, den sie sich vor ein paar Monaten geleistet hatte, und nahm einen Apfel aus ihrer Handtasche.

Elsa öffnete die Tür mit einem kräftigen Ruck, sie schien es nicht gewöhnt, Autotüren zu öffnen. Sie setzte sich, ohne zu fragen, auf den Beifahrersitz und schaute sich neugierig um. Ihr Blick blieb an dem Apfel ihrer Lehrerin hängen.

»Möchtest du ein Stück? Ja, schon klar ...« Ina seufzte und kramte ein Klappmesser aus ihrer Tasche. »Wir teilen ihn, okay?« In ihrem Magen brodelte es, aber sie achtete nicht darauf.

»Darf ich?«, fragte Elsa. Sie hielt ihre Hand auf, wie im Unterricht, als sie die Kreide verlangte, und sah wartend zu ihr hoch.

Ina zögerte. Sie fühlte den Blick des Kindes wie eine Berührung. »Schnall dich erst an«, sagte sie.

Das Kind gehorchte. Es hantierte eine Weile mit dem Gurt herum, machte Ina mit einer Handbewegung klar, dass es sich nicht helfen lassen wollte. Die Lehrerin nickte dem Mädchen zu und schaltete das Radio ein. Ein Radiosprecher berichtete von der Situation in Ostdeutschland, der zunehmenden Arbeitslosigkeit und von Protesten vor der Treuhandanstalt in Berlin. Für den Sommer wurden drei bis vier Millionen Arbeitslose prognostiziert, und die SPD forderte von Bundeskanzler Helmut Kohl, dass er seinen Osterurlaub abbrechen solle. Kohl selbst sprach von »Übergangserscheinungen eines totalitären Regimes, das bankrottgegangen ist«. Ina seufzte. Wie lange würde dieser Übergang dauern, und wohin mochte er führen? Und was sollte es nützen, wenn der Bundeskanzler seinen Urlaub abbrach? In Sachsen gab es leider keine richtigen Osterferien, aber immerhin ein paar freie Tage. Was sollte sie bloß anstellen in dieser Zeit? Etwa Eier auspusten? Das miese Wetter lud noch nicht mal zu einem Spaziergang ein.

Die Stimme im Radio sprach jetzt von Verhaftungen: Hochrangige Stasi-Offiziere wurden festgenommen, weil sie die Rote Armee Fraktion militärisch ausgebildet und bei Terroranschlägen unterstützt haben sollten.

Sie dachte kurz über die Beschuldigung *Beihilfe zum Mord* nach, die der Reporter erwähnte, drehte an dem Knopf, bis Musik erklang, reichte dem Kind, das endlich angeschnallt war, Messer und Frucht und fuhr los.

Statt in zwei Hälften schnitt Elsa den Apfel sorgfältig in kleine Spalten und legte sie auf das Armaturenbrett.

Die Lehrerin nahm ein Stück und schob es sich in den Mund. Elsa schien mehr am Schneiden interessiert als am Essen. Vielleicht war es ja ein Fehler, einer möglicherweise gestörten Achtjährigen ein Messer zu überlassen? Ina dachte an die Zeichen, die das Kind an die Tafel gemalt hatte. Schaute sie nur schlechte Filme?

Elsa bot ihr ein aufgespießtes Obststück an.

Ina nahm es von der Messerspitze herunter. Von dem wenigen Essen schien sie nur hungriger zu werden. »Klapp das Messer jetzt mal zu«, sagte sie.

Elsa stach die Klinge in das überflüssige Kerngehäuse. Ruckartig ließ sie das Fenster herunter und warf den Apfelrest auf die Straße.

»Besser, du gibst mir jetzt das Messer ...« Die nackte Klinge zeigte auf Ina.

Er hatte ihr die Waffe geschenkt. *Zu deinem Schutz*, hörte sie ihn sagen. *Zu deinem Schutz, Narbengesicht.* Natürlich nannte er sie nicht so, nie würde er so zu ihr sprechen. Er war gebildet, kultiviert, sensibel, *dieser Scheißkerl*.

»Leg das Messer beiseite, und iss ein paar Apfelstücke. Sonst esse *ich* sie alle.« Ina lachte gezwungen. *Narbengesicht.* Vielleicht hatte er sie ja deshalb verlassen. Wegen ihrer Narben?

Elsa klappte das Messer zu und steckte es in die Hosentasche. »Ich gebe es Ihnen später«, sagte sie ruhig. »Ich gebe es Ihnen später zurück.«

Die Lehrerin nickte abwesend, als wäre *sie* das Kind.

Ina fuhr jetzt schneller. Warum machte sie sich diese Mühe? Warum kutschierte sie eine ihrer Schülerinnen durch die Gegend, statt wie sonst nach Hause zu fahren? Sie wohnte im Waldstraßenviertel in einer verwinkelten Zweizimmerwohnung unter dem Dach, mit Ausblick auf die Parklandschaft des Leipziger Zoos. Im Sommer hörte sie manchmal das Trompeten der Elefanten. Die Lage der Wohnung war optimal, und sie wollte gern weiter in ihr wohnen. Allerdings war das Haus verkauft worden. Und der neue Eigentümer, der, wenn sie sich nicht irrte, aus einem Nest in Bayern stammte, gab sich alle Mühe, die alten Mieter zu vertreiben, damit er das Gründerzeithaus sanieren konnte. Genau genommen war sie die letzte Mieterin, die sich noch gegen einen vom Eigentümer finanzierten Umzug stemmte. Stur war sie schon immer gewesen. Und sie sah nicht ein, ihr kleines Reich für ein paar Hundert D-Mark aufzugeben. Sie fühlte sich wohl in ihrer Wohnung. Und sie war nicht käuflich. Auch wenn der Vermieter ihr mal den Strom, mal das Wasser für ein paar Tage abstellte, mal ein neues Entschädigungsangebot für ihren freiwilligen Auszug in den Briefkasten warf. Sie ließ sich davon nicht aus der Ruhe bringen. Am Abend würde sie ihren Tetrapak-Fusel genießen und, falls der Strom funktionierte, irgendeinen Spielfilm schauen oder ansonsten im Licht einer Kerze die *Brigitte* lesen, für die sie ein Probeabo laufen hatte. Sie würde keine Zeit mehr damit verschwenden, an jemanden zu denken, der keine Zeit verschwendete, an sie zu denken.

Die Gegend, in die sie jetzt kamen, wirkte so trostlos, dass sie eine Gänsehaut bekam. Vom Kohlendreck graue Häuser; manche sahen leer aus, unbewohnt, verfallen, hohle Fenster, als hätte jemand die Scheiben samt Fensterkreuz herausgerissen, mit Brettern vernagelte Türen, Balkons, die mit Balken gestützt werden mussten, damit sie nicht einfach auf die Köpfe der Passanten krachten, darunter aufgespannte Netze, die die Putzbrocken auffangen sollten. Aber Passanten gab es hier nur wenige. Ein paar Kinder bewarfen sich vor einem leer stehenden Geschäft, einem ehemaligen Lebensmittelladen der HO, mit irgendetwas, vielleicht mit Steinen oder einfach nur mit Dreck. Würden sie auch auf die vorbeifahrenden Autos zielen? Vorsichtshalber warf sie einen Blick in den Rückspiegel, sah aber nur einen Wagen, der zu dicht hinter ihr fuhr. Was sollte das?

Die Straße war eine enge dunkle Gasse mit Kopfsteinpflaster. Sie ähnelte einem Tunnel. Allerdings keinem, aus dem man schnell wieder herauskam.

»Da drüben ist es.« Das Mädchen tippte an die Scheibe. »Da wohne ich.«

Sie parkten auf dem Bürgersteig und stiegen aus. Es roch nach Rauch und etwas süßlich Versengtem. Die Fassade war fleckig, graubraun; faustgroße Löcher klafften wie Wunden in dem Gemäuer. Drinnen flackerte gedämpftes Licht, wie von Kerzen oder von schwachen Glühbirnen. In der Ferne bellte ein Hund.

»Na, dann los.« Ina lächelte ihr Lehrerin-Lächeln. Es fühlte sich noch gequälter an als sonst. »Vielleicht klingeln wir und warten darauf, dass deine Mutter herauskommt?«

»Klingeln?« Elsa schüttelte verwundert den Kopf. »Wir haben keine Klingel.«

Der Geruch nach Rauch wurde stärker. Der Hund bellte wieder. Aber es klang gar nicht mehr so fern.

Elsa stemmte sich gegen das schwere rostige Tor und schob es auf. Sie drehte sich nach ihrer Lehrerin um und winkte mit zwei Fingern.

Ina folgte dem Kind. Der Boden, den sie betrat, war weich wie Moos. Er bestand nur aus Sand, welken Blättern und Sand, nichts Besonderes. Dennoch kam es ihr einen Moment so vor, als würde sie versinken. Sollte sie umkehren? Das Kind sich selbst überlassen? Zögernd warf sie einen Blick zurück zu ihrem Wagen. Ein zweites Auto schob sich langsam hinter ihren Golf. Ein Mann in dunkler Kleidung stieg aus, starrte kurz zu ihr hinüber. Eine schwarze Kapuze bedeckte sein Gesicht zur Hälfte. War das etwa der Wagen, der zu dicht aufgefahren war? Hatte er sie verfolgt? Ach, Unsinn! Sie wandte den Blick ab.

Ina würde ein paar Worte mit Elsas Mutter wechseln und dann schleunigst von hier verschwinden. Hausbesuche waren seit der Wende ohnehin nicht mehr üblich. Wozu gab es die Elternabende? Sie sackte mit dem linken Stiefel in die Erde ein und spürte, wie Feuchtigkeit ihre Waden hinaufkroch. Kein Grund zur Sorge. Es hatte geregnet. Ein nasser, glitschiger Boden war normal. Wieder nahm sie einen süßen schwelenden Geruch wahr. Was verbrannte da? Sie spürte Übelkeit, Schwindel, etwas drehte sich in ihrem Kopf.

Was wollte sie der Frau erzählen? Dass ihre Tochter keine Schuhe trug? Dass sie Kreide in den Mund steckte? Dass sie ihre Schultasche vergaß? Genau. Deshalb war sie hier. Um einer Frau, die sie nicht kannte, Dinge zu erzählen, die diese Frau garantiert nicht hören wollte. Der Hund bellte. Das Geräusch fuhr ihr durch den Körper wie ein Stromschlag. Es klang nah, sehr nah, zu nah.

Ina blieb stehen. »Ich glaub, ich hab noch einen Termin.«

Elsa hörte sie nicht. Sie lief ein paar Schritte voraus, wandte sich um, kam zu ihr zurück und schubste sie sanft an. »Am Feuer ist es warm«, erklärte Elsa, als wollte sie Ina trösten. »Im Haus ist es kalt, aber am Feuer ist es warm.«

»So?« Ina bewegte sich nicht von der Stelle. »Aber ich ... ich kann nicht ... Ihr habt einen Hund, oder? Ich habe noch einen Termin ... beim Arzt.«

»Sind Sie krank? Sie sehen nicht krank aus. Kommen Sie. Es gibt etwas zu essen.« Das Kind lachte. »Sie haben doch Hunger, oder?«

Ina seufzte. Sie war diejenige, die sich hier merkwürdig benahm. Das Kind verhielt sich vernünftiger als sie. Ihr fiel ein, dass sie am Nachmittag noch eine Verabredung hatte – mit Friederike, einer Freundin; sie war mit ihr in einem Café im Zentrum der Stadt verabredet. Es gab also etwas, worauf sie sich freuen konnte.

Sie kamen in einen engen Innenhof. Von Feuer konnte eigentlich keine Rede sein. Glut glomm. Ein paar Männer und Frauen saßen um die Stelle herum. Vier junge Männer, zwei junge Frauen. Schwarz gekleidet, schwarz gefärbte Haare, blasse Gesichter. Einige von ihnen trugen schwere Ketten um den Hals, um die Handgelenke. Metall bohrte sich durch ihre Nasen, Lippen und Ohren. Sie aßen Fleisch, das rosig aussah, als wäre es noch nicht ganz gar.

»Das ist meine Lehrerin«, sagte Elsa stolz. »Ich habe sie mitgebracht. Also, ich meine: Sie hat mich mit ihrem Auto nach Hause gebracht.«

Die Männer und Frauen reagierten nicht. Sie musterten die Ankömmlinge mürrisch, gleichgültig; sie warfen die Abfälle ihrer Mahlzeit in die Glut und wischten sich die Münder mit den Ärmeln ab.

»Meine Lehrerin hat Hunger«, erklärte Elsa und gesellte sich zu den Sitzenden. »Ich glaube, sie hätte gern ein Stück totes Tier.«

Raues Gelächter erklang, das abrupt wieder verstummte.

Ina schob tapfer ihr Lächeln auf die Lippen. »Machen Sie sich keine Umstände.«

»Sie kann meine Portion haben«, sagte Elsa. »Gebt ihr meine Portion, ja?«

»Nein, danke!« Sie hörte selbst, dass ihre Stimme zu laut wurde. Als müsste sie sich gegen den Lärm im Klassenraum durchsetzen. Dabei waren diese Leute still, schweigsam, abweisend. Sie weigerten sich, sie wahrzunehmen. »Elsa, komm bitte mal zu mir.«

Das Mädchen folgte unschlüssig; ihre Schultern sackten nach unten, als sei sie wieder in der Schule, als sollte sie noch einmal Aufgaben an der Tafel lösen.

Ina versuchte, den Geruch der versengten Knochen und Hautfetzen zu ignorieren. Wahrscheinlich nur Hähnchen, dachte sie. Sie holte tief Luft. »Also ... Wo ist sie?«

»Wer?« Elsa lächelte verständnislos.

Ina beugte sich zu ihr hinunter. »Ich meine *deine Mutter*. Wo ist *deine Mutter?*«

»Keine Ahnung«, sagte Elsa gleichgültig. »Vielleicht im Haus ... Sie können *meine* Portion haben, wenn Sie wollen. Ehrlich. Ich mag sowieso keine toten Tiere. Wollen Sie nicht etwas essen? Sie sind so nett zu mir. Viel netter als die anderen Lehrer.«

Ina seufzte. Sie hockte sich vor das Kind und nahm seine schmalen kalten Hände. »Das ist lieb von dir«, sagte sie. »Aber ... ich möchte jetzt gern mit deiner Mutter sprechen.« Sie fühlte einen merkwürdig starken Impuls, das Mädchen an sich zu ziehen und zu umarmen. Doch sie war die Lehrerin, sie durfte kein Kind bevorzugen, nicht einmal außerhalb der Schule, nicht einmal jetzt. Sie ließ ihre Schülerin los. »Hol sie bitte«, sagte sie streng. »Ich warte hier.« Der Gedanke, allein mit den Gestalten am Lagerfeuer zu bleiben, gefiel ihr zwar ganz und gar nicht, aber noch weniger behagte ihr die Vorstellung, in dieses baufällige Haus zu gehen.

»Na schön«, sagte Elsa. »Na schön, wie Sie wünschen.«

Sie lief gerade, mit zurückgezogenen Schultern, wie jemand, der gezwungen ist, einen Befehl auszuführen, auf das Haus zu.

In die Eingangstür waren Zeichen geritzt, die der Lehrerin bekannt vorkamen. Es waren die gleichen, die Elsa an die Tafel gezeichnet hatte. Kaum vorstellbar, dass das Mädchen hier lebte. Dass sie ein und aus ging in ein Gebäude, das eigentlich abgerissen werden sollte. Manche Kinder sind eben arm dran, dachte sie. Da kann man nichts machen. Nicht genug. Es gibt zu viele, die arm dran sind. Sie warf verstohlene Blicke zu der Runde, die um die Feuerstelle saß. Die Männer und Frauen aßen immer noch schweigsam, kauten an den letzten Bissen, nagten an den Knochen und spuckten Knorpel aus. Nicht einer von ihnen beachtete sie. Wer war sie schon. Jemand Fremdes, jemand von draußen, niemand, der hierhergehörte. Erstaunlich schien allein die Tatsache, dass sie überhaupt an diesen Ort gelangt war. Erstaunlich für sie selbst jedenfalls. Unversehens fand sie sich in der Fremde wieder, mitten in einer Stadt, in der sie seit Jahren lebte.

Ein rasselnder Atem riss sie aus ihren Gedanken. Die Zunge sah sie zuerst, dann die weißen spitzen Zähne, die feuchte Nase, die großen nassen Augen, die sie ansahen. Der Schäferhund. Er war es. Derselbe, der sie vor Jahren fast umgebracht hatte. Der ihr das Gesicht zerfleischt hatte. Er war es wieder. Er stand wieder vor ihr. Wie in ihren Träumen. Wie in diesen widerlichen Träumen. *Nicht an die Träume denken* ... Wie in der Realität. Kein Halsband diesmal. Kein Herrchen, kein Frauchen. Sie wich langsam zurück. Aber natürlich half ihr das nichts. Er folgte ihr, schnüffelte an ihr. Er schob seine Schnauze an ihr Fleisch. Sie spürte seine Zunge an ihren Händen, die schlaff herunterhingen. Sie roch seinen Atem; es war ein herber, aufdringlicher Geruch nach Hundefutter. Sein Gesicht sah schwarz aus, wie verkohlt. Er atmete mühsam, geräuschvoll.

Sie ging rückwärts bis zur Feuerstelle; sie trat auf etwas und murmelte eine Entschuldigung. Es war nur Holz, nur ein Stück angebranntes Holz. Der Schäferhund blieb bei ihr wie ein treu ergebener Feind. Jetzt sah das Haus gar nicht mehr so abschreckend aus. Die Tür stand einladend weit offen. Im obersten Stockwerk brannte Licht. Vielleicht wartete Elsa schon auf sie. Vielleicht saß Elsa bei ihrer Mutter auf einem weichen Sofa und wartete auf sie. Und falls Elsa ihre Mutter nicht gefunden hatte, wartete sie vielleicht auf jemanden, der sie in den Arm nahm und tröstete. Gewiss, sie war Lehrerin, sie durfte kein Kind bevorzugen, aber sie trug die Verantwortung. Die Verantwortung für das Kind und für sich selbst, dafür, dass ihr Herz nicht mehr hämmerte wie verrückt, dafür, dass es ihr nicht zersprang wie ein Stück Kreide unter zu viel Druck.

Sie musste in dieses Haus gehen. Es gab keinen anderen Weg.

Der Schäferhund begann zu knurren, als sie sich von der Feuerstelle wegbewegte. Aber er kam ihr nicht nach. Er lief zwischen dem Haus und den Menschen auf und ab. Ina ging unbeirrt auf die offene Tür zu. Sie hörte den rasselnden Atem des Schäferhundes hinter sich. Sie hörte sein heiseres Bellen. Ein Teil ihres Verstandes wollte sie an dem Haus vorbeiführen, sie musste nur den modrigen Weg zurückgehen, das Tor öffnen, in ihren Wagen steigen ... Aber sie hatte ihren Auftrag noch nicht erfüllt, auch wenn es, abgesehen von ihr selbst, keinen Auftraggeber gab und sie sich nicht so recht erinnern konnte, welchen Auftrag es zu erfüllen galt.

Die Tür des Hauses stand jetzt sperrangelweit offen, unübersehbar, eine Einladung, eine Aufforderung ... Und sie setzte einfach einen Fuß vor den anderen. Sie spürte ein leises Klopfen unter ihrer Gesichtshaut, in der Spur ihrer Narben. Es pochte rhythmisch in ihren Wundmalen. Es war ein sanftes Schlagen, nicht unangenehm. Ein Beweis dafür, dass sie lebte, existierte, dass sie tatsächlich hier war, an diesem Ort, in diesem Moment.

»Darf ich Ihnen mein Zimmer zeigen?« Elsas Stimme klang heller, kindlicher, als wäre sie plötzlich jünger geworden. »Oder wollen Sie ... den *anderen* Raum sehen?«

Ina stolperte in das Haus hinein, über Schutt, leere Flaschen, irgendwelche Dinge hinweg, auf ihre Schülerin zu. Ihre Augen hatten sich noch nicht an die Dunkelheit gewöhnt. Aber es dauerte nur einen Moment, dann sah sie erstaunlich klar. Elsa lächelte. Sie schien sich tatsächlich zu freuen über ihre Anwesenheit.

»Den anderen Raum?«, fragte Ina.

» ... das verbotene Zimmer«, flüsterte das Kind. »Ein Geheimnis ..., von dem niemand wissen darf.«

Ina hörte die gewisperten Worte sehr genau, sie war geschult darin, auch die leisen Stimmen wahrzunehmen. Sie hörte das Bedrohliche, das wie eine Warnung klang. Aber ihre Neugier überwog.

»Ein Geheimnis? Was denn für ein Geheimnis?« Ihre Stimme klang rau, kaum vernehmbar, es war mehr Geräusch als Sprache, Elsa schien sie dennoch zu verstehen. In ihren Kieselsteinaugen glomm ein düsteres Licht auf. Es war das erste Mal, dass das Kind sie so ansah, so *wissend*.

»Eigentlich darf ich es keinem zeigen«, flüsterte das Mädchen.

Die Stufen in dem Treppenhaus waren ungleichmäßig, einige fehlten. Das Geländer wackelte, etwa in der Mitte des Hauses hörte es ganz auf.

Das gehört dazu, dachte Ina, das gehört dazu, wenn ich meinen Job nicht verlieren will. Irgendetwas stimmt hier nicht. Und ich muss herausfinden, was.

Ina wusste, dass sie diesen Weg zu Ende gehen musste. Es gab keinen Weg zurück. Sie fühlte sich ruhig, beinahe glücklich. Sie musste nur etwas für dieses verlorene Kind tun. Es war fast zu einfach.

Von unten schallte etwas zu ihnen herauf. Stimmen von Erwachsenen, Schritte. Kam das vom Hof? Ina nahm wahr, dass Elsa zusammenzuckte. Das Mädchen blieb abrupt stehen und reichte ihr einen harten Gegenstand, ihr Messer.

»Du musst bis ganz nach oben gehen«, sagte das Kind leise. »Bis zur letzten Tür. Da findest du das verbotene Zimmer. Du erkennst es an den Zeichen. Ich darf dich nicht weiter begleiten. Sonst wissen sie Bescheid.«

»Worüber denn?« Ina umschloss das Taschenmesser mit festem Griff.

Elsa seufzte. Ihr Gesicht sah jetzt ernst und blass aus. »Dass ich das Geheimnis verraten habe«, flüsterte sie.

Ina lächelte ratlos, sah, wie Elsa die Stufen hinunterstürmte. »Ich warte in meinem Kinderzimmer auf dich!«, rief sie ihr noch zu.

Ein Geheimnis also. Aha. Wahrscheinlich war da oben gar nichts weiter. Nur ein alter staubiger Dachboden. Und nachmittags würde sie mit Friederike Kaffee trinken und ihr von ihrem merkwürdigen Hausbesuch erzählen. Dann hatten sie etwas, worüber sie lachen konnten.

2

Beate erwachte allmählich, blinzelte schlaftrunken, lauschte in die Stille hinein und nahm Steffens gleichmäßigen Atem wahr. Sie drehte sich zu ihm, vorsichtig, um ihn nicht zu wecken, und beobachtete ihn eine Weile; irgendwie überrascht, dass er neben ihr lag und friedlich schlief. Er sah aus wie ein Kind, fand sie. Blondes struppiges Haar, lange Wimpern, volle Lippen, glattes Kinn. Auf alle Fälle wirkte er jünger, als er eigentlich war. Sein Kopf ruhte auf dem Kissen wie auf einer Wolke. Seine Augen unter den geschlossenen Lidern bewegten sich schnell hin und her. Er schien zu träumen. Wovon? Beate hätte es gern gewusst.

Sie waren jetzt schon eine Weile zusammen, auch wenn sie das vor den Kollegen der Kripo Leipzig immer noch verheimlichten. Es brauchte niemand zu wissen, dass sie mit dem jungen Kriminaltechniker ins Bett ging. Falls ...

Falls was? Im Grunde erstaunte es sie jedes Mal aufs Neue, dass er bei ihr blieb, dass er sich nach dem Sex nicht einfach davonschlich und sie links liegen ließ. Waren sie denn wirklich zusammen? War er in sie verliebt? Manchmal kam es ihr so vor und manchmal nicht. Steffen war kein Typ, der im Kino Händchen hielt und ihr rote Rosen, teuren Schmuck oder auch nur ein paar klebrige, mit Alkohol und Kirschen gefüllte Pralinen schenkte. Und sie war keine Frau, die solche Dinge erwartete.

Im Gegenteil. Sie versuchte, gar nichts von ihm zu erwarten.

War das möglich? Wohl kaum. Man erwartete doch immer irgendetwas von einem Menschen, der mehr oder weniger zufällig im selben Bett lag, oder?

Hatte sie sich in ihn verliebt? Sie freute sich, dass er da war, dass sie neben ihm aufwachte, nicht allein frühstücken musste, mit ihm über das Wetter, neue Filme im Kino oder die Arbeit reden konnte. Genügte das für eine *Beziehung*?

Sie mochte diesen Begriff nicht besonders. Er erschien ihr so beliebig, so ungefähr, beinahe bedeutungslos. Das Wort *Affäre* traf es wohl eher, auch wenn es etwas anrüchig klang. Und eine Affäre zu haben hieß doch, dass es nur etwas Oberflächliches war, nichts »Ernstes«, nichts »Festes«, nichts, was länger dauern oder gar zum Traualtar führen würde.

Beate nickte leicht vor sich hin. Genau. Der Begriff »Affäre« stimmte schon. Heiraten kam für sie sowieso nicht infrage. Der Anblick von Hochzeitskleidern in Schaufenstern bewirkte einen Würgereiz bei ihr. Sie konnte nicht nachvollziehen, warum Frauen oft so erpicht darauf waren, sich in ein unbequemes, gardinenähnliches Kleid mit kratzender Spitze zu hüllen, und fast in Ohnmacht fielen, wenn sie endlich einen Ring auf den Finger geschoben bekamen. Beate war viel zu freiheitsliebend, um sich in die Ketten einer Ehe legen zu lassen. Also war so ein Abenteuer mit einem sympathischen Kerl, der Steffen nun mal war, doch genau das Richtige für sie, oder? Würde sie sich von ihm trennen, wenn er ihr einen Heiratsantrag machen würde? Wahrscheinlich schon. Aber sie war sich ziemlich sicher, dass er nicht auf eine solch hirnverbrannte Idee kam.

Das schrille Klingeln des Telefons riss Beate jäh aus dem Bett. Sie lief in den Flur, in dem der Apparat auf einem zierlichen dunklen Holztisch stand.

»Hallo?«

Sie hörte ein Räuspern. »Beate?«

Wer sonst, dachte sie. »Ja?«

»Du musst herkommen. Tut mir leid, dich am Karfreitag ... ähm ... stören zu müssen. Die neue Kollegin, Sophie Steiner, hat sich krankgemeldet. Genauer gesagt, ihr Kind ist krank.« Ihr Vorgesetzter Arno Berg knurrte mehr ins Telefon, als dass er sprach, als wäre er selbst nicht ganz gesund.

»Hm.« Beate seufzte.

»Ich weiß. Ostern steht vor der Tür. Aber ... Du musst herkommen und diese Vermisstensache übernehmen. Es sieht ... nicht gut aus.« Er räusperte sich wieder. »Vermisstenfall mit Straftatverdacht«, fügte er düster hinzu.

»Die Lehrerin?«

»Genau die.«

»Verstehe.« Beate fröstelte. Sie war barfuß und trug ein dünnes weißes, fast durchsichtiges Nachthemd, von dem sie hoffte, dass es auf Steffen einigermaßen sexy wirkte. Wäre sie allein gewesen, hätte sie ihren roten Flanellschlafanzug angezogen, der aussah wie ein altmodisches Weihnachtsmannkostüm und sie nachts zuverlässig vor der Kälte schützte.

Ihre neue Kollegin Sophie war nett, intelligent, sympathisch, clever und in Beates Alter, nein, etwas jünger. Aber ... sie hatte einen kleinen Sohn, der erst seit Kurzem eine Kita besuchte und leider oft krank wurde. So viel war klar: Einen Vermisstenfall konnte man nicht auf die lange Bank schieben.

»Ich komme«, murmelte sie in den Hörer und legte auf.

Kurz dachte sie daran, Steffen zu wecken und ihm Bescheid zu sagen.

Stattdessen schrieb sie ein paar erklärende Worte auf einen Zettel, den sie auf ihr Kopfkissen legte. Dann fiel ihr etwas ein, und sie nahm das Papier noch einmal an sich und fügte hastig hinzu: *Bitte die Meerschweinchen füttern!*

Arno Berg empfing sie mit einem Lächeln, das etwas griesgrämig schien.

Es roch nach Kaffee in dem Büro, doch er bot ihr keine Tasse an.

Die Leipziger Dienststelle wirkte ungewöhnlich leer. Sogar Moni, die Sekretärin, war für ein paar Tage im Osterurlaub. Und der Kollege Josef Almgruber, mit dem Beate normalerweise zusammenarbeitete, besuchte zusammen mit Sohn Florian seine Mutter, die in Nürnberg lebte, soweit Beate wusste, der Stadt, aus der Almgruber stammte.

Ihr Chef schob ihr eine Akte über den Tisch. »Kollege Viktor Lüder hat schon alle Informationen zusammengestellt. Die Lehrerin Ina Reinhardt wird seit dem 26. März vermisst. Die Umstände ihres Verschwindens sind, nun ja, mysteriös könnte man sagen. Weißt du über den Fall Bescheid?«

»Im Groben schon. Wer hat sie vermisst gemeldet?«

»Ihre Freundin, mit der sie verabredet war. Name und Adresse findest du in der Akte. Sie weiß schon, dass du vorbeikommst. Ich habe gerade mit ihr telefoniert.«

»Aha.« Dann weiß sie das ja eher als ich, dachte Beate, sprach es jedoch nicht aus. »Was ist mit der Schule?«

»Was soll mit der sein?« Berg klang unwirsch. Offenbar erwartete er, dass sie sofort loszog, um die Frau zu befragen. Erläuternde Gespräche nach Anweisungen, die er erteilte, hielt der ehemalige Major oft für überflüssig. »Es sind Ferien. Da dürfte jetzt niemand sein. Erst nach Ostern ...«

»Ich meinte: Hat sich jemand von ihrer Arbeitsstelle gemeldet?«, unterbrach Beate ihn.

»Steht alles in der Akte«, antwortete er kurz, in leicht genervtem Tonfall. »Der Hausmeister der Schule hat eine Aussage gemacht. Offenbar ist sie bei einem Elternbesuch verschwunden.«

»Bei einem Elternbesuch?« Von irgendwelchen Eltern hatte Beate bisher nichts gehört.

»Sie wollte wohl die Mutter eines Mädchens aus ihrer Klasse besuchen. Unangekündigt.« Arno Berg holte tief Luft. »In einem besetzten Haus in Connewitz.« Er schwieg einen Moment, sah Beate bedeutungsvoll an und rollte mit den Augen. »Du solltest erst mal mit der Freundin der Vermissten reden, ehe du zu diesen Hausbesetzern fährst.«

Beate ignorierte den verächtlichen Tonfall. Dass ihr Chef, der einstige Major, ein konservativer Knochen war, wusste sie ja. Und sie fühlte sich nicht dazu berufen, ihn umzuerziehen.

Friederike Dammert wohnte in einer ruhigen Nebenstraße im Leipziger Stadtteil Stötteritz. Vom Hausflurfenster aus konnte man in einen kleinen Park sehen, wie Beate feststellte. Sie gönnte sich einen kurzen Blick in das Grün des beginnenden Frühlings.

»Kommen Sie allein?«, fragte Frau Dammert verwundert, als sie die Tür ihrer Wohnung öffnete. »Dachte, die Kripo erscheint immer mindestens zu zweit.«

Beate lächelte höflich. Sie wollte lieber nichts von Personalmangel und Osterferien erzählen. »Es geht erst mal um ein Gespräch und Klärung der Sachlage.«

»Klärung der Sachlage? Früher hieß das: Zur Klärung eines Sachverhalts!« Friederike Dammert stieß einen verächtlichen Ton aus. »Am Telefon habe ich Ihrem Kollegen doch schon alles erzählt. Sie sollten schnellstmöglich anfangen zu suchen!«

»Kann ich reinkommen? Dann können wir in Ruhe alles besprechen.«

Beate wartete die Antwort nicht ab und schob sich durch die Tür, an der Person, die sie zu befragen hatte, vorbei, in den Flur hinein.

Einen Moment verhärtete sich das Gesicht der Frau. Eher widerwillig führte sie Beate in ihr Wohnzimmer.

Der Raum war weiß. Weiße Wände, weiße Möbel, ein weißes Lammfell auf dem Boden. Nur die Keramik, die überall herumstand – Schalen, Tassen, Becher und kleine Skulpturen – strahlten zarte, klare Farben aus.

Friederike Dammert hatte eine schmale Figur, ein längliches Gesicht mit einer Nase, die an einen Schnabel erinnerte. Ihre Fingernägel leuchteten perlmuttfarben. Ihre Mimik wirkte angespannt. Aber vielleicht war sie auch einfach nur nervös, weil ihre Freundin verschwunden war. Ihr asymmetrisch geschnittenes Haar und das weiße Männerhemd, das ihr bestimmt drei Nummern zu groß war, unterstrichen ihre Persönlichkeit, die – nach dem ersten Eindruck zu urteilen – keine einfache war.

»Sie sind Künstlerin?«, fragte Beate und zückte Stift und Notizbuch.

»Freiberufliche Keramikgestalterin«, antwortete die Frau mit einem gewissen Stolz. »Aber was tut das zur Sache?«

Beate ignorierte die Frage. »Seit wann vermissen Sie Frau Reinhardt?«

»Wir waren verabredet. Zum Kaffee. Letzten Dienstag. Am 26. März, um fünfzehn Uhr dreißig. Das habe ich alles schon zu Protokoll gegeben.« Sie strich sich die Strähnen aus dem Gesicht. »Ina kam nicht in das Café am Thomaskirchhof, ins *Bachstübl*, kennen Sie das?«

Beate schüttelte den Kopf.

»Gegenüber der Thomaskirche ist das. Jedenfalls, sie kam nicht in das Café. Und sie hat mich auch nicht angerufen. Weder vorher, um mir Bescheid zu geben, noch nachher, um sich zu entschuldigen. Das ist absolut untypisch für sie. Ina ist sonst stets zuverlässig. Sie ist die Pünktlichkeit in Person!«

»Was haben Sie getan, als Ihre Freundin nicht auftauchte?«

»Vom Café aus rief ich in der Schule an, obwohl ich nicht damit rechnete, noch jemanden um die Zeit zu erwischen. Doch der Hausmeister ging schließlich ans Telefon. Er erzählte, dass Ina einen Hausbesuch machen wollte. Wohl wegen eines Mädchens aus asozialen Verhältnissen, wie er andeutete. Ina nimmt es immer sehr ernst, wenn mit ihren Schützlingen etwas nicht stimmt.«

»Sie meinen zu ernst?«

»Mag sein. Sie ist da etwas ... übereifrig vielleicht. Aber ich kann das schlecht einschätzen. Ich bin ja schließlich keine Lehrerin.«

»Hat der Hausmeister erzählt, wo sie hingefahren ist?«

»Nein. Sie wollte dieses Kind nach Hause bringen und mit der Mutter sprechen. Mehr konnte er mir nicht sagen. Ich bin später bei ihr vorbeigefahren und habe geklingelt. Aber sie war nicht da. Dann habe ich in jedem Krankenhaus in Leipzig angerufen ...«, sie holte tief Luft, »vergeblich.«

Beate nickte. Das hatte die Neue, Sophie Steiner, auch schon herausgefunden und den Kollegen bei der letzten Besprechung mitgeteilt. Eine Patientin namens Ina Reinhardt oder ein Unfallopfer, auf das die Beschreibung passte, befand sich in keinem der Krankenhäuser der Stadt.

»Und danach? Haben Sie Ihre Freundin auf eigene Faust gesucht?«

»Nein. Ich wüsste auch nicht, wo ich da anfangen sollte. Ich kenne niemanden ihrer Kollegen persönlich. Und zu Angehörigen ihrer Familie habe ich keinen Kontakt. Als die Anrufe bei den

Krankenhäusern nichts brachten, bin ich ins Polizeipräsidium gegangen und habe Ina als vermisst gemeldet.«

»Sie kennen sich schon länger?«

»Lang genug. Über ein Jahr, würde ich sagen. Sie besuchte meinen Töpferkurs, da haben wir uns kennengelernt. Aber sie hielt den Kontakt auch danach, kam mit Fragen zu mir. Sie wollte mehr wissen – nicht nur über das Töpfern, sondern auch darüber, wie ich lebe.«

»Warum?«

»Sie hat wohl Angst davor, arbeitslos zu werden. Mir scheint, sie findet sich in der neuen Zeit nicht zurecht, mit all den Änderungen. Sie sucht, glaube ich, nach Alternativen. Genau weiß ich das auch nicht.«

»Sie steckte also in einer schwierigen Lage?«

»In der steckt sie noch immer. Die Angst, ihren Job zu verlieren, konnte ich ihr nicht nehmen. Ich war ja auch eine kurze Zeit arbeitslos, aber ich bin erst gar nicht zum Arbeitsamt gegangen. Die Demütigung habe ich mir erspart.« Sie stieß ein verächtliches Prusten aus. »Wissen Sie, ich wollte immer freiberuflich arbeiten. In der DDR wurde mir das verwehrt, und so war ich anfangs erschrocken, dann aber froh, als ich meine Arbeit im VEB Porzellanwerk Colditz verlor.«

Beate blickte überrascht von ihren Notizen auf. »Sie haben sich darüber gefreut, Ihren Job zu verlieren?«

»Ja, das klingt komisch, was? Mir fiel ein Stein vom Herzen. Ich war erleichtert, dass ich endlich das tun konnte, was ich immer wollte. Frei, kreativ, unabhängig und mein eigener Chef sein.«

»Verstehe«, sagte Beate, obwohl sie sich ein wenig wunderte. In diesen Zeiten kämpften so viele Menschen im Osten verzweifelt um ihre Arbeitsplätze. Da klang die klare Ansage von Frau Dammert recht ungewöhnlich. Konnte man von Keramikkunst und Töpferkursen denn leben?

»Können Sie etwas konkreter benennen, in welchen Schwierigkeiten Ihre Freundin Ina Reinhardt steckt?«

»Sie ist davon ausgegangen, dass sie ihre Stelle als Lehrerin verlieren wird. Auch ihre Wohnsituation war alles andere als erfreulich.«

»Wie meinen Sie das?«

Friederike zuckte mit den Achseln. »Wie schon. Neuer Eigentümer eben. Ein Herr aus dem Westen, aus Bayern glaube ich, hat das Gründerzeithaus gekauft, wohl wegen der guten Lage. Und er hat die Mieter gedrängt auszuziehen, damit er so schnell wie möglich mit dem Sanieren beginnen kann. Sie haben das angebotene Geld genommen und sind gegangen. Nur Ina ließ sich nicht vertreiben.«

Beate nickte und schrieb mit. »Wissen Sie den Namen des Hausbesitzers?«

»Nein, keine Ahnung. Sie hat ihn vielleicht mal erwähnt, aber mein Namensgedächtnis ist nicht so ausgeprägt. Jedenfalls scheint er sie schikaniert zu haben, damit sie endlich auszieht.«

»Hatte sie sonst noch Probleme? Ärger mit einem Mann zum Beispiel?«

Wenn Frauen plötzlich verschwanden, steckte nicht selten der Ehemann, der sich eine Jüngere geangelt hatte, oder ein eifersüchtiger Liebhaber dahinter. Entweder flüchteten die Frauen vor der Gewalt, oder sie fielen ihr zum Opfer. Beate wollte zwar nicht mit dem Schlimmsten rechnen, aber sie musste herausfinden, ob eine Beziehungstat infrage kam.

»Nicht, dass ich wüsste«, antwortete die Frau. »Sie lebte schon länger getrennt, glaube ich. Aber so genau haben wir darüber nicht gesprochen. Sie wollte mich mit ihren privaten Angelegenheiten nicht belasten, erklärte sie mir einmal.«

»Den Namen ihres Ex-Freundes haben Sie dann auch nicht für mich?«

Friederike Dammert schüttelte den Kopf. »Wie erwähnt: Ich merke mir selten mal Namen, wenn sie für mich nicht weiter wichtig sind.«

»Schade«, bedauerte Beate. »Wenn Ihnen die Namen wieder einfallen, sagen Sie mir Bescheid?«

»Ja, aber das ist leider unwahrscheinlich. Sie müssen sich schon, was die Namen angeht, um andere Quellen bemühen.«

»Das werde ich.« Beate überging den leicht schnippischen Ton und betrachtete die Keramik, die auf dem Tisch und in den Regalen stand. Die meisten Gefäße waren blau-weiß, mit zarten Blumen, Kleeblättern und Grashalmen bemalt. Sie wirkten filigran und zerbrechlich, wie die Frau selbst. »Ich muss Ihnen leider noch eine unangenehme Frage stellen«, sagte sie.

»Sie meinen, Sie wollen mein Alibi wissen? Ich saß im Café, als sie verschwand, dafür gibt es Zeugen!«

Beate lachte unwillkürlich auf. »Nein. Es geht nicht um Ihr Alibi.« Jedenfalls noch nicht, dachte sie. »Wir müssen ja erst mal herausfinden, was überhaupt passiert ist. Vielleicht ist Ihre Freundin ja doch weggegangen und wollte ein neues Leben anfangen? Irgendwo an einem Ort mit besserer Perspektive? Viele verschwinden in den Westen und suchen sich in Westberlin, Hannover, Göttingen, München, Hamburg, Lübeck oder Frankfurt am Main eine Arbeit. Warum sollte Ina Reinhardt abwarten, bis sie aus ihrer Wohnung und dann vielleicht noch aus der Schule rausgeworfen wird?«, fragte Beate.

»Sie haben recht. Auszuschließen ist das nicht. Es ist sogar naheliegend, dass sie aus Leipzig weggeht. Aber sie hätte mir Bescheid gesagt! Und die Umstände ihres Verschwindens sind mehr als merkwürdig, finden Sie nicht?«

»Was ich finde, ist unerheblich. Wir nehmen Ihre Vermisstenanzeige natürlich ernst, sonst wäre ich nicht hier.« Sie klang missmutig, das hörte sie selbst. Wahrscheinlich ein Symptom des Kaffeeentzugs. Außer einer hastig heruntergeschlungenen Banane hatte sie auch noch nichts gegessen.

»Sie hatten mir eine unangenehme Frage angekündigt. Wollen Sie von mir wissen, ob Ina einfach so abhaut? Ob ich ihr das zutraue?«

Beate schüttelte den Kopf. Es fiel ihr merkwürdig schwer auszusprechen, was sie aussprechen musste. »Meine Frage ist eine andere: Halten Sie Ina Reinhardt, angesichts ihrer Probleme, für selbstmordgefährdet?«

»Auf keinen Fall!«, rief Friederike Dammert empört aus. »Sie hat nach Lösungswegen gesucht, nicht nach einem Strick oder nach einem Gift, um ihr Leben zu beenden!«

»Gut«, sagte Beate erleichtert. Sie hoffte, dass Frau Dammert mit ihrer Einschätzung recht behielt. »Meine Kollegen und ich werden sie finden«, versprach sie. »Früher oder später«, fügte sie hinzu, als sie den zweifelnden Blick wahrnahm.

»Ich hoffe, nicht zu spät!«

Beate blickte in das Gesicht, das zugleich sorgenvoll und skeptisch aussah. »Das hoffe ich auch. Wenn Ihnen noch etwas einfällt, rufen Sie mich bitte an.«

Friederike Dammert nickte und nahm die Visitenkarte, die Beate ihr reichte, mit kühler Miene entgegen. »Und noch eine letzte Frage: Haben Sie ein aktuelles Foto von der Vermissten?«

Nach dem Besuch bei Friederike Dammert dachte Beate einen Moment darüber nach, einfach nach Hause zu fahren, mit Steffen vielleicht noch zu frühstücken, die Suche nach der Lehrerin ruhig angehen zu lassen. Aber der Moment verging schnell. Heute war der vierte Tag des Verschwindens. Vier Tage waren schon eine lange Zeit. Und dass ihr Chef diesen Fall einer unerfahrenen Anfängerin übergeben hatte, die sich gerade um ihr krankes Kind sorgte, war ein Fehler und zeugte davon, dass er die Situation falsch eingeschätzt hatte. Jetzt lag es an ihr, sich auf Spurensuche zu begeben, eine Frau zu finden, die sich höchstwahrscheinlich in Not und vielleicht in Lebensgefahr befand. Alles deutete darauf hin, dass ihr etwas passiert sein musste. Bloß was?

Beate Vogt fuhr an etlichen Baustellen vorbei. Im Stadtteil Connewitz hatte die Sanierung der Gebäude bereits 1990 begonnen, aber nicht wenige Straßen wirkten immer noch, als wäre gerade ein Krieg zu Ende gegangen. Viele Häuser waren baufällig. Lücken zwischen von Kohlenruß schmierigen Fassaden klafften wie große Wunden in der Erde, da, wo bereits Altbauten abgerissen worden waren. Berge von Schutt und Dreck türmten sich in dieser Gegend. Trabbis, die niemand mehr fahren wollte, standen am Rand der Straße und dienten den Kindern als Spielplatz.

Aus Fenstern besetzter Häuser hingen Transparente mit irgendwelchen Losungen, wie Beate im Vorbeifahren bemerkte. Verwundert registrierte sie eine überdimensional lange DDR-Fahne, die aussah, als wollte das marode Haus der Stadt Leipzig seine Zunge zeigen.

Die Adresse zu finden war in dem Chaos nicht so ganz einfach. Teilweise fehlten die Nummern an den Häusern, die Schilder waren irgendwann abgefallen oder vom Rost zerfressen. Schließlich parkte sie einfach auf einer Brachfläche in der Straße, die zum Glück nicht besonders lang war, und machte sich zu Fuß auf den Weg.

Bauschutt knirschte unter ihren Füßen, aber Beate achtete

nicht darauf. Die beinahe leere Straße wirkte irgendwie gespenstisch. Nur eine junge Frau mit Lockenmähne, die auf der anderen Seite einen Kinderwagen vor sich herschob, warf ihr einen misstrauischen Blick zu.

»Darf ich Sie etwas fragen?«, rief Beate.

»Kommt drauf an, was«, lautete die unwirsche Antwort.

Immerhin war das kein Nein. Beate lief zu der Passantin hinüber und setzte ein professionelles Lächeln auf, das sie zu Beginn ihrer Zeit als Polizistin lange vor dem Spiegel geübt hatte. Die Kunst war, dass sie gleichzeitig streng und freundlich wirken wollte.

»Vogt. Kripo Leipzig. Eine Frau wird vermisst. Eine Lehrerin. Zuletzt wurde sie hier in dieser Gegend gesehen.« Beate zückte ihren Dienstausweis und zog dann das Foto aus der Tasche, das ihr Friederike Dammert überlassen hatte. »Die Lehrerin Ina Reinhardt hat am 26. März eine Schülerin namens Elsa nach Hause gebracht, die hier wohnen soll. Kommt Ihnen das Gesicht vielleicht bekannt vor?«

Auf dem Bild lächelte Ina etwas gequält in die Kamera. Im Hintergrund waren Gleise und Züge zu erkennen. Offenbar hatte Friederike ihre Freundin auf dem Leipziger Hauptbahnhof fotografiert.

Die Frau mit dem Kinderwagen warf einen flüchtigen Blick auf das Foto. »Nein, kenne ich nicht, nie gesehen.« Sie wollte weitergehen, aber Beate Vogt stellte sich ihr in den Weg. »Und Elsa? Wissen Sie, wo das Kind wohnt?«

Die junge Mutter seufzte genervt. Einen Moment sah es so aus, als würde sie den Wagen einfach an der Polizistin vorbeischieben.

Beate stoppte die rollenden Räder mit dem Fuß. »Wenn Sie

mir nicht sagen, was Sie wissen, kann das Konsequenzen für Sie haben«, drohte sie leise, aber deutlich.

»Also schön ... Aber Sie verraten *denen* nicht, woher Sie Ihr Wissen haben, klar?« Die Frau kaute nervös auf ihrer Unterlippe herum, wie Beate registrierte.

»Quellenschutz ist für mich selbstverständlich.«

»Bitte was für ein Schutz? Na, egal. Eine kleine rotzfreche Göre Namens Elsa gehört zu den Chaoten im Haus Nummer 66. Die spielt öfter Klingelstreiche, jedenfalls bei den Nachbarn, wo die Klingel noch funktioniert. Manchmal klaut sie auch was von der Wäscheleine. Aber das ist natürlich nicht ihr anzurechnen. Kein Vater da, dafür viele Chaoten und diese Mutter ...« Sie winkte ab. »Wenn Sie mich fragen: Das sind alles Assis, Asoziale, die keinen Bock haben, arbeiten zu gehen. Na jedenfalls: Sie müssen über den Hof. Die wohnen im Hinterhaus.«

»Danke. Wo ist die 66?« Beate betrachtete einen Moment das Baby im Kinderwagen und lächelte unwillkürlich. Es schlief tief und fest unter einer Daunendecke. Viel mehr als das kleine Gesicht war nicht zu sehen. Was für ein friedfertiger, entspannter Anblick.

Die Mutter des Babys drehte sich um und wies mit ausgestrecktem Finger auf einen verrosteten Zaun, als wollte sie auf ihn schießen. »Da hinten gleich.«

Beate dankte ihr und verabschiedete sich mit einem Nicken.

»Na dann, viel Erfolg!«, rief die Frau ihr nach. Der Wunsch klang eher sarkastisch als freundlich.

Als Beate das rostige Zauntor aufschob, fuhr ihr das quietschend schabende Geräusch direkt in die Nerven. Auf dem Hof sah sie eine erloschene Feuerstelle, daneben leere Bierflaschen und Knochen, die vermutlich von verspeisten Tieren stammten. Dennoch machte sich ein Gefühl von Unbehagen in ihr breit. War es ein Fehler, hier allein aufzukreuzen? Wieso musste Josef Almgruber ausgerechnet jetzt in den Urlaub fahren? Bei einer Ermittlung zu zweit hätte sie sich sicherer gefühlt.

Als sie weiter auf das Haus zuging, flog auf einmal etwas durch die Luft, sauste an ihrem Kopf vorbei. Beate sprang erschrocken zur Seite. Dann erkannte sie, was es war: ein Stock. Kein besonders großer. Er hätte sie wohl kaum verletzen können. Wo kam der her?

Aus einer Ecke mit allerlei Gerümpel schoss plötzlich ein schwarzer Schäferhund heraus. Beate zuckte es in den Fingern, ihre Waffe aus dem Halfter zu ziehen. Doch sie ließ es. Das Tier stürzte sich zum Glück nur auf den Stock und nicht auf sie. Beate hörte ein Kichern. Von einem Kind?

Der Hund beachtete sie nicht weiter, schnappte sich den Stock und trug ihn zu dem Müllhaufen.

»Elsa?«, rief Beate auf gut Glück. Ein Mädchen, das anderen gern Streiche spielte ... Das musste sie doch sein, oder? Zumindest widersprach sie nicht.

»Ich würde gern mit dir reden und auch mit deiner Mutti«, erklärte Beate ins Nirgendwo und hoffte, dass sie erhört wurde.

Der Hund knurrte jetzt. Sonst blieb es still.

»Es geht um deine Lehrerin, Frau Reinhardt. Ich bin auf der Suche nach ihr!«

Beate ließ dem Kind Zeit, aus dem Gerümpel, das aus alten kaputten Möbeln, zusammengerollten Teppichen und zerstörten Fensterrahmen bestand, herauszukommen. Aber nichts geschah.

Vorsichtig bewegte sie sich auf die Ansammlung aussortierter Dinge zu, behielt dabei auch die Fenster und die Eingangstür im Auge. Es war kein Mensch zu sehen. Nur der Hund tauchte wieder auf, trabte auf sie zu und schnüffelte an ihr herum.

»He, du«, sagte Beate freundlich und fragte sich, ob sie für die empfindliche Nase nach Meerschweinchen roch. »Kannst du mir sagen, wo Elsa steckt?«

Sie wartete ab, als könnte der Hund tatsächlich antworten. »Elsa?«, wiederholte sie betont deutlich. Erkannte er den Namen am Klang? Vielleicht würde er sie ja zu dem Kind führen?

Der Vierbeiner wedelte mit dem Schwanz und lief auf das Haus zu, das still und finster wirkte. Beate folgte ihm einfach. Beim Eintreten bemerkte sie die Zahl 666, die neben einer Teufelsfratze in das verschrammte Holz der Tür geritzt worden war. In der Akte, die ihre Kollegin Sophie erstellt hatte, war eine Notiz zu Elsas Mutter enthalten: *Marion Mertens. Grufti-Szene?*

Beate wurde nicht so recht schlau daraus. Gruftis waren aus ihrer Sicht Menschen, die sich langweilten. Und die taten manchmal seltsame Dinge. Besonders, wenn sie in einer Gruppe lebten und die anderen mit ihren komischen Ideen beeindrucken wollten. In Leipzig, besonders in Connewitz, gab es schon länger eine schwarze Szene – eine Bewegung, die seit dem Mauerfall immer mehr wuchs. Schwarz gekleidete Jugendliche mit schwarz gefärbten Haaren, schwarz umrandeten Augen, die sich ihren Schmuck aus Klospülketten und geklauten Friedhofskreuzen zusammenbastelten. Zum zur Schau getragenen Weltschmerz passte auch der Teufelskult. Man betete das Böse an, nicht das Gute. War das nur eine Mode? Vor allem in dieser Ecke der Stadt wollte man wohl anders sein als anderswo. Aber waren die Jungs und Mädels deshalb gefährlich? Beate zuckte mit den Schultern. Sie persönlich fürchtete eher die Gewalt rechtsradikaler Skinheads, die mit Baseballschlägern und Messern über Ausländer und Obdachlose herfielen. Goethes Mephisto, eine Art Wahrzeichen von Leipzig, war wohl eher ein Waisenknabe gegen diese hirnlosen Brutalos.

Merkwürdigerweise erinnerte sich Beate plötzlich daran, wie

sie in der ersten Klasse als Teufel verkleidet in die Schule gegangen war. Es war Fasching, und ihre Mutter hatte ihr extra ein Teufelskostüm mit Hörnern und langem Schwanz geschneidert. Das Dumme war nur, dass die Feier erst am Nachmittag beginnen sollte. Die anderen Kinder hatten ihre Kostüme verstaut in Taschen und Turnbeuteln dabei. Beate saß verkleidet inmitten der normal Gekleideten und wurde ausgelacht dafür. Ausgerechnet als Teufel musste sie dort Stunde für Stunde absitzen! Die Demütigung hatte sie nie vergessen.

Etwas wie ein Schatten huschte oben auf der Treppe vorbei, und Beate hörte tapsige Schritte, als würde das Kind barfuß laufen.

»Elsa?«

Keine Antwort. Beate seufzte, lauschte eine Weile und begann schließlich, die Stufen hinaufzusteigen, die im dämmrigen Licht blutrot aussahen. Scherben knirschten unter ihren Füßen. Die meisten Fenster waren kaputt. Es war im Haus kälter als draußen und außerdem recht dunkel, trotz des Tageslichts, das durch die Fensterrahmen fiel.

Vermutlich konnte sich Elsa in jeder der Wohnungen vor ihr verstecken; sie waren bestimmt nicht abgeschlossen. Hausbesetzer ließen die Türen im Allgemeinen offen, schon weil sie keine Schlüssel besaßen. Wo sollte sie da anfangen zu suchen?

Beate hörte ein Bellen. Dann eine kindliche Stimme: »Sch, sch! Aus!«

Okay, das war nicht so weit weg, wie es schien.

»Komm, Hündchen, komm her zu mir!« Beate versuchte, ihre Worte so klingen zu lassen, als hätte sie etwas Schmackhaftes anzubieten.

Der Hund kläffte jetzt und winselte dann, als würde er zurückgehalten. Wieder ermahnte das Kind das Tier und bemühte sich, leise zu sprechen.

»Elsa? Hab keine Angst, ich will nur mit dir reden!«

Beate hörte eine Tür klappen. Dann folgten erneut tapsige Schritte. Hund und Kind. Sie liefen vor ihr davon. Sollte sie ihnen hinterherjagen?

»Sei vorsichtig, Elsa, hier sind Scherben auf den Stufen!«

»Weiß ich!«, kam es trotzig zurück.

Immerhin eine Antwort.

»Bleib einfach da stehen, wo du bist, ja? Ich komme zu dir hoch.«

»Ich darf nicht mit Fremden reden!«

»Das ist gut. Aber ich bin keine Fremde. Ich bin von der Polizei.«

»Mit Bullen darf ich erst recht nicht sprechen!«

»Na, so was«, murmelte Beate vor sich hin und fragte sich, ob sie das lustig finden oder sich ärgern sollte. »Wo sind deine Eltern? Wir können auch gemeinsam ...«

»Nicht da!« Die Stimme kreischte jetzt.

So leise sie konnte, schlich sich Beate die Stufen hinauf. »Wie heißt denn dein Hund?«, fragte sie, als sie Elsa endlich sah.

Die Kleine betrachtete sie mit lauerndem Blick, sie trug nur ein dreckiges Unterhemd und einen Slip und war tatsächlich barfuß.

»Er heißt: Dasgehtdichgarnichtsan!«

Beate lachte. »Schöner Name!«

Über Elsas Gesicht huschte ein Grinsen. In ihren Augen funkelte Neugier, aber ihr Körper signalisierte, dass sie auf dem Sprung war, auf der Flucht. Sie zog sich ein Stück am Treppengeländer hoch und blickte lauernd auf Beate hinab.

»Ich bin nicht wegen dir hier, auch nicht wegen deiner Mutter oder deinem Vater«, versuchte Beate zu erklären. »Ich will herausfinden, was mit deiner Lehrerin passiert ist, wo sie steckt. Ich weiß, dass sie hier war. Und jetzt ist sie verschwunden und wird vermisst.«

»Von wem?«

»Von mir zum Beispiel. Und von ihrer Freundin. Und sicher auch bald von den Kindern, wenn die Schule wieder losgeht. Wirst du sie denn nicht vermissen?«

Elsa seufzte plötzlich traurig. »Doch, schon, sie ist nett. Schade.«

»Was ist schade?«

Einen Moment war es still.

»Dass sie in das verbotene Zimmer gegangen ist«, flüsterte Elsa schließlich.

Beate spürte wieder ein unbehagliches Gefühl in sich aufsteigen. »Kannst du es mir zeigen?«, fragte sie.

3

Elsa sah die Polizistin misstrauisch an. Stimmte, was sie sagte? Suchte sie wirklich nach Frau Reinhardt? Elsa hatte gar nicht gewusst, dass ihre Lehrerin auch einen Vornamen hatte. In der Schule hießen die Erwachsenen Herr oder Frau Sowieso. Ina hatte nur drei Buchstaben. I, N und A. Das konnte sie sich leicht merken und vielleicht mal an die Tafel schreiben, wenn Frau Reinhardt wieder da war. *Ina isst einen Apfel. Ina wohnt im Haus. Ina geht aufs Klo.* Da würde sie sich wundern, wenn Elsa mit der Kreide in Schönschrift ihren Vornamen schrieb. *Ina ist verschwunden*, hatte die Polizistin erklärt. Wo steckte Frau Reinhardt bloß?

»Bist du wirklich Polizistin?« Elsa legte den Kopf schräg. »Wieso hast du keine Uniform?«

»Weil ich bei der Kriminalpolizei bin«, sagte sie. »Wenn ich jemanden heimlich verfolge, soll er es nicht gleich merken und mich nicht erkennen.«

»Du meinst einen Verbrecher?«

»Jemanden, der das Gesetz gebrochen hat. Ja.«

Wie brach man ein Gesetz? Elsa verstand das nicht. Man konnte einen Stock durchbrechen oder einen Keks, wenn man ihn teilen wollte und nur einen hatte. Aber wie konnte man etwas, das in einem Buch oder auf einem Stück Papier stand, durchbrechen?

»Manchmal muss ich einen Verdächtigen eine Weile beobachten, ohne dass er merkt, dass ich Polizistin bin.«

»Du meinst einen Mörder?«, fragte Elsa hartnäckig.

»Auch. Aber zeigst du mir jetzt das verbotene Zimmer?« Die Frau sprach auf einmal schnell. Sie war ungeduldig.

Elsa schluckte. Konnte sie der Polizistin trauen? Wieso wollte sie das verbotene Zimmer unbedingt sehen? Genau wie Frau Reinhardt. Sie war hineingegangen, obwohl Elsa sie gewarnt hatte. Und dann war sie nicht mehr herausgekommen. Was, wenn auch die Polizistin verschwand? Wie in einem Gruselfilm. Die Erwachsenen guckten manchmal solche Filme. Ab und zu hatte Elsa heimlich unter dem Tisch gesessen und zugeschaut. Und Angst bekommen, wenn der Mann mit der Axt kam. Dann hatte sie sich die Augen zugehalten. Klar, der Mann mit der Axt war nicht echt, der war im Fernseher und konnte da nicht raus. Aber irgendwo lief er vielleicht frei herum. Vielleicht hatte er ja Frau Reinhardt erwischt. Das wäre dumm. Elsa mochte sie.

»Ist Frau Reinhardt tot?«

Die Polizistin schüttelte den Kopf. »Wie kommst du darauf? Sie wird vermisst. Das heißt, sie ist nicht nach Hause gekommen. Und ich will sie finden. Verstehst du?«

»Klar, bin ja nicht blöd.«

»Das weiß ich doch«, sagte die Polizistin. »Wo ist deine Mutter? Kann ich mit ihr sprechen?«

»Die Erwachsenen sind auf dem Flohmarkt«, sagte Elsa. »Zeug verkaufen.«

»Zeug?« Die Polizistin machte ein komisches Gesicht, als würde sie das Wort nicht kennen.

Elsa nickte. »Klamotten und Kram. Aus dem Haus. Altes Zeug eben. Tassen, Teller, Bilder ... zwei Nachttische ... einen Schaukelstuhl!« Den hätte Elsa gern behalten, aber das sagte sie lieber nicht. Der Schaukelstuhl war vielleicht geklaut. Jedenfalls gehörte er Leuten, die mal hier gewohnt hatten und jetzt nicht mehr da waren. War das dann geklaut oder gefunden?

»Und wieso wolltest du nicht mit auf den Flohmarkt?«

»Ich mag keine Flöhe.« Sie hielt es einen Moment aus, ernst zu gucken, dann prustete sie los.

Die Polizistin nickte und zwinkerte ihr zu. »Verstehe. Du bist ein Scherzkeks, was? Wann kommt deine Mutter denn wieder?«

Elsa zuckte mit den Achseln. »Sie wollen noch Farbe und Tapete kaufen gehen, wenn sie genug Geld haben«, erklärte sie.

»Und lassen dich hier allein?«

»Bin nicht allein!« Elsa deutete auf Blacky, ihre Hündin, die sich in einer Ecke zusammengerollt hatte und schlief. Blacky war schon alt, fast eine Oma. Sie schlief viel. Manchmal legte sich Elsa zu ihr und ließ sich von ihr wärmen. Das war besser als eine Decke.

»Da hast du ja Glück, dass du so einen guten Freund hast.« Die Stimme der Polizistin klang wieder nett.

»Frau Reinhardt hatte Angst vor Blacky. Du hast keine Angst, oder?«

Beate schüttelte den Kopf. »Ich mag Hunde. Hat deine Lehrerin eigentlich mit deiner Mutter gesprochen, als sie dich nach Hause brachte?«

»Frau Reinhardt ist in das verbotene Zimmer gegangen, hab ich dir doch schon gesagt!« Elsa schlug sich mit der flachen Hand gegen die Stirn.

»Und kannst du mir erzählen, wer sonst noch in diesem Zimmer gewesen ist?«

Elsa seufzte. Diese Polizistin war wohl ein bisschen dumm. »Niemand. Es ist doch verboten! Man darf da nicht rein.«

»Es wäre trotzdem gut, wenn du mir diesen Raum zeigen würdest. Du brauchst ja nicht mit mir hineingehen. Ich muss aber jeder Spur nachgehen.«

Elsa reagierte nicht. Sie spürte, dass ihre Hände ganz kalt wurden. Eisig, als würde sie in Schnee baden. Sie hätte sich am liebsten einfach zu Blacky gelegt, sich gewärmt, ein bisschen geschlafen, bis die Erwachsenen zurückkommen würden. Vielleicht brachte ihre Mutter ihr etwas vom Flohmarkt mit. Einen Ball oder ein Memoryspiel. Ihr alter Ball war kaputt, weil Blacky reingebissen hatte. Beim Memory gewann Elsa immer. Die Erwachsenen waren einfach zu doof, sich die richtige Reihenfolge der Bilder zu merken.

»Du möchtest doch auch, dass Frau Reinhardt gefunden wird?«

Elsa schob sich die kalten Hände unter die warmen Achseln. »Klar. Sie ist wirklich nett. Hat mich sogar mit ihrem Auto hergebracht ...« Und wegen mir ist sie verschwunden, dachte sie und zitterte plötzlich. Nur wegen mir.

»Ist dir kalt? Du solltest dir was Warmes anziehen. Wo sind denn deine Sachen?« Die Polizistin musterte sie besorgt. Dann zog sie ihre Jeansjacke aus und legte sie ihr um die Schultern. »Ich heiße übrigens Beate.«

Elsa spürte die Wärme auf ihrer Haut, als würde sie umarmt werden. Es fühlte sich gut an. Wie die Flammen eines Lagerfeuers, die plötzlich freundlich nach ihr züngelten.

»Sie hat dich also mit ihrem Auto hergebracht? Und ist dieses Auto noch da?«

Elsa kratzte sich die Nase. Das half ihr manchmal beim Nachdenken. Aber ihr fiel trotzdem keine richtige Antwort ein. »Weiß nicht. Hab es jedenfalls nicht mehr gesehen.«

»Wo hatte sie das Auto denn geparkt?«

Elsa zuckte mit den Achseln. Sie hatte keine Lust mehr zu antworten. Manchmal war es einfach besser, den Mund zu halten. Ihre Mutter wollte schließlich nicht, dass sie mit Bullen redete. Aber was war mit Frau Reinhardt?

Die Polizistin guckte jetzt ganz ernst. Sie fragte einfach zu viel. Wie Frau Reinhardt, wenn Elsa an der Tafel stand und die Aufgabe nicht lösen konnte.

»Na schön. Komm mit. Ich zeige dir das Zimmer«, sagte Elsa, bevor die Polizistin wieder etwas fragen konnte. »Aber du musst vorsichtig sein.«

Die letzten Worte flüsterte sie.

4

Beate ließ die Kleine nicht aus den Augen, während sie ihr Stufe für Stufe hinauffolgte. Das Treppenhaus war dunkel und schmutzig. An manchen Stellen fehlte das Geländer. Die Jeansjacke, die sie Elsa gegeben hatte, lag wie eine Decke über dem schmalen Körper, die Ärmel hingen wie bei einer Vogelscheuche herab und reichten der Kleinen bis zu den Knien. Das Kind tat ihr leid. Auch wenn es clever wirkte, selbstständig und intelligent, erschien es ihr einsam. Nur der alte schwarze Hund, der ihnen auch jetzt folgte, war ein zuverlässiger Begleiter. Vielleicht beschützte er das Mädchen sogar. Beate kannte sich nicht gut genug mit Hunden aus, um das beurteilen zu können. Aber wer von den Bewohnern in diesem Haus kümmerte sich um die Kleine, verarztete sie, wenn sie krank war oder ein aufgeschlagenes Knie hatte, tröstete sie, wenn sie weinte? Die Lehrerin, Ina Reinhardt, musste bemerkt haben, dass etwas nicht stimmte.

War sie deshalb verschwunden? Hatte einer der Bewohner dieses Hauses sich von ihrer Fürsorge und Neugier gestört gefühlt? Ihr etwas angetan?

Doch vielleicht täuschte sich Beate ja auch. Kinder zogen sich eben aus, wenn ihnen danach war, machten sich schmutzig, beschmierten Wände, hatten Rotznasen oder gelegentlich auch Läuse – um die sie sich nur wenig scherten, solange die Erwachsenen nicht ein Theater daraus machten. Dass Elsa allein und halb nackt durchs Haus stromerte, musste nichts bedeuten.

Und dieses *verbotene Zimmer* hatte sie sich vielleicht auch nur ausgedacht?

Elsas Schritte wurden langsamer, sie blickte sich um, runzelte die Stirn, sodass sie plötzlich älter aussah, als sie war.

»Alles in Ordnung?«, fragte Beate.

»Wir sind da.« So wie das Kind es sagte, klang es, als wären sie einen steilen Berg hinaufgestiegen und stünden jetzt vor einem Abgrund. Elsa wandte sich umständlich, schwankend, als würde sie auf der Stufe den Halt verlieren, nach vorn und deutete auf eine Tür mit ein paar Einkerbungen. »Hier ist es.«

Auch an dieser Tür waren Teufelsfratzen in das Holz geritzt, die Zahl 666 und merkwürdige Zeichen, die Beate auf den ersten Blick nicht deuten konnte.

»Okay, ich gehe rein, und du wartest hier draußen!«

Sie versuchte, streng und bestimmt zu klingen. Das war keine Bitte, sondern der Befehl einer Polizistin, aber sie war sich nicht sicher, ob Elsa sie überhaupt für voll nahm. Das Mädchen starrte nervös an ihr vorbei, auf das verbotene Zimmer, die seltsamen Zeichen, und knabberte an ihrem Daumennagel herum.

»Hast du mich verstanden?«

»Sie ist da reingegangen, und dann war sie weg«, sagte Elsa.

»Kannst du mir genau erzählen, was passiert ist?«

»Hab ich doch schon.«

»Woher weißt du, dass deine Lehrerin nicht mehr aus diesem Raum gekommen ist? Hast du vor der Tür auf sie gewartet?«

»Nee. Ich bin in mein Zimmer gegangen. Sie sollte ja nachkommen. Aber sie kam nicht. Sie war einfach ... weg ... verschwunden.«

»Okay, Elsa. Diesmal bleibst du hier. Ich bin gleich wieder da, versprochen.«

Sie nickte, sah aber keineswegs beruhigt aus. Wie ein Kleinkind steckte sie den Daumen ganz in den Mund. Der Hund drängte sich an sie und winselte leise.

Beate drückte die Klinke hinunter, die Tür bewegte sich, öffnete sich jedoch nur einen winzigen Spalt. Erst jetzt bemerkte sie die Kette, die so weit oben angebracht war, dass keine Kinderhand sie erreichen konnte. Sie wechselte noch einen Blick mit Elsa, lächelte ihr zu und löste die Sicherheitskette.

Der Raum, den sie vorsichtig betrat, war dunkel. Ein süßlich fauler Geruch stieg ihr in die Nase. Irgendetwas Verdorbenes? Kein Leichengeruch, versuchte sie sich zu beruhigen. Und wenn doch? Lag die Lehrerin da irgendwo in einer finsteren Ecke?

Beate kramte ihre Taschenlampe hervor, tastete nach ihrer Waffe.

»Vogt, Kripo Leipzig. Ist wer anwesend?« Ihr kam ihre eigene Frage merkwürdig vor. Schließlich war die Tür von außen versperrt gewesen. Wer sollte schon hier sein? Es sei denn … *Es sei denn?*

Sie ließ den Lichtkegel erst schnell und hektisch, dann langsam und sorgfältig durch den Raum kreisen, doch sie konnte keinen Menschen sehen. Nur Krempel, wie es schien. Altes Zeug, Gerümpel, eine Matratze, vermutlich aussortiert aus den Zimmern des Hauses.

Beate versuchte, genauer hinzusehen, und richtete den Lichtstrahl auf den Fußboden. Da lag eine fleckige Decke, und etwas befand sich darunter. Etwas? … Oder *jemand?*

Auf einmal hörte sie ein Geräusch, ein leises Knarren. Beate blickte sich um.

Elsa stand im Türspalt und sah zu ihr hinein. »Ist sie da?«, flüsterte sie. »Frau Reinhardt?«

»Bleib draußen! Ich komme gleich zu dir. Versprochen.«

Beate starrte wieder auf die Decke. Zumindest rührte sich nichts unter dem Stoff. Wenn da ein Mensch lag, hätte er sie hören müssen. Falls der Mensch noch lebte.

Wieder nahm sie den modrigen Geruch wahr. Er schien sich schon in ihrer Nase eingenistet zu haben. Woher kam er? War das wichtig? Vielleicht der Kadaver von einer Ratte, der unter den Dielenbrettern vermoderte.

Zögernd näherte sie sich der Decke.

Die Flecken wirkten in dem diffusen Licht rötlich braun. War das Blut?

Sie wünschte, Steffen wäre hier. Er hätte gleich erkannt, um was für Spuren es sich handelte.

Noch einmal tastete sie nach ihrer Waffe, ließ sie aber im Halfter. Es gab keinen Anlass, sie zu ziehen. Sie wollte sich nur vergewissern, dass sie sich schützen konnte, dass sie jederzeit Herrin der Lage war. Sie stieß leicht mit dem Fuß gegen die Decke, wartete einen Herzschlag lang, dann bückte sie sich und riss sie mit einem Ruck hoch.

Einen Moment stand sie wie erstarrt und betrachtete die Fundstücke im Schein der Taschenlampe.

»Elsa, kommst du mal bitte?«, fragte sie dann. Sie wandte sich kurz um und sah das blasse Gesicht auftauchen wie ein Gespenst.

»Weißt du, wem das gehört?«

Elsa nickte sprachlos.

»Und sagst du es mir bitte?«

»Ihr.«

»Deiner Lehrerin?«

»Ja.«

»Bist du sicher?«

Elsa verdrehte die Augen. »Das ist *ihre* Tasche, und das ist ihr Mantel. Und der Schuh ... Wo ist der andere? Wo ist der zweite Schuh, verdammte Scheiße?« Elsa stampfte wütend mit dem Fuß auf.

Beate seufzte. Sie brauchte einen Durchsuchungsbeschluss für das ganze Haus, sie musste Arno Berg Bescheid sagen und die Spurensicherung verständigen. Sie mussten auch die Wohnung der Vermissten unter die Lupe nehmen und nach Hinweisen suchen.

»Danke für deine Hilfe, Elsa.«

»Ist es meine Schuld?«, fragte das Mädchen.

»Was? Was ist deine Schuld?«

»Dass sie verschwunden ist.« Ihre Stimme klang kleinlaut, ängstlich, gepresst, als würde sie gleich weinen.

»Ach, Quatsch!«, rutschte es Beate heraus. »Es ist *nicht* deine Schuld!« Sie strich Elsa kurz über den Kopf. »Wie kommst du nur darauf? Mach dir keine Sorgen. Wir werden Frau Reinhardt schon finden.«

Beate warf noch einmal einen Blick auf die Flecken. Sie war sich jetzt ziemlich sicher, dass es Blutspuren waren.

5

Ina Reinhardt erwachte von einem Geräusch. Irgendwo klapperte Metall auf Metall. Sie wusste allerdings nicht, ob sie geschlafen hatte oder ohnmächtig gewesen war.

Sie lag in einem schmalen Stockbett, blickte verwirrt von oben hinab. Der Raum war lang wie ein Schlauch und bestand aus kahlen, schmierigen Betonwänden, einem kalten grauen Fußboden ohne Teppich. Außer den Betten gab es hier nur ein paar einfache Stühle, die an der Wand standen. Es sah aus wie bei der Armee, und sie fragte sich, ob sie in einer stillgelegten NVA-Kaserne gelandet war. Aber es existierten keine Fenster. Und in einer Kaserne würde es doch Fenster geben, oder? Kein einziger Strahl Tageslicht fiel in dieses Verlies. Die schummrige Beleuchtung kam aus einer von einem Gitter umfassten Schildkrötenlampe. Die Luft schien ihr eigenartig feucht zu sein. War das ein Keller? Zumindest war es so kalt wie in einem Keller.

Ein Zittern schüttelte ihren Körper. Sie zog die muffig stinkende Decke bis zum Kinn hoch. Aber sie zitterte trotzdem. Ein paar Sekunden lang klapperten ihre Zähne. Vor Kälte oder vor Angst? Sie wusste es nicht.

Sie wusste auch nicht, wie lange sie hier schon vor sich hin dämmerte. Als sie das erste Mal in ihrem Gefängnis erwacht war, hatte ihr Schädel schrecklich geschmerzt, und als sie nach der Ursache tastete, hatte sie etwas Feuchtes, Klebriges zwischen ihren Haaren gefühlt.

Sie begriff nicht gleich, dass es Blut war.

Wie konnte das sein? Wo befand sie sich? Was war passiert? Wer hatte sie hierhergebracht? War sie entführt worden? Von wem? Wozu? Wie lange war sie schon hier? Suchte man nach ihr? Aber wer sollte schon nach ihr suchen?

Die Fragen hämmerten in ihrem Kopf, pochten im schnellen Rhythmus ihres Herzens und drehten sich wie im Strudel. Sosehr sie auch überlegte, sie fand keine Antworten. Vorsichtig tastete sie nach ihrer Verletzung. Das Blut war getrocknet, aber die Wunde brannte noch. Sie versuchte, sich zu erinnern: Das Kind. Elsa. Das Haus. Der Hof. Das Feuer. Die Menschen. Der Hund. Dieses schwarze Wesen, das direkt aus der Hölle zu ihr zu kommen schien. Sein widerlicher Geruch. Seine heraushängende Zunge. Seine Augen, die sie anstarrten. Ihre Panikattacke. Aber das war es nicht ... nicht das Entscheidende. Sie ging in Gedanken noch einmal die Treppe in dem Connewitzer Haus hoch, in das Zimmer, das so dunkel gewesen war. Kein Lichtschalter. Oder doch. Aber er funktionierte nicht. Sie schaltete ein paarmal hin und her. Kein Licht. Keine Lampe. Warum blieb sie dort? Zumindest einen Augenblick zu lang? Wieso zögerte sie zu gehen? Sie wollte alles richtig machen. Vielleicht ging deshalb alles schief. Warum musste sie unbedingt Elsa nach Hause bringen? Sie hätte auch einfach das Jugendamt verständigen können. Verdacht auf Verwahrlosung. Das wäre für die doch nichts Neues.

Wie eine abgestellte Puppe hatte sie in diesem Raum gestanden. Jemand war hereingekommen. Kam in das verbotene Zimmer. Das wusste sie noch. Sie hörte das leise Knarren der Tür. Es gelang ihr nicht, sich umzudrehen. Etwas hielt sie davon ab. Was?

Sie erinnerte sich nicht. Ein Schlag? Schlug er sie sofort nieder? War sie, als sie sich umdrehen wollte, niedergeschlagen worden?

Und dann? Was passierte danach?

Als sie wieder aufgewacht war, lag sie in einem Kofferraum. Sie konnte sich nicht bewegen, ihr Körper war in etwas eingewickelt. In einen Teppich. Ihre Hände und Füße waren gefesselt. Nur ihr Gesicht war frei. Ihr Kopf schmerzte. Der Wagen fuhr. Sie wurde durchgeschüttelt, durchgerüttelt. Ihr wurde schwindlig. Blut lief ihr in die Augen. Etwas Saures stieg aus ihrem Hals. Sie konnte es nicht ausspucken. Als sie begriff, dass ein Knebel sie daran hinderte, flammte wieder Panik in ihr auf. Keine Luft. Sie brauchte Luft. *Ruhig, bleib ruhig.* Notgedrungen schluckte sie das Saure hinunter. Sie kämpfte gegen die Übelkeit, gegen die Panik. *Atme durch die Nase,* sagte sie sich, als wäre sie ihre eigene Schülerin. *Ein, aus. Durch die Nase. Nicht aufregen. Du kannst atmen. Du bekommst Luft.*

Sie krümmte sich wie ein Wurm. War sie noch okay? War ihr Körper unversehrt? Sie fühlte den Schuh an ihrem rechten Fuß. Ihr linker Fuß war nackt. Was sollte sie mit nur einem Schuh? Er hing an ihr wie ein Gewicht, wie Ballast. Womöglich würde er sie daran hindern, zu fliehen. Sie zappelte mit den Beinen, so gut sie konnte. Der Schuh fiel ab. Sie atmete auf.

Wo fuhren sie hin?

Es war keine glatte Straße. Kopfsteinpflaster? Nichts Gleichmäßiges. Kein rhythmisches Auf und Ab. Sie holperten, als wären sie auf einer unebenen Fläche, sackten, wie es schien, in ein Schlagloch.

Das ist doch verrückt! Das konnte alles nicht wahr sein! Der Wagen krachte über ein Hindernis. Ihr Schädel knallte gegen die Heckklappe. Sie sah Sterne. Dann musste sie wohl erneut das Bewusstsein verloren haben.

Und jetzt saß sie an einem unbekannten Ort fest.

Befand sich in der Gewalt eines Fremden, der, wie es aussah, sie niedergeschlagen und entführt hatte. Befand sich in einem Raum, der in einer langen Reihe vollgestellt war mit Dreistockbetten aus Metall.

Mit summendem Schädel war sie in die dritte Etage des Bettgestells hinaufgeklettert. Obwohl die Abstände zwischen den Liegeflächen schmal waren, dauerte es, bis sie es geschafft hatte. Ihre Beine fühlten sich taub an. Ihre Arme fühlten sich taub an. Ihre Hände ... Sie konnte nicht richtig greifen. War das eine Nachwirkung vom Schlag auf den Kopf?

Oben war sie geschützter, bildete sie sich ein. Sie konnte besser erkennen, was da unten geschah.

Aber es geschah nichts. Sie lag da, zitterte, bibberte, wartete, dass etwas passieren würde. Vielleicht hatte man sie verwechselt? Womöglich wollte man gar nicht sie entführen? Sie war nicht reich, es gab nichts zu holen. Auch bei ihrer Verwandtschaft nicht. Niemand würde ein Lösegeld für sie zahlen. Niemand.

Das alles hier konnte nur ein Irrtum sein. Sie würden sie laufen lassen, wenn sie es bemerkten, ihren Fehler bemerkten. Wer immer *sie* waren.

Dilettanten, dachte sie verächtlich. Ihr habt die Falsche! Ihr habt das *Narbengesicht*.

Vielleicht steckten diese Schwarzgekleideten, die Bier trinkend an dem Lagerfeuer gehockt hatten, dahinter? Diese ... merkwürdigen ... Gestalten. Waren sie etwa Teufelsanbeter? Gab es jetzt schon Sekten in der ehemaligen DDR? Immerhin trieben sich sogenannte Gruftis bereits seit einigen Jahren auf Friedhöfen herum, wenn man den Gerüchten glauben durfte. Was taten die da eigentlich? Leichen ausbuddeln? Die Geister der Toten beschwören?

Aber irgendwie traute Ina den jungen Leuten, die sie gesehen hatte, eine Entführung nicht zu. Sie wirkten eher, als lebten sie in den Tag hinein, als hausten sie ausschließlich in ihrer eigenen Welt. Es war ihr vorgekommen, als hätten sie Ina bei ihrer Ankunft gar nicht wahrgenommen. Und das lag sicher nicht nur am Bier, das sie tranken. Ina war für sie uninteressant gewesen. Eine belanglose Person, die von außen kam, mit der sie nichts zu tun haben wollten.

Also wer könnte es auf sie abgesehen haben?

Ein Geisteskranker? Ein Psychopath? Ein Vergewaltiger? Ein Frauenmörder? Oder doch jemand, der sie kannte, den sie kannte?

Den Geräuschen nach zu urteilen, die manchmal bis zu ihr schallten, war es ein Einzelner. Die Schwere der Schritte ließ sie auf einen Mann schließen. Auf einen kräftigen Mann. Schließlich musste er sie hierherbugsiert haben, und sie war nicht gerade ein Fliegengewicht.

Ina hatte blaue Flecken auf ihrer Haut bemerkt, auf Armen und Beinen. Entweder hatte sie sich die Prellungen im Kofferraum des Autos zugezogen, oder der Entführer, wer immer er auch sein mochte, war alles andere als schonend mit ihr, ihrem ohnmächtigen Körper umgegangen. Wenn er sie verschleppt hatte, um etwas Schlimmes mit ihr anzustellen, warum kam er dann nicht? Wieso brachte er sein Werk nicht zu Ende? Wollte er sie auf die Folter spannen? Sie mürbe machen, sie seelisch quälen? Und sie dann ... ja was? Töten?

»Wer bist du?«, fragte sie leise. »Warum zeigst du dich nicht?«

Hatte irgendwer mitbekommen, dass sie verschwunden war?

Elsa? Sie musste sich zumindest gewundert haben, dass ihre Lehrerin nicht mehr auftauchte. Aber sie war ein Kind, vergaß sicher im nächsten Moment, worüber sie eben noch erstaunt gewesen war. Würde die Polizei nach Ina suchen? Doch wer sollte die Kripo verständigen? Das Kind bestimmt nicht. Ihre Kollegen? Die Schule begann erst nach Ostern wieder. Dort würde sich niemand Sorgen machen. Friederike fiel ihr ein. Mit ihr war sie verabredet gewesen.

Einen Moment sah sie die Freundin im Café gegenüber der Thomaskirche sitzen und auf Ina warten. Sie sah sie auf die Uhr und zur Tür schauen, dann durchs Fenster Richtung Denkmal des Komponisten Johann Sebastian Bach. Sie sah ihre Freundin schon mal eine Tasse Kaffee und eine Leipziger Lerche bestellen, das Gebäck, das sie so mochte, sie sah sie die Passanten betrachten in der Erwartung, dass Ina jeden Moment auftauchen würde, und schließlich sah Ina sie verärgert die Stirn runzeln. So deutlich, als wäre sie tatsächlich dabei gewesen. Es kam ihr vor, als könnte sie ihre Stimme hören, ihr leises Fluchen. Wie lange hatte Friederike umsonst gewartet? Würde sie sich Sorgen machen? Und ging sie deshalb zur Polizei? Nur wegen einer geplatzten Verabredung?

Ina seufzte und starrte durch den Raum. 8 Bettgestelle, also 24 Schlafplätze, zählte sie. Blaue dünne Matratzen auf Metallbetten, auf denen je ein Schlafsack in militärischem Grün, zwei graue Decken und karierte Bettwäsche lagen. Für wen? Warum war sie hier?

Irgendwo knallte eine Tür. Ina zuckte zusammen. Die Schritte waren deutlich zu vernehmen. Sie klangen laut und zackig, als würde der Unbekannte durch den Betonbau marschieren. Kam er jetzt? Was sollte sie tun? Wie sollte sie sich wehren? Würde sie den Tag überstehen? Würde sie morgen noch leben?

Ina schob sich an die Wand, kauerte sich zusammen wie ein Embryo. Sie spürte einen harten Gegenstand an ihrer Hüfte und tastete danach.

Das Taschenmesser! Die Klinge klebte und roch nach Apfel.

6

Beate sah sich in dem Raum um, den sie mit Elsa betrat. Offenbar war das die Küche, jedenfalls standen Kisten mit Lebensmitteln und leeren und vollen Bierflaschen herum. Ansonsten wirkte er auf Beate so chaotisch wie das ganze Haus. Die Kacheln an der Wand waren vielleicht einmal schön gewesen, ein maritimes Muster war noch zu erkennen. Jetzt hatten sie Risse und Flecken. Beate hatte Elsa von dem verbotenen Zimmer, das vermutlich ein Tatort war, weggelotst. Sie wollte nicht, dass das Kind die Blutspritzer, die wohl von ihrer Lehrerin stammten, entdeckte. Auch durften sie keine Spuren verwischen.

Der alte Schäferhund, der Blacky hieß, wie Beate indessen wusste, legte sich auf einer Decke nieder und blinzelte zu den Menschen hinauf. Doch auf einmal sprang er auf die Beine und stieß erst ein leises, dann ein lautes Kläffen aus.

»Sie kommen«, sagte Elsa.

»Deine Mutter?«

Elsa antwortete nicht und stürmte mit Blacky aus der Küche.

Beate folgte ihr. Sie hörte, wie die Haustür krachend aufgestoßen wurde und dann Elsas aufgeregte helle Stimme.

Auf dem Hof stand ein großer schmutziger Wagen, der so alt aussah, dass er vermutlich auch als Oldtimer durchgehen würde. Die zumeist jungen Leute trugen schwarze Klamotten, lange klimpernde Silberketten, und ihre pechschwarzen Haare wirkten wie aufgeplustertes Gefieder von Raben. Sie waren dabei, die eingekauften Dinge auszuladen und ins Haus zu bringen. Sie beachteten Beate nicht weiter.

Die Frau, die mit Elsa redete, schleppte ein paar Tapetenrollen und einen Eimer Farbe. Sie blickte misstrauisch zu Beate hinüber. Eigentlich wirkte sie zu jung, um ein achtjähriges Kind zu haben. Beate Vogt schätzte sie auf 23 oder 24 Jahre. Auch sie trug Schwarz, als käme sie von einer Beerdigung.

Mit schnellen Schritten ging Beate auf die Frau zu und streckte ihr die Hand entgegen. »Guten Tag. Marion Mertens? Ich bin von der Kripo Leipzig. Ich würde gern mit Ihnen reden.«

Elsas Mutter wich vor ihr zurück, als hätte sie eine ansteckende Krankheit. »Was soll das? Was wollen Sie hier? Wer sind Sie überhaupt?« Sie warf ihr einen wütenden Blick zu.

»Vogt. Mein Name ist Beate Vogt. Es geht um eine vermisste Person, die zuletzt in diesem Haus hier gesehen wurde.«

Die Frau schien einen Moment zu versteinern. Sie presste die Lippen zusammen und musterte Beate feindselig.

»Meine Lehrerin!«, rief Elsa. »Frau Reinhardt. Sie heißt Ina mit ihrem Vornamen, und sie ist verschwunden! Ich hab dir doch von ihr erzählt, Mama!« Elsa zupfte an Beates Jeansjacke herum, die ihr von den Schultern rutschte, knabberte an ihren Fingernägeln und trat von einem Bein auf das andere.

»Was hast du da überhaupt an?«, fragte ihre Mutter schroff.

»Die Jacke ist von der Polizistin«, erklärte Elsa.

Beate spürte den kalten Blick der Erwachsenen. Offenbar passte ihr nicht, dass ihre Tochter das Kleidungsstück einer Polizistin trug. Offenbar passte ihr erst recht nicht, dass die Kripo sie belästigte.

»Ein bisschen zu groß für dich, Süße.« Sie lachte frostig. »In dem Ding siehst du aus wie eine Vogelscheuche.«

Elsa sah an sich herunter. Dann schlug sie mit den Ärmeln wie mit Flügeln. Wenn ihre Mutter sie verletzt haben sollte, zeigte sie das zumindest nicht.

»Können wir irgendwo unter vier Augen miteinander reden?«, fragte Beate.

»Wozu das denn?«

»Es ist wichtig, Frau Mertens.«

»Meine Mama heißt Marion. Manche sagen auch Maro zu ihr. Du brauchst nicht Frau zu ihr zu sagen.«

Beate nickte und lächelte gegen das Misstrauen an, das ihr von Elsas Mutter entgegengebracht wurde. Aber Marions störrischer Gesichtsausdruck änderte sich nicht.

»Es könnte sein ... beziehungsweise, es ist sehr wahrscheinlich, dass Frau Reinhardt sich in Gefahr befindet. Die Lehrerin Ihrer Tochter war hier, um Sie zu sprechen. Und dann ist sie verschwunden!«

»Hat sie aber nicht. Mit mir gesprochen, meine ich.«

»Wir können uns auch auf dem Revier weiterunterhalten, wenn Ihnen das lieber ist.«

Die Frau blieb stocksteif stehen und blickte Beate an, als würde sie ihr nicht glauben. »Wenn es sein muss«, sagte sie schließlich. »Dann lieber gleich. Sie sehen ja, was hier los ist. Wir haben eine Menge zu tun!«

»Ja, es muss sein. Können wir reingehen? Elsa, ich möchte mit deiner Mutter mal allein reden. Ist das okay?«

Elsa verdrehte die Augen. »Jaja. Das heißt: Leck mich am Arsch. Oder: Ist ja schon gut. Eigentlich mag Mama keine Bullen.«

»Ich glaube aber nicht, dass ich Ihnen helfen kann«, sagte Marion schnell und errötete. »Ich habe die Lehrerin nicht gesehen und weiß nicht, was ihr passiert sein könnte.« Elsas Mutter sah plötzlich verunsichert aus. »Ich hoffe natürlich, ihr ist *nichts* passiert.«

»Das hoffe ich auch«, sagte Beate.

»Ich hoffe das ganz doll!«, rief Elsa und streichelte ihren Hund. »Es wäre schlimm, wenn sie nicht mehr in die Schule kommt. Wir müssen ihr helfen!«

Einen Moment wollte Beate dem Kind Trost zusprechen oder ihm beruhigend über den Kopf streichen. Aber solange Elsas Mutter so angespannt neben ihr stand, schien das nicht zu passen. »Können wir reingehen?«, drängte Beate stattdessen.

Marion führte Beate in ein kleines Zimmer, das schon gestrichen war. Es wirkte hell und freundlich. Sie setzten sich auf uralte staubige Sessel, in denen man sofort versank. Beate hielt sich nicht mit einer Vorrede auf. Sie berichtete von dem Raum, in dem Ina Reinhardt gewesen war, von ihrer Tasche, ihrem Mantel und den Blutspuren.

»Vielleicht war sie nur im Stress oder durcheinander und hat Nasenbluten bekommen«, sagte Marion.

»Ein Schuh lag noch dort. Meinen Sie, sie wäre nur mit einem Schuh losgelaufen?« Beate spürte leise Wut in sich aufsteigen. »Haben Sie vielleicht in den letzten Tagen irgendwo im Haus einen einzelnen Schuh gesehen?«

Die Frau schüttelte den Kopf. »Sorry, ich wollte nicht bezweifeln, dass da was ... schiefgelaufen ist. Aber ich wüsste nicht, wie ich Ihnen weiterhelfen kann.«

»Wo waren Sie am 26. März? Konkret zu dem Zeitpunkt, als Elsa mit der Lehrerin nach Hause kam?«

»Ich war hier. Ich hab gepennt. Die Arbeit am Haus ist ziemlich ermüdend.«

»Das glaube ich Ihnen, dass das anstrengend ist. Sie haben also die ganze Zeit geschlafen und nichts mitbekommen?«

»So ist es. Ich wusste nicht, dass Elsas Lehrerin kommt.«

»Es war kein angemeldeter Besuch. Frau Reinhardt hat sich offenbar Sorgen gemacht, weil Ihre Tochter keinen Ranzen dabeihatte und keine Schuhe trug.«

»Rufen Sie jetzt das Jugendamt?«, fragte Marion. Ihre Miene verfinsterte sich.

Beate schüttelte den Kopf. »Nein, ich bin hier wegen der vermissten Ina Reinhardt, wie Sie ja schon wissen.«

»Elsa hat eben ihren eigenen Kopf.« Sie holte tief Luft. »Was die Lehrerin betrifft: Was machen wir denn jetzt?« Kurz wirkte sie tatsächlich ratlos.

»Ganz einfach: Wir beide gehen von Raum zu Raum und schauen nach, ob wir Frau Reinhardt irgendwo finden.« Beate redete so entschlossen, wie sie konnte.

»Glauben Sie, dass die Lehrerin noch hier ist?«, fragte Elsas Mutter erstaunt.

»Ich muss es in Betracht ziehen. Niemand hat sie aus dem Haus gehen sehen. Es schadet nichts, nachzusehen.« Abgesehen davon, dass ich vielleicht unnötig Zeit verliere, dachte Beate.

»Wenn es sein muss. Okay.«

»Und ich muss auch noch mit Ihren Mitbewohnern reden. Vielleicht hat ja jemand etwas bemerkt. Später wird sich die Spurensicherung den Tatort mit dem Blut vornehmen.«

»Sie meinen, das ist ein Tatort? Ist das sicher?«

»Genau das sollen die Kollegen ja herausfinden. Die Spuren sprechen eine eigene Sprache.«

»Wir sind mitten in der Sanierung und Renovierung, wie Sie sehen.«

»Meiner Einschätzung nach haben wir es mit einem Verbrechen zu tun, so wie es momentan aussieht«, erklärte Beate und bemühte sich, geduldiger zu erscheinen, als sie in Wirklichkeit war. Bisher zeigte sich Elsas Mutter einigermaßen kooperativ, das wollte sie sich nicht verscherzen. »Wieso nennt Ihre Tochter den Raum eigentlich *verbotenes* Zimmer?«

»Weil sie da nicht reindarf.«

»Und wieso nicht?«

»Wir lagern dort Medikamente und solche Sachen.« Marion senkte die Lider und betrachtete den Fußboden, auf dem einzelne weiße, schon getrocknete Farbkleckse zu sehen waren. »Alles, was ein Kind nicht in die Finger bekommen soll«, fügte sie hinzu. »Sonst darf sie überallhin.«

»Verstehe.« Verheimlichte Elsas Mutter ihr etwas? Beate wollte lieber nicht nach illegalen Substanzen, nach irgendwelchen Drogen fragen. Darum ging es schließlich nicht, jedenfalls nicht im Moment.

»Der Raum wird vorerst versiegelt. Die Kriminaltechnik wird den Raum gründlichst untersuchen«, erklärte sie. »Die Kollegen werden die Spuren sichern, die mit dem Verschwinden von Ina Reinhardt in Verbindung stehen.«

In dem Gesicht ihres Gegenübers rührte sich nichts. Beate starrte ihr forschend in die Augen, und sie hielt dem Blick, ohne Anzeichen von Nervosität, stand.

Vielleicht war Marion Mertens nur eine gute Schauspielerin? Konnte es sein, dass sie am fraglichen Tag gar nicht geschlafen hatte und mit Ina Reinhardt aneinandergeraten war? Vielleicht hatte die Lehrerin mit dem Jugendamt gedroht, und Marion war ausgerastet? Ganz undenkbar erschien ihr das nicht.

7

Maro führte Beate Vogt durch das Haus, öffnete Tür für Tür.

Beim Dachboden fingen sie an. Es war finster, elektrisches Licht existierte hier nicht. Nur durch die Löcher im Dach und durch ein winziges Fenster drang etwas Tageslicht. Auf den morschen Dielenbrettern standen Emailleschüsseln und Zinkwannen, die den Regen auffangen sollten. Obwohl es schon länger nicht geregnet hatte, waren sie fast voll, wie Maro verärgert feststellte.

Neben allerlei unbrauchbarem Gerümpel und alten DDR-Antennen befand sich auf dem Boden eine auffällig große, mit Blumen bemalte Bauerntruhe. Maro bemerkte Beates fragenden Blick und zuckte mit den Achseln. Sie hatte keine Ahnung, was in der Truhe war, und einen Moment wurde ihr mulmig zumute. Um eine Leiche zu verstecken, war dieses wuchtige Möbelstück zumindest vorübergehend sicher gut geeignet. Doch wer sollte auf eine solche Idee kommen? Natürlich konnte sie nicht für jeden Mitbewohner die Hand ins Feuer legen. Aber einen Mord traute sie niemandem von ihnen zu. Warum auch? Abgesehen von ihr und Elsa hatte niemand einen Bezug zu der Lehrerin.

Beate Vogt hob den Deckel mit beiden Händen an. Es klang, als würde das alte Holz stöhnen.

Nervös beobachtete Maro die Polizistin, die mit der Taschenlampe in die Truhe leuchtete. Und wenn sie nun etwas Verbotenes fand, ganz egal, was?

Würden sie ihr Domizil aufgeben müssen? Ihr Traum, aus der Ruine einen lebenswerten Wohnraum zu gestalten, wäre ausgeträumt.

Sie beugte sich ein Stück vor, um besser sehen zu können. Zum Glück lagen nur Bücher in der bemalten Kiste, dicke Wälzer, die man vielleicht noch in einem Antiquariat verhökern konnte, wie Maro überlegte.

Als Nächstes warf die Polizistin einen Blick in einen wurmstichigen Holzschrank, und Maro fragte sich, was sie erwartete zu finden: Leichenteile? Sie schüttelte sich unwillkürlich. Wieso nahm sie gleich das Schlimmste an? War es nicht möglich, dass die Lehrerin zwar verletzt worden war, aber dem Angreifer hatte entkommen können? Vielleicht versteckte sie sich nur? Maro würde das tun. Wenn eine Gefahr drohte, musste man sehen, dass man sich schützte, für eine Weile untertauchte. Sollte sie der Polizistin ihre Vermutung mitteilen? Aber die Frau stellte ihr immer wieder die gleichen Fragen: »Haben Sie wirklich nichts gesehen?« »Ist Ihnen gar nichts aufgefallen?« »Gibt es irgendwelche Hinweise, wo sich Frau Reinhardt in diesem Haus eventuell noch aufgehalten haben könnte?«

Maro schüttelte jedes Mal den Kopf. Sie versuchte, sich nicht anmerken zu lassen, wie sie sich fühlte, wie eine ohnmächtige Wut langsam in ihr hochstieg.

Diese Polizistin war so aufdringlich wie alle Polizisten, fand Maro. Es hatte keinen Sinn, ihr zu vertrauen und vielleicht in eine Falle zu tappen.

Wollte sie wirklich nur die Lehrerin finden? Oder ging es ihr auch darum, ihr Elsa wegzunehmen? Sie musste vorsichtig sein, sie bewegte sich auf dünnem Eis. Tatsächlich hatte sie geschlafen an dem Tag, als die Lehrerin hier aufkreuzte. Aber dann war sie aufgewacht: Stimmen, Krach, irgendetwas war da los. Ein Streit? Es kam nicht gerade selten vor, dass sich Bewohner des Hauses in den Haaren lagen. Ihre WG war letztlich eine Zweckgemeinschaft. Wohnungsnot, Arbeitslosigkeit, abgebrochene Ausbildungen verbanden sie ebenso wie die Lust, etwas Neues zu gestalten, sich auszuprobieren in dieser Zeit des Übergangs, die auch eine Zeit der Anarchie war. Natürlich liebte sie Elsa mehr als alles andere auf der Welt, aber sie war keine Glucke, die ständig in Sorge um das Kind war. Jedenfalls nicht, wenn es nicht einen ernsten Grund gab. Elsa war also ohne Ranzen und Schuhe in die Schule gekommen? War da sonst noch was vorgefallen, was die Lehrerin ihr mitteilen wollte? Das Jugendamt hatte schon in weniger aufsehenerregenden Fällen eingegriffen.

Maro hatte in ihrer Jugend gelernt, vorsichtig zu sein. Ihre Noten waren trotz Schulschwänzerei nicht schlecht gewesen. Sie hatte die 10. Klasse mit »gut« bestanden und eine Lehre als Schneiderin begonnen. Sie mochte schöne Stoffe, aber die waren Mangelware. Was sie nicht mochte, war der Betrieb, der VEB Leipziger Bekleidungswerke »Vestis«, das achtstündige Rattern der Nähmaschine, Akkordarbeit für wenig Lohn. Das Dunkle, das sie seit dieser Zeit in sich spürte, war wie ein Abgrund, in den sie lieber nicht zu lange hinabsah und der sie gleichzeitig anzog. Bei den Gruftis in Leipzig, zu denen sie bald selbst gehörte, fühlte sie sich wohl. Ihre düstere Kleidung, Lack und Leder, ihre struppigen Haare, die sie selbstverständlich nicht kämmte, ihr blasses Gesicht, die okkulten Symbole, die Schlangenarmreife und Spinnenbroschen stießen allerdings auf wenig Gegenliebe bei ihrem Chef. Von seiner schlechten Laune, seinen Beschimpfungen brummte ihr abends der Schädel. Sie musste raus aus dieser Mühle.

Elsa zu bekommen war schließlich ein guter Ausweg. Danach

ließ sie sich so oft wie möglich krankschreiben: Das Kind hat Fieber. Das Kind hat Windpocken. Das Kind ist leider schlimm erkältet. Sie stillte Elsa so lange wie möglich. In dieser Zeit fühlte sie sich eher als Hippie: Das Dunkle in ihr verzog sich. Zu den Montagsdemos im Herbst 89 nahm sie Elsa oft mit. Sie mochte es, wenn sich Elsa in der Menschenmenge an sie klammerte wie ein ängstliches Äffchen. Sie sollte dabei sein, wenn sich ihr Leben änderte. Maro schrie sich mit all den anderen die Seele aus dem Leib: »Wir sind das Volk!«, »Stasi in die Produktion!« Genau, sollten die doch mal richtig arbeiten, diese widerlichen Schnüffler! Nur am 9. Oktober 1989, als die ganze Stadt in Alarmbereitschaft war, brachte sie Elsa zu ihrer Mutter. Geschossen wurde dann doch nicht auf die Demonstranten. Sie waren einfach zu viele. Es war ein Sieg. Und es fühlte sich ein paar Tage lang gut an, gesiegt zu haben.

In der neuen Zeit, nach dem Beitritt der DDR zur Bundesrepublik, scherte sich niemand darum, ob man Arbeit hatte oder nicht. Maro musste nur zusehen, dass sie über die Runden kam. Sie brauchte Geld zum Überleben, das war alles. Maro hatte sich eine Nähmaschine gekauft und versuchte, sich mit dem Nähen von knallbunter Hippiekleidung, die sie auf Märkten verhökerte, etwas zum Arbeitslosengeld dazuzuverdienen. Sie besaß wenig Kohle, aber sie war froh, den Knochenjob im Betrieb los zu sein. Sie musste nur aufpassen, dass das Jugendamt nicht plötzlich auf der Matte stand. Maro zweifelte daran, dass diese Lehrerin in »friedlicher Absicht« gekommen war. Beinahe fühlte sie sich erleichtert darüber, dass Frau Reinhardt sich scheinbar in Luft aufgelöst hatte.

Maro würde ihre Tochter niemals hergeben, so viel stand fest.

Als sie durch das gesamte Haus gegangen und im Keller angekommen waren, hatten sie dreckige Hände und staubige Gesichter. Ratlos standen sie vor einem Berg Kohlen, der ihnen den Weg versperrte.

Beate Vogt knipste ihre Taschenlampe an und leuchtete in die finsteren Ecken.

Offenbar hatte sie keine Lust, über den Haufen Briketts hinüberzusteigen.

Maro spürte ein Kratzen im Hals und räusperte sich. »Und nun?«, fragte sie.

»Das ist erst der Anfang«, murmelte die Polizistin.

Der Anfang von was?, dachte Maro, aber sie fragte nicht. Sie wollte, dass die Polizistin endlich aus diesem Haus verschwand.

»Der Anfang der Ermittlung«, ergänzte Beate Vogt, als hätte sie ihre Gedanken erraten. Sie starrte Maro durchdringend an. Lauerte sie auf etwas? Worauf?

Maro hätte fast mit den Schultern gezuckt. Sie war sich keiner Schuld bewusst. Es gab keinen Grund, nervös zu sein, oder? Hielt diese Frau Vogt sie für eine Verdächtige?

»Ich muss Sie und Ihre Freunde bitten, die Renovierungsarbeiten vorerst einzustellen.«

Maro stieß ein Stöhnen aus. »Na toll.«

»Zunächst müssen die Kollegen von der Kriminaltechnik die Spuren sichern«, erklärte Beate Vogt. »Der Raum mit den Blutspuren, die mutmaßlich von der Vermissten stammen, ist von mir versiegelt worden, das bedeutet, er darf bis zum Abschluss der Untersuchung nicht mehr betreten werden.«

»Tun Sie, was Sie tun müssen«, sagte Maro lapidar. Ein Lächeln brachte sie nicht zustande. Fakt war: Sie hatten bisher keine weitere Spur von der vermissten Lehrerin gefunden. Zum Glück, dachte Maro. Eine Leiche konnten sie hier nun wirklich nicht gebrauchen.

8

Es machte Ina verrückt vor Angst, dass sie nicht wusste, wo und in wessen Gewalt sie sich befand. Die Schritte, die sie deutlich gehört hatte, waren verklungen. Eine Tür knallte laut. Sie fuhr zusammen, als hätte sie wieder einen derben Schlag abbekommen. Wartete. Lauschte. War der Unbekannte gegangen? Wohin?

Ina klappte das Messer zusammen und steckte es in die Hosentasche. Vermutlich hätte es ihr ohnehin nichts genützt. Sie wusste nicht, wie sie es gebrauchen, wo genau sie hinstechen sollte. In den Bauch? In die Brust? Oder in den Hals? Jemanden zu töten kam für sie nicht in Betracht. Es ging ihr um Verteidigung. Aber wie sollte sie sich verteidigen?

Eine bedrückende Stille breitete sich aus, wie Nebel, der allmählich alles überzog. Überdeutlich nahm sie dieses Nichts wahr, das in sie hineinzukriechen schien, sie ausfüllte mit einer schmerzhaften Leere. Einen Augenblick lang sehnte sie sich danach, etwas zu hören, irgendetwas. Sollte ihr Entführer doch kommen. Vielleicht würde er mit ihr reden, und sie erfuhr, warum sie hier sein musste. Gab es einen logischen Grund? Wenn nicht für sie, dann für den Kidnapper? Oder handelte er willkürlich?

Nein, ihrer Wahrnehmung nach war er gezielt vorgegangen. Er hatte sie verfolgt – von der Schule bis in das Haus, Elsas Zuhause. Sie hatte ihn doch bemerkt, das Auto, das ihr folgte, es als Zufall abgetan. Nicht darüber nachgedacht. Wieso auch? Sie war dabei gewesen, etwas Gutes zu tun, ein – allem Anschein nach – hilfsbedürftiges Kind in die Obhut seiner Mutter zu bringen. Mit dieser Mutter ein paar Worte zu reden. Mehr wollte sie gar nicht. Diesem Mädchen irgendwie helfen.

Und jetzt saß sie selbst in der Falle. Niemand da, der ihr half.

Stocksteif lag Ina in der dritten Etage ihres Bettes und grübelte. Warum sollte sie nicht nachsehen gehen, herausfinden, wo sie sich befand, wie weit sie kam? Anders als während des Transports im Kofferraum war sie weder gefesselt noch geknebelt. Sie musste es versuchen, sie musste erkunden, wo sie war.

Dass sie einfach so entkommen konnte, damit rechnete sie nicht, wollte sie nicht rechnen. Hoffnung, die sich in nichts auflöste, war vollkommen sinnlos. Wenn es hoch kam, würde sie sich ein bisschen Klarheit über ihre Situation verschaffen können.

Das Metallgestell quietschte, als sie hinunterkletterte. Würde das Geräusch sie verraten? Vielleicht lauerte der Typ ja darauf, dass sie aus ihrem Mauseloch hervorkam? Ihr Schädel schmerzte noch immer. Wenn sie sich bewegte, spürte sie ein rhythmisches Pochen in ihrer Wunde. Hatte ihr Gehirn bei dem Schlag was abbekommen? Das verschorfte Blut blätterte wie Laub von ihrem Kopf, wenn sie sich vorsichtig durchs Haar strich. Es fühlte sich fremd an, als würde sie einen anderen Menschen berühren und nicht sich selbst. Es war falsch, an diesem Ort zu sein. Sie fühlte sich fremd in diesem unheimlichen Gebäude und fremd in ihrer Haut.

Sie sollte jetzt zu Hause sein, ein paar Eier färben, Süßigkeiten in ein Körbchen legen, es sich mit einem Stück Kuchen und einer Tasse Kaffee gemütlich machen. Ostern war für sie eine Zeit für Süßes, für Unbeschwertheit, für den Beginn des Frühlings und der hellen Tage, für einen Spaziergang in der Natur oder im Zoo, für Blumen, für erste Sonnenstrahlen im Jahr. Stattdessen hockte sie eingesperrt in der Finsternis. Das Einzige, das einen Farbton in diesen merkwürdigen Raum brachte, war eine rote Taschenlampe, die an der Wand angebracht war. NOTLEUCHTE. AKA ELECTRIC, las sie an der Befestigung. Ina fummelte die Leuchte aus Plastik aus der Halterung. Sie funktionierte, sogar einwandfrei. Ina zuckte mit den Achseln. Wie es aussah, brauchte sie keine Taschenlampe. Jedenfalls im Moment nicht. Das Licht in diesem Gebäude brannte ja, wenn es auch hin und wieder flackerte.

Ihr Magen knurrte. Wie lange hatte sie schon nichts mehr gegessen?

Eine Flasche Selter, die noch aus der DDR stammte, hatte sie an ihrem Bett vorgefunden und viel zu hastig ausgetrunken. Von der Kohlensäure hatte sie rülpsen müssen und versucht, das Aufstoßen zu unterdrücken. Weshalb?

Damit ihr Entführer, der sie eventuell hören könnte, sie für anständig hielt?

Bloß nicht auffallen, damit ihr nichts Böses geschah? Aber das Böse passierte ja bereits.

Jetzt bedauerte sie ihre Gier. Was, wenn das die einzige Flasche Wasser war, die sie bekam? Wie lange konnte ein Mensch ohne Essen und Trinken überleben? Nichts zu trinken zu haben war schlimmer, als zu hungern.

Sie dachte an Kuchen. Frisch aus dem Backofen. Mit noch dampfenden Äpfeln. Weich, süß und warm … Fast kam es ihr vor, als könnte sie den Duft von Zimt wahrnehmen.

Beinahe krampfhaft behielt sie das Bild im Kopf, während sie die einfache Tür, die aussah, als stammte sie aus ihrem Wohnzimmer, vorsichtig aufschob.

Es gab das Schöne. Irgendwo da draußen. Und es lag an ihr, es zu finden. Aus der Finsternis herauszufinden. Wirklich?

Sie stand ohne Schuhe auf einem langen Flur und blickte sich verwirrt um. Kein Mensch zu sehen. Ein paar Meter von sich entfernt sah sie eine schwere Metalltür, die ihr Angst einjagte. Vor ihr lag ein Gang, von dem sie nicht wusste, wohin er führte.

Zögernd bewegte sie sich vorwärts. Auf der linken Seite befanden sich ein paar Sprelacart-Tische mit jeweils vier blauen gepolsterten Stühlen. Rechts gingen von dem Korridor weitere Türen ab. Manche standen offen.

Alles, was sie in ihrem Gefängnis sah, war hässlich.

Der nächste Raum, den sie betrat, war ebenso abstoßend wie der, aus dem sie gekommen war. Schmal, lang, unpersönlich. Stühle und Tische wie in der Schule, weiter hinten standen weitere Etagenbetten. Die Wände und Böden waren aus Beton. Ihr Gefängnis sah aus wie eine Mischung aus einem Knast, einer Kaserne und einer Fabrik. Nur dass sie nirgendwo ein Fenster entdeckte. Kein einziges!

Was hatte das zu bedeuten? Eine Ahnung stieg in ihr auf, aber sie wollte das Fürchterliche nicht wahrhaben. Drängte den Gedanken, der sie überkam, beiseite. Sie ging weiter den Korridor entlang, der ihr vorkam wie ein Tunnel, der ins Nirgendwo führte. Nur in Strümpfen, auf Zehenspitzen. Die Kälte fraß sich in ihre Füße. Sie beeilte sich vorwärtszukommen. Gab es einen Ausgang? Sicher gab es einen Ausgang. Bloß wo?

Ina stieß nur auf weitere Räume – alle funktional eingerichtet. Kalt, langweilig, grau. Tische, auf denen mechanische Schreibmaschinen standen. Merkwürdige Geräte, technische Apparate, die sie noch nie gesehen hatte. Viele Stühle. Aber niemand war hier!

Fast stockte ihr der Atem, als sie auf eine Art Büro stieß. Es war spießig eingerichtet, im Stil der 70er. Der vorherrschende Farbton war Braun. Auf einem kleinen Teppich entdeckte sie ein

Paar karierte Filzlatschen, als wären die da vergessen worden. Oder hatte ihr Entführer für sie Hausschuhe bereitgestellt? Ina schlüpfte hinein. Natürlich waren sie ihr zu groß, aber wenigstens musste sie nicht mehr in Strümpfen über Beton laufen.

Als sie sich umsah, traute sie ihren Augen kaum: Gleich drei Telefone standen auf dem Schreibtisch! Ina warf einen vorsichtigen Blick über die Schulter, lauschte. Nichts zu hören. Sie atmete schneller. Stürzte sich auf das erste Telefon. Kein Freizeichen. Kein Laut.

»Hallo?«, fragte sie hilflos. Keine Antwort.

Sie legte auf, versuchte es erneut, steckte ihren vor Aufregung zitternden Zeigefinger in die Scheibe, wählte die 110. Einmal, zweimal, dreimal …

Aber genauso gut hätte sie versuchen können, den Mann im Mond anzurufen.

Sie griff nach dem nächsten Hörer. Nichts.

Ina kaute auf ihrer Unterlippe, kroch unter den Schreibtisch, fummelte an den Kabeln herum und kontrollierte die Anschlüsse. Alles schien in Ordnung. Nur dass ihr jetzt Spinnweben vom Kopf hingen, Spinnweben zwischen ihren Fingern klebten. Sie kümmerte sich nicht darum. Wie in Zeitlupe tauchte sie wieder auf. Ihre Hand zitterte, als sie nach dem dritten und letzten Hörer hangelte.

Sie zwang sich zur Ruhe, wählte die 110. »Bitte«, sagte sie leise.

Einen Moment kam es ihr vor, als würde sie ein Knacken in der Leitung hören.

»Mein Name ist Ina Reinhardt. Ich bin Lehrerin aus Leipzig. Jemand hat mich niedergeschlagen und entführt!«, sagte sie hastig. »Er hat mich in den Kofferraum gesperrt und weggebracht. In diesen … diesen … Bau. Ich habe keine Ahnung, wo ich hier bin.

Es gibt keine Fenster. Dafür Maschinen. Keine Menschen. Helfen Sie mir! Verstehen Sie mich? Können Sie mich hören?«

Niemand antwortete. Niemand hörte sie.

Sogar das Knacken war verstummt.

Sie nahm nur ihren eigenen hektischen Atem wahr.

Niemand half ihr.

9

Beate Vogt presste den Telefonhörer an ihr Ohr, um ihre Kollegin Sophie besser zu verstehen. Sie hörte ein Kind im Hintergrund weinen, aber darauf konnte sie jetzt keine Rücksicht nehmen.

»Du warst doch in der Wohnung von Ina Reinhardt? In der Akte steht ein Vermerk, aber nichts Genaues.«

»Ja natürlich. Gleich nach der Vermisstenmeldung war ich dort. Ich hab geschaut, ob sie da ist. War sie aber nicht.« Sophies Stimme klang angespannt. Ihr Sohn hustete jetzt.

»Sonst ist dir nichts aufgefallen?«

»Doch! Klar! Unordentlich war die Bude. Die Schränke standen offen. Klamotten lagen auf dem Fußboden. Es sah aus, als hätte sie schnell gepackt.«

»Du meinst, sie ist abgehauen?«

»Ich meine gar nichts. Vielleicht wollte sie ausziehen und ist beim Packen unterbrochen worden? Sie ist ja die letzte Mieterin in dem Haus.«

»Nein, sie wollte meines Wissens nicht raus. Hat mir ihre Freundin, Friederike Dammert, jedenfalls erzählt.« Beate überlegte einen Moment. »Könnte es auch ein Einbruch gewesen sein? Oder … wer hat noch Zugang zu der Wohnung?«

Es wurde still auf der anderen Seite der Leitung. Beate presste den Hörer dichter an ihr Ohr.

»Alles, was ich herausgefunden habe, steht in der Akte. Mehr kann ich dir auch nicht sagen. Wieso rufst du überhaupt an?« Ihre Kollegin Sophie klang plötzlich gereizt. »Timo ist immer noch krank, er hat Bronchitis, hohes Fieber. Es ist achtzehn Uhr. Mein Sohn braucht jetzt seine Medizin.«

»Verstehe«, sagte Beate und hatte augenblicklich ein schlechtes Gewissen. »Aber ... ich hoffe, du verstehst auch mich. Ich muss hier nämlich weiterkommen. Tschüss!« Sie legte auf, ohne auf eine Reaktion zu warten.

Beate seufzte. Das war vermutlich blöd von ihr. Sie hätte dem Kind ihrer Kollegin wenigstens gute Besserung wünschen sollen.

Einmal mehr vermisste sie Josef Almgruber. Man konnte von dem Wessi, dem Hauptkommissar aus Nürnberg, ja halten, was man wollte, aber er war wenigstens professionell und zuverlässig. Ein zuverlässiger Profi. Und er konnte sogar mit Kindern umgehen und nahm gereizte Mütter wahrscheinlich ernster als sie. Ein Grinsen huschte über ihr Gesicht. Wer hätte gedacht, dass sie sich mal nach seiner Anwesenheit sehnen würde?

Als sie an die Vermisste dachte, wurde sie wieder ernst. Der Boss, Arno Berg, hatte ihr den Schlüssel für die Wohnung der Lehrerin gegeben. Sie musste nachsehen. Heute noch. Sofort. Einen Feierabend gab es für sie noch nicht.

Eine halbe Stunde später stand Beate vor dem Gründerzeithaus, das von der Luftverschmutzung und dem Braunkohledreck noch so grauschwarz aussah wie die meisten Häuser in Leipzig. Aber es lehnte bereits ein Gerüst an der Fassade. Also hatte die Sanierung schon begonnen? Bauarbeiter entdeckte sie allerdings nicht.

Unter bröckelndem Putz und dem schmierigen Schmutz konnte Beate erkennen, dass das Haus einmal schön gewesen sein musste. Es besaß mit seinen noch bestehenden Fassadenverzierungen und Figuren, die aussahen wie schwarze Engel, einen gewissen morbiden Charme. Vermutlich würde es nach der Sanierung wieder schön sein, und die Mieten würden natürlich in die Höhe schießen. Ein paar Meter weiter die Straße hinab strahlte schon ein frisch verputztes renoviertes Gründerzeithaus in einem perlweißen Farbton. Zwischen den kariesschwarzen Gebäuden fiel es besonders auf.

Wie würde es hier wohl in zwei, fünf oder zehn Jahren aussehen?

Die Stadt veränderte sich seit der Wiedervereinigung jeden Tag ein bisschen mehr. Manches beschädigte Haus verwandelte sich wie durch Zauberhand. Aus aschgrauen bröckelnden Fassaden wurden nach der Sanierung plötzlich Prachtbauten. Waren das noch dieselben Gebäude? War das noch dieselbe Stadt?

Die Haustür war nicht abgeschlossen. Beate lief durch die erstaunlich große Eingangshalle und stieg die knarrenden Stufen hinauf, vorbei an all den Türen, hinter denen sich keine Menschenseele mehr befand. Die meisten standen einfach offen. Hin und wieder entdeckte sie noch einen Namen und eine Klingel – Spuren des Lebens, das hier geherrscht hatte. Jetzt wirkte das Haus tot oder genauer gesagt: Es lag im Koma und wartete auf die Wiedererweckung.

Die Wohnung von Ina Reinhardt, der letzten Mieterin, befand sich oben unter dem Dach, soweit Beate informiert war. Sie beeilte sich jetzt hinaufzukommen.

Ein Namensschild aus Pappe lag zerrissen neben der Tür. Kein gutes Omen. Beate runzelte die Stirn. Sie steckte den Schlüssel ins Schloss, doch wie sie schnell herausfand, passte er nicht. Als sie die Klinke hinunterdrückte, öffnete sich zu ihrer Überraschung die Tür. Wie es schien, war das Schloss ausgewechselt worden, aber niemand hatte zugeschlossen. Beate zuckte mit den Achseln und betrat leise die Wohnung.

Der Korridor war lang und kahl. Kein Bild hing an der Wand. Keine Garderobenhaken waren angebracht. Kein Teppich lag auf dem Boden.

»Ina Reinhardt?«, rief Beate in diese Leere hinein. »Hier ist die Polizei. Ich komme jetzt rein!« Außer dem Hall ihrer eigenen Worte hörte sie nichts.

Sie lauschte einen Moment, obwohl sie keine Antwort erwartete.

Und natürlich blieb es still. Aus der Ferne erklang Vogelgezwitscher, das Quietschen einer Straßenbahn, das Gebrumm eines alten Motorrads.

In einigen der verrotteten Fensterrahmen in diesem Haus fehlten die Scheiben. So konnten die Geräusche von draußen ungehindert in das alte Gemäuer ziehen.

Beate horchte weiter aufmerksam in die Wohnung hinein. Die Dielen ächzten leise unter ihren Schritten. Sie glaubte nicht, dass die Gesuchte sich hier aufhielt. Ganz ausschließen konnte sie es aber nicht. Gab es für Ina Reinhardt einen Grund, abzutauchen und sich für eine Weile unsichtbar zu machen?

Als sie das erste Zimmer betrat, blieb Beate wie angewurzelt stehen.

»Wie kann das denn sein?«, murmelte sie vor sich hin. Ihre Kollegin hatte doch von Chaos berichtet. Von herumliegender Kleidung und ausgeräumten Schränken? Es war absolut nichts in dem Raum.

Auch in dem zweiten Zimmer, im Bad und in der Küche fand sich nichts mehr, was darauf hinwies, dass hier noch jemand wohnte. Die Wohnung war ausgeräumt worden. Offenbar stand nun das gesamte Haus leer.

Als Beate sich zum Gehen wandte, hörte sie leise, aber deutlich ein klapperndes Geräusch, das von unten zu kommen schien. Dann flog die Haustür mit einem Krachen auf, das Beate zusammenzucken ließ.

Jemand kam die Treppe herauf.

10

Von einem Moment zum nächsten spürte Ina Reinhardt, wie ihr die Beine versagten. Ihr wurde schwindlig. Sie ließ sich in einen muffig riechenden Bürosessel sinken und starrte die drei nutzlosen Telefone an. Nicht schlappmachen, sagte sie sich. Ein Zittern lief durch ihren Körper.

Ina legte die Beine auf den Schreibtisch und wartete darauf, dass der Schwächeanfall verging. Dehydrierte sie schon? Sie brauchte dringend Wasser!

Nach einer Weile beugte sie sich vor und zog die erste Schublade auf.

Nichts. Nicht mal ein Kugelschreiber. Alles sah irgendwie unbenutzt aus. Dieses Büro, die Maschinen, die Betten. So viele Stühle. Wozu gab es das alles?

Sie atmete langsam ein und aus. Die Luft kam ihr feucht und schal vor, ein Geschmack von Schimmel legte sich auf ihre Zunge. Als sie die zweite Schublade öffnete, klapperte etwas. Behutsam schob sie ihre Hand in das Fach, tastete nach dem Ding und holte es heraus.

Leider keine Waffe. Eine Pistole zur Selbstverteidigung wäre nicht schlecht gewesen, auf jeden Fall besser als ein Klappmesser. Auch wenn sie noch nie geschossen hatte. War es schwer zu schießen? War es schwer, auf einen Menschen zu schießen?

Das Ding in der Schublade war nur eine Taschenlampe. Ein eckiges schwarzes Blechgehäuse mit drei silberfarbenen kleinen Knöpfen, die man bewegen konnte. Ina schaltete sie ein. Zu ihrem Erstaunen veränderte sich die Farbe des Lichts, wenn sie die Schieberegler bewegte: in Grün, Blau und Rot. Der Schein tanzte flackernd über die Wand, aber offenbar waren daran ihre immer noch zitternden Finger schuld. Vermutlich lag ihre Schwäche nicht nur an fehlenden Getränken und Nahrungsmitteln, sondern am Stress, an der Ungewissheit, an der Angst. Auch die Luft kam ihr ziemlich übel vor. Sie roch merkwürdig. Sauerstoff schien es genug zu geben. Wie auch immer dieses fensterlose Verlies belüftet wurde – die Luftzufuhr funktionierte. Aber es roch auch nach Chemie. Ein stechender Geruch nach frischer Farbe drang in ihre Nase. Allerdings konnte sie keine frisch gestrichene Wand entdecken. Der Gestank musste eine andere Ursache haben.

Ina schaltete die Taschenlampe aus und legte sie zurück in die Schublade.

Notleuchten gab es in ihrem Verlies mehr als genug. Wozu waren sie an den Wänden in extra dafür vorgesehenen Halterungen angebracht worden? Warum gab es so viele? Aus Angst vor einem Stromausfall? Ohne elektrisches Licht musste es hier stockfinster sein – so ohne jedes Fenster. Was, wenn der Strom abgeschaltet wurde? Sie würde leben wie ein Maulwurf, nur ohne die Möglichkeit, sich nach oben zu graben. Der Gedanke erschreckte sie. Der Schwindel packte sie wieder, sie griff sich fahrig an die Stirn und massierte ihre Schläfen – als könnten sich ihre Gedanken hinter der Schädeldecke so besser ordnen.

Nach einigen Minuten erhob sie sich. Ihre Hände zitterten immer noch, sie fühlte sich schwach, aber ihre Beine taten wieder das, was sie sollten.

Ina verließ das Büro und tauchte erneut in den Gang ein. Sie lief zielstrebig weiter, als hätte sie irgendwo eine Verabredung.

Zu ihrer Überraschung stieß sie auf eine Art Bad: Drei Waschbecken mit jeweils zwei weißen Wasserhähnen für warm und kalt, darüber Ablagen aus Plastik und Spiegel, die an Holzbrettern angebracht waren.

Ina drehte einen der Hähne auf. Vergeblich. Es kam kein Wasser. Plötzlich hörte sie eine Art Röcheln und fuhr erschrocken zusammen. Dann wurde ihr klar, dass das Geräusch aus den Rohren zu kommen schien. Der Hahn gluckste und spuckte schließlich eine braune Flüssigkeit aus.

Wieder spürte Ina ihre trockene Kehle, ihren Durst. Aber von der Brühe wollte sie lieber nichts trinken. Sie ließ das Wasser aus dem Hahn einfach laufen – in der Hoffnung, dass es bald klar werden würde.

In dem Waschraum gab es drei Toiletten mit Abtrennungen aus Holz und Türen. Bei dem Anblick spürte Ina, dass sie schon eine Weile dringend pinkeln musste. Misstrauisch sah sie sich nach allen Seiten um, als könnte jemand ausgerechnet dann auftauchen, wenn sie auf dem Klo saß.

Nervös schloss sie die Tür hinter sich. Es dauerte einen Moment, ehe sie sich entspannte und ihr Urin plätschernd in das Becken lief. Eine Rolle graues kratziges Toilettenpapier hing in dem Halter an der Wand. Ina starrte es missmutig an. Gewissermaßen war die Gefangenschaft, die sie durchlebte, auch eine Zeitreise: Sie wurde zurückkatapultiert in die untergegangene DDR.

Natürlich hatte sie sich längst an das westdeutsche Papier auf dem Klo ihrer Leipziger Dachgeschosswohnung gewöhnt. Sie kaufte stets das Flauschigste, weil sie glaubte, dass das der wahre Luxus war. Jedenfalls für sie.

Als sie auf den blauen Knopf der Spülung drückte, röchelte es erneut in den Rohren. In der Stille, die hier sonst herrschte, klang es, als würde ein krankes Wesen im Abwasser hocken und die letzten Töne seines Lebens von sich geben.

Ina schüttelte den Kopf über sich selbst. Beinahe war sie froh, dass doch noch ein Schwall braune Flüssigkeit ins Toilettenbecken schwappte.

Sie ging zu dem Wasserhahn und drehte ihn zu. Das Wasser war nur etwas heller geworden.

Am Ende des Ganges stieß sie auf eine von diesen Monstertüren. Dick, aus Stahl, schmutzig, etwas rostig an den Rändern. Keine Klinke, kein Schloss. Dafür vier Hebel. AUF ZU stand an der Tür, dazwischen ein Pfeil mit zwei Spitzen. War sie in einem unterirdischen Gefängnis? Sie schüttelte den Kopf. Nicht darüber nachdenken. *Unterirdisch? Oh Gott, bitte nicht.*

Warum gab es keine Klinke? Und dafür Hebel zum Hoch- und Runterdrücken? Ging es hinter dieser Tür nach draußen? Die Hoffnung leuchtete wie ein schwaches Lämpchen in ihr auf. Die Hoffnung war eine Notleuchte, wer hätte das gedacht. Vielleicht passte diese Hoffnung ja in eine Halterung an der kalten Betonwand. Immer wenn sie welche brauchte, würde sie diese Notleuchtenhoffnung herausnehmen. Ein schwaches Licht war besser als keines.

Der Griff aus Metall, den sie umfasste, wirkte kalt, unnachgiebig. AUF ZU. Als wäre es so einfach. Als gäbe es in ihrer Situation nur diese zwei Möglichkeiten. AUF ZU. Auf oder zu. Freiheit oder Gefangenschaft.

Sie musste Kraft aufwenden, um den Hebel zu bewegen. Aber sie bekam es hin.

Kein Ausgang nach draußen! Dafür noch ein Gang, von dem schmale lange Räume abgingen. Wieder Etagenbetten auf der einen Seite, einfache Stühle auf der anderen. Der Schlafraum ähnelte fast haargenau dem, aus dem sie kam. Nur gab es keine Schildkrötenlampen. Sie sah Neonröhren, die vor sich hin flackerten und dabei knisternde Geräusche fabrizierten, ein leises Klappern, als würden Zähne aufeinanderschlagen. Ina ignorierte die Gänsehaut auf ihren Armen. Marschierte wie ein Soldat weiter. Immer tiefer lief sie in diese Betonhöhle hinein. Aber sie musste wissen, was es mit diesem Bau, in dem sie gefangen war, auf sich hatte.

Vielleicht gab es irgendwo Menschen?

Nein, vergiss es. Du bist allein, ganz und gar allein.

Ina atmete flach, als wollte sie so Sauerstoff sparen. Sie lief an Türen vorbei, warf nur kurze Blicke in die schlauchlangen zellenähnlichen Zimmer. Am Ende dieses zweiten Ganges, der dem ersten Gang glich wie ein Ei dem anderen, nur dass die Raumaufteilung spiegelverkehrt war, gelangte sie in einen Bereich mit hellen Möbeln. Geschirr stand auf einem Sprelacart-Tisch. Plumpes Design. Mitropa-Geschirr. Ihr Herz schlug schneller. War das die Küche? Sah ganz danach aus. Auch eine Kaffeemaschine mit orangefarbenem Plastikgehäuse entdeckte sie. So eine hatte sie auch mal besessen.

Hastig schaute sie sich um und glaubte kaum ihren Augen zu trauen: Zwei Kühlschränke! Auf den ersten Blick sahen sie sauber aus, unbenutzt. Ina nahm jedoch ein Brummen wahr und riss erst den einen, dann den anderen Kühlschrank auf. Sie waren zwar angeschaltet, aber beinahe leer. Nur in einem der Gefrierfächer entdeckte sie einen Karton und eine Tüte. *Durch Feinfrost zur Feinkost*, las sie die Werbeaufschrift auf der bräunlichen Pappe. Offenbar eingefrorenes Gemüse. Wie alt mochte es sein? War es noch genießbar? Nun, das würde sie herausfinden.

Eine große eckige Spüle befand sich an der Betonwand, die hier weiß übertüncht war. Sogar einen Elektroherd mit vier Kochfeldern gab es. Ina nahm sich vor, ihn später auszuprobieren. Zunächst musste sie nach etwas anderem suchen.

Gab es hier ... sonst noch ... irgendwo ... etwas ... zu ... essen? Und ... verdammt noch mal ... zu ... trinken? Wenigstens etwas Wasser?

In einem beigefarbenen Holzschrank, der Ina im Vergleich zu den sonstigen funktionalen Möbeln aus Plastik oder Metall beinahe hübsch vorkam, fand sie lediglich Mitropa-Tassen und Mitropa-Kaffeekännchen. Mist! In dem Schrank daneben stapelten sich die dazu passenden Teller. Und das war's?

Tränen traten in ihre Augen. Sie wischte sie weg.

Inas Blick fiel jetzt auf einen Vorhang, der im hinteren Bereich der Küche etwas verdeckte. Mit einem Ruck zog sie den Stoff beiseite. Dort standen Kartons auf Regalbrettern. Eine Vorratskammer?

Einen Moment schloss sie die Augen. Wäre sie Christin, würde sie beten, um etwas Nahrung, um ihr Überleben. Aber sie glaubte nicht an Gott. Ihr blieben an diesem Ort nur Selbstgespräche.

»Also schön, dann gucken wir mal nach!«

Wieso *wir*?, fragte sie sich, öffnete die Augen wieder, riss Pappe auf. Etwas leuchtete ihr metallisch entgegen. Flirrte kurz vor ihrem ungläubigen Blick – wie eine Fata Morgana: Dosen!

Ihre Hände arbeiteten konzentriert. Kein Zittern mehr. Öffneten Paket für Paket. Schmalzfleisch, Landleberwurst, Mortadella, Jagdwurst, Fisch, sogar Schmelzkäse. Made in GDR. Ina kannte diese Konserven noch allzu gut aus ihrem alten Leben. Jedenfalls die aus dem *VEB Halberstädter Fleisch- und Wurstwarenwerk*, dem *VEB Fleischverarbeitungsbetrieb Meißen* und die Fischbüchsen aus Sassnitz. Vor allem das Schmalzfleisch hatte sie immer gemocht.

In einem anderen Schrank entdeckte sie abgepacktes Knäckebrot, Zwiebacktüten und sogar Vollkornbrot in Dosen! Außerdem: Salz, Zucker und Mehl. Ein paar Regalbretter tiefer: Gläser mit Gewürzgurken und Gläser mit Kirschen! Und sogar Apfelmus! Tränen traten ihr wieder in die Augen. Sie griff sich ein Glas Kirschen. Doch ihre Hände erwiesen sich als zu schwach, um den Schraubverschluss aufzudrehen.

Ina zwang sich zur Ruhe. Wandte sich um und betrachtete die Küche, als wäre es ihre eigene. Oder auch eine fremde in einer Ferienwohnung. Gönnte sich ein paar tiefe Atemzüge. Ein, aus, ein, aus. *Ruhig bleiben.*

Ihr Blick fiel auf die Schubladen des Holzschranks. Die hatte sie vorhin noch nicht durchsucht. »Genau«, sagte sie zu sich selbst. »Ich schaue jetzt dort nach, und dann ... gibt es ein Festmahl.«

Ihr Mund fühlte sich trocken an, ihre Zunge, ihr Gaumen, ihre Lippen ... In dem ersten Kasten befand sich nur Besteck aus Aluminium, alles sorgfältig sortiert: Löffel, Gabel, Messer ... Mit ihrer Geduld war es jetzt vorbei. Ina riss das zweite Schubfach mit einem Ruck auf. Es knallte auf den Boden. Sie scherte sich nicht darum. Das Klirren klang in ihren Ohren wie Musik. Dosenöffner! Schraubenzieher! Was für ein Glück!

Ina öffnete ein Glas und trank gierig von dem Kirschsaft, bevor sie ein paar von den süßen Früchten aß. Die Kirschen waren so weich, ja matschig, dass sie sich in ihrem Mund auflösten, ohne dass sie groß kauen musste. Es kam ihr vor, als hätte sie noch nie so etwas Leckeres gegessen.

Dann riss sie eine Packung Knäckebrot auf und aß ein paar Scheiben. Sie staubten in ihrem Mund, sie hustete, trank schnell etwas Saft hinterher und kleckerte dabei. Die klebrige Flüssigkeit floss über ihr Kinn, rann ihren Hals hinab. Wohl doch kein Festmahl. Aber sie würde überleben! Vielleicht ...

Jedenfalls musste sie nicht verhungern. Solange die Vorräte reichten, jedenfalls. Wenn sie sich die Lebensmittel einteilte, kam sie bestimmt eine Weile über die Runden. Aber ... Was sollte sie jetzt tun? Einen Ausgang suchen? Wo?

Der eine Gang hatte sie zu einem anderen Gang geführt. Die eine Tür führte nur zu einer anderen Tür, Raum lag neben Raum. Sie bewegte sich in einem unterirdischen Labyrinth. Sie hegte keinen Zweifel mehr daran, dass sie sich irgendwo unter der Erde befand. Was also sollte sie machen, um sich zu befreien oder um wenigstens nicht zu sterben?

Zurückgehen in den Schlafraum, aus dem sie gekommen war, und auf ihren Entführer warten? Versuchen, mit ihm zu verhandeln? Oder sich vor ihm verstecken? Doch ohne ihn würde sie wohl nie aus diesem Gefängnis herauskommen. Es würde nichts bringen, sich in einer dunklen Ecke zu verkriechen. Sie musste sich dem Unbekannten stellen.

11

Die Schritte auf der Treppe kamen schnell näher. Beate Vogt beugte sich über das Geländer, versuchte zu erkennen, wer da kam, sah aber nur den Zipfel eines schwarzen Mantels. Einen Moment hoffte sie, dass es Ina Reinhardt war. Dass sie von einer Reise zurückkehrte oder aus einer neuen Mietwohnung, von der sonst niemand etwas wusste. Dass es für die Blutspuren in dem verbotenen Zimmer des besetzten Hauses in Connewitz irgendeine harmlose Erklärung gab. Dass der Spuk ein Ende haben würde und Beate nach Hause gehen konnte – zu ihren Meerschweinchen, die bestimmt schon quiekten vor Hunger und vor Empörung darüber, dass niemand ihnen Löwenzahn, Salat und Gurke brachte.

Hoffentlich hatte Steffen daran gedacht, sie zu füttern und wenigstens genug Heu ins Gehege zu legen.

Auf den zweiten Blick über das Treppengeländer erkannte sie, dass es ein Mann war, der die Stufen hinaufrannte. Er trug schwarze, irgendwie feierlich wirkende Kleidung, glänzende Schuhe, als käme er aus der Oper oder dem Theater, nur sein akkurat geschnittenes Haar war komplett grau. Wie es aussah, schien er es wirklich eilig zu haben. Beate überlegte kurz, ob sie sich zu erkennen geben sollte. Doch sie zog sich kurz entschlossen in die Wohnung zurück und wartete ab.

Der Mann klopfte leise, in einem bestimmten Rhythmus, der verabredet klang.

Einen Moment war es still. Dann sah Beate, wie sich die Türklinke bewegte.

Der Besucher trat ein und sah sich um. Bei ihrem Anblick fuhr er zusammen und starrte sie verwirrt an. »Wer sind Sie denn? Was machen Sie hier?«, fragte er schroff.

»Guten Tag«, antwortete Beate höflich. »Mein Name ist Vogt, ich bin von der Kripo Leipzig.« Sie zeigte ihm kurz ihren Dienstausweis. »Und wer sind Sie?« Sie musterte ihn, versuchte, sich das schmale Gesicht mit der Hakennase einzuprägen. Seine Augen waren graublau, wirkten intelligent und kalt. »Wie heißen Sie?«

Er antwortete nicht, blieb stocksteif stehen und runzelte die Stirn.

»Wollen Sie zu Ina Reinhardt?«, fragte Beate weiter. »Sind Sie ein Bekannter von ihr?«

»Wieso fragen Sie mich das?« Seine Mimik verhärtete sich. Er wurde blass.

»Ich bin auf der Suche nach Frau Reinhardt. Sie wurde als vermisst gemeldet.« Es kam ihr vor, als hätte sie ihn irgendwo schon einmal gesehen. Aber ihr fiel nicht ein, wo das gewesen sein sollte. Vielleicht irrte sie sich auch.

»Damit habe ich nichts zu tun. Ich wollte nur ...« Er trat zwei Schritte vor und blickte in das Wohnzimmer hinein. »Was ist hier eigentlich los? Wo sind die Möbel? Wo ist Ina?«

»Das wüsste ich auch gern.« Beate musterte ihn misstrauisch. Seine Aufregung wirkte künstlich auf sie, als würde er wie ein Schauspieler einen Text aufsagen. »Sind Sie ein Freund von ihr? Wie ist Ihr Name?«

Der Mann ignorierte ihre Fragen erneut und ging mit staksigen Schritten an ihr vorbei bis zum Fenster.

Beate folgte ihm. »Zeigen Sie mir bitte Ihren Ausweis!«, forderte sie. So langsam war sie mit ihrer Geduld am Ende.

»Den habe ich nicht mit«, behauptete er. »Ich wollte nur kurz ...« Er verstummte.

»Was wollten Sie?«

»Nichts weiter. Nur nach ihr sehen.«

»Und warum?«

»Weil ich schon eine Weile nichts mehr von ihr gehört habe.«

»Verstehe, Herr ...«

»Müller«, sagte er schnell. Er blinzelte nervös, dann sah er weg.

Das ist höchstwahrscheinlich gelogen, dachte Beate. Aber sie behielt ihre Vermutung für sich. »Sie haben sich also Sorgen gemacht«, stellte sie fest. »In welchem Verhältnis stehen Sie zu Frau Reinhardt?«

Er zuckte mit den Achseln. »In keinem besonderen.«

»Wirklich?« Beate stand neben ihm, wandte sich ihm zu und versuchte, seinen Blick einzufangen. »Und warum sorgen Sie sich um sie?«

Er beachtete sie nicht weiter, starrte aus dem Fenster ins Nichts.

»Herr Müller, es wäre gut, wenn Sie mit mir zusammenarbeiten und meine Fragen wahrheitsgemäß beantworten würden. Indizien deuten darauf hin, dass Frau Reinhardt etwas passiert ist, dass sie sich vermutlich in Gefahr befindet. Jeder Hinweis kann hilfreich sein. Wollen Sie Ihrer Bekannten nicht helfen?«

»Ich wüsste nicht, wie«, sagte er kurz angebunden.

»Zum Beispiel, indem Sie meine Fragen beantworten. Sie sind mit ihr befreundet? Wissen Sie, wo sie sich aufhalten könnte? Vielleicht ist sie ja bei Freunden?«

Der Mann schüttelte den Kopf. »Ich weiß nicht, wo sie sein könnte. Freunde? Was für Freunde?« Es klang sarkastisch.

»Hat sie eventuell Feinde?«, hakte Beate nach.

»Sie ist Lehrerin für kleine dumme Kinder, die das Einmaleins lernen«, sagte er. »Wieso sollte sie Feinde haben?«

»Auch Lehrer leben ja nicht nur für die Schule«, meinte Beate. »Hat sie mal was von Problemen erzählt? Vielleicht von einem Streit? Oder haben Sie sich mit ihr gestritten?« War das zu direkt? Irgendwie musste Beate diesen vermeintlichen Herrn Müller, der auf sie leicht arrogant wirkte, ja aus der Reserve locken.

»Was wollen Sie damit andeuten?« Sein eben noch blasses Gesicht färbte sich plötzlich rot. Vor Wut? Vor Scham? Hatte er ein schlechtes Gewissen?

»Sie sind ihr Ex-Freund, oder?«

»Selbst wenn es so wäre: Es geht Sie nichts an!«

»Ihre private Beziehung interessiert mich nicht. Sagen Sie mir einfach, was Sie über die vermisste Person wissen. Jede Kleinigkeit kann uns eventuell weiterhelfen. Auch wenn Ihnen später noch etwas einfallen sollte ...« Beate drückte ihm ihre Visitenkarte in die Hand.

Ohne sie anzusehen, steckte er sie in die Tasche seines Mantels. Beate fühlte einen Anflug von Müdigkeit. Sie zweifelte daran, dass sie aus diesem störrischen Herrn etwas herausbekam.

»Ich sagte schon, dass ich nichts weiß. Ich wollte sie besuchen, und sie ist nicht da, das ist alles. Und nun ... auf Nimmerwiedersehen!«

Ehe Beate realisierte, was er vorhatte, war er schon an der Tür, riss sie auf und rannte los. Verblüfft über seine Dreistigkeit, folgte sie ihm, hörte die Schritte auf der Treppe. Er schien die Stufen mehr hinunterzuspringen, als zu laufen. Es hatte keinen Sinn, ihm zu folgen.

»Kommen Sie morgen früh zu mir ins Revier!«, schrie sie ihm nach. »Sonst holen wir Sie!« Die Haustür knallte zu, und dann war es still.

Wieso rennt der denn weg?, fragte sich Beate. Damit macht er sich doch nur verdächtig. Allerdings wäre er wohl kaum hergekommen, um Ina aufzusuchen, wenn er wüsste, wo sie sich befand.

Beate rief sich sein markantes Gesicht ins Gedächtnis. Das hagere Aussehen, den kalten stechenden Blick. Sie konnte sich nicht daran erinnern, ihm schon einmal begegnet zu sein. Warum kam er ihr dann bekannt vor?

12

Elsa hätte die Jeansjacke der Polizistin gern behalten. Sie war ihr viel zu groß, aber gerade deshalb schön warm, und sie schützte sie, als wäre sie in einer Höhle. Aber das ging natürlich nicht. Sie hatte die Jacke zurückgeben müssen. Die Polizistin brauchte ja schließlich auch was zum Anziehen.

Die Erwachsenen hatten sich mal wieder im Haus versammelt, um alles Mögliche zu besprechen. Elsa fand das meist todlangweilig. Aber weil es an dem langen Tisch Spaghetti mit Tomatensoße für alle gab, saß sie dabei.

Am Anfang ging es nur um das Haus. Welche Zimmer noch gemalert werden mussten, in welche man schon Möbel stellen konnte. Langweilig eben.

Elsa hörte kaum zu und aß Spaghetti. Die Tomatensoße war diesmal besonders lecker. Wahrscheinlich, weil darin Knoblauch war. Knoblauch stank ziemlich, war aber total lecker. Eigentlich war sie schon satt. Aber Spaghetti waren ihr Lieblingsessen. Und bis jetzt war sie ja noch nicht geplatzt. Elsa kicherte ein bisschen und blinzelte ihre Mama an, die ihr gegenübersaß. Aber die sah woandershin und merkte es gar nicht.

»Nun noch zu dem unschönen Ereignis letztens«, sagte ihre Mama. »Zu dem ... Besuch neulich.«

»Du meinst den Bullenbesuch?«, fragte Cat, der neuerdings

der Freund ihrer Mutter war. Cat hieß eigentlich anders, aber er mochte Katzen und außerdem einen Sänger, der Cat Stevens hieß. Manchmal trug er sogar Katzenohren und schminkte sich ein Katzengesicht. Elsa fand das albern.

»Klar meine ich den. Die Polizistin wollte wissen, ob jemand was gesehen oder gehört hat. Sie kann sich nicht vorstellen, dass niemand etwas mitgekriegt hat. Die Lehrerin ist immer noch verschwunden. Und sie wurde, wie ihr wisst, zuletzt im verbotenen Zimmer gesehen.«

Elsas Mutter blickte fragend in die Runde, aber sie guckte nur die Erwachsenen an. Zum Glück.

»Also: Falls jemand was mitbekommen hat, heraus mit der Sprache. Besser wir bereden das erst mal unter uns.«

Alle schüttelten nur ihre Köpfe. Oder sagten: »Nein. Ich habe nichts bemerkt.« Oder: »Tut mir leid. Hoffe, sie taucht wieder auf.«

»Hoffe, diese Polizistin taucht *nicht mehr* auf«, sagte Cat.

Elsa stopfte die nächsten Spaghetti in sich hinein. Sie aß mit der Gabel, aber sie schob mit der Hand die Nudeln nach, die aus ihrem Mund flutschen wollten. Ihre Finger, Wangen und ihr Kinn waren rot und glitschig von der Soße. Das störte niemanden an diesem Tisch. Niemand schaute zu ihr hin. Elsa hatte einen Mann gesehen. Erst als sie mit der Lehrerin aus dem Auto stieg. Und später, als Frau Reinhardt nicht in das Kinderzimmer kam und Elsa hinaus auf den Hof gelaufen war, sah sie den gleichen Mann mit einem großen zusammengerollten Teppich aus dem Haus gehen. Die Rolle lag schwer über seiner Schulter.

Das hatte sie beobachtet, sich hinter einen Sperrmüllhaufen geduckt und sich gefragt, ob er ein Dieb war. Ein Dieb, der einen alten Teppich klaute. Oder etwas, das er darin eingewickelt hatte. Der Mann war groß wie ein Riese und sah unheimlich aus. Wie der schwarze Mann, der kommt, um dir wehzutun. Den es angeblich nicht gibt. Oder nur in Märchen. In den Märchen, die böse ausgehen.

Als er an ihr vorbeiging, sah sie, dass sein Gesicht verschwitzt war. Er schnaufte leise vor sich hin. Elsa schob sich augenblicklich zwischen einen Sessel, dem ein Bein fehlte, und eine alte Tür, in der ein Loch war, als hätte sie jemand eingetreten. Sie hockte da und beobachtete, wie der Mann breitbeinig davonstapfte. Aus ihrem Versteck konnte sie nicht viel erkennen. Nur dass er Stiefel trug, bemerkte sie. Riesengroße schwarze Stiefel.

Elsa lief am liebsten barfuß. Unter ihren nackten Füßen konnte sie die Erde spüren, Sand und Gras und kleine Steine. Sie hörte noch ein klappendes Geräusch. Wie bei einem Auto, wenn die Tür zugeknallt wird. Besser, wenn ihre Mama und die anderen nicht wussten, dass Elsa den Mann gesehen hatte. Sie sollten sich keine Sorgen machen.

Die Erwachsenen sprachen schon wieder über andere Sachen. Darüber, dass manche vergaßen, den Müll rauszubringen, obwohl die Eimer schon überquollen und es in der Küche anfing, übel zu stinken. Auch das Putzen war mal wieder Thema. Früher oder später würden sie anfangen, sich zu streiten. So war es eigentlich immer, wenn es um vergessene Hausarbeiten ging. Keiner brachte gern den Müll raus, aber niemand gab das zu. Niemand von den Erwachsenen putzte gern, soweit Elsa wusste. Und keiner hier hatte gern was mit der Polizei zu tun. Wenn sich die Erwachsenen stritten, schrien sie manchmal so laut, dass sie sich die Ohren zuhielt. Deshalb erzählte Elsa lieber niemandem von ihrer Beobachtung, von dem seltsamen Riesen mit dem Teppich.

13

Der Schlafmangel machte Beate zu schaffen. Sie hing mehr in ihrem Bürostuhl in der Leipziger Dienststelle, als dass sie auf ihm saß, trank bereits die zweite Tasse Kaffee und hoffte auf ein Wunder an diesem frühen Morgen.

Woher kannte sie den Mann, der in Ina Reinhardts Wohnung aufgetaucht war? »Kennen« war natürlich das falsche Wort. Vielleicht hatte sie ihn schon mal beim Bäcker oder so gesehen? Wieso war er vor ihr weggerannt? Hatte er etwas mit dem Verschwinden der Lehrerin zu tun?

Einer Eingebung folgend, schob sich Beate aus dem Stuhl und wechselte zum Schreibtisch ihrer Kollegin Sophie hinüber. Ungeduldig durchsuchte sie die Schubläden, fand aber nichts für den Fall Relevantes. Dafür jede Menge Packungen *Wrigley's Spearmint* – offenbar war ihre Kollegin kaugummisüchtig. Suchend blickte sie sich an dem nach Pfefferminz riechenden Arbeitsplatz um. In einer Ablage befanden sich ein paar *Eltern*-Zeitschriften, darunter zwei dicke A4-Umschläge, die Beate bisher noch nicht aufgefallen waren oder die sie übersehen hatte. Gereizt schob sie die bunten Magazine mit den glücklich lächelnden Babys und strahlenden Müttern auf dem Titelbild beiseite und nahm sich den ersten Briefumschlag vor. Es waren unsortierte Fotos in Schwarz-Weiß und Farbe, von Klassenfahrten und Schulveranstaltungen, wie es aussah. Auch ältere Bilder von Fahnenappellen mit Pionieren und FDJlern waren dabei. In der Mitte, offenbar neben dem Direktor der Schule, stand Ina Reinhardt, mit einem Blauhemd bekleidet, für das sie eigentlich zu alt war. Die Hand hielt sie über dem Kopf erhoben und grüßte mit dem Pioniergruß. Bei einer Erwachsenen sah das besonders albern aus.

Beate schüttelte sich, als ihr automatisch die Appelle in ihrer Schulzeit einfielen. Oft stand sie in der letzten Reihe, weil sie ihr Pioniertuch oder später das FDJ-Hemd vergessen hatte. Der Fahnenappell war die furchtbarste Schulveranstaltung, die sie kannte. In den langweiligen Reden ging es meist darum, wie schön die DDR und wie toll der Sozialismus doch waren. Vor allem verglichen mit dem bösen Kapitalismus, der irgendwann im Lauf der Geschichte verfaulen und untergehen würde – zugunsten des Sozialismus natürlich. Selbstverständlich befanden sie sich auf der Seite der Sieger. Auch wenn sie in der letzten Reihe standen, so wie sie, und meist sowieso nicht zuhörten. In der Mitte, neben der gehissten DDR-Fahne, mussten die Kinder oder Jugendlichen, die ausgezeichnet oder die mit Verweisen oder gar einem Schulrauswurf bestraft wurden, stehen. Glücklicherweise hatte sie sich nie in dieses Zentrum des Platzes, in das Zentrum der Macht stellen müssen – weder auf die Seite der »Guten« noch auf die Seite der »Bösen« – und sich den Blicken der Mitschüler ausliefern. Trotz rebellischer Phasen in ihrer Jugend blieb sie eine gute Schülerin. Doch einen Sinn für Gerechtigkeit hatte sie schon immer besessen. Aus ihrer Sicht wurden oft die Falschen belobigt und erst recht die Falschen bestraft.

Auf dem zweiten Umschlag standen die Worte FOTOS PRIVAT, und anders als der erste war er zugeklebt. Beate zögerte kurz. Würde sie etwa auf irgendwelche peinlichen Bilder von ihrer jungen Kollegin stoßen? Aber wieso sollte Sophie die mit in die Dienststelle bringen?

Beate riss die Papierhülle ungeduldig auf. Es waren tatsächlich private Aufnahmen – allerdings zeigten sie Ina Reinhardt, wie Beate einigermaßen erleichtert feststellte. Und jetzt erinnerte sie sich wieder: Diese Fotos hatten vor zwei Tagen auf dem Tisch ihrer Kollegin gelegen. Beate war daran vorbeigelaufen und musste sie wohl dabei wahrgenommen haben. Plötzlich fiel ihr ein, wo sie den Freund oder Ex-Freund der Vermissten schon einmal gesehen hatte: auf genau einer dieser Aufnahmen. Sie brauchte nicht lange zu suchen, bis sie auf eine Abbildung des Mannes stieß: Arm in Arm mit Ina Reinhardt. Beide lächelten in einer knallgrünen Wiesenlandschaft. Ein See leuchtete blau im Hintergrund. Inas Mimik wirkte entspannt und glücklich. Seine Gesichtszüge sahen dagegen etwas gequält aus. Wollte er etwa nicht fotografiert werden?

Beate kramte in ihrer Handtasche und holte ihr Notizbuch heraus. Sie blätterte, bis sie die Telefonnummer von Friederike Dammert gefunden hatte, griff nach dem Hörer und wählte.

Die Frau klang verschlafen, als sie endlich abnahm. »Hallo?«

»Beate Vogt hier. Guten Morgen! Ich hoffe, ich habe Sie nicht geweckt?«

Friederike Dammert schwieg. Es kam Beate vor, als würde sie ein leises spöttisches Prusten hören. Hatten freiberufliche Künstlerinnen einen anderen Tag-Nacht-Rhythmus als Menschen mit festen Arbeitszeiten? Vermutlich schon. Anscheinend war sie gerade erst ins Bett gegangen.

»Tut mir leid, wenn ich Sie störe, aber ... Ich wollte Sie fragen, ob Ihnen inzwischen der Name des Ex-Freundes von Frau Reinhardt eingefallen ist?«

Die Frau seufzte. »Meinen Sie, er hat was mit dem Verschwinden von Ina zu tun?«

»Das will ich herausfinden. Sie kennen ihn nicht persönlich, oder?«

»Nein.«

»Hat sie mal seinen Namen erwähnt?«

»Kann sein, also ... glaub schon ... aber ... Ich muss überlegen.«

Beate lauschte in das Schweigen hinein. Es dauerte eine ganze Weile. Sollte sie das Gespräch abbrechen?

Friederike räusperte sich schließlich. »Er ist Professor an der Uni Leipzig. Soweit ich weiß, verheiratet, Kinder ... Ähm. Er heißt Meyer. Mit Ypsilon.«

Beate fragte sich, warum sie ihr das nicht gleich erzählt hatte. »Sicher? Nicht Müller?«

»Meyer mit Ypsilon«, wiederholte sie. »So hat Ina ihn genannt. Vorname ... Ludwig, glaub ich ... oder Julius ... Sie hat nicht oft von ihm gesprochen.«

»Danke. Das hilft mir schon weiter. Einen schönen Tag noch.«

»Wie ist denn der Stand der Dinge?«, fragte Friederike hastig. »Gibt es eine Spur? Einen Hinweis, wo Ina sein könnte?«

»Über die Ermittlungen darf ich Ihnen nichts sagen. Aber ... ich war in ihrer Wohnung. Sie wurde offenbar geräumt. Haben Sie eine Ahnung von wem?«

»Geräumt? Hat sie die Wohnung nun doch gekündigt? Sie wollte ja eigentlich drinbleiben. Wegen der schönen Lage und weil sie nicht eingesehen hat, dass sie da wegmuss ... warum sie gehen soll.«

»Von einer Kündigung weiß ich nichts«, sagte Beate. »Wie es aussieht, soll das Haus jetzt saniert werden. Die Wohnungen stehen alle leer. Auch die von Ina Reinhardt.«

»Eigenartig. Waren da keine Bauarbeiter vor Ort, die was wissen könnten oder beobachtet haben?«

»Es war leider niemand da.«

»Oder haben Sie schon mit dem Bauherrn, also dem Eigentümer, gesprochen?«

»Noch nicht. Aber das werde ich.« Beate bedankte und verabschiedete sich noch einmal höflich und legte auf.

»Einen wunderschönen guten Morgen!«, schallte es ihr im nächsten Moment entgegen.

Beate zuckte bei dem lauten, durchdringenden Klang der Stimme zusammen.

Viktor Lüder sah sie etwas verwundert an, kam auf sie zu und drückte ihr kräftig die Hand. »Alles paletti?«

Beate lächelte. »Natürlich«, log sie. In Wahrheit machte ihr der mysteriöse Vermisstenfall immer mehr zu schaffen, aber sie wollte ihrem Kollegen die gute Laune nicht nehmen.

»Könnten Sie für mich bitte Namen und Telefonnummer des Bauherrn und Immobilienbesitzers des Hauses, in dem Ina Reinhardt wohnt, herausfinden?«

Sie nannte ihm die Adresse. »Und ich bräuchte nach Möglichkeit auch den Aufenthaltsort.«

Viktor Lüder grinste, als hätte sie ihm einen Witz erzählt. »Wird sofort erledigt. Wann kommt eigentlich Sophie wieder?«

Beate zuckte mit den Achseln. »Ihr Kind hat Bronchitis. Das kann dauern.«

»Kommen Sie mit dem Fall voran? Gibt es irgendwelche neuen Erkenntnisse?«

»Die neue Erkenntnis ist, dass irgendjemand ihre Wohnung leer geräumt hat«, antwortete Beate. »Und ihr Ex-Lover tauchte auf, als ich gerade dort war.«

Sie hielt das Foto hoch, auf dem Professor Meyer, wenn der

Name denn stimmte, und Ina Reinhardt zu sehen waren. »Er hat offensichtlich einen falschen Namen angegeben. Er nannte sich Müller.«

»Sehr fantasievoll.« Lüder lachte.

»Als ich ihn befragen wollte, ist er abgehauen.«

»Wenn mich nicht alles täuscht, habe ich den Mann gerade gesehen«, sagte Lüder. »Er steht unten auf dem Bürgersteig, also draußen vor der Tür.«

»Was?« Beate sprang auf. »Sind Sie sicher?«

»Da lungert einer rum, so schnieke gekleidet, und raucht eine Zigarette. Und wenn ich mich nicht irre, sieht er genauso aus.« Er beugte sich vor und tippte auf das Foto, das jetzt auf dem Schreibtisch lag. »Soll ich ihn reinholen?«

»Ich geh schon.« Sie war bereits an der Tür, riss sie auf, rannte die Stufen hinunter. Noch mal sollte er ihr nicht entkommen.

Der Mann blickte ihr mit eigenartigem Gesichtsausdruck entgegen, als hätte er auf sie gewartet. Und sie lief auf ihn zu, obwohl es vermutlich nicht nötig war, zu rennen. Er stand ganz ruhig da, ausgesprochen seriös gekleidet – mit niveaweißem Hemd und schwarzer Hose. Er warf die Kippe auf den Boden und trat die Glut aus.

»Da sind Sie ja«, sagte sie etwas atemlos.

»Ich wollte gerade sowieso zu Ihnen reinkommen.«

Sie nickte. »Schön. Warum sind Sie gestern weggelaufen, Herr Müller beziehungsweise Herr Professor Meyer?«

»Können wir das drinnen besprechen?« Er fuhr sich nervös durch sein ordentlich frisiertes Haar. Hatte er sich für die Befragung bei der Polizei extra schick gemacht, oder lief er immer so herum?

»In Ordnung.«

Fünf Minuten später saßen sie sich gegenüber, Beate hatte sogar Kaffee für sie beide gekocht. Vor allem, damit sie selbst eine Tasse trinken konnte, die dritte, um genau zu sein. Konnte man mit einer Überdosis Koffein die Müdigkeit besiegen und sich besser konzentrieren?

»Erst mal: Wie heißen Sie nun wirklich?«

»Meyer mit Ypsilon. Ich bin *Professor* Julius Meyer.«

»Würden Sie sich bitte ausweisen?«

»Selbstverständlich.«

Beate fragte sich, während sie seinen Ausweis betrachtete, warum er seinen akademischen Titel so betonte. Was versprach er sich davon? Dass sie sich ihm unterlegen fühlen sollte? »Also … Weshalb sind Sie weggerannt, statt mir meine Fragen zu beantworten?«

»Es war wohl ein Reflex«, antwortete er. »Eine spontane Reaktion. Es tut mir leid. Ich wollte nach Ina sehen, aber nicht in ihre Probleme verwickelt werden. Verstehen Sie? Ich bin verheiratet.«

»Sie hatten eine Affäre mit der Vermissten?«

»Ja. Und das war ein Fehler. Ich möchte nicht, dass meine Frau etwas davon erfährt.«

»Verstehe.« Beate trank einen Schluck Kaffee. Er war schwarz wie die Nacht, stärker, als für ihren Herzschlag gut war, und schmeckte recht bitter. »Sind Sie deswegen hergekommen? Damit kein Polizist auftaucht und Sie aus Ihrer Wohnung holt?«

Zu ihrem Erstaunen lief er rot an. »Meine Frau weiß nichts von dieser albernen Geschichte, und so soll es auch bleiben.« Er hob den Kopf und schaute ihr eindringlich in die Augen.

»Ich kann Ihnen nichts versprechen. Eifersucht ist ein klassisches Motiv, wie Sie vielleicht wissen. Oder vielleicht wollten Sie ja Ina Reinhardt loswerden?«

»Meine Familie hat nichts damit zu tun. Mit dem Verschwinden von Ina, meine ich. Es gibt keinen Grund, sie da hineinzuziehen.«

Beate zog die Brauen hoch. »Mag sein. Aber solange ich in dem Fall ermittle, muss ich allem nachgehen, jedem noch so kleinen Hinweis.«

»Na schön, was wollen Sie von mir wissen?«

»Wann haben Sie Ina Reinhardt zuletzt gesehen, und wie verlief die Begegnung?«

»Das ist schon ein paar Wochen her. Und das Treffen war nicht umsonst das letzte. Wir haben uns gestritten.«

»Worum ging es?«

»Um die Trennung. Ich habe sie abserviert, auch weil meine Frau wieder schwanger ist. Für mich war es nur ... eine Affäre eben. Für sie aber mehr. Sie hat geklammert. Ich habe ihr übel genommen, dass sie die Gegebenheiten nicht so akzeptiert, wie sie nun mal sind, und sich so egoistisch verhält.«

Beate starrte ihn einen Moment verblüfft an. So konnte man die eigene Unzulänglichkeit auch betrachten. Schuld waren immer die anderen. Aber ihre Aufgabe war nicht, ihn zurechtzuweisen oder gar zu erziehen. Sie musste herausfinden, was mit Ina geschehen war. »Gab es eine tätliche Auseinandersetzung zwischen Ihnen beiden?«

Er schüttelte den Kopf. »Ich schlage keine Frauen. Für wen halten Sie mich?«

»Sie haben sich also nur mit Worten gestritten?«

»Mit Worten und Tränen. Also, sie hat irgendwann geweint. Wohl in der Hoffnung, dass ich sie in den Arm nehme und tröste.« Er stieß ein verächtliches Prusten aus.

»Und? Haben Sie das gemacht?«

»Nein, natürlich nicht. Ich bin doch nicht verrückt. Wenn Sie mich fragen: Ina Reinhardt hat ziemliche Probleme.«

»Inwiefern?«

»Probleme mit dieser Zeit des ... ähm ... gesellschaftlichen Umbruchs. Und Probleme mit sich selbst. Sie hat einen ganz gehörigen Minderwertigkeitskomplex. Zum einen wegen der Narben in ihrem Gesicht, zum anderen, weil sie irgendwie zu denken scheint, dass ihr Leben unnütz ist. Sie hat mal davon gesprochen, dass sie Angst hat zu verschwinden.«

Beate horchte auf. »Wie meinte sie das?«

»Sie meinte, dass sie als Mensch nicht wahrgenommen wird. Dass sogar ich sie nicht sehe oder durch sie hindurchsehe, wenn wir zusammen sind.«

Da hatte sie wahrscheinlich sogar recht, dachte Beate. Professor Meyer mit Ypsilon wirkte nun wirklich nicht besonders empathiefähig.

»Sie fühlte sich aber nicht konkret durch jemanden bedroht?«

Er zuckte mit den Schultern. »Nicht, dass ich wüsste.«

»Warum waren Sie in ihrer Wohnung?«

»Ich wollte nach ihr sehen, nachdem ich längere Zeit nichts von ihr gehört hatte. Schauen, ob alles in Ordnung ist.«

»Weil ...?«

»Weil ich nicht für einen Suizid verantwortlich sein will, verdammt noch mal!« Er ballte die Faust und schlug wütend auf den Tisch.

Beate holte tief Luft. »Sie halten sie also für selbstmordgefährdet?«

»Ich würde diese Möglichkeit nicht ausschließen.« Sein Gesicht wirkte düster. Er blickte an ihr vorbei aus dem Fenster.

Welche Möglichkeit meinte er? Die, dass seine Ex-Geliebte an irgendeinem Baum im Wald baumelte oder als Wasserleiche auftauchte, da sie in ihrer Verzweiflung von einer Brücke in einen Fluss gesprungen war?

»Am Tag, an dem sie verschwand, war sie mit einer Freundin zu Kaffee und Kuchen verabredet«, sagte Beate, und es klang fast trotzig. »Ich glaube nicht, dass sie da geplant hatte, sich umzubringen.«

Nach ihrer Mittagspause, die sie sich ausnahmsweise gönnte, fuhr Beate noch einmal zu dem eingerüsteten Haus mit den schwarzen Engeln. Das Telefongespräch mit Friederike Dammert ließ ihr keine Ruhe. Beate musste ihre Tipps ernst nehmen und den Hinweisen so schnell wie möglich nachgehen, solange sie so im Dunkel tappte. Friederike Dammert war ihres Wissens die einzige Person, abgesehen von der Polizei, die wissen wollte, was mit Ina Reinhardt geschehen war. Ihrem Ex-Lover, Professor Meyer mit Ypsilon, schien es vor allem um sich selbst zu gehen. Er wollte in den Fall nicht verwickelt werden. Unwahrscheinlich, dass sie ihm diesen Gefallen tun konnte.

Ina Reinhardt, so viel war einigermaßen klar, hatte nicht vorgehabt auszuziehen. Im Gegenteil. Was also hatte es mit der ausgeräumten Wohnung auf sich? Irgendjemand musste etwas gesehen haben. Wer hatte die Möbel weggeschafft? Und wohin?

Beate stieg aus dem Wagen und sah zu dem Haus hinüber. Sie hatte offenbar Glück. Gleich zwei Bauarbeiter in Arbeitskluft kletterten auf dem Gerüst herum und trugen irgendwelche Stangen hin und her. Ein Kofferradio, das auf einem der Bretter stand, plärrte vor sich hin. Nervige Discomusik. Die blechernen Klänge machten sie leicht nervös.

Beate stellte sich auf die Zehenspitzen, als könnte sie so näher an die Männer heranreichen. »Hallo? Können Sie bitte mal herunterkommen? Ich habe ein paar Fragen!«

Die Männer reagierten nicht. Hatte sie zu leise gesprochen? Das Radio dudelte ziemlich laut.

»Halloho!«, brüllte sie noch einmal. »Es ist wichtig!« Kurz dachte sie daran, zu den Männern hinaufzuklettern.

Da blickte einer von ihnen missmutig zu ihr hinab. »Was ist los?«

Sie winkte ihm zu herunterzukommen. Jedenfalls hoffte sie, dass er ihre Zeichensprache verstand. »Ich bin Polizistin!«

»Du bist was?«

Beate zuckte zusammen. Na toll. Der Typ nahm sie nicht für voll. »Kripo Leipzig! Kommen Sie mal runter! Sofort!« Diesmal schenkte sie sich den freundlichen Ton und das *Bitte*. Ein Befehl wirkte hier wohl eher.

Der Mann murrte irgendetwas vor sich hin, kletterte aber tatsächlich zu ihr hinunter. »Was gibt's, Frau Polizistin?« Er starrte sie misstrauisch an, als würde er ihr nicht glauben und sie in Wahrheit für eine Postbotin halten, die eine unangenehme Nachricht für ihn hatte.

Schnell zückte sie ihren Ausweis. »Es geht um die Wohnung unter dem Dach, in der die Mieterin Ina Reinhardt wohnte. Oder eigentlich noch wohnt. Wohnen sollte.« Wieso stammelte sie so?

Der Mann hob genervt die Augenbrauen. »Was denn nun, Frau Polizistin? Ich kann Ihnen nicht ganz folgen.«

»Die Wohnung von Frau Reinhardt wurde kürzlich leer geräumt. Wissen Sie von wem?«

»Von mir nicht«, brummte der Arbeiter und wischte sich den Schweiß aus dem Gesicht. »Bin heute den ersten Tag auf dieser Baustelle. Fragen Sie mal den da.« Er deutete nach oben zu seinem Kollegen. »Paul! Komm mal runter! Dein Typ ist gefragt!«

Paul bewegte sich recht behäbig. Er brauchte ein paar Minuten, ehe er auf dem Boden stand. »Was 'n los?« Er grinste Beate neugierig an, nahm seinen Helm ab und strich sich ein paarmal über seinen Arbeitsanzug, als müsste er sich für den unerwarteten Besuch schick machen.

Sie lächelte zurück. »Ich brauche Ihre Hilfe«, sagte sie.

»Einer schönen jungen Frau helfen wir doch gern«, kam es prompt von Paul.

Sein Kollege winkte ab und verzog sich ohne ein Abschiedswort.

»Danke. Es geht um eine vermisste Person«, erklärte Beate und wurde ernst. »Ina Reinhardt. Sagt Ihnen der Name etwas?«

Paul strich sich über den Kopf, durch sein dichtes filziges Haar. »Sagt mir was. Aber nur vage. Die von ganz oben?«

»Ganz genau«, antwortete Beate erfreut. »Können Sie mir eventuell sagen, wo sie sich aufhält?«, fragte sie direkt. Zwar glaubte sie nicht, dass Paul das wusste, aber einen Versuch war es immerhin wert.

»Nee. Ich kenne die nicht weiter. Nur das Schild an der Tür ... so ein Pappschild ... Das habe ich gesehen, als wir die Möbel aus der Wohnung rausgeholt haben.«

»Wo haben Sie die Sachen von Frau Reinhardt hingebracht?«

»In eine leer stehende Garage, gleich gegenüber von hier.« Er hob den Arm und deutete mit dem Helm in der Hand ins Irgendwo.

»Und in wessen Auftrag?«

»Nehme an, das war der Eigentümer. So genau weiß ich das nicht.«

»War niemand hier, der Sie angeleitet hat?«

»Doch. So ein Typ. Er hat uns Geld gegeben. Und gemeint, dass er die Weisung hat vom neuen Besitzer des Hauses.«

»Wissen Sie den Namen noch?«

Paul schüttelte den Kopf. »Kann mich nicht erinnern.«

»War er groß, schlank, grauhaarig, mit Hakennase?«

»Groß?« Er überlegte. »Nee. Eher klein und bullig. Die paar Haare, die der hatte, waren, glaube ich, nicht grau. Auf die Nase hab ich nicht geachtet.« Er lachte. »Wenn Sie möchten, können wir rübergehen.«

»Rübergehen?«

»Zur Garage. Der Schlüssel befindet sich in meiner Hosentasche.« Er blinzelte Beate zu und lächelte, als wollte er sie zu einem romantischen Spaziergang mit Picknick im Park einladen.

Ein paar Minuten später schloss Paul das Garagentor auf, und sie standen auf einmal vor einem Chaos aus Möbeln, Fernseher, Kühlschrank, Waschmaschine, Lampen, Staubsauger, Besen, Kleidungsstücken, Bettzeug, Geschirr, Besteck, Büchern, Akten und allerlei sonstigem Kleinkram.

»Oje«, entfuhr es Beate. »Was für ein Durcheinander!«

»Na, sortiert hat das keiner.«

Beate seufzte. »Das sehe ich.« Sie würde Kollegin Sophie informieren, wenn sie wiederkam. Sollte sie sich mit den Möbeln und dem ganzen anderen Kram beschäftigen. »Wissen Sie, wer Mieter der Garage ist?«

»Nein. Der Typ, der uns angewiesen hat, die Sachen herzubringen, hatte jedenfalls einen Schlüssel.«

»Ina Reinhardt besitzt ein Auto. Aber angenommen, sie ist auch Mieterin der Garage ... Wo ist ihr Wagen?« Beate sprach mehr zu sich selbst. Manchmal half es ihr, ihre Gedanken laut auszusprechen.

»Keine Ahnung. Meinen Sie, der Frau ist was passiert?«, fragte Paul. Seine Stimme klang plötzlich ehrlich besorgt.

»Wie kommen Sie darauf?«

»Ich schätze mal, Frau Kommissarin, Sie sind nicht wegen dem Klappsofa oder dem Ohrensessel da gekommen. Und Sie sprachen von der Frau als einer vermissten Person. Da läuten schon die Alarmglocken.« Er tippte sich an die Stirn.

»Verstehe. Was haben Sie denn gedacht, als Sie und Ihre Kollegen die Sachen hierhergebracht haben?«

Er zuckte mit den Achseln. »Nix. War ein kleiner Auftrag nebenbei. Gab Zusatzkohle. Cash. Dachte, es ist eben ein Umzug, und die Frau hat noch keine neue Bleibe, oder da wird erst noch renoviert, wo sie hinzieht, oder so. Gewundert habe ich mich schon, dass die Bewohnerin nicht anwesend war, als wir ihren Krempel von A nach B geschafft haben.«

»Sonst ist Ihnen also nichts Verdächtiges aufgefallen?«

»Doch, der Typ, also der Anweiser, hat sich komisch verhalten irgendwie.«

»Inwiefern?«

Paul schwieg einen Moment. »Er wollte, dass wir die Aktion für uns behalten. Hat geheimnisvoll getan. Als wäre er Agent 007 James Bond höchstpersönlich. Er trug sogar 'ne Sonnenbrille, obwohl die Sonne nicht schien. Aber mir war's egal, was der labert oder für wen der sich hält.«

Beate machte sich im Kopf Notizen. »Und an seinen Namen entsinnen Sie sich wirklich nicht?«

»Den hat er nicht genannt. Jedenfalls, soweit ich mich erinnern kann. Aber der Chef muss das ja wissen.«

»Welcher Chef?«

»Na, der Eigentümer der Immobilie. Holdinger heißt der.«

Den knöpfe ich mir als Nächstes vor, dachte Beate und gab Paul die Hand. »Danke, Paul. Wie heißen Sie mit Nachnamen?«

»Für Sie bloß Paul.« Er grinste.

»Das ist nett. Wirklich. Ich bin Beate. Aber ... Ihren vollständigen Namen bräuchte ich trotzdem und eine Telefonnummer, wo ich Sie erreichen kann, falls es noch Fragen gibt.« Beate kramte nach Schreibzeug in ihrer Tasche.

»Aber gern doch.« Er zwinkerte wieder und nahm Zettel und Stift von ihr entgegen. »Mattis ist mein Nachname. Ich freue mich auf Ihren Anruf, Frau Kommissarin. Zu jeder Tages- und Nachtzeit.«

So unbeschwert, wie er tat, wirkte Paul Mattis allerdings nicht mehr auf Beate.

»Und noch etwas, Herr Mattis. Den Schlüssel zur Garage muss ich konfiszieren. Die Dinge in dem Raum gehören eindeutig der vermissten Person, Frau Reinhardt, und müssen sichergestellt werden.«

Paul Mattis blickte sie einen Moment irritiert an, das Lächeln verschwand nun völlig aus seinem Gesicht. Beate erwartete Widerspruch oder zumindest Fragen. Aber dann reichte er ihr einfach den Schlüssel, setzte seinen Helm wieder auf und stapfte davon.

14

Bevor der Wachmann das erste Tor aufschloss – die beiden Schäferhunde hielt er jeweils an einer kurzen Führleine –, sah er sich vorsichtshalber nach allen Seiten um. Doch er musste sich wohl keine Sorgen machen. Es war ein ruhiger Tag, die zumeist alten Leute, die hier ihre Datschen und kleinen Gärten besaßen, bereiteten hinter den hochgewachsenen Hecken vermutlich die Osterkörbchen für die Enkel vor. Selbst wenn sie ihn gelegentlich sahen, würden sie wohl kaum misstrauisch werden – man kannte und grüßte sich; nicht wenige waren ehemalige Genossen. Und schließlich war er nicht nur der jüngste, sondern auch der freundlichste Mitarbeiter der Mannschaft des Ministeriums für Staatssicherheit, der für die Wartung des Bunkers auf dem abseits gelegenen Gelände bei Machern, in der Nähe von Leipzig, genauer gesagt 15 Kilometer östlich der Stadt, zuständig gewesen war. Das gegenseitige Winken über den Gartenzaun hatten die Anwohner nicht vergessen, auch wenn sie heute behaupteten, nichts von dem Stasi-Bau gewusst zu haben. Offiziell handelte es sich zu Ostzeiten um eine Ferienanlage des Leipziger VEB Wasserversorgung und Abwasserbehandlung. Sogar ein paar Ferienhäuschen hatte man zur Tarnung gebaut. Das Gelände, das im Naherholungsgebiet Lübschützer Teiche lag, wirkte unauffällig. Auf den ersten

Blick sah alles hübsch idyllisch aus. Und mehr als diesen ersten Blick bekam der zufällige Passant auch nicht zu sehen.

Der einst streng geheim gehaltene Atombunker, den ein Pfarrer und ein paar aufgeregte Leute aus der Bürgerbewegung nach der Wende leider entdeckt hatten, stand zurzeit leer. Genauer gesagt: Er wurde nicht genutzt. Und es gab niemanden, der sich um die unterirdische Anlage kümmerte. Aber es war zu Vandalismus gekommen, Möbel, Geschirr, technische Geräte und eine ganze Telefonanlage waren gestohlen worden, möglicherweise sogar Waffen. Deshalb hatte die Gemeinde Machern nicht lange gezögert, ihn als Wachmann zu beauftragen, ab und zu Ausschau zu halten, das Gelände und den Bunker gegen Rowdytum und ungebetene Gäste abzusichern. Schließlich kannte er sich aus, besaß Erfahrung und wusste, wie man unliebsame Besucher vom Objekt fernhielt, Schadensfälle verhinderte oder Reparaturen durchführte, wenn nötig.

Seit er seine Arbeit beim MfS losgeworden war, hatte er in verschiedenen Jobs gearbeitet: als Türsteher einer Disco, als Wachschutz in einem Museum, bei einer Versicherung, bei einer Tankstelle, bei einer Detektei und sogar bei einem Autohändler für Gebrauchtwagen. Meist holte man ihn nur, wenn Not am Mann war oder man seine speziellen Kenntnisse brauchte. Mal für ein paar Tage, auch mal für ein paar Wochen, eher selten für einige Monate. Nebenbei züchtete er Deutsche Schäferhunde auf einem abgelegenen Gelände, das früher zu einer LPG gehört hatte. Viel Geld verdiente er mit den ein, zwei Würfen im Jahr bisher nicht, mit den Gelegenheitsjobs zusammen reichte es geradeso zum Leben. Doch er gehörte zu den Leuten, die nicht herumjammerten, sondern ihre Chancen nutzten. Sich nach der sogenannten Wende an das neue System anzupassen war für ihn kein Problem gewesen. Man musste einfach nur schauen, wo man den Fuß in die Tür schieben konnte, und daraus die Kohle ziehen.

Diether stapfte an dem Haus vorbei, in dem einst der Kommandant mit seiner Frau gewohnt hatte. Im Kellergeschoss hatte Diether dort mit den Kollegen seine Pausen verbringen dürfen, seine Salamistullen gegessen und starken pechschwarzen Kaffee getrunken oder Schulungen von seinen Vorgesetzten für die Arbeit im Bunker über sich ergehen lassen. Zu Geburtstagen wurden schon mal ein paar gut gekühlte Flaschen Wodka gekippt, die die Genossen Offiziere vom KGB spendiert hatten. Schließlich wollten sie ja auch im Luftschutzbunker unterkriechen, wenn es zum sogenannten »atomaren Ernstfall« kam. Diether musste grinsen, als er daran dachte.

Die Schäferhunde knurrten leise, als sie am Hundezwinger an der Garage vorbeimussten. Immerhin hatten sie sich das Bellen an dieser Stelle abgewöhnt. Vielleicht verloren sie auch allmählich die Erinnerung an ihre alte Aufgabe. Er nahm sie nur noch selten mit. Schließlich existierten sie jetzt für einen höheren Zweck: für den, Nachwuchs zu zeugen.

Diether schloss das nächste Tor auf, sie gelangten von der Zone 2 in die Zone 1, die früher nicht nur abgezäunt und überwacht, sondern für Zivilisten absolut tabu gewesen war. Der von 1968 bis 1972 errichtete Bunker war ein Staatsgeheimnis, das bis Ende 1989 auch als solches gehütet wurde. Sogar die Feuerwehr durfte damals nicht auf das Gelände. Von den Werkzeugen zur Brandbekämpfung standen nur noch zwei Fässer herum, die stets mit Wasser gefüllt gewesen waren. Die Eimer, Spaten, Äxte und Feuerlöscher waren von der Holztafel, an der sie gehangen hatten, verschwunden, vielleicht von den Vandalen geklaut worden. Für Brandschutzbekämpfung war Diether bestens ausgebildet. Gebrannt hatte es in dem geheim gehaltenen Objekt allerdings nie.

An der Legendierungshalle, in der sich der Eingang zum Bunker befand, kettete er die Hunde an die beiden jeweils mehrere Meter langen Laufleinen.

Sie rannten sofort hin und her, warfen ihm vorwurfsvolle Blicke zu, rissen an der Leine, knurrten wütend, bellten, zeigten ihr beeindruckendes Gebiss. Wahrscheinlich hatten sie auch Hunger, doch er achtete nicht weiter auf die Tiere.

Von außen sah das Gebäude immer noch aus wie ein zu lang geratener Bungalow. Niemand, der es nicht wusste, würde ahnen, was sich dort fünf, sechs Meter unter der Erde verbarg. Dabei waren die Wände in Leichtbauweise gefertigt. Sollten sie im Kriegsfall zerstört werden und auf den Eingang des Bunkers kippen, könnten sie einfach beiseitegeräumt werden.

In der Halle lagerten allerlei Ersatzteile und Hunderte von Holzkisten aus der Sowjetunion, in denen sich zum überwiegenden Teil Gasmasken befanden. Die sollten, im Fall der nuklearen Katastrophe, an einen Teil der Bevölkerung verteilt werden, an die Angehörigen der MfS-Bosse und an verdiente SED-Genossen, versteht sich. Der Rest konnte zusehen, wo er blieb. Hinter die gasdichten Sicherheitstüren des Bunkers passten höchstens einhundert bis einhundertzwanzig Personen – Genossen des Ministeriums für Staatssicherheit und Leute des KGB, so war es geplant. Zivilisten hatten keinen Zugang. Die Wartungsmannschaft wäre mit von der Partie gewesen, von der Partie der Verschonten – davon ging er zumindest aus. Und es erfüllte ihn mit heimlichem Stolz, dass er *drinnen*, unter der Erde, zu einem der wenigen Überlebenden gehört hätte, während *draußen* die Hölle los gewesen wäre und die Menschen gestorben wären wie die Fliegen.

Zum Glück war der »atomare Ernstfall« nie eingetreten. Trotzdem war der Bunker bis zum Ende der DDR in Betrieb und von Diether und seinen Kollegen regelmäßig überprüft und gewartet worden. Er konnte also sicher sein, dass der Frau dort nichts passierte, sollte sie sich nicht allzu blöd anstellen. Dort unten gab es alles, was man zum Überleben brauchte. Und mit etwa 1500 Quadratmetern hatte sie mehr Platz als in der luxuriösesten Villa. Auch wenn der Komfort sicherlich zu wünschen übrig ließ. Diether zog eine Grimasse. Es war ein schöner Tag, und die gute Laune strömte durch seinen Körper, während er den Knopf drückte. Die Betonplatte schob sich allmählich auf, und er wartete ab, bis die Treppe vor ihm erschien, die ins Innere des Bunkers führte. In gebückter Haltung stieg er die steilen grauen Treppen hinab. Wenn man sich nicht auskannte, musste man ein wenig aufpassen: Es gab kein Treppengeländer, und die Decke am Eingang unten war so niedrig, dass man sich gehörig den Kopf stoßen konnte. Aber er kannte sich ja aus. Nur als er die Frau hinuntergeschleppt hatte, waren ihm die Stufen in die Tiefe endlos und der Weg anstrengend vorgekommen.

Im Schleusenvorraum zog er sich schnell um: Die privaten Sachen, Jeans, Cordjacke und ein kariertes Hemd, kamen in den Spind, den er eigens für seine Bedürfnisse hierhergestellt hatte, nur die Unterhose und die Strümpfe behielt er an. Er schlüpfte in ein graues Hemd, Uniformjacke, Uniformhose und Offiziersstiefel. Auch den Schlips zu binden und das Koppel umzuschnallen, vergaß er nicht. Nur die Schirmmütze ließ er weg. Aus dem Waffenschrank zog er die Makarow, schob sie in die Jackentasche seiner Uniform. Auch wenn er nicht glaubte, dass er die Pistole brauchen würde, aber als Instrument zur Demonstration seiner Macht war sie allemal geeignet. Zu guter Letzt zog er sich die Gasmaske über den Kopf. Atmete zur Probe einmal ein, einmal aus. Fertig! Schade, dass er hier keinen Spiegel hatte. Er hätte sich gern bewundert. Aber er hoffte, er sah zum Fürchten aus. Diether kicherte vor sich hin. Allein die Vorstellung, seiner Gefangenen Angst einzujagen, machte ihm schon Spaß. Diether bückte sich und öffnete das Vorhängeschloss, mit dem die Stahltür der Zugangsschleuse gesichert war. Noch im Aufstehen schob er mit schnellen geübten Bewegungen die Hebel nach oben und drückte die Tür auf. Kälte und der typische feuchtchemische Geruch des unterirdischen Baus schlugen ihm entgegen. Doch in Uniform, Stiefeln und mit Gasmaske fühlte er sich sicher, ja, beinahe wohl – wie in einer zweiten Haut. Einer Haut, die er besser kannte, die ihn besser schützte als die erste, mit der er geboren worden war.

Die Haut, in der er geboren worden war, hatte ihn kein bisschen geschützt, im Gegenteil. Immer wieder war er als Kind geschlagen worden. Mit allem, was seine Mutter in die Hände bekam. Da war sie nicht besonders wählerisch gewesen.

Wie verletzlich ist doch der Mensch ohne Uniform und Waffe. Unter dem Gummi der Gasmaske schwitzte er allerdings ein wenig. Aber das war zu verkraften.

Ina Reinhardt lag nicht mehr auf der dünnen blauen Matratze des Etagenbettes, auf die er sie abgelegt hatte. Aber das verwunderte ihn nicht weiter. Insgesamt gab es in diesem Bunker sechzehn Räume, die sie erkunden konnte. Sogar zwei Waschräume mit Waschbecken und Toiletten. Einen Moment stellte er sich vor, dass er sie nackt und sich waschend antreffen würde. Vollkommen wehrlos. Ihm ausgeliefert. Mit Wasser auf den nackten Brüsten. Tropfen, die ihr über die Nippel rannen, über ihren Bauch und tiefer. In ihre Möse, in ihre feuchte Muschi, die nur auf ihn wartete.

»Nicht anfassen!«, sagte da eine Stimme in seinem Hirn. Ein scharfer, befehlender Ton. War das seine Mutter? Er sah die Alte vor sich. Mit dem Rohrstock in der Hand. Natürlich ging es bei ihrem Befehl nicht um eine Frau, sondern um einen Kuchen oder einen Wackelpudding. »Lass die Finger davon, oder ich schlag dich windelweich, du unnützes Stück Scheiße!« Er sah sie den Prügelstock drohend in die Höhe heben.

Er schüttelte den Kopf, drängte das Bild der nackten Frau und den Befehl seiner Mutter beiseite. So durfte er nicht denken. Jederzeit musste er Herr der Lage bleiben. Er wollte nur nach ihr sehen, so wie er auch gelegentlich nach seinen Hunden und vor allem nach den trächtigen Hündinnen sah. Seine Aufgaben erledigte er verantwortungsbewusst – als Wachmann, Züchter und auch als Entführer. Seine Pflichten nahm er stets ernst.

Das Bett, auf dem sie gelegen hatte, war unordentlich. Auf den übrigen Matratzen lagen je ein Schlafsack, zwei Decken und Bettzeug akkurat zusammengelegt am Fußende. Die Frau hatte einfach alles auf einen Haufen geworfen, eine Decke lag sogar auf dem Boden. Diether schnaufte leise vor Ärger. Diese Schlampe! Ein Gast sollte sich wie ein Gast benehmen!

Es blieb ihm nichts anderes übrig, als den langen Korridor entlangzulaufen, in jeden davon abgehenden Raum zu spähen. In acht lange Räume auf der einen Seite, dann um die Ecke biegen und in acht lange Räume auf der anderen Seite sehen. Manche waren in der Mitte abgetrennt durch einen grünen Vorhang. Dahinter befanden sich meist Etagenbetten aus Metall. Vielleicht schlief sie ja irgendwo tief und fest? Was sollte man sonst hier auch machen? Es gab keinen Fernseher, kein Radio, kein Buch, keine Zeitung, noch nicht mal ein Kartenspiel, mit dem man *Solitär* spielen konnte.

Auf einer der Matratzen auf der unteren Etage fand er einen ausgebreiteten Schlafsack. Auf den ersten Blick sah es so aus, als würde ein Mensch darin liegen. Aber Fehlanzeige. Er war leer. In keinem der Betten fand er seine Gefangene.

Sie würde sich doch wohl nicht vor ihm verstecken? Irgendwo

musste sie ja sein. Von hier wegzulaufen war schließlich unmöglich. Warum fand er sie dann nicht? Er stieß ein wütendes lautes Schnaufen aus. Durch den Filter der Gasmaske klang es blechern, wie er wahrnahm. Irgendwo hörte er plötzlich ein klirrendes Geräusch. Als wäre ein Teller oder eine Tasse heruntergefallen.

Natürlich! Die Küche! Der sechzehnte Raum!

Automatisch verfiel er in einen militärisch zackigen Schritt. Diether marschierte jetzt durch den schlauchlangen Flur auf die Küche zu. In der Stille, die sie hier umgab, musste sie ihn hören. Aber das war ihm egal. Sollte sie doch. Sollte sie sich doch einpissen vor Angst. Und endlich sah er sie: Sie stand ganz hinten neben dem Kühlschrank, der fast bis zur Decke reichte, und starrte ihm mit großen Augen entgegen. Ihr Gesicht wurde blass, geradezu weiß. Sie wankte, zitterte, tastete nach einem Halt. Neugierig betrachtete er sie durch die Gläser seiner Gasmaske. Einen Moment dachte er, sie würde umkippen. Aber sie fiel nicht, sondern schlurfte in den Hausschuhen, die er extra für sie besorgt hatte, bis zum Regal, hielt sich an einem Brett fest. Ihr Mund öffnete sich, als wollte sie etwas sagen, doch es kam kein Ton heraus.

15

Ina konnte den Blick nicht von diesem Monster abwenden. Er musste verrückt sein. Sie befand sich in der Gewalt eines Psychopathen! War er gekommen, um sie zu töten? Zu foltern, zu vergewaltigen und sie dann umzubringen? Ihr Herz raste. Es machte ihr Angst, dass er einfach nur so dastand und sie anglotzte. Ein großer Mann in Uniform, ohne Gesicht. Sein lauter Atem durch die Gasmaske klang wie ein tierisches Schnauben. Sie dachte an die Elefanten im Zoo, die sie manchmal gehört hatte, wenn sie in ihrer Wohnung war. Die Laute, die der Uniformierte ausstieß, klangen ähnlich, nur gedämpfter, gefährlicher.

Er kam langsam auf sie zu.

Was sollte sie tun?

Kurz dachte sie an das Klappmesser in ihrer Hosentasche. Aber er starrte sie an, er behielt sie im Blick. Keine Chance, solange er sie anglotzte. Sie musste ihn irgendwie dazu bringen, dass er mit ihr redete.

»Wo bin ich?«, brachte sie schließlich heraus. »Sagen Sie mir bitte, wo ich bin.« Sie versuchte, hinter den runden Scheiben der Maske etwas zu erkennen. Weshalb trug er eine Gasmaske? Stimmte etwas nicht mit der Luft? War der chemische Geruch, den sie wahrgenommen hatte, etwa giftig? Würde sie allmählich eingehen? Ersticken, vergammeln, verwesen? Wie eine verdammte Ratte? Niemand würde sie hier finden! Niemand!

»Warum hast du dein Bett nicht gemacht?«, hörte sie ihn mit dumpfer Stimme fragen.

Hatte er das wirklich gesagt? Welches Bett meinte er? Das Zittern schüttelte sie wieder.

»Du bist hier auf militärischem Sperrgebiet. Du musst dein Bett bauen, das ist Vorschrift.«

Ina sah ihn verwirrt an.

»Verstanden?«, brüllte er.

Sie zuckte zusammen, beeilte sich zu nicken. Wenn sie sich an die Regeln hielt, würde er sie verschonen, vielleicht sogar gehen lassen? Wohl kaum.

Mal abgesehen davon, dass sie die Regeln gar nicht kannte.

»Sagen Sie mir bitte, wo ich bin«, bat sie. »Was bedeutet: militärisches Sperrgebiet? Warum bin ich hier?« Ihr Hals fühlte sich rau an beim Sprechen. Als hätte sich der Staub dieses Verlieses in ihrer Kehle festgesetzt. Er war ein Monster. Aber sie musste mit ihm reden. Ihn dazu bringen, dass er antwortete.

»Zu viele Fragen!«, stieß er hervor. »Das geht dich alles gar nichts an! Was glaubst du, wer du bist!«

Sie zuckte mit den Achseln. Wer bin ich? Einen Moment wusste sie es wirklich nicht. Alles drehte sich: in ihrem Kopf und in diesem Raum.

Er ging Schritt für Schritt auf sie zu. Ina versuchte zurückzuweichen, aber da war das Bretterregal mit den Vorräten. Sie konnte hier nicht weg. Sie war ihm ausgeliefert. Und er schien es zu genießen, dieser Irre. Der Gasmasken-Schädel beugte sich tief zu ihr hinunter. Er beäugte sie durch die schmutzigen Gläser. Glotzte sie an wie ein Insekt unter dem Mikroskop. Was wollte er von ihr?

Sie senkte die Lider. Nahm seinen Geruch wahr, eine Mischung aus Gummi, Metall und Schweiß. Nur nicht die Nase rümpfen. Nur nicht diesen Kerl noch reizen. Wie es aussah, war er stark. Er könnte einfach nach ihr greifen, nach ihrer Kehle greifen und zudrücken. Traute sie ihm das zu?

Natürlich traute sie ihm das zu.

Was war das in seiner Jackentasche? Etwa eine Pistole? Klar. Männer in Uniformen waren fast immer bewaffnet. Das war kein übler Scherz. Der Kerl meinte es ernst. Nicht, dass sie an einen Scherz geglaubt hätte.

Ihre Lage kam ihr aussichtslos vor. Sie würde sterben. Und niemand würde es wissen. Nur ... er ... dieses Monster. Wer zum Teufel war er? Warum tat er ihr das an? Und warum trug er eine gottverdammte Gasmaske? Sie fühlte ihre Wangen feucht werden. Weinte sie etwa?

»Lassen Sie mich bitte gehen«, hörte sie sich jammern. »Ich werde auch niemandem etwas sagen. Ehrlich. Ich sage keinem was. Keinem einzigen Menschen. Schon gar nicht der Polizei.« Oh Gott, sie klang wie eine Heulsuse. Rotz drang aus ihrer Nase, bildete Bläschen, wie bei einem Kleinkind.

»Hör auf zu flennen, du Schlampe!« Er packte sie plötzlich an den Haaren. Zog sie mit einem Ruck nach hinten.

Sie schrie, knallte mit dem Kopf gegen ein Brett, dann fühlte sie den Schmerz und sah kleine Blitze hinter ihren geschlossenen Lidern.

»Du kannst schreien, soviel du willst! In diesem Bunker hört dich niemand! Kapierst du? Niemand!«

Hatte sie richtig gehört? Bunker? Sie war in einem Bunker? Sie keuchte, rang nach Luft, hustete. Der Schleim aus ihrer Nase vermischte sich mit Blut. Etwas gurgelte in ihrer Kehle. Sie spuckte vor ihm aus. Spuckte das Gemisch auf seine Gasmasken-Augen.

Er kann nichts mehr sehen, oder? Nicht richtig, klickte es durch ihr Hirn. Beinahe gemächlich zog sie das Messer aus der Hosentasche, klappte es mit einer Hand auf. Sie fühlte die erstaunliche Ruhe, die sie überkam, als sie die Klinge in seine Richtung stieß.

Er schrie auf, trat mit Wucht gegen ihre Hand. Sie ließ das Messer fallen. Hörte noch das Klirren, als es auf den Boden fiel. Da riss er ein zweites Mal an ihrem Haarschopf, packte ihren Kopf. Diesmal schlug er ihr Gesicht mit voller Wucht gegen eine steinerne Kante. Der Schmerz schoss durch sie hindurch. Etwas drehte sich in ihr. Sie sackte weg. Versank in einem schwarzen Loch. *Zu sterben ist gar nicht so schwer,* dachte sie noch.

16

Beate Vogt betrat die für Leipziger Verhältnisse immer noch luxuriöse Eingangshalle des *Interhotels Merkur*, das 27 Stockwerke in die Höhe ragte. Der Anblick des 1981 von Japanern errichteten Hochhauses hatte sie schon immer gegraust. Ein riesiger Betonklotz, der nicht in die Stadt passte, wie Beate fand. Die meisten Leipziger sahen das vermutlich anders. Vor dem Mauerfall diente das Hotel zu Messezeiten den Westdeutschen als Luxusherberge, in der sie auf nichts verzichten mussten, natürlich zu DM-Preisen, die sich gewaschen hatten. Sogar Prostituierte gab es für die Herren aus dem westlichen Ausland und dies, obwohl Prostitution in der DDR offiziell verboten war. Nicht zufällig befand sich der Straßenstrich in der Nordstraße in der Nähe gleich mehrerer Leipziger Interhotels, auch der Parkplatz vor dem *Merkur* wurde häufig zweckentfremdet. Einige der damaligen Gäste des Hotels buchten auch in der »neuen Zeit« hier noch ein Zimmer. Sie hoffte nur, dass sie den Mann, den sie suchte und der hier abgestiegen war, wie ihr Kollege Viktor Lüder herausgefunden hatte, schnell fand. Über 400 Zimmer und Suiten sowie Restaurants, Bars, eine Schwimmhalle und seit etwa einem Jahr auch ein Spielcasino standen den Hotelgästen zur Verfügung. Wenn man von der Polizei nicht gefunden werden wollte, war das viel Platz, ihr aus dem Weg zu gehen.

Aber wie kam sie auf diese Idee? Glaubte sie, der Mann würde sich vor ihr verstecken? Immerhin hatte sie sich schon mehrfach bemüht, ihn telefonisch zu erreichen. Bisher vergeblich. Ließ er sich verleugnen? Zumindest musste sie einen Versuch unternehmen, Norbert Holdinger, Unternehmer aus Bayern und Immobilienbesitzer, unter anderem Eigentümer des Hauses, in dem sich die Wohnung von Ina Reinhardt befand, vor Ort zu erwischen.

Das Lächeln der jungen Rezeptionistin änderte sich kaum, als Beate Vogt ihren Dienstausweis zückte und nach Herrn Holdinger fragte.

»Einen Moment bitte, Frau Vogt.« Die in eine Hoteluniform gekleidete Angestellte wollte nach dem Telefonhörer greifen, aber Beate schüttelte den Kopf. »Ich gehe lieber selbst nachschauen, ob er da ist. Nennen Sie mir bitte die Zimmernummer?«

Das Lächeln verschwand aus der Miene der Frau. Übrig blieb ein Zucken um die Mundwinkel. »Das ... das ist nicht gestattet«, stammelte sie.

»Der Kripo können Sie diese Auskunft geben, vertrauen Sie mir«, entgegnete Beate.

Die vielleicht Zwanzigjährige legte ihre Hände auf den Tisch, als wollte sie ihre Fingernägel, die roséfarben leuchteten, zur Schau stellen. Ohne die Polizistin anzusehen, schüttelte sie den Kopf. »Ich darf nicht.«

»Doch, Sie dürfen.« Beate beugte sich zu ihr, berührte leicht ihre Fingerspitzen. »Sie müssen sogar. Keine Angst, Sie bekommen keinen Ärger, das verspreche ich Ihnen. Und wenn: Sie können alle Schuld auf mich schieben. Sind Sie neu an der Rezeption?«

»Erster Tag heute.« Die Stimme klang leise, verunsichert, fast kindlich. »Ich bin nur eine Aushilfskraft.«

»Okay. Sind Sie Studentin?«

Sie nickte. »Ich brauch den Job. Meine Miete wurde erhöht. Sie ist jetzt fünfmal so teuer.«

»Verstehe. Das tut mir leid. Sie möchten Ihre Arbeit behalten. Das werden Sie. Ich darf Ihnen nichts Genaueres sagen zu dem Fall, aber so viel kann ich verraten: Es geht um Leben und Tod!« Beate meinte ernst, was sie sagte. Entweder war Ina Reinhardt tot, oder sie lebte noch und schwebte womöglich in der Gefahr, getötet zu werden.

Die junge Frau hob ihre Hände hoch, als wollte sie sich ergeben. Endlich erwiderte sie Beates ernsten Blick. Ihre Augen wirkten erschrocken, und ihr Gesicht war rot angelaufen. »Okay«, flüsterte sie. »Wenn das so ist ...«

»Es ist so.« Sie nickte ihr mit erwartungsvollem Lächeln zu.

»Also ... Wenn es um Leben und Tod geht ... Ich gebe Ihnen vorsichtshalber auch gleich den Schlüssel. Für fünf Minuten. Okay?«

Beate Vogt klopfte in der siebzehnten Etage an die Tür des Hotelzimmers, in dem Norbert Holdinger untergebracht war, und lauschte. Nichts rührte sich.

Sie klopfte noch einmal, diesmal energischer. »Herr Holdinger? Ich muss Sie sprechen! Es ist dringend! Bitte öffnen Sie!«

Keine Antwort. Es war offensichtlich niemand da.

Beate holte tief Luft, blickte sich nach links und rechts um, dann schloss sie die Tür auf. Einen irrsinnigen Augenblick lang glaubte sie, dass sie die Vermisste hier finden würde. Sie sah es vor sich: Ina Reinhardt wollte sich mit dem Besitzer des Hauses aussprechen, eine Einigung erzielen ... Es kam zu einem Streit. Und jetzt lag sie auf dem Bett: tot oder verletzt, gerade noch lebendig, vielleicht bewusstlos.

Beate spürte ihr Herz klopfen, als sie das Zimmer betrat. Einen Moment hielt sie die Vorstellung, sie würde gleich auf die vermisste Lehrerin stoßen, für so real, dass sie glaubte, Ina Reinhardt atmen zu hören.

Auch wenn der Raum im Dunkel lag und sie kein Licht einschalten wollte – so viel erkannte sie: Das Bett war leer und ordentlich gemacht. Die Gesuchte war nicht hier. Vor dem Schrank lagen ein paar Kleidungsstücke herum, als hätte Herr Holdinger keine Lust gehabt, sie auf Bügel zu hängen oder in die Fächer zu legen. Auf einem Nachttisch neben dem Bett stand ein Telefon, und sie dachte kurz daran, Steffen anzurufen, der bestimmt schon auf sie wartete.

Allerdings würde er sich wohl denken, dass sie noch arbeitete. So ungewöhnlich war das ja nicht, dass sie erst spät nach Hause kam. Und von einem Hotelzimmer aus anzurufen, in dem sie streng genommen gar nicht sein durfte, war vielleicht auch nicht die beste Idee.

Beate Vogt kontrollierte noch kurz das Bad. Es roch nach Deospray, als hätte sich erst kürzlich jemand eingesprüht. Sonst bemerkte sie nichts Auffälliges.

Ihre Fantasie, die Vermisste in diesem Hotelzimmer zu finden, löste sich in Nichts auf.

Sie beeilte sich jetzt, das Zimmer zu verlassen, die fünf Minuten waren bestimmt schon um. Und sie wollte nicht, dass die junge Frau an der Rezeption ihretwegen Ärger bekam.

Die Studentin nahm ihr nervös, mit roten Wangen den Schlüssel ab.

»Leider habe ich Herrn Holdinger nicht angetroffen«, sagte Beate. »Sie haben nicht zufällig eine Ahnung, wo er stecken könnte?«

»Vielleicht in der Bar?« Sie sprach so leise, dass sie kaum zu verstehen war.

»Wo finde ich die?«

Die Studentin hob einen Finger, als wollte sie in den Himmel zeigen. »27. Etage.«

Die Bar war nur mäßig besucht. Beate war froh, dass es schon dunkel war und sie von Leipzig nicht mehr sah als ein paar Lichter. Die Vorstellung, sich beinahe hundert Meter über der Erde zu befinden, behagte ihr nicht. Von ihrer Höhenangst wusste nur sie, und das war gut so. Als Polizistin konnte sie sich keine Neurosen leisten. Jedenfalls sollte niemand davon wissen. Und eigentlich machten ihr Blicke aus dem Fenster hoher Häuser nichts aus, aber was zu viel war, war zu viel. Dabei gab es in Leipzig höhere Gebäude als das *Merkur*. Der Uniriese am Augustusplatz, früher Karl-Marx-Platz, war mit seinen 142 Metern das höchste Haus in der Stadt. An so zentraler Stelle konnte es auch niemand übersehen, doch Beate lief an dem schwindelerregenden Bauwerk stets vorbei, als würde sie es nicht wahrnehmen.

Beate musterte die wenigen Gäste in der Bar und beschloss, erst mal so zu tun, als wäre auch sie ein normaler Hotelgast. Sie setzte sich an einen Tisch und bestellte, um nicht aufzufallen, einen Gin Tonic.

Der Kellner lächelte ihr so erfreut zu, als wäre es eine besondere Idee, in einer Bar im 27. Stock eines Luxushotels einen Gin Tonic zu verlangen.

Beate fühlte sich sofort unbehaglich.

»Sind Sie das erste Mal bei uns?«, fragte er fröhlich und tänzelte albern um sie herum. Sie nickte und winkte ihn näher zu sich.

Sofort trat er an ihren Tisch und beugte sich übertrieben beflissen zu ihr hinab.

»Sie wünschen?«

»Ich bin von der Kripo und suche jemanden. Aber behalten Sie das für sich.« Wieso hatte sie ihm das verraten? Verdeckte Ermittlung war wohl doch nichts für sie.

»Ach herrje.« Sein Lächeln erlosch so abrupt, dass es ihr beinahe leidtat. Seine Miene wurde ernst, er runzelte die Stirn und lief eilig davon.

Na, klasse, dachte Beate. Den hatte sie wohl verscheucht.

Kellner in diesem Interhotel zu sein war sicher früher ein Privileg gewesen. Man hatte stets das nötige Westgeld in der Tasche, um im Intershop einkaufen zu gehen. Aber heute? Da kam mal ein neuer Gast und entpuppte sich prompt als Polizistin. Kein Wunder, dass er wegrannte.

Zu ihrem Erstaunen kehrte er aber fast augenblicklich zu ihr zurück und servierte ihr ein ziemlich großes Glas Gin Tonic. »Wen suchen Sie denn?«

Beate starrte den Drink an. Sie hatte heute kaum was gegessen. Sie stellte sich plötzlich vor, wie sie mitten in der Nacht und betrunken ihre Meerschweinchen fütterte. Warum kamen ihr die Schnapsideen heute so real vor?

»Ich suche Norbert Holdinger. Leider war er nicht in seinem Zimmer in der siebzehnten Etage. Kennen Sie ihn?«

»Ja, er ist Stammgast. Schon seit einigen Jahren. Früher kam er immer zur Herbst- und Frühjahrsmesse.«

Beate nickte. »Aber er ist nicht hier, oder?«

»Nein, leider nicht.«

Beate seufzte und trank einen großen Schluck Gin Tonic. Wenn schon, denn schon. Theoretisch hatte sie längst Feierabend. Der Alkohol schoss ihr sofort ins Blut – so wie befürchtet.

Der Kellner beugte sich zu ihr hinunter. »Die blonde Dame, die am Tresen sitzt, hat auch schon nach ihm gefragt«, verriet er ihr leise.

»Oh, danke für die Auskunft. Stellen Sie mich ihr vor?«

»Selbstverständlich, gnädige Frau. Soll ich sagen, dass Sie von der Polizei sind?«, fragte er verunsichert.

»Das sage ich ihr besser selbst.«

»Worum geht es überhaupt?«

»Um eine vermisste Person.«

»Ich nehme an, mehr dürfen Sie nicht sagen?«

»Genauso ist es.«

»Ach je«, seufzte er und ging schnurstracks zum Tresen hinüber und redete eine Weile auf die Frau ein. Sie sah sich nach Beate Vogt um und wirkte nicht besonders erfreut. Schließlich erhob sie sich widerstrebend und kam mit missmutigem Ausdruck an ihren Tisch.

»Sind Sie auch mit Norbert verabredet?«, fragte sie barsch.

»Nein. Ich kenne ihn nicht. Aber ich brauche eine Auskunft von ihm.«

»Aha. Worum geht's denn, wenn ich fragen darf?« Die blonde Frau, die übermäßig geschminkt und um die vierzig Jahre alt war, setzte sich und starrte Beate neugierig an.

»Es geht um eine Mieterin in einem Haus in Leipzig, das er sanieren möchte.«

»Meinen Sie die Frau, die nicht ausziehen will?«

Beate zog die Augenbrauen hoch. »Sie wissen davon? Ja, es geht um Ina Reinhardt. Ihre Wohnung wurde leer geräumt. Ich wollte Herrn Holdinger dazu befragen.«

»Sind Sie eine Verwandte, Bekannte oder Freundin dieser Dame? Sie nervt Norbert ja schon lange mit ihrer Sturheit. Wie soll Leipzig denn *schön* werden, wenn einzelne Mieter sich der Sanierung in den Weg stellen?« In ihrer Stimme schwang Empörung mit.

»Frau Reinhardt ist verschwunden«, sagte Beate. »Ich suche nach ihr.«

»Ach Gottchen, wie rührend. Sind Sie Ihre Schwester? Vielleicht hat sie sich in den Westen aufgemacht, wie so viele.«

»Ich bin nicht mit ihr verwandt. Mein Name ist Vogt, ich komme von der Kripo Leipzig. Wie heißen Sie, und in welcher Verbindung stehen Sie zu Herrn Holdinger?«

Ihre Augen wurden schmal; sie starrte Beate feindselig an. »Was geht Sie das an?«

»Eigentlich nichts. Aber ich würde gern wissen, mit wem ich es zu tun habe.«

»Baum«, sagte sie kurz angebunden.

»Wie bitte?«

»Elisabeth Baum. Ich bin die langjährige Freundin von Herrn Holdinger. Seine Begleiterin zur Messe und zu anderen Gelegenheiten. Die Escortdame, wie das heutzutage heißt, wenn Sie verstehen.« Sie hob ihre Mundwinkel, aber es sah nicht nach einem Lächeln aus.

Beate nickte, obwohl sie nicht ganz sicher war, was Frau Baum ihr damit sagen wollte. War sie eine Gelegenheitsgeliebte, oder bezahlte er sie für Sex? Auf jeden Fall kam ihr die Offenheit der Frau recht erstaunlich vor.

»Dann haben Sie also eine enge Beziehung zu Herrn Holdinger?«, tastete sie sich weiter vor.

»Nicht, was Sie denken. Ich bin schließlich verheiratet.«

Beate schwieg einen Moment verwirrt. Wenn die Frau ein Doppelleben führte, dann verheimlichte sie es zumindest nicht. »Und Sie warten auf Norbert Holdinger, weil Sie hier verabredet sind?«

»Genau. Er wollte nur noch etwas erledigen und dann zurückkommen. Das ist allerdings schon zwei Stunden her.« Elisabeth

Baum wirkte empört. »Soll heißen: Ich warte seit zwei Stunden. Die Getränke sind in dieser Bar teuer. Sehr teuer. Ich kann mir die nicht leisten«, ergänzte sie plötzlich und warf einen gierigen Blick auf den Gin Tonic.

Beate beschloss, die Bemerkung zu ignorieren. »Wissen Sie, wo Ihr Freund sein könnte?«

»Ich habe mich seit zwei Stunden an einem kleinen Bier festgehalten, bis es warm wurde wie Pipi, können Sie sich das vorstellen? Und er taucht einfach nicht auf.« Elisabeth Baum sah sie vorwurfsvoll an, als wäre das ihre Schuld. »Ihr Drink kostet ein Vermögen, wissen Sie das eigentlich?«

»Die Warnung kommt leider zu spät, aber danke«, antwortete Beate und grinste. »Und ehrlich gesagt: Das ist mir eigentlich ein bisschen zu viel Alkohol auf leeren Magen.«

»Darf ich?«

»Den Gin Tonic?«, fragte sie ungläubig.

Die Frau griff nach dem Glas, statt zu antworten. »Sorry, Frau Polizistin, ich habe Durst.«

Beate sah ihr erstaunt zu, wie sie das Glas an die geschminkten Lippen setzte und den Cocktail in einem Zug austrank.

»So. Das tat gut. Ich bin Ihnen was schuldig«, erklärte sie und knallte das Glas auf den Tisch. »Bezahlen Sie, ich geh noch kurz pullern, und dann gehen wir.«

»Wohin?«

»Dahin, wo Norbert höchstwahrscheinlich zu finden ist.« In ihren Augen saß ein wütendes Glitzern.

17

Elisabeth Baum eilte aufgeregt zur Damentoilette. Der Abend versprach ja noch spannend zu werden. Mit dem Cocktail der Polizistin hatte sie sich genug Mut angetrunken. Norbert mochte es nicht, dass sie ihm grundlos hinterherspionierte. Aber jetzt hatte sie ja einen Grund. Eigentlich zwei Gründe. Zum einen die Tatsache, dass er zu ihrer Verabredung nicht aufgetaucht war, was sie zugegeben etwas wütend machte. Zum anderen das Verlangen der Polizistin nach seiner Person. Wobei Verlangen vielleicht das falsche Wort war.

Elisabeth stand vor dem Spiegel im stillen Örtchen der Bar und musste ein nervöses Kichern unterdrücken, damit sich ihr Gesicht nicht verzog und sie sich schnell nachschminken konnte.

Für ihre Lippen wählte sie die Farbe Klatschmohnrot, die ihr Schatz aus Bayern besonders liebte und die ihr Ehemann besonders verabscheute. Alfred Baum mochte eigentlich gar nicht, wenn sie sich schminkte. Er fand die Geldausgaben für Kosmetik überflüssig. »Denkst du etwa, du wirst dadurch schöner, dass du dir Farbe ins Gesicht schmierst?« Das knallige Rot auf ihrem Mund machte ihn regelmäßig aggressiv.

Elisabeth hatte es mit der Zeit gelernt, solche Bemerkungen zu ignorieren und seine Launen zu ertragen. Ihr Ehemann hatte schließlich auch gewisse Vorzüge. Ohne ihn hätte sie Norbert

Holdinger nie kennengelernt. Denn es war seine Idee gewesen, dass sie im Leipziger Luxushotel etwas Westkohle verdienen ging. Wenn er sie mit dem Trabbi zum *Merkur* fuhr, beschwerte er sich auch nicht über ihren Parfümduft oder ihr grelles Make-up. Elisabeth hatte sich erst gar nicht auf den Parkplatz-Sex und den Straßenstrich eingelassen. Sie investierte stattdessen ein paar DM für Hotelpersonal-Bestechungsgelder, setzte sich einfach in die Bar und wartete ab. Wartete, bis Norbert erschien – ein unscheinbarer, kleiner, etwas dicklicher Typ mit Halbglatze – und sich ihre Blicke trafen.

Mit dem Westgeld konnten Alfred und sie einfach ein besseres Leben führen. Sie kauften sich Dinge aus dem Intershop und brauchten nicht zu sparen, um mal mit den Kindern an die Ostsee oder sogar nach Ungarn oder Bulgarien in den Urlaub zu reisen. Der Sex mit Norbert störte ihren Mann nicht. Ihre Ehe war kaum mehr als eine bequeme Zweckgemeinschaft. Sie schliefen damals schon, als Elisabeths »Begleitservice« begann, eher selten miteinander. Wenn Alfred betrunken war, fiel er manchmal für fünf Minuten über sie her, steckte sein Ding in sie rein, ruckelte ein bisschen herum, und das war's.

Anders als die meisten anderen jungen Damen aus Leipzig und sonstigen Städten, die sich zu Messezeiten etwas dazuverdienten, hatte Elisabeth darauf geachtet, dass sie nicht auf die HWG-Liste geriet. Personen mit »häufig wechselnden Geschlechtspartnern« konnten von staatlichen Stellen oder der Volkspolizei als asozial eingestuft und drangsaliert werden, jedenfalls wenn man keinen Job und keine Familie besaß. Sie hatte Frauen kennengelernt, die in der »Tripperburg« weggesperrt wurden oder wegen dem Assi-Paragrafen im Knast landeten. Manche Mädels übertrieben es eben mit den Kerlen, fingen sich Geschlechtskrankheiten und anderen Ärger ein. Sie war mit Norbert

Holdinger, also mit *einem* Mann, abgesehen von ihrem Ehemann, vollauf zufrieden. Als Unternehmer einer bayrischen Privatbrauerei hatte er genug Kohle, die er abdrücken konnte, und zum Glück war er kein Geizhals.

Außerdem arbeitete Elisabeth seit ihrer Lehrzeit als Friseurin. Jetzt allerdings nur noch halbtags. Sie war es also gewöhnt, höflich und freundlich zu Kunden zu sein – auch dann, wenn sie selbst das nicht waren oder wenn sie nach Schweiß oder Alkohol oder Urin stanken.

Beim Sex mit Norbert war das nicht viel anders. Sie war freundlich und höflich und ließ sich auf fast alles ein, was er wollte. Elisabeth wusste, was er mochte und was nicht, und erfüllte seine Wünsche für Geld, Schmuck und Geschenke. Natürlich war auch er verheiratet. Ein schlechtes Gewissen kam bei ihr deswegen nicht auf. Was konnte sie dafür, dass sie genau sein Typ war? Blond, große Brüste, tiefer Ausschnitt, warme, weiche Haut, blumiges Parfüm, knallrote Lippen und sexuell stets »seid bereit, immer bereit«, wenn auch nicht gerade für »Frieden und Sozialismus«. Gelegentlich vergnügten sie sich anders, gesitteter. Hin und wieder gingen sie sogar ins *Filmkunsttheater Casino*, weil dort alte Gruselfilme liefen, die Norbert mochte, wie *King Kong* oder *Frankenstein*. Oder sie besuchten die Milchbar *Pinguin* am Marktplatz, weil sie Schwedeneisbecher mit einer Extraportion Eierlikör liebte, den Norbert ihr spendierte. Nach dem Mauerfall, spätestens nach der Währungsunion gab es eigentlich keinen Grund mehr für ihre Treffen. Aber die Macht der Gewohnheit führte sie nach einer Pause von ein paar Monaten wieder zusammen.

Er hatte geschäftlich in der Stadt zu tun, kaufte ein Haus in der Nähe des Leipziger Zoos, ein Gebäude »mit Potenzial«, wie er es nannte, und eine kleine Brauerei von der *Treuhand*, um »in meiner Lieblingsstadt sinnvoll zu investieren«, wie er sich ausdrückte, »und weil Bier immer getrunken wird«. Sie kümmerte sich für gewöhnlich nicht um seine dienstlichen Angelegenheiten. Nur wenn er ihr von seinen Sorgen erzählte, hörte sie ihm zu und gab ihm manchmal Ratschläge.

Der Name Ina Reinhardt war ein paarmal gefallen. Eine Frau, die sich strikt weigerte, aus dem Haus, das ihm jetzt gehörte, auszuziehen. Elisabeth hatte ihm geraten, den Strom und das Wasser abzuschalten und das störrische Weib mit sanfter Gewalt zu verdrängen. Irgendwann hatte er aufgehört, sich über die Frau zu beschweren, und schließlich von bevorstehenden Sanierungsarbeiten erzählt, sodass Elisabeth annahm, dass das Problem sich erledigt hatte.

Ina Reinhardt war also verschwunden? Und die Polizistin wollte deswegen mit Norbert sprechen? Hatte er etwas mit dem Verschwinden dieser Person zu tun? Traute sie ihm das zu? Elisabeth schüttelte den Kopf. Aber ihr Spiegelbild sah einen Moment besorgt aus. Vielleicht war es doch keine so gute Idee, diese Frau Vogt zu ihm zu führen? Elisabeth zuckte zusammen, als sie die Polizistin plötzlich hinter sich stehen sah.

»Können wir gehen?«, fragte die Frau von der Kripo ungeduldig.

Ihre Blicke trafen sich im Spiegel. Elisabeth versuchte, sich nichts anmerken zu lassen. »Selbstverständlich«, sagte sie und zwang sich ein Lächeln auf die Lippen. Sie sah ihrem Mund dabei zu und war zufrieden mit dem klatschmohnroten Leuchten. Norbert würde es gewiss gefallen.

»Gut. Mein Wagen steht auf dem Parkplatz. Wo müssen wir hin?«

Elisabeth schluckte. »Vielleicht … vielleicht ist er ja bereits auf dem Weg hierher? Und wir warten einfach, bis …«

»Sie haben doch schon gewartet. Sagen Sie mir einfach, wo er sich vermutlich aufhält. Sie können gern hierbleiben.«

»Also ...« Krampfhaft überlegte Elisabeth, einen falschen Ort anzugeben. Aber auf die Schnelle fiel ihr keine Lüge ein. »Also gut. Ich sag es Ihnen, aber ich möchte mitkommen. Klar?«

Die Polizistin antwortete nicht.

»Auerbachs Keller«, stieß Elisabeth geheimnisvoll flüsternd hervor.

»Sie meinen, er hält sich in dem Restaurant Auerbachs Keller auf?«, fragte die Polizistin nach.

Elisabeth nickte. »Für gewöhnlich spricht er dort in einem Extraraum mit seinen Geschäftspartnern.«

Beate Vogt nickte. »Dann kommen Sie!«, sagte sie so schroff, dass Elisabeth zusammenzuckte.

»Sie wollen Herrn Holdinger doch nicht verhaften, oder?«, fragte sie, als sie aus dem Fahrstuhl traten.

»Wie kommen Sie denn auf diese Idee? Ich will ihn zu der Vermissten befragen, das ist alles.«

Die Polizistin beeilte sich, zu ihrem Auto zu kommen, sodass Elisabeth Mühe hatte, mit ihr Schritt zu halten. Sie japste noch, als sie auf dem Beifahrersitz saß, dabei hatte sie das Rauchen doch vor einem Jahr aufgegeben. Elisabeth starrte diese Frau Vogt misstrauisch an. War das ein Fehler, was sie hier tat? War das Ganze ein Fehler?

18

Es behagte Beate Vogt ganz und gar nicht, dass Frau Baum darauf bestand, sie in *Auerbachs Keller* zu begleiten. Andererseits konnte sie so Norbert Holdinger in den uralten finsteren Gewölben schneller ausfindig machen und vielleicht zum Sprechen bewegen.

Beate fühlte sich mit jeder verstrichenen Stunde, ja mit jeder Minute, in der sie keine Spur von Ina Reinhardt fand, angespannter. Ein Vermisstenfall, der sich nicht lösen ließ, bei dem die Person einfach verschwand, beinahe so, als hätte es sie nie gegeben, war für Beate unmöglich zu ertragen.

Niemand löst sich mir nichts, dir nichts in Luft auf!, hörte sie ihre innere Stimme sagen. Sie muss irgendwo sein! Und irgendjemand weiß genau, wo sie steckt! Vielleicht war Norbert Holdinger dieser Irgendjemand? Wenn Ina Reinhardt stirbt, ist deine ganze Arbeit umsonst, meldete sich die Stimme noch einmal. *Und du bist schuld!*

Beate knallte die Wagentür zu, als wollte sie so ihre lauten Gedanken zum Schweigen bringen. Sie spürte eine Gänsehaut, als sie mit großen Schritten in die *Mädler-Passage* marschierte. Offensichtlich war sie übermüdet. Oder warum hörte sie die Worte in ihrem Kopf so überdeutlich, so schrill?

Elisabeth Baum kam nicht so schnell hinterher, und Beate musste einen Moment auf sie warten.

Ihr Blick fiel auf die Bronzestatuen, die den Eingang zum Restaurant zu bewachen schienen. Mephisto und Faust. Beide Gestalten kamen ihr düsterer vor als sonst. Beinahe bedrohlich. Auf der anderen Seite die Studenten. Prügelten die sich? Oder waren sie einfach nur betrunken? Jedenfalls trugen sie kurze Schwerter oder lange Messer bei sich, und das Gesicht des einen, der von den anderen beiden festgehalten wurde, wirkte auf eine verzweifelte Art aggressiv. Mephisto, der nur unzureichend gekleidet war, hielt den Arm nach oben gestreckt, beinahe wie zum Hitlergruß, oder als wüsste er mehr über die Welt als alle anderen.

Der Teufel ist auch nur ein aufgeblasener Fatzke, dachte Beate irgendwie wütend. Faust wirkte dagegen in sich selbst versunken, eingehüllt in einen schweren langen Mantel. Geistesabwesend starrte er auf den Boden und interessierte sich für niemanden. War da nicht was mit Gretchen? Hatte er sie nicht im Stich gelassen, als sie von ihm schwanger wurde?

Beate spürte einen Griff um ihr Handgelenk und erschrak. Aber es war nur Frau Baum, die sich an sie klammerte und sie mit einem wirren Ausdruck ansah.

»Alles in Ordnung?«, fragte Beate.

»Ich weiß nicht.«

Elisabeth ließ nicht so schnell los, und Beate staunte über ihre Kraft. »Sie können hierbleiben«, bot sie Frau Baum an. Sie deutete auf Mephisto, als sollte sie dem Teufel Gesellschaft leisten. »Ich sage Ihnen Bescheid, wenn ...«

»Nein. Ich komme mit. Er ... ist unten. In dem ... Fasskeller. Jedenfalls trifft er sich dort immer mit diesen Leuten.«

»Nun gut.« Vor etlichen Jahren hatte Beate in dem Restaurant einmal das teuerste Essen bestellt, das es damals dort gab: einen halben Goldbroiler mit Pommes frites und Krautsalat für sechs Mark und sechsundsechzig Pfennig. Damals hatte sie Liebeskummer gehabt und wollte sich mit einem Essen trösten. Es war das erste Mal, dass sie allein in ein Restaurant ging. »Zeigen Sie mir, wo der Raum ist?«

Sie stiegen die Steintreppen hinunter. Je tiefer sie kamen, umso intensiver wurde der Geruch nach gebratenem Fleisch, fettiger Soße und Rotkohl.

Beate ignorierte ihr Magenknurren. Deftige deutsche Küche war sowieso out. Jedenfalls für Beate, die kulinarisch lieber Neues ausprobierte. Pizza mit Tomaten, Mozzarella, Basilikum und viel Knoblauch war im Moment ihr Lieblingsgericht. Mozzarella und Basilikum hatte es in der DDR nicht gegeben, italienische Restaurants sowieso nicht. Der Geschmack war für sie neu. Sie wollte nachholen, was sie verpasst hatte. Wenn sie denn mal dazu kam, mit Steffen essen zu gehen. Ihre gemeinsamen Gaststättenbesuche konnte sie an einer Hand abzählen.

Die Tür, auf die sie zusteuerten – Elisabeth hielt immer noch ihren Arm gepackt –, wirkte finster, als würde hinter ihr tatsächlich der Teufel auf sie lauern. Mit Hörnern, Pferdefuß und allem, was den Leibhaftigen ausmachte.

Die Tür stand einen Spaltbreit offen, aber als sie eintreten wollten, tauchte vor ihnen plötzlich jemand auf.

Eine Frau mit Pferdeschwanz, die die schwarz-weiße Servicebekleidung einer Kellnerin trug, stellte sich ihnen in den Weg. »Wir haben bereits geschlossen.«

»Kripo Leipzig, Beate Vogt mein Name. Wir möchten zu …«

»Norbert Holdinger!«, rief Elisabeth. Sie wirkte aufgeregt wie ein Kind, das ein Karussell fahren wollte, für das es zu klein war.

Die Kellnerin zog die Augenbrauen hoch. »Ist er denn noch hier?«

»Das will ich überprüfen«, sagte Beate. »Ich muss ihn dringend sprechen.«

Zögernd ließ die Frau sie hinein. »Ich hab ja jetzt eigentlich Feierabend«, beschwerte sie sich. »Sind Sie beide von der Polizei?« Sie starrte Elisabeth Baum zweifelnd an.

Beate schüttelte den Kopf. »Nur ich.« Sie warf einen Blick in das leere Restaurant, das ihr so ohne Menschen wie eine riesige Höhle vorkam. »Wie ist denn Ihr Name?«

Die Angesprochene schwieg einen Moment. »Ich will nicht hineingezogen werden in ... Ihre Angelegenheiten«, sagte sie schließlich bockig.

Beate musterte sie überrascht. »Verstehe, aber ...«

»Franka Zeisig, mein Name, wenn Sie es unbedingt wissen wollen.«

»Frau Zeisig, ich werde Sie nicht länger in Anspruch nehmen als nötig. Wo befindet sich der Fasskeller?«

»Den habe ich vorhin überprüft, da war niemand.«

»Ich möchte mir lieber selbst ein Bild machen.«

»Genau«, fügte Frau Baum hinzu. Trotz ihrer Schminke wirkte sie blass. Nur die Lippen leuchteten feuerrot. »Wir machen uns lieber selbst ein Bild.«

Die Kellnerin warf ihr einen genervten Blick zu. »Na gut, folgen Sie mir. Aber nur die Polizistin.«

Elisabeth Baum stieß eine Art Knurren aus. »Das ist ... unerhört. Ich bin ... die Freundin ... von ...«

»Es spielt keine Rolle, wer Sie sind. Das Restaurant ist geschlossen. In den historischen Fasskeller dürfen nur Leute, die eine Genehmigung dafür haben. Oder, wenn es sein muss, die Polizei. Entweder Sie warten draußen, oder Sie setzen sich so lange ins Restaurant.«

Elisabeth blies die Wangen auf, sagte aber nichts mehr und

ließ sich auf einen Holzstuhl nieder, der unter ihrem Gewicht leise knarrte.

»Kommen Sie!« Die Stimme der Servicekraft klang barsch, beinahe wie die einer Gefängniswärterin. Aber vielleicht war sie nur von einem langen Tag erschöpft – so wie Beate.

Ohne Erklärungen und in nervös-ungeduldigem Tempo lief die Kellnerin vor ihr her. In der Stille, die etwas Unheimliches hatte, klapperten ihre Schritte auf dem Parkett. Beate registrierte flüchtig das Inventar aus dunklem Holz, laternenähnliche Lampen, die ein düsteres Licht verbreiteten, altertümliche Wandgemälde und Bilder, die Goethe zeigten, sowie Zeichnungen und Handschriften des Meisters; einen Holzschnitt, auf dem der Teufel zu sehen war, der, wie es ihr vorkam, gerade einem Menschen, vielleicht Faust, mit fiesem Grinsen die Seele raubte. Alles wirkte etwas märchenhaft, als würde sie durch ein verlassenes geheimnisvolles Schloss irren.

»Da wären wir«, sagte Franka Zeisig schließlich und öffnete eine Tür.

Eine kleine Treppe führte in einen tiefer liegenden Raum, der Beate auf den ersten Blick so eng und irgendwie ausweglos erschien wie ein Sarg.

Obwohl Tische mit weißen Tischdecken und Stühle herumstanden, wirkte dieser Raum wie ein Museum. Auch hier fanden sich alte Gemälde an den Wänden, die im Lauf der Zeit wohl dunkler geworden waren. Auffällig war eine Skulptur, die schwer über ihrem Kopf hing. Faust, Mephisto, nackte Menschen, Frauen und Kinder, Laternenlämpchen, die an ihnen baumelten, sie sah nicht so genau hin. Hinten in der Mitte erblickte sie ein großes Fass, das wie ein Thron im Zentrum stand. In dem dämmrigen Licht des Kellergewölbes konnte Beate nicht viel mehr erkennen. Doch so viel war klar: Irgendetwas stimmte hier nicht.

»Wie Sie sehen: niemand da. Wie ich gesagt habe!« Die Kellnerin wollte die Tür wieder schließen.

»Stopp! Moment bitte.« Beate trat einen Schritt vor. »Sehen Sie, was ich sehe? Da ist ein Stuhl umgefallen und eine Tischdecke fehlt.« Und da ist irgendetwas ausgelaufen, dachte sie, sprach es aber nicht aus. Vielleicht war nur ein Glas umgekippt?

Die Kellnerin murmelte etwas vor sich hin. Beate konnte nur die Worte »Störenfriede«, »Ärger« und »mitten in der Nacht« verstehen. Sie ließ sich davon nicht beeindrucken.

»Und was ist das dahinten noch für eine Tür?«

»Die ist abgeschlossen. Da unten befindet sich die Hexenküche. Historisches Tonnengewölbe. Die Hexenküche ist tabu für gewöhnliche Besucher.«

Beate schüttelte den Kopf. »Die Tür steht aber etwas offen, würde ich sagen.«

Ihre Geduld war erschöpft. Frau Zeisig, die Feierabend machen wollte, schien sie nicht ernst zu nehmen. Beate drängte sich an ihr vorbei und beeilte sich nun, die Stufen zum Fasskeller hinunterzukommen. Das Unbehagen, das sie fühlte, nahm weiter zu. Hier war etwas passiert. Der Stuhl war nicht einfach so umgefallen. Im Näherkommen sah sie rote Spritzer. Nun gut, das konnte auch etwas anderes sein als das, was sie sofort vermutete.

Sie griff nach ihrer Taschenlampe, schaltete sie ein und leuchtete in die dunkle Ecke rechts neben dem großen Holzfass. Der Boden war ebenfalls befleckt. Wein? War Rotwein ausgelaufen? Für ein umgekipptes Glas erschien es ihr jedoch zu viel an Flüssigkeit. Vielleicht wurde so ein Fass im Lauf der Jahrzehnte auch mal undicht? Aber es war kein Wein. Ihr stieg dieser typische Geruch in die Nase. Kaum wahrnehmbar, leicht metallisch. Und da wusste sie, dass es Blut war.

Viel Blut. Im Schatten des großen Fasses erkannte sie es auf einmal genau: Die Lache, die den Boden bedeckte. Wie eine rote Pfütze.

Beate entdeckte jetzt auch eine Schleifspur, die ihr den Weg zu weisen schien, und folgte ihr. Der Boden kam ihr glitschig vor. Sie musste aufpassen, dass sie nicht auf all dem Blut ausrutschte. Beate zog ihre Waffe, als sie die angelehnte Tür vorsichtig aufschob, die kleiner war als normale Türen. Sie besaß die gleiche Farbe wie die holzgetäfelte Wand und ähnelte einem Sargdeckel. Der Lichtkegel ihrer Taschenlampe fiel auf eine weitere Treppe. Sie wand sich unter ihren Füßen wie eine Schlange. Ein Keller unter dem Keller? Wie tief ging es denn noch hinunter? Die sogenannte Hexenküche war von dort, wo sie stand, nicht einsehbar.

»Herr Holdinger?«, rief sie laut. »Können Sie mich hören? Wenn Sie da unten sind, melden Sie sich bitte.«

Keine Antwort. Kein Laut. Verdammt!

»Beate Vogt, Kripo Leipzig. Ich komme jetzt runter«, erklärte sie trotzdem.

Sie hoffte, dass ihre Stimme sicherer klang, als sie sich fühlte.

Vielleicht war der Mann ohnmächtig? Oder zu schwach, um zu antworten?

Auch die Stufen in die Hexenküche hinab waren glatt, offenbar voller Blut.

Beate zwang sich, langsam zu gehen, vorsichtig, Schritt für Schritt. Ihr dämmerte, dass sie womöglich Spuren eines Tatortes verdarb. Aber in der Situation blieb ihr nichts anderes übrig. Der süßlich-metallische Geruch nahm zu, mischte sich mit der feuchten Kellerluft. In der Hexenküche gab es keine Gemälde mehr, keine hübsch gedeckten Tische, keine Lampen. Nur Finsternis und Stille. Irgendein kastenförmiges Ding stand in der Ecke. Sie konnte nicht erkennen, was das sein sollte. Ein Kamin vielleicht.

Ihre Hand zitterte, als sie den Lichtstrahl der Taschenlampe auf den Boden richtete. Das Unbehagen in ihr wuchs. Sie *wusste*, dass sie im nächsten Moment auf *das Böse* treffen würde. Der Schein flackerte, zuckte hin und her.

Und dann sah sie *ihn*. Er lag auf dem Rücken. Sein weißes Hemd war blutbefleckt. Wie es aussah, hatte er Stichverletzungen.

Beate leuchtete nur kurz in sein Gesicht, mied den Anblick der weit aufgerissenen Augen. Sie wusste gleich, dass er tot war. Ohne zu zögern, kniete sie sich neben ihn, horchte auf einen möglichen Atem, fühlte seinen Puls. Da war nichts.

Beate zuckte zusammen, als sie ein leises Wimmern hörte. Erschrocken drehte sie sich um. Hob die Taschenlampe. Wie ein Gespenst stand die Frau da. Sie starrte an Beate vorbei die Leiche an. Das Rot ihrer Lippen war verwischt, die Farbe über die Wangen und das Kinn verschmiert.

»Es tut mir leid, Sie sollten doch gar nicht ...« Beate schluckte. »Können Sie mir bei der Identifizierung helfen?«

Sie richtete das Licht jetzt auf das Gesicht des Mannes.

»Ist er es?«, fragte Beate. »Ist das Norbert Holdinger?«

Elisabeth Baum stützte sich an der Wand ab. Sie antwortete nicht.

»Frau Baum, ist das Herr Holdinger?«, fragte Beate noch einmal.

Elisabeth hob die Hände. Ihr Mund öffnete sich, aber es kam kein Wort heraus. Schließlich nickte sie. »Ja«, brachte sie heraus. »Das ist er. Mein Norbi.« Ihre Stimme klang ganz anders als noch in der Bar vorhin.

»Es tut mir wirklich ... sehr leid«, sagte Beate.

Sie ließ den Lichtkegel fahrig über den toten Körper wandern – hin zu den Schuhen, die glänzten, als hätte er sie gerade geputzt. »Mein aufrichtiges Beileid.« Eigentlich mochte sie die Formulierung nicht. Gab es auch ein unaufrichtiges Beileid? Nur fiel ihr nicht ein, was sie sonst sagen sollte. »Aber ... bitte gehen Sie jetzt wieder hoch. Meine Kollegen müssen so schnell wie möglich die Spuren sichern, verstehen Sie?«

Die Frau rührte sich nicht, starrte unentwegt auf den Toten.

Beate erhob sich, näherte sich ihr vorsichtig, wie einem verschreckten Tier, und berührte ihren Arm, um sie nach oben zu begleiten.

Doch Elisabeth stieß plötzlich einen Schrei aus und entzog sich ihr mit einer energischen Bewegung. Langsam, wie in Zeitlupe, wandte die Frau sich um und stieg mechanisch die Stufen hinauf.

Beate sah ihr einen Moment nach. Statt Ina Reinhardt zu finden, hatte sie nun einen Toten entdeckt, der auch noch aus Westdeutschland stammte. Ausgerechnet in *Auerbachs Keller*, dem dank Goethe, Faust und Mephisto weltweit bekannten Restaurant. Gab es einen Zusammenhang zwischen dem Mord an Holdinger und dem Verschwinden der Lehrerin Ina Reinhardt?

TEIL ZWEI

19

Mit einem Schlag war er hellwach. Josef Almgruber richtete sich in seinem Bett auf und sah zu Florian hinüber. Sein Sohn schlief tief und fest auf der ausgeklappten Couch am Fenster. Gut so.

Aber was hatte Josef geweckt?

Ihm war, als hätte er einen Schrei gehört. Oder hatte er nur wieder einmal schlecht geträumt? Seit sie in Nürnberg waren, wo Josef seine Mutter und Florian seine Großmutter für ein paar Tage besucht hatten, quälten ihn verstärkt Albträume. Immer befanden sie sich in Gefahr – sein Sohn und er. Und Josef musste schnell handeln, um Florian und sich selbst zu schützen.

Mal rollte eine Lawine über sie hinweg, und er spannte in letzter Sekunde ein Netz, damit sie nicht erschlagen oder verschüttet wurden, mal versanken sie im Morast, und er hielt sich an einer Wurzel fest, die nicht wirklich stabil aus dem Boden ragte, und umklammerte gleichzeitig Florian. Er wusste, dass er den Tod seiner Frau noch nicht verwunden hatte, womöglich nie verwinden würde. Und auch Florian schien den Verlust hier an diesem Ort deutlicher zu spüren als in Halle an der Saale, im Gehörloseninternat oder in seiner Schule. Sein Sohn zappelte tagsüber mehr als sonst herum, stieß sich den Kopf an einer offen stehenden Schranktür, kleckerte beim Mittagessen, stolperte über kleine Unebenheiten. Dabei hatten sie die Ostertage ganz entspannt mit Spaziergängen und Ausflügen verbracht – waren im Spielzeugmuseum, auf der Kaiserburg und im Tiergarten gewesen. Natürlich färbten sie auch Eier zusammen, und Josef hatte am gestrigen Sonntag die Osterkörbchen mit Süßigkeiten und kleinen Geschenken im Garten versteckt. Es war beinahe so harmonisch wie früher, aber nur beinahe. Es kam ihm manchmal so vor, als spielten sie die Harmonie nur, als führten sie gemeinsam ein Heile-Welt-Theaterstück auf.

Josef lauschte noch einen Moment, dann ließ er sich auf die Matratze zurücksinken und schloss die Augen. Es musste mitten in der Nacht sein.

Er war schon fast wieder dabei, einzuschlafen, als er ein merkwürdiges Geräusch hörte. Ein Stöhnen? Ein unterdrücktes Schluchzen?

Noch benommen fuhr er hoch und sah eine Gestalt am Türrahmen stehen. Er blinzelte und erkannte, dass es seine Mutter war.

»Was ist los?«, murmelte er schlaftrunken.

»Die Welt ist schlecht«, antwortete sie, griff sich an den Hals und ging aus dem Zimmer.

Josef wusste nicht, ob das wirklich eine Antwort auf seine Frage sein sollte. Hatte sie auch Albträume? Oder schlafwandelte sie etwa?

Hektisch schob er die Decke beiseite, warf noch einen Blick zu Florian hinüber, der sich nicht rührte, und folgte seiner Mutter. Er trug den altmodischen blau-weiß gestreiften Schlafanzug, den sie ihm mal zu Weihnachten geschenkt und den er lieber hiergelassen hatte, auch weil er wie eine Häftlingskluft aussah, wie er fand. In seinen eigenen vier Wänden schlief er meist in Unterhose und T-Shirt. Wenn es bei einem nächtlichen Einsatz der Kripo mal schnell gehen musste, brauchte er bloß in eine Hose zu schlüpfen.

Seine Mutter zog sich eine Strickjacke über das geblümte Nachthemd. Sie schien zu frieren. Er sah, dass sie zitterte.

»Alles in Ordnung?«, fragte er.

Sie schüttelte den Kopf und zeigte auf den Fernsehapparat.

Josef sah Blaulicht leuchten, Polizeiwagen standen in der Dunkelheit. Sie hatte den Ton sehr leise gestellt – wohl, um ihn nicht zu wecken. »Konntest du nicht schlafen? Guckst du einen Krimi?«

Seine Mutter saß jetzt auf dem Sofa und fummelte an den Knöpfen ihrer Jacke herum. »Er ist tot«, sagte sie.

»Wer?« Er setzte sich zu ihr, genauer gesagt ließ er sich neben sie fallen. »Wer ist tot?«

»Der Herr Dr. Rohwedder. Er wurde erschossen.«

»Detlev Rohwedder? Der Präsident der Treuhand?«, fragte er ungläubig.

Seine Mutter nickte, ohne ihn anzusehen. Sie starrte weiter in den Fernsehapparat. Als würde sich in diesem Kasten alles Wichtige auf dieser Welt abspielen. »Er war ein so feiner Mensch«, sagte sie. »So tapfer.«

Ein Schauer lief ihm über den Rücken. Er stellte den Ton lauter. Die *Tagesschau* brachte es noch einmal: drei Schüsse durch das Fenster des Arbeitszimmers des Präsidenten. Eine halbe Stunde vor Mitternacht.

»Oh nein. Wie furchtbar!«, sagte er und starrte auf die zerschossene Scheibe, die auf dem Bildschirm zu sehen war.

»Der Osten ist gefährlich. Du solltest hierbleiben, Jossi.« Sie nannte ihn auf einmal so, wie sie ihn als kleines Kind gerufen hatte.

»Das ist im Westen passiert, Mutter. In Düsseldorf!«

»Aber das Attentat hat mit der ehemaligen DDR zu tun. Es ist ein Terrorakt gegen einen Westdeutschen, der sich in Ostdeutschland engagiert hat.«

»Mach dir keine Sorgen um mich«, entgegnete Josef knapp.

Sie seufzte. »Und was ist mit Florian?«

»Es geht ihm gut in Halle. Er hat Freunde gefunden. Ich besuche ihn, sooft ich kann.«

»Ich könnte mich um ihn kümmern, wenn ihr wieder in Nürnberg leben würdet.«

»Das geht nicht, und das weißt du doch. Ich arbeite in Leipzig. Sie zählen da auf mich.« Ein Gefühl von Ärger stieg in ihm auf, das er versuchte zu unterdrücken. Mütter machten sich wohl immer Sorgen. Egal, wie alt ihre Kinder waren. Er durfte seiner Mutter nicht übel nehmen, dass sie ihn mit ihren Ängsten und Wünschen bedrängte. Aber es ärgerte ihn trotzdem.

»Die Ostdeutschen waren gegen Rohwedder. Sie demonstrieren ja auch in deinem Leipzig gegen die Treuhand.«

»In meinem Leipzig?«, fragte Josef irritiert.

»Genau. Glaub mal nicht, deine Mutter kriegt nichts mit von dem, was in der Zone passiert. Die alte Ordnung ist zerstört, eine neue gibt es noch nicht. Es herrscht Anarchie! Ich schaue die Nachrichten, wenn ich nicht schlafen kann. Danach kann ich erst recht nicht schlafen. Und jetzt ist er tot, der Herr Dr. Rohwedder.« Sie weinte plötzlich. Ihm war klar, dass sie auch wegen ihm weinte.

»Wir sind dich doch besuchen gekommen.« Josef fühlte sich auf einmal hilflos. Was hatte dieser Ausbruch zu bedeuten? Was wollte sie von ihm? Er vermied es, sie darauf hinzuweisen, dass er Teil der »neuen Ordnung« war, die im Osten entstand. »Soll ich dir einen Kräutertee kochen?«

»Ich hätte jetzt lieber einen Kräuterlikör«, antwortete seine Mutter und schniefte in ein Taschentuch. »Steht im Kühlschrank.«

Josef nickte und schaltete den Fernseher aus. Seine Mutter

154

wirkte aufgelöst. Er beeilte sich, das Gewünschte aus der Küche zu holen, als plötzlich das Telefon klingelte.

Josef stellte die Likörgläser und die Flasche ab und griff nach dem Hörer.

»Almgruber. Hallo?« Er sah auf die Standuhr, die leise vor sich hin tickte, auf das Pendel, das rhythmisch hin- und herschwang, und tauschte einen verwunderten Blick mit seiner Mutter. Es war mitten in der Nacht, kurz vor halb drei, normalerweise Tiefschlafzeit.

»Beate Vogt hier. Entschuldige die Störung. Ich habe dich sicher geweckt?« Ihre Stimme klang angespannt, höher als sonst.

»Nein, ich bin wach. Was gibt's?«

Beate Vogt schwieg einen Moment. »Es wurde jemand ermordet«, sagte sie schließlich.

Josef dachte an die Fernsehbilder. Rief sie ihn deshalb an? Es stimmte schon: In gewisser Weise hatte dieses Attentat mehr mit dem Osten als mit dem Westen zu tun. Wusste sie etwas über die Hintergründe? War die Staatssicherheit involviert? Handelte es sich etwa um einen Racheakt der einst Mächtigen? All diese Leute verbargen sich jetzt hinter einer Mauer des Schweigens, als hätte es nie ein Überwachungssystem gegeben.

»Holdinger, Norbert. Ein Unternehmer und Immobilienbesitzer aus Bayern«, sagte Beate Vogt. »Er wurde am Abend in *Auerbachs Keller* erstochen.«

Josef holte tief Luft und stieß sie geräuschvoll wieder aus.

»Kannst du zurückkommen?«, fragte sie.

»Ich komme morgen nach Leipzig«, antwortete er.

»Ja. Wir brauchen dich hier. Aber würdest du noch die Ehefrau informieren? Helga Holdinger. Sie wohnt in dem Ort ... ähm ... Moment ...« Er hörte das Rascheln von Papier. »Bischofsgrün.

Nicht weit weg von Nürnberg.« Sie nannte ihm die genaue Adresse.

»Ja natürlich. Mache ich«, sagte er, nachdem er die Anschrift notiert hatte.

»Und frag Frau Holdinger nach den Kontakten und Terminen ihres Mannes in Leipzig. Aber behutsam.«

»Klar. Bis morgen. Servus.« Er legte ein wenig verwundert auf. Beate Vogt machte ihm Vorschriften? Als wüsste er nicht, was zu tun war? Kein Bitte, kein Danke? Aber vielleicht war sie nur überarbeitet und nervös. Er musste schleunigst zurück.

»Was für eine furchtbare Nacht.« Seine Mutter sah ihn nicht an. Sie goss Likör in die Gläser.

Josef fragte sich, ob sie mitbekommen hatte, worum es bei dem Telefonat ging. Seine Mutter hatte oft einen sechsten Sinn.

»Er hätte nur die Gardinen zuziehen müssen«, sagte sie leise.

»Was? Wer?«

»Na, der Herr Dr. Rohwedder.«

Almgruber hob das Glas und trank den Likör auf einen Zug aus. Er schmeckte widerlich süß. Es kam ihm vor, als bliebe das Zeug auf seiner Zunge kleben.

»Versprichst du mir, dass du deine Gardinen in Leipzig immer zuziehen wirst, Jossi?« Sie sah ihn mit einem durchdringenden Blick an. Vermutlich würde sie ihn nur in Ruhe lassen, wenn er sagte, was sie hören wollte.

»Das ist doch nicht zu viel verlangt, oder?«, hakte sie nach.

Josef nickte ihr zu. »Ich verspreche es.«

20

Ina Reinhardt kam zu sich und öffnete mühsam die Augen. Einen Moment fragte sie sich, wo sie sich hier überhaupt befand. Wieso lag sie auf diesem kalten Boden? Verwirrt blickte sie sich um. Allmählich wurde ihr bewusst, dass sie gedacht hatte, sie müsste sterben.

Doch wie es aussah, lebte sie noch.

Sie stemmte sich ein Stück hoch und rappelte sich zum Sitzen auf. Ihre Zunge fuhr ein paarmal über ihre geschwollene Lippe. Auch die Nase fühlte sich dick an. Was war passiert?

Plötzlich spürte sie einen Schmerz pulsieren, auch in ihren Narben pochte es, als hätte sie direkt unter ihrer Haut ein eigenes kleines kräftiges Herz. Dann kam die Erinnerung zurück. Als hätte jemand einen Vorhang aufgerissen, sah sie ihn wieder vor sich. Ihr Gefängniswärter hatte ihr einen Besuch abgestattet. Wie aufmerksam. Sie lachte. Das Lachen tat weh, wie ein schlimmer Husten, aber es verschaffte ihr auch etwas Erleichterung.

Immerhin hatte er sie nicht umgebracht. Sie atmete noch. Ihr Herz schlug – wenn auch nicht regelmäßig. Es schien zu stolpern. Aber wenigstens fühlte sie dieses Klopfen in ihrer Brust. Der Takt klang verletzt, empört, verzweifelt. Er hatte nicht nur ihren Körper beschädigt. Dieses Scheusal!

Ein Monster mit Gasmaske. Die er vermutlich trug, um ihr

Angst zu machen. Weil er ein Feigling war, der es nötig hatte, sie in Schrecken zu versetzen, sie zu quälen. Wer war er? Kannte sie ihn von irgendwoher? Wo steckte der Kerl? Konzentriert lauschte sie ein paar Minuten.

Nichts zu hören. Er war weg. Wirklich?

Sitzend, immer noch benommen, betrachtete sie den Boden. Irgendetwas fehlte ... Aber was? Sie sah den Kerl noch einmal auf sich zukommen. Dann riss der Film. Hatte sie sich gewehrt? In ihrer Erinnerung hörte sie ein Klicken, und dann ... fiel etwas klirrend auf den Beton. Das Messer! Das Messer war weg. Das Klappmesser, das Geschenk ihres Ex-Freundes. Hatte sie wirklich zugestochen? Stammten die Blutspritzer von ihr oder auch von dem Gasmasken-Mann?

Schließlich erhob sie sich, wankte kurz und streckte Arme und Beine aus. Alles okay. Nur der Kopf brummte. Und alles in ihrem Gesicht fühlte sich aufgedunsen und geschwollen an. Ihre Narben brannten plötzlich, als wären sie aufgerissen oder als wäre die Verletzung frisch. Einen Moment war sie froh, allein zu sein. Niemand sah sie in ihrem Zustand.

Aus dem Gefrierfach des größeren Kühlschranks holte sie eine Tüte gefrorene Bohnen. Sie war froh, dass die beiden Kühlschränke funktionierten, wie sie funktionieren sollten, auch wenn sie brummten wie altersschwache Bären. Ina legte die Packung in ein muffig riechendes graues Geschirrtuch und presste es sich auf Mund und Nase.

Sie versuchte darüber nachzudenken, was der Mann zu ihr gesagt, vor allem welche Dinge er preisgegeben hatte. Warum war es ihm wichtig, dass sie ihr Bett machte? Er sperrte sie in dieses Drecksloch und achtete auf Ordnung? Er musste verrückt sein. Ein Geisteskranker, vielleicht aus der Klapsmühle ausgerissen ... Auch seine Verkleidung wirkte absurd, surreal. Wenn es denn eine

Verkleidung war. Und wenn nicht? Gehörte er dem Militär an? Immerhin war er sogar bewaffnet gewesen. Und sie vermutete, dass es sich nicht um eine Spielzeugpistole gehandelt hatte.

In ihrem Kopf summte es wie in einem Bienenstock, ihr Hirn verweigerte sich ihrem Verstand. Sie konnte sich nur verschwommen erinnern, was in diesem Raum passiert war. Angestrengt versuchte sie, sich zu konzentrieren. *Militärisches Sperrgebiet* kam ihr in den Sinn. Hatte er das wirklich gesagt? Was meinte er damit? Was hieß das für sie? Befand sie sich wirklich in einem Bunker? Bevor er sie misshandelt hatte, war ihm dieses Wort entschlüpft: *Bunker*.

Er hatte sich verraten. Nur nützte ihr das nicht viel. Sie war allein. Eingesperrt unter der Erde. Der Gedanke daran machte ihr immer mehr Angst. Sie wusste nicht, wo sich dieser Bunker befand. Vielleicht nicht einmal weit entfernt von Leipzig. Aber was brachte ihr diese Vermutung? Sie kam hier nicht raus!

Suchte man schon nach ihr? Wie sollte man sie an einem solchen Ort finden?

Ein süßlicher Geruch, der ihr bekannt vorkam, stieg ihr in die Nase. Sie sog den Duft ein, in ihrem Magen grummelte es. Dann sah sie, was es war: Auf dem Tisch neben der Tür lag eine Banane. Gelb wie die Sonne. Mit ein paar braunen Flecken.

Wieso hatte ihr Entführer sie mitgebracht? War die Frucht für sie gedacht? Oder würde er noch einmal wiederkommen ... und die Banane für sich beanspruchen? Sie gehörte ihm ja schließlich auch. Aber ... sie brauchte etwas Frisches. Der Konservenfraß stillte halbwegs ihren Hunger, mehr jedoch nicht. Sie brauchte dringend Mineralstoffe und Vitamine.

Vorsichtig schlich sie sich an den Tisch heran, als wäre die Beute lebendig und könnte ihr davonlaufen. Sie legte das Geschirrtuch mit den gefrorenen Bohnen ab, griff sich die Banane und schälte sie. Es schien ihr fast so, als käme ein Gesicht zum Vorschein, das sie sanft anlächelte. Drehte sie allmählich durch?

Hastig biss sie einen Happen ab, schluckte das Gesicht hinunter, und die Süße legte sich schwer auf ihre Zunge. Bananen waren wirklich etwas Besonderes. Zu DDR-Zeiten wusste man das, weil es so gut wie keine zu kaufen gab. Sie kamen aus Ländern, die der gewöhnliche Ostdeutsche nie sah. Jetzt wurden sie in jedem Supermarkt und jedem Tante-Emma-Laden von der Ostsee bis zum Erzgebirge angeboten. Und niemand beachtete sie mehr groß. Niemand wusste dieses Geschenk der Natur noch zu schätzen. Obwohl diese exotischen Früchte perfekt aussahen, perfekt schmeckten. Wie vergesslich die Menschen doch waren, wie undankbar.

Ina aß die Banane nicht gleich ganz auf. Auch wenn ihre Lippe noch geschwollen und das Essen mühsam war: Sie genoss sie Stückchen für Stückchen. Sie kaute gründlich, obwohl es kaum etwas zu kauen gab. Behielt die weiche Masse so lange wie möglich im Mund.

Die Hälfte der Frucht ließ sie auf dem Tisch liegen. Ina würde sie nachher essen. Dann hatte sie etwas, worauf sie sich freuen konnte. Für einen kurzen Moment war sie ihrem Entführer beinahe dankbar. Er hatte schon ein Paar Hausschuhe für sie bereitgestellt, weil sie, tollpatschig, wie sie manchmal war, ihre Schuhe verloren hatte. Und jetzt war er immerhin so aufmerksam, ihr eine Banane zu hinterlassen. Damit sie überlebte, oder? Wenn er sie töten wollte, hätte er sich weder für ihre eiskalten Füße interessiert noch um ihren leeren Magen gekümmert. *Sieh es positiv! Das Glück liegt in den kleinen Dingen!*

Ein paar Minuten später betrachtete sie im Waschraum ihr Spiegelbild. Sie sah schlimm aus. Ihre Nase war nicht nur dick und mit getrocknetem Blut verschmiert, sondern saß irgendwie schief. Und die Lippen wirkten groß und unnatürlich – wie von einem Clown. Die Narben in ihrem Gesicht waren blaurot angelaufen und traten deutlicher hervor als sonst.

Ihre Augen blickten sie fragend an, als wäre das Spiegelbild eine zweite Person. War sie noch sie selbst? Aber war sie das je gewesen? Ina Reinhardt, wer bist du?, fragte sie stumm. Zu ihrer Überraschung fühlte sie Tränen aufsteigen – bitter und salzig, als kämen sie von ganz unten, aus ihrer eigenen persönlichen Hölle.

In ihrem alten Leben hatte sie meist die Erwartungen anderer erfüllt. Erst die ihrer Eltern, die beide Genossen gewesen waren, dann die des Staates. Warum? Damit sie nicht aneckte, damit sie in Ruhe gelassen wurde? Und jetzt steckte sie im Schlamassel fest und starrte sich selbst in die geröteten Augen. Sie schüttelte den Kopf, um die quälenden Gedanken loszuwerden. Die Vergangenheit ließ sich ohnehin nicht abstreifen. Alles, was sie geprägt hatte, blieb in ihr erhalten. Sie musste zusehen, dass sie das hier, den unfreiwilligen Aufenthalt in dieser Hölle, irgendwie überstand.

Wenigstens konnte sie sich mit dem Wasser aus einem der Hähne das getrocknete Blut und den Dreck aus dem Gesicht abspülen. Sie fühlte sich schmutzig. Vermutlich roch sie nach Schweiß. Das könnte ihr eigentlich egal sein, war es jedoch nicht. Sie sehnte sich nach Erfrischung und Sauberkeit. Aber sie traute sich nicht, sich auszuziehen und ihren gesamten Körper zu waschen. Vielleicht war er doch noch irgendwo in der Nähe. Oder er beobachtete sie über Kameras?

So viel war Ina klar: Möglich war alles, auch das Unmögliche.

21

Vor der Mädlerpassage standen drei Streifenwagen mit blinkenden Blaulichtern. Beate Vogt ging eilig an ihnen vorbei, kletterte über das rot-weiße Flatterband, das den Eingang der Passage versperrte und an dem sich die ersten Schaulustigen versammelt hatten. Ein Mann mit einer Zigarette zwischen den Lippen, an der er gierig zog, starrte sie finster an. Beate registrierte ihn nur flüchtig und wandte den Blick gleich wieder von ihm ab.

Eine Journalistin der *Leipziger Volkszeitung*, die neuerdings über Gewaltdelikte und andere Straftaten in der Stadt und Umgebung berichtete, näherte sich eilig im wehenden Mantel und winkte ihr von der gegenüberliegenden Straßenseite zu, signalisierte ihr, dass sie Fragen hatte, aber Beate reagierte nicht darauf. Sollte sie sich an Viktor Lüder wenden, der kürzlich die Funktion des Pressesprechers übernommen hatte.

Mit einem Nicken grüßte Beate die Polizisten und hielt ihren Dienstausweis hoch. Die Uniformierten grüßten zurück. Sie standen an der Treppe neben den bronzenen Skulpturen von Faust und Mephisto auf der einen und neben den Studenten-Figuren auf der anderen Seite und sollten dafür sorgen, dass keine Presseleute oder sonstige Unbefugte *Auerbachs Keller* betraten. Das berühmteste Restaurant Leipzigs mit seinem großen Kellergewölbe und seinen historischen Weinstuben war vorerst für den Besucherverkehr gesperrt.

Beate hatte kaum drei Stunden geschlafen, hastig Zähne geputzt, frische Kleidung aus dem Schrank gezogen, auf die Schnelle einen Kaffee getrunken, schwarz, weil die Milch alle war, sich dabei die Zunge verbrannt, nebenbei ihre quiekenden Meerschweinchen gefüttert und war, so schnell sie konnte, losgestürmt. Steffen hatte die Wohnung schon vor ihr verlassen, und da sie ihn mitten in der Nacht wecken musste, litt er sicher auch an einem Schlafdefizit.

Steffen war mit den Kollegen dabei, die Spuren des Tatorts und des Fundortes der Leiche zu protokollieren und zu sichern. Wahrscheinlich alles andere als eine einfache Aufgabe. Im vermutlichen Tatort, dem Fasskeller, und in der engen finsteren Hexenküche, dem Fundort der Leiche, die zahlreichen Blutspuren festzustellen und zu registrieren, nach Haaren, Fasern, Finger- und Schuhabdrücken zu suchen musste ziemlich mühselig sein. Aber Beate beneidete sich selbst auch nicht gerade: All die Kellnerinnen und Kellner, Köchinnen und Köche und sonstigen Mitarbeiter der Gaststätte zu befragen, wenn man eigentlich noch ein paar Stunden schlafen sollte, war nicht gerade eine erfreuliche Aussicht auf den Tag.

Sie holte noch einmal tief Luft, bevor sie in *Auerbachs Keller* hinabstieg.

Welche Geheimnisse verbargen sich wohl in diesem jahrhundertealten Gemäuer? Der Anblick der Leiche in der Hexenküche spukte noch in ihrem Kopf herum. Wieso war ausgerechnet sie auf den Ermordeten gestoßen?

Ganz einfach: Weil sie sich auf die Spuren der vermissten Lehrerin begeben hatte. Es *musste* einen Zusammenhang zwischen den beiden Fällen geben.

Im Goethe-Zimmer traf sie auf Arno Berg, der den Raum für die Vernehmungen des Personals bereits vorbereitet hatte. Noch in der Nacht, kurz nachdem sie die Leiche entdeckt hatte, war er als Erster am Tatort erschienen, gefolgt von einem Arzt und wenig später der Spurensicherung.

»Du gehst erst mal nach Hause und schläfst ein paar Stunden!«, hatte er ihr gesagt.

Beate wollte widersprechen, sie fühlte sich aufgekratzt, nicht müde.

»Das ist ein Befehl!«, hatte er sie angeschnauzt.

Wie es aussah, managte ihr Chef diesmal alles selbst. Dass der Tote ein Westdeutscher war, der in Leipzig – mithilfe der Treuhand – investieren wollte, versetzte ihn offenbar in helle Aufregung. Früher hätte die Stasi so einen Fall an sich gerissen, aber die gab es ja nun nicht mehr.

Arno Berg reichte ihr die Hand und drückte kräftig zu. »Gut, dass du wieder da bist. Dann legen wir mal los!«

Beate nickte ihm zu, lächelte gequält und vermied es, ihre Finger auszuschütteln. Wusste ihr Chef eigentlich, wie hart sein Händedruck war?

Arno Berg wandte sich von ihr ab und hielt ungeduldig Ausschau nach dem ersten zu befragenden Restaurantmitarbeiter. Eine Liste mit Namen lag schon auf dem Tisch. Kollege Lüder, für solche Recherchearbeiten zuständig, hatte offenbar auch seinen nächtlichen Schlaf unterbrochen. Die Leute mussten einzeln vernommen werden, und es galt, keine Zeit zu verschwenden.

Ihr Chef lief hin und her, seine Nervosität übertrug sich allmählich auch auf Beate. Sie überflog die alphabetisch sortierten Namen auf dem Zettel, keiner kam ihr bekannt vor, abgesehen vom letzten auf der Liste: Zeisig, Franka. Woher auch? Sie kannte niemanden, der hier arbeitete. Und soweit sie wusste, war es das erste schwerwiegende Verbrechen an diesem historischen Ort. Die Tür zum Fasskeller stand offen, und Beate warf einen kurzen Blick auf den Tatort. Die Kollegen der Spurensicherung waren noch bei der Arbeit und füllten den Raum. Steffen konnte sie unter ihnen nicht entdecken. Aber es war auch schwer, die komplett in weiße Overalls Gehüllten voneinander zu unterscheiden.

»Die Leiche befindet sich bereits in der Gerichtsmedizin«, erklärte Berg, der plötzlich neben ihr auftauchte. »Deinen Geliebten habe ich mitgeschickt.«

»Steffen?«, fragte sie verwirrt.

»Hast du mehrere?« Er schnaufte kurz. Sollte das etwa ein Lachen sein? Jedenfalls klang er äußerst angespannt.

Beate konnte das verstehen. Ein Mordfall mit unbekanntem Täter versetzte die Ermittelnden sowieso in eine Art Daueralarmbereitschaft. Dass das Opfer aus Bayern stammte und geschäftlich in Leipzig gewesen war, setzte sie zusätzlich unter Druck. Vor allem den Chef persönlich natürlich, der noch vor wenigen Monaten Major der Volkspolizei gewesen war. Wackelte unter den veränderten politischen Umständen auch sein Posten? Hatte er Angst, seinen Job zu verlieren? Fakt war: Er konnte sich keinen Fehler leisten. Ein schneller Ermittlungserfolg musste her.

Zu ihrer Überraschung übernahm Berg auch die erste Befragung gleich selbst. Beate saß lediglich dabei, beobachtete die Situation und schrieb das Protokoll.

»Herr Holdinger war langjähriger Stammgast und wollte bei seinen dienstlichen Besprechungen in Ruhe gelassen werden«, erklärte der Leiter des Restaurants. Er strich sich nervös durch seine ordentlich frisierten Haare und über seine Krawatte, die in der matten Beleuchtung schlammgrün schillerte. »Wir haben ihm seine Wünsche gewährt und natürlich nicht kontrolliert, mit wem er sich im Fasskeller trifft.«

»Aber jemand muss doch gesehen haben, wer gekommen und wer gegangen ist?«, fragte Arno Berg unwirsch. »Ihnen ist also nichts aufgefallen?«

Der Befragte schüttelte den Kopf. Obwohl es kühl im Raum war, stand ihm der Schweiß sichtbar auf der Stirn.

»Und welcher Kellner oder welche Kellnerin hat Herrn Holdinger in dem für ihn reservierten Raum bedient?«

»Herr Holdinger pflegte stets zuerst im Restaurant zu speisen und anschließend die geschäftlichen Dinge im Fasskeller zu regeln. Wie gesagt: Er wollte nicht gestört werden und seine Ruhe haben. Das haben wir respektiert.«

»Kam Ihnen gestern oder in den letzten Tagen irgendetwas verdächtig vor? Hat sich einer von Ihren Angestellten vielleicht anders verhalten als sonst?«

»Nein, mir ist nichts verdächtig vorgekommen, und ich habe nichts Auffälliges bemerkt! Aber können Sie mir vielleicht sagen, wie lange Ihre Untersuchung in unserem Restaurant dauern wird? Wir sind unseren Gästen verpflichtet, verstehen Sie? Es kommen ohnehin schon weniger, seit die Speisen sich fast um das Doppelte verteuert haben. Wir können es uns nicht leisten, einfach mal so das Restaurant geschlossen zu halten.«

»Einfach mal so? Hier ist ein Mord geschehen! Je schneller wir den aufklären, umso besser auch für Sie und Ihr Personal. Also … falls Ihnen noch etwas einfällt …« Oberkriminalrat Berg schob ihm mit einer barschen Geste eine Visitenkarte über den Tisch. » … melden Sie sich bei uns.«

Arno Berg und Beate Vogt befragten die Restaurantmitarbeiter im Laufe von drei Stunden abwechselnd. Viel kam bei diesen ersten Vernehmungen nicht heraus. Angeblich hatte niemand von ihnen etwas Verdächtiges gesehen oder bemerkt. Die Kellnerin Franka

Zeisig war die Letzte auf der Liste, und Beate war an der Reihe, sie zu vernehmen. Mit dem Chef an ihrer Seite kam sie sich allerdings so vor, als säße sie in der mündlichen Prüfung ihrer alten Schule. Immerhin bekam sie keine Zensur von ihm.

Die Kellnerin erschien in einem roten Kleid, kaute Kaugummi und sah zugleich missmutig und ängstlich aus.

»Guten Tag, Frau Zeisig, danke fürs Kommen! Das ist mein Kollege, Oberkriminalrat Berg. Mich kennen Sie ja schon.« Beate lächelte und reichte ihr betont freundlich die Hand.

Franka Zeisig erwiderte den Händedruck nur zögernd. »Ich habe heute eigentlich meinen freien Tag«, teilte sie mit.

Arno Berg machte keine Anstalten, die Begrüßungsrituale mit zu vollziehen. Er rieb sich die Stirn und schien mit den Gedanken woanders zu sein. Der Frau warf er nur einen kurzen prüfenden Blick zu.

»Die Befragung wird nicht lange dauern«, versprach Beate und deutete auf einen Stuhl.

»Wenn Sie das sagen«, erwiderte die Kellnerin.

Beate ignorierte den sarkastischen Ton. »Sie hatten gestern Abend Dienst. Können Sie Ihre Tätigkeit kurz beschreiben?«

»Ich hab den Einlass für das Restaurant gemacht. Hab die Gäste am Eingang des Großen Kellers empfangen. Ihnen ihren Tisch gezeigt und so. Nichts Besonderes also.« Aus ihrem Mund wuchs eine süßlich riechende Kaugummiblase, die sie wieder zwischen die Lippen sog, bevor sie platzen konnte. »Es war nicht viel los. Seit das Restaurant von Westdeutschen übernommen wurde, ist weniger Betrieb.«

»Haben Sie eine Erklärung dafür?«

Franka Zeisig lachte auf. »Die Speisekarte ist deutlich kürzer geworden, die übrig gebliebenen Speisen sind dafür wesentlich teurer. Statt Rosenthaler Kadarka und Grauem Mönch gibt's sauren Wein aus Hessen oder aus der Pfalz. Die Flasche für 35 Westmark. Wer kann sich das leisten? Der gewöhnliche Leipziger jedenfalls nicht. Viele unserer Stammgäste kommen nicht mehr. Außerdem gehen die Leute jetzt lieber in die neuen Restaurants, die nach und nach eröffnen: zum Italiener zum Beispiel.«

»Deswegen ist man froh über Gäste wie Herrn Holdinger«, stellte Beate fest.

»In diesen Zeiten ist man über jeden Gast froh«, erwiderte Frau Zeisig.

»Verstehe. Haben Sie gestern etwas Ungewöhnliches bemerkt?«

»Das haben Sie mich schon einmal gefragt. Hm, was ist mir denn aufgefallen, mal überlegen. Sie meinen außer der Leiche in der Hexenküche?«

Beate schluckte. »Sie hatten ja jetzt etwas Zeit, über das Geschehen nachzudenken.«

»Ehrlich gesagt möchte ich dieses *Geschehen* so schnell wie möglich vergessen.«

Beate nickte, darum bemüht, professionell und freundlich zu bleiben – wie im Lehrbuch für brave Polizistinnen. Immerhin hatte die Zeugin den Toten mit den aufgerissenen Augen auch gesehen. Vielleicht war ihre abwehrende Art zu sprechen eine Form, damit umzugehen.

»Können Sie sich an Personen erinnern, die sich auffällig verhalten haben?«

Franka Zeisig rieb sich nachdenklich die Nase. Dann kaute sie ihren Kaugummi etwas schneller. Beate sah ihrem mahlenden Unterkiefer zu.

»Die gibt es hier häufiger, als man denkt. Gab es schon immer übrigens.«

Beate sagte nichts dazu. Ihre Frage war nicht beantwortet worden. Sie wartete ab. Blickte der Frau direkt in die Augen.

»Also eine Person ist mir schon aufgefallen«, sagte sie nach einer Weile. »Ein Mann. Genauer gesagt: ein junger Typ. Am späten Nachmittag oder frühen Abend. Er kam von hier ...« Sie deutete auf ein Goethe-Porträt an der Wand. »Oder auch aus dem Fasskeller. Jedenfalls war er nicht im Großen Keller, also dem Restaurant, gewesen. Ich habe ihn bei uns noch nie zuvor gesehen.«

Beate seufzte unwillkürlich. Dass es unterhalb der Mädler-Passage zwei gegenüberliegende Eingänge in die unterschiedlichen Räume von *Auerbachs Keller* gab, machte die Ermittlung nicht gerade einfacher.

»Wieso ist er Ihnen aufgefallen? Können Sie ihn beschreiben?«

»Er schien es sehr eilig zu haben. Hat sich dauernd umgesehen, lief zügig, rannte mich fast um.«

»Hatte er ...« Beate räusperte sich. » ... Blut an der Kleidung oder an den Händen?«

»Nicht, dass ich wüsste. Allerdings ... er trug was Buntes. Eine bunte Jacke. Ich weiß nicht, ob da Blutflecken aufgefallen wären. Außerdem war er mit einer schwarzen Hose bekleidet, glaube ich. Dunkle Sportschuhe ...« Sie dachte einen Moment nach. »Etwas auffällig war auch seine eckige Brille.«

»Wie alt und wie groß schätzen Sie ihn?«

»Jung eben. Maximal 20 bis 23 Jahre alt. Nicht besonders groß. 1,65 oder 1,70 in etwa.«

»Können Sie sein Aussehen noch genauer beschreiben?«

»Es war ja nur ein kurzer Moment. Er ist mir auf den Fuß getreten. Deswegen hatte ich ihn plötzlich direkt im Blick. Viel zu nah, wenn Sie mich fragen.«

»Verstehe, aber vielleicht fällt Ihnen noch etwas Spezifisches zu ihm ein?«

»Seine Frisur war merkwürdig.«

»Inwiefern?«

»Topfschnitt. Gerader Pony. Als hätte seine Mama das gemacht, schnipp, schnapp, wie bei einem Kind, das artig wirken soll. Verstehen Sie?«

»Ja«, antwortete Beate knapp. Jedenfalls hatte sie ein ungefähres Bild vor Augen. »Welche Haarfarbe?«

»Kohlrabenschwarz. Die blauen Augen sind mir noch aufgefallen. Die passten irgendwie nicht zur Haarfarbe. Sein Kinn war unrasiert. Die Stoppeln wirkten merkwürdigerweise eher hell.«

»Das klingt schon recht präzise. Würden Sie den Mann wiedererkennen?«

»Ich habe ein gutes Personengedächtnis. Das bringt mein Beruf so mit sich. Und der Typ stand auf meinem großen Zeh und hat sich nicht mal dafür entschuldigt. So was merk ich mir, das können Sie mir glauben.« Sie sah Beate an, als suchte sie nach einer Bestätigung. »Mehr habe ich nicht zu sagen. Darf ich jetzt gehen?«

Beate nickte und erhob sich. »Natürlich. Vielen Dank für Ihre Aussage. Sie haben uns sehr geholfen, Frau Zeisig.«

Die Kellnerin sprang erleichtert auf, drückte ihr kurz die Hand und verließ mit großen ungeduldigen Schritten das Goethe-Zimmer, das zum Verhörraum umfunktioniert worden war.

Beate wechselte mit ihrem Vorgesetzten einen vielsagenden Blick.

»Wie es aussieht, haben wir schon einen Verdächtigen«, sagte Arno Berg zufrieden. »Jetzt müssen wir nur noch herausfinden, wer der junge Mann mit dem Schnipp-schnapp-Pony ist.« Er machte mit zwei Fingern eine Scheren-Geste vor seiner Stirn.

»Und ob er tatsächlich als Täter infrage kommt«, ergänzte Beate.

22

Helga Holdinger wohnte in einer ländlichen, waldreichen Gegend am Rand des kleinen oberfränkischen Ortes in einem zweistöckigen dottergelben Haus, das von einem großen Garten umgeben war.

Josef Almgruber saß ihr in ihrem Wohnzimmer gegenüber – mit dem Blick aus dem Fenster, damit er Florian im Auge behielt, der am Teich hockte und Goldfische beobachtete. Er hatte seinem Sohn aufgetragen, dass er sich nicht von der Stelle bewegen sollte.

Josef hatte die Todesnachricht bereits überbracht, kaum dass er die Schwelle des Hauses übertreten hatte. Frau Holdinger weinte, und er wartete darauf, dass sie sich etwas beruhigte.

»Wie ist es passiert?«, schluchzte sie schließlich.

»Das wissen wir noch nicht genau. Aber wir werden es ermitteln.« Er stockte einen Moment. Eine Pause entstand. Frau Holdinger schnaubte in ein Taschentuch.

Auch wenn es nicht das erste Mal war, dass er Angehörigen eines Mordopfers gegenübertreten musste: Es war immer wieder furchtbar. Seit seine Frau bei einem Unfall ums Leben gekommen war, fiel es ihm noch schwerer, auszusprechen, was er nicht verschweigen durfte.

»Ihr Mann ist … ermordet worden. Wie es aussieht, wurde er

erstochen«, sagte er schließlich. »Es tut mir wirklich sehr leid, Ihnen diese Nachricht überbringen zu müssen.«

Helga Holdinger begann wieder zu weinen, noch heftiger als zuvor. »Ich wollte nicht, dass er wieder nach Leipzig fährt! Dass er da Geschäfte macht. Es wäre nicht nötig gewesen.« Sie schüttelte fassungslos den Kopf.

Josef kam es einen Moment so vor, als würde er seiner Mutter zuhören. Die Abneigung gegen den Osten war ziemlich deutlich. »Wissen Sie Genaueres über diese Geschäfte? Liegt vielleicht irgendwo in Ihrer Wohnung ein Terminkalender Ihres Mannes?«

»Nein, ich weiß nichts Genaues. Ich kenne seine Geschäftspartner nicht. Mein Mann hat mich nicht eingeweiht. Einen Terminkalender besitzt er schon, aber ...« Ein Weinkrampf schüttelte sie. »Den hat er ... mitgenommen ... meines Erachtens.«

Josef wartete ein paar Minuten.

»Und befinden sich vielleicht Unterlagen, Dokumente, irgendwelche Verträge noch in Ihrer Wohnung?« Er war nicht gut im Warten, das stellte er immer wieder fest. Es machte ihn nervös, hibbelig, sein Herz schlug spürbar schneller – als hätte er zu viel starken Kaffee getrunken.

»Er hat ein Arbeitszimmer. Aber normalerweise hatte ich da keinen Zutritt. Da muss ich nachsehen ...« Sie schluchzte auf. »Ich kann das jetzt gerade nicht beantworten.«

Josef nickte verständnisvoll. »Es tut mir leid, dass ich Ihnen noch weitere Fragen stellen muss«, sagte er nach einer Weile. »Wissen Sie, ob er Feinde hatte?«

»In Leipzig?«

Josef nickte.

»Er hatte immer mal wieder Ärger da«, murmelte sie und überlegte. »Vor allem nach der Wiedervereinigung. Statt dankbar zu sein, legten ihm manche Ostdeutsche Steine in den Weg. Dabei müssten die DDR-Bürger doch froh darüber sein, dass es Menschen gibt, die in ihre maroden Firmen investieren und die kaputten Häuser sanieren, oder nicht? Stattdessen wird demonstriert, weil nun mal ein paar Leute entlassen werden müssen. Mein Mann war vielleicht kein Held, aber er war ein Aufbauhelfer!« Sie sah ihn an, erwartete Zustimmung von ihm oder wenigstens ein Nicken.

Er begegnete ihrem Blick, sah die Art Verzweiflung, die er selbst kannte, doch er musste bei der Sache bleiben. »Gab es in Leipzig sonst noch Probleme oder Schwierigkeiten mit bestimmten Personen?«

»Er hatte eine Geliebte!«, stieß sie auf einmal hervor. »Da sollten Sie auch mal ermitteln. Die war meines Erachtens verheiratet!«

»Woher wissen Sie das?«

»Ich weiß es eben.« Sie klang plötzlich erschöpft. »Sie hat ihm geschrieben. Also als es die DDR noch gab. Sie wollte Geld und Geschenke.«

»Können Sie mir den Namen nennen?«

»Elisabeth Baum!«, kam es wie aus der Pistole geschossen. Frau Holdinger schlug plötzlich mit der Faust auf den Tisch. »Finden Sie das in Ordnung? Sind Sie verheiratet? Betrügen Sie Ihre Frau?« Ihre Stimme war laut geworden, sie klang fast aggressiv.

Josef schüttelte den Kopf. »Meine Frau ist vor einiger Zeit verunglückt. Sie hatte einen Unfall.«

»Oh, mein Gott. Das tut mir leid. Entschuldigen Sie ...« Sie verstummte.

»Schon gut. Das konnten Sie ja nicht wissen. Da draußen in Ihrem schönen Garten sitzt übrigens mein Sohn Florian. Er bewundert gerade Ihre Goldfische.«

Frau Holdinger nickte, wandte sich aber nicht nach Florian

um. Einige Augenblicke herrschte ein trauriges Schweigen. Josef unterbrach es nicht. Auch wenn sie sich fremd waren: Der Schmerz schien sie zu verbinden.

Die Frau tupfte sich mit dem Taschentuch die Tränen aus dem Gesicht. Ihre Augen sahen so rot aus, dass es ihm wehtat.

»Möchten Sie, dass ich jemanden anrufe?«, fragte Josef. »Verwandte oder Freunde?«

Sie blickte ihn verwirrt an. »Wo ist mein Mann jetzt? Wann kann ich ihn sehen?«

»Er wird noch im Institut für Rechtsmedizin in Leipzig von einem Arzt untersucht. Das ist bei einem Tötungsdelikt leider notwendig. Ich kann Ihnen noch nicht sagen, wann er freigegeben wird. Aber ich werde Sie darüber informieren.«

»Wann er *freigegeben* wird? Sie meinen, er wird seziert? Obduziert? Auseinandergenommen wie ein Hühnchen?«

Josef Almgruber schwieg.

»Ich möchte, dass er nach Hause kommt«, sagte sie leise.

»Das wird er. Es kann aber noch etwas dauern. Brauchen Sie Unterstützung? Sie sollten jetzt nicht allein bleiben. Ich kann auch die Kollegen des Kriseninterventionsteams bitten zu kommen.«

Sie seufzte. »Das ist freundlich von Ihnen. Es tut mir leid, dass ich ... so grantig bin.«

Josef Almgruber winkte ab. Da hatte er bereits ganz andere Reaktionen erlebt. »Passt schon.«

»Wenn Sie möchten, können Sie mich zu meiner Nachbarin bringen.« Es klang beinahe, als wollte *sie ihm* einen Gefallen tun. »Und könnten Sie ihr vielleicht *vorher* erklären ..., was ... passiert ist? Ich glaube nicht, dass ich *es* aussprechen kann. Dass ich ihr einfach so erzählen kann, was mit meinem Mann passiert ist. Sie wohnt im Haus nebenan. Wir sind befreundet.«

»Das mache ich gern«, sagte er. »Freunde sind wichtig.« Es

klang hilflos, was er sagte, dabei sollte es keine Floskel sein. Er meinte es ernst – und merkwürdigerweise dachte er dabei an Beate Vogt.

Die Witwe seufzte und hakte sich wie selbstverständlich bei ihm ein – als würden sie eng vertraut miteinander einen Spaziergang absolvieren.

»Vermutlich werden wir uns in den nächsten Tagen telefonisch bei Ihnen melden. Und wenn Ihnen noch etwas einfällt ...«, sagte Josef der Vollständigkeit halber, »rufen Sie mich gleich an, ja?«

»Apropos Telefon. Mir fällt gerade *jetzt* noch etwas ein«, antwortete Frau Holdinger. »Etwas Merkwürdiges.« Sie klammerte sich plötzlich an Josef fest, als wäre der Boden auf dem Weg zu den Nachbarn zu uneben, drückte kräftig seinen Arm. »Bei uns hat vor einigen Tagen jemand angerufen. Aus Leipzig. Jedenfalls klang der Dialekt sächsisch. Er wollte dringend meinen Mann sprechen. Als ich ihn nach seinem Namen fragte, hat er nicht geantwortet. Das kam mir seltsam vor.«

»Und ist Ihr Mann an den Apparat gegangen?«

»Er war nicht zu Hause. Ich habe höflich gefragt, ob ich ihm was ausrichten soll und wer denn überhaupt dran sei. Im Hintergrund habe ich es erst klingeln und dann jemanden reden hören, eine Frau, die offenbar ein anderes Telefongespräch im selben Raum führte. Mir war so, als meldete sie sich mit *Detektei Sowieso*. Dann hat der Anrufer einfach aufgelegt. Ohne sich zu verabschieden.«

Josef nickte ihr zu. »Sie haben ein gutes Gehör. Wir werden dem Hinweis nachgehen, Frau Holdinger. Jetzt bringe ich Sie erst mal zu Ihrer Nachbarin.«

Florian saß zu seiner Erleichterung noch an dem Teich und

starrte, in Gedanken versunken, die Goldfische an. Als er seinen Vater bemerkte, wirkte er allerdings nicht besonders glücklich.

»Danke, dass du gewartet hast.« Josef benutzte die Gebärden-sprache.

Sein Sohn zuckte mit den Schultern und stieß mit dem Fuß einen kleinen Stein in den Teich.

Was ist los?, dachte Josef, fragte seinen Sohn aber nicht. Florian war elf. Kam er womöglich schon in eine Art Vorpubertät? Oder nahm er seinem Vater den plötzlichen Aufbruch aus Nürnberg übel? Hätte er doch die Kollegen vor Ort bitten sollen, die Todesnachricht zu übermitteln?

Andererseits war das Gespräch mit Frau Holdinger nicht ganz unwichtig gewesen. Vielleicht führte ja eine ihrer Äußerungen auf die richtige Spur und brachte die Ermittlungen voran. Vielleicht aber auch nicht.

23

Diesmal besaß Beate Vogt einen Durchsuchungsbeschluss für das Zimmer in der siebzehnten Etage des Hotels *Merkur*, in dem sich Holdinger mutmaßlich zuletzt aufgehalten hatte, bevor er in *Auerbachs Keller* ermordet wurde. Zuallererst mussten sie herausfinden, mit welchen Leuten das Opfer am fraglichen Tag verabredet gewesen war.

Beate stand im Foyer des Hotels und sah sich nach Josef Almgruber um, der mit der jungen Rezeptionistin sprach. Es war tatsächlich dieselbe wie bei Beates erstem Besuch. Sie sah übermüdet aus. Vermutlich wurden die jungen Leute für wenig Geld schamlos ausgenutzt. Hoffentlich lohnte sich der ganze Aufwand für die Studentin wenigstens ein bisschen.

Im Zimmer war das Bett ordentlich gemacht, auf dem Tisch stand eine ungeöffnete Flasche Wasser bereit, auch der Papierkorb war geleert worden. Alles sah aus, als würde Norbert Holdinger jeden Moment zurückkommen. Vermutlich hatte die Putzfrau den Raum gründlich gesäubert und dabei alle eventuellen Spuren beseitigt.

»Wenn du schon einmal hier drin warst, kannst du vielleicht irgendwelche Veränderungen erkennen?«, fragte Josef Almgruber.

Beate schüttelte den Kopf. »Es war dunkel. Ich hatte kein Licht eingeschaltet außer meiner Taschenlampe. Ich wollte nur nachsehen, ob Ina Reinhardt sich hier aufhält.« Beate zog sich die blauen Schutzhandschuhe über und riss ungeduldig die Schublade des Schreibtisches auf.

Ein Kugelschreiber rollte ihr entgegen. Sie entdeckte einen Notizblock, nahm ihn an sich und blätterte ihn durch. Er war leer.

»Du bist der Meinung, dass die beiden Fälle zusammenhängen?«

»Das ist nicht nur eine *Meinung*«, sagte sie schroff. »Ich gehe davon aus, dass es da einen Zusammenhang gibt. Wenn wir herausfinden, welchen, sind wir ein Stück weiter und möglicherweise dem Täter oder den Tätern auf der Spur.«

Josef Almgruber sah sie nachdenklich an.

Beate wartete vergeblich auf seine Reaktion. War er verletzt? Hatte sie zu pampig mit ihm gesprochen? Manchmal konnte sie sich selbst schlecht einschätzen.

»Wie war eigentlich dein Urlaub?«, fragte sie betont freundlich.

Er wandte sich von ihr ab und öffnete die Türen eines Schranks. Die Kleidung von Holdinger lag ordentlich gestapelt in den Regalen. Auf einer Stange hingen drei Hosen, vier Hemden und eine Jacke.

»Ganz okay«, antwortete er schließlich. »Eigentlich schön. Florian mag ja Felsen, Burgen und Tiere. Und wir haben die Ausflüge nach seinen Wünschen und Vorlieben gestaltet.«

Beate glaubte einen Unterton aus dem Gesagten herauszuhören. Begeistert klang er nicht gerade. Sollte sie nachhaken? »*Eigentlich schön?*«, fragte sie.

»Der Mord an Treuhandchef Detlev Rohwedder hat meine Mutter sehr aufgewühlt. Sie ist der Meinung, dass ich mit Florian nach Nürnberg zurückkehren sollte.«

»Aha«, sagte Beate ratlos. »Was hat das eine mit dem anderen zu tun?«

»Sie hat die Proteste gegen die Treuhand im Fernsehen gesehen. Sprüche wie: *Wir lassen uns nicht verkohlen!* Und aggressive verbale Angriffe gegen die Treuhand und vor allem gegen ihren Präsidenten. Auch auf Leipziger Demos. Und dann die Nachricht vom Mord.«

»Sie hält Leipzig für gefährlich?«, fragte Beate erstaunt. »Und Nürnberg ist ein friedliches Märchenland?« Sie klang zynisch, das hörte sie selbst. Eigentlich wollte sie sich doch bemühen, freundlicher zu ihrem Kollegen zu sein.

Er zuckte mit den Achseln. »Sie misstraut wohl eher dem Osten. Aber angeblich soll ja die RAF Detlev Rohwedder erschossen haben. Ein Bekennerschreiben wird wohl noch ausgewertet.«

»Angeblich?«

»Man geht im Moment davon aus, dass es die RAF war. Aber ... dass es eine Zusammenarbeit zwischen RAF und Staatssicherheit gibt, ist ja Fakt. Warum nicht auch bei einem Mord?«

»Und das Motiv?«

»Die Unruhen im Land weiter anstacheln? Einen Bürgerkrieg zwischen Ost- und Westdeutschen auslösen? Eine scheinbare Lösung der Probleme mit Waffengewalt herbeiführen?«

Beate sah ihn erschrocken an. »Das klingt ... nun ja, etwas weit hergeholt«, meinte sie. »Wenn die Bundesrepublik so demokratisch, tolerant und weltoffen ist, wie sie immer tut, warum gibt es denn überhaupt Terroristen? Was wollen die eigentlich mit ihren Morden und Anschlägen erreichen?«

»Was Terroristen wollen?«, fragte Josef scharf nach. »Die Ordnung zerstören. Das – ihrer Meinung nach – falsche System vernichten. Menschenleben spielen dabei keine Rolle. Warum hat die SED RAF-Mitglieder in der DDR aufgenommen, finanziert und versteckt? Wieso hat die Stasi mit Leuten der Terrororganisation Schießübungen veranstaltet?« Almgruber stand mit einem Stapel Unterwäsche in den Händen da und sah Beate böse an, als wäre das alles ihre Schuld.

»Du meinst ... die alten Seilschaften aus MfS und SED machen gemeinsame Sache mit den Terroristen aus Westdeutschland, um das kapitalistische System zu stürzen? Und dann? Was soll danach kommen?«

»Keine Ahnung«, gab Almgruber mürrisch zu. »Vielleicht ist das Motiv ja auch einfach nur Rache.« Er wandte sich wieder dem Schrank zu, legte den Wäschestapel zurück und untersuchte die Taschen der Jacke, die auf der Stange hing.

»Und?«, fragte Beate.

»Nichts«, sagte er resigniert.

»Vielleicht in der Innentasche?«

Josef Almgruber nickte ihr zu und tastete das Jackett noch einmal gründlich ab. »Was haben wir denn da?«, fragte er überrascht und hielt ein Notizbuch hoch.

»Wie es aussieht, einen Kalender«, stellte Beate fest und deutete auf die Jahreszahl 1991, die auf dem dunkelgrünen Umschlag zu erkennen war.

Almgruber blätterte in den Seiten herum. Die gespannte Stille machte Beate nervös, und sie wurde langsam ungeduldig. Als sie schon daran dachte, ihm das Büchlein zu entreißen, um sich selbst ein Bild zu machen, räusperte er sich. »Tja, hier stehen nur Abkürzungen von Namen. Aber offenbar hat er sich mit drei Personen getroffen. Beziehungsweise war mit drei Leuten verabredet.«

»Welcher war der oder die Letzte?«

»Ein oder eine M. K. Und hinter dem Kürzel steht auch eine Abkürzung: THA Lpz.«

»Lpz heißt natürlich Leipzig«, murmelte Beate.

»THA ...« Josef rieb sich nachdenklich das Kinn. »Kommt mir irgendwie bekannt vor.«

»Vielleicht eine Abkürzung für Theater?«

»Oder ... nenn es Zufall oder nicht: Treu Hand Anstalt. Treuhandanstalt?«, mutmaßte er.

Beate nickte. »Das klingt wahrscheinlicher. Die Leipziger Niederlassung.«

»Dann schauen wir doch, ob wir M. K. dort finden.«

Beate dachte an die Worte der Kellnerin, mit denen sie den Typen beschrieben hatte, der aus *Auerbachs Keller* weggerannt war. »Jung. Schwarze Haare. Schnipp-schnapp-Pony. Eckige Brille. Buntes Jackett, wenn ich nicht irre.«

Josef blickte sie verständnislos an.

Sie berichtete ihm von der Zeugenaussage im Goethe-Zimmer. »So hat die Zeugin Franka Zeisig den jungen Mann beschrieben. Er ist wohl weggelaufen und dabei der Kellnerin auf den Fuß getreten. Sie konnte sich sehr genau an ihn erinnern. Scheint nach ihrer Beschreibung ein bunter Vogel zu sein.«

»Oder ein Yuppie«, meinte Almgruber.

»Ein was?«

»Young urban professional. Jung, städtisch, gut ausgebildet ... und meist recht arrogant.« Josef zwinkerte ihr zu.

»Kann hinkommen. Er hat sich nicht bei der Kellnerin entschuldigt.«

»Wenn er auf der Flucht war, hatte er vermutlich keinen Sinn für Höflichkeit.«

»Stimmt auch wieder.«

»Dann brechen wir die Durchsuchung jetzt ab und fahren zur Treuhand Leipzig?«, fragte Almgruber.

»Abbrechen?« Beate sah sich suchend in dem Hotelzimmer

um. »Ich weiß nicht. Die Spur kommt mir recht vage vor. Wir sollten lieber noch etwas Zeit investieren.« Sie dachte an Ina Reinhardt. Befand sich in diesem Raum irgendein Hinweis auf ihren Verbleib? Es sah bisher nicht danach aus, aber waren sie gründlich genug gewesen? Oder hatten sie etwas übersehen?

Almgruber zog die Augenbrauen nach oben. Besonders entspannt wirkte er nach seinem Urlaub nicht gerade. Allerdings war das angesichts der Tatsache, dass er nach dem Ostereier-Suchen gleich in einem Mordfall ermitteln musste, auch nicht zu erwarten.

»Wir sollten jetzt sofort M. K. aufsuchen und vernehmen, bevor derjenige den Braten riecht und verduftet. Meinst du nicht?«

»Alles klar, Herr Kommissar«, antwortete Beate mit schiefem Lächeln, das auf ihren Kollegen vermutlich wenig überzeugend wirkte. Ihr war auch alles andere als fröhlich zumute. Sie hatten einen Toten, eine Vermisste und wenige Anhaltspunkte. Mit Sorge dachte sie an Ina Reinhardt, von der sie immer noch keine Spur gefunden hatten. Ihnen lief die Zeit davon.

»Aber ich würde vorschlagen, ich setze die Durchsuchung fort, während du schon mal zur Treuhandniederlassung fährst. Ich komme so schnell wie möglich nach, spätestens in fünfzehn Minuten.« Sie tat sicherer, als sie sich fühlte. Kurz hoffte sie, dass er ihr widersprechen und darauf bestehen würde, dass sie mitkam.

Josef zögerte, dann nickte er. »Einverstanden. Aber du bleibst nicht länger als unbedingt nötig, klar?«

24

Als Josef das goldfarbene Schild mit der Aufschrift *Treuhandanstalt Geschäftsstelle Leipzig* erblickte, musste er unwillkürlich daran denken, dass die Bundesrepublik von vielen DDR-Bürgern einmal als »Goldener Westen« angesehen wurde, jedenfalls bis zum Mauerfall. Indessen waren die meisten Ostdeutschen wohl in der Realität angekommen, und manche sagten sich vermutlich: Es ist nicht alles Gold, was glänzt.

Das Schild glänzte jedoch makellos. Eine irgendwie angespannte Ruhe herrschte. In den letzten Wochen und Monaten hatten meist montags vor dem Haus am Friedrich-Engels-Platz Demonstrationen stattgefunden. Beim Vorbeifahren hatte er den Menschenauflauf mehr als einmal gesehen, später wurde der Protest vor der Treuhand-Niederlassung in Leipzig in den Lokalnachrichten erwähnt. Der Erhalt der Betriebe und der Arbeitsplätze wurde gefordert, die Treuhand beschimpft, mit Trillerpfeifen, Transparenten und lautstarkem Gebrüll durch Megafone beschwerten sich die Leute und stellten ihre vielleicht berechtigten, aber doch illusorischen Forderungen. Die Stimmung wurde von Mal zu Mal aggressiver.

Was dachten denn die ehemaligen DDR-Bürger, was bei einem Systemwechsel passieren würde? Blühende Landschaften und Wirtschaftswunder von heute auf morgen? Auf den Trümmern einer Planwirtschaft eine gut funktionierende Marktwirtschaft aufzubauen war wohl alles andere als einfach. Viele VEBs gerieten nach der Währungsunion ins Trudeln, da sie jetzt die Löhne für ihre Beschäftigten plötzlich in DM auszahlen mussten – die sie nicht hatten. Hinzu kam, dass die Ostdeutschen verständlicherweise mit ihrem »Westgeld« auch »Westwaren« kauften, auf die sie so lange hatten verzichten müssen. Wer wollte jetzt noch einen Trabant oder Wartburg, wenn man einen gebrauchten Toyota oder Citroën oder Suzuki oder Mitsubishi erwerben konnte?

Josef beneidete die Leute, die bei der Treuhand arbeiteten, nicht gerade. Zunehmend wurden sie zu den Sündenböcken der Nation, obwohl sie ja eigentlich im Auftrag der Regierung arbeiteten. Der Mord an Dr. Detlev Karsten Rohwedder zeigte das mehr als deutlich. Seine Frau, die bei dem Attentat selbst angeschossen worden war und noch im Krankenhaus lag, seine Kinder und seine Freunde mussten nun lebenslänglich dafür bezahlen, dass ihr Ehemann, Vater und Freund den Mut besessen hatte, Präsident der Treuhand zu werden und sich tatkräftig für das wiedervereinigte Deutschland zu engagieren. Wer immer die Mörder waren – man hatte Spuren von zwei Tätern gefunden: Sie hatten berechnend, kalt und empathielos gehandelt. Ihr Motiv war aller Wahrscheinlichkeit nach politisch.

Nun führte die erste Spur im Fall des getöteten Norbert Holdinger ausgerechnet zur Treuhand. War das ein Zufall? Oder gab es bei diesem Tötungsdelikt ebenfalls einen politischen Hintergrund? Josef betrat das Geschäftshaus, in dem sich auf zwei Stockwerken die Leipziger Außenstelle der Treuhand befand. Es fiel ihm auf, dass er von niemandem gefragt wurde, wohin er denn wolle. Jeder Besucher, ob angemeldet oder nicht, hatte – wie es aussah – ungehindert Zutritt. Um die Sicherheit des Personals machte man sich hier offenbar nicht allzu viele Gedanken.

Wäre Detlev Rohwedder noch am Leben, wenn man ihn besser geschützt hätte? Warum handelte der Staat so fahrlässig, wenn die Gefahrenlage so offensichtlich war? Und die Außenstellen hatten noch nicht einmal eine Einlasskontrolle, obwohl vor der Tür regelmäßig Demos stattfanden? Was, wenn den Leuten der mehr oder weniger friedliche Protest nicht mehr ausreichte? Aber vielleicht war er auch zu argwöhnisch, das brachte sein Beruf wohl so mit sich.

Ein paar Minuten später saß Josef Almgruber in einem gut ausgestatteten Büro dem Chef der Niederlassung Leipzig gegenüber, stellte sich kurz vor, nannte seinen Namen und die Dienststelle.

»Wir ermitteln aktuell in einem Mordfall«, fiel er mit der Tür ins Haus.

»Einem Mordfall? Das ist schlimm. Sehr schlimm. Aber erst mal: Grüß Gott, Herr Kommissar. Almgruber, richtig? Mein Name ist Dr. Gröning. Wie kann ich Ihnen helfen?«

Josef wunderte sich nicht über diese Anrede, die er früher selbst benutzt und sich zumindest in Leipzig mittlerweile abgewöhnt hatte, da sein fröhliches *Grüß Gott* im Osten bestenfalls auf verwunderte Blicke traf, gelegentlich die Erwiderungen sarkastisch oder offen feindselig ausfielen. Selbst die Katholiken in der Ex-DDR schienen diesen Gruß zu meiden.

Wie beinahe alle Vorgesetzten in den gehobenen Positionen der Treuhandanstalt stammte Dr. Gröning aus dem Westen. Und wie Almgruber selbst kam der Leiter der Leipziger Außenstelle wohl aus Süddeutschland.

»Wir suchen aktuell nach einem Ihrer Mitarbeiter, um ihn als möglichen Zeugen zu vernehmen. Wir wissen seinen Namen noch nicht. Aber dafür die Initialen: M. K., schwarze Haare, gerade geschnittener Pony, etwa Anfang 20, bunte Jacke.«

Dr. Gröning runzelte die Stirn. »Ich kenne leider nicht alle Mitarbeiter. Aber dieser junge Mann ist mir schon aufgefallen. Neulich saß er mir bei einem Geschäftsessen direkt gegenüber. Er arbeitet in unserem Verkaufsteam und ist trotz seines beinahe noch jugendlichen Alters sehr tüchtig. Er heißt ... ähm, Mike, glaube ich, die englische Schreibweise. Mit Nachnamen ... Kärner, mit ä, wie er stets betont. Er hat BWL studiert, stammt aus Hildesheim und will sich wie viele andere in den neuen Ländern ausprobieren, eine Karriere ins Berufsleben starten sozusagen. Da haben diese jungen Leute hier die besten Bedingungen.«

Josef stutzte einen Moment. Der Name kam ihm bekannt vor, aber vermutlich gab es den ja häufiger. »Wo finde ich den jungen Mann?«

»Ich habe ihn heute noch nicht gesehen. Das Verkaufsteam ist meist im Außendienst tätig.«

»Haben Sie keinen Überblick, wo Ihre Mitarbeiter konkret stecken?«

»Was glauben Sie, was bei uns los ist!« Dr. Gröning lehnte sich mit einem Ruck zurück, seufzte und hob theatralisch die Hände. »Hier zählen die Ergebnisse. Die Zeiten, in denen im Osten jeder Schritt kontrolliert wurde, sind ja wohl vorbei. Wir geben auch den jungen Leuten Entscheidungsfreiheit und lassen sie Verantwortung übernehmen. Nur so sind sie mit Engagement und dem Herzen dabei.«

»Das ist ja alles schön und gut, hilft mir aber nicht weiter«, entgegnete Josef Almgruber. »Es ist ein Mensch gestorben! Und Ihr BWL-Student ist möglicherweise Zeuge eines Verbrechens geworden.« Oder selbst der Täter, dachte er. Aber diesen vagen Verdacht behielt er vorerst für sich.

»Er ist bereits fertig mit dem Studium, soweit ich informiert bin. Er hat es mir persönlich erzählt. Auch, wie stolz seine Eltern auf ihn sind.«

Josef Almgruber schwieg einen Moment. Es kostete ihn einigermaßen Mühe, nicht aus der Haut zu fahren. Wie ignorant konnte man sein? »Sie scheinen den Ernst der Lage nicht zu verstehen. Wir können auch einen Haftbefehl für Ihren Mitarbeiter veranlassen, wenn Ihnen das lieber ist«, drohte er. »Möchten Sie etwa, dass die Presse davon Wind bekommt und die Treuhandniederlassung Negativschlagzeilen kassiert?«

Dr. Gröning sah ihn irritiert an. »Nun mal langsam mit den jungen Pferden«, sagte er. Seine Stimme klang auf einmal gepresst. »Meine Sekretärin kann Sie durch die Räume führen, wenn Sie möchten. Vielleicht ist er ja irgendwo im Haus, oder jemand weiß, wo Mike Kärner sich aufhält.«

Josef Almgruber erhob sich und blickte nervös auf seine Uhr. Wo blieb eigentlich Beate Vogt? Sie wollte doch in einer Viertelstunde nachkommen? Mittlerweile war fast eine Stunde vergangen. War sie in dem Hotelzimmer des Getöteten noch auf etwas Wichtiges gestoßen? Etwas, das sie übersehen hatten? Oder gab es einen anderen Grund, weshalb sie nicht kam?

25

Beate Vogt ging grübelnd durch das Zimmer in der siebzehnten Etage – von Wand zu Wand, von der Tür bis zum Fenster, schaute noch einmal in jede Ecke, unter das Bett, in den Schrank und in den Nachttisch, in dem nur eine Bibel lag. Sie fand nichts Ungewöhnliches. Vom Fensterbrett hüpfte ihr eine kleine Springspinne entgegen, und Beate lachte erschrocken auf. Wenn dieses Hotelzimmer ein Geheimnis barg, sah man es ihm jedenfalls nicht an. Es erschien ihr bieder und langweilig. Die Hinterlassenschaften des Mordopfers Holdinger wirkten alles andere als spektakulär. Dennoch schien einiges an den Geschehnissen, mit denen sie sich beschäftigen musste, mysteriös zu sein. Eine Frau verschwand, und kurze Zeit später wurde der Eigentümer ihres Wohnhauses, der sie unter Druck gesetzt hatte, damit sie endlich auszog, getötet. Passten diese Puzzleteile irgendwie zusammen? Oder hatte das eine mit dem anderen nichts zu tun? Wäre Ina Reinhardt nicht bereits vor dem Mord verschwunden, würde sie womöglich jetzt als Verdächtige gelten. Oder war sie etwa untergetaucht, um einen Mord zu begehen? War das eine Art Trick? Und ihr Verschwinden ein Ablenkungsmanöver? Aber die Indizien, die sie bisher gefunden hatten, deuteten darauf hin, dass der Frau etwas passiert sein musste.

Flüchtig warf Beate einen Blick durch das Fenster auf das

Panorama der Stadt. Die Aussicht von hier oben war sicher für manchen Gast atemberaubend. Beate fand sie eher schwindelerregend. Sie würde nie freiwillig in diesem Hotel übernachten. Sie verstand ja auch nicht, was so toll daran sein sollte, auf den Gipfel eines Berges zu steigen, nur um von da oben hinunterzuglotzen. Sie war eher der Meer- als der Gebirgstyp. Wenn die Wellen rauschten und ans Ufer rollten, weckte das ihre Lebensgeister und beruhigte sie gleichzeitig. Die Seeluft an der Ostsee hatte sie, wenn sie aus dem braunkohleverseuchten Leipzig kam, in ihren Urlauben stets gierig eingesogen. Zwar war die Luft auf dem Brocken im Harz, im Erzgebirge und in der Sächsischen Schweiz auch besser als in der Stadt. Doch der Blick in die Tiefe löste Ängste in ihr aus, die sie sonst nicht kannte. Sie hielt sich eigentlich für einen beinahe furchtlosen Menschen. Aber was zu hoch war, war zu hoch.

Sie hob den Koffer an, der auf einer Ablage stand und den sie schon kontrolliert hatte, und öffnete ihn. Er war immer noch leer. Aber als sie ihn abstellte, hörte sie ein leises Klimpern. Beate nahm sich den Koffer noch einmal vor und untersuchte ihn jetzt genauer. Zog den Reißverschluss im Innern des Gepäckstücks auf. Unter den Schienen klemmte eine Geldbörse aus hellbraunem Leder.

Sie schaute nach. Es waren ein paar Scheine in dem Portemonnaie, 250 D-Mark, und etwas Kleingeld. Nicht gerade viel und nichts Besonderes. Vermutlich nur eine Notreserve. Kein Personalausweis oder sonstige Papiere. Nichts, was sie irgendwie weiterbrachte. Und keine Spur, die auf Inas Verbleib hindeutete.

Achtlos warf sie die Börse in den Koffer zurück. Sie sollte endlich aufbrechen, ihrem Kollegen folgen. Die fünfzehn Minuten waren längst um. Josef Almgruber verließ sich auf sie und ihre Pünktlichkeit. Vielleicht brauchte er ihre Hilfe. Sie hatte nichts vorzuweisen und ihre Zeit sinnlos verschwendet. Beate hätte gleich mit ihm mitgehen sollen.

Es klopfte laut und energisch.

Kam Josef Almgruber wieder? Wer sollte es sonst sein? Vielleicht hatte er etwas vergessen? Oder wollte sie abholen? Beate, die ohnehin gerade loswollte, riss die Tür auf, um ihren Kollegen einzulassen.

Sie sah als Erstes eine Gasmaske, zwei Glupschaugen, die durch verschmierte Gläser blickten, sie anstarrten. Unwillkürlich wich sie zurück, ihr Herz raste, sie wollte nach ihrer Waffe greifen. Doch der Unbekannte war schneller. Versetzte ihr unvermittelt einen Schlag mit der Faust ins Gesicht. Der Schmerz schoss ihr durch den Kopf, sie sah Sterne funkeln. Etwas traf sie in den Bauch, ein schwerer Tritt. Als sie zu Boden ging, bemerkte sie noch einen Militärstiefel, der ausholte, um sie erneut zu treten. Sie krümmte sich, nahm die Embryonalhaltung ein, um sich zu schützen. Biss die Zähne zusammen. Nur nicht winseln wie ein geprügelter Hund.

Harte Hände in schwarzen Handschuhen griffen nach ihr, zerrten sie durch den Raum. Sie konnte hören, dass er das Fenster öffnete. Spürte, wie er sie an der Hüfte packte, hochhob. Scheinbar ohne Mühe. Er war stark. Eiserne Muskeln drückten an ihren Körper. Einen Moment war sie starr vor Angst. Konnte sich nicht bewegen. Er trat einen Schritt vor, schob sie aus dem Fenster, sodass ihr Oberkörper in der Luft hing. Sie fühlte den Wind auf ihrer Haut, sah das Häusermeer, der Uni-Riese ragte heraus, der Weisheitszahn von Leipzig.

War er das Letzte, was sie sah? Würde sie so sterben? Jetzt?

Sie wehrte sich gegen den Schwindel, der sie erfasste. Gegen die Panik. Wehrte sich gegen ihn. Strampelte. Schrie. Keine Worte, nur Laute. Er schrie auch. Was wollte er? Sie töten? Sie schnappte nach Luft. Griff fahrig nach der Waffe. Aber es gelang ihr nicht, sie zu ziehen. Sie musste sich festhalten. Mit aller Kraft.

»Wo ist die Kohle?«, hörte sie.

Sie krallte sich am Fensterbrett fest. Die Springspinne war wieder da. Hockte in der Ecke, starrte Beate an und wartete ab.

»In dem Scheißkoffer!«, schrie sie.

Er ließ sie los, tatsächlich. Sie spannte ihren Körper an, schob sich zurück in das Zimmer. Konzentriert, als wäre das hier eine etwas seltsame Sportübung. Ignorierte das Flattern ihres Herzens.

Ging es ihm nur ums Geld? War das ein Raubüberfall? Sie saß lauernd, panisch atmend auf dem Boden, sah von dem Mann, der einen blauen Arbeitsoverall trug, zur Tür. Konnte sie an ihm vorbei ...? Aber er stand zu dicht am Ausgang des Zimmers. Das Bad! Sie kroch von ihm weg. Er achtete nicht auf sie. Kniete vor dem Koffer, als wollte er beten. Zum Gott des Mammons. Kohle, Geld, Mäuse, Moneten, Schotter, Zunder, ohne Moos nichts los, ging ihr wirr durch den Kopf.

Beate schlüpfte in das Bad, schloss die Tür zu, hörte ihn fluchen. »Du dreckige Schlampe! Willst du mich verarschen? Bist du eine von seinen Nutten?«

Der Mann trat mit Wucht gegen die Tür, hinter der sie sich befand. Es donnerte wie bei einem Gewitter, doch die Tür hielt stand.

Beate zog ihre Pistole. »Polizei!«, schrie sie. Bisher war ihr nicht eingefallen, ihm dies mitzuteilen. »Ich habe eine Waffe! Wenn Sie mich noch einmal bedrängen oder zutreten, schieße ich! Und jetzt: Ergeben Sie sich!«

Einen Augenblick lang war es still.

Beate holte tief Luft. »Sie sind hiermit festgenommen!« Auf keinen Fall wollte sie so schwach wirken, wie sie ihm eben schon vorgekommen sein musste. Ein hilfloses Wesen, auf dem man nach Belieben herumtrampeln konnte. Sie fühlte ohnmächtige Wut in sich aufsteigen.

Dann hörte sie ein kratziges Lachen. »Ich bekomme mein Geld schon noch. Darauf kannst du Gift nehmen, du Bullenschlampe!« Die Stimme klang dumpf, aggressiv und unheimlich.

»Welches Geld meinen Sie?«, fragte Beate, so ruhig sie konnte. Ohne zu zittern, hielt sie die Waffe weiter auf die Mitte der Tür gerichtet.

Sie erhielt keine Antwort.

Es kam ihr vor, als würde sie ein verächtliches Schnaufen hören. Sie lauschte eine Weile. Atmete tief ein und aus. Ihr Herzschlag beruhigte sich allmählich. Dafür spürte sie jetzt die Schmerzen. Im Gesicht, im Bauch. Ein Ziehen im Magen. Ihre Nase blutete wie verrückt. Das linke Auge war fast zugeschwollen. Sie streifte den glänzenden Wasserhahn mit einem Blick. Sollte sie die Waffe kurz weglegen und die Schwellung kühlen, sich das Blut abwaschen?

Nein. Auf keinen Fall. Vielleicht lauerte er da draußen. Lauerte auf die Chance, die Tür einzutreten. Hereinzustürmen. Sie zu überwältigen. Sie doch noch aus dem Fenster zu werfen. Allein der Gedanke machte sie schon schwindlig. Ihre Höhenangst war wohl doch berechtigt. Jetzt ergab sie endlich einen Sinn. Sie warnte sie. Wer aus dem siebzehnten Stock geworfen wurde, hatte keine Überlebenschance. Sieh es doch mal so, meldete sich eine Stimme in ihrem schmerzenden Schädel: Du hast noch mal Glück gehabt. Unwahrscheinliches Glück. Sie schmeckte das Blut, das ihr aus der Nase in den Mund lief und spuckte aus. Wischte sich mit dem Ärmel über das Gesicht.

»Sind Sie noch da?«, rief sie.

Wieder war es still.

Sie hielt die Luft an, konzentrierte sich auf jeden Ton da draußen. Dann hörte sie Schritte. Ein Pochen an der Badtür. Ein Rütteln an der Türklinke. Scheiße! Sie packte die Pistole fester. Jetzt hatte sie ihn auch noch herbeigerufen.

»Ich warne Sie zum letzten Mal! Ich habe eine Waffe, und die werde ich benutzen, wenn ...«

»Beate?«, fragte eine männliche Stimme. »Ich bin's, Almgruber. Was ist denn los?«

»Josef?« Zögernd ließ sie die Pistole sinken und ging zur Tür. »Bist ... bist du's wirklich?«

»Ja, verdammt. Mach auf!«

»Sei vorsichtig! Er könnte noch in der Nähe sein!« Sie hörte, wie das Schluchzen aus ihrer Kehle brach. Sie hatte es erfolgreich unterdrückt, aber jetzt schüttelte es sie wie ein Hustenanfall. »Hörst du mich?« Er steht vielleicht hinter dir, dachte sie. »Er ist vielleicht noch da.«

»Wer? Wen meinst du? Wer soll in der Nähe sein? Hier ist niemand. Beate, öffne bitte die Tür!«

Ihre Anspannung legte sich etwas, sie versuchte, sich zur Ruhe zu zwingen, aber ihre Finger, die mit dem Schlüssel hantierten, zitterten plötzlich. »Ich komme jetzt raus«, sagte sie, konzentrierte sich darauf, das Schloss aufzubekommen.

Endlich gehorchte ihr die Hand wieder. Der Schlüssel drehte sich.

Misstrauisch spähte sie in das Hotelzimmer. Schob sich Zentimeter für Zentimeter vorsichtig durch den Türspalt. Hielt die Waffe vor der Brust zum Schutz. Ihre Beine fühlten sich auf einmal wie aus Gummi an. Dann sah sie Josef. Sie taumelte auf ihren Kollegen zu. Tapsig wie ein Kleinkind, das Laufen lernt.

Almgruber sah sie entsetzt an. »Was ist passiert? Du blutest ja! Du siehst ... schlimm aus.«

Beate wankte. »Mir ist schwindlig«, sagte sie, ehe sie wie in

Zeitlupe zusammensackte. Im Fallen wurde ihr schwarz vor Augen. Sie streckte – auf der Suche nach einem Halt – die Arme aus.

Die Pistole fiel polternd auf den Boden.

Beate spürte Josefs Arme, die sie hielten, spürte noch, dass er sie auffing.

26

»Oh Gott, Beate! Komm schon, wach auf!«

Wie eine Ertrinkende hing sie in seinen Armen. War sie so schwer verletzt? Starb sie jetzt etwa? Bitte nicht, dachte er. Er fühlte ihren Puls, lauschte auf ihre Atmung. Ihr Herzschlag kam ihm zu schnell vor. Aber sie atmete. Sie lebte. Sie würde weiterleben.

»Alles wird gut«, versprach er ihr. Nahm sie wahr, was er sagte? »Nicht schlappmachen, Beate. Alles wird gut!« Es klang wie eine Beschwörung, wie etwas, das er sich selbst einreden wollte.

Nach dem Schreckmoment, der ihm den Schweiß auf die Stirn trieb, zwang er sich zur Ruhe. Josef hob sie hoch und legte sie auf dem Bett ab, rüttelte an ihren Schultern und versetzte ihr ein paar leichte Ohrfeigen. »Hey, hörst du mich? Mach keinen Mist! Ich brauche dich doch noch.«

Über den letzten Satz war er selbst überrascht. Brauchte er sie? Nun ja, sie ermittelten gemeinsam in einem Mordfall. Aber das war es nicht allein, oder?

Zum Glück schien Beate langsam zu sich zu kommen. Sie stöhnte leise. Ihre Lider flatterten. Dann blinzelte sie und sah ihn aus einem Auge verwirrt an. Das andere bekam sie kaum auf.

»Geht es wieder? Was zum Teufel ist hier los gewesen?«

Sie antwortete nicht, blickte sich nur hektisch um, als wüsste sie nicht, wo sie sei, oder als erwartete sie noch eine weitere Person im Raum.

Als irgendwo im Gang des Hotels eine Tür zuknallte, fuhr sie zusammen.

»Beate, was ist passiert?«

Ihre Bewegungen wirkten fahrig. Sie hob einen Arm, als wollte sie nach etwas greifen oder jemanden abwehren.

Josef griff nach ihrer Hand und half ihr, sich zum Sitzen aufzurichten.

»Er ist nicht mehr hier, oder?«

»Keine Angst«, sagte er. »Wir sind hier allein.« Ich pass auf dich auf, dachte er. Aber genau das hatte er ja gerade eben nicht getan.

»Trotzdem. Schließt du bitte die Tür ab?«

Er nickte. »Kann ich sonst noch was für dich tun?«

»Ich brauch was Kaltes«, sagte sie und deutete auf ihr geschwollenes Auge.

Sie tastete nach ihrer Nase, wischte sich das Blut aus dem Gesicht und starrte verwundert ihre Hand an.

»Was Kaltes? Okay. Kommt sofort.« Josef schmerzte der Anblick seiner verletzten Kollegin. Er war froh, dass sie ihm etwas zu tun gab.

Hastig verriegelte er die Tür, stürmte ins Bad, nahm ein sauberes Handtuch und hielt es unter den Wasserhahn. Im Spiegel warf er sich einen Blick zu. Auf seinem weißen Hemd entdeckte er rote Tropfen. Ein kunstvoll gesprenkeltes Muster. Das Blut seiner Kollegin. Was für ein Tag war das heute!

»Das hätte nicht passieren dürfen«, sagte er leise zu sich selbst.

Beate lächelte ihm schwach entgegen. Sie sah furchtbar aus,

wie eine von denen, die im Frauenhaus landeten. Verprügelt, verletzt, übel zugerichtet.

War das seine Schuld? Beschämt wandte er den Blick ab. Er hätte bleiben sollen. Es war doch nur um fünfzehn Minuten gegangen!

»Danke.« Sie nahm ihm das nasse Tuch ab und hielt es an die Schwellung.

»Ist es kühl genug?«, fragte er beinahe schüchtern.

»Nein.« Sie lachte unglücklich. »Unter dem Schreibtisch ist eine Minibar.«

Sie wischte sich das Gesicht mit dem Handtuch ab. Das weiße Frottee färbte sich rot. Sie ließ das Ding fallen. »Mit kalten Getränken.«

Josef verstand und beeilte sich, auch diesen Wunsch zu erfüllen. Er nahm zwei Ur-Krostitzer Bier aus dem Kühlschrank, öffnete eins und reichte Beate das andere.

»Schon besser«, sagte sie und drückte die Flasche an ihr Auge.

Josef angelte zwei Gläser vom Schreibtisch und schenkte für Beate und sich selbst ein. »Ich glaube, ein Schluck kann jetzt nicht schaden.« Er reichte ihr ein Glas, setzte sich auf den Rand des Bettes und stieß mit ihr an. »Auf eine schnelle Genesung für dich. Soll ich dich ins Krankenhaus bringen?«

Beate trank das Glas in einem Zug leer und stellte es auf den Nachttisch. »Nein. Dafür ist keine Zeit. Der Typ könnte noch im Hotel sein!«

»Welcher Typ? Wer war das?«

»Ich konnte ihn nicht erkennen. Er trug eine Maske ... eine ...« Sie holte tief Luft. »*Gasmaske!*«

Josef sah, dass sie bei der Erinnerung daran erschauderte. »Hä? Eine Gasmaske? Warum denn das?«

»Keine Ahnung. Faschingszeit ist vorbei, oder? Außerdem

hatte er so blaue Handwerkerklamotten an. Und Stiefel, Handschuhe aus Leder. Er wirkte auf mich nicht wie ein Handwerker, eher militant, aber das Zeug, also diese Maske und das alles, roch alt, nach altem Gummi ... wie aus der Mottenkiste. Ziemlich widerlich, um genau zu sein.«

»Wie ist der hier reingekommen?«

»Ich habe ihm die Tür geöffnet, blöd, wie ich bin. Ich dachte ... du wärst es. Du kämst zurück.« Sie schüttelte über sich selbst den Kopf.

»Bin ich ja auch. Nur zu spät.« Josef spürte das schlechte Gewissen wie ein Geschwür. »Es tut mir leid.« Er berührte ihre Hand, die auf der Bettdecke lag.

»Trotzdem danke ... für die Hilfe«, sagte sie leise.

»Weißt du, was der Kerl wollte?«

»Er hat nach Geld gefragt.«

»Also ein gewöhnlicher Einbruch? Oder hat dieser ... dieser Übergriff mit unserem Fall zu tun?«

»Der Mann kam gezielt. Er wollte das Geld von Holdinger. Ich habe ihm die Geldbörse geopfert, die ich zum Glück kurz vorher im Koffer entdeckt hatte.« Beate deutete mit flattriger Hand nach unten. »Ich nehme an, die Kohle ist weg?«

Unruhig lief Josef mit dem Bierglas umher, trank zwei Schlucke dabei, damit er das Getränk nicht verschüttete, sah im Koffer nach und blickte sich auf dem Teppich um. Dann entdeckte er das Gesuchte und bückte sich.

»Die Brieftasche liegt aufgeklappt unter dem Schrank. Keine Scheine in den Fächern, wie es aussieht. Ich lass sie liegen. Wir sollten die Spurensicherung anfordern.«

»Weiß nicht, ob die was finden. Er hatte ja Handschuhe an. Dann diese schreckliche Maske ...«

»Irgendwas finden die immer«, meinte Josef und versuchte, möglichst zuversichtlich zu klingen.

»Es war nicht viel Geld im Portemonnaie. Er hatte offensichtlich mehr erwartet oder erhofft. Bedeutend mehr, würde ich meinen.«

»Aber wer könnte das gewesen sein? Ein Geschäftspartner von Holdinger?«

Beate lachte auf. »So sah der nun wirklich nicht aus.«

Josef wunderte sich ein wenig über ihre Naivität. Wer seriös auftrat, musste längst nicht seriös sein. Aber in den neuen Bundesländern machte ein Geschäftsmann aus dem Westen, elegant gekleidet und scheinbar unverschämt reich, natürlich Eindruck.

»Wer weiß das schon. Aber wir werden es herausbekommen«, erwiderte er in möglichst neutralem Ton.

Er hatte gehört, dass die Ostdeutschen sich von nobel gekleideten Herren reihenweise Versicherungen aufschwatzen ließen, vor allem solche, die sie garantiert nicht brauchten. Es würde wohl einige Zeit dauern, bis sie dahinterkamen, dass sie nichts als eine lohnende Beute für umtriebige Geschäftemacher gewesen waren. Wer freundlich tat und behauptete, sich auszukennen, hatte hier offenbar leichtes Spiel, Leute hereinzulegen.

Freundlichkeit war in Gaststätten und Kaufhallen wohl Mangelware gewesen. Josef staunte immer wieder über die Ruppigkeit von manchen Kellnern und Verkäuferinnen in Leipzig – eine Mentalität, die sich immer noch hartnäckig hielt. Vielleicht gab es ja einen Nachholbedarf, nicht nur was Bananen und Orangen und Reisen in ferne Länder betraf, sondern auch nach einer zugewandten Freundlichkeit im Alltag?

Beate nahm die Flasche von ihrem Auge. »Die ist nicht mehr kalt genug. Die kannst du jetzt auch aufmachen.« Sie zwinkerte ihm zu.

Es sah einfach furchtbar aus. Sie wirkte wirklich ziemlich lädiert. Als wäre sie versehentlich in einen Boxkampf geraten.

»Okay, das Bier trinken wir noch, aber ... Danach bringe ich dich ins Krankenhaus.« Besorgt betrachtete er ihr Gesicht.

»Nicht nötig. Wirklich nicht.«

»Bist du sicher? Du siehst total fertig aus. Was hat er sonst noch gemacht?« Er räusperte sich, als er ihre Miene wahrnahm.

Sie wirkte plötzlich sauer. Nahm sie ihm die Frage übel? »Er hat mich nicht vergewaltigt, falls du das wissen willst.«

»Es tut mir leid, ich muss das fragen«, sagte er schnell, peinlich berührt.

»Er hat mich geschlagen, wie du erkennen kannst, mit voller Wucht in den Bauch getreten und aus dem Fenster gehalten. Mit der Drohung, mich fallen zu lassen.«

»Aus ... aus dem ...? Das darf doch wohl nicht ...« Entsetzt sah Josef sie an und dann zum Fenster hinüber. Er wunderte sich, dass sie so ruhig darüber sprechen konnte. In welchem Stockwerk des Hochhauses befanden sie sich noch mal? »Oh Gott. Das ist ... furchtbar. Du hättest ...«

»Tot sein können. Richtig. Aber die paar versteckten Mäuse in dem Koffer haben mich gerettet. Nicht zu fassen, oder? Ich konnte ihn damit ablenken und mich im Bad einschließen. Tja, und dann ... Dann habe ich ihn mit meiner Waffe bedroht.«

»Gut gemacht.«

»Ich hätte geschossen.« Es klang, als wäre sie darüber verwundert. »Ich hätte durch die Tür auf ihn geschossen.«

»Es wäre Notwehr gewesen«, sagte Josef.

»Beinahe hätte ich *dich* abgeknallt.« Sie hob den Blick. Das unverletzte Auge starrte ihn an.

»Hast du aber nicht.« Er lächelte, obwohl ihm nicht nach Lächeln zumute war.

»Wir sollten dieses Arschloch suchen gehen!«, forderte Beate. »Wir müssen ihn zur Strecke bringen, ehe er noch mehr Unheil anrichtet!«

»Du meinst jetzt?«, fragte er, überrascht über den Hass in ihrer Stimme. »Der ist längst über alle Berge, fürchte ich.«

Sie sah auch nicht gerade danach aus, als könnte sie in ihrem Zustand *wem auch immer* hinterherlaufen.

Beate blinzelte und wischte sich schnell eine Träne aus dem Gesicht. »Ich bin einfach nur total wütend!«, stieß sie hervor.

»Das verstehe ich. Du hast allen Grund, zornig zu sein.« Josef goss noch einmal die Gläser voll. »Wenn du nicht ins Krankenhaus willst, bringe ich dich wenigstens nach Hause, okay?«

27

Diether saß in seinem Wagen und gab wütend Gas. Er fuhr viel zu schnell, aber mit dieser Wut im Bauch konnte er nicht anders. Wieso musste er ausgerechnet auf diese Bullenschlampe stoßen? Gut, dass er daran gedacht hatte, die Gasmaske mitzunehmen. Als ihm klar wurde, dass jemand im Hotelzimmer war, hatte er die Maske hastig aus dem vermeintlichen Werkzeugkoffer gezogen und aufgesetzt. Mit so einfachen Mitteln konnte man beinahe jedem Menschen schon richtig Angst einjagen. Das Weibsstück war sofort vor ihm zurückgewichen. Mit Panik in den Augen.

Für die Polizistin besaß er kein Gesicht. Auch wenn sie ihn nicht vergessen würde. Schließlich hätte er sie beinahe aus dem siebzehnten Stock geworfen. So etwas merkte man sich sein ganzes Leben lang. Die Todesangst blieb ihr sicher erhalten. Doch sie würde ihn nicht wiedererkennen. Kein Grund also, sich zu beunruhigen. Für seine schlechte Laune gab es aber schon einen Grund: Nur 255 D-Mark hatte er eingenommen. Viel zu wenig für all seine Mühe. Das Geld reichte nicht vorn und nicht hinten. Eine der Hündinnen war trächtig. Sie verhielt sich auffällig, winselte viel. Er würde mit ihr zum Tierarzt gehen müssen. Für die Welpen in ihrem Bauch gab es schon Kunden. Aber wie sollte er die Rechnung und alles andere bezahlen?

Die Beute war viel zu gering, dafür, dass er einiges riskiert hatte. Hausfriedensbruch, Körperverletzung, Diebstahl – das reichte schon für ein paar Jahre Knast. Der Lohn für dieses Risiko war ein schlechter Witz. Auch wenn die Polizistin sein Gesicht nicht gesehen hatte und ihre Kollegen – dank seiner Handschuhe – keine Fingerabdrücke finden würden, konnte er kaum ausschließen, dass er von der Rezeptionistin oder dem Hotelangestellten, dem er im Fahrstuhl begegnet war, möglicherweise wiedererkannt werden würde. Zwar glaubte er, mit Blaumann, Werkzeugkoffer und dreckiger Schirmmütze tatsächlich wie ein Handwerker auszusehen, aber sein Gesicht hatte er im Foyer und im Lift nicht vollständig verdecken können.

Vielleicht sollte er zurückfahren, die beiden vom Hotelpersonal ausfindig machen und sie nach allen Regeln der Kunst unter Druck setzen. Leute in Angst und Schrecken zu versetzen war schließlich seine Spezialität. Dieses Talent hatte er womöglich von seiner Mutter geerbt. Also war die tägliche Tracht Prügel doch zu etwas gut gewesen.

Aber natürlich war der Gedanke, zum Hotel *Merkur* zurückzukehren, Unsinn. Er würde nur die Aufmerksamkeit auf sich lenken. Womöglich hatte die Polizistin schon ihre Kollegen gerufen, und es wimmelte überall von Bullen.

Außerdem war es mal wieder Zeit, nach seiner Gefangenen zu schauen. Sie vermisste ihn sicherlich schon. Bei dem Gedanken musste er kichern, auch wenn die schlechte Laune davon nicht verschwand.

Er bog auf den sandigen Weg ein, der, vorbei an der Kleingartenanlage, zu dem Gelände führte, auf dem der Bunker hinter harmlos wirkenden Bungalows und Sicherheitszäunen versteckt lag. Ohne Genehmigung durfte hier niemand lang und auf das Gelände fahren. Im Moment war er der Einzige, der eine solche Erlaubnis besaß.

Einen regulären Parkplatz gab es nur in einiger Entfernung; ein Fußweg von etwa 20 Minuten musste absolviert werden, um dann vor einem verschlossenen Tor zu stehen. Besonders oft kam das natürlich nicht vor. Jedenfalls nicht, seit er hier Wache schob. Wozu auch?

Deswegen war Diether ziemlich erstaunt, als er eine Gruppe von Menschen an dem Zaun vor dem Eingang zur Zone 2 stehen sah. Keine ehemaligen Kollegen, im Gegenteil. Den Frisuren und der schlampigen Kleidung nach zu urteilen, waren das Leute von der sogenannten Bürgerbewegung. Ihm wurde übel, als er diese langhaarigen Typen in ihren Jeans und speckigen Parkas sah. Aber natürlich ließ er sich nichts anmerken.

Als er aus dem Wagen stieg, setzte er eine freundlich-verwunderte Miene auf. Und ließ sich sogar dazu herab, die Hand zum Gruß zu heben – als hätte er ein paar von diesen trotteligen Datschenbesitzern vor sich.

»Was verschafft mir die Ehre?«, fragte er in einem Ton, als würde er sich über den Besuch freuen.

Erst jetzt sah er, dass die Gruppe um einen einzelnen Menschen herumstand. Einen Moment fürchtete er, seiner Gefangenen wäre die Flucht geglückt.

Doch der Schreck dauerte nur kurz. Dann erkannte Diether den Pfarrer des Ortes, dem es schon einmal gelungen war, mit einer Horde Gammler – wie er diese Staatsfeinde bei sich nannte – in den Atombunker einzudringen. Das war jedoch zu einer Zeit gewesen, in der das MfS gerade abgezogen war und niemand mehr das Objekt bewachte. Nun, zu einer Besetzung wie in der Leipziger Stasi-Zentrale Runde Ecke würde es hier nicht kommen. Dafür würde er schon sorgen. Schließlich hatte er einen Auftrag zu erfüllen.

Es juckte ihn in den Fingern, seine Waffe zu ziehen und einen

Schuss abzugeben – wenigstens in die Luft. Das würde diesen Heinis einen gehörigen Schrecken einjagen. Aber leider musste er sich beherrschen, und er machte krampfhaft gute Miene zum bösen Spiel. Jedenfalls hoffte er, dass diese Leute ihm seinen Unmut nicht ansahen.

Der Pfaffe kam auf ihn zu, reckte arrogant das Kinn und reichte ihm die Hand.

Diether erwiderte die Geste, streckte dabei den Arm zackig aus, fast als wollte er zuschlagen, und drückte kräftig die dürren Finger. Zufrieden bemerkte er, wie sein Gegenüber leicht in die Knie ging. Bevor der Pfarrer sich beklagen konnte, ließ er die Hand los.

»Guten Tag, sind Sie hier zuständig? Haben Sie einen Schlüssel?«, fragte der unwillkommene Besucher. »Wir würden gern die Bunkeranlage besichtigen.«

»Tut mir leid, das ist nicht möglich«, sagte Diether ruhig und runzelte die Stirn. »Ich habe die Anweisung, niemanden auf das Gelände zu lassen.«

»Das sind alles Bürgerrechtler vom Bündnis 90, also vom Neuen Forum, Demokratie Jetzt und so weiter. Aus verschiedenen Städten der ehemaligen DDR, extra hierhergereist.« Er sprach so, als müsste man diese Ansammlung von Leuten beeindruckend finden.

»Es könnte auch der König von China erscheinen«, erwiderte Diether gleichgültig. »Es ist nicht gestattet.« Er war überrascht, dass es ihm gelang, so sachlich zu bleiben. Aber wieso auch nicht. Als Wächter des Bunkers fühlte er sich diesen Eindringlingen überlegen. Er war nicht nur der Wächter, er war der Gebieter, der Herrscher über das unterirdische Betonreich, wenn auch außer ihm niemand davon wusste.

Der Pfarrer fixierte ihn einen Moment. Sein Blick wirkte gerade wenig christlich. »Wer sind Sie denn überhaupt?«, fragte er scharf.

Diether spürte den Zorn über die Dreistigkeit in sich hochkochen, doch er zwang sich zur Ruhe. Er durfte sich nicht verraten. »Der Wachmann des Objekts. Ich wurde von der Gemeinde eingestellt, nachdem es einige Vorfälle gegeben hat.«

»Vorfälle?«

»Vandalismus, Diebstähle, Zerstörung von Volkseigentum.« Das letzte Wort war ihm einfach so herausgerutscht.

Aber der Pfarrer ignorierte es. »Es muss doch möglich sein, den Bunker für interessierte Besucher zu öffnen«, sagte er bloß.

»Nein, ist es nicht!«

Der Pfarrer musterte sein Gegenüber misstrauisch. »Nun ja, ich werde mit dem Bürgermeister darüber reden. Ich komme wieder, verlassen Sie sich darauf.«

Diether sagte nichts dazu. Wieder spürte er die Wut, die in ihm brodelte. Einen Moment sah er sich den Pfarrer an der Kehle packen und mit aller Kraft zudrücken. Das Bild war mehr als deutlich in seinem Kopf: Er sah die dürren Beine des Gottesdieners zappeln, während er ihn langsam hochhob. Hörte sein Röcheln, seinen letzten gequälten Atemzug. Er musste grinsen.

Der Pfaffe wirkte einen Moment irritiert, dann wandte er sich ohne ein Abschiedswort von ihm ab und ging zu der Gruppe zurück. »Unsere Pläne müssen wir leider für heute ändern«, hörte er ihn laut sagen. »Die Bunkeranlage ist geschlossen und kann zurzeit nicht besichtigt werden. Wir unternehmen stattdessen einen kleinen Spaziergang zu den Lübschützer Teichen, einem beliebten Naherholungsgebiet. Öffnen wir uns für dieses wahrhaft göttliche Naturparadies und eine wirklich liebreizende Landschaft. Genießen wir die Frühlingsluft und das Gezwitscher der Vögel!« Er hob die Arme, als wäre er von seiner neuen Idee vollkommen begeistert.

Einige der Besucher murrten jetzt. Nicht jedem stand der Sinn nach Idylle und Froschgequake. Schließlich war ihnen ein gruseliger Stasi-Atombunker versprochen worden. Langweilige Teiche bekam man auch anderswo zu sehen.

Diether biss sich auf die Unterlippe, um nicht loszulachen. Offenbar hatte er diesen Leuten die Tour vermasselt. Trotzdem verspürte er eine leichte Unruhe, die sich in seinem Körper ausbreitete und sich wie ein Brennen in seinen Eingeweiden anfühlte.

Wenn der Pfaffe seine Worte wahrmachen, mit dem Bürgermeister sprechen und erreichen würde, dass der Bunker in Zukunft von Hinz und Kunz besichtigt werden konnte, war er aufgeschmissen. Wo, verdammt noch mal, sollte er seine Gefangene dann unterbringen? Eines kam sicherlich für ihn auf keinen Fall in Betracht: Sie einfach laufen zu lassen.

28

Auf allen vieren hockte Ina Reinhardt da und schrubbte den Boden in der Küche. Genauso gut hätte sie auf Steinen herumwischen können. Beton schien niemals sauber zu werden. Er blieb einfach grau, kalt und hässlich. Aber sie war wenigstens beschäftigt.

Auf ihrem gestrigen Streifzug durch ihr unterirdisches Gefängnis hatte sie drei Schachteln von dem Scheuerpulver ATA gefunden, einen Eimer und zwei große Bürsten. Das war nicht gerade viel für die zahlreichen Räume und Gänge, aber besser als nichts. Sie würde einfach nur die Bereiche putzen, die sie auch nutzte.

Zuerst hatte sie sich ihren Schlafraum vorgenommen, in dem sie die meiste Zeit verbrachte. Natürlich dachte sie auch daran, ihr Bett ordentlich zu bauen. Das blau-weiß karierte Bettzeug lag, in Päckchen gefaltet, auf der Matratze, darüber befanden sich die beiden grauen Decken, selbstverständlich ebenfalls perfekt zusammengelegt, und der militärgrüne Schlafsack kam obendrauf.

Sie wollte nicht wegen Kleinigkeiten wie einer verrutschten Decke Ärger mit dem Monster bekommen.

Ihr Kidnapper hatte sich schon lange nicht mehr sehen lassen. Aber wenn er wieder auftauchte, sollte er zumindest zufrieden sein über die Ordnung, Sauberkeit und das nach Vorschrift gemachte Bett. Wenn sie ihn nicht mit irgendetwas verärgerte, konnte sie vielleicht eher mit ihm reden. Auch wenn er alles andere als gesprächig war: Sie musste ihn irgendwie dazu bringen, sie als menschliches Wesen zu sehen, mit dem man normale Gespräche führen konnte. Sie musste unbedingt herausfinden, warum er sie entführt hatte. Was wollte er von ihr? Was war sein Plan? Sein Schweigen über diese Dinge kam ihr wie eine Mauer vor. Vielleicht sollte sie sich bei ihm für den Messerangriff entschuldigen? Natürlich war er es, der sie angegriffen hatte, das Klappmesser diente ihr lediglich zur Verteidigung. Sie ging nicht davon aus, dass sie ihn nennenswert verletzt hatte. Dafür war die Klinge viel zu kurz.

Dass Ina sich in einem Bunker befand, nahm sie indessen als gegebene Tatsache hin. Da sie in dem tief in der Erde liegenden Bau den Tag von der Nacht nicht unterscheiden konnte, hatte sie keine Ahnung, wie lange sie schon hier war. Doch offenbar hatte sie Glück im Unglück: Die Belüftung funktionierte. Essensvorräte waren genug vorhanden. Sogar Wasser in weißen Kanistern hatte sie neulich gefunden. Vorsichtshalber kochte sie es Liter für Liter in der Küche auf dem Herd ab, denn sie war sich nicht sicher, ob es sich tatsächlich um Trinkwasser handelte und wie viele Jahre diese Plastikbehälter hier schon herumstanden. Konnte Wasser schlecht werden?

Es kam ihr etwas lächerlich vor, dass sie sich in diesem unterirdischen Bau, in den man sie gezwungen hatte und in dem sie gefangen war, häuslich einrichtete. Andererseits musste sie irgendwie weiterleben, wenn sie nicht sterben wollte. Und an Selbstmord hatte sie hier unten seltsamerweise noch nie gedacht. Aber so seltsam war das vielleicht gar nicht. Wenn man gezwungen wurde, ums Überleben zu kämpfen, verschwendete man keinen Gedanken an Suizid, sondern quälte sich mit der Hoffnung, irgendwie doch noch zu entkommen. Das Monster konnte ja nicht das einzige Wesen sein, das über den Bunker Bescheid wusste. Auch wenn sie nicht glaubte, dass es Leute gab, die sich die Mühe machten, nach ihr zu suchen: Früher oder später würde jemand in diesem Verlies auftauchen und sie entdecken.

Ein wenig fühlte sie sich wie Robinson Crusoe auf seiner einsamen Insel. Gern wäre sie auf einen Freitag gestoßen, auf irgendeinen Menschen, der ihr Gesellschaft leistete. Es könnte natürlich auch eine Frau sein, ein weibliches Wesen, obwohl sie sich dann einen anderen Namen einfallen lassen müsste. Jeder Tag war nämlich männlich. Jedenfalls auf Deutsch. Der Montag, der Dienstag, der Mittwoch, der Donnerstag, der Freitag, der Samstag und der Sonntag. Es gab keinen einzigen weiblichen Tag.

Ihre Gedanken kamen ihr manchmal merkwürdig vor. Aber wenigstens hatte sie noch welche. Sie könnte sich auch einfach auf die Matratze legen, die Augen schließen und vor sich hin dämmern. Nicht mehr essen, nicht mehr trinken, nicht mehr schlafen, nicht mehr träumen, schon gar nicht putzen. Nicht mehr denken. Konnte man das überhaupt? Das Denken einstellen?

Sie zuckte mit den Schultern, während sie weiter den Boden bearbeitete. Ihre Arme fuhren mechanisch hin und her. Vor, zurück, vor, zurück, vor, zurück.

Es war gut, etwas zu tun. Auch wenn ihre Knie langsam schmerzten und ihre Finger, besonders die Knöchel, von dem Scheuerpulver schon wund waren und brannten. Zu Hause würde sie vielleicht auch gerade putzen. Es war normal, ab und zu den Dreck und Staub zu beseitigen. Solange sie etwas Normales tat, blieb sie vielleicht normal. Wenn sie durchdrehte, zum Beispiel mit dem Kopf gegen die Wand schlug oder sich mit dem Messer die Pulsadern aufschnitt, half sie nur dem Monster, ihrem Entführer. Denn dieser Psychopath war mit Sicherheit auf Zerstörung aus. Wenn er nicht ihren Körper kaputt machen wollte, dann ihre Seele. In seinem kranken Hirn besaß er sicherlich auch ein Motiv. Seine Beweggründe waren ihr schleierhaft. Ein normal tickender Mensch würde *so etwas* nicht tun. Der Kerl mit der Gasmaske war eindeutig ein Fall für die Klapsmühle. Sie hätte allerdings auch nichts dagegen, wenn er bis zu seinem Lebensende hinter Gittern landen würde für das, was er ihr antat. Lebenslänglich für lebenslänglich. Denn wie ihre Gefangenschaft auch enden würde – für sie würde sie niemals enden. Sie hatte jetzt einen Knacks weg – für immer. Das war so sicher wie das Amen in der Kirche.

War Robinson Crusoe nach seinen Erlebnissen eigentlich mal zum Therapeuten gegangen? Oder gab es das damals noch nicht? Vielleicht reichte ja auch die Freundschaft mit Freitag, um ihn nicht irre werden zu lassen. Falls es denn eine Freundschaft war und nicht nur eine Zweckgemeinschaft.

In der Zeit nach der Hundeattacke und dem Krankenhausaufenthalt hatte sie, wenn sie überhaupt schlafen konnte, nachts ständig Albträume gehabt. Tagsüber war sie müde, unkonzentriert und deprimiert gewesen. Die Narben würden ihr erhalten bleiben und ebenso die Panikattacken, die sie immer mal wieder überkamen, wenn sie einen Hund sah oder in der Nähe bellen hörte. Behandelt hatte man sie damals mit ein paar Beruhigungstabletten namens Rudotel. Als sie einmal zaghaft nach einer Therapie fragte, wurde sie von der Ärztin schief angesehen. Man schickte sie ein paarmal zum Autogenen Training, und das war's. Die Tabletten hatten so gut wie keine Wirkung, außer dass sie tagsüber noch müder wurde. Mit dem Autogenen Training konnte sie nichts anfangen und brach die Übungen schließlich frustriert ab. In der DDR gab es für psychisch Kranke allenfalls einen Platz in der Psychiatrie. Und da wollte sie auf keinen Fall hin. Also tat sie in den folgenden Jahren stets so, als wäre alles in bester Ordnung.

Den Boden in der Küche hatte Ina bereits zweimal geschrubbt. Normalerweise müsste er jetzt glänzen. Aber hier unten glänzte nichts. Der Beton hatte Flecken, die wie Narben aussahen und die man auch mit Scheuerpulver nicht wegbekam. Immerhin zeugte das dreckige Wasser davon, dass es ihr gelungen war, den Schmutz einigermaßen zu beseitigen. Sie fand, sie hätte sich dafür eine kleine Belohnung verdient.

Ina erhob sich und ging an den größeren Kühlschrank, der sie mit einem Brummen empfing, das sie jetzt erst wieder so richtig wahrnahm. Sie dachte an den Kühlschrank in ihrer Küche zu Hause. Er war neu, erst vor ein paar Monaten gekauft, stammte natürlich aus dem Westen, genau genommen von *Bosch*, einer Markenfirma, wie sie wusste, ein einmaliges Sonderangebot, und er brummte nicht. Im Moment war ihr ein brummender Kühlschrank allerdings lieber. Er unterbrach wenigstens ein bisschen diese dauerhafte entsetzliche Stille.

Viele Lebensmittel gab es im Bunker nicht, die sie kühlen musste: eine angebrochene Dose Schmalzfleisch, ein bereits geöffnetes Glas Kirschen, eine Flasche Apfelsaft, die noch fast voll war. Im Eisfach lagen noch die gefrorenen Bohnen und die *Durch-Feinfrost-zur-Feinkost*-Packung, die sie vorsichtshalber als Kühlungsmittel für mögliche nächste Verletzungen oder Schwellungen aufbewahrte.

Eine Flasche Apfelsaft war das einzige Getränk außer Wasser, das sie im Vorratsregal gefunden hatte, und schon deshalb für sie ein Schatz. Sie würde nur zwei, drei kleine Schlucke trinken und ihn dann zurückstellen. Morgen war ja auch noch ein Tag. Auch wenn sie nicht wusste, ob es überhaupt Tag war oder doch Nacht. Nach dem Aufwachen, hatte sie beschlossen, war Morgen. Da

konnte sie sich zum Frühstück oder auch später in einem besonderen Augenblick erneut ein Schlückchen Saft genehmigen. Sie
musste sich diese kleinen Freuden unbedingt erhalten, um nicht
unterzugehen.

Als sie zur Flasche griff und sie aus dem Kühlschrank holen
wollte, hörte sie von irgendwo ein Geräusch. Im gleichen Moment
rutschte ihr das mit Feuchtigkeit beschlagene Gefäß aus der
Hand. Glas zerschellte, der kostbare Saft floss wie ein kleiner gel-
ber Fluss über den gerade gewischten Betonboden.

Deutlich hörte sie jetzt das Schlagen von Metall auf Metall. Mit
zitternden Fingern versuchte sie, die Scherben aufzusammeln.
Nur das Glasstück mit dem Etikett war noch fast vollständig. Drei
Äpfel waren darauf zu sehen. Inhalt 0,7 l, EVP 1,49 M las sie. Die
Splitter lagen um sie herum, funkelten wie Eis.

Ina musste an die *Schneekönigin* denken, das Märchen von Hans
Christian Andersen, das sie den Kindern in der Schule regelmäßig
zur Weihnachtszeit vorgelesen hatte. Obwohl die Sprache des
Märchens schön, aber nicht gerade kindgemäß war, hatten sie wie
gebannt zugehört und sie mit großen Augen angesehen. Dieser
Junge, Kai, saß ganz allein in einem Saal des eisigen Reiches der
Schneekönigin und versuchte vergeblich, Eisstückchen zu einem
Wort zusammenzulegen. Zum Wort »Ewigkeit«.

Die schweren Schritte hallten, kamen schnell näher. In der
Stille klangen sie wie Donner, wie das Grollen eines herannahen-
den Gewitters. Ina erstarrte, blieb bewegungslos auf dem Boden
hocken, wie ein Tier, das sich tot stellte.

Sie fühlte ihr Herz schlagen, ihre Narben begannen nervös zu
jucken, ein Augenlid zuckte.

29

Beate lief eine dunkle Gasse entlang. Es hatte geregnet, und das Wasser stand hoch bis zum Bordstein. Die ganze Straße war überschwemmt. Sie fühlte das Wasser in ihre Schuhe dringen. Aber der Fußgängerweg war zu matschig, als dass er eine gute Alternative gewesen wäre. Außerdem waren ihre Füße ja ohnehin schon nass. Sie hatte keine Ahnung, wo sie sich befand, sie musste sich wohl verlaufen haben. In der Ferne jaulte ein Hund, und über ihrem Kopf flatterte etwas. Eine Fledermaus? Sie flog viel zu tief, sauste direkt über Beate hinweg, sodass sie den Luftzug spürte und sich instinktiv duckte. Vielleicht hatte die Fledermaus sich auch verirrt? Beate sah den Weg nicht, nur schmutziges Wasser, wusste nicht, wohin sie trat – und rutschte plötzlich weg. Versuchte, sich noch festzuhalten, aber es gab nichts zum Festhalten. Sie versank einfach. In einem Abgrund, den sie vor lauter Schlamm nicht gesehen hatte. Rasend schnell, sie wusste nicht, wie ihr geschah, rutschte sie immer tiefer. Erst stand sie bis zur Hüfte in der Jauche, vollkommen hilflos, und ohne dass sie etwas dagegen tun konnte, sackte sie tiefer, Stück für Stück, Zentimeter für Zentimeter. Nur ihr Kopf ragte noch heraus. Sie riss den Mund auf, wollte schreien, aber die Luft blieb ihr weg. Ihr Hals schmerzte plötzlich, war rau und trocken.

Es war gar kein Hund, sondern ein Wolf, der heulte. Und er

klang viel näher jetzt. Er hatte sich so dicht an sie herangeschlichen, dass sie sein feuchtes Fell riechen konnte, seinen wilden Atem hörte. Sie sah sich nach ihm um. Aber sie erblickte kein Raubtier, sondern einen Menschen. Einen Menschen ganz in Schwarz, mit eckigen schwarzen Schultern, nur der Kopf war grau. Es war ein Mensch mit einem Rüssel! *Er war ihr gefolgt!*

Beate erwachte mit rasend klopfendem Herzen. Was für ein irrer Traum! Was für ein beschissener Albtraum!

Sie tastete neben sich und griff ins Leere. Steffen war offenbar schon weg. Auf seinem Kopfkissen fand sie einen Zettel. *Mach langsam heute,* stand dort in seiner ungelenken, etwas krakeligen Schrift. *Geh zum Arzt, und bleib zu Hause. Gönn dir eine Pause. Erhol dich von den Strapazen, ja? Kuss, Steffen.*

PS: Die Meerschweinchen sind fürs Erste versorgt.

Er war schon am Abend über ihren Zustand besorgter gewesen als sie selbst, hatte ihr Schmerzmittel verabreicht, ihre Blessuren mit Eiswürfeln gekühlt, die auf ihrer Haut schmolzen, und ihr feuchte Tücher in den Nacken gelegt, weil ihr immer noch schwindlig gewesen war.

Sie wusste seine Fürsorge zu schätzen, doch jetzt musste sie wieder selbst die Regie übernehmen. Beate schwang sich aus dem Bett und lief barfuß durch den Flur zum Bad. In ihren Ohren sauste es. Ihre Seele, die eben noch versunken war, hatte Mühe, aus dem Morast der Angst aufzutauchen. Eine kalte Dusche würde sicher helfen. Klares, kühles Wasser von oben. Kein Sumpf, der sie nach unten zog.

War das ein Angsttraum gewesen? Waren Albträume nicht immer Angstträume? Sie durfte dieses Gefühl nicht zulassen, der Panik auf keinen Fall gestatten, sich in ihr einzunisten. Sonst kannst du deinen Job bei der Kripo an den Nagel hängen, dachte sie, und die Ermittlungen nach einer Vermissten und einem Mörder gleich ganz vergessen. Sonst bist du *verloren*.

Der Wasserstrahl unter der Dusche erschien ihr nicht kalt genug, nicht hart genug. Er konnte nicht wegspülen, was sich in ihr festgesetzt hatte.

Ihre Kollegen sahen sie verwundert an, als sie in der Dienststelle erschien und in die laufende Besprechung hineinplatzte. Steffen knallte verärgert seinen Kaffeebecher auf den Tisch. Sie hatte mal wieder nicht auf ihn gehört, seine auf dem Zettel notierten Vorschläge missachtet. Nur Josef Almgruber lächelte ihr erfreut entgegen. Er schien es normal zu finden, dass sie trotz ihrer Wunden und ihres angeschlagenen Zustandes zur Arbeit kam. Ihr Chef, Arno Berg, runzelte die Stirn, als er sie sah, und schüttelte den Kopf. Aber dann wies er nur mit einer herrischen Bewegung auf einen freien Stuhl. »Setz dich, wenn du schon mal da bist.«

Beate nickte ihm zu. Sie sah niemanden an, als sie sich niederließ, auch Steffen nicht, obwohl sie seine vorwurfsvollen Blicke zu spüren glaubte. Sicher, er meinte es nur gut mit ihr. Aber sie konnte nicht im Bett liegen bleiben, wenn die Kacke am Dampfen war. Woher kam eigentlich diese seltsame Redewendung? Sie dachte wieder an ihren Albtraum, an das widerliche Gefühl, in der Jauche zu stecken. An den Wolf, der um sie herumschlich, ohne dass sie sich bewegen konnte. Sie musste etwas tun, um diese Ohnmacht loszuwerden.

Es war ihr schon peinlich genug, dass sie zu spät zur Dienstbesprechung erschien. Wieso hatte sie vergessen, sich den Wecker zu stellen?

Als Polizistin musste sie damit leben, dass sie auch mal was auf die Mütze bekam. Kein Grund, abzutauchen. Sie brauchte keinen Arzt, keine Medikamente und keine Psychologin. Sie würde die Herausforderung annehmen, sich professionell verhalten, statt sich zu verkriechen. Nur eine erfolgreiche Ermittlung konnte ihr helfen, den Überfall dieses unheimlichen Täters zu verkraften.

»Die Vorstellung und Besprechung des Obduktionsberichtes hast du verpasst«, teilte ihr Arno Berg mit. »Aber den Bericht kannst du ja nachlesen. Möchtest du gleich etwas zu den Geschehnissen im Hotel *Merkur* sagen?«, fragte ihr Chef unverblümt.

Beate fuhr zusammen. Klar wurde von ihr erwartet, dass sie alles erzählte, jedes Detail konnte relevant sein, um den Täter zu identifizieren und schnellstmöglich zu fassen. Aber etwas schnürte ihr die Kehle zu. Sie schüttelte den Kopf.

»Gut. Also später.« Er räusperte sich. Ein verlegenes Schweigen entstand, das ihr in den Ohren klingelte.

Beate hielt den Blick gesenkt. Sahen ihre Kollegen sie als Opfer? Oder als Versagerin? Trug sie eine Mitschuld an dem Vorfall? Sie hätte nicht allein im Hotelzimmer des Ermordeten bleiben dürfen. Das war leichtsinnig gewesen, fahrlässig. Sie sog die Luft ein, die fade nach dünnem Kaffee roch. Normalerweise hätte sie sich eine Tasse und die Thermoskanne, die auf dem Tisch stand, gegriffen. Doch sie befürchtete, dass ihre Finger für alle sichtbar zittern könnten.

Beinahe war sie froh, als sie Steffen hörte, der jetzt über die Untersuchung des Tatortes durch die Kriminaltechniker in *Auerbachs Keller* berichtete: »Die Spuren verraten den Tathergang recht deutlich. Der Täter hat Norbert Holdinger im Fasskeller mit einem Messer erstochen – es waren drei Stiche in den Oberkörper, einer davon ging direkt ins Herz – und dann den Leichnam in die sogenannte Hexenküche geschleppt beziehungsweise gezogen. Offenbar hatte er vor, die Spuren noch zu verwischen, ist dann aber vermutlich gestört worden. Wir haben auf dem Boden, quasi im Blut des Opfers, Schuhabdrücke gefunden, die derzeit noch ausgewertet werden. Die Tatwaffe wurde bisher nicht gefunden.«

»Lassen sich schon irgendwelche Rückschlüsse ziehen, was den Täter betrifft?«, fragte Arno Berg.

»Der Täter ist höchstwahrscheinlich ein Mann«, antwortete Steffen. »Oder eine Frau mit ziemlich großen Füßen, die Männerschuhe trägt.« Sein Gesicht blieb bei dieser Aussage unbewegt. Nur wer ihn kannte, so wie Beate, wusste, dass er sich einen kleinen Scherz erlaubte.

»Ist denn schon klar, dass die Abdrücke des Schuhs vom Täter stammen?«, hakte Almgruber nach.

»Nein, natürlich nicht, aber es ist ziemlich wahrscheinlich. Wer sollte da unten in der Hexenküche sonst rumlaufen?«

»Welche Spuren gibt es an dem Tatort, dem Fasskeller?«, fragte Josef.

»Dort finden sich verschiedene Finger- und Schuhabdrücke. Natürlich können die auch entstanden sein, *bevor* die Leiche entdeckt wurde.« Steffen hielt den Blick gesenkt, als wollte er Beate, die ja auch Spuren hinterlassen hatte, nicht ansehen.

Josef Almgruber verbog den Draht einer Büroklammer zu einer Art Schnecke, während er redete. »Oder unmittelbar danach. Zum Beispiel, wenn jemand da zufällig entlanggegangen ist, dann das Blut gesehen und Panik bekommen hat.«

»Was ist mit diesem Mike Kärner?«, fragte Berg.

Beate zuckte leicht zusammen, als sie den Namen hörte.

»Wir suchen noch nach ihm«, erklärte Almgruber. »In der Treuhandniederlassung hat er eine falsche Wohnadresse angegeben. Er ist nirgendwo in Leipzig gemeldet, in keinem Hotel, keiner Pension ...«

»Vielleicht ist er irgendwo privat untergekommen?«, fragte Beate, um nicht stumm zu bleiben. »Junge Leute wohnen doch lieber in WGs als in Hotels.« Dass sie den Namen kannte, behielt sie erst mal für sich. Das konnte nur ein komischer Zufall sein, oder? Sonst würden ihre Kollegen sich doch auch an den alten Fall erinnern? Wie dem auch sei: Sie musste bei nächster Gelegenheit mit Almgruber darüber reden. Und sie würde Viktor Lüder bitten herauszufinden, ob etwas gegen den Maik Kerner, den sie während der Ermittlungen im November 1989 in Torgau kennengelernt hatte, vorlag.

»Eventuell wohnt er ja bei irgendwelchen Studenten oder bei einer Freundin?«

»Das ist möglich, dass es eine harmlose Erklärung gibt«, antwortete Josef. »Möglich ist aber auch, dass er nicht gefunden werden will. Immerhin ist er nicht mehr bei seiner Arbeit aufgetaucht, seit wir ihn suchen. Und vor allem: Er wurde von einer Mitarbeiterin des Restaurants *am Tatort* gesehen.«

»Nicht direkt«, widersprach ihm Beate. »In *Auerbachs Keller* wurde er bemerkt.«

»Wie man es nimmt. Er schien zu flüchten und dabei aus Richtung des Fasskellers zu kommen. So ist jedenfalls die Aussage der Zeugin. Und mit Sicherheit besitzt er kein Alibi für den fraglichen Abend«, gab Josef zu bedenken.

»Wie denn auch. Er war mit Norbert Holdinger verabredet. Vielleicht war der Mann schon tot, als er kam. Sicher will er nicht als Verdächtiger gelten«, meinte Beate.

»Indem er wegläuft?« Almgruber lächelte gequält. »Er hätte einfach die Polizei informieren können.«

»Es sei denn, er kann genau das aus irgendeinem Grund nicht«, murmelte sie.

»Na schön«, grätschte Arno Berg dazwischen. »Tragen wir mal zusammen, was wir über den jungen Mann wissen. Hauptkommissar Almgruber, Sie haben mit seinem Vorgesetzten gesprochen?«

Josef nickte. »Kärner hat BWL studiert, stammt aus Hildesheim. Jedenfalls laut Aussage des Leiters der Niederlassung, Herrn Dr. Gröning. Er sei tätig im Verkaufsteam und wohl deshalb häufig im Außendienst und nicht so oft im Büro der Zweigstelle. Es ist also nicht unbedingt ungewöhnlich, dass wir ihn nicht sofort aufspüren können.«

»Und er hatte geschäftliche Kontakte mit dem Mordopfer«, stellte Berg fest.

»Stimmt«, bestätigte Almgruber. »Kärner hat an Norbert Holdinger, im Auftrag der Treuhand, eine kleine Brauerei verkauft. Mit Auflagen natürlich. Erhalt von Arbeitsplätzen und so weiter.«

»Wissen wir etwas über die Kaufsumme?«, wollte Arno Berg wissen.

»Moment.« Viktor Lüder, der bisher stumm am Tisch gesessen und nur zugehört hatte, hob den Finger, als wollte er sich wie ein Schulkind melden, und begann in einer Akte zu blättern. Er brauchte diesmal ziemlich lange dafür, eine Weile war nur das Rascheln des Papiers zu hören. Unwillkürlich schüttelte er den Kopf. »Das ist wahrscheinlich ein Schreibfehler«, meinte er. »Vielleicht hat sich die Sekretärin vertippt.«

»Hä? Sagen Sie doch einfach, was da Schwarz auf Weiß steht!«, forderte Almgruber.

»Das ... das kann doch nicht stimmen, oder? Hier steht, die Brauerei wurde für eine D-Mark an Herrn Holdinger verkauft.«

Einen Moment herrschte verblüfftes Schweigen.

»Die Verkaufspolitik der Treuhand versteht wahrscheinlich nur die Treuhand selbst, wenn überhaupt. Auch wenn es um eine Brauerei geht: Das ist nicht unser Bier«, sagte Berg.

»Vielleicht ist es doch *unser Bier*«, entgegnete Beate. »Es könnte auch Mauschelei sein. Ein Betrugsfall. Vielleicht haben sich Holdinger und der junge Kärner deswegen gestritten, und der Streit ist eskaliert.«

»Kann sein, kann nicht sein.« Arno Berg stieß ein nervöses Schnaufen aus und erhob sich. »Kollege Josef Almgruber, Kollegin Beate Vogt ... Bringt mir den Burschen her, so schnell wie möglich.«

»Wird gemacht, Chef!« Sie fühlte sich beinahe erleichtert. Arno Berg hätte sie auch von dem Fall abziehen und zum Arzt oder nach Hause schicken können, so lädiert, wie sie hier aufgetaucht war. Aber der Personalmangel bei der Leipziger Kripo sprach sicher gegen so eine Überlegung.

Beate spürte die fragenden Blicke ihrer Kollegen auf sich ruhen. Sie hatte immer noch nicht berichtet, was nun eigentlich im Hotel *Merkur* passiert war.

»Deinen Bericht über den missglückten Einsatz bei der Durchsuchung des Hotelzimmers von Holdinger erwarte ich von dir bis morgen schriftlich«, ordnete Arno Berg an, als könnte er ihre Gedanken lesen. »Gib ihn bitte zum Vervielfältigen und Verteilen ins Sekretariat. Am besten gleich morgen früh.«

Beate nickte automatisch, musste aber schlucken. *Missglückter Einsatz.* Also war sie schuld? Und: schriftlicher Bericht bis morgen früh ... Das bedeutete wohl Nachtarbeit. Aber immer noch besser, als vor versammelter Mannschaft mit stockender Stimme zu erzählen, wie sie fast von einem Mann mit Gasmaske aus dem siebzehnten Stock des Hotels geworfen worden war. Was wäre von ihr übrig, wenn sie ...? Beate schüttelte sich, und Almgruber warf ihr einen prüfenden Blick zu.

»Alles in Ordnung?«

»Wir können sofort starten«, wich sie der Frage aus.

Arno Berg klopfte auf den Tisch. »Einen Moment Ruhe bitte.

Ich bin noch nicht fertig! Viktor Lüder, sehen Sie sich bitte den Terminkalender des Mordopfers noch einmal genauer an, und nehmen Sie die Leute unter die Lupe, mit denen er sich in letzter Zeit getroffen hat.«

»Es stehen nur Abkürzungen in dem Kalender«, wandte Lüder ein.

»Dann finden Sie heraus, wer sich dahinter verbirgt. Wenn das einer schafft, dann Sie!«

Lüder lächelte gezwungen. Er wirkte nicht besonders zuversichtlich.

»Kommen wir zur Spurensicherung. Steffen, ihr müsst das Hotelzimmer im *Merkur* genauestens untersuchen und eventuelle Beweismittel sichern! Vielleicht hat der Täter ja doch ein Souvenir für uns zurückgelassen?«

Steffen warf Beate einen düsteren Blick zu. Dann hob er den Daumen, statt etwas zu sagen.

»War's das jetzt?«, fragte Almgruber. »Können wir loslegen?«

»Je eher, desto besser.«

Beate erhob sich. Josef trank noch seinen Rest Kaffee.

»Vergesst nicht, dieser Brauerei schnellstmöglich einen Besuch abzustatten!«, rief ihnen Berg nach, als sie den Besprechungsraum verließen.

30

»Es tut mir leid«, sagte Josef und sah Beate von der Seite an. Sie liefen über die Brücke, die von den Leipzigern *Blaues Wunder* genannt wurde, soviel er wusste. Unter der Stahlkonstruktion brauste der Verkehr, und die Abgase der Autos stiegen ihm unangenehm in die Nase.

Seine Kollegin, die dicht neben ihm ging, als bräuchte sie seinen Schutz – jedenfalls bildete er sich das ein –, sah blass aus, ihr Gang wirkte unsicherer als sonst. Die Treppenstufen auf die Brücke war sie nur schleppend hinaufgekommen und hatte sich dabei am Geländer festgehalten wie eine altersschwache Frau. Hatte sie Schmerzen?

»Was tut dir leid?«, fragte sie unwirsch, ohne seinen Blick zu erwidern.

»Ich hätte dich nicht allein lassen dürfen in diesem Hotelzimmer.«

Beate seufzte entnervt. »Ich kann auch überfahren werden, wenn ich über die Straße gehe. Willst du mich jetzt immer an die Hand nehmen?«

»Wenn es sein muss«, versuchte Josef zu scherzen.

»Oh Mann.« Beate fuhr sich mit dem Zeigefinger an die Stirn.

Hatte er sie verärgert? Er wollte sich doch nur für einen Fehler entschuldigen.

Wieso verhielt sie sich so schroff? Warum konnte sie die Entschuldigung nicht einfach annehmen?

»Du hast nichts falsch gemacht«, sagte Beate da. »Wir sollten uns auf das konzentrieren, was vor uns liegt. Bei dem Namen Kärner und dann auch noch Mike klingeln bei mir alle Alarmglocken. Bei dir nicht?«

»Du denkst an den Torgau-Fall.«

»Natürlich. Einer der Jugendlichen hieß Maik Kerner. Vom Klang her der gleiche Name, nur anders geschrieben. Ein schwieriger Junge. Für sein Alter erschien er mir hart und verbittert. Er seilte sich nach der Flucht aus dem Geschlossenen Jugendwerkhof Torgau von den anderen beiden jungen Leuten ab und tauchte auf Nimmerwiedersehen unter.«

»Die Ähnlichkeit der Namen kann ein Zufall sein.«

»Komischer Zufall.«

»Wieso sollte der Junge sich so nennen, wie er wirklich heißt, nur in einer leicht veränderten Schreibweise? Das ergibt keinen Sinn.«

Beate zuckte mit den Schultern. »Wer kann schon in einen anderen Menschen hineinsehen?«, murmelte sie so leise, dass er sie im Verkehrslärm kaum verstehen konnte. »Aber vielleicht hast du recht, und es ist tatsächlich ein Zufall«, sagte sie in normalem Tonfall.

»Herr Dr. Gröning ist nicht da«, teilte ihnen die Sekretärin, die hinter einer Schreibmaschine saß und ihnen wenig begeistert entgegenblickte, gleichmütig mit. »Vielleicht kommen Sie ein anderes Mal wieder.«

»Wo ist er denn?«, fragte Josef. Er war keinesfalls gewillt, sich so einfach abwimmeln zu lassen.

»In der Treuhandzentrale in Berlin bei einem Treffen«, antwortete sie knapp.

»Wir wollten eigentlich auch Ihren Mitarbeiter Mike Kärner sprechen«, teilte Beate mit. »Es ist dringend.«

»Dringend ist hier alles«, gab die Sekretärin schnippisch von sich.

Beates blasses Gesicht wurde noch eine Spur blasser. Josef musterte sie besorgt. Es fehlte nur noch, dass sie ihm hier aus den Latschen kippte.

»Möchten Sie uns etwa eine Auskunft verweigern? Das könnte Konsequenzen für Sie haben«, drohte Josef unmissverständlich.

Die Frau verdrehte die Augen. »Ich kann Ihnen leider nicht sagen, wo der junge Mann sich derzeit aufhält.«

»Dann nennen Sie uns jemanden, der es weiß!«, forderte Josef ungeduldig. »Er sollte sich längst bei uns im Präsidium gemeldet haben. Die schriftliche Aufforderung haben wir bei Herrn Dr. Gröning hinterlegt, und die war eigentlich nicht misszuverstehen.«

Die Sekretärin seufzte. Umständlich erhob sie sich und schob den Bürostuhl so, dass er über den Boden kratzte und gegen den Schreibtisch donnerte.

»Da fällt mir nur ein junges Fräulein ein, die hier als Botin arbeitet. Ich habe sie vor wenigen Minuten den Gang draußen entlanglaufen sehen.«

»Und die heißt?«, fragte Josef.

»Melanie. Melanie ... ähm Scholz oder Schulz. Ich kann mir nun wirklich nicht jeden Namen merken. Jedenfalls nicht von den Hilfskräften.« Ihre Stimme klang irgendwie vorwurfsvoll.

»In welcher Beziehung steht diese Melanie zu Mike Kärner?«, wollte Beate wissen.

»Na ja, sie rauchen zusammen.« Die Frau lachte auf. »Immer,

wenn ich die beiden gemeinsam irgendwo entdecke, stehen sie an einem Standaschenbecher und qualmen eine.« Sie wedelte mit der Hand vor ihrer Nase herum, als müsste sie den Rauch in diesem Moment einatmen. »Manchmal ist sie auch bei den Außenterminen dabei und kümmert sich um den Papierkram. Falls Sie wissen möchten, ob sie seine Freundin ist ...« Sie hob die Hände. »Keine Ahnung.«

»Also schön, wo können wir sie finden?«, fragte Beate.

»Da das Mädel als Botin arbeitet, kann sie überall und nirgends sein. Aber das finde ich schon heraus.« Ein unerwartetes Lächeln zeigte sich in ihrem Gesicht, als wäre sie jetzt doch dankbar über die kleine Abwechslung.

Melanie, die mit Nachnamen weder Scholz noch Schulz, sondern Schmidt hieß, saß Beate Vogt an einem Tisch, der nach Putzmittel roch, gegenüber und starrte sie griesgrämig an. Die Sekretärin hatte die Botin im Waschraum vor einem Spiegel entdeckt, als sie gerade dabei war, sich zu schminken.

»Was genau wollen Sie von mir?«

Beate legte ihre Schreibutensilien auf den Tisch und klickte statt einer Antwort ein paarmal auf den Druckknopf des Kugelschreibers.

Josef lehnte am Türrahmen und beobachtete die junge Frau, die klein und etwas pummlig war und eine wilde Lockenmähne hatte. Sie saß irgendwie zusammengekauert auf dem Stuhl, halb abgewandt von Beate, lauernd, als wollte sie gleich aufspringen und davonlaufen. Aber da stand ja noch einer von der Sorte. Melanie taxierte ihn mit einem verächtlichen Blick.

»Sie kennen Mike Kärner?« Beate ließ die Kugelschreibermine vor- und zurückschnellen.

»Na sicher.«

»Woher?«

»Dreimal dürfen Sie raten. Wir arbeiten zusammen.« Sie tippte auf den Tisch.

Josef sah, dass Beate einen Moment die Lippen zusammenpresste. Dann schüttelte sie den Kopf, als wollte sie ihr Unbehagen loswerden. »Wo ist er?«

»Woher soll ich das wissen.«

»Sie wurden uns als diejenige benannt, die es wissen könnte.«

»Na toll. Ich hab ihn heute noch nicht gesehen.«

»Wann haben Sie ihn zuletzt gesehen?«

»Gestern, glaub ich.«

»Glauben Sie.«

»Ja, es war gestern.« Sie fuhr sich mit der Zunge nervös über die Lippe. »Wir haben draußen vor dem Gebäude eine geraucht.«

»Können Sie uns sagen, wo Mike Kärner wohnt?«

Melanie Schmidt verzog die Mundwinkel. »Nirgendwo.«

»Das verstehe ich nicht«, sagte Beate. Sie saß gerade aufgerichtet da, spielte weiter mit dem Kugelschreiber und ließ ihr Gegenüber nicht aus dem Blick.

»Hab ich auch erst nicht verstanden, Frau Kommissarin.« Die junge Frau grinste, aber es sah nicht besonders fröhlich aus. »Er wohnt meist in dem Dienstfahrzeug, in dem er durch die Gegend zu den Kunden kutschiert. Aber behalten Sie das für sich, ja? Der Chef darf das nicht erfahren, sonst ist Mike seinen Job los.«

»Was für ein Dienstfahrzeug ist das?«

»Ein dunkelblauer Passat. Groß genug zum Pennen. Aber zum Wohnen auf Dauer eher nicht geeignet, wenn Sie mich fragen.«

»Wo befindet sich der Wagen?«

Josef registrierte, dass Melanie einen schnellen Blick aus dem Fenster warf.

Sollte er rausgehen und nachsehen? Aber er wollte seine Kollegin lieber nicht allein lassen.

»Mal hier, mal da. Er hat keinen festen Stellplatz, glaube ich.«

»Wieso wohnt er nicht in einem Hotel oder einer Pension oder mietet sich irgendwo ein?«, fragte Beate. »So wenig wird er doch hier nicht verdienen.«

»Keine Ahnung. Ich glaube, er ist lieber unabhängig. Und er hat nicht gern Besuch ... von Leuten wie Ihnen zum Beispiel.«

»Sie meinen, er hat Grund, vor der Polizei wegzulaufen?«, fragte Josef.

»Nein. Das habe ich nicht gesagt. So gut kenne ich ihn ja gar nicht«, wich Melanie aus. Sie lief plötzlich rot an. »Was hat er denn angestellt?«

»Nichts«, antwortete Beate. »Wir wollen ihn als Zeugen vernehmen.«

»Und deshalb der ganze Aufwand?«, staunte sie.

»Wir ermitteln in einem Tötungsdelikt«, sagte Josef. »Es geht um einen Mord.«

Melanie Schmidt blieb einen Moment stumm und kaute auf ihrer Unterlippe herum. Sie schien immer mehr in sich zu versinken. »Ein bisschen aufbrausend ist er ja manchmal. Aber nur, wenn er sich ungerecht behandelt fühlt. Ein Mörder ist er mit Sicherheit nicht.«

»Woher wollen Sie das so genau wissen?«

»Ich weiß es eben. Er ist nicht der Typ dafür.«

»Für was?«

»Für ein richtiges Verbrechen.«

»Ich denke, Sie kennen ihn nicht so genau? Vielleicht täuschen Sie sich ja in ihm.«

»Glaube ich nicht. Wie kommen Sie überhaupt auf Mike?«

»Über unsere Ermittlungen darf ich Ihnen nichts verraten«,

erläuterte Beate. »Wie gesagt: Wir brauchen eine Zeugenaussage von ihm.«

Das Misstrauen verschwand nicht aus dem Gesicht der Befragten. Sie schien ihnen nicht zu glauben.

»Wir hatten ihm eine Aufforderung hinterlassen, sich bei uns zu melden, der er nicht nachgekommen ist«, erklärte Josef. »Das ist natürlich wenig hilfreich. Außerdem macht er sich verdächtig mit diesem Verhalten.«

»Aha. Wenn ich ihn sehe, richte ich es ihm aus, okay?« Ihre Stimme klang auf eine gezwungene Art spöttisch. »Darf ich jetzt gehen? Ich muss hier nämlich noch arbeiten.«

»Ich vermute, Sie wissen oder ahnen, wo er steckt«, meinte Beate. »Sie würden uns helfen, wenn Sie es uns einfach sagen. Anderenfalls müssen wir davon ausgehen, dass Sie ihn decken wollen. In einem *Mordfall*. Wollen Sie das?«

»Quatsch!«, entfuhr es Melanie. Sie sah erschrocken aus. »Ich habe Ihnen doch schon den Tipp mit dem Auto gegeben. Was wollen Sie denn noch?«

Josef bemerkte, dass sie schneller atmete als zuvor. Offenbar fühlte sie sich unter Druck gesetzt. Stiegen ihr etwa Tränen in die Augen? Mit einer Geste signalisierte er seiner Kollegin, die Befragung abzubrechen. Aber Beate achtete nicht auf ihn. Oder wollte sie seinen Wink nicht sehen?

»Wenn Sie uns nicht sagen, was Sie wissen, machen Sie sich womöglich mitschuldig«, sagte sie hart.

»Wieso das denn?«, schluchzte Melanie Schmidt fassungslos. Eine von der Wimperntusche gefärbte Träne rollte über ihre Wange und hinterließ eine schwarze Spur. Sie rieb in ihrem Gesicht herum. »Ich hab nichts getan!«

»Eben. Deswegen wäre es dumm, sich in eine Strafsache, mit der Sie nichts zu tun haben, verwickeln zu lassen. Verstehen Sie?«

Die junge Frau starrte die Polizistin verwirrt an. »Welche Strafsache meinen Sie? Er hat mir mal was von einem Banküberfall erzählt. Aber es wurde niemand verletzt, geschweige denn ermordet. Und ich weiß nicht mal, ob er rumgesponnen hat oder nicht.«

Josef und Beate tauschten einen überraschten Blick.

»Wir hatten was getrunken, als er das erzählt hat, wissen Sie? Er wollte nur ein bisschen prahlen, glaube ich. Der Typ ist harmlos, meiner Meinung nach.«

»Wir wollen lediglich mit ihm reden«, erklärte Beate geduldig. »Können Sie uns nun einen Tipp geben, wie wir ihn erreichen können, oder nicht?«

Melanie fuhr sich ein paarmal durch ihre Locken. Schließlich nickte sie.

»Falls der Passat unten auf dem Parkplatz steht«, sagte sie leise und holte tief Luft, »brauchen Sie doch nur zu warten, bis Mike aufkreuzt. Und wenn das Auto nicht da sein sollte, warten Sie einfach, bis Mike angefahren kommt.« Sie zuckte mit den Schultern. »Mehr kann ich Ihnen wirklich nicht sagen. Und jetzt lassen Sie mich in Ruhe!«

Auf dem Parkplatz der Treuhandniederlassung stand tatsächlich ein dunkelblauer Passat. Als Josef seine Waffe zog, sah Beate ihn verwundert an.

»Hältst du ihn für den Täter?«

»Ich kann es nicht ausschließen. Er war am Tatort und versteckt sich offenbar vor der Polizei. Das reicht für einen Anfangsverdacht, oder nicht? Und wenn er im Wagen sein sollte und abhauen will, schieß ich ihm die Reifen kaputt.« Er hob die Schultern, als wäre weiter nichts dabei.

Beate lachte, als hätte er einen Witz erzählt. »Du meinst, dir sitzt der Colt so locker wie einem Cowboy im Wilden Westen?«

Er antwortete nicht. Seit dem Überfall in dem Hotelzimmer verhielt sie sich irgendwie seltsam, fand Josef. Erst setzte sie die Botin unter Druck, sodass die anfing zu heulen, und jagte ihr gehörige Angst ein, was ihm irgendwie unverhältnismäßig vorgekommen war, und jetzt spazierte sie auf das verdächtige Fahrzeug zu, als wäre weiter nichts dabei. Vielleicht hatte sie sich ja auch schon im *Merkur* einfach nur unvorsichtig verhalten? Schließlich hatte sie dem Mann mit der Gasmaske die Tür geöffnet.

Er bedeutete ihr mit einem ungeduldigen Handzeichen, hinter ihm zu bleiben, und richtete die Waffe auf die Vorderreifen. Während sie sich dem Wagen näherten, fragte sich Josef, ob es nicht besser wäre, seine Kollegin für eine Weile aus dem Verkehr zu ziehen. Oder wenigstens aus der Mordermittlung herauszuhalten. Er musste mit Berg darüber reden. Sicherlich würde sie sich weigern, sich ins Büro abschieben zu lassen, das war ihm klar, aber sie könnte ausschließlich an dem Vermisstenfall Ina Reinhardt arbeiten. Und die neue Kollegin Sophie Steiner, die eigentlich dafür zuständig war, konnte, wenn sie nach der Krankschreibung ihres Kindes wiederkam, sicher jede Hilfe gebrauchen.

Der blaue Passat glänzte in der Frühlingssonne, als wäre er gerade in der Waschanlage gewesen. Aber das Innere des Wagens wirkte weniger ordentlich. Gut möglich, dass dort eine unangenehme Überraschung auf sie wartete. Josef blieb lieber vorsichtig. In dem Auto rührte sich nichts. Die Sitze schienen leer zu sein. Oder hatte Kärner sie gesehen und versteckte sich? Das würde ihm nur nichts nützen. Josef wusste, dass Beate seine Vorgehensweise für übertrieben hielt. Das hatte sie ihm klar genug signalisiert. Gewiss wurden sie auch aus den Fenstern des Gebäudes beobachtet. Benahm er sich wirklich wie ein Sheriff aus einem Western? Aber er wollte nicht noch einmal ein Risiko eingehen.

»Tja«, sagte seine Kollegin. »Niemand zu Hause.« Langsam lief sie einmal um das Fahrzeug herum.

Nun gut, der Passat war leer. Auf dem Rücksitz lagen Kleidungsstücke, fettige Papiertüten und Cola-Dosen. Der junge Mann schien tatsächlich hier zu wohnen – wie auf einem Campingplatz. Josef ließ die Waffe sinken und verstaute sie im Halfter. »Wir sagen Arno Berg Bescheid, dass er jemanden zur Observation schickt. Vielleicht mag sich Lüder ja mal von seinen Akten lösen.«

»Auf seine Weise leistet Viktor gute Arbeit«, entgegnete Beate. »Er hat ein Talent im Recherchieren. Außerdem ist er jetzt Pressesprecher und hält uns die Journalistenmeute vom Leib. Nicht jeder ist zum Revolverhelden geboren.« Sie lächelte ihn spöttisch an.

»Du nimmst mich ja heute besonders ernst«, hielt Josef dagegen und blickte auf seine Uhr. »Wir haben noch einen Termin bei der Brauerei, wir können hier nicht weiter unsere Zeit vertrödeln.«

Als sie das Gebäude der Leipziger Treuhand verließen, bemerkte Josef eine Frau auf einem Fahrrad, die im hohen Tempo an ihnen vorbeisauste.

»War das nicht eben Melanie Schmidt?«, fragte Beate. »Dachte, sie müsste noch arbeiten?«

Josef nickte. »Das war sie. Merkwürdig. Wissen wir eigentlich, wo sie wohnt?«

»Das verrät uns sicher die nette Sekretärin«, antwortete Beate. »Ich schätze, die Brauerei muss noch warten.«

31

Mike hat also doch recht gehabt, dachte Melanie, als sie wie verrückt in die Pedale trat. Die Polizei war ihm auf den Fersen. Gut, dass sie ihn überredet hatte, in ihrer Wohnung zu bleiben. Aber war er da sicher? Und wieso hatte sie den Bullen das von dem Banküberfall erzählt? War sie denn bescheuert? Diese Polizistin hatte sie ganz verrückt gemacht mit dem Geklicke ihres Kugelschreibers und ihren komischen Drohungen. Wahrscheinlich war das irgend so ein Bullentrick, um sie in die Enge zu treiben. Und sie war darauf hereingefallen! Wieder spürte sie, wie ihr die Tränen über die Wangen liefen.

So ein Mist! Kaum hatte sie sich mal in einen Typen verknallt, gab es auch schon wieder Ärger. War er wirklich in einen Mord verwickelt? Sie konnte sich das nicht vorstellen. Die Menschen, die ihn flüchtig kannten, würden ihn als nett beschreiben, intelligent, höflich ... Melanie wusste, dass er auch ausrasten konnte, wenn ihm etwas nicht passte. In seiner Wut zerschlug er schon mal einen Teller. Ihre einzige Vase lag jetzt, in zig Scherben zersplittert, im Mülleimer. Und das nur, weil ihr alter Fernseher mitten in einem Krimi den Geist aufgegeben hatte. Die aus einem Garten geklauten Blumen steckten nun in einer leeren Milchflasche. Nicht weiter schlimm also. Sie fand es immer noch rührend, dass er extra für sie Blumen besorgt hatte. Die zerbrochene Vase spielte keine Rolle. Jedenfalls nicht für sie.

»Manchmal geht eben was kaputt. Kein Ding«, murmelte sie vor sich hin, radelte noch einen Tick schneller und leckte sich die Tränen von der Lippe.

Sie musste ihn warnen. Auch wenn es bedeutete, dass er abhauen und verschwinden würde. Aus ihrem Leben verschwinden.

Wieso schmeckten Tränen eigentlich salzig?

Und warum fragte sie sich diesen Scheiß?

Sie fühlte sich jetzt schon verlassen, einsam. Liebe konnte man gewinnen, und Liebe konnte man verlieren. Das war so ähnlich wie ein Spiel, wie *Mensch ärgere Dich nicht*. Eine Weile lief alles gut, doch dann wurde sie unverhofft rausgeworfen, stand im Abseits, auf dem Posten der Verlierer, und die Gewinner zogen schadenfroh an ihr vorbei. Glück hatten stets nur die anderen. So war es schon immer gewesen.

Es kam ihr lächerlich vor, dass sie heulen musste. Aber sie war eben nah am Wasser gebaut. Weinte sie wegen Mike? Wegen wem sonst? Dass mit ihm etwas nicht stimmte, hatte sie doch ziemlich schnell gemerkt. Nicht gleich allerdings. Am Anfang hatte sie ihm das abgekauft: Der BWL-Absolvent aus Hildesheim. Mit der auffälligen Frisur und dem charmanten Lächeln. Die Kunden mochten ihn. Er machte ihnen Komplimente, scherzte mit ihnen, lachte über ihre Witze. Er versuchte sogar, manchen Sonderwunsch zu erfüllen. Als sie anfing, sich für ihn zu interessieren, fielen ihr Kleinigkeiten auf: Dass er manchmal plötzlich sächselte, etwa wenn er fluchte. Dass er DDR-Begriffe benutzte und Plaste sagte statt Plastik und Poliklinik statt Krankenhaus.

Alles nur Show? Sicherlich war er nicht der einzige Ossi, der sich als Wessi ausgab. Die Treuhandniederlassung in Leipzig stellte mittlerweile bevorzugt Westdeutsche ein, von denen man

annahm, dass sie sich mit Kapitalismus und Marktwirtschaft aus-
kannten. Vor allem die Chefsessel wurden neu besetzt. Die Hilfskräfte, so wie Melanie, und die Sekretärinnen kamen nach wie vor
aus dem Osten. Die, die nichts zu sagen hatten.

Als sie in die Straße einbog, in der sie wohnte, begann es zu
regnen. Zu schütten, genauer gesagt. Ein richtiger Wolkenbruch.
Melanie hielt ihr Gesicht dem Himmel entgegen und streckte die
Zunge heraus. Sie war froh darüber, dass die Tropfen die Spuren
ihrer Heulerei verwischten. Keinesfalls sollte Mike sie so sehen ...
so schwach.

Sie beeilte sich, die Treppen hinaufzurennen bis ganz nach
oben. Wie vereinbart, klopfte sie im schnellen Rhythmus an die
Tür. Zwar besaß sie einen Schlüssel, doch wenn er bei ihr war,
ließ sie sich von ihm gern die Tür öffnen, damit er sie mit einem
Kuss begrüßen konnte. Als wären sie ein Paar, das zusammen-
lebte. Was sprach dagegen, sich eine kleine Traumwelt zu schaffen? Eine Welt, in der alles in Ordnung war, harmonisch und ohne
Probleme.

Mike öffnete ihr. »Du siehst ganz schön nass aus.« Er zog sie
in die Wohnung, half ihr aus der klitschnassen Jacke. Seine Hand,
die sich sofort unter ihre Kleidung schob, war warm, viel wärmer
als ihre. Sie küssten sich, sie fühlte seine Zunge an ihrer Zunge,
und es fiel ihr schwer, sich von ihm zu lösen.

Vielleicht sollte sie das Gespräch mit der Kripo einfach nicht
erwähnen? Aber das ging nicht. Sie konnte ihn nicht ins offene
Messer laufen lassen.

»Warte.«

Er sah sie fragend an.

Sie seufzte. Hoffte darauf, dass nicht noch einmal Tränen über
ihre Wangen liefen. »Die Bullen waren heute bei mir und haben
nach dir gefragt.«

»Die Bullen?«

Sie nickte. »Von der Kripo Leipzig. Eine Frau und ein Mann. Sie sind auf der Suche nach dir.«

Einen kurzen Moment wurde sein Gesicht ernst, beinahe hart. Dann lächelte er wieder. »Ich hab keine Angst«, sagte er und steckte sich eine Zigarette an. »Vor niemandem.« Er inhalierte tief und stieß wütend den Rauch aus.

»Ich weiß, aber … sie suchen nach dir, weil … jemand *ermordet* wurde.« Sie verzog das Gesicht, als würde ihr dieses Wort Schmerzen bereiten. »Und sie wollen dich als Zeugen vernehmen. Hat jedenfalls die Polizistin gesagt. Ich traue ihr nicht über den Weg, wenn du mich fragst. Sie hat versucht, mich auszuquetschen, mich dabei die ganze Zeit angestarrt und mir sogar gedroht.«

»Mach dir keine Sorgen. Die können dir gar nichts.«

»Und dir?«

Er zuckte gleichgültig mit den Schultern. »Sie können mich einsperren wie ein wildes Tier. Aber das ist für mich nichts Neues.«

Wovon redete er? Hatte er schon mal im Knast gesessen? Aber Melanie traute sich nicht, ihn zu fragen. »Die Bullen wollten wissen, wo du bist und wo du wohnst. Ich hab ihnen von deinem Auto erzählt.« Sie schluckte, als sie sah, dass er zusammenzuckte.

»Scheiße.« Es klang eher traurig als wütend. Er hing an dem Wagen, den er schon lange benutzte, als würde er ihm gehören.

»Tut mir leid. Aber ich wusste nicht, was ich sagen sollte. Ich brauchte ein Ablenkungsmanöver. Sie überwachen jetzt den Passat.«

»Da können sie warten, bis sie schwarz werden.«

»Vielleicht solltest du besser abhauen. Solange du noch kannst.«

»Willst du mich loswerden?«

Sie schüttelte heftig den Kopf. Ihre Kehle war wie zugeschnürt, und sie brachte keinen Ton mehr heraus.

»Gut. Dann bleib ich noch ein bisschen, wenn's recht ist.« Er
zwinkerte ihr zu, als wäre das alles ein Spaß, und drückte die
Kippe in den Aschenbecher.

Sie nickte. »Klar«, quälte sie mühsam aus sich heraus.

Seine warmen Hände umfassten ihre kalten Hände. Er zog sie
an sich und hob sie plötzlich hoch. Erschrocken lachte sie auf.
»Was wird das?«

»Was wohl?«

»Bin ich dir nicht zu schwer?«

»Nee«, sagte er, trat über die Türschwelle des Schlafzimmers
und warf sie auf dem Bett ab, das leise unter ihrem Gewicht
quietschte.

Er kam zu ihr, sie spürte seinen Körper an ihrem Körper –
wie etwas Selbstverständliches. Sie küssten sich. Melanie fühlte
sich einen Moment wie auf Wolken. Vielleicht hatte sie auf dem
Mensch-ärgere-Dich-nicht-Brett doch noch eine 6 gewürfelt.
Auch wenn sie die Runde wohl verlieren würde: Ein Fitzelchen
Glück blieb auch ihr.

Mike half ihr hektisch aus den regenfeuchten Klamotten.
»Scheiß auf die Bullen«, sagte er.

»Scheiß auf sie«, sagte Melanie.

»Scheiß auf sie alle!«, brüllte er plötzlich.

Melanie blickte ihn irritiert an. Seine Augen glänzten. Er sah
aus, als hätte er Fieber. »Alles in Ordnung?« Ihre Frage kam ihr
selbst blöd vor. Nichts war in Ordnung, gar nichts.

Statt zu antworten, umklammerte er plötzlich ihren Arm, als
wollte er sie festhalten. Damit sie nicht weglaufen konnte? Wie
wütend er schon wieder war. Sie hob die Hand, strich ihm den
Zorn aus dem Gesicht oder versuchte es wenigstens. Auf einmal

war sie sich nicht mehr sicher, ob sie ihm trauen konnte. Und wenn er nun doch etwas mit dem Mord zu tun hatte?

32

Maik lag neben Melanie, die leise vor sich hin schnarchte, und fragte sich, was er tun sollte. Wieder einmal flüchten? Aber wohin? Und was dann? Er hatte sich wohlgefühlt in Leipzig, mit der neuen Identität, mit dem Job in der Treuhand, auch wenn er ständig allen etwas vormachen musste.

Maik wünschte sich, er wäre Norbert Holdinger nie begegnet. Dann wäre er wohl kaum an jenem Tag in *Auerbachs Keller* gewesen. Er hätte einfach sein neues Leben leben können, die lästige Vergangenheit weiter verschweigen. Niemand käme ihm auf die Schliche. Seine Kunden vertrauten ihm, sein Chef respektierte ihn, und Melanie war ganz offensichtlich in ihn verknallt. Es war ein Fehler gewesen, sich auf Holdingers Angebot einzulassen. Damit hatte der ganze Schlamassel begonnen, und jetzt befand er sich in einem Teufelskreis, aus dem es kein Entkommen gab. Früher oder später würden sie ihn kriegen. Eher früher als später, wie er sich ausmalen konnte. Und vielleicht war das gut so. Dann brauchte er nicht mehr darauf zu warten, dass die Falle endlich zuschnappte.

Melanie murmelte etwas, dann stöhnte sie leise, aber ihre Augen blieben geschlossen. Ihre Lider bewegten sich schnell hin und her. Offenbar träumte sie. Und offenbar war es kein schöner Traum.

»Es tut mir leid«, flüsterte er.

Auf eine hektisch-nervöse Art hatten sie miteinander geschlafen, sich danach ein Bier geteilt und Zigaretten geraucht. Camel, seine Lieblingssorte, die Melanie immer für ihn besorgte.

»Für dich gehe ich meilenweit«, hatte er gesagt. Auch wenn er sie dabei angrinste, war es nicht ganz klar, ob er Melanie oder die Zigarette in seiner Hand meinte.

Vielleicht war es nicht besonders klug, ausgerechnet bei ihr unterzutauchen, wenn die Polizei ihn suchte. Aber er wollte die Angst nicht an sich herankommen lassen. Er wollte die Freiheit, die ihm noch blieb, genießen.

Wahrscheinlich riss er Melanie in sein Desaster mit hinein, aber das ließ sich nicht mehr ändern. Sie würde sicher aus diesem Fiasko wieder herausfinden, wenn er erst mal weg war, wenn er im Knast saß. Ob sie ihn wohl mal besuchen kam? Besser nicht. Vertraute sie ihm noch?

Nach seiner wütenden Brüllerei vorhin hatte sie ihn so merkwürdig angesehen, beinahe ängstlich. Als würde sie ihm alles zutrauen, auch einen Mord. Aber das war nur ein Moment gewesen, ein kurzer Augenblick, der sich auflöste, so wie sich alle Momente auflösten.

Auch ihre Liebe, oder was das war, würde sich auflösen, sie würde einfach zerfallen und davonschweben wie ein Geist. Vielleicht sollte er ihr sagen, dass sie ihn loslassen musste. Je früher sie ihn vergaß, desto besser. Er konnte ihr nicht helfen, im Gegenteil, er brachte nur Probleme mit sich. Sie musste längst gemerkt haben, dass er sich als jemand anders ausgab. Dass er nicht der war, der er vorgab zu sein. Er wollte ihr nicht von seiner Vergangenheit erzählen, von dem Grau und Schwarz in den Zellen, in denen er gewesen war. Der Schatten dieser Vergangenheit verfolgte ihn noch immer, auch wenn er versuchte, ihn loszuwerden, und er eine Mauer des Schweigens um seine reale Geschichte gebaut hatte. Aber er wurde diesen Schatten nicht los. Und er würde ihn niemals loswerden. Egal, wohin er ging.

Er konnte seine Vergangenheit nicht einfach beseitigen, wie man Dreck wegwischte, und genau deshalb hatte er sich ein anderes Ich zugelegt. Sein Alter Ego, sein zweites Selbst, stammte aus Hildesheim. Der Name dieser Stadt klang harmlos und unverdächtig. Wer von dort kam, konnte nur harmlos und unverdächtig sein. Natürlich war er nie in Hildesheim gewesen. Er wusste noch nicht einmal genau, wo Hildesheim überhaupt lag. Aber niemand fragte nach. Jeder, dem er diesen Quatsch erzählte, glaubte ihm. Warum auch nicht. Er besaß gefälschte Papiere, die diesen Schwachsinn bestätigten. Auch das Diplom für den Studiengang Betriebswirtschaftslehre hatte er gefälscht. Das war nicht einmal besonders schwer gewesen. Man brauchte lediglich das entsprechende Papier der Universität und den dazu passenden Stempel. Zwei Namen und zwei Kugelschreiberkringel. Die krakligen Unterschriften der Professoren konnte ohnehin niemand lesen. Wenn er bei den geschäftlichen Gesprächen nach seinem Beruf gefragt wurde, sagte er: »Bloß Betriebswirt.« Und winkte bescheiden ab. Nur nicht auffallen. Freundlich sein, verständnisvoll, hilfsbereit. Vor allem glaubwürdig.

Beim Bewerbungsgespräch hatte er im Wesentlichen einfach das von sich gegeben, was erwartet wurde: »Also, ich denke, ich kann gut mit Menschen umgehen. Ich habe ein abgeschlossenes Wirtschaftsstudium und ein Jahr Berufserfahrung im Finanz- und Rechnungswesen. Ich bin 25 Jahre alt und möchte mich für die neuen Bundesländer engagieren.«

Zusammen mit dem vorgelegten Diplom, einer etwas merkwürdig aussehenden Brille, schwarz gefärbten Haaren, einer neuen Frisur plus geliehenem, seriös wirkendem Anzug und einem erfundenen Lebenslauf genügte das.

Und die Wahrheit? Die sah leider ein wenig anders aus: »Aufgewachsen bin ich in einer Ostberliner Plattenbausiedlung. Mein Vater scherte sich nicht groß um die Familie. Meine Mutter war überfordert, wie die Jugendhilfe herausfand – vor allem mit mir. Ich war aufsässig, schwänzte die Schule, rannte von zu Hause weg. Meine Jugend verbrachte ich dann in den Jugendwerkhöfen der DDR, extra eingerichtet für Schwererziehbare wie mich. Und ich landete gleich zweimal in dem schlimmsten Jugendwerkhof, den dieses kleine piefige Land zu bieten hatte: in Torgau, in einer Art Hochsicherheitstrakt. Historisch betrachtet war das eine Mischung aus Nazigefängnis und sowjetischem Gulag, wenn Sie mich fragen.«

Maik musste grinsen, als er sich den Gesichtsausdruck seines Chefs vorstellte, wenn er ihm dies alles erzählt hätte.

»Wie Sie vielleicht erkennen können, habe ich nur einen Abschluss in der *Schule des Lebens*, und leider wird der von der Gesellschaft nicht anerkannt. Aber ich will nicht jammern. Heute bin ich in Wirklichkeit 18, und das *eigentliche* Leben in all seiner Pracht liegt noch vor mir. Oder etwa nicht?«

Mit so einem Lebenslauf hatte er auch im wiedervereinigten Deutschland keine Chance. Was blieb ihm also anderes übrig, als sich selbst zu helfen?

Melanie schlief noch. Maik griff über ihren Körper hinweg und angelte sich ihren Walkman vom Nachttisch.

Nena. *Wunder geschehn*. Hätte er sich ja denken können. Das passte zu ihr.

» ... *Immer weiter / immer weiter gradeaus / Nicht verzweifeln / Denn da holt dich niemand raus / Komm, steh selber wieder auf ...*«

Genau das hatte er doch getan, oder nicht? Er schloss die Augen und hörte zu. *Wunder geschehn* hallte wie ein Echo in ihm. Das klang wie ein Versprechen für eine unbestimmte Zukunft. Ein Wunder könnte er gerade gut gebrauchen. Aber das würde wohl ausbleiben, wie es immer ausblieb. Jedenfalls in seinem Leben. Aber er wollte nicht undankbar sein. Dafür, dass er in Wahrheit so ein Loser war, hatte er es doch schon weit gebracht.

Er erwachte von einer derben Berührung an seinem Arm. Jemand rüttelte an ihm. Maik blinzelte und sah Melanies Gesicht über sich. Ihre Wangen waren gerötet, und sie starrte ihn aus weit aufgerissenen Augen an. Sie sagte etwas, aber er verstand sie nicht. Nena sang direkt in seine Gehörgänge. Lange hatte er also nicht geschlafen. Wieso ließ Melanie ihn nicht pennen? Automatisch lauschte er in den Song hinein. Aber er konnte sich nicht konzentrieren. Die Worte glitten an ihm vorbei wie ein Schwarm Fische. Er bekam sie nicht zu fassen. Nur der Griff um seinen Arm war sehr deutlich.

»Lass mich«, murmelte er. Die Müdigkeit zog an ihm, zerrte ihn in ein Loch.

Melanie riss ihm die Kopfhörer von den Ohren. »Die Polizei!«, schrie sie.

Jetzt erst nahm er es wahr: Jemand wummerte an die Tür, gleichzeitig klingelte es. Wie hatte er diesen Lärm überhören können?

»Machen Sie auf! Wir wissen, dass Sie da sind!«, brüllte eine Männerstimme.

Maik schob sich in dem Bett ein Stück weit hoch. »Geht das schon lange so?«

Sie nickte ängstlich. »Was ... was soll ich jetzt machen?« Sie sah wie ein Kind aus, das in den Matsch gefallen war und nicht verstand, wieso.

Er zuckte mit den Schultern. »Nichts. Vielleicht gehen die ja wieder. Woher wollen die wissen, dass wir hier sind?« Maik zündete sich eine Zigarette an.

»Sie wissen es.«

»Wenn du möchtest, kann ich abhauen.«

»Und wie?«

»Was weiß ich. Über deinen Balkon klettern.«

»Ich hab keinen Balkon.«

»Dann eben aus dem Fenster.«

»Spinnst du?«

»Vielleicht.« Er lachte.

»Scheiße, das ist nicht witzig.«

»Ich weiß. Und wenn ich nun aus dem Fenster und dann auf das Dach klettere?«

Aber er machte keine Anstalten, seinen vagen Plan in die Tat umzusetzen. Er saß einfach nur da und rauchte.

Auf einmal hörten das Klopfen und das Klingeln auf, es wurde plötzlich ruhig. Maik und Melanie lauschten gemeinsam in die Stille hinein. Irgendetwas knackte leise. Dann krachte die Wohnungstür auf. Melanie sprang erschrocken aus dem Bett. Maik blieb halb aufgerichtet sitzen, nahm noch einen Zug aus der *Camel*. Es waren die starken, die ohne Filter; die mochte er am liebsten.

Der Mann, der eintrat, hielt eine Pistole auf ihn gerichtet. Es blieb ihm nichts anderes übrig, als direkt in den Lauf zu starren. Die Frau kam auf ihn zu und taxierte ihn kurz.

»Kripo Leipzig. Das ist mein Kollege, Kriminalhauptkommissar Josef Almgruber, und ich bin Beate Vogt.« Sie klappte einen Ausweis auf und hielt ihn hoch. »Aber wer ich bin, wissen Sie vielleicht noch?«

Er musterte sie genauer. Ihr Gesicht wirkte lädiert. Sie sah aus, als hätte sie kürzlich Prügel bezogen. Aber ja, er erkannte sie trotzdem wieder.

»Wir hatten schon mal das Vergnügen, Maik Kerner. Erinnern Sie sich? An diesem *besonderen* Tag in Torgau? Sie sind vorläufig festgenommen. Ziehen Sie sich etwas an. Wir nehmen Sie jetzt mit.«

»Klar erinnere ich mich an Sie.« Maik grinste. »Es war ja wirklich ein ganz besonderer Tag. Wie könnte ich den jemals vergessen?«

Er hörte Melanie weinen, während er sich langsam erhob und seine Kleidung vom Boden aufsammelte. Aus den Augenwinkeln warf er einen Blick auf sie. Melanie stand da und rührte sich kein bisschen, als stünde sie unter Schock. Es tat ihm leid, dass sie sich nicht im Griff hatte. Vermutlich wartete sie auf ein verdammtes Wunder. Nur leider war sie da bei ihm an der falschen Adresse.

Maik zog sich ohne Eile an, suchte eine Weile nach einem Strumpf, der in die Bettritze gerutscht war. Der Polizist ließ die Waffe sinken und verstaute sie im Halfter. Maik ging auf ihn zu, lächelte ihn an und streckte ihm seine Arme für die Handschellen entgegen.

33

»Maik Kerner wird tatsächlich wegen eines Banküberfalls gesucht«, sagte Viktor Lüder und schob Beate die Akte über den
Tisch. »Einen Personenschaden gab es zum Glück nicht. Sein
Kumpel ist unmittelbar nach der Tat gefasst worden, hat ausge-
packt und ihn belastet.«

Beate seufzte. »Kein Wunder, dass er nicht scharf darauf war,
die Polizei zu treffen.« Sie blätterte kurz in der Akte und schloss
sie gleich wieder. »Schau ich mir später an«, murmelte sie resigniert und warf einen Blick zur Kaffeemaschine hinüber, die ein
sanftes Blubbern von sich gab. »Mit was waren die beiden bei dem
Überfall bewaffnet?«

»Mit einem pistolenähnlichen Gegenstand. Der Junge, den sie
geschnappt haben, hatte eine Spielzeugpistole dabei.«

»Oje. Leider sehen die Dinger ja zuweilen täuschend echt aus.«
Beate holte den frisch gebrühten Kaffee und goss die Tassen rand-
voll.

»Und du hast ihn gleich erkannt, als ihr in die Wohnung von
dieser Melanie gekommen seid?«, fragte Viktor.

»Ja. Das Gesicht verändert sich ja nicht, nur weil man sich die
Haare gefärbt hat und eine Brille trägt. Und dieser Blick – den
habe ich seit damals nicht vergessen.«

Sie saßen im Büro der Dienststelle und warteten auf das Ergebnis des Verhörs. Wie angekündigt, hatte es Arno Berg übernommen, den erst 18-Jährigen zu befragen. Mit ihm war Josef Almgruber im Verhörraum. Als Beate an die Jugendlichen dachte, die sie im November 1989 in diesem finsteren Gebäude in Torgau vernommen hatte, lief ihr ein Schauer über den Rücken. Die Grausamkeiten, die sie in dieser Umerziehungsanstalt durchgemacht hatten, sollte niemand erleben müssen. Dass sie an diesem Ort einen seelischen Schaden erlitten hatten, lag auf der Hand.

»Was hattest du *damals* für einen Eindruck von Maik Kerner?«

»Er hat nichts und niemanden an sich herangelassen«, antwortete Beate. »Er war unzugänglich und wirkte – im Gegensatz zu den anderen beiden Jugendlichen, zu Tanja und Andreas – recht hart auf mich.«

»Wenn man genug Scheiße erlebt, kann man wohl so werden«, stellte Viktor fest. »Das ist allerdings keine Entschuldigung für kriminelles Verhalten.«

Beate nickte. »Maik hatte damals kurz vor seiner Flucht eine Erzieherin in den sogenannten Fuchsbau gesteckt«, erzählte sie. »Das war noch nicht mal eine von den gewöhnlichen Dunkelzellen, die es da in dem Keller zur Genüge gab. Der Fuchsbau ähnelte tatsächlich einem Bau, wie von einem Tier, in dem man nicht stehen, sondern nur gekrümmt hocken oder mit angezogenen Beinen liegen konnte. Allerdings hatte ihn diese Erzieherin vorher schon mal, wegen irgendeiner Bagatelle, dort eingesperrt.«

»Ja, ich erinnere mich. Das habe ich in der Akte gelesen, als ich zu euch kam. Also wollte er sich rächen«, stellte Viktor fest.

»Klar. Und es war irgendwie auch Notwehr. Ein Befreiungsakt. Er hat durch diese Aktion dafür gesorgt, dass die letzten Jugendlichen aus diesem schrecklichen Umerziehungsknast fliehen konnten.«

Viktor nickte. »Eine harte Hülle kann immer noch einen weichen Kern verbergen.« Er lächelte. »Und immerhin habt ihr ihn so ganz romantisch im Bett seiner Freundin erwischt.«

»Ja, und er bestand darauf, dass wir ihm Handschellen anlegen, um ihn abzuführen. Ansonsten könne er für nichts garantieren, und er würde höchstwahrscheinlich einen Fluchtversuch unternehmen.«

»Okay. Das klingt nun nicht mehr nach einem BWL-Absolventen, der aus Heidelberg stammt.«

»Nicht Heidelberg! Aus Hildesheim!« Beate lachte.

Viktor zuckte mit den Achseln. »Klingt für mich ziemlich gleich. Aber ich bin ja auch nur ein dummer Kaffeesachse.« Er zwinkerte ihr zu und hob seine Tasse, als wollte er ihr zuprosten. »Und dann noch ein Kaffeesachse aus Torgau.« Seine Miene verdüsterte sich. »Bis zu deinen Ermittlungen dort habe ich nichts davon gewusst, was hinter den Mauern passiert ist.« Er klang plötzlich schuldbewusst.

»Meinst du, ich hätte vorher was davon geahnt? Es war tabu, wurde verschwiegen.« Sie sah ihm direkt in die Augen. »Und selbst wenn wir es gewusst hätten ... was dann? Was hättest du getan? Was hätte ich getan?«

»Ich weiß es nicht.« Er sprach so leise, dass sie die Antwort kaum verstand.

Er senkte den Blick und sah beinahe traurig aus.

Gerade als Beate sich fragte, wie sie ihn trösten sollte, sprang die Tür auf.

Arno Berg trat mit grimmiger Miene ein, gefolgt von Josef Almgruber, der auch nicht fröhlicher aussah. »Der Bursche schweigt. Redet einfach nicht mit uns. Wenn du mich fragst: Der ist mit allen Wassern gewaschen. Wie es mir scheint, ist der ein ganz harter Brocken. Er will nur mit dir sprechen, Beate. Allein.«

Berg schüttelte den Kopf, trat ans Fenster und blickte in den Himmel hinauf.

Beate hörte ihren Chef empört schnaufen. Als wäre Kerners Wunsch, nur mit ihr zu reden, völlig absurd.

»Vielleicht ist die Idee gar nicht so schlecht«, meinte Viktor in einem versöhnlich klingenden Ton. »Beate kennt sich mit diesen Kids aus. Von uns weiß sie am meisten über die Vorgeschichte.«

Josef nickte ihm zu. »Sehe ich auch so. Wenn er Vertrauen hat zu Beate, sollten wir uns da doch nicht in den Weg stellen, gell?«

»Mich stört, dass der Bursche uns Vorschriften machen will!«, knurrte Arno Berg. »Und Beate ... ist sicher eine fähige Kollegin, aber ...«

»Aber?«, fragte sie.

»Du bist angegriffen worden. Eigentlich müsste ich dich auf Kur an die Ost- oder Nordsee schicken, oder was weiß ich.«

»Bist du mein Arzt? Mir geht es gut. Solche Sachen passieren eben in dem Beruf. Wenn ich das nicht abkönnte, wäre ich nicht Polizistin geworden und schon gar nicht zur Kripo gegangen! Lasst mich mit Maik Kerner sprechen. Es geht doch darum, dass wir einem Mörder auf die Spur kommen, oder nicht?« Und nicht um deine verdammten Befindlichkeiten, Chef, dachte sie. Zum Glück hatte sie sich so weit im Griff, dass sie diesen Gedanken nicht aussprach. Sonst würde sie vielleicht noch von Arno Berg angegriffen, der, wie es schien, in einer ziemlich explosiven Stimmung war.

Maik Kerner blickte ihr lächelnd entgegen, als wären sie in einem Café verabredet. Zur Begrüßung klopfte er ironisch auf den Tisch.

Beate vermied es, zurückzulächeln, streifte ihn nur mit einem flüchtigen Blick und setzte sich ihm gegenüber. »Sie möchten mit mir sprechen. Da bin ich«, sagte sie. »Wollen Sie eine Aussage machen?«

»Eine Aussage zu was?«

»Zum Mord an Herrn Norbert Holdinger.«

»Kann man hier rauchen?« Suchend blickte Maik sich in dem kahlen Raum um, als könnte er irgendwo einen Aschenbecher entdecken.

»Sie sind hier nicht zu Ihrem Vergnügen.«

»Stimmt. Sie aber auch nicht.«

»Mir wurde gesagt, Sie wollen nur mit mir reden. Warum?«

»Vor Kurzem habe ich mit Tanja telefoniert, die wie ich das zweifelhafte Vergnügen hatte, bis zum Schluss hinter Torgauer Gittern festzusitzen. Aber das wissen Sie ja alles. Jedenfalls: Sie hat Sie positiv erwähnt, Frau Vogt.« Er lächelte breit. In seinen Augen saß ein spöttisches Funkeln.

»Worum ging es?«

»Um den Scheiß, den wir da erlebt haben. In dieser Hölle. Ich wollte wissen, ob sie auch diese Albträume hat und diese Flashbacks.«

»Und?«

»Ja, hat sie. Genau die gleichen Symptome. Wir haben auch übers Auswandern gesprochen. Mir hat nach der Flucht aus Torgau geholfen, nach Mallorca abzuhauen. Die Landschaft, das Meer, die Sonne ... Sogar Palmen. Ich hatte noch nie zuvor in meinem Leben eine Palme gesehen. Die Palme ist für mich der Baum der Freiheit. Schon deshalb, weil es diese Sorte Baum hier nicht gibt. Aber leider ging mir da ziemlich schnell das Geld aus. Ich hab dort Jobs gemacht, gekellnert und so. Zum Leben reichte das auf Dauer nicht.«

Beate hörte ihm erstaunt zu. Dafür, dass er ihre Kollegen eben angeschwiegen hatte, wirkte er recht redselig. Wollte er auspacken? »Also sind Sie nach Deutschland zurückgekommen, um Geld zu verdienen?«

Maik lehnte sich zurück. Seine Mimik verfinsterte sich. »Für einen wie mich gibt es keinen vernünftigen Job. Ich konnte nichts vorweisen, keine Empfehlung, kein Zeugnis. Heimkinder sind und bleiben Schmuddelkinder, in Ost wie West. Meine Schulausbildung wurde gegen meinen Willen abgebrochen, als ich in den Jugendwerkhof kam. Ich habe einen nutzlosen Teilfacharbeiter, einen minderwertigen Abschluss zum Hilfsarbeiter, so was gab es speziell im Jugendwerkhof, keinen Schulabschluss, keine Lehre, nix. Eine Zeit lang habe ich Werbeblätter ausgetragen. Das wenige Geld ging für Zigaretten, Bier und Pizza drauf. Ich übernachtete in Abrisshäusern, das war kein Leben. Aber ich lernte da auch ein paar interessante Leute kennen. So traf ich auf Lars, er ist ein Lebenskünstler, könnte man sagen. Aber auch ein richtiger Künstler, er schreibt Gedichte, klimpert ganz gut auf der Gitarre und singt seine eigenen Songs. Er war chronisch pleite, so wie ich. Wir hörten von geglückten Banküberfällen in Ostdeutschland, da kamen wir auf die Idee ...«

»Und Lars sitzt jetzt im Knast.«

»Passiert.« Er zuckte mit den Achseln. »Wir haben uns gleich nach unserem Sparkassenbesuch getrennt. Er hat sich erwischen lassen und mich verpfiffen.«

»Deswegen haben Sie Ihren Namen geändert?«

»Ich habe nicht meinen Namen geändert, sondern nur die Schreibweise. Und ich hab mir eine Westbiografie ausgedacht, mit der ich mich im Osten um einen gut bezahlten Job bewerben konnte.«

»Warum benannten Sie sich nicht richtig um? In Müller oder Meyer oder Schulze oder so?«, hakte Beate neugierig nach. Im

Grunde hatte er es der Polizei leicht gemacht, ihm auf die Schliche zu kommen.

Maik schnalzte empört mit der Zunge. »Sie begreifen es nicht, oder? Es ging nicht um meinen Scheißnamen, sondern um ein neues Leben! Ich wollte endlich auch mal eine Chance bekommen!«

»Doch, ich verstehe schon«, antwortete sie etwas kleinlaut. »Sie haben dafür auch Bewerbungsunterlagen gefälscht. Urkundenfälschung ist eine Straftat.«

»Es gibt Kinder, die fälschen ihre Zeugnisse, um keine Dresche von ihren Eltern zu bekommen. Ist das auch eine Straftat?« Maik sah ihr in die Augen, und da war er wieder, dieser Blick: hart und unerbittlich. Sprach er von sich selbst?

Beate seufzte. »Ich sitze hier nicht, um über Ihre Täuschungsmanöver zu reden. Wir haben Norbert Holdinger ermordet in der Gaststätte *Auerbachs Keller* aufgefunden. Und wir wissen, dass Sie am Tatort waren.« Jetzt war sie es, die ihn direkt anstarrte. »In welcher Beziehung standen Sie zu dem Opfer? Was hatten Sie in dem Restaurant zu suchen?«

»Darf ich nicht in eine Gaststätte gehen?«

»Antworten Sie bitte ernsthaft. Das ist hier kein Spaß!«

Maik schwieg eine Weile. »Damit habe ich nichts zu tun. Mit diesem Mord«, brachte er schließlich hervor. »Ich hatte eine Verabredung mit Holdinger. Als ich dort hinkam, war er schon tot.«

Beate lauschte in seine Stimme hinein. Sagte er die Wahrheit? »Schildern Sie bitte, wie Sie ihn vorgefunden haben.«

»Wir wollten uns wieder im Fasskeller treffen. Holdinger mochte diesen historischen Ort. Wohl wegen Goethe und so. Er hat mir empfohlen, mal *Faust* zu lesen, war ganz erstaunt, dass ich dieses Werk noch nicht kenne, aber ehrlich gesagt ... Nun ja, jedenfalls ... als ich dort ankam, sah ich, dass diese kleine Tür hinten im Fasskeller geöffnet war. Er prahlte manchmal mit seinem Wissen. Ich dachte erst, er will mir vielleicht etwas zeigen, noch einen besonderen Raum ... Als ich ihn rief, kam keine Antwort, also bin ich diese Stufen runter, und ... es war dunkel. Nur das spärliche Licht von oben sorgte dafür, dass es nicht völlig stockfinster war. Ich tastete mich an der Wand entlang nach unten. Als meine Augen sich an die Dunkelheit gewöhnt hatten, sah ich ihn da liegen.«

»Und dann? Was haben Sie dann getan?«

»Seinen Puls gefühlt. Genauer gesagt: es versucht. Mit zwei Fingern an der Halsschlagader getastet.« Maik berührte einen Moment seinen eigenen Hals, als wollte er prüfen, ob er selbst noch lebte. »Aber da war nichts. Er fühlte sich aber noch nicht ganz kalt an. Es musste also gerade passiert sein. Ich bekam Panik. Dachte, der Mörder ist vielleicht noch in der Nähe. Da bin ich getürmt. Und am Ausgang des Restaurants mit dieser Kellnerin zusammengestoßen.«

»Warum haben Sie nicht die Polizei gerufen?«

Maik stieß ein Schnaufen aus. »Ich traue den Bullen nicht über den Weg«, sagte er schroff. Dann erst schien ihm bewusst zu werden, mit wem er sprach. »Außer Ihnen natürlich.« Er bemühte sich um ein Lächeln, aber es gelang ihm nicht. »Mal abgesehen davon: Ich wurde gesucht. Mir war klar, dass ich irgendwie untertauchen musste.«

»Sie hätten sich auch anonym melden können«, sagte Beate. »Wie oft haben Sie sich mit Holdinger getroffen?«

»Es wäre das dritte Treffen gewesen.«

»Und welchen Anlass gab es?«

»Er schuldete mir etwas für einen Gefallen.«

»Geld?«

»Herr Holdinger wollte mir eine Weiterbildung finanzieren. Darüber wollten wir reden.«

»Weshalb wollte er das tun?«

»Vielleicht weil er mich für begabt genug hielt?«

»Für welchen Gefallen schuldete er Ihnen etwas?«

Maik lehnte sich zurück. In seinem Gesicht erschien ein Grinsen, das auf Beate spöttisch und irgendwie überlegen wirkte. Sie wartete ab.

»Ich habe den Deal mit der Brauerei für ihn klargemacht.«

»Holdinger hat die Brauerei für eine D-Mark gekauft. Dafür haben Sie gesorgt?«

»Das ist nicht illegal. Er sollte dafür auch die Kosten für die Sanierung und für die Gehälter der Mitarbeiter übernehmen, die Arbeitsplätze sichern. Anfangs wurden nur wenige entlassen.«

»Anfangs.«

»Letztlich sollten wir Mitarbeiter von der Treuhand dafür sorgen, dass nicht alles den Bach runtergeht. Die meisten Firmen in der Ex-DDR sind marode und nicht konkurrenzfähig. Da ist der Erhalt eines Betriebes viel wert. Und wenn der Investor tatsächlich investiert …«

»Ja, wenn«, sagte Beate ironisch. »Trotzdem ist der Verkauf einer Brauerei für weniger als ein Taschengeld schon fragwürdig. Aber darum geht es hier letztlich nicht. Sie wollten also Norbert Holdinger an diesem Tag treffen, und es ging darum, dass Sie Ihre Belohnung für Ihre Dienste erhalten wollten. Kam es zu einem Streit?«

»Hören Sie mir nicht zu? Er war tot!« Maik schlug schnell und kräftig auf den Tisch, als wollte er ein Ausrufezeichen setzen.

»Sie waren zur fraglichen Zeit am Tatort. Damit sind Sie automatisch ein Verdächtiger.«

»Ich habe mich mit Holdinger gut verstanden. Er hat mein Potenzial erkannt, wie er mir selbst sagte, und hätte mir eine Weiterbildung ermöglicht. Bei dem Gespräch sollte es darum gehen, ob ich später mal als Geschäftsführer in der kleinen Leipziger Brauerei anfangen könnte. Mit dem Ziel, sie größer zu machen. Er war der erste Erwachsene, der mir etwas zutraute. Warum sollte ich ihn töten? Wo ist das Motiv, Frau Vogt?« Maik starrte sie lauernd, mit glasigem Blick an.

Beate ließ sich nicht aus der Ruhe bringen. »Sie haben also festgestellt, dass er ermordet wurde.«

»Ja. Schließlich habe ich auch das Blut gesehen. Und Scheiße noch mal, es tut mir wirklich sehr leid für ihn! Und für seine Witwe.«

»Wissen Sie, ob Herr Holdinger von jemandem bedroht wurde oder sonstige Probleme hatte?«

»So gut kannte ich ihn nun auch wieder nicht, dass er mir so was erzählt hätte. Allerdings ... Es gab Stress mit der Brauerei. Das habe ich mitbekommen. Ein entlassener Mitarbeiter hat ordentlich Rabatz gemacht.«

»Was meinen Sie damit?«

»Norbert Holdinger hatte sich mal beschwert bei mir, bei einem Telefonat. Der Mann ist im Hotel aufgetaucht und hat herumgebrüllt. Er hat wohl auch mit Gegenständen geschmissen und Holdinger bedroht.«

»Trug er eine Gasmaske?«, rutschte es Beate heraus.

»Eine Gasmaske?« Er lachte. »Wie kommen Sie darauf?«

»Wissen Sie den Namen?«

Maik schüttelte den Kopf.

»Eine letzte Frage: Sagt Ihnen der Name Ina Reinhardt etwas? Hat Holdinger sie mal erwähnt?«

»Ina wer? Nein, noch nie gehört. Kann ich jetzt eine rauchen?« Nervös knabberte Maik an seinem Daumennagel herum.

»Später. Ich muss Ihnen leider mitteilen, dass wegen des Banküberfalls bereits ein Haftbefehl gegen Sie vorliegt. Da Sie sich der Polizei entzogen haben, werden Sie heute noch in die U-Haft überstellt. Aufgrund Ihres Alters haben Sie ein Jugendstrafverfahren zu erwarten, das in Ihrem Fall mit besonderer Beschleunigung durchgeführt wird.«

»Na, schönen Dank auch.« Maik sah sie böse an.

Beate ignorierte den Sarkasmus. »Ich danke Ihnen für Ihre Aussage.« Sie brachte ein höfliches Lächeln zustande. »Ich hoffe, es gibt für Sie die Möglichkeit, in der Jugendhaft eine Ausbildung zu absolvieren.«

»Meinen Sie das ernst?«

»Ja, das meine ich ernst.« Beate erhob sich, ging auf ihn zu und streckte ihm die Hand entgegen. »Denn Potenzial besitzen Sie tatsächlich. Und Sie sind jung genug, dass Sie noch etwas Vernünftiges daraus machen können.«

Maik zögerte einen Moment, dann drückte er schnell und kräftig ihre Hand.

»Tschüss, Frau Vogt. Ich danke Ihnen, dass Sie mich nicht wie Abschaum behandeln.«

Beate schluckte. Sie sah ihn überrascht an. »Wenn Ihnen noch etwas einfallen sollte zum Fall Norbert Holdinger ...«

»Dann sage ich dem Wärter Bescheid, und Sie kommen mich im Knast besuchen.«

Beate lächelte gezwungen. »Genau. So machen wir das.«

34

Der Mann schnaufte deutlich vernehmbar durch den Filter seiner Gasmaske. Ina Reinhardt kauerte am Boden, wie ein ängstliches, verletztes Tier. Sie sah nicht zu ihm auf und versuchte, die Scherben der zerbrochenen Flasche einzusammeln. Die Kuppe ihres Zeigefingers blutete. In ihrer Haut steckte ein winziger Glassplitter. Ein Tropfen löste sich, und das Blut mischte sich mit dem ausgelaufenen Apfelsaft.

Sie spürte den Blick ihres Entführers auf sich ruhen. Sein rhythmisches Schnauben verriet ihr, dass er dicht bei ihr stand und sie vermutlich durch die großen runden Gläser der Gasmaske anstarrte. Es kam ihr vor, als würde sein Schatten wie ein Gewicht auf ihr liegen.

Ina betrachtete die winzige Scherbe, die in ihrem Finger steckte. Sie spürte den Schmerz wie einen Wespenstich, aber ihre Hände zitterten zu sehr; sie konnte den Splitter unmöglich herausziehen. Es war ihr peinlich, diese ganze Situation war ihr peinlich, als wäre das alles ihre Schuld. Zu wissen, dass es nicht so war, dass sie nicht das Geringste dafür konnte, half ihr nichts. Sie musste irgendetwas tun. Aber was?

»Entschuldigung. Ich habe einen Fehler gemacht. Die Flasche war feucht und ist mir aus der Hand gerutscht«, sagte sie schließlich unterwürfig. Sie wagte immer noch nicht, zu ihm aufzublicken. Auch wenn sie vor ihm hockte, kam es ihr vor, als würde sie knien.

Wir machen doch alle mal einen Fehler, oder nicht?, dachte sie. Aber sie brachte den Satz nicht über die Lippen. Dieses Wir brachte sie nicht über die Lippen. Es gab kein Wir. Gerade jetzt, in diesem Augenblick, gab es nur ihn. Und sie selbst schien sich allmählich in Luft aufzulösen. Sie hörte seinen schnaufenden Gasmaskenatem, roch seinen Schweiß. Sie wusste jetzt genau, dass er ganz nahe bei ihr war, dass er, über sie gebeugt, dastand. Aber sie hob den Blick nicht.

»*Feucht* also. Aha.« Seine Stimme klang hohl. Er stieß ein keuchendes Lachen aus, das sie zusammenzucken ließ.

Sie hatte das falsche Wort benutzt. Er machte sich über sie lustig mit diesem Wort. Vielleicht hätte sie besser schweigen sollen. Vielleicht sollte sie überhaupt nicht mehr sprechen in seiner Gegenwart. Es ergab keinen Sinn, auf Mitleid zu hoffen oder gar um Erbarmen zu flehen.

»Durch das … das Kondenswasser … aus dem Kühlschrank«, stammelte sie dennoch, » … war die Flasche … ist mir die Flasche … aus der Hand gerutscht.« Warum konnte sie nicht einfach still sein?

»War das mit dem Messer, mit dem du mich erstechen wolltest, auch ein Fehler?«, fragte er. Die Stimme klang dumpf, wie aus einer anderen Welt.

Ina schwieg. Das Narbengewebe in ihrem Gesicht begann wieder zu jucken. Sie hätte sich gern gekratzt. Aber sie rührte sich nicht. Auch ihre zitternden Finger hatten aufgehört, zu arbeiten und die Scherben aufzusammeln. Sie legte die Hände in den Schoß, damit sie sich beruhigten, und hockte einfach nur da, wie ein Häufchen Elend, im Schmutz, auf klebrigem Beton, im Bunker, irgendwo unter der Erde. Sie fühlte sich klein wie eine Kakerlake. Das Monster konnte jederzeit zutreten, jederzeit.

Schließlich murmelte er etwas. Aber sie verstand ihn nicht. Sprach er zu ihr? Oder zu sich selbst? Vorsichtig hob sie den Kopf, sah zu ihm auf. »Wie bitte?«, fragte sie schüchtern. Er hielt etwas in der Hand. Was tat er da?

War das ein Sack? Ein Kartoffelsack? Brachte er ihr wieder etwas zu essen mit? Zwei, drei Kartoffeln vielleicht? Eine Kleinigkeit. Es war immer nur eine Kleinigkeit – sodass sie nicht verhungern konnte. Sie dachte an dampfende Pellkartoffeln mit einem Klecks Kräuterquark. Nichts Besonderes eigentlich. Aber hier unten wäre es ein Festessen.

Doch der Sack sah leer aus. Dieses Etwas in seinen Händen kam von oben auf sie zu wie ein Raubvogel, der eine Maus jagte. Senkte sich auf sie herab. Ina wollte ausweichen, aber sie konnte sich immer noch nicht rühren. Als müsste es so sein, stülpte er ihr den Kartoffelsack über den Kopf. Dann griff er nach ihr, zog sie hoch. Ihre Beine wollten nachgeben, aber er zwang sie mit brutalem Griff zum Stehen.

»Du und ich, wir machen jetzt einen Ausflug«, hörte sie ihn sagen.

Ihre Hände zuckten, ihr ganzer Körper zuckte. Sie versuchte, regelmäßig zu atmen. Der grobe Stoff lag auf ihrem Gesicht und roch muffig.

»Einen Ausflug wohin?«, stieß sie hervor.

»Das wirst du schon sehen, wenn wir da sind.«

Wirklich?, dachte sie. Brachte er sie jetzt in den Wald? Hatte er die Grube schon ausgehoben? Kam jetzt das Ende? Ihr Ende?

»Du gehst jetzt mit mir«, sagte er und drängte sie ein Stück vorwärts.

Ina trippelte in ihren Hausschuhen Schritt für Schritt neben ihm her. Sie kannte die Küche in- und auswendig. Sie wusste, dass sie den Raum verließen und auf den Gang hinaustraten. Sie wusste, an welchen Türen und Räumen sie vorbeikamen. Sie konnte den Gestank der Toiletten riechen und die Ausdünstungen der Waschbecken. Sie wusste nur nicht, wohin er mit ihr wollte.

»Immer geradeaus!«, befahl er in militärischem Ton. »Schneller!«

Ina blieb trotzig stehen. »Es geht nicht, wenn ich nicht gucken kann.« Sie sprach wie ein bockiges Kind aus der dritten Klasse, die sie normalerweise unterrichtete, das hörte sie selbst. Aber sie musste ihm irgendwie begreiflich machen, dass sie kein Gegenstand war, den er herumschubsen konnte. »Wie soll das funktionieren, wenn ich nichts sehe?«, kreischte sie, aber der Stoff dämpfte ihre Stimme.

»Stell dich nicht so an!« Sein Griff um ihren Arm wurde fester. Er zwang sie weiterzugehen. Mal schob er sie, mal zog er sie.

Ina fragte sich, wie das wohl gerade aussah. Ein Verrückter mit Gasmaske führte eine Frau mit einem Sack über dem Kopf. Und das alles einige Meter unter der Erde. Ein Lachreiz kitzelte in ihrer Kehle, aber sie würgte ihn hinunter. Sie fing an, nach Luft zu schnappen und zu husten, als hätte sie sich verschluckt.

»Was ist denn jetzt schon wieder?«, schrie er und verpasste ihr einen Stoß in den Rücken.

Ina stolperte, fiel hart auf die Knie und stöhnte. Der Mann zerrte sie wieder auf die Füße.

»Was wollen Sie von mir? Was haben Sie mit mir vor?« Ihre Stimme klang quengelig, aber das war ihr egal.

Er stieß ein verbittertes Grollen aus, als wäre sie diejenige, die ihn durch die unterirdischen Gänge trieb.

Während sie langsam, wie in Zeitlupe weiterhumpelte, wartete sie auf eine Antwort. Natürlich blieb diese aus. Sie war das

Opfer, er war der Täter. Und seit wann erklärte der Täter dem Opfer, weshalb er so handelte, wie er handelte?

Seine Berührung, das unentwegte Drücken ihres Arms, seine körperliche Nähe waren für sie unerträglich. Auch an seinen Geruch konnte sie sich keinesfalls gewöhnen. Diese Mischung aus Schweiß und ranzigem Gummi, die sie selbst durch den Sack hindurch wahrnehmen konnte. Der Kerl schien ein Bestandteil dieses Bunkers zu sein. So roch er jedenfalls.

»Haben Sie hier mal gearbeitet? In diesem ... *Ding*? Ich meine: früher?«, rutschte es ihr heraus. Ina biss sich auf die Zunge. Doch die Frage ließ sich nicht mehr rückgängig machen.

Seine bis eben noch deutlich zu vernehmenden Schritte verstummten. Diesmal war er es, der stehen blieb. Abrupt riss er sie ein Stück zurück, sodass sie einen Moment taumelte. Der Griff um ihren Arm wurde eisern.

»Möchtest du wirklich eine Antwort?«, fragte er mit einem Unterton, den sie nicht einordnen konnte. »Willst du es wirklich wissen?«

Sie nickte. Und da sie nicht wusste, ob er das sah, sagte sie leise: »Ja, das würde ich gern.«

»Kannst du haben, die Antwort. Sie lautet: Wenn du nicht gleich deine Fresse hältst, schlag ich dir den Schädel ein. Verstanden?«

Ina fragte sich, warum er das nicht schon längst getan hatte. Wenn er so scharf darauf war, sie zu töten, wieso tat er es nicht einfach? Gab es einen Grund für das alles? Für diesen Irrsinn? Aber sie hielt die Klappe. So wie er es wünschte.

Versuch es positiv zu sehen, dachte sie. Du kommst hier raus. Er führt dich, warum auch immer, aus diesem Loch heraus. Du wirst frische Luft atmen, vielleicht Vögel zwitschern hören. Oder von ihr aus auch das Rauschen des Straßenverkehrs.

»Verstanden?«, fragte er noch einmal.

Sie nickte mechanisch. Mit dem Sack über dem Kopf. Diesmal war ihr egal, ob er es sah oder nicht.

35

Arno Berg schüttelte langsam den Kopf und sah Josef mit skeptischem Blick an. »Ich verstehe, dass Sie Ihre Kollegin schützen möchten ... Das wollen Sie doch? Geht es hier darum?«

Josef wollte antworten, aber Berg runzelte die Stirn und hob abwehrend die Hand. »Was auch immer Ihr Motiv ist, ich kann Beate Vogt nicht aus der Mordermittlung herausnehmen. Für den Fall brauchen wir jeden fähigen Mann. Beziehungsweise ... ähm ... auch die weiblichen fähigen ... na, Sie wissen schon. Vogt hält sich selbst für einsatzbereit. Ich sehe da kein Problem.«

»Also schön, Boss, ich habe mir nur Sorgen gemacht und wollte diese äußern. Wenn Sie meinen, es besteht dafür kein Anlass ... Okay, die Verantwortung liegt bei Ihnen, gell?«

»Die Verantwortung für Beate Vogt liegt bei Beate selbst. Sie ist erwachsen. Ich denke, sie weiß, was sie tut.« Arno Berg machte eine Handbewegung zur Tür, als wollte er Kriminalhauptkommissar Almgruber aus dem Büro weisen.

Josef blieb bockig stehen. »Ich weiß, dass sie eine richtig gute Mitarbeiterin ist.« Entweder wollte sein Chef nicht verstehen, worum es ihm ging, oder er verstand es wirklich nicht.

»Dann ist ja alles bestens!«

»Darum ging es mir nicht«, sagte Josef leise. »Sie ist etwas wahrhaft Bösem begegnet. Ihr Leben war in Gefahr. Das sollte man nicht unterschätzen. So was geht nicht spurlos an einem vorbei. Ich weiß, wovon ich spreche.«

»Sie meinen, weil Sie das auch schon mal erlebt haben in Ausübung Ihres Berufes?«

Josef nickte.

»Und Sie haben nicht gekündigt, oder?«

»Nein, aber ...«

»Ich möchte dieses unsinnige Gespräch jetzt gern beenden. Und noch etwas: Wir sind hier in Leipzig und nicht in Nürnberg. In der DDR waren die Frauen gewöhnt, ihren Mann zu stehen. Und da sie außerdem Kinder und Haushalt an der Backe hatten, haben sie sogar mehr gemacht, als nur ihren Mann zu stehen, und können demzufolge einiges ab.«

»Beate hat keine Kinder«, entgegnete Josef.

»Nein, aber sie hat Haustiere. Hamster oder so.«

»Meerschweinchen.«

»Genau. Die machen auch Arbeit.«

Josef musste wider Willen grinsen. Er biss sich auf die Unterlippe, um nicht in Gelächter auszubrechen. Dieses Gespräch nahm nun wirklich eine absurde Wendung. Es erschien ihm besser, sich mit einem flüchtigen Winken zu verabschieden. Auf eine Ost-West-Diskussion verzichtete er lieber. Schließlich war er in dieser Stadt und in dieser Dienststelle von Ostdeutschen umzingelt. Er würde vermutlich den Kürzeren ziehen, wenn er den Besser-Wessi heraushängen ließ. Obwohl: Ihm schien, dass er einiges doch besser wusste. Zum Beispiel, dass ein Trauma selten folgenlos blieb. Beate war durch den Angriff im Hotel mit Sicherheit traumatisiert worden. Konnte er sich noch auf sie verlassen? Und konnte sie sich noch auf sich selbst verlassen? Was, wenn sie im Einsatz oder gar bei Schusswaffengebrauch eine Panikattacke bekam?

Psychische Probleme, die Verletzungen der Seele, schienen im Osten keine große Rolle zu spielen. Es gab ja offenbar auch kaum Therapeuten. Jedenfalls sah er – anders als in westdeutschen Städten – keine entsprechenden Praxisschilder an den Häusern, wenn er durch die Stadt lief.

Aber wie auch immer: Letztendlich kämpft jeder für sich allein, dachte er. Jeder und jede. Egal wo, ob im Osten oder Westen. Beate war aus seiner Sicht eine Einzelkämpferin. Und er selbst sah sich ebenfalls als Einzelkämpfer. Dass sie im Team arbeiteten, änderte nichts daran.

Ihm kam es etwas merkwürdig vor, dass er bereits eine Stunde später zusammen mit seiner Kollegin Beate Vogt in der Gaststätte neben der Brauerei saß, die sich im Ortsteil Plagwitz befand. Das Wirtshaus war eher eine düstere heruntergekommene Kneipe mit fleckigen Holztischen, in der es nach Zigarettenqualm und Bier roch.

Obwohl Josef es eigentlich gut gemeint hatte, als er mit Arno Berg über Beate sprach, quälte ihn jetzt das schlechte Gewissen. Er kam sich wie ein Verräter vor, der hinter ihrem Rücken versuchte, sie loszuwerden. Dabei lag das nicht in seiner Absicht, im Gegenteil: Sie wirkte zu sensibel, zu zerbrechlich auf ihn, und das löste wohl Beschützerinstinkte in ihm aus. Doch vielleicht hatte sein Chef recht: Die Frauen aus dem Osten waren härter im Nehmen. Und Beate kam gut allein klar mit allem, was sie in dem Job so erlebte.

Ein älterer kleiner Mann trat ein und stellte sich als derzeitiger Geschäftsführer der Brauerei vor. »Heiner Krüger, mein Name«, sagte er und drückte Josef schlaff die Hand. Seiner Kollegin nickte er lediglich zu. Wie in Zeitlupe zog er einen Stuhl ein Stück vom Tisch weg, setzte sich und verschränkte die Arme.

»Sie wissen, weshalb wir hier sind?«, fragte Josef.

»Wegen dem Herrn Holdinger, der kürzlich verstorben ist, nehme ich an.«

»Richtig. Wann hatten Sie das letzte Mal Kontakt zu ihm?«

»Oh, da müsste ich in meinen Terminkalender schauen.« Krüger seufzte. »Das ist drei, vier Wochen her.«

»Worum ging es bei dem Treffen?«, fragte Beate.

»Um Zukunftspläne.«

»Können Sie das kurz erläutern?«

»Das Brauereigebäude selbst ist recht baufällig. Die Brauanlage hat auch schon ein paar Jahrzehnte auf dem Buckel und ist sozusagen museumsreif. Das bedeutet, wenn man den Betrieb retten will, muss man ordentlich investieren. Das ist ein Fass ohne Boden.«

»Deshalb der Verkauf der Brauerei von der Treuhand Leipzig an den neuen Besitzer für eine einzige D-Mark?«, hakte Beate nach.

Heiner Krüger nickte. »So ist es. Holdinger verpflichtete sich, die Auflagen zu erfüllen, alles zu sanieren und die Arbeitskräfte zu erhalten. Aber erst mal mussten eben doch ein paar Leute entlassen werden. Für alle Beschäftigten können wir keine Löhne in Westgeld zahlen. Das ist schlichtweg unmöglich.«

»Tja, und Ostgeld gibt es ja nicht mehr«, sagte Josef lapidar. Es klang herablassender, als er beabsichtigt hatte.

Beate warf ihm prompt einen strafenden Blick zu. »Was für Zukunftspläne verfolgte denn der neue Eigentümer?«, fragte sie den Geschäftsführer.

»Herr Holdinger hatte ein neues Konzept entwickelt, um die Brauerei zu retten und uns deutschlandweit wettbewerbsfähig zu machen. Er stellte sich vor, dass wir Bier mit fruchtigem Aroma produzieren, unterschiedliche Sorten, abgefüllt in kleine Flaschen mit bunten Etiketten. Das heißt, er hatte die Vorstellung, eine Nische zu bedienen: Bier für Frauen.«

»Keine so üble Idee«, meinte Beate.

»Genau«, stimmte Herr Krüger zu. »So exotische Früchte kannte man im Osten ja nicht. Pfirsich-Maracuja-Bier, Bier mit einem Hauch Rosenduft, Bier in besonderen Farbtönen und so weiter.«

»Er suchte also eine Marktlücke«, stellte Josef fest.

»Richtig. Die Idee war wirklich nicht übel.«

»Was wird denn jetzt damit und mit der Brauerei?«, fragte Beate mitfühlend.

Heiner Krüger zuckte mit den Achseln. »Wir stehen in Kontakt mit der Treuhand und mit der Witwe Holdinger, um das zu klären.«

»Hatte er mit der Sanierung denn schon begonnen? Oder sonst irgendwie investiert?«, fragte Beate.

»Nein, das waren alles noch Pläne. Allerdings hat der Herr Holdinger schon Etiketten entwickeln lassen und uns präsentiert, um uns Mut zu machen. Etiketten mit exotischen Früchten, Etiketten mit Blumen, mit romantischen Sonnenuntergängen und auch welche mit Hunden und Katzen.«

»Hunden und Katzen?« Josef lächelte erstaunt.

»Dackelwelpen und Katzenbabys, um genau zu sein. Herr Holdinger war der Ansicht, dass Frauen da sofort zugreifen würden.«

Josef fürchtete, dass die Bemerkung bei seiner Kollegin nicht so gut ankommen würde. War die Idee, Frauen mit bunten Bildchen zu locken, nicht etwas diskriminierend?

»Nicht schlecht«, gab Beate jedoch zu seiner Überraschung zu. »Fehlen noch die Meerschweinchen.«

Herr Krüger sah sie irritiert an. »An Nagetiere hatten wir eher nicht gedacht.« Beinahe verlegen räusperte er sich.

»Gab es irgendwelchen Ärger in der Belegschaft wegen der Entlassungen?«, wollte Josef wissen.

»Jede Menge Ärger. Niemand hat damit gerechnet, von heute auf morgen rausgeworfen zu werden. Manche arbeiteten hier schon zwanzig oder dreißig Jahre. Für einige war die Brauerei der Lebensmittelpunkt. Jetzt stehen sie vor dem Nichts. In der DDR gab es mehr Arbeitskräfte als Arbeit. In der Bundesrepublik ist es genau umgekehrt, wie mir scheint.«

»Verstehe.« Josef rieb sich nachdenklich die Stirn. »Halten Sie es für möglich, dass einer der ehemaligen Mitarbeiter sich an Holdinger rächen wollte?«

Heiner Krüger schwieg eine Weile. Er hielt den Blick gesenkt. »Was denken Sie denn? Ich traue niemandem der Kollegen einen Mord zu«, antwortete er schließlich. »Aber ich kann natürlich in keinen Menschen hineinsehen.«

»Mit einem der Entlassenen soll es massive Probleme gegeben haben?«, fragte Beate.

Krüger hob den Blick und starrte sie an, als würde er sie jetzt erst wirklich zur Kenntnis nehmen. »Wissen Sie, das wirkliche Problem ist, dass wir hier am Ende sind. Am Ende mit dem System. Am Ende mit der Planwirtschaft. Am Ende mit dem gesamten Land. Am Ende mit dem sogenannten Volkseigenen Betrieb. Am Ende mit dieser Brauerei. Am Ende mit allem eigentlich. Streichen Sie mal beim Wort *Wende* den ersten Buchstaben. Oder versuchen Sie, in einer Sackgasse die Kurve zu kriegen. Ich meine das nicht böse, aber für einige, die ihre Arbeit verloren haben, war das nicht nur ein Job. Mit dem Rauswurf endet auch ihr Leben, zumindest scheinbar. Sie sehen ihre Lage als völlig aussichtslos.« Der Mann hob die Stimme nicht, er sprach sachlich, beinahe monoton, als würde er erklären, wie man Bier braute, und nicht, wie alles den Bach runterging.

»Sicher ist es schwer am Anfang«, gab Josef zu. »Aber es kommen auch wieder bessere Zeiten.«

»Diesen Anfang mit dem Ende zu beginnen ist das Dilemma«, stellte Heiner Krüger fest. »Das ostdeutsche Dilemma.«

»Aber gerade dann kann doch Neues entstehen! Wenn man den alten Ballast abwirft. Diese ganze Ideologie, Marx und Engels und Lenin, die SED, die Mangelwirtschaft, die Stasi, diesen ganzen Bullshit – weg damit. Auf zu neuen Ufern! Jetzt ist die Zeit dafür!« Josef warf Beate, die neben ihm saß, einen Blick zu. Gab sie ihm recht?

Sie runzelte bloß die Stirn und räusperte sich. »Können wir mal wieder zur Sache kommen? Sie haben meine Frage noch nicht beantwortet, Herr Krüger.«

»Falls Sie möchten, dass ich jemanden ans Messer liefere ... das werde ich nicht tun.« Krüger reckte angriffslustig das Kinn.

»Wir nehmen Sie gern mit aufs Polizeirevier, wenn Ihnen das lieber ist«, bot Josef freundlich an.

»Ich kann hier nicht weg. Das Lokal öffnet in einer Stunde.« Er zog die verschränkten Arme noch dichter an sich heran, als wollte er sich gegen seine Angreifer panzern.

Josef tat, als würde er die grimmige Miene seines Gegenübers nicht bemerken. »Gut, dann nennen Sie uns bitte den Namen des Kollegen, mit dem es die Probleme gab, und seine Adresse.«

»Ich weiß nicht, ob ich dazu befugt bin.« Krüger leckte sich über seine dünnen, spröden Lippen.

»Wir sind befugt, Sie danach zu fragen. Dann sind Sie auch befugt zu antworten. Wir bekommen das sowieso raus, aber wenn Sie uns nicht unterstützen, wird das Konsequenzen haben. Und vergessen Sie nicht, dass es hier um einen Mord geht!« Langsam verlor Josef die Geduld. Seine Stimme war kalt und drohend geworden.

Eigentlich hatte er seinem Sohn versprochen, ihn heute in Halle im Internat zu besuchen. Aber daraus würde wohl nichts werden. Er musste unbedingt Juliane Siebenbach, die Klassenlehrerin von Florian, anrufen, damit sie dem Jungen Bescheid sagen konnte.

»Gerhard Schäfer, unser ehemaliger Kollege, wohnt nur etwa zweihundert, dreihundert Meter von der Brauerei entfernt«, sagte Heiner Krüger schließlich.

Josef nickte ihm zu. »Wir brauchen noch die genaue Adresse. Und … haben Sie hier ein Telefon? Ich müsste mal kurz jemanden anrufen. Es ist dringend.«

»Hinter dem Tresen«, murmelte Herr Krüger. »Bedienen Sie sich.«

Das Telefon, das aussah, als stammte es aus dem letzten Jahrhundert, stand in einer dunklen Ecke an der nikotinverschmutzten Wand. Josef nahm den Hörer in die Hand, der merkwürdig klebte, wählte die Nummer der Schule, aber niemand nahm ab. Auch im Internat war das Büro offenbar nicht besetzt.

Er versuchte es gleich noch einmal: erst die Schule, dann das Internat. Wieder vergeblich. »Hundsverregg!« Jetzt würde Florian umsonst auf ihn warten.

Er fühlte ein Unbehagen in sich aufsteigen und knallte den Hörer wütend auf die Gabel.

Bisher hatte er die Vereinbarungen mit Florian stets eingehalten. Was würde sein Sohn denken, wenn er nicht auftauchte?

36

Plagwitz war ein graues ödes Industrieviertel mit alten Fabriken, die seit der Wiedervereinigung zunehmend stillgelegt wurden, mit heruntergekommenen Altbauten, die sicher noch eine Weile auf eine Sanierung warten mussten, und einem Kanal, der vermüllt war und nach Abwasser stank.

»Warum hat Norbert Holdinger sich ausgerechnet dieses dreckige Viertel in Leipzig ausgesucht?«, fragte Beate, als Almgruber den Wagen am Straßenrand parkte. »Ich verstehe das nicht. Was hatte er davon, in eine kleine, unbedeutende Brauerei zu investieren?«

Almgruber zuckte mit den Schultern. »Holdinger kannte sich aus im Brauereigeschäft. Und Bier wird schließlich überall getrunken. Wer weiß schon, wie es in ein paar Jahren in Leipzig aussieht? Es ist für ihn eine Investition in die Zukunft gewesen. Abgesehen davon hatte er ja auch Immobilien in der Innenstadt erworben, die nach der Sanierung sicher eine Menge Geld bringen.«

Beate bekam das Gefühl, Josef Almgruber erklärte ihr in einfachen Worten das Einmaleins des Kapitalismus, und kam sich etwas blöd vor. Warum dachten Wessis wie Holdinger immer in erster Linie an Gewinn, also an Geld? Und warum fand ihr Kollege das ganz normal? Oder war sie zu naiv, den Sinn dahinter zu verstehen?

Der aus der Brauerei entlassene Gerhard Schäfer wohnte in der Weißenfelser Straße, in der Nähe des Karl-Heine-Kanals. Ein Teil des Bürgersteigs an der angegebenen Adresse war abgebrochen, sodass man ein Stück mit Flatterband abgesperrt hatte, als wäre dies ein Tatort. Die Fassade des Hauses trug die typische, schmutzig graubraune Farbe, die von Smog und Ruß und der üblichen Umweltverschmutzung aus DDR-Zeiten zeugte. Die Fenster der unteren Wohnungen waren zugemauert, bei den oberen Fenstern waren die Scheiben teilweise zerstört. Das Haus sah unbewohnt aus. Aber der Eindruck täuschte, wie Beate mit Blick auf das Klingelschild feststellte. Hier lebten Menschen, wenn auch zumindest die unteren Wohnungen leer standen.

Almgruber drückte bereits zum zweiten Mal auf den Klingelknopf, neben dem sich der Name Schäfer befand. Nichts rührte sich.

»Er scheint nicht zu Hause zu sein«, meinte Josef. Er blickte sich unschlüssig nach dem Opel um, der in ein paar Metern Entfernung neben einer schiefen Straßenlaterne stand.

»Vielleicht funktioniert die Klingel nicht«, meinte Beate und warf ihrem Kollegen einen fragenden Blick zu. Wollte er Feierabend machen? Er wirkte, als wäre er nicht so ganz bei der Sache.

»Oder er ist einfach nicht da«, sagte Josef ungeduldig.

»Ist irgendwas?«, fragte sie ihn.

»Was soll sein.«

Es klang nicht wie eine Frage, also antwortete sie nicht.

Beate drückte die Klinke runter. Die Haustür war nicht abgeschlossen.

»Na, dann wollen wir mal«, sagte sie und versuchte, den beißenden Geruch nach Katzenurin, der ihnen entgegenschlug, zu ignorieren. Ihre Meerschweinchen stanken zum Glück nicht so. Aber die pinkelten ja auch nicht überall im Haus herum.

Josef überholte sie plötzlich und rannte – immer gleich zwei Stufen nehmend – in schnellem Tempo die Treppe hinauf. Beate beeilte sich, ihm zu folgen. Er drückte auf die Tube, so viel war klar. Aber warum? Als sie ihn eingeholt hatte, klopfte er schon energisch an eine Wohnungstür.

»Hier ist die Polizei! Machen Sie die Tür auf!«, brüllte er.

Beate musterte ihn von der Seite. Sein Gesicht war rot angelaufen. Schweiß stand auf seiner Stirn. Er wummerte jetzt mit der Faust gegen die Tür.

»Ist ja schon gut, verdammt noch mal! Ich komme!« Die Stimme klang rau und wütend. Sie hörten jemanden husten, offenbar ein Raucherhusten.

»Was wollen Sie?«, fragte der Mann im nächsten Augenblick. Eine massige Gestalt mit strähnigen Haaren ragte vor ihnen auf. Breit wie ein Schrank, so nahm Beate den Menschen wahr und trat unwillkürlich einen Schritt zurück.

»Sind Sie Gerhard Schäfer?«, fragte Almgruber und nannte ihre beiden Namen. »Kripo Leipzig.« Er zückte seinen Ausweis. »Wir müssen dringend mit Ihnen sprechen.«

»Können wir reinkommen, Herr Schäfer?«, fragte Beate und bemühte sich, dem Verdutzten ein freundliches Lächeln zu schenken.

Schäfer warf ihr einen kurzen Blick zu, dann starrte er Josef Almgruber finster an. »Sie sind ein Wessi, richtig?«

»Woher wollen Sie das wissen?«

»Ihr riecht anders«, antwortete er. »Ihr kleidet euch anders, ihr redet anders.«

»Inwiefern?« Almgruber zog die Augenbrauen hoch.

»Keine Ahnung. Ihr kommt eben von einem anderen Stern.«

»Sie sind auf Westdeutsche wohl nicht gut zu sprechen?«,

hakte Josef nach. »Sie halten uns also für Außerirdische, die Ihren Planeten erobern?«

Schäfer lachte kurz auf, antwortete ihm aber nicht.

Beate nahm wahr, dass der Mann nach Zigaretten, Schweiß und Alkohol roch.

Vor allem nach Alkohol. Offenbar eine gewaltige Bierfahne, mutmaßte sie. War er betrunken? Zumindest lallte er nicht.

»Können wir nun reinkommen?«, wiederholte sie.

»Wenn Sie sich trauen?« Diesmal blickte er Beate an, musterte sie von oben bis unten und grinste. »Bitte schön, die Dame.« Er pustete ihr seinen Alkoholatem direkt ins Gesicht.

Sie fragte sich einen Moment, ob sie Angst vor ihm haben sollte, und zuckte mit den Schultern. Diesmal war ja Josef Almgruber dabei, der nach seinem letzten Fauxpas ohnehin das Bedürfnis hatte, sie zu schützen.

»Herr Schäfer, ein bisschen mehr Respekt, wenn ich bitten darf, ja?«, mahnte ihr Kollege auch gleich.

Da fing es schon an, das Beschützen. Beate presste die Lippen aufeinander, um nicht zu lachen.

»Ich bin doch respektvoll«, erwiderte Schäfer gespielt entrüstet und zwinkerte Beate zu.

Sie wusste nicht, was sie davon halten sollte. War das etwa ein völlig unangebrachter Flirtversuch?

»Ich bin immer respektvoll.« Die Stimme des Mannes klang betont spöttisch.

»Das werden wir sehen.« Almgruber hörte sich an wie ein Lehrer, der seinen Schüler das erste Mal ermahnte.

Beate und Josef ließen sich auf einem durchgesessenen Sofa nieder. Vor ihnen stand ein gefüllter Aschenbecher auf dem Tisch, als wären die Kippen eine besondere Form von Chips.

Gerhard Schäfer blieb noch eine Weile zögernd stehen und

musterte sie misstrauisch von oben herab, ehe er sich in einen Sessel fallen ließ, der aussah, als stammte er aus dem Sperrmüll.

In der Vitrine einer dunkelbraunen Schrankwand reihten sich wuchtige Bierkrüge aneinander, wie Beate bemerkte. Sie glänzten, als hätte er sie extra poliert. Vermutlich lag Schäfer tatsächlich etwas an Bier.

»Sie haben es einem Wessi zu verdanken, dass Sie aus der Brauerei entlassen wurden?«, begann Beate ohne Umschweife die Befragung.

Der Mann sah sie grimmig an. »Ja. Diesem Holdinger. Er glaubt, wenn er die Brauerei kauft, ist er Herr über alles.«

»Glaubte«, wandte Josef ein. »Er ist tot.«

Schäfers starrer Blick wanderte zwischen Almgruber und Beate hin und her. »Tot?«

»Er wurde ermordet«, antwortete Josef trocken.

»Und jetzt ... kommen Sie her ... und verdächtigen *mich*?« Sein ohnehin schon zornig wirkendes Gesicht lief rot an.

»Vorerst möchten wir Sie nur befragen, Herr Schäfer«, sagte Beate.

»Vorerst? Was heißt das? Erst möchten Sie mit mir plaudern, und dann wollen Sie mich verhaften?«

»Wir möchten Sie *befragen*«, wiederholte Josef in einem beschwichtigenden Ton. »Sie waren nicht gerade gut auf Herrn Holdinger zu sprechen, stimmt's?«

»Brauch ich jetzt nicht einen Anwalt?« Schäfer wirkte plötzlich wie ein in die Enge getriebenes Tier.

»Nein«, sagte Beate. »Wie wir schon mehrfach sagten: Wir möchten nur mit Ihnen reden.«

»Meinen Sie denn, dass Sie einen Anwalt benötigen?«, fragte Almgruber.

Beate bemerkte, dass er heimlich auf seine Uhr sah. Wollte er den Mann zu einem schnellen Geständnis drängen?

»Das klingt wie eine Fangfrage«, stellte Gerhard Schäfer fest. Nervös fummelte er sich eine Zigarette aus einer Schachtel F6.

Beate sah zu, wie er den Rauch tief einsog. Er ist aufgeregt, stellte sie fest. Er muss sich beruhigen.

»Wann und wo haben Sie Holdinger das letzte Mal gesehen?«, fragte Almgruber. Er holte einen kleinen Notizblock aus der Jackentasche und zückte einen Kugelschreiber. Er sah den Mann an und lauerte auf eine Antwort.

»Sie wollen mir etwas anhängen, nicht? Sie wollen mir einen Mord anhängen!«

Josef seufzte und schüttelte den Kopf. Ein schnelles Geständnis würde es wohl nicht geben. »Wir wollen ermitteln, was passiert ist. Jede Zeugenaussage kann da weiterhelfen.«

»Wirklich? Oder verarschen Sie mich?«

Beate schob ihm fürsorglich den überfüllten Aschenbecher zu. Ein paar Kippen fielen heraus und blieben auf dem Tisch wie tote Insekten liegen.

»Wir haben nicht ewig Zeit. Es wäre schön, wenn Sie jetzt mit der Sprache herausrücken!«, blaffte Almgruber den Mann an.

Beate wurde bewusst, dass sie ihn mit dem ewigen Spiel, der alten Taktik *Guter Bulle, böser Bulle*, in die Mangel nahmen. Abgesprochen hatten sie das allerdings nicht.

»Wenn Sie uns sagen, was wir hören wollen, sind wir ganz schnell wieder weg«, versprach sie ihm.

»Keine Ahnung, was Sie hören wollen. Ich habe Holdinger nicht getötet. Schreiben Sie das auf, Herr Kommissar!« Schäfer tippte, mit der Zigarette zwischen den Fingern, energisch auf den Notizblock, als wäre der ein Ding, das seine Unschuld beweisen konnte. Etwas Asche rieselte auf das Papier.

Josef Almgruber pustete sie kurzerhand weg. »Unsere Frage lautete anders«, erwiderte er. »Sie haben Herrn Holdinger in seinem Hotel aufgesucht und ihn bedroht? Haben Sie ihn da das letzte Mal gesehen? Oder wann? Und wo? Seien Sie bitte so präzise wie möglich.«

Schäfer schnappte nach Luft und begann zu husten. Der Raucherhusten schlug in ein Keuchen um. Kurz befürchtete Beate, der Befragte würde direkt vor ihnen ersticken. Aber der Atem des Mannes normalisierte sich wieder.

»Sie sollten weniger rauchen.« Ihr wurde schnell klar, wie sinnlos ihre Bemerkung war.

Er reagierte auch nicht darauf. Zum Glück. Stattdessen schien er in seinem Sessel zu versinken. Seine Schultern zuckten. Beate brauchte einen Moment, um zu begreifen, dass er weinte. Sie wechselte einen Blick mit ihrem Kollegen. Auch er sah plötzlich ratlos aus. Schäfer schluchzte eine Weile vor sich hin. Und sie warteten ab, bis er sich wieder beruhigt hatte.

Almgruber räusperte sich. »Haben Sie meine Frage verstanden, Herr Schäfer? Wir möchten von Ihnen wissen, wann Sie zuletzt Kontakt …«

»Ich habe ihn nicht bedroht! Ja, ich war in seinem Hotel, aber er hat mich ja gar nicht in sein nobles Zimmer gelassen. Ich wollte von ihm wissen, warum ausgerechnet *ich* rausgeschmissen wurde.« Er schlug sich auf die Brust, und sein Gesicht verzog sich voller Selbstmitleid. »Immerhin habe ich mehr als 30 Jahre in der Brauerei gearbeitet. Musste ich deshalb gehen? Weil ich zu den Ältesten gehörte? Finden Sie das fair? Genau das wollte ich ihn fragen. Nicht mehr und nicht weniger. Vielleicht habe ich im *Merkur* etwas laut gesprochen, aber das waren keine Drohungen.«

Beate nickte verständnisvoll. »Sie wollten sich also mit ihm aussprechen«, sagte sie. »Aber er hat Sie abgewiesen?«

»Er hat mir die Tür vor der Nase zugeknallt und offenbar die Sicherheitsleute des Hotels informiert. Jedenfalls kamen dann zwei Herren und haben mich hinausbegleitet.«

»Das alles muss sehr frustrierend für Sie gewesen sein«, stellte Beate fest. »Haben Sie dann noch einmal versucht, Herrn Holdinger zu erreichen beziehungsweise zu treffen?«

»Öfter. Ich bin ihm eine Zeit lang gefolgt.«

»Wie meinen Sie das?«, fragte Almgruber überrascht.

»Ganz ehrlich? Der Typ kam mir irgendwie zwielichtig vor. Ich wollte herausfinden, was er so treibt. Also habe ich mich an seine Fersen geheftet.«

»Wozu?«

»Ich dachte, wenn ich etwas gegen ihn in der Hand habe ...«

»Können Sie ihn erpressen?«, beendete Josef den Satz. Er beugte sich gespannt ein Stück vor.

»Ich wollte meinen Job zurück.«

»Und? Haben Sie etwas herausgefunden, was für Ihre Zwecke hätte nützlich sein können?«, wollte Beate wissen.

»Allerdings.« Schäfer hob den Blick. In seinen Augen flackerte es. »Wie gesagt, ich bin ihm einige Tage gefolgt. Hatte ja sonst nichts zu tun, war offiziell arbeitslos.«

»Machen Sie es nicht so spannend!«, forderte Almgruber.

»Wenn Sie mich bedrängen, sage ich gar nichts mehr«, konterte Schäfer. »Jedenfalls nicht ohne meinen Anwalt«, fügte er trotzig hinzu. Er drückte die Zigarettenkippe in den überfüllten Aschenbecher, sorgfältig und vorsichtig, als würde er Mikado spielen. Tatsächlich fiel diesmal nichts heraus. Abrupt lehnte er sich zurück, sodass der alte Sessel unter ihm knarrte, und zündete sich die nächste Zigarette an.

»Wir möchten Sie nicht bedrängen«, sagte Beate. »Wir müssen

nur herausfinden, was passiert ist. Das verstehen Sie doch? Das ist auch in Ihrem Interesse, oder nicht?«

Schäfer saugte an seinem Glimmstängel. Er ließ sie zappeln. Beate spürte, dass Josef neben ihr immer angespannter wurde.

»Na klar. Ich möchte auch gern wissen, was passiert ist«, sagte der Mann. »Wissen Sie: Fast alle meine Nachbarn und Freunde hier in Plagwitz sind jetzt arbeitslos. Die Betriebe machen dicht oder bauen Arbeitsplätze ab. Dabei bin ich im Herbst 89 noch auf der Straße gewesen, zusammen mit Tausenden anderen Leipzigern. Auch am 9. Oktober haben wir den Kopf hingehalten für die Freiheit. Als dann nicht geschossen wurde und alles friedlich blieb, dachten wir, jetzt haben wir es geschafft. Diesmal gehören wir zu den Gewinnern. Und dann ... tja, kam es anders als gedacht. Nach dem Sieg stehen wir trotzdem auf der Verliererseite. Da läuft doch etwas schief, oder?«

»Das ist schlimm, aber ...« Beate suchte noch nach den richtigen Worten, als Josef das Reden übernahm.

»Herr Schäfer, lenken Sie nicht ab! Sie wollten uns erzählen, was Sie beobachtet haben, als Sie Norbert Holdinger gefolgt sind.«

»Wollte ich das?« Seine Mundwinkel verzogen sich, aber es sah nicht nach einem Lächeln aus.

»Sie haben zugegeben, dass Sie einen Zwist mit Herrn Holdinger hatten und ihn tagelang heimlich beschattet haben. Vielleicht wollten Sie eine günstige Gelegenheit abwarten, um ihn zu töten?«, fragte Almgruber scharf.

»Quatsch!«, brüllte Schäfer und sprang auf. Ein Raucherhusten, der heftiger war als zuvor, schüttelte ihn wieder, und er fiel in den Sessel zurück.

»Das ist kein Quatsch, sondern ein Motiv!«, rief Josef so laut, dass er den Husten übertönte.

Schäfer keuchte erbärmlich. Es klang fast wie ein Röcheln.

Beate erschrak. »Kann ich Ihnen ein Glas Wasser bringen?«

»Lieber ein Bier«, würgte er hervor. »Steht im Kühlschrank.«

Sie nickte und lief so schnell in die Küche, als müsste sie ihm mit dem Getränk das Leben retten. Kurz stellte sie fest, dass der Raum hell und aufgeräumt wirkte. Kein dreckiges Geschirr, keine Krümel, Flecken oder herumliegende schimmlige Lebensmittel. Anders als erwartet also. Sie schämte sich ein bisschen. Sie hatte ihn wegen seines offensichtlich erheblichen Alkohol- und Nikotinkonsums automatisch als asozial eingestuft, dabei war er wahrscheinlich einfach nur unglücklich. Jedem konnte passieren, dass er in ein scheinbar endlos tiefes Loch fiel. Jedem und jeder. Für viele im Osten bedeutete Arbeitslosigkeit schlicht, dass ein Stück der eigenen Existenz wegbrach. Und neue Arbeitsplätze – gerade für die Älteren – waren nicht in Sicht.

Der Kühlschrank wirkte gut gefüllt – mit unterschiedlichen Bierflaschen. Dazwischengequetscht eine Leberwurst, abgepackter Käse und ein Stück Butter. Kein Obst, kein Gemüse. Anscheinend ernährt er sich nicht besonders gesund, dachte sie. Aber was ging sie das an.

Wahllos griff sie nach einer Flasche, die nicht nur klein, sondern auch grün war. Sie zuckte mit den Achseln. Die Zeit, dass grüne Flaschen verpönt waren, schien endgültig vorbei zu sein. In den Konsum- und HO-Läden in der DDR gehörten sie wegen der Farbe des Glases zu den Ladenhütern. Beate verstand nichts von Bier, sie trank es eher selten mal. Es machte sie müde und schmeckte ihr nicht besonders.

»Heineken«, sagte Almgruber verwundert, als sie Schäfer das Gewünschte reichte.

»Warum nicht? Ich trinke mich jetzt durch die Welt. Zum Reisen fehlt mir ja das nötige Kleingeld. Für ein paar Flaschen Bier reicht das Arbeitslosengeld gerade so.« Der Mann lachte hustend, schob sein Feuerzeug unter den Kronkorken, und es knackte leise. »Möchtet ihr auch eins? Aber ihr seid ja im Dienst«, antwortete er sich selbst und trank die Flasche in einem Zug aus.

Die Medizin schien zu wirken. Der Husten verzog sich. Schäfer rülpste, dann räusperte er sich. »Also schön«, sagte er schließlich. »Wenn der neue Brauereibesitzer Holdinger in irgendwelchen Häusern verschwand, in denen er – zumindest auf den ersten Blick – eigentlich nichts zu suchen hatte, hab ich mir die mal genauer angeguckt, natürlich erst, wenn er wieder weg war. Ich wollte herausbekommen, zu wem er da ging. Dabei fiel mir auf, dass Norbert Holdinger zweimal in einer Detektei im Leipziger Zentrum war. Keine Ahnung, was er da wollte. Er blieb dort beide Male mindestens eine Stunde.«

»Das ist alles?«, rutschte es Beate enttäuscht heraus.

»Ja, das ist alles. Aber findet ihr das nicht merkwürdig? Wieso geht der zu Privatdetektiven?«

»Danke für den Hinweis. Wir werden der Sache nachgehen.« Almgruber löste eine leere Seite aus dem Notizblock und schob sie über den Tisch. »Schreiben Sie bitte den Namen des Betreibers und die Adresse dieses Büros für uns auf?«

»Den Namen? Keine Ahnung. Da hing so ein Schild draußen an dem Haus. *Detektei Spezial* oder *Die Spezialisten*, etwas in der Art. Die Beschriftung war ziemlich klein und unauffällig, wenn Sie mich fragen. Die genaue Anschrift ... Hm ... Was weiß ich. Die Straße kann ich Ihnen nennen.«

»Dann schreiben Sie bitte das auf, woran Sie sich erinnern.« Josef Almgruber reichte ihm einen Kugelschreiber über und nickte ihm auffordernd zu.

Schäfer warf Beate einen verunsicherten Blick zu. Kann ich dem trauen?, schien er zu fragen.

»Nochmals vielen Dank für Ihre Hilfe«, sagte Beate rasch, während er zögernd zu schreiben begann. Sie können ihm nicht trauen, dachte sie. Und auch mir nicht. Wir sind Bullen, die einen Kriminalfall bearbeiten. Da ist so einiges an Tricks erlaubt, wenn es der Lösung des Falls dient.

»Waren Sie schon mal in *Auerbachs Keller*?«, fragte Almgruber. Wie nebenbei nahm er Zettel und Stift vorsichtig entgegen und tütete beides unter dem Tisch in einen Spurensicherungsbeutel ein.

»Wer war da noch nicht«, wich Schäfer aus.

»Stimmt auch wieder. Ich meinte aber: in letzter Zeit.«

Mürrisch schüttelte er den Kopf. »Ist es da passiert? Ist er da gekillt worden?«

»Beantworten Sie bitte die Frage!«

»Nein, war ich nicht!«

Almgruber starrte ihn prüfend an. Beate konnte nahezu spüren, dass er ihm nicht glaubte. »Das war's fürs Erste, Herr Schäfer«, sagte er dann aber unvermittelt. »Wir danken für Ihre Auskünfte. Ich hoffe, Sie haben nicht die Absicht, in nächster Zeit zu verreisen?«

»Sehe ich so aus?«, fragte er zurück und hob seine Hände. Zwischen zwei Fingern hielt er die brennende Zigarette. Die Glut tanzte, als würde ein Glühwürmchen herumschwirren.

»Es kann sein, dass wir noch mal auf Sie zukommen«, sagte Beate, erhob sich und gab ihm die Hand. Das ist sogar sehr wahrscheinlich, dachte sie.

Vermutlich hatte er ihnen nicht alles erzählt, was er wusste.

Und noch etwas machte sie stutzig: Es kam ihr vor, als hätte sie ihn schon einmal irgendwo gesehen. Sie runzelte die Stirn und dachte nach. Aber im Augenblick fiel ihr nicht ein, wo das gewesen sein könnte.

Als sie mit Josef zum Wagen ging, erinnerte sie sich plötzlich.

»Gerhard Schäfer war am Tatort«, sagte sie unvermittelt.

»Was?« Almgruber riss ungeduldig die Tür seines Opels auf und sah sie über das Autodach hinweg überrascht an.

»Ich habe ihn gesehen, als ich in die Mädler-Passage gegangen bin, am Tag nach dem Mord. Er stand direkt hinter dem Absperrband.«

»Sicher?«

»Ziemlich.« Sie dachte an seinen gehetzten Blick, an die brennende Zigarette. Er war ihr aufgefallen, aber sie hatte keine Zeit gehabt, ihn anzusprechen.

»Das ist zwar kein Beweis, dass er der Täter war, macht ihn jedoch noch verdächtiger«, meinte Josef. »Aber reicht das für einen Haftbefehl?«

Beate schüttelte den Kopf. »Vielleicht ist er Norbert Holdinger wirklich nur gefolgt, hat ihn am Tag zuvor in *Auerbachs Keller* gehen sehen und sich bei dem Polizeiaufgebot ein paar Stunden später vielleicht gefragt ...«

»Ein bisschen viele Vielleichts«, fiel er ihr unwirsch ins Wort.

»Wir sollten trotzdem noch zu der Detektei gehen, die er erwähnt hat.«

Josef nickte. »Richtig. Aber nicht jetzt. Denn dazu müssten wir erst mal wissen zu welcher. Im Übrigen hat die Witwe auch etwas von einer Detektei erzählt.« Den letzten Satz sprach er nachdenklich aus, als wäre ihm der Hinweis von Frau Holdinger gerade erst wieder eingefallen.

Beate sah ihn verwundert an. War der Hauptkommissar noch bei der Sache? »Schäfer hat uns doch die Straße bereits genannt. Und selbst wenn die nicht stimmt: So viele Privatdetektive wird es in Leipzig ja nicht geben, oder?«

»Kann sein. Kann nicht sein. Ich habe seit drei Stunden eigentlich Feierabend.«

Seine Stimme klang rau, beinahe wütend. Und gleichzeitig irgendwie …

»Ist was mit deinem Sohn?« Beate ließ sich auf dem Beifahrersitz nieder.

»Ich hoffe doch nicht«, antwortete Josef bloß.

37

Sein Herz klopfte schneller, als er seine Wohnung im Leipziger Stadtzentrum betrat und das unentwegte Blinken sah: Der Anrufbeantworter hatte eine Nachricht für ihn. Es kam Josef vor wie ein Warnlicht, das in ihm sofort Alarm auslöste. So war er kaum noch überrascht, als er die Stimme von Florians Lehrerin hörte. »Herr Almgruber, ich muss Ihnen leider mitteilen, dass wir Ihren Sohn nicht finden können!«

Josef spürte den Schreck wie einen Faustschlag in den Magen. »*Oh Gott ... Wie bitte?*« Er versuchte, sich zur Ruhe zu zwingen, um zu hören, was die Frau auf Band gesprochen hatte. Doch in diesem Moment atmete sie nur nervös ins Telefon. Oder schluchzte sie etwa? Was zum Teufel war passiert?

»Ich hatte ihn noch auf dem Schulhof getroffen und mich kurz mit ihm verständigt. Er wollte zum Zaun gehen und da auf Sie warten. Aber dann war er plötzlich verschwunden.« Die Stimme klang verzagt, wurde leiser. Josef presste den Hörer dichter ans Ohr. »Er hat offenbar niemandem Bescheid gesagt, wohin er wollte. Wir gehen davon aus, dass er das Gelände unerlaubt verlassen hat, und sind dabei, ihn zu suchen. Die Polizei vor Ort wurde informiert. Kommen Sie bitte so schnell wie möglich zu uns nach Halle!«

Der letzte Satz klang schrill, beinahe hysterisch. Ein Hilferuf.

Ihm brach der Schweiß aus. Die Frau hatte vor einer Stunde angerufen und sich nicht wieder gemeldet, also suchten sie ihn noch?

Josef rief zurück, doch es nahm niemand ab. Er knallte den Hörer auf.

Florian war, wie es aussah, weggelaufen. Weil sein Vater ihn nicht besuchen kam. Obwohl er es versprochen hatte. »Es tut mir leid«, flüsterte er. Aber das nützte natürlich nichts. Er musste los. Sofort. Wieso saß er nicht schon längst im Auto?

Josef verließ die Wohnung, schlug die Tür zu, raste die Stufen hinunter. Als er endlich losfuhr, zuckelte ein Trabbi vor ihm her, so grau wie die Abgase, die er ausstieß. Er kam an dem schleichenden Vehikel nicht vorbei und fühlte auf einmal eine furchtbare Enge in der Brust, Angst mischte sich mit Wut. Wut auf den lahmen Trabant, Wut auf den Osten, Wut auf sich selbst.

Vielleicht hätte er seinen Jungen doch in Nürnberg bei der Großmutter lassen sollen. Bei Josefs Mutter, die Zeit hatte für ein Kind und die ihren Enkel liebte. Andererseits wollte er seinen Sohn in der Nähe wissen, in *seiner* Nähe.

Endlich gelang es Josef, den Trabant mit den stinkenden Auspuffwolken zu überholen. Wie lange würde es diese knatternden, die Umwelt verpestenden Kisten auf vier Rädern wohl noch geben? Hergestellt wurden sie doch nicht mehr, oder? Josef ließ den Trabbi hinter sich, fuhr jetzt schneller als erlaubt, im Takt seines wild schlagenden Herzens. Es war bereits dunkel, und die Bilder in seinem Kopf, dass Florian irgendwo allein in der Finsternis herumirrte, versetzten ihn immer mehr in Panik. Er versuchte, nicht an die Fälle zu denken, in denen Kinder verschwunden waren, die er in Nürnberg bearbeitet hatte. Meistens hatte es sich um Ausreißer gehandelt, die nach ein paar Tagen oder spätestens nach drei, vier Wochen in das Heim oder in ihr Elternhaus – allein oder in Polizeibegleitung – zurückkehrten.

Manche dieser vermissten Kinder hatte man aber nie gefunden. Die Familien blieben im Ungewissen – einige davon wohl für immer. Es musste die Hölle auf Erden für sie sein, das war ihm klar. Allein die Vorstellung, dass Florian etwas passiert sein könnte, dass er in diesem Moment Hilfe brauchte, machte ihn fast wahnsinnig. Obwohl es jetzt auch noch anfing, in Strömen zu regnen, beschleunigte Josef den Wagen noch mehr. Er würde sich nie verzeihen, wenn seinem Sohn etwas passierte!

38

Beate war noch zu aufgekratzt, um sich einfach zu Hause ins Bett zu legen. Sie würde sowieso nicht schlafen können. Und Steffen machte sich rar in letzter Zeit. Sie unternahmen so gut wie nichts mehr zusammen. Also war sie, nachdem Almgruber sie abgesetzt hatte, mit der Straßenbahn ins Zentrum der Stadt gefahren und ging nun an den bröckelnden Fassaden der Innenstadt vorbei. Die historischen Altbauten warteten hier noch auf den Prinzen aus dem goldenen Westen, der sie zu neuem Leben erwecken würde. Viele Läden und Gaststätten standen leer, die besonders baufälligen Gebäude waren eingerüstet oder einfach mit Gittern abgesperrt. Hohle Fenster schienen sie anzuglotzen. Dabei mussten die alten Häuser einmal schön gewesen sein. Vor langer Zeit ...

Beate durchquerte eine enge, finstere Passage, bog in die Straße ein, die Gerhard Schäfer ihnen genannt hatte und in der es nicht viel besser aussah. Die schmutzig graue Farbe beherrschte beinahe die ganze Gegend. Beate hielt Ausschau nach den neuen glänzenden Schildern, die an den Häusern schnell auffielen. Dennoch musste sie eine Weile suchen, ehe sie das richtige fand. Eine kleine, goldene Schrift auf schwarzem Untergrund verriet ihr schließlich, dass die *Detektei Speziell für Sie* in dem Haus, vor dem sie stand, tätig war. Eine unauffällige Werbung. Aber vielleicht sollte das so sein?

In dem ehemaligen HO-Laden mit heruntergezogenem Rollo, hinter dem sie das Büro vermutete, brannte noch Licht, wie sie unschwer erkennen konnte. Beate zögerte nur kurz. Wenn sie schon einmal hier war, sollte sie den Dingen auch gleich auf den Grund gehen. Falls der Hinweis nichts ergab, konnte sie diesen Anhaltspunkt abhaken und Schäfer aufs Revier bestellen, ihn gründlicher in die Mangel nehmen. So wie er zurzeit lebte, in diesem dauerbenebelten Zustand, ahnte Beate, dass sie kein hieb- und stichfestes Alibi für die Tatzeit von ihm erwarten konnten. Vielleicht hatte er Norbert Holdinger im Suff getötet? Wut und Alkohol ergaben eine gefährliche Mischung.

Beate klingelte, aber da niemand öffnete, ging sie einfach in das Haus, klopfte kurz an die Bürotür und trat, ohne eine Aufforderung abzuwarten, ein. Jemand saß an der Schreibmaschine und tippte.

»Guten Tag, tut mir leid, dass ich hier so hereinschneie, aber ...«

»Beate?«

Der Mann hinter dem Schreibtisch starrte sie erstaunt an. Und jetzt erkannte sie ihn auch. Er hatte sich verändert und auch wieder nicht. Sein Gesicht war so blass wie früher, nur bedeckte jetzt ein Bartflaum sein schmales Kinn.

»Mensch, Beate, da laust mich doch der Affe!« Er erhob sich, kam auf sie zu, und gerade als sie schon damit rechnete, dass er sie umarmen würde, reichte er ihr die Hand.

»Berti? Ich meinte ... ähm ... Berthold. Lange nicht gesehen.« Sie grinste ihn an. Ihren ehemaligen Klassenkameraden hatte sie an diesem Ort am wenigsten erwartet. »Arbeitest du hier?«, fragte sie und kam sich etwas dämlich vor. Warum sollte er denn sonst in dem Büro hocken.

»Ja, ich arbeite hier«, sagte er einfach. »Schön, dich zu sehen. Was verschafft mir die Ehre? Brauchst du meine Hilfe?«

»Ich bin dienstlich unterwegs«, antwortete sie. »Aber vielleicht kannst du mir wirklich helfen. Ich arbeite für die Kripo.«

Wenn ihn ihre Ansage verblüffte, zeigte er es zumindest nicht. Aber wahrscheinlich gehörte in dem Job das Pokerface bei Überraschungen dazu.

»Setz dich doch!« Er zeigte auf den einzigen Besucherstuhl, der aussah, als hätte er ihn aus ihrem alten Klassenraum mitgehen lassen, und ließ sich in seinen bequemen Bürosessel fallen. »Wie geht es dir?«

»Gut.« Beate verzichtete darauf, die Gegenfrage zu stellen.

»Hast du noch Kontakt zu anderen aus unserer Klasse?«, fragte Berthold. »Wir sollten mal ein Treffen machen, findest du nicht? Es ist ja lange genug her, und es hat sich so vieles verändert.«

Beate starrte ihn an. Dann nickte sie langsam. »Wäre eine gute Idee«, murmelte sie. Berthold Hilberg. Berti genannt. Wieso war ihr der Name am Klingelschild nicht aufgefallen? Ganz einfach: Es gab keinen Namen. Nur die Beschriftung, Gold auf Schwarz, edel und geheimnisvoll: *Detektei Speziell für Sie.*

»Und? Hast du noch Verbindungen? Also, du bist die erste Klassenkameradin, die ich wiedertreffe, seit ...« Er hob ratlos die Hände. » ... seit einer Ewigkeit.«

»Zu Sonja hin und wieder. Sie lebt jetzt in Westdeutschland.« Beate blickte an die Decke, als würde ihre Freundin aus Kindertagen irgendwo über ihr schweben. »Sie wohnt in Oldenburg, glaub ich. Nein, Lüneburg.« Sie lachte. »Falls Leipzig mal die Verbrechen ausgehen, werde ich sie besuchen.«

»Oh, das ist toll, dass du Kontakt zu Sonja hast. Wie geht's ihr?«

»Super. Sie ist Mutter von zwei Kindern, verheiratet. Arbeitet halbtags in einer Kita. Sie liebt ihre neue Heimat, aber sie hat noch Familie in Leipzig. Deshalb verabreden wir uns meistens zum Kaffee, wenn sie mal bei ihren Eltern ist.«

Berthold nickte zu dem, was sie sagte. Seine grauen Augen verrieten nichts, sahen sie nur an. Wie früher. »Die kleine Sonja. Wer hätte das gedacht. Schön, dass sie was aus sich gemacht hat. Klingt wirklich gut.«

Beate spürte Verwunderung in sich aufsteigen. Was aus sich gemacht hat? Wie meinte er das? Aber vielleicht plauderte er nur so vor sich hin. »Ja, es geht ihr bestens. Wie sieht es bei dir aus? Hast du Familie? Kinder?«

»Meine Zwillinge sind eineinhalb. Und meine Frau ist wieder schwanger.« Er lächelte stolz. »Das ist eine ganz schöne Herausforderung. Für uns alle.«

»Wow, das freut mich für dich.« Beate war ehrlich erstaunt. »Glückwunsch!«

»Danke.« Er nickte zufrieden. »Es ist wirklich ein Glück, weißt du?«

Einen Moment fürchtete sie, er würde die Gegenfrage stellen. Kinder? Verheiratet? Fehlanzeige. Eine Familiengründung lag für sie in weiter Ferne.

»Leider bin ich aber nicht deshalb gekommen, um mit dir über solche schönen Neuigkeiten oder alte Zeiten oder auch gemeinsame Bekannte zu sprechen.«

»Verstehe. Aber ich treffe nicht jeden Tag Leute von … früher.« Bertholds Gesicht nahm eine rosige Farbe an. In der Schule waren sie Banknachbarn gewesen, hatten jahrelang nebeneinandergesessen. Und trotzdem nicht viel miteinander zu tun gehabt. In der zehnten Klasse hatten sie sich beide um eine Berufsausbildung mit Abitur beworben. Beate hatte die besseren Zensuren, aber Berthold wurde genommen und Beate nicht. Er wollte die Offizierslaufbahn einschlagen. Sollte sie ihn danach fragen, ob er diese Pläne verwirklicht hatte? Aber deshalb war sie ja nicht hier.

»Wirklich schön, dich wiederzutreffen. Es ist jedoch tatsächlich ein Zufall, Berti. Sagt dir der Name Holdinger etwas? Norbert Holdinger?«

Berthold runzelte die Stirn. »Selbst wenn es so wäre, ich darf nicht über Klienten reden. Das verstehst du doch?«

»Ich bin Polizistin und ermittle in einem Mordfall. Mit mir musst du sogar reden.« Sie schenkte ihm ein Lächeln. »Das verstehst *du* doch, oder?«

Einen Moment kam es ihr komisch vor, dass sie ihm gegenübersaß und nicht neben ihm, so wie früher. Wieso war ausgerechnet der blasse Berti Privatdetektiv geworden? Nun, vielleicht brauchte man als Detektiv das gewisse Etwas der Unscheinbarkeit.

Er blickte auf seine Uhr. »Kannst du morgen wiederkommen? Es ist schon spät. Und ich habe eigentlich längst Feierabend.«

»Ich auch. Haben wir was gemeinsam. Aber es dauert doch nicht lange, eine Auskunft zu erteilen, oder?«

»Da hast du natürlich recht«, brachte er schleppend hervor. Seine Finger spielten mit einem Kugelschreiber. »Also schön. Er war hier. Was willst du wissen?« Noch einmal blickte er demonstrativ auf seine Armbanduhr.

»Was wollte er von dir? Welchen Auftrag hat er dir erteilt?«

Berthold zuckte mit den Achseln. »Ehrlich gesagt ... nichts Besonderes. Wirklich nicht. Er wollte mit meiner Hilfe herausfinden, ob eine gewisse Dame ihm treu ist oder noch andere ... ähm ... Verehrer hat.«

»Hm. Ich nehme an, du sprichst nicht von seiner Ehefrau.«

»Richtig.«

»Von wem dann?« Beate ahnte zwar, um wen es sich handelte, wollte aber, dass er den Namen aussprach.

»Also ich glaube nicht, dass das eine Rolle spielt. Die erwähnte Dame hat sehr wahrscheinlich nichts mit deinem Mordfall zu tun.«

»Das einzuschätzen überlasse mal lieber mir.«

Berthold seufzte tief. »Du hast dich verändert«, sagte er.

Sie zuckte mit den Schultern. »Du nicht?«

»Doch. Das bringt doch allein schon die Wende so mit sich, meinst du nicht?«

»Tja.« Sie hob die Hände. »Es sind eben Umbruchszeiten. Der Osten ist etwas wilder geworden.« Oder unberechenbarer, dachte sie.

»Nur wer sich ändert, bleibt sich treu. Von wem ist das noch mal?« Er sah sie lauernd an, als wüsste er die Antwort und wollte sie nur testen.

»Brecht?«

»Weil ich mir mit ihm den Vornamen teile? Wenn auch anders geschrieben?« Berthold drehte den Kopf schief und lächelte ironisch. »Du warst schon immer schlau. Stimmt aber trotzdem nicht. Fängt allerdings auch mit B an.«

»Keine Ahnung.«

»Biermann.«

Beate lachte. »Wolf Biermann? Du zitierst einen Staatsfeind? Dass ich das noch erleben darf, Berti, du alter FDJ-Gruppenratsvorsitzender.«

Seine Augen wurden einen Moment schmal. »Ein bisschen sarkastisch warst du auch schon immer.«

»Ernsthaft?«

»Komisch, oder? Wir kennen uns seit Jahren und reden das erste Mal miteinander. Also, ich meine ... offen.«

»Ist das so? Du verschweigst mir doch den Namen der Frau«, konterte Beate.

»Ich verschweige gar nichts. Wie könnte ich? Schließlich bist du Polizistin.«

»Jetzt bist du sarkastisch«, entgegnete Beate, lehnte sich zurück und verschränkte die Arme. »Wie heißt sie denn nun? Diese Dame?«

»Ob du es glaubst, oder nicht. Da müsste ich erst nachsehen.«

»Das klingt in der Tat seltsam. Hast du so viele Fälle zu bearbeiten?« Beate beugte sich vor und blickte ihm direkt in die Augen. Warum zierte er sich so?

»Ich kann mich nicht beklagen. Das Geschäft boomt zwar noch nicht, aber was nicht ist, kann ja noch werden. Was Herrn Holdinger betrifft … Einer meiner freien Mitarbeiter wurde von mir beauftragt, das zu übernehmen. Untreue – ja oder nein, das ist ein Routinefall gewesen. Aber ich kann in der Akte nachschauen und rufe dich morgen an, in Ordnung?«

»Warum schaust du nicht gleich nach?«

Beate war sich ziemlich sicher, dass er Elisabeth Baum meinte, die sich selbst als Escortdame bezeichnete und außerdem verheiratet war. Was hatte Nobert Holdinger versucht herauszubekommen? Dass er nicht der Einzige war, der von Frau Baum beglückt wurde, musste er zumindest geahnt haben. Wozu also so ein Auftrag? Beate konnte sich nicht vorstellen, dass Holdinger so verliebt gewesen war, dass er einen Haufen Geld für eine Überwachung opferte. Er musste andere Motive gehabt haben. Vielleicht ging es auch gar nicht um Elisabeth Baum, sondern um ihren Ehemann, der seine Frau zum Anschaffen geschickt hatte, wenn Frau Baums Aussagen stimmten? Konnte der Ehemann Holdinger erpresst haben? Vielleicht war der Versuch schiefgegangen? Sie musste unbedingt Almgruber von diesem Verdacht erzählen.

Warum war ihr Kollege heute bloß so kratzbürstig und schlecht drauf gewesen?

Berthold drehte sich zu den Ordnern um, die auf den Regalbrettern standen. »Tut mir leid«, sagte er zerknirscht. »Ich muss wirklich erst suchen.«

»Frag deinen Mitarbeiter. Ruf ihn an!«

»So einfach ist das nicht.« Er erhob sich, zog eine Akte heraus und blätterte darin.

»Wieso nicht?«

»Wie gesagt: Ich arbeite mit freien Mitarbeitern. Keine Ahnung, wo ich den Betreffenden zu später Stunde noch erreichen soll.« Berthold wirkte plötzlich müde, erschöpft. Mit resignierter Bewegung schob er die Akte zurück. »Wenn ich mir feste Mitarbeiter leisten kann, kommt bestimmt auch mehr Ordnung rein. Bisher hilft mir nur eine Schreibkraft regelmäßig zweimal die Woche. Die anderen Hilfskräfte arbeiten quasi auf Zuruf.«

»Also gut«, sagte Beate. »Wir telefonieren morgen, Berti.« Sie legte ihm ihre Karte auf den Tisch.

Ihr ehemaliger Banknachbar nickte ihr zu. »Ich melde mich. Versprochen.« Er beeilte sich jetzt, sie zur Tür zu bringen.

»Warum bist du eigentlich Polizistin geworden?«, fragte er.

Beate hörte die Verwunderung aus seinen Worten. »Das ist eine lange Geschichte«, antwortete sie ausweichend. »Und du? Warum bist du Detektiv geworden?«

»Das ist auch eine lange Geschichte.« Er lachte, aber es klang gezwungen. »Wir sollten uns mal auf eine Tasse Kaffee oder ein Glas Wein treffen und uns austauschen, Bea.«

»Über früher?«

»Über früher, über die heutige Zeit …« Berthold Hilberg reichte ihr wieder die Hand. Sie fühlte sich kalt und knochig an.

39

Als Josef vor dem Schul- und Internatsgelände parkte, sah er bereits das Blaulicht eines Polizeiwagens und eine Menschenansammlung, die zusammengedrängt am Eingangstor stand. Sein Herz machte einen Satz. Panik durchflutete ihn. Eilig schob er sich aus dem Opel, schlug den Kragen seiner Jacke hoch und versuchte, in der Dunkelheit etwas zu erkennen: Schwang auf dem Gelände hinter dem Zaun nicht eine Schaukel hin und her? Als hätte eben noch ein Kind darauf gesessen. Hoffte er, dass sein Sohn plötzlich von irgendwo auf ihn zuspringen würde? Dass die Meldung von seinem Verschwinden irgendwie ein Irrtum war?

Verwirrt stolperte er vorwärts, auf die Leute zu, von denen einige Schirme trugen oder in Capes gehüllt waren. Josef spürte den Regen nicht. Wie in Trance ging er auf die Menschentraube zu. Ein Polizist in Uniform sah ihm ernst entgegen und musterte ihn ausgiebig. Wartete er auf Josef? Hatte er eine Nachricht für ihn?

»Gibt es etwas Neues?«, fragte er den Kollegen.

Der Polizist sah ihn an, als würde er hier nur den Verkehr regeln.

»Ich bin's, der Vater.« Josef räusperte sich.

»Sie sind der Vater von dem vermissten Florian?«

Josef nickte. Das hatte er doch gerade gesagt! Dann hörte er die Stimme, die ihm aufs Band gesprochen hatte: »Herr Almgruber? Endlich! Gott sei Dank!«

Juliane Siebenbach drängte sich aus der Gruppe Erwachsener, Teenager und Kinder und kam auf ihn zu. Nervös strich sich die Lehrerin eine regennasse Haarsträhne aus dem Gesicht.

»Sie haben ihn noch nicht gefunden?«, fragte er.

Juliane schüttelte den Kopf. »Er ist sonst immer zuverlässig. Ich weiß nicht, was in ihn gefahren ist.«

Ich schon, dachte Josef. »Es tut mir leid. Es ist ... meine Schuld«, stammelte er.

»Sie waren verabredet, ich weiß. Aber Florian darf trotzdem nicht einfach weglaufen. Das passt auch gar nicht zu ihm.«

»Ich habe mich in letzter Zeit zu wenig um ihn gekümmert«, gab Josef beschämt zu. »Wir bearbeiten gerade einen Fall, der auch Überstunden erfordert macht«, fügte er etwas steif hinzu.

»Verstehe«, sagte Frau Siebenbach. »Das Gelände und die Umgebung wurden schon abgesucht, auch die Schule und das Internatsgebäude. Leider erfolglos.«

Der Uniformierte schob sich plötzlich vor ihn. »Haben Sie eine Ahnung, wo sich der Florian aufhalten könnte?«, fragte er.

Josef sah in das picklige Gesicht des Polizisten. Er war noch jung und sicher reichlich unerfahren. Ein Greenhorn. Sollte Josef sich etwa auf ihn verlassen?

»Ich werde selbst nach ihm suchen«, erklärte er, wandte sich ab und ging zu dem Opel zurück.

»Es wäre besser, wenn Sie mit mir zusammenarbeiten würden!«, krächzte der Bengel in Uniform.

Gereizt fluchte Josef vor sich hin. So ein Grünschnabel, der ihm Vorschriften machen wollte, hatte ihm gerade noch gefehlt.

»Warten Sie bitte!«, rief Frau Siebenbach ihm nach.

Josef drehte sich nicht um und öffnete die Tür seines Autos.

Aber er hörte das energische Klacken ihrer Absätze auf dem Asphalt.

Er ließ sich auf den Sitz fallen und schlug die Tür wütend zu.

»Warten Sie bitte! Nehmen Sie mich mit!«

Ihm blieb gar keine andere Wahl. Sie stieg einfach zu ihm ins Auto.

»Sie haben eine Idee, richtig?«, fragte sie ihn.

Ihre Wangen waren feucht vom Regen. Sie sahen rot aus. Sie blickte ihn mit weit aufgerissenen Augen an. Wahrscheinlich gab auch sie sich die Schuld an Florians Verschwinden. Schließlich hafteten sie und ihre Kollegen für die Sicherheit der Kinder.

»Eine Vermutung, ja«, sagte er. »Allerdings eine recht vage.«

»Sehr schön. Fahren wir!«

Kurz überlegte er, ob er sie bitten sollte, wieder auszusteigen. Schließlich hatte er das Treffen mit seinem Sohn verbockt. Er war allein verantwortlich. Aber Frau Siebenbach schnallte sich in aller Eile an. Und Josef hatte keine Zeit für eine sinnlose Auseinandersetzung. Außerdem kannte sie sich – im Gegensatz zu ihm – in Halle aus.

»Florian und ich waren hier in Halle mal an einem Felsen«, erzählte er schließlich. »Da wollten wir wieder hin. Ich meine, wir hatten das in den Osterferien lose so ausgemacht. Aber ich könnte mir vorstellen …«

»Am Fritz-Weineck-Ufer?«

»Keine Ahnung. Wer ist Fritz Weineck? Jedenfalls war das ein großer, sehr auffälliger Felsen … Ja, stimmt, ein Uferweg war dort auch.«

»Dann waren Sie am Heine-Felsen … vermutlich.«

»Sagen Sie mir, wie ich fahren muss?«

Frau Siebenbach beugte sich ein Stück vor, als wäre sie etwas kurzsichtig. »Erst mal noch geradeaus, dann nach links. Ich sag

Ihnen Bescheid. Fritz Weineck … soweit ich weiß, war das der kleine Trompeter. Ein lustiges Rotgardistenblut.« Den letzten Satz sprach sie seltsam betont aus, als würde sie ihn singen.

»Ein *was*?« Josef warf ihr einen schnellen Seitenblick zu.

»Wir haben das Lied oft gesungen in der Schule. Ich mochte es irgendwie, weil es so schön dramatisch war.«

Josef hoffte nur, dass sie ihm ihren Kommunistensong jetzt nicht vorträllern würde. Seine Nerven lagen auch so schon blank.

»Da vorn um die Ecke«, sagte sie stattdessen und dirigierte ihn weiter durch das nächtliche Halle.

Schließlich bogen sie in die Uferstraße ein und hielten direkt an einem hohen Felsen.

Josef stieg aus dem Wagen, schaltete seine Taschenlampe an und beleuchtete, so gut es ging, das Gestein. Es sah zerklüftet und rissig aus. Beeindruckend, wie aus einem Märchen.

»Ist das der richtige?« Frau Siebenbach gesellte sich zu ihm. »Es gibt nämlich noch mehr Felsen hier. Die ganze Gegend ist felsig.«

»Denke schon. Die Form kommt mir bekannt vor. Aber so genau kann ich das nicht sagen. Wir sind jedenfalls geklettert. Florian krabbelt gern irgendwo hoch.« Er berührte den Felsen, als könnte der ihm verraten, wo sein Sohn steckte.

»Er ist abenteuerlustig«, stellte Juliane Siebenbach fest. »Er könnte weitergezogen sein, um die Umgebung zu erkunden.«

»Schon möglich.« Er blickte nach oben und versuchte, etwas zu erkennen. Ein kleines dunkles Tier löste sich von der Spitze des Felsens und flog über ihre Köpfe hinweg. Vermutlich eine Fledermaus.

»Sind Sie in Halle aufgewachsen?«, fragte Josef, während er den Boden im Licht seiner Taschenlampe Stück für Stück nach Spuren absuchte.

»Ja, ich bin Hallenserin. Ich bin sogar hier geboren.«

Josef konnte keine Schuhabdrücke erkennen. Wenn es sie gegeben hatte, musste der Regen sie weggespült haben.

»Dann kennen Sie ja die Gegend. Wo würden Sie sich hier rumtreiben, wären Sie an Florians Stelle?«

Die Frau überlegte eine Weile. »Es gibt eine versteckt liegende Grotte in der Nähe. Ich war schon lange nicht mehr da, aber …«

»Und wo ist die?«, unterbrach er sie. »Grotte – das könnte passen. Florian liebt Höhlen.«

»Irgendwo weiter oben muss ein schmaler Weg sein, aber ob wir den im Dunkeln finden …«

»Wir *müssen* es versuchen. *Bitte.*« Er trat näher an sie heran und sah ihr so intensiv in die Augen, dass sie den Blick senkte.

»Okay.« Sie nahm ihm die Taschenlampe ab und leuchtete voraus. »Dann folgen Sie mir mal. Es geht erst mal ein paar Treppen hoch.«

Eine Weile stiegen sie schweigend die steinernen Stufen hinauf. Meter für Meter aufwärts, es kam ihm endlos vor. Äste und Geröll knirschten unter ihren Füßen. Der Boden war feucht. Es hatte aufgehört zu regnen, Tropfen rieselten noch aus den Zweigen auf sie herab.

Josef lauschte auf jedes Geräusch. Als ein paar Meter von ihnen entfernt etwas durch die Büsche brach, zuckte er erschrocken zusammen.

»Nur ein Reh wahrscheinlich«, murmelte seine Begleiterin. Trotzdem blieben sie einen Moment stehen und horchten in die Nacht.

Florians Lehrerin lief weiter, und für Josef sah es einen Moment so aus, als würde sie im Unterholz verschwinden. Zwischen zwei Sträuchern tauchte sie wieder auf und drehte sich nach ihm um.

»Kommen Sie? Hier ist der Weg. Na ja, es ist eher ein Trampelpfad.«

Folgsam ging er ihr hinterher, auch wenn er so etwas wie einen Weg nicht erkennen konnte. Eigentlich konnte er gar nichts erkennen. Kein Wunder, schließlich hat *sie* meine Taschenlampe, dachte er. Der Pfad war zu schmal, um sich nebeneinander voranzukämpfen. Ein wenig kam es ihm vor, als würden sie durch einen Dschungel laufen wie Tarzan und Jane. Nur dass er sich keineswegs so stark fühlte wie der Superheld, der von Affen aufgezogen worden und ein Held seiner Kindheit gewesen war. Und Jane beziehungsweise Juliane hatte eindeutig die Führung übernommen – was ihm eigentlich auch ganz recht war.

Etwas Spitzes schlug ihm ins Gesicht. Ein dorniger Zweig? Automatisch versuchte er, einem zweiten Schlag zu entgehen, taumelte, rutschte weg und stolperte über eine Wurzel. Suchte nach einem Halt – und fiel Frau Siebenbach fast in die Arme dabei.

»Vorsicht!«, rief sie erschrocken und hielt ihn, so gut es ging, fest. »Gleich neben Ihnen ist ein Abgrund!«

Mühsam richtete er sich auf, stützte sich auf ihre Schulter dabei. Verlegen löste er sich von ihr. »Tut mir leid.«

»Kein Problem. Alles okay mit Ihnen?«

»Passt schon.«

»Prima. Wir müssten gleich da sein. Aber seien Sie bitte vorsichtig, man kann hier abstürzen.«

Sie sprach zu ihm wie zu einem Schüler, der etwas begriffsstutzig war. Jedenfalls kam es ihm so vor. Florian war bestimmt ohne Taschenlampe unterwegs. Der Boden war tatsächlich gefährlich glatt. Was, wenn er ... Josef holte tief Luft.

»Ich glaube nicht, dass Ihr Sohn so unbedacht ist«, sagte sie, als würde sie seine Gedanken lesen. »Er ist ein intelligenter Junge. Er passt auf sich auf.«

»Nicht so wie sein Vater«, versuchte er zu scherzen. Aber seine Stimme klang gequält.

»Ach was!« Sie wandte sich wieder dem Trampelpfad zu. »Da vorne!« Sie ließ den Lichtkegel über eine felsige Wand fahren. »Da ist die Grotte.«

Ihm wurde kurz übel. Es war still. Es war einfach zu still.

Das letzte Stück rannten sie. Dann standen sie schweigend vor der Felshöhlung. Auf einer steinernen Bank lag eine Jacke. Josef nahm sie an sich. Sie fühlte sich klamm an und war zu groß, gehörte wohl einem Jugendlichen oder einem schmächtigen Erwachsenen. Er sah Juliane Siebenbach an und schüttelte den Kopf.

»Er ist nicht hier.«

»Dann ist er wohl woanders«, sagte sie lapidar.

Ihm war zum Heulen zumute. Aber er ließ sich nichts anmerken. Auf dem Weg zurück fiel auch noch die Taschenlampe aus. »Das ist wohl nicht mein Tag heute«, presste er heraus. Seine Kehle fühlte sich an wie zugeschnürt. Josef hoffte, dass sie die Verzweiflung, die immer mehr in ihm wuchs, nicht spürte.

»Ich habe Augen wie eine Eule, sagt meine Mutter immer«, erklärte sie und nahm wie selbstverständlich seine Hand. »Aber falls wir doch abstürzen sollten, dann ... tja, dann fallen wir wenigstens zusammen.« Sie kicherte merkwürdig.

Er wusste nicht, was er dazu sagen sollte. Seltsamerweise beruhigte es ihn etwas, dass sie mit ihm auf diese Art redete, dass sie ihn so zielstrebig durch die Finsternis führte. Allein wäre er wohl aufgeschmissen gewesen. Er hatte kaum noch die Nerven, nach dem Weg zu suchen. Die Angst saß ihm im Nacken wie eine eiskalte Hand.

Florian? Wo bist du?

40

Selbst durch den Stoff des Kartoffelsacks hindurch roch Ina Reinhardt den Duft von Kiefern. Sie war draußen! Sie war *raus*! Raus aus diesem grauenhaften Bunker! Unter ihren nackten Füßen spürte sie die Nadeln. Auf dem Weg aus dem Verlies war sie ein paarmal gestolpert. Die Filzlatschen waren ihr dabei verloren gegangen.

Ihr Entführer hatte ihr die Hände auf dem Rücken gefesselt und »Du rührst dich nicht vom Fleck! Ich habe dich im Blick! Verstanden?« ins Ohr gebrüllt. Dann war er ohne weitere Erklärung davongestapft.

Ina strengte sich an, etwas zu hören. Waren da irgendwo Menschen? Aber sie nahm nur das Krächzen einer Krähe wahr. Auch dafür war sie seltsam dankbar. Ein anderes lebendes Wesen. Der Vogel hockte vermutlich auf einem Baum und sah womöglich in diesem Moment auf sie herab. Sie hoffte, dass er nicht gleich wegflog. Dass er weiter seinen Schnabel aufreißen und sein Lied singen würde. Denn wie ein Lied über die Freiheit kam es ihr in diesem Moment vor.

Es gab sie noch, die Welt da draußen.

Durch den Sack konnte sie nichts Genaues erkennen, aber sie nahm wahr, dass es hell war. Die Sonne schien. Sogar den Hauch des Windes spürte sie. Es roch nach Bäumen, Gras und Frühling. Auch ein bisschen so, als hätte es kürzlich geregnet. So tief wie möglich versuchte sie einzuatmen. Sich bewusst zu werden, dass sie noch *lebte*. Aber sie blieb weiterhin eine Gefangene. In der Gewalt eines Wahnsinnigen, der sie jederzeit töten konnte. Sie glaubte immer weniger daran, dass sie von der Polizei gesucht wurde. Wahrscheinlich hielt man sie längst für tot, hatte den Fall zu den Akten gelegt.

Wie lange war sie schon verschwunden? Wie viele Tage hatte sie in dem Bunker verbracht? Wie viele Nächte hatte sie auf dem schmalen Stockbett aus Metall, auf dünner Matratze, an kahler Betonwand um ihren Schlaf gerungen?

Sie wusste es nicht. Gab es noch jemanden, der sie vermisste? Oder wenigstens an sie dachte?

In ihren Händen begann es zu kribbeln. Vorsichtig tastete sie nach dem Band, mit dem er ihre Handgelenke – viel zu straff – zusammengeschnürt hatte. Es war nicht besonders dick, vielleicht aus Leder. Mit einem scharfen Gegenstand könnte sie die Fessel sicher leicht lösen.

Vergiss es, dachte sie. Er beobachtet dich. Außerdem hast du kein Messer oder dergleichen. Sie hielt an ihrer Strategie fest, ihn möglichst nicht zu reizen.

Wieder krächzte ein Vogel. Diesmal war es ein Eichelhäher, der seinen Warnruf von sich gab, es hörte sich wie ein heiseres Schreien an. Es kam ihr vor, als würde er stellvertretend für sie schreien. Für ihre bedrängte, verletzte Seele. Denn sie musste die Klappe halten. Es blieb ihr nichts anderes übrig, auch wenn der Hilferuf ihr in der Kehle saß. Niemand würde sie hören. Sie befand sich aller Wahrscheinlichkeit nach im Niemandsland, das den Bunker umgab. Irgendwo im Nirgendwo. *Angstallein.* Wo kam dieses Wort plötzlich her? Wie gern würde sie sich den Sack vom Kopf reißen, den Himmel sehen, ungehindert die frische Luft einatmen, schreien wie der Eichelhäher. Sich die geschundene Seele aus dem Leib schreien. Gegen die Angst brüllen, die sie auszufüllen schien seit jenem Tag ihrer Verschleppung. Aber sie war gefesselt. Es gab für sie nichts zu tun, außer abzuwarten. Was hatte er jetzt mit ihr vor? Warum passierte ihr das alles? War sie ein Zufallsopfer und nur zur falschen Zeit am falschen Ort gewesen?

Sie versuchte, sich den Tag in Erinnerung zu rufen – etwas, das sie bisher vermieden hatte. Der Beginn ihrer Entführung fühlte sich immer noch an wie ein Stachel, der in ihrem Fleisch saß. Eine offene Wunde. Und wer rührte schon gern daran, an eine solche Erinnerung? Es tat nur weh. In der frischen Luft fühlte sie sich jedoch allmählich klarer im Kopf. Sie dachte an das Kind, das sie für verwahrlost gehalten hatte. An die Truppe, zu der Elsa gehörte wie zu einem wilden Stamm. An das Lagerfeuer, an die Knochen, die verstreut herumlagen, an das abrissreife Haus. An die seltsamen Zeichen und Zahlen, die in Wände und Türen eingeritzt waren. Dämonenfratzen und die Teufelsziffer 666. Sie dachte an den finsteren Schäferhund, an ihre irrsinnige Furcht vor ihm. Warum war sie nicht weggelaufen, solange sie es noch konnte? Ihre Narben begannen nervös zu jucken. Der Mann musste ihr schon länger gefolgt sein, sie beobachtet haben. Ihr von der Schule hinterhergefahren sein. Und wieso? Handelte er aus eigenem Antrieb? Oder im Auftrag von jemandem?

War es etwas aus ihrer Vergangenheit? Eigentlich war ihr Berufswunsch damals recht einfach gewesen. Sie wollte Unterstufenlehrerin werden, mit Kindern arbeiten, ihnen Lesen und Schreiben beibringen. Aber ihre Bewerbung wurde abgelehnt, man habe keine freien Kapazitäten für ihren Wunsch, aber Freundschaftspionierleiter würden noch gesucht. Natürlich könne sie später in der Schule auch als Lehrerin arbeiten, eine Lehrbefähigung für Deutsch, Mathematik und ein Wahlfach sei selbstverständlich. Sie galt als linientreu, da ihre Eltern der SED angehörten. Ina sagte zu in der Hoffnung, doch noch Lehrerin für die Kleinen zu werden, und studierte am Zentralinstitut der Pionierorganisation *Ernst Thälmann* in Droyßig. In der POS in Leipzig, in der man sie nach dem Studium einsetzte, kümmerte sie sich um Arbeitsgemeinschaften, Sportfeste, Wettbewerbe, Pionierveranstaltungen, Fahnenappelle, Wandzeitungen und unterrichtete eher nebenbei in den unteren Klassen – immer dann, wenn eine Kollegin oder ein Kollege ausfielen. Als Pionierleiterin und stellvertretende Schuldirektorin hatte sie hin und wieder auch Schulverweise aussprechen müssen, wenn der Direktor nicht da war. Nicht besonders oft und ziemlich ungern, aber sie hatte es getan. Seit der Wende quälte sie hin und wieder ein schlechtes Gewissen, eher unbewusst, sie ließ es nicht an sich herankommen, dass sie vielleicht Fehler gemacht hatte.

Jetzt versuchte sie, sich zu erinnern. Es waren drei Jungen und ein Mädchen gewesen. Schulschwänzerei, Sachbeschädigung, wiederholte Prügeleien, sogar körperliche Auseinandersetzungen mit Lehrern ... Das Mädchen – wie hieß es noch gleich? Sibylle? Ramona? Doris? – hatte eine Wandzeitung verunstaltet, ein Bild von Ernst Thälmann abgerissen und zerfetzt, *Nieder mit der Mauer* auf die Pappe geschrieben. Aber die Familie verschwand kurze Zeit später aus dem Land, mittels Ausreiseantrag, wenn sie sich richtig erinnerte. Der Schulwechsel als Strafe fand nicht mehr statt, jedenfalls nicht in der DDR.

Höchstwahrscheinlich hatte das Mädchen, das Sibylle, Ramona oder Doris hieß, nur das Wissen gequält, dass sie bald ihre Heimat, ihre Freundinnen, die Großeltern, vielleicht sogar ihre erste Liebe, alles, was bisher wichtig in ihrem Leben gewesen war, verlieren würde? Warum war Ina damals nicht auf diese Idee gekommen, darauf, dass die Worte an der Wandzeitung gar keine staatsfeindliche Aktion, sondern ein Zeichen waren für einen inneren Konflikt?

Die wahren Motive der Kinder interessierten sie damals kein bisschen. Das war nicht ihre Aufgabe. Sie handelte, wie sie handeln musste. Verunstaltungen von Wandzeitungen, staatsfeindliche Aktionen wurden eben bestraft. Mitunter hart bestraft. So wie es vorgeschrieben war. Das konnte sie heute bereuen oder auch nicht, aber so war es nun einmal gewesen. Sie hatte funktioniert, wie sie funktionieren sollte. Sie dachte an die Schnipsel, die auf dem Flur der Schule herumgelegen hatten. Kleine Ernst-Thälmann-Schnipsel, die sich auf die Schnelle nicht einsammeln ließen. Ina hatte die Wandzeitung mit dem Schriftzug *Nieder mit der Mauer* abgenommen und ins Lehrerzimmer geschafft, dann die Staatssicherheit informiert. Das war doch ihre Pflicht, oder nicht? So dachte sie jedenfalls damals. Wer konnte eventuell sonst noch wütend auf sie sein? Wer hasste sie oder wollte sie aus dem Weg haben?

Auf Anhieb fiel ihr niemand ein. Vielleicht ihr Ex-Lover? Aber konnte er so tief sinken? Sie seufzte. Schüttelte unbewusst den Kopf. Auch wenn er sie nicht mehr in seinem Leben wollte, so weit würde er doch nicht gehen. Oder? Allerdings war seine Frau schwanger. Sie durfte von seiner Affäre nichts erfahren. Womöglich würde sie sich von ihm trennen, und er stand allein da, ohne seine Familie. Andererseits war Ina ihm ja nicht nachgelaufen. Ihr lag nichts daran, ihm Schwierigkeiten zu machen. Warum auch? Aus gekränkter Eitelkeit? Sie akzeptierte die Tatsache, dass er sie fallen gelassen hatte. Warum sollte er ihr also etwas antun? Das ergab keinen Sinn.

Blieb noch der neue Eigentümer des Hauses, in dem sie seit etlichen Jahren lebte, das sie nicht verlassen wollte. Norbert Holdinger. Den störte sie sicherlich. Aber auch ihn hielt sie nicht für so unberechenbar, dass er so weit gehen würde, jemanden mit ihrer Entführung zu beauftragen. Aber wusste sie das genau? Immerhin kostete ihn ihre Weigerung vermutlich eine ganze Stange Geld. Er verplemperte wegen ihr einiges an Zeit. Die Sanierung des Hauses konnte erst beginnen, wenn alle Mieter es verlassen hatten. Die Handwerker warteten darauf, dass sie endlich loslegen konnten. Ein paar Schikanen des neuen Eigentümers – wie das tagelange Abschalten von Strom und Wasser – hatte sie über sich ergehen lassen, sich warm angezogen, hin und wieder bei ihrer Freundin Friederike geduscht. Die Auseinandersetzung war nach und nach in einen verbissenen Kampf ausgeartet. Vielleicht hätte sie besser das angebotene Geld nehmen und umziehen sollen? Einfach aufgeben? Aber je länger der Zwist dauerte, umso hartnäckiger war sie geworden. Konnte das etwas mit ihrer jetzigen Situation zu tun haben? Welchen Zusammenhang gab es? Und welche Rolle spielte ihr Peiniger mit der grauenhaften Gasmaske?

Ein Wagen näherte sich, die Reifen knirschten auf Schotter, eine Tür schlug zu, sie hörte schwere Schritte. *Seine* Schritte.

Ihr Bewusstsein vernebelte sich wieder, die Fragen, ihre Gedanken verzogen sich, lösten sich auf. Ihr Körper erstarrte, als er sie berührte, ihren Arm grob packte. Mit harter Hand zudrückte. Wie eine Blinde führte er sie zu seinem Auto. Ließ sie einen kurzen Moment los.

Die Geräusche – das Klacken, ein leises Quietschen – ließen sie hellhörig werden. Nicht schon wieder, dachte sie. Nicht schon wieder in den Kofferraum. Sie unterdrückte ein Stöhnen. Ihr Herz schlug schneller. Panik pulsierte in ihren Adern. Die Narben brannten jetzt. Sie spürte, dass er dicht an sie herantrat. Er fummelte an dem Kartoffelsack herum, zog ihn ein Stück hoch. Schob ihr etwas in den Mund, ein Stück Stoff. Sie würgte einen Moment, versuchte, sich ihm zu entziehen.

»Halt still!«, schrie er, drückte ihr den Knebel tiefer in den Rachen. Sie hörte ein Geräusch, das sie kannte. Er riss ein Stück Paketband von einer Rolle und klebte es ihr über die Lippen.

»Da rein!«, sagte er bloß. »Schnell! Und keinen Mucks!«

Sie blieb stehen, reagierte nicht. Holte verzweifelt durch die Nase Luft.

Mit ein paar groben Griffen zwang er sie, dirigierte sie dahin, wo er sie haben wollte. Ihre Gelenke fühlten sich steif an, hölzern, als wäre sie eine Marionette. Nur dass die Fäden längst gerissen waren, ihre Glieder sich nicht bewegen wollten. Dennoch: Sie tat, was er von ihr verlangte. Hob unbeholfen den rechten Fuß, hievte ihn in den Wagen, zog den Körper irgendwie nach – ohne etwas zu sehen, mit gefesselten Händen, gestützt und genötigt von ihrem Feind. Es sah bestimmt vollkommen bescheuert aus. Lachte er über sie? Darüber, wie blöd sie sich anstellte? Es würde sie nicht wundern.

Als sie im Kofferraum lag, krümmte sich ihr Körper wie ein Embryo zusammen. Sie atmete den Benzingeruch ein. Und noch etwas anderes. Es stank nach Hund, ausgerechnet. Nach feuchtem Fell und Hundescheiße.

Woher kam der Gestank? Ihr wurde übel. So weit wie möglich rückte sie von der offenbar mit Kot beschmierten Stelle ab. Bloß hier nicht noch erbrechen. Und an der eigenen Kotze ersticken.

Wenigstens hatte er sie diesmal nicht in einen alten Teppich eingewickelt.

Sie bewegte ihre kribbelnden Finger hin und her. Der Boden des Kofferraums war voll Dreck, Sand, kleinen Steinen und ... was war das? Haare? Hundehaare? Das, wonach sie suchte, fand sie nicht. Kein Messer, kein Werkzeug, keine Schere, nichts Scharfes. Mist!

Sie schloss die Augen, lauschte den rockigen Gitarrenklängen, dem Geschrei einer Band, Tönen, die aus dem Autoradio zu kommen schienen, und den unentwegt hämmernden Fahrgeräuschen. Sie ratterten offenbar über eine Landstraße, Kopfsteinpflaster. Das Auf und Ab fühlte sich wie schnelle harte Schläge gegen ihren Schädel an. Sie würde sicher Kopfschmerzen davon bekommen.

Nach einer Weile wurde es ruhiger. Der Wagen hielt an. Aber der Kofferraum öffnete sich nicht. Es kam ihr vor, als würde sie Stimmen hören. Mit wem redete er? Sollte sie sich bemerkbar machen? Aber wie?

Ina versuchte, durch den Knebel hindurchzuschreien, aber es kam nur ein leises ersticktes Gewinsel aus ihrem zugeklebten Mund. Wütend trat sie um sich. Es wummerte im Wageninneren. Und draußen? War sie zu hören?

Hilflos krümmte sie ihren Körper, mühte sich ab, die Kofferraumklappe irgendwie mit den Händen zu erreichen. Ihre Fingernägel kratzten über Metall. Aussichtslos. Ihre Lage blieb aussichtslos. Die zweite Stimme, ein Mann, hatte aufgehört zu sprechen. Erschöpft sackte sie zusammen.

Immer noch raste ihr Herz. Sie bekam kaum Luft. Ina versuchte, sich zu beruhigen. Blinzelte die Tränen weg. Atmete so tief wie möglich durch die Nase ein. Und wieder aus. Ein, aus. Sie musste die Nerven bewahren, wenn sie überleben wollte. Und das wollte sie.

Irgendwann fuhr der Wagen weiter. Nichts passierte. Niemand rettete sie. Niemand hatte eine Ahnung, wo sie sich befand.

Nach einer Weile schlief sie ein oder verlor das Bewusstsein. Sie hätte es hinterher nicht so genau sagen können.

41

Fast war er ein bisschen enttäuscht. Er hatte mit mehr Widerstand gerechnet. Sie tat, was er wollte, ließ sich wie eine Puppe in den Kofferraum seines alten, erst kürzlich gebraucht gekauften Mercedes bugsieren. Atmete nur etwas schneller unter dem Kartoffelsack, den er ihr verpasst hatte. Vorsichtshalber schob er ihr einen Putzlappen zwischen die Lippen. Nicht den alten dreckigen, sondern einen neuen, noch unbenutzten. Er war ja gnädig. Klebte ihr den Mund zu, als wäre sie ein Paket, das er zur Post bringen wollte.

Menschen verhielten sich bei Gefahr wie Tiere: Es gab Tiere, die sich wehrten und zubissen, und es gab Tiere, die sich tot stellten. Seine Gefangene gehörte – seit er ihr das lächerliche Klappmesser abgenommen hatte – eindeutig in die zweite Kategorie. Schön bequem für ihn.

Diether fuhr los, nach einer Weile schaltete er das Autoradio ein und gab Gas. Da war immer noch sehr viel Wut in ihm. Sie brodelte vor sich hin, warf Blasen, war mal wieder kurz vor dem Überkochen, wie so oft. Dieser Pfarrer und die Typen von der Bürgerbewegung hatten sich tatsächlich durchgesetzt. Der Bunker sollte zukünftig für den Publikumsverkehr begehbar gemacht werden. Gut, dass ihm wenigstens rechtzeitig Bescheid gesagt wurde. Nicht auszudenken, was geschehen wäre, wenn der arrogante Pfaffe und diese lebensfremden Gammler auf seine Gefangene gestoßen wären. Zwar blieb er von der Gemeinde des Ortes vorerst weiterhin als Wachmann für das Objekt eingesetzt, aber er sollte nun den Handwerkern und anderen Leuten, die demnächst anrücken würden, Zutritt gewähren. Es würde laut und unruhig werden an diesem Ort. Leute, die da nicht das Geringste zu suchen hatten, kämen auf das Gelände spaziert, als wäre das Ganze eine Touristenattraktion. Kaum zu glauben: Der Bunker für die Staatssicherheit, einst Staatsgeheimnis, wurde als Gruselkabinett für das Volk freigegeben. Damit verlor er nicht nur ein sicheres Versteck für seinen Schützling, sondern auch ein Stück seiner Macht. Es war also dringend nötig, seine Gefangene umzulagern.

Einerseits erschien es ihm erstaunlich, dass sie nicht aufbegehrte, nicht einmal Fragen stellte, sich auch jetzt hinten im Kofferraum komplett still verhielt, andererseits machte ihn ihr Verhalten misstrauisch. Wartete sie nur eine günstige Gelegenheit ab, um zu fliehen? Oder um wenigstens irgendwie auf sich aufmerksam zu machen? Auszuschließen war das nicht. Welchem Weib konnte man schon vertrauen?

Er würde die Dame weiter bewachen müssen, da musste er sich etwas einfallen lassen. Aber wozu besaß er die älteren Schäferhunde, die vor Jahren extra für die Absicherung der geheimen Zonen 1 und 2 ausgebildet worden waren, eines Geländes, das der absoluten Geheimhaltung unterlag und von niemand Unbefugtem betreten werden durfte? Die Köter waren Profis. Sie würden die Frau schon in Schach halten, bis es endlich so weit war und er das Geld, das ihm zustand, bekam.

Und wenn doch etwas schieflief? Dann blieb immer noch die Möglichkeit, sie zu erdrosseln und nachts – mit ein paar Gewichten am Leib – in einem der acht Lübschützer Teiche zu versenken. Am besten im Galgenteich, der war groß und tief genug, schätzte er. Oder besser noch: Er warf sie in eines der Moorlöcher, die es in der Gegend gab.

Er drehte an dem Regler herum, bis das Radio endlich die Musik spielte, die ihm gefiel: »I'm on the highway to hell!« Die Musik füllte das alte Fahrzeug aus, der Sitz unter ihm schien zu vibrieren. Er trommelte den Takt auf dem Lenkrad mit, wippte mit Kopf und Oberkörper, als würde er tanzen. Die Straße vor ihm war verführerisch leer. Nach einem kurzen Schauer glänzte der Asphalt einladend. Automatisch wurde er schneller. Bewegte sich auf dem Fahrersitz im AC/DC-Takt, sang den Refrain mit. »Highway to hell!«

Die einzelnen Bäume erkannte er nicht mehr. Das Grün schien an ihm vorbeizurauschen. »Highway to hell!« Schon komisch, dass die schwarze Hölle im Englischen hell hieß, als wäre sie in Wirklichkeit weiß wie der Himmel. Er musste lachen. »Hey Satan, hey Mama«, brummte er. »Alles gut bei euch?«

Was seine Mutter wohl antworten würde? Vermutlich könnte er sich auf etwas gefasst machen, wie sie sich auszudrücken pflegte. Wenn sie aus der Hölle zurückkehrte, würde sie den Teppichklopfer aus dem Schrank holen, um ihn wieder einmal windelweich zu prügeln.

Einen Moment kam es ihm vor, als raste er direkt auf den Ort der Verdammnis zu. Der Satan wartete schon auf ihn. Schließlich waren sie ja alte Bekannte. Im Teufelskreis der Gewalt hatte er gelebt und gelitten, seit er zur Welt gekommen war. Seine Mutter, diese Sadistin, schmorte in der Hölle, da war er sich sicher. Von ihr konnte der Teufel noch etwas lernen.

Wieso dachte er überhaupt noch an die Alte? Warum sah er sie schon wieder vor sich? Er hatte doch jetzt ein eigenes Leben, einen geilen Mercedes Benz, von dem er in seiner Zeit als Wachmann beim Ministerium für Staatssicherheit nur hatte träumen können, ein Grundstück mit Haus, ein eigenes Geschäft mit dem

Handel von Welpen, natürlich seine Schäferhunde und sogar eine Frau im Kofferraum, die ganz allein ihm gehörte.

»Siehst du, Mutter? Und du hast mir ständig gesagt, dass aus mir sowieso nichts wird, dass ich ein Haufen Scheiße bin.« Er lachte. »Du hast dich geirrt! Man muss sich eben nehmen, was man haben will. So einfach ist das.«

Für sein Glück fehlte ihm nur noch das nötige Kleingeld, aber das würde er sich schon noch beschaffen. Die Übergabe seines Lohns stand unmittelbar bevor, da war er sich sicher. Er hatte alles bis ins Detail geplant.

In einigen Metern Entfernung leuchtete Blaulicht auf. Ein Unfall? Hektisch trat er auf die Bremse. Da standen mindestens zwei oder drei Streifenwagen. Als er die Kelle sah, die der Mann in Uniform heraushielt, war sein erster Impuls, Gas zu geben, an den Bullen vorbeizurasen. Er war mit Sicherheit schneller als die. Der zweite Impuls: Nur nicht auffallen!

Falls sie seinen Wagen durchsuchten, würden sie nicht nur seine Gefangene finden, sondern auch eine Makarow im Handschuhfach und eine Kalaschnikow auf der Rückbank, abgedeckt nur mit einer grauen Militärwolldecke. Sie hätten ihn, auf Deutsch gesagt, am Arsch.

Aber wieso sollten sie sein Auto durchsuchen? Tief durchatmen. Ruhig bleiben. Bloß keine Panik. Er quälte sich ein Lächeln auf die Lippen, ein Lächeln, das er für freundlich hielt. Vielleicht ließen sie ihn ja vorbeifahren.

Nein, falsch gedacht. War ja klar. Die Mausefalle schnappte zu. Der Bulle mit der Kelle meinte ihn. Für eine Flucht war es zu spät.

Er stellte das Radio aus, fuhr rechts ran, parkte den Mercedes am Straßenrand und kurbelte das Fenster herunter. Alles ganz normal. Ich verhalte mich *ganz normal*, dachte er.

»Guten Tag. Fahrzeugkontrolle. Sie wissen, warum wir Sie angehalten haben?«

Diether blickte in ein Gesicht mit Dreitagebart. »Guten Tag. Leider weiß ich das nicht, Herr Polizist.« Seine Mundwinkel zogen sich noch weiter auseinander. Dieses Lächeln tat fast schon weh.

»Sie sind zu schnell gefahren. Der Kollege hat es gerade durchgegeben: 30 km/h zu viel. Haben Sie Alkohol getrunken?«

»Nein, keinen einzigen Schluck.«

Der Cop starrte ihm prüfend in die Augen.

»Es tut mir leid, dass ich zu schnell gefahren bin, wirklich.« Wer von der Polizei nicht drangsaliert werden will, muss scheißfreundlich sein, war seine Erfahrung. Erst recht, wenn man etwas im Kofferraum hatte, was da eigentlich nicht hingehörte.

»Führerschein, Personalausweis und Fahrzeugpapiere bitte.« Der Uniformierte klang müde. Vielleicht hatte er ja bald Feierabend.

»Aber natürlich.« Die Kunst war, die Papiere unter der Waffe hervorzuziehen, ohne dass der Bulle das merkte. Sollte er mit ihm über das Wetter reden? Oder lieber die Klappe halten? Der Uniformierte stand einfach nur da und glotzte irgendwie abwesend woandershin, als hätte er kein Interesse daran, illegale Waffen und eine entführte Frau zu finden.

Diether drückte das Handschuhfach zu und hielt das Gewünschte aus dem Fenster. »Bitte schön.«

Der Polizist trat einen Schritt von dem Wagen weg, um die Papiere zu prüfen.

Diether lehnte sich zurück und versuchte, sich einen Moment zu entspannen. Wird schon schiefgehen, dachte er. Doch da hörte er etwas. Täuschte er sich, oder war das ein leises Winseln? Er behielt den Bullen im Blick und lauschte.

Aus dem Kofferraum erklang jetzt ein Klopfen. Es war dumpf,

irgendwie verzweifelt und schüchtern zugleich, aber Diether hörte es deutlich. Wenn er Pech hatte, landete er heute noch im Knast.

Der Polizist reichte ihm die Papiere zurück. »Um ein Bußgeld kommen Sie nicht herum. Wollen Sie gleich bezahlen? Macht 75 D-Mark.«

Er schüttelte den Kopf. »Hab nur Kleingeld dabei.«

»Dann bekommen Sie Post.«

»Alles klar«, antwortete er brav und schaltete das Autoradio wieder ein. Irgendein affiger Schlager. Roland Kaiser. Auch das noch. Ihm wurde sofort kotzübel von diesem Gesülze. Aber vielleicht wurde ihm auch schlecht von der Zahlungsaufforderung. Der gebrauchte Mercedes hatte seine letzten Mäuse verschluckt. Er brauchte dringend Geld. Und er wusste, woher er die Moneten bekommen würde. Er musste nur noch ein bisschen mehr Druck machen.

Der Bulle guckte komisch. »Moment noch«, sagte er. »Schalten Sie mal das Radio aus.«

»Okay, Sie sind der Boss«, sagte er und drehte an dem Schalter. Beinahe war er erleichtert, dass Roland Kaiser die Klappe hielt. Das flaue Gefühl im Magen blieb allerdings.

»Was haben Sie denn da hinten drin? Was sind das für Geräusche?«

Diether legte die Hand hinter das Ohr. »Geräusche?«

Die Laute waren immer noch leise. Der Bulle musste gute Ohren haben. Es klang jetzt eher nach einem Scharren.

»Ach so, das. Ich arbeite als Hundezüchter«, antwortete Diether. »Ich züchte Schäferhunde. Das ist ein kranker Welpe, der schnellstens zum Tierarzt muss!« Er machte ein besorgtes Gesicht.

»Verstehe. Hoffentlich ist das Tier richtig gesichert?«

»Klar, ich bin Profi«, antwortete er lässig. »Wenn das Hündchen im Kofferraum ist, kann es bei einem Unfall nicht durchs Auto fliegen.« Er zwinkerte dem Uniformierten zu.

»Wir haben einen alten Pudel zu Hause, der muss auch ständig zum Tierarzt. Und das kostet jedes Mal ein Vermögen.« Der Polizist lächelte traurig. »Dann mal gute Fahrt! Und nicht zu schnell diesmal!«

»Natürlich, danke!« Er winkte kurz zum Abschied.

Beinahe im Schneckentempo fuhr er die ersten Meter, ehe er beschleunigte. Erst jetzt brach ihm der Schweiß aus.

42

Am Zaun zu stehen und zu warten war Folter, fand Florian. Jedenfalls dann, wenn keiner kam. Sein Vater war sonst meist pünktlich. Nur manchmal verspätete er sich um ein paar Minuten. Doch Florian wartete nun schon über eine Stunde. Immer wieder blickte er auf seine Armbanduhr. Die Zeiger krochen viel zu langsam vorwärts. Es musste etwas passiert sein. Vielleicht hatte sein Papa einen Autounfall gehabt, so wie seine Mama. Oder ein Schwerverbrecher hatte ihn erschossen. Es gab Kleinkriminelle, die zum Beispiel Süßigkeiten, Obst und Alkohol im Supermarkt klauten, und es gab Schwerverbrecher, die bewaffnet waren und Morde begingen. Und sein Papa hatte als Polizist mit Mördern zu tun, so viel wusste er. Ihm konnte jederzeit etwas passieren. *Jederzeit*.

Florian starrte weitere endlose Minuten durch den Maschendrahtzaun. Sein Vater kam nicht. Das sah ihm überhaupt nicht ähnlich. Es war kalt und dunkel, es regnete, aber Florian blieb, wartete und wartete. Die matt leuchtende Straßenlaterne auf der gegenüberliegenden Seite fing irgendwann an zu flackern, schließlich erlosch sie ganz. Wie lange musste er noch hinter dem Zaun ausharren? Er kam sich vor wie einer von den Gartenzwergen, die hier manchmal in den Vorgärten wie erstarrt standen und sinnlos vor sich hin glotzten.

Besser nicht schon wieder auf die Uhr schauen, dachte er. Die

Zeit dauerte irgendwie länger, wenn man auf die Uhr schaute. Das Warten dauerte länger.

Florian trat von einem Fuß auf den anderen. Aber ihm wurde nicht warm davon. Seine Hände bildeten wie von selbst Fäuste, und er begann erst langsam, dann immer schneller gegen den Zaun zu boxen. Es tat ein bisschen weh, seine Knöchel fingen an zu bluten, trotzdem hörte er nicht auf damit. Florian schlug nicht nur gegen den Draht. Er schlug in seinen Schmerz hinein. Er boxte gegen die Zeit, gegen die quälende Warterei, gegen die Angst, die in ihm hockte.

Der Wind ließ die Blätter an den Bäumen tanzen. Er sah zu ihnen auf, und es kam ihm vor, als würden sie ihm zuwinken. In seinem Kopf erklang ein Rascheln und Flüstern, ein Rauschen. »Lass es sein, Florian, bitte«, wisperte es.

Erschrocken ließ er die Fäuste sinken. Auf der anderen Straßenseite stand seine Mutter. Er wusste, dass das nicht sein konnte, aber er sah sie dennoch. Sie hielt den Blick gesenkt, als würde sie auf der Erde nach etwas suchen. Dann bewegte sie sich ganz langsam. Sie drehte sich im Zeitlupentempo in seine Richtung und sah ihn an, nur einen flüchtigen Moment. Dann senkte sie den Kopf wieder, als wäre er ihr zu schwer. Und Florian verstand. Es musste sehr anstrengend für sie sein, aus dem Totenreich zu ihm zurückzukehren.

Langsam lief sie ein paar Schritte auf den Nebel zu. Ihre Gestalt wurde heller. Seine Mutter verschwamm allmählich vor seinen Augen. Löste sie sich auf in dem Dunst? Sein Herz klopfte wie wild. Er musste etwas tun. Er musste zu ihr! Sie konnte doch nicht einfach so weggehen!

Automatisch begann er zu klettern. So ein Zaun war für ihn kein Hindernis. Rasend schnell kletterte er hinauf. Stieg über den Draht. Sprang auf die andere Seite. Schritt für Schritt folgte er seiner Mutter in den Nebel hinein. Wo bist du?, dachte er. Eine dicke Wolke umfing ihn, so kam es ihm vor. Doch dann riss die wabernde Wand auf, und plötzlich, ganz kurz, sah er ihr Gesicht. Es war totenblass, als wäre ihre Haut aus Marmor, aber ihre Augen leuchteten, strahlten ihn an. So wie an dem Tag, als er sie das letzte Mal lebend gesehen hatte. Nur dass ihre Lippen nicht blau gewesen waren und sie ihn angelächelt hatte, als wäre das ein ganz normaler Tag, als wäre alles gut. Als könnte nie etwas Böses geschehen.

Was ihm fehlte, war ein Abschied. Er hatte sie nicht mehr sehen dürfen, nachdem sie verunglückt war. »Es ist besser, du behältst sie so in Erinnerung, wie du sie gekannt hast«, hatte seine Großmutter zu ihm gesagt. Ihn dabei an den Schultern gepackt, so fest, dass es wehtat. Nicht die Mutter seiner Mutter, sondern die, die in Nürnberg wohnte und die sie Ostern besucht hatten.

Und nun sah er seine Mama, die in einem Nebelschleier immer mehr verschwand – wie ein Schatten verschwindet, wenn die Sonne aufhört zu scheinen. Sie sah ihn immer noch an. Mit letzter Kraft, schien es Florian, verabschiedete sie sich von ihm.

Er hob die Hand, winkte ihr zu, bis sie sich ganz aufgelöst hatte. Florian weinte. Gern hätte er seine Mutter noch einmal umarmt. Ein letztes Mal. Doch die Nebelschwaden teilten sich, wurden kleiner und zerronnen schließlich. Und er war allein. Mutterseelenallein. Nichts rührte sich. Sogar die Blätter hatten aufgehört zu tanzen. Wütend wischte er sich die Tränen aus dem Gesicht, wartete darauf, dass seine Augen aufhörten zu brennen und er wieder klarer sehen konnte. Und was jetzt? Sollte er umkehren? Zurück über den Zaun klettern? Zurück ins Internat und den anderen erklären, dass sein Papa doch nicht gekommen war? Frau Siebenbach, seiner Klassenlehrerin, erzählen, dass er leider umsonst gewartet hatte?

Kam nicht infrage. Er hatte ja schon vor den Jungen damit angegeben, dass er mit seinem Vater zu den Felsen gehen und sie beide gemeinsam hinaufklettern würden. Die Jungen würden denken, er wäre ein Spinner, ein Lügner. Sie würden mit dem Finger auf ihn zeigen, ihn auslachen. Irgendwo musste sein Vater ja sein. Wahrscheinlich in Leipzig, wo er wohnte. Wo sollte er sonst sein, wenn er nicht wie versprochen hier, in Halle, also bei ihm war? Und wenn ihn nicht einer der Schwerverbrecher erschossen hatte. Der böse Gedanke klemmte in seinem Kopf fest. Florian schüttelte sich, um ihn loszuwerden.

Eine Weile starrte er trotzig in die Dunkelheit und überlegte, was er tun sollte.

Er beschloss, zur nächsten Haltestelle zu gehen, mit der Straßenbahn zum Bahnhof und dann mit dem Zug nach Leipzig zu fahren. Mit ein bisschen Glück war er in ein bis zwei Stunden am Leipziger Hauptbahnhof. Von dort konnte er laufen. Den Weg zur Wohnung kannte er ja, den war er mit seinem Vater schon oft gelaufen, der war in seinem Gehirn abgespeichert. Vom Bahnhof aus musste er über den Platz, von dem die vielen Straßenbahnen abfuhren. Dass man da ziemlich aufpassen musste, hatte sein Vater ihm eingeschärft. Dann erst mal immer geradeaus, Richtung Hochhaus, bis zur Moritzbastei, dann noch ein paar Meter nach rechts. Und wenn sein Papa nicht zu Hause war?

Er würde ihn eben suchen, bis er ihn gefunden hatte.

Florian lief einfach los. Die dunkle, leere Straße, die vor ihm lag, ängstigte ihn nur ein bisschen. Gerade hatte er seine tote Mutter gesehen. Was sollte ihm da schon noch passieren?

43

Beate schüttete Einstreu in das frisch gesäuberte Gehege und verteilte die Holzspäne. Obendrauf kamen Heubüschel, die sie aus einer Plastiktüte rupfte. Diesmal duftete das Heu frisch und sah auch relativ grün aus. Beim letzten Mal hatte sie einen Beutel mit grauem überlagertem Zeug erwischt, das sie gleich entsorgen musste.

Die Meerschweinchen wuselten um ihre Beine herum. Nur Susi saß etwas abseits. Anders als sonst bewegte sie sich kaum und hatte auch den Salat nicht angerührt. Beate registrierte es mit Sorge. Das schlechte Gewissen machte ihr zu schaffen. Sie hatte sich zu wenig um ihre Tiere gekümmert in letzter Zeit.

Gerade als sie überlegte, ob sie mit Susi schnell noch in die Tierklinik fahren sollte, die auch abends geöffnet hatte, hörte sie ein Geräusch an der Wohnungstür. Es klang wie ein Kratzen, Schaben. Vielleicht der Hund der Nachbarin, der vom Gassigehen zurückkehrte und überall herumschnüffelte?

Beate setzte die Meerschweinchen nacheinander vorsichtig in ihr Gehege zurück und stellte erst die Holzhäuser und dann die Näpfe hinein – ein Schälchen mit Wasser und eines mit Frischfutter. Sie beugte sich zu Susi hinab und bot ihr ein Stück Gurke an. Das Tier beachtete es nicht.

»Was ist los?«, fragte sie besorgt. »Was ist denn bloß los mit dir?«

Hinter der Tür raschelte es jetzt. Könnte auch jemand sein, der vom Einkaufen nach Hause kommt, dachte Beate. Sie hob Susi hoch und betrachtete sie von allen Seiten. Sie war sonst das munterste und neugierigste der Schweinchen. Apathisch hing sie in ihrer Hand und bewegte nur die Beinchen ein wenig.

»Mach bloß keinen Mist.« Wann hatte Susi sie eigentlich das letzte Mal quiekend begrüßt? Sie konnte sich nicht erinnern. Das musste wohl schon länger her sein. Warum fiel ihr das jetzt erst auf? Beate bemerkte eine Schwellung am Bauch. Genauer gesagt: eine Wucherung, ein Knoten am Gesäuge. Etwa ein Tumor?

Vorsichtig tastete sie das Geschwür ab. Es war hart, nicht viel größer als eine Erbse. Allerdings war Susi auch ein kleines, schmächtiges Tier.

»Tut's weh, du Arme?«

Das Meerschweinchen gab keinen Ton von sich. Das war nicht ungewöhnlich. Fluchttiere verbargen Krankheiten und Schmerzen. Wie ernst war es? Vielleicht sollte sie erst mal in der Tierklinik anrufen? Beate seufzte und setzte Susi zu den anderen Schweinchen.

Wieder drangen Geräusche vom Hausflur zu ihr. War das ein Klopfen? Es klang leise, schüchtern. Verstummte, erklang erneut. Ein kaum hörbares drängendes Pochen. Einen Moment fragte sie sich, ob das ihr ehemaliger Banknachbar und Klassenkamerad Berti war. Konnte er ihr gefolgt sein? Schließlich war er Privatdetektiv, und das Observieren gehörte zu seinem Job. Aber wieso sollte er das tun? Unwillkürlich musste sie daran denken, dass sie wegen ihm das Abi an der Abendschule machen musste. Ein für sie qualvoller Weg. Aber genau genommen konnte er auch nichts für das System, in dem sie gelebt hatten, in dem sie gefangen gewesen waren.

Mit einem Ruck riss sie die Tür auf. Der Junge, der dort stand, trat erschrocken einen Schritt zurück. »Ja? Was willst du?«

Er schwieg, sah sie nur an. Und dann erkannte sie ihn.

»Was machst du denn hier?«, fragte sie überrascht.

Der Junge antwortete nicht. Natürlich nicht. Es war der Sohn von Almgruber. Der *gehörlose* Sohn.

»Ist dein Papa auch hier?« Sie beugte sich ein Stück vor, als könnte sich Josef hinter dem Kind verstecken. Der Junge starrte ihr auf die Lippen. Er schüttelte den Kopf.

»Du bist allein? Aber … wieso?«

Der Junge wirkte blass, erschöpft. Irgendetwas musste passiert sein.

»Komm doch rein.« Sie griff behutsam nach ihm, als wäre er ein weiteres krankes Meerschweinchen. Zog ihn vorsichtig in die Wohnung, bis ins Wohnzimmer. Sein Arm fühlte sich feucht an, seine Kleidung triefte, wie sie jetzt erst bemerkte.

»Du bist ja klitschnass.«

Einen Moment musste sie überlegen, wie er hieß. Almgruber hatte ihr seinen Sohn einmal in einem neu eröffneten italienischen Restaurant in Halle an der Saale vorgestellt. Und sicher erwähnte er den Jungen ab und zu, wenn sie zusammen unterwegs waren. Trotzdem musste sie erst nachdenken. »Florian!«, rief sie. »Du bist ja so richtig in den Regen geraten, was?«

Er zuckte mit den Achseln und winkte ab. Unwichtig, schien er zu sagen.

Sie zupfte an seinem Ärmel. »Zieh wenigstens die Jacke aus.« Sie sprach betont deutlich, so, dass er es sah. Beate hoffte, dass der Junge sie verstand.

Er nickte, schlüpfte aus dem durchweichten Kleidungsstück

und reichte es ihr. Sie lächelte, als hätte er ihr ein Geschenk gemacht, und nahm eine Decke vom Sofa. »Wir tauschen, okay?«

Er blinzelte ihr zu und kuschelte sich in den Fleecestoff hinein. Eher um ihr einen Gefallen zu tun, als um sich zu wärmen, wie ihr schien.

»Wo ist dein Papa? Warum bist du hier?«

Florian runzelte die Stirn, bewegte die Hand, als würde er schreiben.

Sie verstand und schlug sich theatralisch an die Stirn. »Alles klar! Moment. Ich hole dir ...« Beate sah sich suchend um und nahm einen Kugelschreiber vom Wohnzimmertisch, riss eine Seite vom Notizblock ab, der griffbereit neben dem Telefon lag.

Sie sah auf seine schmächtige Hand, als er etwas auf das Papier kritzelte. Auf seinen Knöcheln entdeckte sie kleine blutige Schürfwunden. Was zum Teufel war passiert?

Florian schrieb langsam und sorgfältig.

1. *Weiß ich nicht.*
2. *Du stehst im Telefonbuch.*

»Du meinst, meine Adresse?«

Er nickte.

»Clever. Aber warum bist du nicht zu deinem Vater gegangen?«

Nicht da, schrieb er.

Benutzte Almgruber sie etwa als Babysitterin, ohne ihr vorher Bescheid zu geben? Das konnte sie sich allerdings nicht vorstellen. »Wo ist er denn?«

Florian hob die schmalen Schultern und blickte sie traurig an.

»Er hat dich doch nicht etwa versetzt?«

Sie sah, dass er tief einatmete. Schimmerten da Tränen in seinen Augen? Er wandte den Blick ab.

»Ach, Mist«, sagte sie zu sich selbst. »Und da bist du abgehauen, was?«

Er kaute auf seiner Unterlippe herum und wirkte jetzt wie ein Häuflein Elend.

»Sie machen sich bestimmt Sorgen um dich«, sagte sie. »Die Leute im Internat und ... na ja ... dein Papa sowieso.«

Aber er blickte nicht zu ihr hin. Was zum Teufel sollte sie tun? Wenn Almgruber nicht zu Hause war, würde sie ihn dort nicht erreichen. Falls der Kleine die Wahrheit sagte. Beate ging ein Stück auf ihn zu und tippte ihn an. »Hast du Hunger? Oder Durst? Oder beides?«

Florian bewegte den Kopf nur ein wenig. Hieß das nun Ja oder Nein?

»Ich kann dir Eierkuchen machen. Magst du Eierkuchen?«

Seine Augen leuchteten auf. Ein zaghaftes Lächeln erhellte sein Gesicht.

»Alles klar. Dauert nicht lange.« Sie strubbelte ihm durchs regenfeuchte Haar.

Als sie in der Küche die Eier aus dem Kühlschrank nahm, hörte sie Schritte.

»Beate?«

Sie zuckte leicht zusammen und wandte sich mit den Eiern in der Hand um. Irgendwie hatte sie vergessen, dass der Junge auch ein paar Worte Lautsprache reden konnte.

»Mein Vater ... Geht es ... ihm gut?« Sie hörte die Anstrengung, die ihn die Frage kostete. Florian sah sie groß an. Die Angst war ihm ins Gesicht geschrieben.

»Ja natürlich, es geht ihm gut.«

Ein Ei rutschte ihr aus der Hand und klatschte auf den gefliesten Boden. Beate ließ es liegen. Sie würde sich später darum kümmern. Aber Florian hockte schon auf dem Boden. Mit bloßen Händen wischte er alles auf, brachte es zum Mülleimer.

Während sie den Teig anrührte, beobachtete sie ihn aus den Augenwinkeln: ein Kind, das seine Mutter verloren hatte. Dass dieses Kind sich auch schrecklich um den Vater sorgte und vermutlich nicht nur heute, begriff sie erst jetzt. Sie ließ die Schüssel stehen und wandte sich dem Jungen zu. »Wir haben den ganzen Tag zusammengearbeitet. Es hat länger gedauert als geplant. Verstehst du?«

Florian nickte. Aber seine Augen wirkten immer noch furchtsam.

»Weißt du was? Ich rufe ihn jetzt an. Und wenn er nicht da ist, sage ich ihm auf dem Anrufbeantworter Bescheid, dass es hier Eierkuchen gibt und er sich gefälligst beeilen soll herzukommen, okay?«

Beate dachte, dass sie auch das Präsidium in Halle informieren sollte. Die Kollegen suchten vermutlich schon nach Florian.

44

Josef konnte es kaum glauben, als er seinen Anrufbeantworter abhörte. Er wollte sofort zurückrufen, doch er heulte plötzlich wie ein Schlosshund los. Sein Sohn war in Sicherheit. Bei seiner Kollegin Beate. Glück gehabt. Unverdientes Glück. Der Stein, der ihm vom Herzen fiel, war so schwer, dass er sich auf einmal leicht fühlte und einen Moment zu schweben glaubte. Gut, dass Beate sein Schluchzen nicht hören konnte. Wie betrunken torkelte er durch die Wohnung. Öffnete das Fenster, lehnte sich weit hinaus, atmete tief ein. Sah in die rabenschwarze Nacht, die ihm gar nicht mehr so rabenschwarz vorkam, denn da funkelten Sterne, und der Mond schien und tauchte die Straße in ein sanftes Licht.

Bevor er die Wohnung verließ, rief er Juliane Siebenbach an.

Florians Lehrerin nahm sofort ab, als hätte sie neben dem Apparat gestanden. »Ja?«, hauchte sie ängstlich ins Telefon.

Er hörte sich selbst wie aus weiter Ferne sprechen, wusste nicht, was er sagte, aber es musste wohl das Richtige sein.

»Josef, was für eine wundervolle Nachricht! Ich bin so froh ...« Sie redete weiter, plötzlich überschwänglich, erleichtert, aber er nahm es kaum noch wahr. Nur der Klang ihrer Stimme beruhigte ihn merkwürdigerweise, als würde er unvermittelt seinen Lieblingssong im Radio hören. Obwohl auch Juliane in einer Tonlage sprach, als würde sie gleich vor Freude oder Aufregung losheulen. Vielleicht fühlte er sich auch deshalb gefasster.

Du bist nicht so allein, wie du dachtest. Da ist noch ein zweites Wesen, das ähnlich empfindet. Es tat gut, einfach nur der Melodie ihrer Stimme zuzuhören.

Es braucht nicht so zu bleiben, wie es jetzt ist. Etwas muss sich ändern, dachte er. Etwas muss sich in meinem Leben verflucht noch mal ändern.

Er hörte, dass sie ein wenig wirr redete, von den Felsen und der Grotte und wem wohl die schmutzige Jacke gehörte, was aus dem verpassten Vater-Sohn-Ausflug werden würde und ob es Florian denn auch wirklich gut ginge? Sie schien ähnlich überdreht wie er selbst zu sein, eine Last fiel offenbar auch von ihr ab. War ihr – so wie ihm – gerade schwindlig?

Ihm wurde bewusst, dass sie gemeinsam nach seinem Sohn gesucht hatten – so wie normalerweise Eltern das in solchen Ausnahmesituationen machten. Gemeinsam hatten sie sich um ihn gesorgt, waren über sein Verschwinden verzweifelt gewesen. Und sie *beide* fühlten sich für ihn verantwortlich.

»Den Ausflug holen wir nach.« Er räusperte sich. »Wir drei, meine ich.«

Einen Moment war es still. Er wartete auf ihre Reaktion. Sein Herz schlug schneller. Was, wenn sie jetzt losprustete? Ihn auslachte? Oder ihn fragte, wer denn die dritte Person sei? Er wusste doch gar nichts von ihr.

»Das wäre schön, Josef«, sagte sie schließlich leise.

»Ja, das wäre es. Das machen wir bald, gell?«, plapperte er. »Jetzt muss ich aber. Ihn holen. Ihn abholen. Hierher zu mir. Ich weiß nicht, ob er morgen in die Schule kommt. Wir brauchen bestimmt ... etwas Zeit. Gemeinsame Zeit.«

Vielleicht würde er kündigen, seinen Job hinschmeißen. Sich

mehr um seinen Jungen kümmern. Das war er ihm verdammt noch mal schuldig.

Sein Sohn fiel ihm um den Hals, als er Beates Wohnung betrat, klammerte sich an ihm fest und ließ so schnell nicht mehr los.

Josef war jetzt froh, dass er schon zu Hause geweint hatte. Indessen hatte er sich wieder im Griff. Er umarmte Florian, spürte seine Erleichterung, seine Liebe.

Beate drückte er die Hand, bedankte sich artig und aß mit den beiden Pfannkuchen, den seine Gastgeberin Eierkuchen nannte.

»Wir haben dich gesucht, Florian«, gebärdete er nach dem Essen und sprach es gleichzeitig aus, damit Beate ihn verstand. »Wir haben uns Sorgen gemacht. Warum bist du weggelaufen?«

Die Freude verschwand aus Florians Gesicht. Er kaute langsamer, wischte sich den Zucker von den Lippen, runzelte die Stirn und sah ihn finster an.

»Warum?«, fragte Josef, obwohl er es eigentlich wusste.

Florian zuckte mit den Schultern. Er warf Beate einen Blick zu, der Josef Hilfe suchend vorkam.

»Das könnt ihr doch später besprechen«, schlug sie vor und begann den Tisch abzuräumen.

Florian blinzelte, fuhr sich über die Augen, sprang auf und rannte zur Toilette.

Josef sah ihm verwundert nach und erhob sich schließlich. Es war spät am Abend. Florian wirkte erschöpft, er musste ins Bett, und morgen würden sie weitersehen.

»Danke für die Gastfreundschaft, Beate. Danke für alles.« Er kam sich etwas blöd vor, als er das sagte. Aber es war keine Floskel. Er war ihr wirklich dankbar.

»Schon gut. Das war doch selbstverständlich. Du kannst froh sein, dass dein Sohn so selbstständig ist und sich zu helfen weiß.«

Josef spürte den Ärger in ihren Worten, die unausgesprochene Anklage. Wieso kümmerst du dich nicht um ihn?, schien sie zu fragen.

»Sag Arno Berg, dass ich freinehme«, sagte er schroff.

»Mitten in der Mordermittlung?« Beate sah ihn überrascht an.

»Ja. Es geht nicht anders.« Verstehst du das nicht?, dachte er wütend. »Erst mal ein oder zwei Tage. Oder auch drei. Am besten, ich rufe ihn selbst an. Du hast dich schon genug gekümmert, Beate. Vielleicht kündige ich auch ganz. Der Job ist kein Heiligtum für mich. Mein Sohn schon.«

Er bemerkte, dass sie schluckte und blass wurde. Für sie sah es womöglich so aus, als würde er sie im Stich lassen. Schon wieder. Aber er sprach nur das aus, was er nach dem heutigen Tag dachte. Florians Flucht war ein Signal, das er ernst nehmen musste. Er musste kein Bulle sein. Jedenfalls nicht lebenslänglich. Zur Not konnte er auch Taxi fahren.

45

Als Beate am frühen Morgen die Dienststelle betrat, sah sie ihre Kollegin Sophie an ihrem Schreibtisch sitzen, vor ihr ein Stapel Akten. Sie sah gestresst aus. Nur kurz hob sie den Kopf, beachtete Beate nicht weiter, blätterte hektisch in den Unterlagen und kaute Kaugummi.

»Oh, guten Morgen«, begrüßte Beate sie. »Ist dein Kleiner wieder gesund?«

»Ist er«, gab sie knapp zurück, ohne den Gruß zu erwidern. »Viel passiert ist hier ja nicht, seit meiner Abwesenheit.«

»Was meinst du?« Beate sehnte sich auf einmal nach einem heißen, starken Kaffee. Am besten zusammen mit Keksen oder Schokolade. Den Tag sollte man nicht gleich mit schlechter Laune starten, oder?

»Ich meine die Vermisstensache Ina Reinhardt. Gibt es eine Spur von ihr?« Sie starrte sie an. »Nein, offenbar nicht«, beantwortete sie die Frage selbst.

Beate hielt dem Blick stand. Was hatte Sophie erwartet? Dass sie ihren Fall während ihrer Abwesenheit mal eben schnell lösten?

Sophie tippte auf die Seite, die sie gerade las. »Eine Garage voller Dinge, die der Verschwundenen gehören? Die Sachen hätten längst durchsucht werden können! Vielleicht hat sie ja Tagebuch geschrieben, oder es gibt andere persönliche Unterlagen, irgendwelche Aufzeichnungen, in denen wir Hinweise finden?«

»Meinst du, sie hat den Tag ihres Verschwindens im Kalender eingetragen?«, fragte Beate schnippisch. »Wir arbeiten hier auch noch an einem Mordfall.«

»Nur dass der Tote schon tot ist«, murmelte Sophie.

»*Wie bitte?*« Was redete ihre Kollegin da?

»Ich habe gerade deinen Bericht über die leer geräumte Wohnung und das Auffinden der Garage gelesen«, sagte Sophie, ohne auf Beates erstaunten Ausruf einzugehen. »Da steht, der Bauarbeiter Paul Mattis hatte angegeben, dass dort jemand aufgetaucht sei, ein James Bond nach seiner Beschreibung. Wissen wir denn mittlerweile, um wen es sich da handelt?« Ihre Stimme klang streng und ungeduldig.

»Leider nicht. Kollege Lüder hat herausgefunden, dass die Garage, die jetzt als Lagerhalle zweckentfremdet wird, von Ina Reinhardt gepachtet worden war. Ihren Wagen suchen wir noch.«

»Das bringt uns alles kein Stückchen weiter. Interessanter wäre, die Frage zu klären: Wer ist dieser Typ, der die Bauarbeiter dafür bezahlt hat, Ina Reinhardts Wohnung auszuräumen?«

»Wer immer das gewesen ist ... Mit an Sicherheit grenzender Wahrscheinlichkeit wurde derjenige von Norbert Holdinger beauftragt, damit der Sanierung des Hauses nichts mehr im Wege steht.«

»Wieso bist du da so sicher?«

»Von wem sonst sollte der Auftrag erteilt worden sein? Frag doch mal Viktor Lüder, ob er einen Hinweis im Terminkalender von Holdinger gefunden hat.«

Sophie trommelte mit ihrem Kugelschreiber auf dem Tisch herum. »Ähm, ganz ehrlich? Das hättet ihr längst recherchieren können.«

Beate verschlug es einen Moment die Sprache. Die Kollegin war den ersten Tag wieder da und machte gleich Stress? Den Reflex, pampig zu antworten, unterdrückte sie. Einen Streit konnten sie beide nicht gebrauchen. Schließlich ging es hier um eine verschwundene Person. Und in einem hatte Sophie recht: Viel weiter waren sie in der Vermisstensache bisher nicht gekommen.

War Sophie einfach nur nervös und polterte deshalb so herum? Verdenken konnte Beate ihr das nicht. Hier ging es immerhin um die Verantwortung für ein Menschenleben, nicht mehr und nicht weniger.

»Möchtest du auch einen Kaffee?«, bot Beate in versöhnlichem Ton an. »Ich geh gleich bei Lüder vorbei und bitte ihn, den Terminkalender von Holdinger noch mal zu checken.«

Sophie murmelte etwas, das wie ein missmutiges »Meinetwegen« klang, und blätterte hektisch eine Seite in der Akte um.

Lüders Arbeitsplatz war noch unbesetzt. Beate hinterließ einen Zettel mit einer kurzen Notiz auf seinem Schreibtisch.

In der Küche stieß Beate fast mit Arno Berg zusammen, der den winzigen Raum beinahe ausfüllte. Als würde er meditieren, stand er vor dem geöffneten Kühlschrank und schaute in die erleuchteten Fächer hinein, die mehr oder weniger leer waren. »Ich brauche was Süßes«, brummte er. »Warum sorgt eigentlich niemand hier für etwas Nervennahrung?«

»Ich hab noch einen Müsliriegel in der Tasche. Kannst du haben.«

Arno Berg seufzte. »Almgruber hat überraschend Urlaub genommen. Irgendeine Familienangelegenheit.« Er klang deprimiert.

Beate nickte. »Dafür ist Sophie Steiner zurück«, sagte sie. Dass Josefs Ausfall für sie nicht so überraschend war, behielt sie für sich.

»Ja, deswegen werdet ihr beide dem Vermisstenfall Ina Reinhardt nachgehen.«

»Dachte, ich bin für den Mord eingeteilt?« Ihre Formulierung war wohl nicht besonders geschickt, wie ihr auffiel, aber Arno Berg schien es nicht zu stören.

»Solange Almgruber abwesend ist, legen wir die Mordermittlung auf Eis. Natürlich nur für kurze Zeit. Und zugunsten von Ina Reinhardt und der Suche nach ihr. Du wirst dafür mit Sophie Steiner zusammenarbeiten.«

»Wie lange?«

»Erst mal drei Tage. Dann sehen wir weiter. Dein Kollege Almgruber meinte ohnehin, du solltest besser für eine gewisse Zeit nicht bei der Mordkommission arbeiten. Er glaubt, der Überfall hat dir wohl ziemlich zugesetzt.«

»Wie bitte?« Beate konnte kaum fassen, was sie da zu hören bekam. »Wie kommt er denn darauf?«

Arno Berg holte ein halbes Wiener Würstchen aus dem Kühlschrank und hielt es in die Höhe. »Was meinst du? Kann man das noch essen?« Irgendwie sah es aus wie ein abgeschnittener Finger.

Beate lachte, aber es war ein bitteres Lachen. Josef wollte nicht mit ihr zusammenarbeiten? Oder wie sollte sie das deuten? Und warum hatte er ihr nichts gesagt?

Ein unangenehmer Geruch stieg ihr in die Nase. Entweder kam der aus dem Kühlschrank oder direkt von der Wurst.

»Ich würde das Ding nicht essen. Es sei denn, du möchtest die nächsten Tage auch ausfallen«, sagte sie schließlich. »Und was Almgruber betrifft: Die schwächeren Nerven hat eindeutig er.«

»Wie meinst du das?« Arno roch noch einmal an dem Wurststück, dann warf er es angeekelt in den Mülleimer. Der Deckel schepperte laut.

»Ganz einfach: Er denkt dran, zu kündigen.«

»Ach!« Erschrocken fuhr er herum und starrte sie an. »Davon weiß ich nichts.«

»Womöglich überlegt er es sich ja anders«, ruderte Beate zurück. »Er ist in keiner einfachen Familiensituation ... als alleinerziehender Vater. Da kann man schon mal die Nerven verlieren.«

Arno Berg schob die Hände in die Taschen und schwieg eine Weile. »Ich glaube, ich nehme deinen Müsliriegel dankend an«, sagte er schließlich. »Wir müssen unbedingt diesen traurigen Kühlschrank wieder füllen.«

»Wird gemacht, Chef.«

»Gibt es eigentlich sonst noch Neuigkeiten, von denen ich nichts weiß?«, fragte Arno Berg misstrauisch, während er beinahe gierig den Riegel aß.

Beate zögerte einen Moment. Eigentlich wollte sie die neueste Entwicklung zunächst mit Josef Almgruber besprechen. »Norbert Holdinger hat, wie es scheint, tatsächlich eine Detektei in Leipzig beauftragt. Ich bin der Sache nachgegangen. Es ging ihm wohl um seine Geliebte. Um ihre Treue oder Untreue. Genaueres konnte ich bisher nicht in Erfahrung bringen. Aber Frau Baum ist verheiratet. Mit Alfred Baum, soviel wir wissen. Mir kam der Gedanke, dass ihr Ehemann etwas von der Schnüffelei mitbekommen haben könnte. Womöglich hat er diese Aktion dem Herrn Holdinger übel genommen.«

»Gibt es irgendwelche Indizien?«, fragte Arno Berg unwirsch. »Eine Akte, in der etwas Brauchbares steht?«

Beate schüttelte den Kopf. »Noch nicht.«

»Erst wenn wir entsprechende Hinweise in der Hand haben, holen wir uns den Ehemann von dieser Frau Baum her. Bitte doch unseren Spezialisten Viktor Lüder darum, die Akte zu beschaffen oder diese wenigstens in der Detektei einzusehen.«

»Mach ich.« Flüchtig dachte sie daran, dass ihr ehemaliger

Schulkamerad Berthold Hilberg sie noch nicht angerufen hatte. Suchte er in seinem Büro immer noch nach den Unterlagen, oder war er einfach vergesslich? Nun, Kollege Lüder würde das schon in Erfahrung bringen. Sie musste ihm eben noch einen zweiten Zettel schreiben und auf seinen Arbeitsplatz legen.

Eine knappe Stunde später standen die beiden Frauen der Kripo Leipzig vor der Garage, in der das Inventar und sonstige Sachen aus der Wohnung von Ina Reinhardt lagerten. Beate beförderte den Schlüssel aus der Hosentasche und reichte ihn ihrer Kollegin. Es war Sophies Idee gewesen, herzufahren und nach Hinweisen zu suchen. Wohl oder übel hatte sie den Fall wieder übernommen. Dass der aus dem Westen stammende Eigentümer des Wohnhauses ermordet worden war, machte die Suche nach der Lehrerin nicht gerade einfacher. Beate ging nach wie vor davon aus, dass es zwischen beiden Fällen einen Zusammenhang gab. Diese Vermutung und die Erinnerung an den Überfall auf sie durch den mysteriösen Kerl mit Gasmaske verstärkten in ihr ein Gefühl von Beklemmung. Mit schmalen Augen beobachtete sie die Gegend. Es war niemand zu sehen. Die Holztüren der umliegenden Garagen waren alt und zerkratzt. Offenbar hatte sich in den letzten Jahren niemand die Mühe gemacht, sie mit frischer Farbe zu streichen. Am Tor, vor dem sie standen, fiel ihr ein Riegel auf, der neu aussah und an dem ein geöffnetes Vorhängeschloss baumelte. War das beim letzten Mal auch schon da gewesen? Sie konnte sich nicht erinnern.

Als Sophie die Garage betrat, rechnete Beate fast damit, dass jemand dort drin auf sie lauerte und auf sie zustürzen würde. Aber nichts dergleichen geschah. Alles blieb ruhig. Dennoch stutzte Beate, als sie einen Blick in das Innere warf. »Das gibt's doch nicht«, sagte sie leise.

»Was denn?«, fragte Sophie ungeduldig und schob die beiden Flügeltüren, die aus Kiefernholz bestanden, noch ein Stück weiter auf.

Beate spürte eine Gänsehaut und schüttelte sich. »Jemand war hier«, stellte sie fest und sah sich genauer um.

»Wie kommst du darauf?«

»Jemand hat alles aufgeräumt.«

»Aufgeräumt?«

»Ja. Es war ein totales Durcheinander beim letzten Mal. Und jetzt ...«

Sie zeigte auf die Möbel und Hausratsdinge, die ordentlich sortiert rechts und links standen, sodass in der Mitte ein Gang entstanden war.

»Das ergibt keinen Sinn«, meinte Sophie. »Warum sollte jemand herkommen, um Ordnung zu schaffen?«

Beate zuckte mit den Achseln. »Keine Ahnung. Schauen wir nach, ob wir was Brauchbares finden.« Vorsichtig betrat sie die Garage und balancierte zwischen dem aufgetürmten Mobiliar wie auf einem Seil.

»Kannst du erkennen, ob etwas fehlt?«, fragte Sophie, die ihr folgte und mit einer Taschenlampe von einer Seite zur anderen leuchtete.

»Leider nicht. Vielleicht sollten wir lieber nichts anfassen und die Spurensicherung anfordern?« Sie drehte sich zu Sophie um, die gerade einen Aktenordner aus einem Schrank zog und darin blätterte.

»Meinst du, dass das nötig ist?«

»Schwierig, etwas zu finden, wenn man nicht weiß, wonach man eigentlich sucht«, sagte Beate. »Ich glaube nicht, dass wir beide an diesem Ort Licht ins Dunkel bringen können.« Sie dachte an Steffen, der sich immer noch ziemlich rarmachte. Wo steckte er? Warum rief er sie nicht wenigstens an? Sie drängte den Gedanken beiseite. Wie auch immer: Wäre er jetzt hier, würde er etwas erkennen, was ihnen entging? »Die Kriminaltechniker könnten immerhin nach Fingerabdrücken suchen, was meinst du?«

Sophie antwortete nicht, stellte die Akte zurück und wühlte weiter in dem Schrank herum. »Na, sieh mal einer an.« In ihrer Stimme schwang leiser Triumpf mit. »Hier sind Briefe.« Sie holte einen Schuhkarton hervor. »Offenbar private Post.«

»Von wem?«

»Das klären wir später in der Dienststelle.« Sophie stellte ihre Beute auf den Boden. »So ganz umsonst sind wir wohl doch nicht hier. Suchen wir erst mal noch weiter nach …«

Ein lauter Knall ließ Beate zusammenfahren. Es folgte ein zweiter Knall.

Automatisch zog sie ihre Waffe und drehte sich zum Ausgang um. Das Garagentor! Jemand hatte die Türen zugeworfen! Sie wechselte einen Blick mit Sophie. Sogar im Halbdunkel erkannte Beate, dass sie blass geworden war. Der Lichtkegel ihrer Taschenlampe zuckte nervös hin und her.

Die Pistole im Anschlag, schlich Beate auf das Tor zu. Mit einer Hand hielt sie die Waffe, mit der anderen drückte sie die Klinke hinunter. Die Tür gab nicht nach. Mit Kraft schob sie sich gegen die Kiefernholztür. Nichts rührte sich. Es war abgeschlossen. Der Schlüssel steckte allerdings von innen. Jemand da draußen musste den Riegel vorgeschoben haben.

46

Wieso kreuzte diese dämliche Bullenschlampe schon wieder seinen Weg? Was hatte das zu bedeuten? Waren ihm die Polypen etwa auf den Fersen? Aber so unbesorgt, wie die Polizistin, die er in dem Hotel offenbar nicht genug vermöbelt hatte, und ihre Begleiterin das Garagentor offen ließen, wähnten sie sich wohl in Sicherheit. Ein verächtliches Schnauben drang aus seiner Kehle.

Nach der Verkehrskontrolle hatte Diether seine Gefangene bei einem Zwischenstopp auf einem abgelegenen Parkplatz aus dem Kofferraum gezerrt, auf den Rücksitz bugsiert und sie hierher in die Garage gebracht. Sie sollte in ihrem Krimskrams nach Wertgegenständen und Geld suchen. Zwar hätte er das auch selbst erledigen können, doch wusste er nicht, wo sie Schmuck und Zaster aufbewahrte. Benutzten Weiber nicht immer irgendwelche geheimen Verstecke für ihr Gold und ihr Geschmeide?

Seine Mutter hatte ihn einmal mit einem Besenstiel halb totgeschlagen, als sie ihn mit einer silbernen Kette um den Hals, die ihr gehörte, erwischte. Verschwommen erinnerte er sich an einen rubinroten Anhänger, an das unheimlich rote Leuchten – als würde ihm der Teufel zuzwinkern. Aber womöglich war das auch ein Faden seines Blutes gewesen, das ihm aus der gebrochenen Nase geflossen und für einen Moment als Tropfen an der Kette hängen geblieben war. Ein Wunder, dass er sich überhaupt an diesen Vorfall erinnerte. Die Misshandlungen seiner Mutter bestimmten damals seinen Alltag. Wenn die Prügel einmal ausblieben, es gar gemeinsame Stunden vor dem Fernseher gab, wunderte sich der Knirps, der er damals gewesen war, schon sehr darüber. Gewalt war die Normalität, alles andere, ein wenig Zuwendung etwa, musste man sich verdienen. So sadistisch wie Mutti verhielt er sich seiner Meinung nach nicht. Bei der nächtlichen Aktion in der Garage war er ausgesprochen gnädig zu seiner Gefangenen gewesen.

Natürlich musste er weiter darauf achten, dass sie sein Gesicht nicht sah. Die Gasmaske konnte er in der Öffentlichkeit kaum tragen, ohne aufzufallen.

Noch im Auto befahl er ihr in harschem Tonfall, die Augen zu schließen, zog ihr den Kartoffelsack vom Kopf und setzte ihr eine Sonnenbrille auf. Jedenfalls sah das Ding auf ihrer Nase auf den ersten Blick so aus. Er hatte einfach runde schwarze Pappe auf die Gläser geklebt – und war richtig stolz auf seine Erfindung. Mit der falschen Sonnenbrille führte er sie die paar Meter zur Garage hinüber, hakte sich sogar bei ihr ein, damit sie nicht stolperte. War er nicht fürsorglich? In Gedanken klopfte er sich selbst auf die Schulter.

Unterwegs erklärte er ihr, was Sache war, dass ihr Hausrat jetzt hier lagerte. Schloss mit ihrem Schlüssel das Tor auf, sagte »Ladys first« und versetzte ihr einen leichten Schubs. Nicht aus Gemeinheit. Sie sollte sich nur nicht zu sicher fühlen, nicht noch auf falsche Gedanken kommen. Später gestattete er ihr unter seiner Aufsicht – da trug er natürlich wieder die Gasmaske –, dass sie die mit Pappe beklebte Brille absetzte, sich umzog, sich bequeme Schuhe heraussuchte und frische Klamotten, eine Bürste, Seife, Shampoo und Duschgel in einen Koffer packte. Er erlaubte ihr sogar aufzuräumen. Schließlich war dieser Saustall auch für ihn vollkommen unübersichtlich. Und er brauchte die Kontrolle. In dem Chaos hatte er nicht einmal einen Schrank öffnen können.

»Ich brech dir jeden Finger einzeln, wenn du in zwei Stunden nicht fertig bist.« Ein Satz von seiner Mutter, den er jetzt gebrauchen, den er loswerden konnte.

Er sprach die Drohung genauso aus, wie er sie damals gehört und bis heute verinnerlicht hatte. Seine Gefangene erstarrte in der Bewegung, als sie ihn so reden hörte. Er war damals weggerannt, als die Mutter kam, um ihn zu kontrollieren: War alles aufgeräumt, Staub gewischt, die Kleidung in ordentlichen Päckchen im Schrank verstaut? Natürlich fand die Mutti was: ein zerknülltes dreckiges Papiertaschentuch, das neben den Papierkorb gefallen war, eine Staubfluse unter dem Schrank ... Sie fand immer etwas. Und er hatte versucht, sich in seiner kindlichen Furcht unter dem Tisch oder hinter der Tür zu verstecken. »Ich brech dir jeden Finger einzeln ...« Dieser Satz verfolgte ihn – egal, wo er sich versteckte. Die Worte lebten in ihm – eingesperrt wie in einen Zwinger. Und jetzt ließ er sie raus, hetzte sie auf diese Frau. Erkannte die Angst in ihrem Blick.

Natürlich verließ er die Garage nicht, sondern beobachtete seine Gefangene beinahe unentwegt. Nur einmal, während er das Geld zählte, das sie ihm brachte, ließ er sie kurz aus den Augen. Als er durch die Gläser der Gasmaske aufblickte, sah er sie nicht gleich. Er musste die Schlampe doch tatsächlich suchen gehen. War sie etwa abgehauen? Die Wut schoss in ihm hoch wie eine Rakete. Nein, unmöglich. Das Tor war zu. Dieses Miststück hatte sich wohl einfach nur versteckt.

Prophylaktisch versetzte er ihr einen Faustschlag in den Magen und einen in die Fresse, als er sie gefunden hatte. Vor einem staubigen Standspiegel. Die dumme Kuh hatte ihre hässliche dürre Gestalt angeglotzt. Und nun glotzte er sie an, während sie ihr Blut direkt auf ihr armseliges Spiegelbild spuckte. Lauter kleine, teuflisch rubinrote Punkte. Es sah beinahe hübsch aus.

Danach sackte sie zusammen und blieb eine Weile liegen.

Er betrachtete sie von oben. Beugte sich einen Moment über ihre zusammengekrümmte Gestalt. Sie atmete noch. Das musste genügen.

Die Summe der Scheine und Münzen, die sie aus ihrem Weiberversteck gekramt hatte, betrug knapp einhundert D-Mark. Was für ein Witz. Auch der Schmuck wirkte mickrig. Die Ketten und Ringe sahen wertlos aus. Unechtes Silber, falsches Gold, selbst die Legierungen blätterten ab, und übrig blieb schmutzig wirkender Tand. Höchstens das Set aus Perlenarmband und -kette konnte er für ein paar Taler verhökern.

Blieb noch die Variante, seine Entführte an einen Bankschalter zu schicken. Bisher hatte er das hohe Risiko gescheut. Er konnte ja schlecht mit Gasmaske neben ihr stehen, wenn sie Geld abhob. Natürlich könnte er auch die Unterschrift auf einen Scheck aus ihr herausprügeln. Aber was war, wenn die Bankmitarbeiter auf ihn aufmerksam wurden? Sein Gesicht wollte er der Öffentlichkeit nun wirklich nicht auf dem Präsentierteller servieren. Und wenn er sich irgendwie vermummen würde, machte er sich nur verdächtig.

Gerade noch rechtzeitig, kurz bevor die Weiber der Polizei auftauchten, hatte er die Gefangene, die wieder die mit Pappe verklebte Sonnenbrille trug, in seinem Mercedes verstaut. Diesmal packte er sie nicht in den Kofferraum. Das wäre nun doch zu auffällig gewesen, falls wer zufällig aus dem Fenster gaffte.

Auf der Rückbank seines Wagens legte er ihr Fesseln an. Dann wickelte er sie in eine von den Militärdecken ein, die er aus dem Bunker mitgenommen hatte.

»Wenn du dich rührst, bist du tot, verstanden?« Er schob ihr zwei Finger an die Gurgel, in die Kuhle neben dem Kehlkopf. Drückte auf die Halsschlagader. Spürte ihren rasenden Puls in ihrem warmen Fleisch.

Sie antwortete nicht. Aber ihre Angst war Antwort genug. Wenn er es übertrieb, würde sie sich noch einpissen. Und den Gestank wollte er garantiert nicht in seinem Mercedes haben.

Wenn er als Kind ins Bett pinkelte, hatte Mutti immer extra hart zugeschlagen. Ihm das nasse, stinkende Laken um den Kopf gewickelt, bis er fast erstickte. Ihm den nackten Arsch versohlt, bis er blutete. Die roten Striemen, die er später sah, wenn er in den Spiegel blickte, ließen auf die Peitsche schließen. Die benutzte sie nur, wenn sie besonders wütend auf ihn war.

Als er endlich losfahren wollte, sah er die zwei Polizistinnen aus dem Auto steigen. Die eine kannte er ja schon. Die andere sah aus wie eine Püppi: jung, fast noch ein Mädchen. Er musste lachen, als er das Gespann sah. Sollte er sich vor denen etwa fürchten?

Die Püppi reckte den Hals, guckte in seine Richtung. Er blieb ganz ruhig sitzen und stellte sich einen Moment vor, wie er sie wie ein Fohlen mit einem Lasso einfing. Mit einem Ruck würde er sie zu sich ziehen. Sodass sie vor ihm auf die Knie fiel. Er beobachtete die beiden Frauen, sah, wie sie in der Garage verschwanden. Schnell stieg er noch mal aus, schlenderte betont lässig zu dem Gebäude hinüber, knallte die Flügeltüren zu, schob den Riegel vor und drückte das Schloss zusammen. Fertig.

Da habt ihr eure Beschäftigung, dachte er und rieb sich zufrieden die Hände.

Ab und zu ein kleiner Spaß musste eben sein. Er fand, die Bullenweiber waren noch einmal glimpflich davongekommen.

47

Ihr war klar, dass er sie die ganze Zeit beobachtete. Aber was hatte sie zu verlieren? Ina konnte nur gewinnen, wenn sie *es* wagte. Für einen Fluchtversuch sah sie keine reale Chance. Er saß wie ein Torwächter vor den geschlossenen Flügeltüren. Groß, kräftig, unüberwindbar – im Zweifelsfall brutal. Vielleicht schleppte er in seiner olivgrünen Uniform eine Waffe mit sich herum? Auch in der Garage trug er die Gasmaske. Sie konnte sich nicht vorstellen, dass es auf Dauer gesund war, so ein Ding zu tragen. Warum tat er das dann? Um ihr Angst zu machen? Damit sie ihn nicht identifizieren konnte? Oder weil er einfach ein Psychopath war, der die Verkleidung, den Gestank nach Gummi oder den Sauerstoffmangel brauchte?

Das Einzige, das ihr blieb, war, auf sich aufmerksam zu machen. Heimlich, still und leise. Sie beobachtete ihn, wie er sie beobachtete, wartete auf ihre Chance. Räumte auf, so wie er es von ihr verlangte. All die Möbel und Dinge, die doch eigentlich ihr gehörten, die sich im Laufe ihres Lebens angesammelt hatten und jetzt hier kreuz und quer herumstanden. Wozu brauchte sie all das? Das Inventar und Zubehör, all der Kram fühlte sich für sie seltsam fremd an. Als sie den Kleiderschrank öffnete, ihre Sachen sah – Blusen, Röcke, Kleider, Jeans, Jacken, Unterwäsche, sogar ein FDJ-Hemd hing da noch –, kam es ihr vor, als würde sie einen Blick in die Vergangenheit werfen, eine Vergangenheit, die weit zurücklag und nichts mehr mit ihr zu tun hatte. Der Lavendelgeruch, der ihr entgegenströmte, verriet ihr, dass sie sich in ihrem alten Leben Sorgen um Motten gemacht haben musste beziehungsweise um kleine Löcher in ihrer Kleidung. Ihre alltäglichen Befürchtungen erschienen ihr jetzt völlig unnötig, irrelevant, ja verrückt. Was für ein Mensch war sie gewesen?

Dass er plötzlich hinter ihr stand, bemerkte sie an seinem schnaufenden Atem. Sie drehte sich nicht um, tat so, als würde sie ihn nicht bemerken. Aber das half nur wenig, eigentlich gar nichts.

»Such dir was aus!«, befahl er auf einmal. »Und zieh dich um!«

Ina erstarrte einen Moment in der Bewegung. Er wollte, dass sie sich vor ihm entkleidete? War es das? Andererseits: Was machte das schon noch? Er hatte sie in der Gewalt. Behandelte sie wie sein Eigentum. Und die Kleidung, die sie am Leib trug, war dreckig, und vermutlich stank sie auch nach Schweiß. Zwar hatte sie im Waschraum des Bunkers unter dem Wasserhahn immer mal ein einzelnes Kleidungsstück gewaschen – schnell und hastig, in der Angst, erwischt zu werden, als würde sie etwas Verbotenes tun – aber ohne Wechselsachen blieben Verschmutzungen und üble Gerüche wohl nicht aus.

Sie zog sich halb hinter die offene Schranktür zurück. Natürlich sah er sie trotzdem. Durch das dicke Glas der Gasmaske schaute er sie an. Aber ein wenig Schutz war besser als gar keiner, fand Ina. Hastig, mit flatternden Händen entledigte sie sich ihrer schmutzigen Klamotten. Auch BH und Slip streifte sie eilig ab. Sie machte sich nicht die Mühe, sich zu bedecken. Er starrte sie an, das war ihr klar. Starrte ihre Brüste an, ihren nackten Leib. Jedenfalls, was er davon sehen konnte. Aber sie war noch nie prüde gewesen. Ihre Sommerurlaube hatte sie hin und wieder in Prerow auf der Halbinsel Fischland-Darß-Zingst auf dem Campingplatz und vor allem am FKK-Strand verbracht. Nackt sein war doch ganz normal, redete sie sich ein. Nicht nur, wenn man in der Ostsee badete und sich am Strand sonnte.

Ina entschied sich für Jeans, ein T-Shirt mit Blumenmuster und einen dunkelblauen Pullover, für dicke Strümpfe und bequeme Schuhe. Mokassins, die noch aus der DDR stammten. Jetzt war sie froh, dass sie die nicht weggeschmissen hatte.

Der Mann musterte sie, gab ihr weitere Befehle. Sie sollte einen kleinen Koffer packen – mit dem nötigsten Kosmetikzeug und ein paar Kleidungsstücken. Als würden sie gemeinsam verreisen. Nur: Wo ging die Reise hin?

»Und dann bringst du deinen verdammten Krempel hier in Ordnung!«, blaffte er sie an, als wäre sie für das Chaos, das hier herrschte, verantwortlich. Wieso hatte man ihre Wohnung einfach ausgeräumt? Mit welchem Recht? Hielt man sie etwa für tot? Und wer war für die Räumung verantwortlich?

Blöde Frage. Wer schon. Der Hauseigentümer, Herr Holdinger, versuchte seit Langem, sie zu vertreiben. Jetzt schien es ihm endlich gelungen zu sein. Ina gab sich Mühe, die Möbel und ihren Hausrat so zu stellen, dass sich ein Gang in der Mitte bildete. Sollte sie zurückkehren, würde sie alles wieder in ihre eigenen vier Wände bringen. Sie hatte die Wohnung nie gekündigt. Und verdammt noch mal: Sie lebte noch! Wenn Holdinger dachte, das Problem Ina Reinhardt hätte sich erledigt, irrte er sich gewaltig.

Zum ersten Mal seit Langem stieg Wut in ihr auf. Sie würde sich wehren gegen das, was mit ihr passierte. Sie *musste* sich wehren! Wenn sie befreit werden wollte, musste sie das selbst tun oder zumindest veranlassen, dass die Polizei sie finden konnte. Falls man überhaupt noch nach ihr suchte.

Ina schob den Schreibtisch so herum, dass sie an die Schublade herankam. Papier und Stift – mehr brauchte sie nicht. Sie wühlte in dem Fach, fand ein kleines Portemonnaie, das sie in irgendeinem Urlaub gekauft hatte und manchmal auf kurzen Reisen mitnahm, mit zusammengefalteten Geldscheinen und ein paar Münzen in den Fächern. Eine Postkarte und einen Kugelschreiber schob sie vorsichtig so weit nach vorne, dass sie die Dinge gleich greifen konnte. Sie ließ die Schublade einen Spaltbreit offen. Die Geldbörse legte sie auf den Tisch. Es war die Beute, die er wollte, die sie ihm bringen musste. Auch Schmuck wünschte er sich. Da war er bei ihr wohl an der falschen Adresse. Jedenfalls besaß sie nichts wirklich Wertvolles. Nach einigem Herumsuchen fand sie die Schatulle, die ein paar Ketten, Armreifen und Ringe enthielt. Sie nahm nichts davon heraus, um es etwa aus sentimentalen Gründen für sich zu behalten. Ein Risiko für albernen Glitzerkram wollte sie nun wirklich nicht eingehen. Sie brachte ihm einfach die Schatulle zusammen mit dem Portemonnaie. Um die Kette aus Süßwasserzuchtperlen mit dazugehörigem Armband tat es ihr ein bisschen leid. Es war ein Geschenk ihres Ex-Freundes gewesen. Sie erinnerte sich matt an ihre Freude, als sie das Set von ihm bekam. Als würde diese Gabe irgendetwas bedeuten. *Liebe* bedeuten. Getragen hatte sie diesen Schmuck aber ohnehin kaum.

Ihr Entführer riss ihr die glänzenden Stücke und die Geldbörse gierig aus den Händen. Das war der Augenblick, auf den sie gewartet hatte, wurde ihr klar.

Sie wandte sich ab, ging zurück zu dem Schreibtisch und fischte die Karte und den Kugelschreiber in aller Seelenruhe aus dem Fach.

Ina warf einen Blick zu ihrem Bewacher. Wie es aussah, war er mit dem Diebesgut beschäftigt. Münzen klimperten. Gebeugt saß er über seiner Beute, schien Geld und Schmuck zu sortieren. **H I,** schrieb sie.

Weiter kam sie nicht. Der Kugelschreiber streikte. Was für eine verdammte ...

Mit zitternder Hand angelte sie in der Schublade nach Ersatz. Bitte, bitte, dachte sie. Es kann doch wohl nicht *daran* scheitern? Sie fühlte ihren Herzschlag, während ihre Finger verzweifelt herumtasteten. Ina behielt ihren Bewacher im Blick dabei. Etwas klapperte in dem Fach. Sie zuckte zusammen. Jedes Geräusch, das sie fabrizierte, kam ihr zu laut vor. Jeder Laut konnte sie verraten. Schließlich berührte sie einen länglichen Gegenstand. Sie wollte sich nicht zu früh freuen, aber es war ... ein Bleistift!

L F E !!!, beendete sie das Wort.

Sie hockte sich hin, kroch unter den Tisch.

BITTE HELFEN SIE MIR! *Mein Name ist Ina Reinhardt. Ich wurde entführt und in einem Bunker festgehalten. Der Entführer trägt eine Gasmaske, ist etwa 1,80 bis 1,90 m groß und kräftig. Er ist sehr gewalttätig. Wenn Sie das lesen, informieren Sie bitte sofort die Polizei!*

Reichte das? Sie hatte keinen Namen, keine genaue Beschreibung des Täters. Und wohin jetzt mit der Karte? Ina drehte sie ratlos um. Sonnenblumen. *Happy Birthday!* Jeder Buchstabe in einer anderen Farbe. Für wen hatte sie die gekauft? Sie erinnerte sich nicht. Konnte sie es wagen, sie einfach auf den Schreibtisch zu legen und dort liegen zu lassen?

Stuhlbeine schabten über den Betonboden. Sie hörte seine Schritte, sein Stampfen, sein Schnaufen. Er brummte irgendetwas vor sich hin. Es klang wütend. Sehr wütend. Laute voller Hass. Hass auf sie. Auf wen sonst. Ina holte tief Luft, zwang sich zur Ruhe und steckte die Karte unten in den Metallrahmen des Spiegels. Sie erhob sich. Starrte auf die Sonnenblumen. *Happy Birthday* flimmerte zu ihr hoch. Was war so happy an diesem Scheißleben? An einem Geburtstag? Noch ein Jahr und noch ein Jahr und immer so weiter. Bis irgendwann alles zu Ende war. Dann verschwindest du einfach, als hätte es dich nie gegeben, dachte sie. Nur dass sie schon zu Lebzeiten verschwunden war. Und niemanden kümmerte es. Das Blumenbild strahlte trotzdem Ruhe und Frieden aus. Es kostete sie Mühe, sich von dem Anblick loszureißen.

Er kam langsam näher, als würde er sich anschleichen, dann stand er vor ihr.

Sie konnte gerade noch so tun, als würde sie ihr Spiegelbild betrachten. »Versteckst du dich vor mir?«, brüllte er.

Sie wandte sich zu ihm um. Wollte etwas sagen, erklären, um ihn zu beruhigen.

Doch er schlug einfach zu. Boxte ihr in den Bauch, dass ihr die Luft wegblieb, ihr übel wurde. Ina krümmte sich. Schlang die Arme um den Leib. Doch er zog sie an den Haaren hoch, schlug ihr mit der Faust ins Gesicht. Einen irren Moment lang war sie ihm dankbar, dass er ihren Kopf dabei festhielt. Sonst wäre ihr wohl der Schädel weggeflogen.

Ina spuckte Blut. Sie sah noch ein paar grelle Sterne blinken, im nächsten Moment wurde es finster um sie.

Als sie wieder zu sich kam, spürte sie dumpf, dass sie hochgezogen wurde. Schwankend und benebelt stand sie einen Moment da. Ihre Beine fühlten sich wie aus Gummi an. Blut rann ihr aus der Nase und dem Mund. Sie hörte, dass er sie anherrschte. Aber das Brummen in ihrem Schädel verhinderte, dass sie die Worte verstand.

Er setzte ihr die Brille auf, die Brille, durch die sie nichts erkennen sollte. Alles nur schwarz. Jedenfalls glaubte er das. Unter den Rändern konnte sie etwas sehen, genau wie an den Seiten. Einen schmalen hellen Spalt. Einen Streifen Licht.

Als er sie hinausführte aus der Garage, erkannte sie ihre Schuhspitzen. Schritt für Schritt lief sie neben ihm. Natürlich: Die Show ging weiter. Er brachte sie zu seinem Wagen, setzte sie auf die Rückbank, fesselte ihre Hände und Füße. Wenigstens musste sie diesmal nicht in den Kofferraum.

»Wenn du die Brille abnimmst, bist du tot. Verstanden?«, zischte er ihr ins Ohr.

Sie nickte. Klar und deutlich, du Mistkerl, dachte sie. Wo bringst du mich diesmal hin?

Ina sprach die Frage nicht aus. Er würde ihr ohnehin nicht antworten. Oder sie wieder schlagen für ihre Dreistigkeit. Er war so nah an ihr, dass sie seinen Schweißgeruch wahrnahm. Ihr war klar, dass er sie beobachtete – wie ein Insekt, das er unter einem Glas gefangen hielt. Und sie konnte ihn nicht sehen, obwohl er direkt vor ihr war. Sie fühlte seinen Atem auf ihrem Gesicht, roch das faulig Saure aus seinem Mund.

Plötzlich drückte er den Bügel der Brille an ihren Nasenrücken. Die Pappe, die über das Glas hinausreichte, schnitt ihr ins Gesicht. Das Schwarz des rechten Auges verband sich mit dem Schwarz des linken. Sie atmete normal weiter, wartete darauf, dass er sich entfernte. Er stieg noch einmal aus dem Wagen, wie sie hörte. Seine Schritte knirschten im Kies. Es knallte zweimal hintereinander, so laut, dass sie zusammenzuckte. Was war das? Schüsse? Nein, so klang es nun doch nicht. Die Garagentüren? Instinktiv legte sie den Kopf in den Nacken, versuchte, durch den winzigen Spalt etwas zu erkennen.

Er kam auf sie zu.

Ihr Körper erstarrte. Ihre Hände wurden kalt. Wie in Zeitlupe senkte sie den Blick. Als er in das Auto stieg, sagte er kein Wort. Sein Schweigen verband sich mit dem Schwarz, in das sie blickte. Sie fuhren tiefer in dieses Schwarz hinein. Immer tiefer ... und tiefer. Kein Licht am Ende des Tunnels. Sie durfte dem Schwarz nicht die Macht überlassen.

Ina dachte an die Sonnenblumen auf der Karte, die im Spiegel steckte. Sah Sonnenblumen auf einem Feld, die im Wind hin- und herschaukelten. Sah ihnen zu, ihrem ausdauernden Tanz. Eine Hummel summte, ließ sich auf einer schwankenden Blüte nieder. Ina betrachtete ihren pelzigen Insektenkörper, ihre zarten Flügel, ihre Beine, den Rüssel. Das Leben war noch da – irgendwo da draußen. Sie musste durchhalten, irgendwie.

Würde jemand ihren Hilferuf entdecken?

48

»Erlaubt sich da einer einen schlechten Scherz?«, schrie Beate wütend gegen das geschlossene Garagentor an. »Polizei! Machen Sie sofort auf!« Sie rammte ihren Körper mit ganzer Wucht gegen die Tür, aber es half nichts.

Natürlich wusste sie nicht, ob überhaupt jemand auf der anderen Seite stand. Sehr wahrscheinlich war das nicht, und sie kam sich ein wenig blöd vor. Waren das nur ein paar Kids gewesen, die sich langweilten? Und wenn nicht? Wer konnte sonst auf eine so dumme Idee kommen, den Riegel vorzuschieben?

Es sei denn, derjenige, der sie eingesperrt hatte, wusste, wer sie waren, und wollte ... ja, was? Sie aufhalten? Das wiederum würde bedeuten, dass sie auf der richtigen Spur waren. Allerdings: auf wessen Spur?

Sie hörte ein Lachen hinter sich und drehte sich um.

»Schon ein merkwürdiger Tag heute, was?«, fragte ihre Kollegin Sophie. »Kaum bin ich wieder im Dienst, passiert so was.«

»Welcher Idiot mag das gewesen sein?«, stieß Beate wütend hervor. Darüber lachen konnte sie nun wirklich nicht.

Sophie zuckte mit den Schultern. »Finden wir es heraus!« Die Blässe war aus ihrem Gesicht verschwunden. Sie reckte das Kinn vor, als wollte sie sich in einen Kampf stürzen.

»Und wie?« Beate schob sich noch einmal vergeblich gegen die Tür.

»Mach mal Platz!«, verlangte Sophie.

Beate warf ihr einen verwunderten Blick zu und trat ein Stück vom Garagentor zurück.

Sophie konzentrierte sich einen Moment, dann nahm sie kurz Anlauf, hob mit einem Satz vom Boden ab und sprang. Eine Holzlatte der linken Flügeltür brach unter ihrem Tritt sofort.

»Wow! Woher kannst du das?«

»Konnte ich schon als Kind. Mein Vater hat mich zum Karate geschickt, als ich acht war.«

»Nicht schlecht.« Hatte Beate ihre Kollegin etwa unterschätzt? So langsam dämmerte ihr, warum Sophie bei der Kripo gelandet war.

»Er hat selbst bei der Kripo gearbeitet. Ich wollte immer so stark sein wie er.«

»Verstehe«, sagte Beate und musterte sie neugierig. In ihrem Gesicht lag eine wilde Entschlossenheit, die vorher nicht da gewesen war.

Sophie steckte die Hand durch das Loch und fummelte am Riegel herum. »Mist. Das Vorhängeschloss ist zu.«

»Ich bezweifle mal, dass es hier Werkzeug zum Öffnen des Schlosses gibt, aber vielleicht finden wir Büroklammern«, sagte Beate und verzog skeptisch die Augenbrauen. »Ich sehe mich mal um.«

»Nicht nötig«, meinte Sophie lässig, brachte sich in Position und sprang ein zweites Mal gegen das Hindernis, trat aus der schwungvollen Bewegung heraus kräftig zu. Ein bisschen sah es wie ein Tanz aus. Ein zerstörerischer Tanz, der sie befreien sollte.

Beate hörte ein klirrendes Geräusch und sah Sophie fragend an.

»Das war da draußen. Denke mal, der Riegel ist gerade abgefallen«, sagte ihre Kollegin. Über ihr Gesicht huschte ein Grinsen.

Während Beate in der einen Hand die Waffe hielt, drückte sie die Klinke mit der anderen hinunter. Das Tor klemmte, und als sie sich dagegenstemmte, gab es ein scharrendes Geräusch von sich, aber schließlich ließ es sich etwas öffnen. Durch den Spalt erblickte Beate ein Stück Metall, das auf der Erde lag: der Riegel. Ihre Kollegin hatte tatsächlich mit ihren Karatekünsten die richtige Stelle erwischt.

»Wenn ich mich mal ausgesperrt habe, rufe ich dich«, sagte Beate.

Sophie lachte. »Besser nicht. Es sei denn, du möchtest deine Tür hinterher wegschmeißen.« Sophie zwinkerte, dann wurde sie wieder ernst. »Ich geh noch mal die Kiste mit den Unterlagen und Briefen von Ina Reinhardt holen.«

Beate nickte ihr zu. Gerade wollte sie das Tor ganz aufschieben, als sie ein paar Meter entfernt einen Mann in einem schmutzigen Overall wahrnahm. Er schien sich langsam zu ihr herüberzubewegen.

Ihr Puls erhöhte sich auf einen Schlag. War er das etwa? Der Kerl, der sie im Hotel niedergeschlagen hatte? Sie stand immer noch halb hinter dem Tor und konnte ihn nicht ganz erkennen. Automatisch zog sie ihre Waffe. Schob den Arm vor, blieb weiter in Deckung. Langsam richtete sie die Pistole auf ihn. Wieso zitterte ihre Hand, verdammt?

»Keinen Schritt weiter!«, rief sie ihm zu. »Haben Sie uns hier eingeschlossen?« Sie blinzelte nervös, bewegte sich vorsichtig, spähte am Tor vorbei, sodass sie seine Gestalt jetzt in Gänze erkennen konnte. Nicht so bullig wie der Kerl. Auch nicht so groß. Das war er nicht.

Der Mann hob langsam die Hände. »Bitte nicht schießen, Frau Kommissarin.«

Beate erkannte ihn erst jetzt: Paul Mattis. Der Bauarbeiter, der sie vor einiger Zeit in die Garage geführt und dem sie den Schlüssel abgenommen hatte. Verlegen ließ sie die Waffe sinken. »Mensch, Herr Mattis! Tut mir leid. Jemand hatte uns hier eingeschlossen. Haben Sie vielleicht was gesehen?«

Paul Mattis nahm zögernd die Hände wieder herunter, trat einen Schritt vor, blieb dann jedoch stehen und sah sie misstrauisch an.

Beate seufzte, lächelte ihm beschwichtigend zu und winkte einladend. »Kommen Sie bitte.«

Paul sah immer noch verunsichert aus, und das konnte sie ihm nicht einmal übel nehmen. Was war mit ihr los? Warum klemmte diese Spukgestalt mit Gasmaske in ihrem Schädel fest?

»Freilich habe ich was gesehen«, sagte er, als er schließlich vor ihr stand. »So einen finsteren Typen, ziemlich groß und kräftig, breite Schultern, Militärklamotten, Armeekappe auf dem Kopf. Der Kerl hat sich da an dem Garagentor zu schaffen gemacht.« Er starrte auf ihre Hand, in der sie noch die Pistole hielt.

Sie steckte die Waffe hastig weg. »Tut mir leid. Ich hatte Sie nicht gleich erkannt. Das ist mir wirklich peinlich. Entschuldigen Sie bitte.«

»Schon gut.« Er machte eine Bewegung, als würde er eine Fliege verscheuchen. »Sie haben mich ja nicht erschossen.« Er lachte.

Beate schluckte. So lustig fand sie seinen Scherz nicht. Falls es denn ein Scherz sein sollte. »Können Sie ... genauere Angaben machen?« Sie räusperte sich.

»Zu dem Kerl? Ich habe ihn mit einer Frau aus der Garage kommen sehen.«

Beate wurde hellhörig. »Mit einer Frau?«

Paul nickte. »Sie trug eine Sonnenbrille und lief irgendwie merkwürdig.«

»Wie meinen Sie das?«

»Na ja, also … irgendwie unbeholfen. Der Mann führte sie so komisch am Arm, als könnte sie nichts sehen oder nicht allein gehen.«

»War sie vielleicht blind?«

»Schon möglich. Dann hat sie wohl eine Blindenbrille getragen, denn die sah ziemlich schwarz und auch irgendwie zu groß aus.«

»Was passierte dann?«

Paul zuckte mit den Schultern. »Nichts Besonderes. Sie hat sich in den Wagen gesetzt … Besser gesagt, er hat sie ins Auto geschoben.«

»Wohin genau?«

»Auf die Rückbank.«

»Was für ein Fahrzeug war das?«

»Ein alter Mercedes. Hinten mit getönten Scheiben. Deshalb habe ich die Frau dann auch nicht mehr erkennen können. Aber der Typ ist nach einer Weile noch mal ausgestiegen, ist rübergelaufen und hat die Türen der Garage zugeknallt und den Riegel vorgeschoben. Dabei müsste er eigentlich gesehen haben, dass Sie und die andere junge Dame da rein sind.«

»Es war kein Versehen, meinen Sie?«

»Ein Versehen? Es sah verdammt nach Absicht aus. Ich stand auf dem Gerüst und hab ab und zu mal runtergeguckt. Kam mir irgendwie spanisch vor, das Ganze. Aber ich dachte, was geht mich das eigentlich an.« Er hielt den Kopf schräg, wirkte auf einmal schuldbewusst. »War das falsch?«

Sie schüttelte den Kopf. »Sie sind vorsichtig geblieben. Das ist gut. Haben Sie sich das Autokennzeichen gemerkt?«

»Nein, das konnte ich nicht erkennen von da oben. Der Typ ist dann weggefahren. Und ich bin runter vom Gerüst nachsehen, was da los ist. Da hat's auf einmal gekracht und dann gleich noch einmal, der Riegel flog davon wie ein Vögelchen. Und schließlich öffnete sich das Tor ein Stück, und Sie haben … na, Sie wissen schon.«

Ich habe auf dich gezielt, dachte Beate zerknirscht. Hätte sie geschossen, wenn er näher gekommen wäre?

»Das war meine Kollegin mit dem Lärm«, sagte Beate schnell. »Sie hat mit einem Sprung das Tor geöffnet. Sie kann Karate.«

Wie aufs Stichwort kam Sophie mit einer Kiste unter dem Arm aus der Garage.

»Was? Die Kleene da?«, fragte Paul überrascht. »Also, ich meine, sie sieht nicht gerade so aus, als würde sie … ähm …« Er musterte Sophie und wurde tatsächlich rot, wie Beate feststellte.

»Stimmt, man würde nicht denken, dass sie so schlagkräftig ist. Jedenfalls nicht auf den ersten Blick.« Sie lächelte Sophie an, die sich jetzt zu ihr gesellte und den Bauarbeiter neugierig musterte. »Das ist übrigens Paul Mattis. Er hat denjenigen gesehen, der uns eingeschlossen hat.«

Ihre Kollegin gab ihm die Hand und stellte sich vor. »Kannten Sie den Mann?«, wollte sie wissen.

Paul runzelte die Stirn und kratzte sich den Kopf, als müsste er erst überlegen.

»Kann sein, dass ich ihn schon mal gesehen habe. Aber Kennen wäre zu viel gesagt.«

»Er war mit einer Frau in der Garage«, erklärte Beate.

Paul nickte. »Ja, ich habe mich auch gewundert. Sie haben irgendwelches Zeug da herausgeholt.«

»Zeug?«, fragte Beate.

»Ja, die Dame trug einen Koffer.«

Die Frauen wechselten einen Blick.

»Beim Reingehen hatte sie den noch nicht. Also muss sie ihn wohl dadrin gepackt haben. Als wäre sie die Eigentümerin der Sachen.«

»Sie meinen Ina Reinhardt?«, fragte Sophie und starrte ihn verblüfft an.

»Wie auch immer die heißt. Aber ist das nicht die Mieterin aus dem Haus, die verschwunden ist?«, wollte Paul Mattis wissen.

Sophie nickte unbestimmt.

Beate beugte sich zu ihr. »Was, wenn sie es wirklich war?«, fragte sie leise. Konnte das denn sein? Sollten sie sie um ein paar Minuten verpasst haben?

»Dann haben wir jetzt eine heiße Spur«, antwortete Sophie.

»Tja, wie schon erwähnt, irgendwie hat sich der Mann ziemlich verdächtig verhalten. Und ist jetzt mit seinem Mercedes und dieser Frau auf und davon.«

»In welche Richtung?«, fragte Sophie.

Paul hob die Schultern. »Also das kann ich Ihnen nun wirklich nicht sagen. Ich bin ihm ja nicht nachgelaufen.«

»Er könnte überallhin gefahren sein«, stellte Beate resigniert fest. »Gibt es eventuell weitere Zeugen?« Sie zeigte auf das eingerüstete Wohnhaus. »Kollegen von Ihnen?«

»Wir haben leider immer noch einen Baustopp. Ich war nur deswegen heute da, um nach dem Gerüst zu schauen. Nicht, dass hier jemandem noch ein Brett auf den Kopf kracht.« Er verzog das Gesicht und rieb sich den Nacken. »Also mit Kollegen kann ich gerade nicht dienen.«

»Danke für Ihre Aussagen. Falls Ihnen noch etwas einfällt, das Sie noch nicht erwähnt haben ...« Sophie reichte ihm ihre Karte.

»Ja, schon klar. Ihre Kollegin mit dem lockeren Schießeisen hat ja meine Telefonnummer bereits, wenn Sie beide noch Fragen haben.« Paul zwinkerte Beate zu und grinste.

Sie senkte verlegen den Blick. Aber sie hatte keine Lust, sich noch einmal bei ihm zu entschuldigen. »Auf Wiedersehen, danke für Ihre Hilfe.«

Paul Mattis hob grüßend den Arm und stapfte davon.

Beate sah ihm nach. »Und nun?«, fragte sie.

Sophie schwieg einen Moment, und Beate spürte ihre fragenden Blicke. »Glaubst du, die Frau war wirklich Ina Reinhardt?«

»Schon möglich. Wer sollte sonst dadrin, inmitten ihrer Sachen, einen Koffer packen?«

»Dann war sie mit ihrem Entführer hier«, mutmaßte Sophie. »Der Mercedes muss zur Fahndung ausgeschrieben werden.«

»Da wir das Kennzeichen nicht haben, kann es dauern, bis der Wagen gefunden wird«, meinte Beate und seufzte. »Möglicherweise fühlt sich der Täter jetzt unter Druck. Er muss gewusst haben, dass wir von der Polizei sind. Das kann gefährlich für sein Opfer werden.«

»Wir sollten so schnell wie möglich die Kollegen von der Spurensicherung informieren, damit die sich die Garage genauer ansehen«, sagte Sophie. »Oder ...«

»Oder?«

»Wir gehen sofort noch mal da rein. Vielleicht hat Ina Reinhardt eine Spur oder irgendeinen Hinweis hinterlassen.«

Beate nickte, aber sie fühlte ein Unbehagen, eine unheilvolle Ahnung in sich aufsteigen. War Ina Reinhardt tatsächlich mit ihrem Entführer hier gewesen? Und konnte es sein, dass dieser mysteriöse Mann der gleiche war, der sie im Hotelzimmer des Mordopfers überfallen hatte?

Die Beschreibung, die Paul ihnen gegeben hatte, war zwar

oberflächlich, passte aber zu ihrer Erinnerung: groß, kräftig, breitschultrig, militärisch gekleidet. Irgendwie ein finsterer Typ. Ihr lief ein Schauer über den Rücken.

»Was ist los?«, fragte Sophie. »Du siehst aus, als hättest du ein Gespenst gesehen. Willst du lieber draußen warten?«

Beate machte eine abwehrende Handbewegung. »Alles in Ordnung. Ich komme selbstverständlich mit rein.« Doch ihre Beine fühlten sich seltsam steif an, als sie noch einmal die Garage betrat.

Eigentlich war gar nichts in Ordnung. Sie brauchten dringend eine verwertbare Spur, um Ina Reinhardt noch zu retten.

49

Es war Samstag, ein warmer Frühlingstag. Die Sonne blinzelte durch die Uferböschung, auf dem dunklen Fluss spiegelten sich weiße Wolken.

Josef und Florian fuhren in einem Kanu gemächlich auf der Saale entlang, tauchten ihre Paddel beinahe im Takt ins Wasser. Florian saß vorn, drehte sich um und lächelte Josef zu. Ein Schwanenpaar glitt an ihnen vorbei. Der Junge wandte den Blick von seinem Vater ab und sah den Vögeln eine Weile nach.

Auf dem Wasser brauchten sie keine Worte und noch nicht einmal die Gebärdensprache. Sie waren ein Team, eine Familie, Vater und Sohn.

Sie befanden sich bereits auf dem Rückweg, paddelten an den Klausbergen mit der Jahnhöhle vorbei und unterhalb der Burg Giebichenstein entlang. Auf der anderen Seite lag Kröllwitz. Ein Stadtteil von Halle, der Josef vielversprechend erschien, weil er recht grün wirkte und an der Saale lag. Ein wenig hatte er sich schon mit der Stadt vertraut gemacht. Dass es nicht weit entfernt vom Zentrum, vielleicht zwei oder drei Kilometer vom Marktplatz entfernt, diese ursprüngliche Fluss- und Felslandschaft gab, faszinierte ihn. Rein geologisch betrachtet, war Halle interessanter als Leipzig.

Als sie sich in der Nähe des etwa zwanzig Meter hohen Heinefelsens befanden, dachte er allerdings mit Unbehagen an die nächtliche Suchaktion zurück. Mit seinem Sohn hatte er noch nicht über die Flucht aus dem Internat geredet. Er wollte warten, bis Florian selbst darauf zu sprechen kam, warum er abgehauen war und was er erlebt hatte. Wichtiger fand er jetzt, dass sie zusammen etwas unternahmen. Florian sollte wissen, dass sein Vater für ihn da war.

Als sie an dem Felsen vorbeigepaddelt waren, drehte sich Florian um und gestikulierte fragend.

»Wir sind einmal um die Peißnitzinsel gerudert.« Josef machte eine weit ausholende Bewegung mit dem Arm, und sein Zeigefinger malte einen Kreis in die Luft.

Florian nickte. Aber sein Blick wirkte irgendwie nachdenklich.

Josef versuchte sich darauf zu konzentrieren, was sein Sohn sich wünschte, und nicht schon wieder an die Arbeit zu denken. Allerdings ging ihm die neue Entwicklung des Falls nicht aus dem Kopf.

Am frühen Morgen hatte er mit Arno Berg telefoniert. Beate Vogt und Sophie Steiner hatten gestern in der Garage, in der die Möbel von Ina Reinhardt lagerten, eine Postkarte mit einem Hilferuf gefunden, der aller Wahrscheinlichkeit nach von der Gesuchten stammte. Sie gingen davon aus, dass die Zeilen echt waren. Ein vor Ort angetroffener Zeuge hatte ihnen erzählt, dass ein Mann und eine Frau in der Garage gewesen waren. Daraufhin hatten Beate und Sophie alles noch einmal gründlich untersucht und schließlich die Karte gefunden, die in einem Spiegel klemmte. Demnach war die Vermisste in einem Bunker festgehalten worden, vermutlich in einem ehemaligen Atombunker der Staatssicherheit, wie die Kolleginnen schnell ermittelten. Es handelte sich allem Anschein nach also tatsächlich um eine Entführung, und die Entführte lebte noch. Wenigstens Letzteres war eine gute Nachricht.

Der infrage kommende Bunker lag bei Machern, einem kleinen Ort, etwas über 20 Kilometer von Leipzig entfernt, wie sein Chef ihm mitgeteilt hatte. Seine jungen Kolleginnen Vogt und Steiner waren bereits mit einem Team der Spurensicherung vor Ort.

Möglicherweise war das der Durchbruch – nicht nur in diesem Vermisstenfall, das war Josef klar. Die Vermutung von Beate, dass es einen Zusammenhang mit dem Mord an Norbert Holdinger gab, lag nahe. Es kam jetzt darauf an, schnell zu handeln. Dennoch: Dieser Tag gehörte seinem Sohn.

Mittags waren sie mit Juliane zum Essen verabredet gewesen. Sie wollte ihm bei der Wohnungssuche in Halle helfen. Josef würde das Zwei-Zimmer-Appartement in Leipzig aufgeben und hierherziehen – in die Nähe seines Sohnes. Und auch in die Nähe von Juliane, wie er sich zögernd eingestand, als er sie in dem Restaurant wiedergesehen hatte. Und dabei ging es ihm nicht nur um den geplanten Ausflug zu dritt. Aber alles andere würde sich ergeben, wenn es so weit war. Ob Florian zu ihm zog oder weiter im Internat wohnen würde, das konnten sie später noch entscheiden.

Auch ob Josef bei der Kripo Leipzig blieb oder sich nach einem anderen Job umsah, musste er erst mal für sich klären. Schon jetzt beschlich ihn allerdings erneut das Gefühl, dass er Beate im Stich ließ, dass er sich davonstahl – in einer Situation, in der es darauf ankam, gemeinsam den neuen Spuren zu folgen. Wer war dieser Entführer? Was versprach er sich davon, eine Lehrerin zu kidnappen? Was hatte sich in dem Bunker abgespielt, und wo befand sich Ina Reinhardt zurzeit?

Ein Schwall Wasser traf ihn unvermittelt, und Florian sah ihn mit großen Augen an, dann tauchte er das Ruder noch einmal in den Fluss. Diesmal wich Josef aus.

»Was soll das?« Josef schüttelte sich wie ein Hund. Tropfen flogen aus seinen Haaren. Er wischte sich über das Gesicht und blinzelte.

Sein Sohn tippte sich zweimal unter das Kinn und verdrehte genervt die Augen. Was so viel hieß, wie: Papa, du hörst mir nicht zu.

Stimmt, Josef war mit seinen Gedanken woanders gewesen.

»Tut mir leid.«

Schon gut, gestikulierte Florian. »Warum bist du hier?«, fragte er in Lautsprache.

Josef betrachtete seinen Sohn erstaunt. »Ich möchte mit dir zusammen sein«, antwortete er. »Etwas mit dir unternehmen. Das weißt du doch.«

Florian verzog skeptisch das Gesicht. »Du ... bist ... Polizist.«

»Und dein Vater.«

»Du ... musst ... Beate *helfen*.«

Ein simpler Satz. Josef wusste, dass Florian recht hatte. Manchmal kam es ihm vor, als könnte er Gedanken lesen. Jedenfalls besaß sein Sohn das richtige Gespür. Sie mussten ein anderes Mal über das Davonlaufen aus dem Internat reden. Über das, was dahintersteckte, und alles andere. Vorausgesetzt, sein Sohn wollte überhaupt mit ihm darüber sprechen.

Josef nickte ihm langsam zu. »Okay. Aber findest du es nicht schön hier?«

Florian zog eine Grimasse. Das musste wohl als Antwort genügen. Stimmte er seinem Vater zu, oder machte er sich über ihn lustig? Mal wieder wurde Josef nicht schlau aus seinem Nachwuchs.

»Wir sollten öfter Ausflüge zusammen machen«, sagte Josef. »Wenn ich erst mal in Halle wohne ...«

Sein Sohn gebärdete ein schnelles Okay und tauchte demonstrativ das Ruder ins Wasser. Weiter geht's, schien er sagen zu wollen.

Die Anlegestelle war bereits in Sichtweite. Schweigend paddelten sie das letzte Stück zusammen.

Sicher würden Beate und Sophie sowie die Kollegen von der Spurensicherung den ganzen Tag in dem Bunker verbringen. Wenn er sich beeilte, konnte er in ungefähr einer Stunde dort sein, nachdem er Florian ins Internat zurückgebracht hatte.

Der Bunker lag drei Kilometer entfernt von dem kleinen Ort Machern, inmitten der sächsischen Pampa, wie Josef entnervt feststellte. Er hatte für die Strecke von Halle bis hierher länger gebraucht als vermutet und wollte keine Zeit mehr verlieren. Doch er irrte schon seit einigen Minuten in einem Schrebergartenlabyrinth umher.

Schneller als erlaubt fuhr er an den Kleingärten vorbei, registrierte die Blicke der Leute über die ordentlich geschnittenen Hecken hinweg. Schließlich hielt er an, fragte eine alte Frau in geblümter Kittelschürze nach dem Weg. Sie antwortete nicht, blickte nur mürrisch ins Nichts und hob langsam den Arm, zeigte mit ihrem dürren Finger die Straße entlang. Josef bedankte sich mit einem Nicken bei der Frau, die für ihn wie die Hexe aus einem Märchenfilm aussah, und fuhr weiter. Wieso redete sie nicht mit ihm? Immerhin hatte sie nicht so getan, als hätte sie keine Ahnung, wonach er fragte. Also war er richtig, oder? Irgendwo musste der verdammte Eingang zur Atomschutzbunkeranlage ja sein. Die Karte der Gegend hatte er sich doch gründlich angesehen.

Vielleicht nicht gründlich genug. Klar, dass die Stasi ihren Bunker in diesem Kleinbürgerparadies gut versteckt hatte. Hinweisschilder gab es natürlich keine. Die Mauer des Schweigens, hinter der die Staatssicherheit ihre Macht über Jahre und Jahrzehnte erhalten hatte, existierte noch. Möglich, dass diese Mauer jetzt allmählich begann, etwas zu bröckeln.

Im Schritttempo fuhr er an einem rostigen Maschendrahtzaun entlang. Vereinzelt erblickte Josef schimmlig wirkende Baracken, die sich halb verborgen hinter Bäumen und Gebüsch befanden. Auf den ersten Blick wirkte das Areal wie eine verlassene Ferienanlage. Aber das konnte Tarnung sein.

Ein paar Meter weiter sah er ein Tor, das weit offen stand. Leute von der Spurensicherung liefen in weißen Schutzanzügen auf dem Gelände herum und auch ein paar uniformierte Polizisten.

Josef fuhr direkt auf das Gelände. Der Opel holperte über Wurzeln, Kienäpfel und Gestein. Es knirschte unter ihm, als würde er über Knochen fahren. Ein argwöhnischer Polizist mit blassem Mondgesicht trat von irgendwo hervor und versuchte, ihn zu stoppen. Aber Josef hupte ihn aus dem Weg. Der Mann sah wenig begeistert aus, ging aber zögernd ein Stück zur Seite.

Josef hielt Ausschau nach seinen Kollegen und erkannte schließlich Beate, die aus einer Baracke auftauchte. Offenbar erfasste sie sofort die Situation und redete mit dem übereifrigen Uniformierten. Josef parkte neben einem Bungalow, stieg aus dem Wagen, sah zu dem Polizisten hinüber und knallte die Tür zu. Beate sagte noch etwas zu dem Mann und kam angelaufen.

Josef machte sich nicht die Mühe, sie zu begrüßen. Es gab Wichtigeres zu besprechen, als höfliche Belanglosigkeiten auszutauschen. »Ihr habt also einen Hilferuf von Ina Reinhardt in der Garage gefunden? Sicher, dass der echt ist?«

»Absolut sicher.« Sie warf ihm einen verwunderten Blick zu.

Verhielt er sich zu schroff ihr gegenüber? »Was so ein Zettel alles auslösen kann, was?«, zwang Josef sich zu einem freundlicheren Ton. Er sah sich auf dem Gelände um. Auf den ersten Blick schien hier nichts ungewöhnlich. Von dem Bunker war nichts zu sehen. Ein Garagentor stand offen. Kriminaltechniker waren offenbar dabei, einen Wagen zu untersuchen. Steffen beugte sich gerade über den Kofferraum. »Sie war hier! Ina Reinhardt wurde hier gefangen gehalten!«

»Ist das ihr Wagen?«

»Ja. Vor einer Stunde haben wir ihr Auto gefunden. Einen alten VW Golf, das Nummernschild stimmt. Er stand, mit einer Plane abgedeckt, in der Garage.«

Josef nickte ihr zu. »Wie sieht's aus mit Spuren?«

»Im Bunker? Jede Menge. Die Fingerabdrücke können eindeutig der Vermissten zugeordnet werden.« Beate lächelte ihn an, als erwartete sie eine kleine Belohnung für ihren Erfolg.

»Und gibt es auch welche vom Täter? Irgendwelche Hinweise, wer sie entführt haben könnte?«

»Bisher noch nicht. Steffen meint, der Täter muss Handschuhe getragen haben. Aber sie sind noch dabei, Raum für Raum zu prüfen.«

»Das Gelände ist ja ziemlich abgelegen. Haben wir schon Zeugen? Aussagen von Personen, die was beobachtet haben?«

Beate zuckte mit den Achseln. »Das sieht noch ziemlich mau aus. Sophie Steiner ist seit einer Weile unterwegs, um die Leute, die hier ihre Datschen haben, zu befragen. Aber wie es scheint, sind die nicht besonders gesprächig, sonst wäre sie ja schon zurück, oder?«

»Was ist mit dem Gelände? Gibt's Spuren, Schuhabdrücke oder sonstiges?« Nervös trat er von einem Fuß auf den anderen.

So viel war ihm klar: Das Atombunkerareal barg ein Geheimnis, das sie ihm erst noch entreißen mussten.

»Wie gesagt: Die Kollegen sind gerade dabei. Ein Teil der Truppe ist im Bunker, der immerhin 16 Räume auf einer Fläche von insgesamt 1500 Quadratmetern umfasst. Das dauert eine Weile, ehe sie da durch sind und alle Spuren gesichtet und gesichert haben. Andere Einsatzkräfte durchsuchen die Baracken, die hier rumstehen, und die Garage mit dem Wagen natürlich.«

»Das kostet Zeit, die wir nicht haben«, murmelte Josef und seufzte.

»Immerhin sind wir weiter, als wir gestern noch waren. Und wir haben etwas gefunden, das ... hindeutet ... auf ...« Sie holte tief Luft. »Auf den Kerl, der mich im Hotel überfallen hat.«

Josef starrte sie erstaunt an. »Also du meinst, es gibt eine Verbindung zu dem Hotelzimmer und damit zum Mordopfer Norbert Holdinger?«, hakte er nach.

Beate nickte und schluckte ein paarmal. »Gasmasken«, sagte sie schließlich. »In der Halle, in der sich die beiden Eingänge zum Bunker befinden, lagern kistenweise Gasmasken.«

»Ich schätze mal, die sind normal, wenn man sich vor einem Atomangriff in einem Bunker schützen möchte. Gasmasken gehören sicher zur Grundausrüstung.«

»Natürlich, aber ...« Sie stockte und reckte den Hals. »Was ist denn da drüben los?«

Stimmen waren zu hören, aufgeregte Stimmen. Beschimpfungen? Ein Streit?

Josef fuhr herum. Eine Traube Menschen, Polizisten und ein alter Mann in Zivil stritten sich offenbar am Eingangstor.

»Ich geh nachsehen, bleib du hier!«, rief er ihr zu und setzte sich in Bewegung. Beate blickte ihn wieder mit diesem irritierten

Blick an. War es falsch von ihm, dass er dafür sorgen wollte, dass sie sich nicht unnötig in Gefahr begab?

Als er sich dem Tor näherte, vernahm er in dem Gebrüll ein paar Worte: »Unbefugt!«, »Verboten!«, »Sie haben hier nichts zu suchen!«

Der Polizist, der versucht hatte, Josef bei seiner Ankunft zu stoppen, stand in einer Truppe seiner Kollegen. Er war es, der einen Ankömmling, der offenbar auch aufs Gelände wollte, auf diese Art begrüßte.

»Hauptkommissar Almgruber«, stellte Josef sich knapp vor. »Erklären Sie mir bitte, was hier vor sich geht?«

»Ich werde einfach nicht durchgelassen!«, beschwerte sich der Mann mit dem weißen Haar. »Werde ... schnöde abgewiesen. Dabei möchte ich eine Aussage machen.« Er rang nach Luft und griff sich an die Brust, als würde er gleich einen Herzinfarkt erleiden.

»Kein Unbefugter darf auf dieses Gelände!«, blaffte der Polizist. »Und ... ähm ... Hauptkommissar, ja? Almdudler, oder was? Wie Sie klingen, sind Sie nicht von hier. Also haben Sie an dieser Stelle auch nichts zu sagen.«

»Wie bitte?« Almgruber lachte auf. »Ich gehöre zur Kripo Leipzig. Wir ermitteln in dem Fall. Und wer sind Sie, wenn ich fragen darf?«

»Kripo Leipzig, dass ich nicht lache«, stieß der Uniformierte verächtlich aus.

»Halten Sie sich mal zurück!«, wies Josef ihn zurecht.

»Darf ich vorstellen«, sagte der Weißhaarige. »Unser ehemaliger ABV, Herr Schultz, wir kennen uns von ... tja ... von früher.«

»ABV?«

»Abschnittsbevollmächtigter der Volkspolizei«, erklärte Polizist Schultz. »Ihr Wessis kommt hierher, arbeitet bei *unserer* Volkspolizei und kennt noch nicht mal die grundlegenden Begriffe?«

Josef ignorierte die Provokation und wandte sich an den Mann, der etwas aussagen wollte. »Und Sie sind?«

»Mein Name ist Christoph Gutersohn, Pfarrer der evangelischen Kirchgemeinde St. Nikolai. Und ich möchte mich als Zeuge zur Verfügung stellen und ... möchte ... außerdem wissen, was hier eigentlich los ist.«

»Zeuge für Nicht-wissen-was-los-ist?«, zischte Herr Schultz giftig.

Josef hob warnend die Hand, signalisierte dem Polizisten ein eindeutiges Stopp. Ihm wurde schnell klar, dass es hier einen alten Zwist gab zwischen Kirche und Staatsmacht. Verrückt, dass die Machtverhältnisse der DDR eineinhalb Jahre nach dem Mauerfall und über ein halbes Jahr nach der Wiedervereinigung immer noch eine solche Rolle spielten. Wenigstens befand sich Pfarrer Gutersohn nicht mehr in der Gefahr, wegen staatsfeindlicher Hetze verhaftet zu werden.

»Kommen Sie bitte mit mir«, sagte Josef, so freundlich er konnte. »Wir würden Sie gern befragen.«

»Wir?« Christoph Gutersohn starrte ihn misstrauisch an. Er blickte sich nach dem Tor um, als hätte er es sich gerade anders überlegt und würde im nächsten Moment lieber so schnell wie möglich nach Hause gehen.

»Meine Kollegin Beate Vogt und ich. Wir sind beide von der Kripo Leipzig«, erklärte Josef. »Wir würden uns freuen, wenn Sie uns helfen könnten.«

Christoph Gutersohn nickte unbestimmt, sah noch einmal zum Ausgang. Schließlich lief er zögernd mit ihm mit.

Josef spürte den Argwohn des Mannes nur allzu deutlich. »Sehen Sie, da vorn steht sie schon und erwartet uns. Sie müssen sich keine Sorgen machen.«

Er winkte Beate zu, und sie winkte zurück. Gott sei Dank.

Der Mann holte tief Luft, blieb einen Moment stehen und zupfte am Ärmel von Josefs Jacke. »Wissen Sie, früher hieß das: Mitkommen zur Klärung eines Sachverhalts. Es ist manchmal schwierig für mich, bei einer ähnlichen Aufforderung nichts Übles zu erwarten. Vor allem wenn man vom Genossen ABV auf so außerordentlich nette Art willkommen geheißen wird.«

»Verstehe. Das tut mir leid. Das hat Sie bestimmt getriggert, gell?«

Die Mimik des Pfarrers verriet jetzt Ratlosigkeit. »Ähm, was? Ich kenne die Westbegriffe noch nicht so gut. Was bedeutet das?«

»Entschuldigung. Ich meine, das unangemessene Verhalten des Polizisten hat womöglich eine negative Emotion oder Erinnerung in Ihnen ausgelöst.«

»Ach so.« Er winkte ab. »Wer weiß. Wir befinden uns ja auch auf Stasigebiet, getarnt als Ferienanlage. Mit einem Bunker, in dem nur Leute vom MfS Zutritt hatten. Im Fall der Fälle hätte man die Zivilbevölkerung sterben lassen, also meine Gemeinde, meine Familie, mich ... damit die Stasibüttel leben können. Alles streng geheim natürlich. Niemand von den Normalbürgern wusste davon. Ist Ihnen da nicht komisch zumute?«

Josef lächelte gezwungen. »Ich bin gerade erst angekommen«, wich er aus und bekam das Gefühl, sich auf Glatteis zu bewegen. »Aber es gibt bestimmt noch so einige Tabus ... und ... Staatsgeheimnisse, von denen wir nichts ahnen.«

In gewissem Sinne hatte der Dorfsheriff recht: Josef wusste immer noch zu wenig über die DDR, auch wenn ihn der Osten – im Gegensatz zu früher – zunehmend interessierte. Schließlich lebte er mit seinem Sohn nun in den neuen Bundesländern. Er konnte nicht mehr so tun, als würde ihn das, was hier geschah und in den letzten Jahren geschehen war, nichts angehen.

»Gerade erst angekommen im Osten?«, fragte der Pfarrer nach.

»Nein. Auf diesem Gelände. Ich habe den Bunker noch nicht gesehen.«

»Nun, dazu werden Sie bei Ihren Ermittlungen sicher noch Gelegenheit haben, Herr Hauptkommissar.« Er grinste Josef auf eine Art an, als wüsste er mehr, als er sagen wollte.

»Vogt, Kripo Leipzig«, stellte sich Beate förmlich vor und blickte erst den Weißhaarigen und dann Josef fragend an.

»Darf ich vorstellen: Christoph Gutersohn, er ist Pfarrer. Er möchte eine Aussage machen«, erklärte Josef.

»Schön. Und welche?«, fragte Beate direkt.

»Möchten Sie sich irgendwo setzen?« Josef sah sich nach einer Sitzgelegenheit für den alten Mann um. Auf den ersten Blick fand er keine.

»Nicht nötig. Was ich zu sagen habe, dauert nicht lange. Ich möchte nur erwähnen, dass ich neulich, als ich einer Besuchergruppe den Bunker zeigen wollte, eine seltsame Begegnung hatte. Vielleicht spielt meine Beobachtung auch keine Rolle, aber ich gehe lieber auf Nummer sicher, wenn Sie verstehen, was ich meine.«

»Das ist eine gute Entscheidung.« Beate lächelte ihn an.

Josef nickte ihm zu. »Eine seltsame Begegnung? Hier? Mit wem?«

Gutersohn runzelte die Stirn und blickte sich misstrauisch um. Aber Polizist Schultz befand sich zu weit entfernt, um etwas mitzubekommen.

»Mit einem Wachmann«, sagte er schließlich.

TEIL DREI

50

Elsa schlich sich in das Schlafzimmer. Ihre Mutter schlief noch, obwohl es schon zehn Uhr war. Ihr Freund Cat lag neben ihr und schnarchte so laut, dass Elsa erschrocken kichern musste. Die Töne klangen eher nach einem Löwen als nach einer Katze. Wieso konnte er pennen, wenn er so einen Krach machte? Und wieso wachte ihre Mutter bei dem Lärm nicht auf?

Als ihr wieder einfiel, warum sie hier stand, schluchzte Elsa plötzlich laut. Sie fühlte, wie ihr die Tränen in die Augen stiegen. Ihre Mutter mochte nicht, wenn man sie weckte. Aber Elsa blieb nichts anderes übrig.

Sie ging zum Fenster und zog das Rollo hoch. Die Sonnenstrahlen knallten erbarmungslos in den Raum. Cat hörte auf zu schnarchen, drehte sich um, weg vom Licht.

Als Elsa an das Bett herantappte, versuchte sie, das knochige Bein von Cat, das aus dem Bettzeug hervorragte wie ein dürrer Ast, nicht zu sehen. Vorsichtig griff sie nach der Hand ihrer Mutter. »Mama, wach auf!«

Elsa wartete darauf, dass sie die Augen öffnete, aber nichts passierte. Sie blinzelte nicht einmal.

»Verfluchte, verdammte Pissscheiße!«, schrie Elsa in das Ohr ihrer Mutter. Gleichzeitig drückte sie ihr, so kräftig sie konnte, die Finger zusammen.

Ihre Mama stöhnte leise. Bewegte sich, drehte sich auf den Rücken. Na, endlich. Aber die Augen blieben immer noch zu. Elsa haute ihr ein bisschen ins Gesicht. Das waren keine richtigen Backpfeifen, nur ein leichtes Klatschen.

»Aufwachen!«

»Wieso denn?«, knurrte ihre Mutter.

»Es ist was mit Blacky!«

»Und was?«

»Blacky verhält sich komisch. Steht auf ... Kippt um ... Steht auf ... Läuft komisch.« Elsa schluchzte wieder, ahmte dabei torkelnd das seltsame Verhalten der Hündin nach.

Ihre Mutter kam schlaftrunken ein Stück hoch, sah sich nach Cat um, der sich das Kissen über den Kopf gezogen hatte. »Blacky ist schon alt. Steinalt.«

»Na und!«, schrie Elsa. »Vielleicht hat Blacky die Hundegrippe!«

»Wir haben kein Geld für den Tierarzt.«

»Soll sie deswegen sterben? Wegen ... nur wegen ... *kein Geld?*« Wut und Traurigkeit kämpften in ihr – wie kleine böse Zwerge, die sich nicht ausstehen konnten. Wer war wohl stärker? »Willst du etwa, dass Blacky stirbt?«

Ihre Mutter antwortete nicht. Sie hockte im Bett und rieb sich das Gesicht, als wäre sie noch halb betäubt vom langen Schlafen.

Elsa fiel etwas ein. Sie besaß ein Sparschwein. Es war knallrot und aus Porzellan, mit einem Schlitz im Rücken. Manchmal steckten die Erwachsenen da Münzen hinein. Wenn sie Geburtstag hatte oder auch einfach so. Vielleicht reichte das Geld ja. Und wenn nicht: Tierärzte mochten doch Tiere, sonst wären sie ja keine Tierärzte geworden, die dafür sorgten, dass kranke Tiere wieder gesund wurden. Wer Geld so wichtig fand, konnte ja auch in der Sparkasse arbeiten oder Bankräuber werden oder Finanzminister. Was ein Finanzminister so machte, wusste sie allerdings nicht.

Elsa ging, ohne sich zu verabschieden, aus dem Zimmer. Zum Glück fand sie ihr Sparschwein gleich. Es war ein bisschen staubig, aber schön dick. »Du bist ja gut gefüttert, Schweinchen«, flüsterte Elsa zufrieden.

Im Schuppen stand ein alter Bollerwagen. Den holte sie, packte eine Decke hinein und zog ihn auf den Hof. Ihre Mutter benutzte das Gefährt manchmal, wenn sie Zeug auf dem Flohmarkt verkaufen wollte.

Blacky lag auf den Dielen, irgendwo auf dem Flur. Das war eigentlich nicht ihr üblicher Platz. Elsa zog sie ein Stück hoch, legte ihr Halsband und Leine an. »Komm, Blacky.«

Der Hund blieb liegen, sah sie so traurig an, dass es in Elsas Bauch pikte.

»Komm, nur ein paar Schritte.«

Blacky erhob sich schließlich und ging mit ihr mit, als wollte sie Elsa einen Gefallen tun.

Vor der Tierklinik stellte sie den Bollerwagen ab. Blacky wollte nicht aussteigen. »Komm schon.« Elsa seufzte. »Ich kann dich nicht rausheben. Du bist zu schwer.«

Blacky hob träge den Kopf, streckte die Zunge heraus und hechelte – als wäre es die Hündin, die die ganze Strecke zu Fuß gelaufen wäre.

Elsa suchte in ihrer Hosentasche nach einem der Hundekekse, die Blacky so mochte. Vergeblich. Nicht einmal einen kleinen Krümel fand sie. »Mist.«

Ratlos hob sie die Hände. »Du musst schon selbst ein paar Schritte laufen. Das schaffst du. Hoch mit dir!«

Die Hündin sah Elsa einfach nur an. Ihr Blick wirkte traurig. Sie winselte leise.

»Soll ich dir helfen, Kleine?«, fragte eine raue Stimme. Ein Mann stand da mit seinem Hund.

Elsa nickte schüchtern. Sie blickte nicht zu ihm auf, sondern lieber hinunter.

Er trug Stiefel. Große schwarze Stiefel, die einem Riesen passen würden.

Sein Hund war dick oder schwanger, wobei es denn trächtig heißen müsste, wie ihr einfiel, und auch ein Schäferhund. Das Tier sah Blacky sogar ein bisschen ähnlich. Es verzog seine Lefzen, zeigte Zähne und knurrte Elsa an.

»Ruhig!«, mahnte der Mann. Der Ton klang böse. Der Hund war sofort still.

Elsa blickte zu Blacky hoch, die jetzt schwer in den Armen des Fremden lag, sodass Elsa sein Gesicht nicht sah.

»Ich bringe deinen Hund gleich rein, okay?«

Nett von Ihnen, wollte sie sagen, als wäre sie ein braves Mädchen, aber etwas schnürte ihr die Kehle zu. Und außerdem war sie ja kein braves Mädchen.

Vor dem Tisch zur Anmeldung standen sie nebeneinander: der freundliche Riese mit der dicken Hündin und Elsa mit Blacky. Die Frau hinter dem Tisch sah nur den Mann an. »Was kann ich für Sie tun?«

»Ich habe einen Termin mit der trächtigen Shadow. Der Hund hier, der nicht mehr laufen will, gehört zu der jungen Dame«, sagte er, hob Blacky ein Stück hoch und lachte oder hustete – da war sich Elsa nicht sicher.

Die Frau verzog das Gesicht, sodass Kringel auf ihrer grauen Haut zu sehen waren.

Elsa begann sich ein bisschen zu fürchten. »Blacky ist krank«, sagte sie schnell. »Sie will nicht fressen und ist ganz schlapp. Könnt ihr sie bitte gesund machen?«

»Ein Notfall also? Warst du schon mal bei uns?«

Elsa spürte die Blicke der Erwachsenen so deutlich, als würden sie sie kneifen. »Zur Eröffnung. Im Winter. Da gab's Leckerlis umsonst.« Kurz schaute sie zu dem halb gefüllten Glas auf dem Tresen hoch, in dem sich ein paar mickrige Hundesnacks befanden.

Die Frau lachte blechern. »Ich meinte, zur Behandlung. Wart ihr mit Blacky schon zur Behandlung hier?« Sie blickte von Elsa zu dem Mann und dann zu den Hunden hinab. Als würden sie zusammengehören und als erwartete sie von ihm eine Antwort.

Elsa zuckte mit den Schultern und fragte sich, ob das gut oder schlecht für sie war, dass die Frau sich irrte.

»Wann ist denn Blacky geboren? Ist er ein Mädchen oder ein Junge?« Die Frau holte ein Blatt Papier hervor und begann zu schreiben.

»Weiß ich nicht. Er ist ein Hund. Also kein Mädchen und kein Junge ... eigentlich ... 'ne Hundeoma.«

Die Frau wollte noch ein paar andere Dinge wissen. Elsa fiel es schwer, ihr weiter zuzuhören und diese blöden Fragen zu beantworten.

»Dann setz dich bitte ins Wartezimmer dort drüben, auf der rechten Seite. Das ist speziell für Herrchen und Frauchen mit ihren Hunden, verstehst du, Kleine? Kann aber eine Weile dauern, bis ihr aufgerufen werdet.«

Elsa nickte ein paarmal und zog Blacky mit sich, die langsam und schwerfällig Pfote vor Pfote setzte.

Die Frau redete jetzt mit dem Mann, der Elsa geholfen und Blacky reingetragen hatte. Sie sprach laut, als wäre er schwerhörig, und Elsa konnte jedes Wort verstehen. »Sie haben also einen

Termin mit der trächtigen Shadow. Es ist wohl bald so weit, was? Frau Doktor ist gleich für Sie und Shadow da. Setzen Sie sich bitte noch einen Moment.«

Als er mit der knurrenden Hündin in den Warteraum kam, hob Elsa den Blick, sah ihn das erste Mal richtig an und lächelte.

Dann plötzlich erkannte sie ihn.

51

Mit schlechtem Gewissen saß Beate im Wartebereich der Tierklinik, der für Kleintiere vorgesehen war. Meerschwein Susi hockte apathisch auf ihrem Schoß, und Beate zupfte nervös an dem Handtuch herum, das als Unterlage diente. Was, wenn das Schweinchen wirklich einen Tumor und irre Schmerzen hatte? Was, wenn die Tierärztin ihr vorschlug, Susi zu »erlösen«, wie das so euphemistisch genannt wurde? Beate konnte sich nicht vorstellen, dass dieses neugierige, sensible Wesen damit einverstanden wäre. Schließlich würde Beate sich auch nicht töten lassen, wenn sie nichts herunterbekäme, und auch nicht, wenn sie eine Veränderung an ihrem Körper entdecken würde, die vielleicht bösartig war. Aber mit Menschen gaben sich die Ärzte ja auch mehr Mühe. Warum eigentlich? Die meisten Menschen waren nicht so friedfertig wie Susi.

Beate streichelte das Meerschweinchen sanft. Und anders als sonst hielt es still und schien sich sogar an ihre Hand zu kuscheln, drängte unter ihren Arm, um irgendwie Schutz zu suchen. Das machte Beate nur noch unruhiger. Kam das Ende? Machte sich der bevorstehende Tod so bemerkbar?

Das Fluchttier wollte plötzlich nicht mehr flüchten, verkroch sich an einem warmen, dunklen Ort, in eine Art Höhle, in die Achselhöhle von Beate.

Sie saß schon eine ganze Weile hier herum. Aber schließlich hieß das Wartezimmer nicht umsonst Wartezimmer. Dennoch kam ihr das Warten wie vergeudete Zeit vor. Es fraß ihre Lebenszeit, ihre Energie, machte sie nervös.

Von nebenan waren hin und wieder Geräusche zu hören, Stimmen, einmal bellte ein Hund. Ein zweiter stimmte in das Gekläff mit ein.

Beate beobachtete die Menschen in weißen Kitteln, die hin und her liefen, sie keines Blickes würdigten. Ihr gegenüber saß eine alte Frau, die, wie es schien, eingeschlafen war. Und Beate versuchte, das Tier in der Plastikbox zu erkennen. Vermutlich ein Kaninchen. Als sie aufblickte, sah sie in das schwarze Gesicht eines Schäferhundes und fuhr erschrocken zusammen.

Hinter dem Hund stand ein Mädchen.

Auf den zweiten Blick erkannte Beate das Kind. »Nanu? Was machst du denn hier?«

Es war tatsächlich die Kleine aus dem besetzten Haus in Leipzig Connewitz. Elsa. So hieß sie doch. Hatte nicht mit ihr die ganze Geschichte begonnen? Damit, dass die Lehrerin Ina Reinhardt ein Kind, das sie für verwahrlost hielt, nach Hause brachte? Und dann war die Frau von einem Moment zum nächsten verschwunden. Immerhin hatten sie indessen Spuren von ihr gefunden.

»Blacky ist krank«, sagte Elsa. Ihr Gesicht wirkte schmal, blass, besorgt.

Und Beate fragte sich, ob vielleicht auch Elsa nicht ganz gesund war. »Bist du allein hier?«

Elsa schwieg und runzelte die Stirn. Sie blickte sich kurz um, dann sah sie wieder Beate an. »Nee! Quatsch! Blacky ist doch bei mir.«

»Ja, das sehe ich. Aber ... wo ist deine Mutter?«

»Zu Hause.«

»Du kümmerst dich also um deinen Hund«, stellte Beate fest.

»Siehste doch, Manno! Aber ...« Das Mädchen kaute auf der Lippe herum. Sie betrachtete das Meerschwein auf Beates Schoß. »Du solltest lieber in den Raum nebenan gehen. Die Wartezimmer sind hier getrennt«, erklärte sie dem Kind.

»Warum?« Die Kleine knabberte jetzt an den Fingernägeln.

»Hunde könnten Kleintiere als Beute ansehen, verstehst du?« Sie könnten mein Meerschweinchen jagen und fressen, dachte sie, sprach das aber nicht aus.

»Blacky ist doch schon alt. Alt und krank.« Elsa blieb stehen. Sie trat von einem Fuß auf den anderen. Vielleicht musste sie ja aufs Klo?

Gerade als Beate sie fragen wollte, erschien eine Schwester in weißem Kittel.

»Frau Vogt? Kommen Sie mit Susi bitte in den Behandlungsraum 2.« Sie wartete keine Antwort ab, drehte sich um und verschwand.

Beate erhob sich vorsichtig mit dem kranken Tier im Arm. »Geh mal lieber wieder rüber, Elsa. Du kommst bestimmt auch bald dran.«

Das Kind starrte Beate auf einmal mit weit aufgerissenen Augen an. Ihr Blick wirkte glasig. Ängstlich. Machte sie sich solch große Sorgen um Blacky?

Elsa öffnete den Mund, als wollte sie noch etwas sagen. Aber der Moment verging, ohne dass sie auch nur noch einen Laut hervorbrachte.

An diesen Blick musste Beate denken, als sie ein paar Stunden später im Versammlungsraum ihrer Dienststelle saß. Wieso war das Kind mit dem kranken Hund allein beim Tierarzt gewesen?

Warum hatte sie Beate so furchtsam angeschaut? Unbehaglich rutschte sie auf ihrem Stuhl herum.

Die Stimmung im Raum war angespannt. Ihre Kollegen wirkten nervös und unzufrieden. Das Schiff der Mannschaft war ins Schlingern geraten – und das möglicherweise kurz vor dem Ziel, so kam es ihr vor.

Steffen berichtete von den Spuren, die sie im Bunker gefunden hatten. Fingerabdrücke und Blutspritzer, Haare in einem der Militärbetten, Essensreste und Flecken auf dem Küchenboden, vermutlich Apfelsaft. Alles deutete auf Ina Reinhardt, jedoch nichts auf ihren Entführer.

»Keine Faser, kein Garnichts?«, fragte Arno Berg.

»Er muss Schutzkleidung getragen haben.«

»Eine Gasmaske?«, wollte Beate wissen.

»Möglich.« Steffen sah sie nicht an, als er ihr so knapp antwortete.

»Und in dem VW Golf habt ihr nichts gefunden?«, fragte Josef Almgruber.

»Doch. Das Opfer, also Frau Reinhardt, hat offenbar während des Transports im Kofferraum gelegen. Das belegen ein paar Haare. Die gleichen wie im Bunker. Vom Täter auch hier keine Spur, bisher jedenfalls. Wir sind weiter dran.« Steffen sprach müde, mechanisch, wie es Beate vorkam. Vielleicht fehlte ihm Schlaf. Oder ihn quälte etwas, das er für sich behielt?

»Und die Datschenbewohner?« Arno Berg blickte fragend zu Sophie Steiner hinüber. »Hat jemand von denen etwas bemerkt?«

Sophie schüttelte den Kopf. »Fehlanzeige. Angeblich ist niemandem etwas aufgefallen.«

»Also keine Hinweise aus der Bevölkerung? Schon seltsam.«

»Es herrschte Schweigen im Walde«, antwortete Sophie. »Die

meisten wollten nicht mit mir sprechen. Und die wenigen, die überhaupt geantwortet haben, wussten von nichts.«

»Was ist mit dem Wächter des Bunkers?« Arno Berg wandte sich an Almgruber. »Wir brauchen den Mann dringend als Zeugen. Vielleicht hat er etwas wahrgenommen, was uns weiterbringt.«

»Leider haben wir noch immer keinen Namen. Der Pfarrer, der uns den Hinweis gab, konnte uns nicht sagen, wie der Mann heißt. Ich war heute früh im Büro des Bürgermeisters der Gemeinde Machern. Der Bürgermeister fühlte sich nicht zuständig. Die Kollegin, die mir da eventuell weiterhelfen könne, sei gerade im Urlaub in Spanien.«

»Und damit haben Sie sich zufriedengegeben?«

»Nein. Natürlich nicht!« Josef Almgruber verschränkte die Arme. »Ich hab die Sekretärin befragt. Sie wusste auch von nichts. Sie wollte in den Unterlagen nachsehen, das kann aber dauern. Die Mühlen der Bürokratie oder alte Seilschaften ...« Josef seufzte. »Vielleicht wollen die einstigen SED-Genossen auch nicht mit einem Wessi reden?«

Arno Berg verzog das Gesicht, überging aber den letzten Satz. »Wo war denn die werte Kollegin?«, fragte er und warf Beate einen bösen Blick zu.

»Beim Tierarzt«, antwortete sie kleinlaut. »Susi, eins der Schweinchen, ist ...«

»Das darf ja wohl nicht wahr sein! Was für eine verdammte ...« Er hob die Faust, und alle in der Runde warteten darauf, dass er sie auf die Tischplatte schlagen würde. Doch Arno Berg verstummte plötzlich und ließ die Hand wie in Zeitlupe sinken, als Viktor Lüder den Besprechungsraum betrat. »Sie sind zu spät!«, fuhr er ihn an. »Viel zu spät! Der Mordfall Holdinger war der erste Tagesordnungspunkt!«

Lüder antwortete nicht und ließ sich schwerfällig auf einen Stuhl fallen. Ein Teil seines Gesichts wirkte geschwollen. Er hatte ein blaues Auge.

»Himmelherrgott, was ist passiert zum Teufel noch mal?«, fluchte Berg.

»Kleine Auseinandersetzung mit Herrn Baum«, nuschelte Lüder hinter vorgehaltener Hand.

»Sie haben also eine dicke Lippe riskiert?«

Beate warf ihrem Chef einen verwunderten Blick zu. Wie konnte er über den erbärmlichen Zustand von Viktor auch noch scherzen?

»Sozusagen.«

»Du warst beim Ehemann von Elisabeth Baum?«, fragte Beate. »Und nicht in der Detektei?«

»Da war ich zuerst. Die Tür war zugeschlossen. Ich habe über eine Stunde in meinem Wagen gewartet. Es kam niemand. Da dachte ich ... Nun ja, es ging ja schließlich um den Verdacht gegen Herrn Baum. Seine Frau Elisabeth war nicht zu Hause, aber er.«

»Und?«

»Ich habe ihn direkt damit konfrontiert, dass er ... nun ja, sozusagen der Zuhälter seiner Ehefrau Elisabeth Baum gewesen ist, und ihn gefragt, ob er die Tätigkeit noch ausgeübt hat, als ... Norbert Holdinger ... in *Auerbachs Keller* tot aufgefunden wurde.«

»Oje«, entfuhr es Beate.

Arno Berg schnaufte und schüttelte den Kopf. »Wie hat er geantwortet?«

Viktor Lüder hob die Hand, hinter der er sich halb versteckt hatte. Ein Tropfen Blut rann aus seiner Nase. Die Lippe war tatsächlich ebenfalls geschwollen.

»Mit Fäusten. Und dann, als ich am Boden lag, sagte er so sinngemäß: Seine Ehefrau wäre eine Geschäftspartnerin von

Herrn Holdinger gewesen, die ihn ab und zu bei Geschäftsessen und bei ähnlichen Anlässen begleitet habe. Seine Frau sei keine Nutte. Im Übrigen habe er ein Alibi.«

»Du warst also allein bei einem Tatverdächtigen, ohne einen Auftrag, und hast dich auch noch von dem Mann vermöbeln lassen«, stellte Berg frustriert fest. »Ja, bin ich denn hier in einem Irrenhaus?«, brüllte er plötzlich.

Beate betrachtete interessiert seine pulsierende Halsschlagader. Ihre Kollegen senkten beschämt die Blicke. Nur Almgruber schaute zu ihr hinüber und hob verwundert die Brauen. Beate rollte mit den Augen und grinste gequält. Dann zog sie ein Papiertaschentuch aus einer Packung in ihrer Tasche und reichte es Viktor.

Er nickte ihr dankbar zu und wischte sich nervös das Blut aus dem Gesicht.

Beate wartete kurz, bis er damit fertig war. »Was für ein Alibi hat denn dieser Herr Baum?«

»Das habe ich ihn auch gefragt, als ich wieder halbwegs auf beiden Beinen stand. Er sagte, er wäre bei seiner todkranken Mutter im Krankenhaus gewesen und hätte dort stundenlang an ihrem Bett gesessen.«

»Das lässt sich ja leicht nachprüfen«, stellte Almgruber fest.

»Hab ich sofort gemacht«, erklärte Viktor. »Es stimmt. Es war ihr neunzigster Geburtstag. Es gibt mehrere Zeugen.«

Eine Weile herrschte Stille. Der Chef schnaufte leise vor sich hin. Auch als es an die Tür klopfte, sagte niemand etwas. Moni, die Sekretärin, wartete nicht auf eine Aufforderung. Sie trat einfach ein. Ihre Wangen wirkten rosiger als sonst. Sie schluckte ein paarmal, griff sich an den Hals, hustete, als hätte sie sich verschluckt. »Da ist ein Kind Namens Elsa verschwunden. Die Mutter ist hier und will Beate sprechen.«

52

Ina Reinhardt saß auf einem unbequemen Stuhl aus verschramm-
tem, splittrigem Holz, der leise unter ihr knarrte und knirschte,
wenn sie sich versehentlich bewegte. Sie versuchte, ihren Körper
möglichst starr zu halten, denn sie war nicht nur mit Stricken gefesselt, sondern eine Metallkette lag um ihren Hals, die sich zu-
zog, wenn sie sich rührte. Die Hundeleine mit der Würgekette war
an einem Balken befestigt, der sich hinter ihr befand. Wenn der
morsche Stuhl unter ihr brach oder wegkippte, würde sie sich das
Genick brechen. Sie würde noch nicht einmal schreien können.
Ihr Mund war mit Paketband zugeklebt. Es kam ihr so vor, als
würde *er* ihr den Mund zuhalten. Sie spürte immer noch den bru-
talen Druck seiner Hand. Sein widerlicher Geruch saß ihr in der
Nase. Immerhin hatte er diesmal darauf verzichtet, ihr einen Knebel in den Rachen zu schieben. Wenn sie wollte, könnte sie vielleicht ein paar Töne von sich geben, ein erbärmliches Jammern
zum Beispiel. Aber wozu? Niemand da, der sie hören würde. Wie
es aussah, saß sie in einer alten Scheune oder einer Hütte fest.
Kaum zu glauben, aber ihre Lage hatte sich tatsächlich noch ver-
schlechtert. War das hier die Endstation?

In dem Bunker war sie zuletzt beinahe wie in einer Wohnung
herumspaziert – eine hässliche kalte Wohnung, die groß und leer
und Furcht einflößend blieb, aber ihr dennoch das Lebensnot-

wendige geboten hatte, sogar eine Küche mit ein paar Konserven, einen Waschraum, ein Klo, einen Platz zum Schlafen.

Hier befand sich nichts dergleichen.

Die Fahrt in dieses Nirwana war ihr endlos lang vorgekommen, obwohl sie vermutlich nicht länger als eine Stunde gebraucht hatten. Nach ihrer Ankunft hatte er sie – wieder mit der Brille auf der Nase, durch die sie ihn nicht erkennen konnte – eine Treppe hinauf in ein Haus, auf eine Toilette geführt. Ina vermochte nur zu erraten, wo sie sich befand. Sie war sich bewusst gewesen, dass er neben ihr stand, während sie pinkelte. Aber sie musste es ausblenden. Was blieb ihr anderes übrig? Aus seiner Sicht war sie sein Eigentum, so viel begriff sie. Bevor er sie in dieses Kabuff steckte, konnte sie sich, beinahe blind, wie sie war, die Hände waschen, schnell etwas Wasser aus dem Hahn trinken. Erlösendes Wasser. Wasser, das Leben schenkte. Sie bedankte sich sogar dafür bei ihm. Zu essen gab er ihr nichts.

Seit einer Weile knurrte ihr Magen vor sich hin, als wollte er sich über den Nahrungsentzug beschweren. Mühsam atmete sie durch die Nase ein und aus.

Es roch hier nach Hund. In unmittelbarer Nähe hörte sie Gebell, Gekläff und Gejaule in unterschiedlichen Tonlagen. Wie viele Tölen waren das? Beim Aussteigen aus dem Wagen hatte er die Kläffer mit ein paar scharfen Befehlen von ihr ferngehalten. Sie kuschten vor ihm. So wie Ina vor ihm kuschte. Dennoch hatte sie – wie ein Bild aus einem ihrer Träume – die spitzen Fangzähne wahrgenommen. Sie wusste, was diese anrichten konnten.

Wenn sie den Kopf in den Nacken legte, gelang es ihr, Teile des Raums zu erkennen. Nur die Bretterwand der Scheune trennte sie von den Hunden. Ihre zusammengebundenen Hände hinter ihrem Rücken fühlten sich kalt und taub an, in ihren Füßen kribbelte es. Ihr Herz klopfte schnell und unregelmäßig. Ihre Narben in ihrem Gesicht brannten, als könnte sich das Stück Haut hier, an diesem abgeschiedenen Ort, an den Schmerz der Vergangenheit erinnern.

Hin und wieder schlief sie vor Erschöpfung kurz ein. Oder dämmerte für ein paar Minuten weg. Die Geräusche, die die Tiere machten, weckten sie jedoch schnell wieder, verhinderten, dass sie in den Tiefschlaf fiel oder ohnmächtig wurde. Manchmal wurde es plötzlich still. Unglaublich still. Als wäre sie das einzige lebende Wesen weit und breit. Dann ertappte sie sich dabei, wie sie fast sehnsüchtig auf ein Bellen oder einen anderen tierischen Ton wartete. Auf irgendeinen Laut irgendeines anderen Lebewesens. Sie wusste, wie absurd das war. Denn sie schreckte immer wieder panisch zusammen, wenn plötzlich ein Hund laut anschlug. Kam dieses Scheusal in Menschengestalt jetzt zu ihr? Womöglich mit einem seiner aggressiven Wadenbeißer? Sie würde sich nicht wehren, nicht weglaufen können. Ihre Albträume waren real geworden, die Realität war ein nicht enden wollender Albtraum.

Würde sie nach ihrem Tod als Hundefutter enden? Dann wäre sie für immer verschwunden. Niemand müsste sich Gedanken über ihre Beerdigung machen. Ein Mord ohne Leiche konnte kein Polizist zweifelsfrei nachweisen, oder?

Hatte er sie deshalb hierhergebracht?

So genau wollte sie lieber nicht darüber nachdenken. Die Angst nagte ohnehin wie eine hungrige Ratte an ihr. Sie schloss die Augen, versuchte, an ein Meer zu denken. Welle für Welle rollte an einem endlosen Strand vor ihre nackten Füße. Starke Wellen, sie spürte die Gischt auf ihrer Haut, schmeckte Salz auf ihren Lippen. Beinahe schien es ihr, als hörte sie ein Rauschen.

Als sie wieder aus ihrer halben Bewusstlosigkeit hochschreckte, nahm sie etwas wie ein leises Winseln wahr. Vielleicht ein Welpe? Sie kannte sich mit Hunden nicht besonders gut aus. Sie hatte diese Tiere, nach der Beißattacke des Schäferhundes gegen sie, zeitlebens gemieden, so gut es eben ging.

Ina versuchte, genauer hinzuhören. Es klang jetzt fast wie ein Schluchzen.

Erschrocken richtete sie sich in ihrem unbequemen Sitz auf. Das konnte doch nicht sein, oder? War hier an diesem finsteren abgelegenen Ort etwa ... Automatisch schüttelte sie den Kopf. Kaum vorstellbar. Vielleicht eine Katze? Katzen jaulten und jammerten zuweilen wie weinende Babys. Allenfalls hatte sich ein streunendes Kätzchen verirrt, war bei den Hunden gelandet und miaute um Hilfe, versuchte sie, sich zu beruhigen.

Sie spähte unter dem schwarzen Rand der Brille hindurch und konzentrierte sich darauf, etwas zu erkennen. Ein Fenster gab es in dem Raum nicht. Durch die Ritzen der Bretter konnte sie schwach, aber deutlich genug Tageslicht schimmern sehen. Die Hunde kläfften jetzt wie verrückt. Sie lauschte, versuchte, durch das Gebell hindurch etwas wahrzunehmen. Was ging da draußen vor sich? Wieder erklang das Geheul. Schauerlich und schrill. Die Laute fuhren ihr direkt in die Nerven. Ina spürte eine Gänsehaut auf ihrem Rücken.

Das war kein Tier. Das war ein Mensch.

53

Sie wusste, dass der Mann hinter den Stäben stand und sie von oben herab beobachtete. Aber sie sah nicht zu ihm hin.

Zusammengekauert hockte Elsa auf steinernem Boden, hinter den Gittern eines Zwingers, und klammerte sich mit beiden Armen an Blacky fest. Sie fühlte das Herz der Hündin schlagen. Es schlug schneller als sonst, oder? Blacky hechelte, als wäre sie gerade herumgerannt, Speichel tropfte aus ihrem Maul.

Elsa sah den Schatten des Riesen, sah, dass er da immer noch war und auf sie herabstarrte. Die Schatten der Gitterstäbe verbanden sich mit dem Schatten des Mannes, der sie hierher verschleppt hatte. Ein böser schwarzer Schatten, der wie eine Gewitterwolke über ihr lag.

Sie wusste nicht, wo verdammt noch mal sie sich hier befand. Überall waren Hunde. Schäferhunde. Manche liefen frei herum. Und die anderen kläfften in ihren Käfigen gegen das Eingesperrtsein. Die im Nachbarkäfig kamen näher, schnüffelten und knurrten, bellten ein paarmal. Es klang wütend. Aber Blacky reagierte nicht, und Elsa würdigte sie keines Blickes. Wenn sie schlecht gelaunt waren, wollte sie nicht mit ihnen sprechen. Und so ließ das Interesse der Hunde allmählich wieder nach.

Als sie mit Blacky aus der Tierklinik gekommen war und sie

auf den Bollerwagen hieven wollte, hatte der Riese sich plötzlich die Hündin geschnappt.

»Komm, Kleine, ich bringe euch nach Hause.« Es war keine Frage gewesen. Er hatte erst Blacky und dann seine eigene Hündin einfach in sein großes Auto geladen. »Komm schon, worauf wartest du?« Sein Mund zog sich in die Länge, er zeigte Zähne. Vielleicht sollte das ein Lächeln sein.

Aber da wusste es Elsa schon: Der Riese war alles andere als freundlich. Sein Lachen klang falsch. Er tat nur so als ob. Elsa hätte ihn in dem Wartezimmer nicht nach der Lehrerin fragen sollen. Nach Frau Reinhardt. Die Frage war ihr so herausgerutscht, und er glotzte auf einmal so komisch, so gemein und hinterhältig. »Weiß nicht, von wem du da sprichst, Kleine.«

Als sie später nicht in seinen Wagen steigen wollte, drohte er damit, dass er Blacky töten würde. »Willst du für ihren Tod verantwortlich sein, Kleine?«

Schließlich war sie eingestiegen. Ohne weiter Theater zu machen. Sie musste doch Blacky retten.

Anders als versprochen brachte er sie nicht nach Hause.

Warum hatte die Polizistin ihr nicht geholfen? Sie hätte doch wissen müssen, dass etwas nicht stimmte, als Elsa im Warteraum für Kleintiere so plötzlich vor ihr stand. Elsa hatte so ein komisches Gefühl in ihrem Bauch gehabt und kaum ein paar Worte herausgebracht, jedenfalls nicht die, die sie wirklich sagen wollte, sie nur angestarrt und ganz laut »Hilfe!« geschrien, aber nur in ihrem Kopf. Die Polizistin konnte wohl keine stummen Schreie hören. Außerdem musste sie sich um ihr Meerschweinchen kümmern. Eigentlich mochte Elsa alle Tiere, sogar Spinnen und Kakerlaken und knallrote Feuerquallen, die nun wirklich saugefährlich waren, jedenfalls wenn man sie anfasste, aber die Polizistin ließ sich von dem Nagetier ablenken.

Vielleicht machte sie sich ja *jetzt* Sorgen. Auch wenn es nichts mehr nützte – die Vorstellung, dass die Polizistin sich um sie sorgte, gefiel ihr irgendwie trotzdem. Und außerdem: Elsa war selbst schuld. Sie hätte eben laut sagen müssen, dass sie Hilfe brauchte, oder einfach richtig um Hilfe schreien müssen.

Jetzt, wo es zu spät und sie in einem Käfig eingesperrt war, wimmerte und weinte Elsa – erst leise und kläglich, dann laut und wütend. Es überraschte sie selbst, welche Laute da aus ihrer Kehle kamen. Der Riese schien das Gejaule nicht zu mögen. Jedenfalls lief der Schatten vor dem Jammern und Kreischen weg.

Elsa kauerte in dem Zwinger und wischte sich wütend die Tränen aus dem Gesicht. Schluss mit der Heulerei! Sie musste nachdenken, wie sie sich aus dem Käfig befreien konnte. Aber erst mal musste sie sich ausruhen. Blacky lag da und atmete schwer. Elsa kuschelte sich, so dicht sie konnte, in ihr warmes Fell. Wenigstens war sie nicht allein.

54

Josef Almgruber sah, wie Beate sich langsam, wie in Zeitlupe erhob. Ihr Gesicht war kalkweiß geworden. Alle im Besprechungsraum der Kriminalpolizei Leipzig starrten sie an.

»Das darf nicht ... Ich hab sie doch eben noch ... Das kann nicht *wahr* sein!«, stammelte sie und blickte fragend zu Moni, der Sekretärin, die als Überbringerin der schlechten Nachricht irgendwie schuldbewusst wirkte.

Eine junge Frau in schwarzer Kleidung drängte sich plötzlich ein Stück vor. »Es ist aber wahr!«, rief sie erregt, schob die Sekretärin grob beiseite und verschaffte sich weiter ungebeten Zutritt. Sie kam direkt auf Beate zu, als würde sie die anderen Anwesenden im Raum nicht bemerken. »Sie müssen mir helfen, Elsa zu finden!«

»Frau Mertens! Marion! Ich habe Ihre Tochter heute gesehen! Elsa war in der Tierklinik mit Blacky!« Beates Stimme klang angespannt, als würde sie gleich anfangen zu weinen.

»Ja, ich weiß, dass sie dahin wollte.« Elsas Mutter warf nervöse Blicke in die Runde. »Sie hat es mir ja noch gesagt. Aber dann ... Sie ist nicht zurückgekommen! Elsa ist weg, verstehen Sie?«

Josef kam es vor, als würde unverhofft ein Theaterstück aufgeführt. Kaum kamen sie der Lösung des Vermisstenfalls ein winziges Stück näher, passierte das nächste Drama, verschwand die nächste Person. Und diesmal auch noch ein Kind! Sie waren in einen Strudel geraten, den sie nicht beherrschten. Er musste zusehen, dass er wieder Oberwasser gewann.

»Du hast sie also gesehen?«, fragte er Beate.

»Ich habe sie nicht nur gesehen, sondern auch mit ihr geredet«, antwortete sie. »Wenn auch nur kurz ... Dann wurde ich aufgerufen ... mit ... Susi, meinem Meerschwein. Das war Zufall, dass ich Elsa dort getroffen habe.«

Die Frau, die zu ihnen eingedrungen war, nickte mechanisch. »Elsa ist mit dem Hund weg. Sie meinte, Blacky wäre krank und müsste deshalb zum Tierarzt. Aber sie ist nicht wieder nach Hause gekommen!«

Arno Berg räusperte sich demonstrativ und runzelte die Stirn. »Meine Herrschaften! So geht das aber nun wirklich nicht. Wir sind hier in einer Besprechung. Sie können hier nicht einfach so reinplatzen! Geben Sie eine Vermisstenanzeige auf. Vielleicht ist Ihre Tochter ja auch nur zu einer Freundin gegangen?«

Marion Mertens streifte ihn mit einem flüchtigen Blick. »Normalerweise würde ich mir auch nicht gleich Sorgen machen«, antwortete sie ihm und wandte sich Hilfe suchend wieder Beate zu. »Aber ... hier stimmt was nicht! ... Ganz und gar nicht! Erst verschwindet die Lehrerin ... direkt von unserem Grund und Boden ... und jetzt ... meine Tochter«, stammelte sie, ohne Arno Berg weiter zu beachten. »Das ist doch kein Zufall!«

»Ich fürchte, sie hat recht«, sagte Sophie Steiner. »Elsa ist das Kind, das von der vermissten Ina Reinhardt von ihrer Schule in das Haus in Connewitz gebracht wurde, aus dem die Lehrerin dann spurlos verschwunden ist. Ich denke, da gibt es einen Zusammenhang.« Auch Sophie klang bedrückt.

Die beiden Polizistinnen wechselten Blicke. Hatten sie in ihren Ermittlungen etwas übersehen? Eine Zeugin, die sie hätten befragen und vor allem schützen müssen? Ausgerechnet ein hilfloses Kind?

»Das sehe ich genauso«, stimmte Beate ihr zu. »Als ich Elsa sah, wirkte sie irgendwie ängstlich. Ich dachte, sie macht sich Sorgen um ihren Hund. Aber ... es muss etwas passiert sein! Sie hatte vor jemandem Angst!«

Josef Almgruber dachte an seine eigene Panik, als sein Sohn plötzlich verschwunden war, und warf Elsas Mutter einen mitfühlenden Blick zu. Wenn man die bisher bekannten Umstände in Betracht zog, sah es verdammt nach einer Entführung aus. Je schneller sie jetzt handelten, desto größer war ihre Chance, das Kind lebend aufzuspüren. »Wahrscheinlich hat das Mädchen ja etwas mitbekommen, was sie nicht mitbekommen sollte«, mutmaßte er. »Dann ist sie jetzt womöglich in höchster Gefahr.«

Arno Berg hob abwiegelnd die Hände. »Keine Panik auf der Titanic, das Wasser reicht für alle«, scherzte er lahm. »Wir müssen doch erst einmal herausfinden, ob da überhaupt ...«

»Su a Gschmarri!«, unterbrach Josef seinen Chef wütend. Sein Stuhl kippte nach hinten, als er aufsprang, aber er achtete nicht darauf. »Wir sollten keine Zeit verlieren und sofort in diese Klinik fahren! Es geht um ein Kind!«

Arno Berg sah ihn entgeistert an, brachte aber keinen Ton mehr heraus.

»Die Klinik hat rund um die Uhr auf«, sagte Beate. »Kann jemand anrufen, dass wir vorbeikommen? Und Sophie, kümmerst du dich um Marion?«

Sophie nickte. »Ja, ich nehme gleich die Vermisstenanzeige auf, in Ordnung?« Sie sah Elsas Mutter fragend an. Aber die Angesprochene ließ Beate nicht aus dem Blick, als könnte sie Elsa mit einem Zaubertrick zurückbringen.

»Wir brauchen von Ihnen die Kontakte Ihrer Tochter. Adressen von Mitschülern, Freundinnen und so weiter«, erklärte Beate. »Sophie wird sich mit Ihnen befassen. Ich fahre mit meinem Kollegen Josef Almgruber zur Tierklinik. Wir sind so schnell zurück wie möglich.«

»Ist jemand bei Ihnen zu Hause, falls Elsa da wiederauftauchen sollte?«, fragte Josef.

Marion Mertens starrte mit abwesendem Gesichtsausdruck vor sich hin. »Cat ist da«, murmelte sie schließlich.

Josef hoffte bloß, dass sie nicht von einer Katze sprach.

Beate rutschte nervös auf dem Beifahrersitz herum, während sie durch Leipzig fuhren. Josef versuchte, die Nerven zu bewahren, sich nicht ablenken zu lassen.

»Es ist meine Schuld«, sagte sie. »Ich hätte es wissen müssen. Elsa hat versucht, mich um Hilfe zu bitten.« So wie sie es sagte, klang es selbst wie ein Hilferuf.

»Aber sie hat es nicht getan«, erwiderte Josef trocken. »Dein schlechtes Gewissen bringt uns jetzt auch nicht weiter.«

»Du redest ja schon fast wie der Chef!«, behauptete sie. »Es bringt auch nichts, alles runterzuspielen in der Hoffnung, dass es kein Verbrechen gibt.«

»Das mache ich doch gar nicht! Und selbst der Boss hat eingesehen, dass er sich vielleicht auf dem Holzweg befindet.«

Arno Berg hatte seinen Widerstand schließlich aufgegeben, ihnen seine Unterstützung zugesagt und sie ziehen lassen. Josef war sich nicht sicher, ob Beate mit ihrer Vermutung richtiglag, aber so oder so: Sie mussten schnellstmöglich Licht ins Dunkel bringen.

Als Josef direkt vor der Tierklinik parkte, wurden sie schon erwartet. Arno Berg hatte offenbar aus dem Präsidium angerufen und sie angekündigt.

Frauen in weißen Kitteln standen vor einer dunklen Tür und sahen ihnen ängstlich entgegen. Keine von ihnen rührte sich, bewegte sich auch nur einen Zentimeter. Es kam ihm vor wie eine Szene aus einem Horrorfilm. Im Näherkommen fiel ihm ein Bollerwagen auf, der quer im Weg stand. Er wirkte verlassen. Einen Bollerwagen vergaß man nicht einfach mal so.

Das Gefühl, das ihn beschlich, war kein gutes. Wenn das Verschwinden des Mädchens tatsächlich in Verbindung mit dem Vermisstenfall und vielleicht sogar in Zusammenhang mit dem Mord stand, sie gar eine unliebsame Zeugin war, stufte er die Überlebenschance für Elsa als gering ein. Sie mussten schnell sein, durften sich keinen Fehler erlauben. Dann gab es vielleicht eine Chance.

Er wollte Beate etwas zuflüstern, als er bemerkte, dass sie ihm gar nicht mehr folgte. Sie hielt sich ein paar Schritte hinter ihm, beinahe ebenso erstarrt wie die Frauen in den weißen Kitteln. Was war mit ihr los? Verwundert winkte er ihr zu, signalisierte ihr, dass sie gefälligst nicht zurückbleiben sollte. Josef wartete ungeduldig, bis sie sich in Bewegung setzte und wieder bei ihm war. Es schien ihm, als wankte sie leicht, als suchte sie nach einem Halt. Kurz griff er nach ihrer Hand und drückte ihre Finger, blickte ihr in die Augen, sprach sie mit ihrem Namen an – wie um sie aus ihrer Trance zu wecken. Fühlte sie sich dermaßen schuldig, dass sie nicht mehr rational handeln konnte?

»Wir schaffen das, Beate, okay? Wir schaffen das *gemeinsam*.« Das klang pathetischer, als er beabsichtigt hatte. Aber irgendwie musste er zu ihr durchdringen. In welchem Albtraumland befand sie sich? Eine Polizistin in einem solchen Zustand war für eine Ermittlung unbrauchbar.

Sie antwortete nicht, hob schließlich den Blick und nickte langsam.

Eine von den Frauen in Weiß löste sich aus der Gruppe, kam auf sie zu. Für Josef sah es aus, als würden ihre Kolleginnen sie vorschicken.

»Ich habe es gesehen«, sagte sie und räusperte sich.

Josef musterte sie. Ihre Augen bewegten sich nervös hin und her. Sie schielte leicht. Vor Aufregung?

»Was haben Sie gesehen?«, fragte er schroff.

»Wie sie zu ihm in den Wagen gestiegen ist. Das Mädchen, das Sie suchen.«

»Elsa«, sagte Beate und räusperte sich. »Sie heißt Elsa.«

Die Stimme seiner Kollegin klang wieder normal, wie Josef erleichtert feststellte. Sie war zurück.

55

Das Balg plärrte unentwegt, als hätte es sich in die Windel geschissen. Dabei war es aus dem Alter schon lange raus. Rotzblasen blühten aus seiner Nase.

Diether stand an dem Zwinger, in den er es gesteckt hatte, und beobachtete es angewidert. Er hätte nicht übel Lust, der Göre das Maul zu stopfen. Dieses Gekreische hielt er einfach nicht aus. Nervensäge – das war nicht nur ein Wort. Jemand hatte den Begriff erfunden, der diese Töne kannte, da war er sich sicher. Aber Kinder, die heulten, schliefen auch irgendwann vor Erschöpfung ein, glaubte er. Seine Mutter hätte längst nach der Peitsche gegriffen bei so einem Verhalten. Aber er war nicht seine Mutter.

Was sollte er mit dem Balg anstellen?

Er könnte es natürlich töten und irgendwo im Wald vergraben oder in einem Moorloch versenken. Aber wie die Kleine da lag, zusammengekrümmt, nur mit einem alten Hund als Schutz, sah er sich plötzlich selbst als Kind. Es war kein Mitleid, es war ein Spiegel. Einen Moment starrte er in seine eigene hässliche Vergangenheit. Aber trotz aller Gewalt in seinen frühen Jahren: Man hatte ihn am Leben gelassen. Immerhin. Seine Mutter hatte ihm das Leben doppelt geschenkt: einmal durch die Geburt und einmal durch den Verzicht, ihn einfach totzuschlagen. Und was ihn nicht umbrachte, machte ihn stärker. Er musste der Alten also dankbar sein.

Diether wandte sich von dem Zwinger ab und entfernte sich mit energischen Schritten von dem Geplärr, steuerte auf das alte Gutshaus zu, das von außen wie eine Ruine aussah, halb zugewachsen von Gebüsch, das er absichtlich nicht entfernte. Für Fremde erschien das Gebäude, das zuletzt zu einer LPG gehört hatte, unbewohnt, und das sollte aus seiner Sicht so bleiben. Innen war es zwar auch eine Bruchbude, aber dennoch recht gemütlich, jedenfalls für ihn.

Mit der Zeit hatte er sich sein Domizil so eingerichtet, dass er sich darin wohlfühlte. Sein Lieblingsstück war ein alter Ohrensessel, in den er sich jetzt mit einem Glas Wodka in der Hand setzte. Er trank einen Schluck, fühlte, wie ihm der Schnaps durch die Kehle rann, und blickte durch das ungeputzte Fenster in die Landschaft. Es kam ihm vor, als würde da draußen ein Schatten vorbeihuschen. Sicher nur ein Mäusebussard. Raubvögel gab es hier viele.

Es wurmte ihn etwas, sein Reich verlassen zu müssen. Bevor er packte, würde er sich zur Entspannung noch ein paar Schnäpse hinter die Binde kippen.

Er musste die Göre nicht beaufsichtigen. Sie war ja gut untergebracht. Wenn auch nicht gerade komfortabel. Das Balg konnte sich auch ohne ihn in den Schlaf jaulen.

Die Rotznase war selbst schuld an ihrem Schicksal. Im Wartezimmer der Tierklinik hatte sie sich bei ihm nach der Lehrerin erkundigt, als wüsste sie, wer er war und was er getan hatte. Er hörte es in ihren Worten, er sah es in ihrem Blick. Und in diesem Moment konnte er sich erinnern, dass er sie schon einmal gesehen hatte. In dem Rattenloch, bei den Hausbesetzern. Es war ihm logisch erschienen, sie einfach mitzunehmen. Aber jetzt wusste er nicht, wohin mit ihr.

Früher oder später würden sie nach ihr suchen. Früher oder später würden sie ihm auf die Schliche kommen.

Er wusste, dass es ein Fehler war, das Balg mit dem fast schon toten Hund einzusacken, aber es wäre auch ein Fehler gewesen, sie mit dem Wissen in ihrer Birne gehen zu lassen. Er hatte also die Wahl gehabt zwischen zwei Fehlern und sich für die Variante entschieden, die ihm einen Aufschub verschaffte.

In der Tierklinik, in der sicher bald die Polizei auftauchen würde, wussten sie nicht, wo er sich aufhielt. Natürlich hatte er nur seine alte Adresse angegeben, in der er auch immer noch angeblich wohnte und polizeilich gemeldet war: eine winzige Hinterhof-Einraumwohnung in einem Altbau im Nordwesten von Leipzig. Dass er schon vor längerer Zeit umgezogen war auf dieses gottverlassene Gehöft in einer gottverlassenen Gegend, in der es außer Wald und Moor nichts gab, hatte er nirgendwo offiziell angegeben. Nur seine besten Kunden wussten, wo er zu finden war.

Trotzdem: Er musste sich beeilen. Er musste weg von hier. Die Tierärztin, die den Ultraschall bei seiner Hündin Shadow durchgeführt hatte, würde ihn sicher gut beschreiben können. Wie blöd von ihm, dort aufzutauchen. Womöglich würden sie ein Phantombild von ihm anfertigen, ihn landesweit zur Fahndung ausschreiben und ihn jagen. Es war höchste Zeit für ihn zu verschwinden.

Aber zuerst musste er endlich die Tusse verkaufen, die in der alten Scheune festsaß, schön gefesselt, so wie es sich gehörte, mit einem fetten Pflaster auf dem Maul in ihrem hässlichen Narbengesicht.

Was der Kunde dann mit ihr anfing, wenn er sie erst mal besaß, war dann nicht mehr sein Problem. Es hatte lange genug gedauert, bis er ihn so weit hatte, dass er sich bereit erklärte, die geforderte Summe zu zahlen.

Diether sah auf seine Armbanduhr. In einer Stunde wollte der Käufer mit dem Geld hier sein. Danach würde sich Diether absetzen. Viel von seinem Zeug mitschleppen konnte er natürlich nicht. Den Ballast seiner Existenz abzuwerfen brachte höchstwahrscheinlich sogar Erleichterung. Ein Koffer mit dem Nötigsten musste reichen für die Flucht. Der Gedanke, dass er seine Hunde zurücklassen musste, schmerzte ihn jedoch. Vielleicht würde er die trächtige Schäferhündin mitnehmen. Ihr fünfter Wurf stand unmittelbar bevor. Der Ultraschall in der Tierklinik hatte sieben bis acht Föten ergeben. Dem Hundenachwuchs ging es gut. Shadow verweigerte zwar zurzeit die Nahrung, doch hatte sie bisher stets lebenstüchtige Exemplare geworfen, die für ihn gut verkäuflich waren. Die Welpen konnte er ja den Interessenten noch vorbeibringen oder zur Not auch unterwegs verkaufen. Oder er behielt sie und fing irgendwo neu an, mit einer neuen Hundefamilie.

Alles war möglich. Mit dem Geld in der Tasche, das er heute bekommen würde, stand ihm die Welt offen.

56

Beate sah sich in dem Zimmer um. Ein Tisch, ein Stuhl, ein Schrank, ein spinnwebengraues Schlafsofa, eine altmodische Stehlampe, die ein uringelbes Licht verströmte. Kein Bild an der Wand, auch kein Familienfoto, kein Kaktus auf dem Fensterbrett, kein Buch, keine Zeitung, nichts, was rumlag. Abgesehen vom Staub wirkte die Bude leer und sauber. Das war so ziemlich die unpersönlichste Wohnung, in der sie je gewesen war. Sogar der Blick aus dem Fenster – auf ein weiteres verfallenes Mehrfamilienhaus, in dem kaum noch jemand zu wohnen schien – wirkte ausgesprochen öde und deprimierend.

Als sie einen Knall hörte, zuckte sie zusammen. Dann begriff sie, dass es nur Almgruber war, der die Küche durchsuchte und die Schranktür zuschlug.

Beate, die überlegte, wie sie die neue Schreckhaftigkeit wieder loswerden sollte, ging zu ihm.

»Nichts!«, sagte Josef. »Im Kühlschrank liegt nur eine vergammelte Wurst.«

»Vielleicht ist die Wurst von einem ausgestorbenen Tier. Einem Mammut oder so«, versuchte sie zu scherzen. Es kam ihr vor, als müsste sie ihm beweisen, dass sie wieder fit und gut drauf und damit einsatzfähig war. Aber Almgruber lachte nicht. Und sie selbst fand es auch nicht besonders lustig. Was Witze erzählen betraf, war sie eine Niete.

Ihr Kollege warf ihr nur einen verwunderten Blick zu. »Hier hat sich jedenfalls schon lange keiner mehr aufgehalten«, stellte er fest.

»Das war jetzt nicht so schwer zu ermitteln, Herr Kriminalhauptkommissar.« Sie zwinkerte ihm zu. Außerdem wollte sie genau das mit ihrem witzlosen Mammutwitz ausdrücken. »Hier war seit *Urzeiten* keiner mehr.«

Josef tat ihr den Gefallen und lächelte. Sehr überzeugend sah das allerdings nicht aus. »Und, Frau Kommissarin, was machen wir jetzt?«

Sie zuckte mit den Schultern. »Das Übliche. Den Hausmeister befragen, der uns reingelassen hat. Dann die Nachbarn ... Irgendwer wird doch wissen, wo Diether Sennemann sich aufhält.«

»Ganz offensichtlich will er nicht gefunden werden«, meinte Josef. »Der Hausmeister hat doch schon gesagt, dass er den Mieter ewig nicht gesehen hat. Die Reaktion der Nachbarin war ein eindeutig ahnungsloses Schulterzucken. Der Mann wohnt hier nicht mehr. Und uns läuft die Zeit davon.«

Beate biss sich auf die Lippe. Almgruber hatte recht. Die Leute, die hier wohnten, wussten nichts über diesen Sennemann, oder sie taten so, als wüssten sie nichts. Die Verzweiflung, die sie spürte, seit ihr klar geworden war, dass sie Elsas Hilferuf übersehen hatte, fühlte sich an wie eine beginnende Grippe. Und die Symptome konnten nur verschwinden, wenn sie das Kind gesund, wenn auch vermutlich alles andere als munter fanden.

»Dann fahren wir zurück ins Präsidium«, sagte sie mit rauem Hals und räusperte sich. »Besprechen das weitere Vorgehen. Vielleicht hat Viktor Lüder schon etwas herausgefunden.« Sie hatte ihm den Namen des Tatverdächtigen, noch während sie in der

Tierklinik gewesen waren, durchgegeben: »Wer ist dieser Diether Sennemann? Wir brauchen alle Infos zu ihm, die du kriegen kannst.«

Beate und Josef Almgruber stürmten, ohne anzuklopfen, in das Büro.

Viktor Lüder, der, über eine Akte gebeugt, an seinem Tisch saß, sah nach wie vor ziemlich lädiert aus, wie Beate feststellte. Die Augenlider waren noch geschwollen und bläulich verfärbt. Aber in seinem Blick saß ein Leuchten.

»Hast du was rausbekommen?«, fragte sie, ohne sich mit Floskeln aufzuhalten.

»Allerdings.« Viktor Lüder wies auf die beiden Stühle und wartete, bis Josef und Beate sich gesetzt hatten.

»Verdammt noch mal, mach es nicht so spannend!«, forderte Almgruber ihn auf.

»Tja ... zum einen: Das Kürzel D Punkt S Punkt findet sich in dem Terminkalender von Norbert Holdinger. Zuletzt an dem Tag, als Holdinger ermordet wurde.« Viktor Lüder lehnte sich in seinem Bürostuhl zurück und sah seine Kollegen zufrieden grinsend an.

»Soll heißen, der Mann, den wir suchen, war zum Tatzeitpunkt ... in *Auerbachs Keller*?«, fragte Beate.

»Möglich. Allerdings ...«

»Wir haben also den Mörder?«, unterbrach Beate ihn.

Viktor hob die Hand, als wollte er sie stoppen. »*Allerdings* wurde dieses Kürzel wieder durchgestrichen. Mit einem anderen Stift. Also wahrscheinlich später. Es könnte sein, dass er nicht gekommen ist oder ausgeladen wurde.«

»Und daneben stehen keine neuen Initialen?«, wollte Josef wissen.

Lüder schüttelte den Kopf. »Leider nicht.«

»Trotzdem: Es deutet einiges darauf hin, dass Diether Sennemann der Mörder ist und wahrscheinlich zugleich der Entführer von Ina Reinhardt und vermutlich auch von der kleinen Elsa«, meinte Beate.

»Bewiesen ist mit diesem Kürzel noch gar nichts«, wandte Josef ein.

»Richtig. Es ist aber dennoch eine heiße Spur«, meinte Viktor. »Mehr als heiß, denn vorhin hatte ich einen Anruf von einem Gemeindevertreter aus Machern. Er konnte mir nun doch den Namen des Wachmanns nennen, der diesen Bunker absichern sollte.« Er sah erst Beate, dann Josef vielsagend an.

»Diether Sennemann«, sagte Almgruber.

»So ist es.«

Beate runzelte nachdenklich die Stirn. »Der Kreis schließt sich also«, stellte sie fest. »Gibt es weitere Erkenntnisse zu ihm? Eine Vorgeschichte, die wir beachten müssen?«

»Der Gemeindevertreter hat erst ein bisschen rumgedruckst, als ich ihn danach fragte. Quasselte was von Datenschutz und Persönlichkeitsrecht. Er sei gerade erst darüber belehrt worden, dass er über personenbezogene Daten zu schweigen habe. Das machte mich gleich noch neugieriger. Ich fragte ihn, ob er einen Tatverdächtigen schützen wolle. Da erzählte er schließlich nach einigem Zögern, dass Sennemann seines Wissens schon vor der Wende als Wachmann gearbeitet habe, also im Auftrag des Ministeriums für Staatssicherheit. Viel mehr wusste er allerdings nicht zu sagen. Nur dass er militärisch-tschekistisch ausgebildet worden sei und beim Wachregiment des MfS Feliks Dzierżyński gedient habe, bevor er nach Machern kam.«

Einen Moment herrschte Stille im Raum.

»Fragt sich bloß, wo der Mann steckt«, brach Beate das Schweigen. »Hast du sonst noch etwas über ihn rausgefunden?«

»Er ist nicht vorbestraft. Aber ...« Viktor Lüder machte erneut eine bedeutungsvolle Pause, ehe er weitersprach. »Meine erste schnelle Recherche hat ergeben, dass er Ordnungswidrigkeiten begangen hat. Er ist zu schnell gefahren. Und zwar zweimal innerhalb einer Woche auf derselben Landstraße. Einmal ist er geblitzt worden und einmal in eine Verkehrskontrolle geraten. Ich habe bei den Kollegen angerufen. Der Polizist, der ihn angehalten hat, berichtete von verdächtigen Geräuschen, die aus dem Kofferraum zu kommen schienen. Der Fahrzeugführer des Mercedes habe jedoch etwas von einem Hund erzählt.«

»Und der gute Mann hat sich trotz seines Argwohns täuschen lassen«, sagte Beate resigniert.

»Ja. Genauer gesagt: Es gab keinen begründeten Verdacht, nichts, was für ihn nach Gefahr in Verzug aussah.«

»Hat er sonst noch was gesagt?«

»Sennemann erzählte ihm wohl, er sei Hundezüchter. An mehr konnte sich der Kollege nicht erinnern.«

»Eine Landstraße also. Sollen wir uns jetzt dahinstellen und warten, bis er vorbeikommt?«, fragte Almgruber gereizt.

Beate lachte nervös. »In welcher Gegend denn?«

»Ein Stück hinter Bennewitz. Zwischen Wurzen und Leipzig.«

»Also ist er irgendwo in der Pampa.« Almgruber griff sich an die Stirn.

»Wir haben seinen Namen, einen Anhaltspunkt, wo er sich ungefähr aufhalten könnte, das Autokennzeichen und ein Blitzerfoto.« Viktor schob das Papier mit der Aufnahme über den Tisch.

Das Foto aus der Geschwindigkeitsmessanlage war unscharf, ein Duftbäumchen, das an dem Innenspiegel des Wagens hing, verdeckte das Gesicht des Fahrers zur Hälfte. Beate sah einen

Mann mit harter, verschlossen wirkender Mimik, kurz geschorenen Haaren und bartlosem eckigem Kinn.

»Für ein Fahndungsfoto reicht das nicht gerade. Aber ... Wenn er wirklich Hunde züchtet, hat er Kunden«, sagte sie. »Die könnten ihn erkennen.«

»Und wie finden wir die?«, fragte Josef Almgruber. »Ich schätze, er hat seine gewerbliche Tätigkeit nicht angemeldet.«

»Natürlich nicht.« Viktor verzog spöttisch den Mund. »Das habe ich schon geprüft. Eine Erlaubnis beim Veterinäramt für einen Diether Sennemann liegt nicht vor.«

»Das hätte mich auch gewundert.« Josef Almgruber schnaubte verächtlich. »Vielleicht hat er ja gar nicht so viele Hunde, dass er sich anmelden müsste. Und selbst wenn, auf eine Ordnungswidrigkeit mehr oder weniger kommt es ihm vermutlich nicht an.«

»Dazu müsste man ihn ja auch erst erwischen«, sagte Beate. »Wenn er irgendwo in einer abgelegenen Gegend ...«

Ein energisches Klopfen an der Tür unterbrach sie. Sophie trat in das Büro, ohne auf ein *Herein* zu warten. »Kommen Sie bitte«, sagte sie zu jemandem und wandte sich um.

Im nächsten Moment blickte Beate in Marions rot geweinte Augen.

»Gibt es etwas Neues von meiner Tochter?«, schluchzte die Frau.

Josef Almgruber erhob sich und bot ihr seinen Platz an.

Marion Mertens ließ sich erschöpft auf den Stuhl fallen. Ihr Gesicht sah weiß aus bis auf die schwarzen Schatten, die unter ihren Augen lagen.

»Bisher leider nicht«, sagte Beate. »Aber wir haben jemanden ermittelt, der uns verdächtig erscheint.« Es kam ihr vor, als würde sie sich über dünnes Eis bewegen, als sie der verzweifelten Mutter das Blitzerfoto zuschob. »Kennen Sie diesen Mann?«

Marion rieb sich die tränenverschmierten Augen und beugte sich so dicht über die Aufnahme, dass ihre Nase das Papier fast berührte. »Ist er das? Hat der da mein Mädchen?«

»Wir wissen es noch nicht genau«, antwortete Beate. »Haben Sie ihn schon mal gesehen?«

»Er sieht aus wie ein x-beliebiger Kerl. Aber ...« Sie blinzelte gegen die Tränen an. » ... er kommt mir irgendwie bekannt vor.«

»Überlegen Sie in Ruhe. Lassen Sie sich Zeit.«

»Zeit? Was für Zeit? Wir haben keine Zeit!«, stammelte die Frau. »Jetzt zählt jede Minute, jede Sekunde!«

»Tut mir leid«, sagte Beate. »Ich meinte: Schauen Sie genau hin. Es ist wirklich wichtig.«

Marion nickte ihr zu. Dann beugte sie sich wieder tief über das unscharfe Foto. Eine Träne tropfte auf das Papier. »Ich will ja niemanden falsch beschuldigen, aber ... Blacky ist krank und alt. Sie wird bald sterben. Sie gehört zur Familie, wissen Sie?«

Einen Moment sagte niemand etwas. Nur das Schluchzen war zu hören. Worauf wollte sie hinaus? Beate wartete ab und gab den Kollegen ein kurzes Handzeichen. *Lasst sie reden.*

»Wir haben uns umgehört, wo wir einen ähnlichen Hund finden könnten. Ich war mit Cat überall da, wo es eben Hunde gibt, in Tierheimen, dann bei verschiedenen Haltern in Leipzig und Umgebung, bei Leuten, die züchten. Von Markkleeberg bis Taucha haben wir gesucht. Erst ohne Erfolg. Dann bekamen wir einen Tipp. Wir wollten für Elsa einen Welpen besorgen, der Blackys Baby sein könnte. Zu Elsas Geburtstag. Als Überraschung.« Sie schluchzte laut auf. »Der Typ sieht aus wie der Züchter, der uns ein Hundebaby versprochen hat. Von einer trächtigen Schäferhündin, die Blacky wirklich ähnlich sieht und bald werfen wird.«

»Waren Sie bei ihm?«, hakte Almgruber nach.

»Ja, verdammte Scheiße. Cat und ich.« Ein Weinanfall schüttelte sie plötzlich. »Wir haben nicht viel Geld ... aber ... wir wollten ... alle zusammenlegen, alle ... die Elsa kennen ... und *lieben*.«

Josef Almgruber reichte ihr ein Papiertaschentuch. »Wo ist das gewesen? Wir brauchen die Adresse!«

Marion schnaubte ausgiebig in das Taschentuch. Dann richtete sie sich ein Stück auf und schnappte nach Luft.

Beate legte ihr beruhigend eine Hand auf den Rücken, dabei spürte sie selbst ihr Herz wie wild klopfen. »Können Sie uns sagen, wo wir den Mann finden?«

Viktor Lüder holte etwas aus seiner Schreibtischschublade. Er faltete eine Landkarte auseinander und legte sie auf den Tisch. »Zeigen Sie uns bitte, wo das war?«

57

»Keinen Mucks, verstanden? Sonst schneide ich deinem Köter die Kehle durch!« Die dunkle Gestalt sah sie nur verschwommen. In seiner Hand blinkte etwas. Sonnenfunken auf der Klinge eines langen Messers.

»Hast du verstanden?« Er fuchtelte mit seiner Waffe vor ihrer Nase herum.

Elsa nickte. Dann wurde es auf einmal dunkel. Nicht richtig dunkel. Es war nur eine graue schmutzige Decke, die der Riese über den Zwinger legte. Damit sie nichts sah? Damit sie nicht gesehen wurde?

Sie lauschte. Hörte die Stiefelschritte davonstapfen. Sie hätte ihm gern etwas hinterhergeschrien oder hinterhergeworfen. Aber sie blieb stumm. Zum Werfen war sowieso nichts da.

Du kriegst jetzt aber auch nicht mit, was ich hier drin mache, dachte sie bockig.

Mit zwei Fingern schob sie vorsichtig ein Stück die Decke hoch. Der Riese ging schräg über den Hof in das Haus hinein. Er blickte sich nicht zu ihr um. Also schien er sich sicher zu sein, dass sie nicht abhauen konnte. Ihr Magen knurrte. Sie dachte an Eierkuchen mit ganz viel Apfelmus. Eierkuchen konnte sie schon selbst machen. Das war nicht schwer. Wenn sie nach Hause kam ... *Wenn* sie nach Hause kam ... Dann würde sie ratzfatz Eier,

Mehl und Milch zusammenrühren, vielleicht einen Apfel zerteilen, wenn einer da war, und das Ganze in die Pfanne klatschen. Nicht zu lange braten ... Sie mochte es, wenn der Teig im Inneren noch ein bisschen glitschig war. Nach dem Essen würde ihr Bauch rund und voll sein.

Und was war mit Blacky? Außer einem Napf mit Wasser gab es nichts in dem Käfig. Zum Glück hatte sich Elsa in der Tierklinik eine Handvoll Leckerlis aus dem Glas genommen und in die Hosentasche geschoben, als die Frau gerade nicht hinsah. Zwei davon hatte sie schon an Blacky verfüttert, ein paar waren noch übrig. Blacky schlief gerade. Sie schlief sowieso vielmehr als früher. Die Tierärztin hatte ihr eine Spritze gegeben, damit sie wieder auf die Beine kam.

»Schlaf dich mal gesund«, flüsterte Elsa – so wie es die Erwachsenen zu ihr sagten, wenn sie krank war.

Langsam erhob sie sich. Der Zwinger war nicht besonders groß, aber Elsa war auch nicht besonders groß. Deshalb konnte sie gerade so stehen. Über ihrem Kopf waren Bretter. Sie sah gleich, dass die alt und morsch waren. Risse zogen sich durch das Holz. An einigen Stellen entdeckte sie braune und schwarze Flecken. Sie tastete das Dach des Zwingers sorgfältig ab. Dann spürte sie etwas, das über ihren Schädel ratschte.

»Aua!« Sie drehte sich um und erblickte einen rostigen Nagel, der aus dem Holz herausragte. »Blödes Ding!« Ein paar ihrer Haare hingen jetzt an dem Metallstift. Ein Tropfen rann über ihre Stirn. Als sie ihn abwischte, erkannte sie, dass es Blut war. »Na, warte!«

So kräftig sie konnte, zog sie an dem Nagel, ruckelte an ihm herum. Dabei musste sie an einen Milchzahn in ihrem Mund denken, der schon locker war und wackelte, aber noch nicht rauskam aus ihrem Zahnfleisch. Wieder betrachtete sie die Bretter über ihr. Eine Latte hatte eine graue faulige Farbe und war feucht. Sie bohrte ihren Daumennagel hinein. Eine Kerbe blieb zurück. Wenn sie lange genug kratzte, könnte vielleicht ein Loch entstehen. Aber das würde ewig dauern. Außerdem passte sie durch kein Loch und Blacky erst recht nicht.

Elsa seufzte und sah sich um. Sie brauchte irgendein Werkzeug. Noch einmal zog sie an dem Nagel, und schließlich lockerte er sich. Als sie ihn endlich in der Hand hielt, stellte sie fest, dass er zu kurz war, um als Werkzeug zu dienen. Sie steckte ihn trotzdem ein. Holte ihn wieder aus der Hosentasche. Kratzte die Zahl 666 in das gammlige Holz, die Lieblingszahl der Gruftis, die manchmal in ihrem Zuhause wohnten. Daneben zeichnete sie mit der Metallspitze eine Teufelsfratze. Einen unförmigen, hässlichen Kopf. Der Teufel schielte sie an. Es gab ihn nicht nur im Märchen, es gab ihn in echt. Der Teufel war der Riese, der sie gefangen hielt. Auch wenn er keine Hörner hatte – Elsa konnte er nicht täuschen. Sie streckte ihm die Zunge heraus, bohrte ein Loch in seine Stirn. Erledigt.

»Du bist tot«, flüsterte sie. In Großbuchstaben ritzte sie ihren Namen in das Brett. Mit so einem kleinen Nagel konnte man doch einiges anfangen.

Elsa hob wieder die Decke an und schaute darunter durch. Etwa zwei Schritte von dem Käfig entfernt entdeckte sie einen Stein. Er war so groß, dass er gut in ihre Hand passen würde, und hatte eine Spitze, beinahe wie der Faustkeil eines dieser Steinzeitmenschen, über die sie mal im Unterricht bei Frau Reinhardt einen Vortrag gehalten hatte. Sie sah den Stein sehnsüchtig an – als wäre er ein Weihnachtsgeschenk unterm Tannenbaum, das sie noch nicht auspacken durfte. So nah sie konnte, drückte sie sich an die Absperrung, zog den Ärmel ihres Pullis hoch und schob ihren Arm durch die Gitterstäbe. Ihre Finger tasteten sich vorwärts, über Gras, Geröll und Sand. Aber sie konnte den Stein nicht erreichen. Es fehlte ein winziges Stück. Elsa probierte es mit dem anderen Arm. Vielleicht war der ja ein bisschen länger?

Einer der Schäferhunde, die draußen herumrannten, kam auf den Zwinger zugelaufen und bellte sie an. Elsa zog die Hand zurück, angelte eines der Futterstückchen aus der Hosentasche und hielt es dem Hund hin. Das Tier knurrte, fletschte die Zähne, Speichel tropfte von den Lefzen. Doch schließlich schnüffelte es kurz, wedelte mit der Rute und schnappte sich den Hundesnack.

»Na, siehst du. Werden wir doch noch Freunde? Und jetzt tu mir einen Gefallen, und bring mir das da her.« Sie zeigte auf den Stein. »Hol!«

Der Schäferhund ignorierte das Kommando und rannte schnurstracks davon.

»Na toll.« Elsa seufzte tief und musterte noch einmal das morsche Dach über ihr. Vielleicht konnte sie ja einen Handstand machen und mit Schwung gegen die Bretter treten? Gerade als sie es versuchen wollte, hörte sie plötzlich das Tier zurückkommen. Neugierig starrte sie durch den Spalt unter der grauen Decke. Der Hund trug einen Ast im Maul!

»Bring!«, rief Elsa energisch, lockte ihn mit dem nächsten Leckerbissen. »Komm. Komm schon. Fein. Braver Hund.«

Er tat ihr den Gefallen, und sie belohnte ihn mit dem Stück aus ihrer Hosentasche. Der Stock in ihrer Hand fühlte sich feucht, fast ein bisschen glitschig an, aber er wirkte stabil genug. Sie schob ihn vorsichtig so zum Stein hin, dass die Spitze ihn berührte, zog ihn Zentimeter für Zentimeter näher heran. Es war ein bisschen wie Mikado spielen – man musste geschickt sein und durfte die Nerven nicht verlieren.

58

Ina saß immer noch stocksteif da. Die einzige Bewegung, die sie sich erlaubte, war, den Kopf ganz langsam und vorsichtig in den Nacken zu legen, sodass sie ein wenig unter dem Schwarz der falschen Brille hervorlugen konnte.

Die Metallkette, die, wie sie vermutete, für die Disziplinierung von Hunden vorgesehen war, lag schwer um ihren Hals und drückte auf ihren Kehlkopf. Bisher hatte sie sich noch nicht ganz zusammengezogen. Ina blieb vorsichtig. Was, wenn sie einschlief und dabei ein Stück vom Stuhl rutschte? Würde das Halsband sie erwürgen?

Das, was sie hier umgab, war grauschwarz. Finster. Trostlos. Kalt. Ein schmaler Spalt, durch den ein wenig Licht drang. Ein schwacher Schein am Ende des Tunnels – als würde sie in ihren bevorstehenden Tod blicken. Quatsch!, dachte sie. Reiß dich zusammen! Licht bedeutete schließlich Hoffnung, oder? Die Tür war nicht zugeschlossen. Wenn sie es irgendwie schaffen würde, sich zu befreien, könnte sie einfach so hinausspazieren. Aber ihre Fesseln saßen zu fest. Und selbst wenn ihr das Unmögliche gelingen sollte – da draußen lauerten die Wesen ihrer Albträume auf sie. Ihre Vergangenheit, der Schrecken, ließ sich nicht abschütteln, auch wenn die Wunden längst verheilt und vernarbt waren.

Immer wieder hörte sie das Kläffen der Schäferhunde. Immer

wieder zuckte sie bei diesen Lauten nervös zusammen. In ihren Ohren klangen sie aggressiv, bissig, feindselig. Diese Viecher hatten ihre scharfen Zähne nicht umsonst. Ina wusste das nur allzu gut. Immer wieder sah sie das Raubtier auf sich zurennen. Hörte das Bellen, sah das Gebiss, roch diesen Atem. Den Schmerz hatte sie erst später gespürt. Viel später. Ihre Narben juckten. Es machte sie verrückt, dass sie sich nicht einmal kratzen konnte.

Nach einer Weile nahm sie auch ein Klopfen wahr – wie von einem Specht. Sie versuchte, einen Rhythmus zu erkennen, aber es gab keinen Rhythmus. Als ein schwarzer Schatten in die Scheune schlich, schlug ihr Herz automatisch schneller. Wieder neigte sie den Kopf nach hinten, um mehr zu erkennen. Ein dunkles Wesen mit struppigem Fell. Vier Beine, Schwanz, die Schnauze: ein Schäferhund. Besser gesagt: eine Schäferhündin. Sie konnte im Lichtkegel der sich öffnenden Tür die geschwollenen Zitzen sehen, den dicken Bauch. Sie hörte das Hecheln, nahm den unangenehmen Geruch wahr. Obwohl sie fror, brach ihr der Schweiß aus.

Das Tier lief unruhig umher, scharrte in einer Ecke, als wollte es etwas ausgraben, und tappte schließlich unschlüssig an sie heran. Plötzlich sprang der Hund mit den Vorderpfoten auf ihren Schoß, streckte das Maul vor und schleckte ihr mit rauer Zunge über das Gesicht. Einen Moment war sie froh über das Paketband, das über ihrem Mund klebte. Im nächsten Moment fürchtete sie, sich übergeben zu müssen. Das Vieh stank nach Verwesung aus dem Rachen, als hätte es gerade etwas Totes gefressen. Ina schüttelte sich. Würde sie ersticken, wenn sie sich erbrach?

Hau ab, du räudige Töle!, dachte sie, versuchte die Beine wegzuziehen. Aber es funktionierte nicht. Die Hündin lehnte sich vertrauensvoll an Ina, winselte leise. Es kam ihr vor, als könnte sie die strampelnden Babys in ihrem Bauch spüren. Brauchte sie etwa Hilfe? Aber Ina konnte ihr beim besten Willen nicht helfen. Die

Hündin schien das zu spüren. Sie ließ von Ina ab und verkroch sich in eine dunkle Ecke.

Wieder klappte die Scheunentür auf, so weit, dass ein Sonnenstrahl durch den Raum fiel, sich ein Flecken Tageslicht auf Inas Hand setzte – wie ein Schmetterling. Ein Hoffnungsschimmer? Wohl kaum. Sie war sich sicher, dass *er* kam. Durch den Schlitz unter den zugeklebten Brillengläsern konnte sie nicht sehen, wer eintrat. Sie konzentrierte sich auf das Schmetterlingslicht auf ihrer Haut. Bleib sitzen, bleib bei mir, dachte sie, als könnte der Schimmer sie irgendwie schützen.

Sie spürte etwas Warmes in ihrem Gesicht, aber diesmal war es keine Hundezunge. Unwillkürlich bewegte sie sich. Die Schlinge um ihren Hals zog sich weiter zu.

»Frau Reinhardt«, sagte eine Kinderstimme. »Endlich hab ich dich gefunden.«

Eine kleine Hand berührte Inas Wange. Es fühlte sich wie ein Traum an, auf jeden Fall nicht echt. Aber dann wurde ihr schlagartig klar, *wer* da draußen gewinselt hatte. Keine Katze, kein Baby, ausgerechnet … »Elsa?«, fragte sie oder versuchte sie zu fragen. Durch die zugeklebten Lippen klang der Laut, den sie herauspresste, dumpf, so undeutlich, als hätte sie einen vollgesogenen Schwamm im Mund.

»Ich bin's«, wisperte die Kleine. »Es tut mir leid. Das ist alles meine Schuld. Wenn du mich nicht nach Hause gebracht hättest … wenn du nicht in das verbotene Zimmer gegangen wärst … Ich darf doch Du zu dir sagen?« Behutsam nahm sie ihr die Brille von der Nase.

Ina blinzelte, starrte das Kind an wie einen Geist. Das Sonnenlicht verlieh ihm eine Art Heiligenschein. Umrahmte das schmutzige Gesicht mit den verfilzten Haaren. Ina kam es vor, als hätte sie noch nie etwas Schöneres gesehen. Sie hätte dem Kind gern widersprochen. *Du hast keine Schuld.* Vermied es jedoch, den Kopf zu schütteln. Jede Bewegung konnte ihr gefährlich werden. Die Finger des Mädchens tasteten in ihrem Gesicht herum. Es kitzelte leicht, als würden Ameisen über ihre Wangen krabbeln. Es fühlte sich gut an.

Elsa! Sie war es wirklich! Ihre Schülerin blickte ihr konzentriert in die Augen, während sie das Klebeband langsam abzog. Es löste sich erstaunlich leicht.

Ina atmete tief durch. »Prima«, sagte sie, als hätte Elsa eine Aufgabe an der Tafel richtig gelöst. »Kannst du irgendwie diese Hundeleine von dem Balken lösen?«

Elsa nickte. »Ich versuch's.«

Ina starrte vor sich hin. Sie konnte ihren Kopf nicht wenden. Musste sich darauf verlassen, dass ausgerechnet ein Kind ihr half ... sie rettete. Ausgerechnet *dieses* Kind.

»Der Knoten ist zu fest«, sagte Elsa.

»Versuch es weiter. *Bitte.*«

Ina hörte ein Schaben, dann ein Hämmern. Elsa schien stumm und verbissen zu arbeiten. Sie vertraute ihr. Es blieb Ina nichts anderes übrig, als ihr zu vertrauen.

Von draußen drangen nach einer Weile Geräusche zu ihnen, Geräusche, die Ina nicht gleich zuordnen konnte. Reifen knirschten über den Schotter, die Hunde bellten. Nur die trächtige Hündin in der Ecke winselte leise vor sich hin. Fuhr da ein Wagen auf den Hof? Eine Autotür knallte zu.

Als das Band sich endlich lockerte, erkannte sie die Stimme ihres Peinigers und die eines zweiten Mannes. Sie sprachen laut, sie schienen sich anzubrüllen. Aber sie konnte kein Wort verstehen. Stritten sie sich? Was passierte da? Für den Bruchteil einer Sekunde stellte sie sich vor, die Polizei würde endlich anrücken sie und Elsa befreien. Irgendwann musste der Spuk doch zu Ende sein, oder? Doch woher sollte jemand wissen, wo sie sich befanden?

Elsa kam zu ihr, berührte vorsichtig Inas Hals, schob ihre schmalen Hände unter die Metallkette, zog sie ein Stück auseinander und schließlich über Inas Kopf. Ina staunte über die Ruhe, mit der sie das tat. Als hätte sie das vorher ein paarmal geübt.

»Das hast du toll gemacht«, lobte Ina sie heiser und schluckte ein paarmal. »Nun noch die Handfesseln. Schaffst du das auch?«

Elsa holte etwas aus der Hosentasche und zeigte es ihr. Es sah aus wie ein gewöhnlicher Stein. Nur dass er dreieckig und spitz war, wie eine altertümliche Speerspitze. War das Ding scharf genug, den Strick zu durchtrennen, der eng um ihre Handgelenke lag? Auch wenn sie daran zweifelte, nickte sie Elsa aufmunternd zu.

»Mach dir keine Sorgen, Frau Reinhardt«, sagte sie, als würde sie Inas Skepsis spüren. »Der Faustkeil wurde in der Steinzeit als Werkzeug benutzt, aber auch als Waffe, zum Beispiel um einem erjagten Tier die Kehle oder den Bauch aufzuschlitzen oder auch um Knochen zu zerschmettern.« Elsa grinste stolz. Dann trat sie hinter ihre Lehrerin und begann mit ihrer Arbeit.

Ina erinnerte sich dunkel an Elsas Vortrag in der Schule. Über Neandertaler? Jedenfalls war der ziemlich blutig gewesen, und ein paar Kinder in der Klasse hatten gestöhnt, als sie die Details über den Gebrauch der Waffe von ihrer Mitschülerin zu hören bekamen.

Ina konnte nichts weiter tun, als abzuwarten und den leisen rhythmischen Schabegeräuschen zuzuhören. Gerade als sie glaubte, die Fessel würde sich etwas lockern, und als sie überlegte, wie sie Elsa weiter anspornen konnte, krachte es laut. Ina zuckte erschrocken zusammen.

Ein Schuss? War das etwa ein Schuss?

59

Josef Almgruber parkte am Waldrand, etwa zweihundert Meter von dem Gelände entfernt. Sie schlossen die Autotüren so leise wie möglich. Wenn der Verdächtige sich tatsächlich hier aufhielt und zwei Geiseln in seiner Gewalt waren, durften sie sich keinen Fehler erlauben.

Arno Berg hatte ihnen zwar Verstärkung durch die Besatzung mindestens eines Funkstreifenwagens zugesichert, »falls nötig«, allerdings waren an diesem Samstag die gesamten Polizeikräfte noch bei einem Fußballspiel im Einsatz. Erst nach Ende des Spiels des FC Sachsen Leipzig und nachdem die Fans der gegnerischen Mannschaft, des FC Hansa Rostock, zurück zum Bahnhof eskortiert worden waren, konnten sie eventuell mit Unterstützung rechnen.

Almgruber hatte lieber für sich behalten, was er davon hielt. Warten kam nicht infrage. Jede Minute zählte jetzt. Sie mussten allein klarkommen, so viel stand fest. Die Polizei im Osten arbeitete weiterhin auf Sparflamme. Und beinahe alle Fußballspiele galten hier, spätestens seit dem Tod eines jungen Fans des FC Berlin bei Ausschreitungen von Hooligans in Leipzig am 3. November letzten Jahres, als Hochrisikospiele. Der erst 18-Jährige war durch Schüsse eines Polizisten ums Leben gekommen. Es hatte außerdem Schwer- und Leichtverletzte gegeben, ebenfalls durch den vom Einsatzleiter der Polizei angeordneten Schusswaffengebrauch. Ein schwarzer Tag nicht nur für den Fußball in Deutschland, sondern auch für die Leipziger Polizei. Nach dem chaotischen Spiel am 3. November 1990, genau einen Monat nach der Wiedervereinigung, waren Randalierer durch Leipzig gezogen, hatten Schaufenster eingeschlagen und Geschäfte geplündert. Die Gewalt war an diesem Tag explodiert. Dass man in Leipzig mit allen Mitteln – also mit allen verfügbaren Polizisten – eine Wiederholung der Fußballkrawalle verhindern wollte, verstand Josef. Dieser sinnlose Tod eines jungen Menschen, der bisher nicht aufgeklärt wurde, war mehr als nur ein Warnsignal. Der Schießbefehl auf Fußballfans zeugte nicht nur von der Überforderung und Dummheit der einstigen Volkspolizisten, sondern auch von der alten Gewohnheit, »Rowdytum«, wie das im Osten genannt wurde, mit brutaler Gewalt zu zerschlagen. Aus Josefs Sicht war das irre Verhalten des Einsatzleiters nicht einmal ein Vergehen, sondern ein Verbrechen, das vor Gericht gehörte. Dass der Vorfall vertuscht werden sollte, zeichnete sich jedoch bereits ab. Ein Armutszeugnis für den Rechtsstaat, zu dem die ehemalige DDR ja nun gehörte.

Sicher war es vernünftig, die Kräfte der Ordnungsmacht zu bündeln, damit es nicht wieder zu einem solchen Desaster kam. Allerdings hielt Josef die vagen Versprechungen seines Chefs, ihnen eventuell Verstärkung zu schicken, für fahrlässig. Er war sich ziemlich sicher, dass es solch ein Verhalten eines Vorgesetzten in Nürnberg nicht gegeben hätte. War ein Ex-Major der Volkspolizei der Richtige für den Posten? Josef hatte da so seine Zweifel. Es fehlte an fähigen Leuten eben auch in der Führungsriege.

Josef verscheuchte mit ungeduldigen Bewegungen seine Gedanken, als wollte er Mücken verjagen. Beate warf ihm einen irritierten Blick zu. Er tat so, als würde er die Frage in ihren Augen nicht bemerken, und versuchte, sich auf den Weg zu konzentrieren. Die ganze Gegend war morastig. Ihre Füße versanken im matschigen Boden, während sie sich ihrem Ziel näherten. Das Gelände war eingezäunt und durch wilden Pflanzenbewuchs recht unübersichtlich. Ein Problem, das sie erwartete, erkannte er sofort: Da liefen jede Menge Schäferhunde herum.

Josef und Beate tauchten hinter einem Gebüsch ab und beobachteten das Geschehen aus einigen Metern Entfernung. Die Hunde würden ihr Kommen melden, sobald sie sich auf das Gelände begaben. Womöglich würden sie ihr Revier verteidigen und sie angreifen. Josef fluchte leise vor sich hin. Zwei Wagen standen auf dem Hof, einer davon war der alte Mercedes des Tatverdächtigen, das Nummernschild, das sie ermittelt hatten, stimmte überein. Der zweite war ein schwarzer BMW, auch nicht gerade das neueste Modell, wie es Josef schien. Das Nummernschild war von hier aus nicht zu erkennen. Der Wagen glänzte matt, wie frisch geputzt.

Es gab mehrere Gebäude und ein paar Hundezwinger, wie er feststellte. Insgesamt machten die Bauten einen ziemlich heruntergekommenen Eindruck.

Abgesehen vom Hundegebell war es ruhig. Keine Menschenseele zu sehen. Aus einem Fenster schimmerte ein schwaches Licht. Mit einer Geste machte er Beate darauf aufmerksam. Wenn sich der Gesuchte hier aufhielt, dann vermutlich in diesem Haus. Wieder sah sie ihn fragend an.

»Wir müssen es versuchen«, flüsterte er. »Wir gehen rein!«

In ihrer Mimik erkannte er Sorge und Zweifel, aber schließlich nickte sie. Er hoffte nur, dass ihr ihre Schuldgefühle bei dem Einsatz nicht im Weg standen. Sie mussten einen kühlen Kopf bewahren.

Hinter Sträuchern gebückt, setzten sie sich in Bewegung. Josef lief voraus, und Beate folgte ihm. Um die Hunde nicht auf sich aufmerksam zu machen, liefen sie in ein paar Metern Abstand vom Zaun um das Gelände herum. Trotzdem schien das Gebell zuzunehmen.

Das Haus wirkte von hinten beinahe zugewachsen. Die Natur hatte das alte Gemäuer ein Stück weit erobert. Zwischen dem Zaun und dem Gebäude stand eine Buche – mit Ästen, die geradezu zum Klettern einluden.

Josef wechselte einen Blick mit Beate. Er zeigte auf den Balkon, der, von seinem Standpunkt aus gesehen, von Zweigen und Blättern halb verdeckt war. Sie runzelte die Stirn, dann verstand sie, was er meinte, und nickte ihm zu.

Als er ihr mit verschränkten Händen eine Räuberleiter anbot, hatte sie nur ein müdes Lächeln für ihn übrig. Scheinbar mühelos kletterte sie ohne seine Hilfe den Maschendrahtzaun hinauf und hangelte sich in den Baum hinüber. Der Zaun sirrte metallisch, als sie sich mit den Füßen abstieß. Josef fiel es fast ein bisschen schwer, ihr in dem Tempo zu folgen.

Der mit Gras und Pflanzen bewachsene Balkon wirkte so feucht, fleckig und baufällig wie das gesamte Haus. Die Nässe der umliegenden Tümpel schien in das Gemäuer gezogen zu sein. Die Tür ins Innere schloss nicht richtig, sie stand einen Spaltbreit auf, klemmte jedoch. Vermutlich hatte sie sich durch die permanente Feuchtigkeit verzogen. Josef stemmte sich gegen sie, bis sie sich quietschend öffnete.

Prüfend warf er einen Blick in den Raum. Das Zimmer wirkte düster und war – bis auf einen grünen Kachelofen, der in der Ecke stand – leer. Eine Gefahrenquelle konnte er hier nicht erkennen, also traten sie so leise wie möglich ein. Die Dielen unter ihren Füßen knirschten. Es roch muffig. Die Tapete war zum Teil abgerissen, Fetzen hingen von der Wand.

Josef und Beate blieben einen Moment stehen und lauschten. Es herrschte eine eigenartige Stille, als würden die Gemäuer um sie herum die Luft anhalten.

Vielleicht war das Haus ja doch leer und verlassen. Der Lichtschimmer konnte auch ein Sonnenstrahl gewesen sein, der sich irgendwo spiegelte. Oder der Tatverdächtige schlief gerade auf einem staubigen Sofa, oder er trieb sich in einem der Nebengebäude herum. Schließlich musste er seine Tiere versorgen. Und der zweite Wagen? Wem gehörte der zweite Wagen? Einem Kunden, der einen Hund kaufen wollte? Und wo steckten Ina Reinhardt und Elsa?

»Vielleicht hält er sie im Keller gefangen?«, flüsterte Beate, als würde sie seine Gedanken lesen. Sie stand so nah bei ihm, dass er ihren Atem an seinem Ohr spürte. »Der Bunker lag schließlich auch unter der Erde.«

Er sagte nichts dazu. Ihre Logik erschloss sich ihm nicht. Vielleicht war sie nur nervös, wollte nicht das aussprechen, was auch möglich schien – dass der Entführer die Frau und das Mädchen umgebracht und die Leichen bereits entsorgt hatte. In einem Sumpfgebiet existierten viele Möglichkeiten, einen Menschen verschwinden zu lassen. Aber Beate hatte recht: Den Keller, falls es ihn überhaupt gab, sollten sie auf jeden Fall in Augenschein nehmen.

Josef drückte die Türklinke runter. Nicht abgeschlossen. Gut. Sie schlichen sich in das Treppenhaus und beugten sich fast gleichzeitig über das Geländer. Auf den ersten Blick war nichts Besonderes zu sehen. Als er genauer hinsah, fiel ihm auf, dass die Stufen weiter unten voller Flecken waren. Sie waren rot.

»Verdammt!«, zischte er.

»Ist das Blut?«

»Vermutlich schon.« Als er sich vom Treppengeländer wegschob, berührte er kurz Beates Hand. Sie war eiskalt. »Wir müssen nachsehen«, flüsterte er.

Er spürte ihr Zögern, ihre aufflackernde Panik. Wenn Elsa etwas passiert war, würde sie sich das nie verzeihen können, das wusste er.

»Vielleicht sollten wir doch besser auf die Verstärkung warten«, meinte Beate. Sie klang schwach, als wollte sie aufgeben.

Er spürte Wut in sich aufsteigen. »Das kann ewig dauern. Falls sie denn überhaupt kommt«, widersprach er.

Sie sah ihn schweigend an. Hatte sie etwa Angst? Bei diesem Einsatz konnte er keinen Feigling an seiner Seite gebrauchen.

»Wir wissen nicht genau, mit wem wir es zu tun haben«, sagte sie schließlich leise. »Wir müssen davon ausgehen, dass er bewaffnet und gefährlich ist.«

Josef verspürte wenig Lust auf eine Debatte zu diesem Zeitpunkt und an diesem Ort. »Ich gehe vor. Du folgst mir, wenn ich dir ein Zeichen gebe.«

Vielleicht halfen ihr ja klare Ansagen dabei, sich in den Griff zu bekommen.

Beate runzelte die Stirn. Offensichtlich wollte sie ihm widersprechen. Aber Josef stieg ohne ein weiteres Wort die Treppe hinab. Er musste sich Gewissheit verschaffen. Von wem stammte das Blut? Stimmte seine Befürchtung? War Ina Reinhardt tot? Oder Elsa? Oder beide? Vielleicht lagen sie aber auch schwer verletzt und bewusstlos irgendwo in einer Ecke des Hauses und brauchten schnellstens Hilfe?

Das Blut auf den unteren Stufen wirkte noch frisch. Wie es aussah, war die verletzte Person hier nur abgelegt worden oder hatte sich selbst bis zur Treppe geschleppt. Josef wollte vermeiden, in die Spur zu treten. Er hielt sich am Treppengeländer fest und sprang mit einem Satz über die blutigen Stufen hinweg. Er strauchelte kurz, fing sich, dann sah er sich um. Eine dunkelrote Schleifspur führte durch den Korridor auf eine geschlossene Tür zu. Josef schlich mit gezogener Waffe näher heran. Auf dem weißen Lack der Tür stellte er blutige Fingerabdrücke fest. Der Unbekannte war also noch nicht dazu gekommen, die Spuren zu beseitigen.

Im Zeitlupentempo drückte er die Klinke runter. Lauschte dabei angestrengt auf jedes Geräusch. Die Kälte der Wände schien ihn einen Moment zu umklammern. Eine bedrückende Vorahnung machte sich in ihm breit. Dagegen ankämpfend, betrat er vorsichtig, aber entschlossen den Raum. Im Halbdunkel sah er Stühle, einen Tisch, einen Ohrensessel. Der Sessel stand etwas abseits, zum Fenster hin, als würde jemand, der dort saß, in die Natur schauen. Allerdings waren die schweren braunen Vorhänge, die bis zum Boden reichten, zugezogen. Josef sah einen kräftigen Männerarm auf der rechten seitlichen Lehne, dann den Hinterkopf, eine Halbglatze, ein paar Haare.

»Herr Sennemann? Hier ist die Polizei! Sie sind verhaftet. Stehen Sie auf, und zeigen Sie mir Ihre Hände!«

Nichts. Der Mann rührte sich nicht.

»Stehen Sie langsam auf! Halten Sie Ihre Hände so, dass ich sie sehen kann!«

Im Näherkommen richtete Josef die Waffe auf den Ellbogen des Mannes. Für den Fall, dass der Kerl eine Pistole in der Hand hielt und plötzlich herumschnellen würde, wollte er ihm zuvorkommen. Aber der Sitzende blieb bewegungslos wie eine Schaufensterpuppe. Josef ging mit angehaltenem Atem um den Sessel herum.

Als er schließlich vor ihm stand, sah er in leere Augen. Der Mensch im Sessel war eindeutig Diether Sennemann, und er war eindeutig tot. Jemand hatte ihm direkt in die Stirn geschossen.

Das Blut trat noch aus der Wunde aus, rann über die Nase, über die schmalen Lippen, tropfte über das Kinn. In seiner Brust steckte ein Küchenmesser. Nur der Schaft ragte heraus.

Josef ließ die Waffe sinken, musterte den Leichnam verblüfft und versuchte zu verstehen, was geschehen war. Wie es aussah, war auf Diether Sennemann geschossen worden, dann hatte er sich vermutlich noch bis hierher geschleppt und in den Sessel fallen lassen. Der Täter musste ihm gefolgt sein und schließlich den Schwerverletzten erstochen haben. Vorsichtig näherte sich Josef dem Toten und berührte sein Handgelenk. Kein Puls mehr. Aber die Haut war noch warm. Als ihm klar wurde, was das bedeutete, nahm er hinter sich ein kaum hörbares Geräusch wahr.

Jemand atmete. Schnell und aufgeregt.

Einen Moment hoffte Josef, dass es eine der beiden Vermissten war. Dass Ina oder Elsa oder beide sich hinter dem Vorhang versteckt hielten. Als er sich umdrehte, entdeckte er die Makarow, die zwischen den Gardinen auf ihn gerichtet wurde. Da wusste er, dass es zu spät war. So schnell er konnte, zog er seine Waffe wieder hoch. Im selben Moment riss ihn etwas um. Und er fiel ... fiel ins schwarze Nichts.

60

Elsa spürte, dass ihre Lehrerin plötzlich zitterte. Irgendwo in der Nähe hatte es geknallt. Laut. Sehr laut. Beinahe als wäre Silvester. Aber es war nicht Silvester. Elsa säbelte mit ihrem Steinzeitmesser schneller an dem Strick herum, der Frau Reinhardts Hände hinter ihrem Rücken zusammenschnürte.

Ein paar Fasern waren schon gerissen, aber das Seil war einfach zu dick.

In diesem dämmrigen Licht konnte sie schlecht gucken. Natürlich musste sie aufpassen, dass sie ihre Lehrerin nicht verletzte. In der Ecke lag die trächtige Hündin und winselte erbärmlich. Es roch nach Blut und Hundescheiße.

Elsa fragte sich, wie es Blacky ging, die sie im Zwinger zurücklassen musste. Sie hätte sich gern um Blacky gekümmert. Aber jetzt musste sie sich erst mal um ihre Lehrerin kümmern, die immer noch zitterte.

»Ist dir kalt?«, fragte sie.

»Nein. Ich meine ... etwas. Aber ... dieser Knall ... Hast du den auch gehört?«

»Klar«, sagte Elsa.

»Ich glaube, da hat jemand geschossen.« Frau Reinhardt flüsterte auf einmal.

»Soll ich nachsehen?«, bot Elsa ihr an. »Ich könnte mich ranschleichen und nachsehen. Dann komm ich zurück und sag dir Bescheid.«

»Nein, auf keinen Fall! Das ist gefährlich. Du solltest dich besser verstecken, Mädchen. Bring dich in Sicherheit!«

Elsa schüttelte den Kopf. Einfach abhauen? Kam nicht infrage. Nicht, solange Frau Reinhardt hier gefesselt und gefangen war.

»Ich krieg das Scheißseil nicht kaputt.« Elsa nahm den Faustkeil einen Moment hoch und prüfte mit dem Daumen, welche Seite die schärfere war. Sie fühlten sich beide zu stumpf an. Nur die Spitze taugte was. Zackig und gefährlich wie ein Raubtierzahn.

»Hast du gehört, was ich gesagt habe? Ich möchte bitte, dass du gehst und dich versteckst.« Frau Reinhardt klang jetzt streng, so streng wie in der Schule, wenn Elsa mal wieder etwas falsch gemacht hatte.

»Ich bin hier noch nicht fertig.« Elsa seufzte. »Aber weißt du was? Ich laufe rüber in das Haus und schau mal, ob ich ein Messer oder eine Schere finde.« Und bei der Gelegenheit würde sie nachsehen, was da draußen los war, nahm sie sich vor.

»Tu das nicht! Bitte! Das ist viel zu riskant, Elsa! Da schießt jemand!«

»Ich komme zurück. Versprochen.« Ehe Frau Reinhardt mit ihr schimpfen konnte, ging sie mit schnellen Schritten los, warf noch einen Blick auf die Hündin, die einsam und allein ihre Babys zur Welt bringen musste, und schob sich zur Tür hinaus.

Erwachsene glaubten immer, alles besser zu wissen. Aber Elsa hatte längst gemerkt, dass sie oft falschlagen. Sie brauchte bloß schnell in das Haus zu laufen, die Küche zu suchen, ein Messer zu holen und ihre Lehrerin zu befreien. Dann würde Frau Reinhardt schon sehen, dass Elsa nicht so dumm war, wie sie dachte.

Sie blinzelte, als sie ins Freie trat. Die Sonne schien ihr direkt ins Gesicht. Blacky schlief im Zwinger. Sie sah, dass die Hündin atmete.

Ein paar der Schäferhunde kamen näher und schnupperten an Elsa. Die Hunde wollten nur wissen, mit wem sie es zu tun hatten.

»Ich bin die Freundin von Blacky«, erklärte sie ihnen. »Und Blacky ist eine von euch. Also bin ich auch eine von euch.«

Schon lange wusste sie, dass Hunde sie verstehen konnten. Nicht jedes Wort, aber sie nahmen den Klang ihrer Stimme wahr. Das sah sie an ihren Blicken, die aufmerksam auf ihr ruhten.

Der Schäferhund, der sie vorhin angebellt hatte, folgte ihr über den Hof. Er knurrte sie an, aber sie war sicher, dass er ihr nichts tun würde. Sie holte das letzte Stückchen Futter aus der Hosentasche und gab es ihm.

Das Haus sah aus, als hätte es eine Krankheit. Masern vielleicht oder Windpocken. Irgendwas mit einem heftigen Hautausschlag. Als Elsa die steinerne halbrunde Treppe zur Eingangstür hinaufstieg, knallte es plötzlich ein zweites Mal. Erschrocken fuhr sie zusammen. Es klang noch lauter als vorhin.

War das wieder ein Schuss? Wo kam der her? Der Knall hatte entsetzlich nah geklungen! Elsa stoppte, zögerte weiterzugehen. Ihr Herz wummerte. Sollte sie zu Ina zurücklaufen? Oder sich irgendwo verstecken? Hektisch sah sie sich nach allen Seiten um. Auf dem Hof war sie bestimmt leicht zu entdecken. Wenn sie erst mal im Haus war, konnte sie sich da irgendwo verkriechen. In Panik rannte Elsa die restlichen Stufen hinauf, drückte die rostige Klinke runter und zog mühsam die schwere Holztür auf. Den Typen, der ihr mit einer Pistole gegenüberstand, kannte sie nicht. Er war kleiner und schwächer als der Kerl, der sie hierher verschleppt hatte; das sah sie sofort. Er starrte sie verblüfft an.

»Wer zum Teufel bist du denn?«, zischte er und zog sie grob

an sich, ehe sie antworten konnte. Das kalte Metall, den Lauf der Waffe, drückte er ihr an die Schläfe.

»Du bleibst bei mir, rührst dich nicht vom Fleck! Und keinen Ton!«

Er flüsterte ihr direkt ins Ohr, aber es kam ihr vor, als würde er sie anschreien.

Elsa spürte die Hand des Fremden, die sich jetzt auf ihren Mund presste. Sie fühlte sich knochig an und roch metallisch. Kein Laut, nicht einmal ein Wimmern drang aus ihrer Kehle. Ihr Hals war wie zugeschnürt. Sie starrte nach unten, auf das Blut, das wie ein Bach dahinfloss, auf den Mann, der sich direkt vor ihr auf dem Boden befand. Er lag auf dem Bauch, in seinem eigenen Blut. Sie konnte sein Gesicht nicht erkennen. Er rührte sich nicht.

War er tot?

61

Der Schuss hallte in ihr nach. Fast so, als hätte er ihr gegolten und sie nur knapp verfehlt. Einen Moment hoffte Beate, es wäre Josef Almgruber, der geschossen hatte. Vielleicht in Notwehr. Oder er musste einen Warnschuss abgeben. Aber es kam kein Wort von ihm. Keine Entwarnung. Nichts.

Jemand war getroffen worden. Sie hörte das Stöhnen, das Fallen des Körpers. Dumpfe Laute, die ihr Herz dumpf schlagen ließen. Sie musste sich konzentrieren, um zu verstehen, was passierte. Hatte es ihren Kollegen erwischt?

Wen sonst?

Beate biss sich auf die Unterlippe, um nicht laut nach ihm zu rufen. Sie musste Almgruber so leise wie möglich folgen. Vielleicht rechnete der Schütze nicht mit einer zweiten Person. Sie zog ihre Waffe aus dem Halfter, schob sich auf Zehenspitzen an der Wand entlang, Stufe für Stufe hinunter. Irgendetwas war da unten los. Eine Tür wurde geöffnet oder zugezogen. Ging der Unbekannte hinaus? Haute er ab?

Sie lauschte. Nein, es klang, als würde jemand flüstern. Waren sie zu zweit? Sennemann und ein Kumpan? Lauerten sie auf Beate? Tappte sie in eine Falle?

Sie saß längst drin, wie ihr schien. Kurz dachte sie daran, sich zurückzuziehen. Über den Balkon auf den Baum zu klettern, über den Zaun zu steigen und zu flüchten. Aber ihr Kollege Josef lag, sehr wahrscheinlich von der Kugel getroffen, dort unten. Schwer verletzt, wenn er nicht schon ... Beate schluckte. Sie dachte an seinen Sohn. An Florian. Der Junge hatte schon seine Mutter verloren.

Die Waffe in ihrer Hand zitterte leicht. Wie Almgruber trug sie zwar eine Schutzweste, diese verhinderte jedoch nur die Verletzung des Torsos durch einen Schuss. Es war trotzdem möglich, tödlich getroffen zu werden.

Beate ging hinter dem Treppengeländer, so gut es ging, in Deckung. Sie hielt den Atem an. Lauschte in die Stille, die ihr falsch vorkam, trügerisch. Als würde diese Lautlosigkeit ihr etwas vorspielen. Geduckt schob sie sich vorwärts, Zentimeter für Zentimeter, weiter nach unten. Sie konnte nicht vermeiden, dass die Stufen unter ihr leise knarrten.

Schließlich sah sie ihn: Almgruber lag lang ausgestreckt im Eingangsbereich des Hauses auf dem schmutzigen gekachelten Boden und rührte sich nicht. Blutige Rinnsale flossen von seinem Körper weg. Unmöglich, von hier aus zu erkennen, wo die Kugel ihn getroffen hatte.

Scheiße! In ihrer Wut und Hilflosigkeit hätte Beate das Wort beinahe aus sich herausgebrüllt. Doch sie zwang sich zur Ruhe. An den feuchtschimmligen Stäben des Geländers vorbei versuchte sie zu erkennen, was da unten los war. Die Tür nach draußen stand halb offen. Der Angreifer hatte anscheinend das Haus verlassen. Ihr Blick wanderte zu Josef Almgruber. Atmete er? Sein Körper hob und senkte sich doch, oder? Beate hielt es nicht länger aus, hier zu hocken. Sie musste es riskieren, sie musste unbedingt nach Josef sehen. Herausfinden, wie schwer er verletzt war, die Blutung stoppen. Wann verdammt noch mal kam die Verstärkung? Dann fiel ihr ein, dass Arno Berg ihnen ja nicht unbedingt eine Unterstützung versprochen hatte. Sie war zu verwirrt, um sich in diesem Moment an den genauen Wortlaut zu erinnern.

Mit gezogener Waffe beeilte Beate sich jetzt, zu ihrem Kollegen zu kommen. Sie kauerte sich neben ihn, fühlte mit zwei Fingern den Puls an seinem Hals. Sein Herz schlug. Nicht besonders kräftig und viel zu schnell, aber es schlug. Erleichterung durchflutete sie, da nahm sie eine Bewegung vor sich wahr.

Die Tür! Sie knarrte. Jemand, den sie nicht sehen konnte, zog sie ein Stück weiter auf.

Beate sprang auf die Füße und hob die Pistole. »Polizei! Kripo Leipzig! Zeigen Sie sich! Kommen Sie vor! Und zwar unbewaffnet! Ihre Waffe legen Sie auf den Boden! Nehmen Sie die Hände hinter den Kopf, und kommen Sie langsam her!«

Keine Antwort.

»Sofort!«, schrie sie. »Das ist die letzte Warnung!«

Beate konnte kaum fassen, was sie als Nächstes sah: erschrockene, weit aufgerissene Augen. Kinderaugen.

»Elsa!« Fast wäre Beate auf sie zugestürmt, um sie an sich zu drücken, sie endlich zu schützen … Da erst bemerkte sie den Lauf einer Waffe am Kopf des Kindes. Wie ein Blitz fuhr ihr der Schreck durch die Glieder. Sie erstarrte. Einen Moment konnte sie sich nicht rühren.

»Lassen Sie das Mädchen … Lassen Sie es gehen«, brachte sie nach einer Weile mühsam heraus. Der Unbekannte blieb weiter hinter der Tür verborgen. Sie hörte ihn lachen. Beate konzentrierte sich auf die Laute, auf das verächtliche Feixen.

»Das hättest du wohl gern.« Die männliche Stimme kam ihr merkwürdig bekannt vor.

»Wer sind Sie?«, fragte sie unwillkürlich.

Das Lachen hörte auf. Die Pistole drückte weiter gegen Elsas Kopf. Beate konnte es kaum ertragen, hinzusehen. Aber sie musste. Elsas Blick wirkte abwesend. Als wäre sie gar nicht richtig da. Sie begann leise zu wimmern. Es waren keine Worte, nur Laute. Beate beugte sich ein Stück weit zu ihr hinunter.

»Ganz ruhig bleiben, Elsa. Du bist so tapfer. Halt durch. Ich helfe dir«, versprach sie leise, obwohl sie nicht wusste, wie sie das anstellten sollte.

Sie richtete sich wieder auf, starrte die Tür an, hinter der sich der Mann verbarg. »Nehmen Sie die Waffe runter! Lassen Sie das Kind gehen!«

Nur Elsas Schluchzen war zu hören.

»Dachte, wir duzen uns, Beate«, sagte die Stimme schließlich. Der Mann trat plötzlich hinter Elsa, zog sie grob an sich heran und drückte ihr die Hand auf den Mund. »Halt die Klappe!«, forderte er genervt.

Beate blickte ihm ungläubig ins Gesicht. Seine Augen waren eiskalt. Er sah anders aus als bei ihrer letzten Begegnung. Angespannt. Seine Gesichtsfarbe war fahl. Er wirkte nervös, gefährlich, vollkommen verändert.

»Wieso ... bist du hier? Was ... Was machst du ...?« Wie betrunken schwankte sie einen Schritt auf ihn zu. Streckte den Arm aus, als wollte sie ihm ganz normal die Hand geben. *Ganz normal?* Nichts war hier normal! Verwirrt taumelte sie zurück.

»Das Gleiche könnte ich dich auch fragen.« Er prustete auf eine Art, die falsch klang und sie an ihre Schulzeit erinnerte. Irgendetwas war ihr auch damals schon falsch an ihm erschienen, an ihrem Banknachbarn, an dem unscheinbaren Berti. Aber sie verstand es immer noch nicht: Wieso ausgerechnet *er*? Sie versuchte, es in seiner Miene zu erkunden. Doch sein Blick blieb leer und kalt.

»Lass Elsa gehen«, sagte sie. »Bitte. Und dann reden wir über alles.«

Er starrte sie an. Ihre Bitte schien er gar nicht wahrzunehmen. »Wieso musst ausgerechnet du hier auftauchen, Bea?«

In seinem blassen Gesicht zeigten sich jetzt dunkelrote Flecken, als wäre er geohrfeigt worden. Berti hatte seine Hausaufgaben vergessen, und ein Lehrer rief ihn auf. So kam es ihr vor. Wie damals, dachte sie. Aber es ist überhaupt nicht wie damals.

Trotzdem fiel es ihr eigenartig schwer, über das Heute und Jetzt nachzudenken.

»Also ... hat das alles was mit deiner Detektei zu tun?«, spekulierte sie. Es kam ihr vor, als befände sie sich in einem stockfinsteren Raum und taste sich blind zu ihm vor.

»Du hast mich damals nie beachtet«, sagte er. »Wir saßen Jahr für Jahr nebeneinander, aber du hast mich nicht gesehen.«

Was wollte er ihr damit sagen? Sie sah nur, dass er Elsa mit der einen Hand den Mund zuhielt und mit der anderen Hand die Waffe, eine Makarow aus DDR-Beständen, gegen ihre Schläfe presste. Er war als Ex-Offizier geübt im Umgang mit Waffen, wie ihr klar wurde. Sie durfte ihn nicht bedrängen, musste ihn irgendwie beschwichtigen. Eine falsche Bewegung, und alles war zu Ende. Eine falsche Bewegung und die Welt ging unter. Für Elsa und für Beate und vermutlich auch für Josef Almgruber, wenn er nicht bald Hilfe erhielt.

»Ich höre dir zu«, sagte sie. »Aber lass das Mädchen los. Es hat dir nichts getan. Es ist ein Kind. Du hast doch selbst Kinder.« Sie versuchte, sich zu erinnern, was er ihr erzählt hatte. Zwillinge? Die Frau wieder schwanger?

Mein Gott. Warum tat er sich und seiner Familie das alles an?

Furchen erschienen auf seiner Stirn. »Du beachtest mich jetzt nur deshalb!«, stieß er hervor. »Weil sie in meiner Gewalt ist. Weil ich nur meinen Finger bewegen müsste, um erst sie und dann dich wegzupusten.«

Beate schüttelte den Kopf. »Das stimmt nicht. Wir kennen uns doch. Wir wollten mal einen Kaffee zusammen trinken oder ein Glas Wein. Das war dein Vorschlag. Und ich möchte in Ruhe mit dir sprechen«, behauptete sie. »Ohne Waffen. Ohne gegenseitige Bedrohung. Wie alte Schulkameraden.«

Sie zeigte ihm ihre Pistole, die sie so drehte, dass sie sie jetzt am Lauf hielt. Sie legte sie auf den Boden und schob sie mit dem Fuß weg. Die Waffe schlitterte direkt in die Blutlache. In Almgrubers Blut. Beate spürte eine Gänsehaut. Sie hob die Hände und wartete darauf, dass auch Berthold Hilberg sich entwaffnete. Aber den Gefallen tat er ihr nicht. Natürlich nicht. Wie blöd war sie eigentlich?

»Berti«, brachte sie schwach heraus. »Wir können doch vernünftig miteinander reden. Wie früher.«

Er stieß wieder sein verächtliches Schnaufen aus. »Blödsinn. Haben wir doch nie. Wir waren Banknachbarn, keine Freunde. Aber davon abgesehen: Die Welt hat sich verändert. Noch nicht gemerkt?«

»Doch, na klar.« Sie musste ihn irgendwie dazu bringen, mit ihr im Gespräch zu bleiben. Aber worauf wollte er hinaus? »Du leitest eine Detektei, ich bin Polizistin. Wir versuchen, Menschen zu helfen.« Sie gab sich Mühe, ruhig zu klingen, vernünftig. Sie hoffte, dass er ihr die Panik, die in ihren Adern pulsierte, nicht anmerkte. »Sicher, das Land, in dem wir aufgewachsen sind, existiert nicht mehr. Die Gesellschaftsordnung hat sich verändert, die Zukunft wird eine andere sein, als wir mal dachten. Aber die Vergangenheit bleibt. Das Gemeinsame ...«

»Spar dir das Geschwafel.« Berthold Hilberg sah sie böse an. »Du warst damals schon eine Klugscheißerin. Klug, fleißig, erfolgreich, eine Streberin eben. Ich höre mir dein Geschwätz nicht länger an!«

»Wenn du wütend bist auf mich, dann lass Elsa gehen. Nimm mich stattdessen als deine … tja, was … Gefangene? Was wird das hier eigentlich? Hilf mir wenigstens, es zu verstehen.« Beate fühlte sich tatsächlich ratlos. Ratlos und wütend. »Wir, mein Kollege und ich, sind hier, um Diether Sennemann zu verhaften. Und plötzlich kreuzt du hier auf, schießt meinen Kollegen nieder, bedrohst ein Kind? Berti, tut mir leid. Ich kapier es nicht. Was hast du mit diesem Sennemann zu schaffen?«

Einen Moment sah es so aus, als würde Berthold seine Waffe sinken lassen. Aber er nahm sie nur von Elsas Kopf, um sie auf Beate zu richten. »Du enttäuschst mich«, sagte er. »Du hältst dich doch für so schlau. Und kapierst die einfachsten Zusammenhänge nicht?« Er verzog spöttisch das Gesicht. »Sennemann hat für mich gearbeitet. Für die Detektei. Ich habe dir doch erzählt, dass ich mit freien Mitarbeitern auskommen muss. Sennemann kannte ich von der Feliks-Dzierżyński-Truppe. Wir waren beide für die Firma tätig, für Horch und Guck. Beide haben wir beim MfS Karriere gemacht, wenn auch auf unterschiedliche Art und Weise. Als alles den Bach runterging, 1989 und 90, als meine Karriere abrupt endete, kam mir die Idee mit der Detektei. Wir waren ja bestens geschult und ausgebildet worden. Die Observation von Personen, zum Beispiel wegen Untreue oder ähnlicher Lappalien, war ein Kinderspiel. Ich stellte Diether für den einen speziellen Auftrag ein, weil ich ihn aus alten Zeiten als tatkräftigen Kerl kannte. Konnte ja nicht ahnen, was für ein Idiot dieser Sennemann in Wahrheit ist. Genauer gesagt: war.«

Beate schwieg. Sie blickte abwechselnd in den Lauf der Waffe und in Bertholds graue Augen. »War?«, fragte sie schließlich.

»Er ist tot«, sagte er einfach und tippte sich mit der Waffe auf die Mitte seiner Stirn, ehe er sie sofort wieder auf Beate richtete. Ein nervöses Grinsen huschte über sein Gesicht. Als wäre er stolz auf das, was er offensichtlich getan hatte. »Der Kerl dachte tatsächlich, er könne mich erpressen. Dachte, ich komme mit einem Koffer voller D-Mark bei ihm vorbei. Jetzt sitzt er in seinem Sessel. Mausetot. Mit einer kleinen Wunde zwischen den Augen und einer größeren in der Brust.« Berthold stieß ein seltsames Kichern aus.

Beate fragte sich, ob er überhaupt zurechnungsfähig war. Hatte sie es mit einem Irren zu tun? Sie fühlte ihren Hals rau werden, schluckte ein paarmal.

»Erpressen? Womit?«, brachte sie schließlich heraus.

Berthold antwortete nicht. Er hielt sich weiter hinter Elsa verschanzt, die Hand auf ihre Lippen gepresst, die Makarow auf Beate gerichtet. Aber es kam ihr vor, als wäre er nicht mehr ganz bei der Sache. Seine Lider zuckten, als hätte er einen Tick. Steckte er in einer Lebenskrise? Drehte er deshalb so komplett durch? Seine Offizierslaufbahn war jäh zu Ende gewesen. Die DDR ging sang- und klanglos unter. Der Versuch, nach der Wende wieder auf die Beine zu kommen, scheiterte gerade. Beate erinnerte sich an das Gespräch in seinem Detektivbüro. Er war ihr Antworten schuldig geblieben und wollte sie anrufen. Alles hatte nach einer Routinebefragung ausgesehen. Alles war ihr harmlos vorgekommen.

»Bist du wirklich von Norbert Holdinger beauftragt worden, Nachforschungen anzustellen, ob Elisabeth Baum ihm treu ist?«

»Elisabeth wer?« Er sah sie verblüfft an. »Keine Ahnung, von wem du redest.«

»Verstehe«, sagte Beate, obwohl sie es immer noch nicht begriff. »Es ging also gar nicht um Untreue.« Und schon gar nicht um Elisabeth Baum und ihren Zuhälter-Ehemann, überlegte sie. Berthold Hilberg hatte sie eiskalt belogen.

»Richtig.« Er grinste. Offenbar genoss er Beates Verwirrung.

»Ich wollte dir nicht alles aufs Brot schmieren. Schließlich bist du die Ermittlerin. Aber du hast meine Behauptungen einfach geschluckt. Und schließlich nur einen Kollegen geschickt. Der stand vor verschlossener Tür und ging dann wieder.« Berthold seufzte und verzog spöttisch den Mund. »Ihr seid eine ganz schön lahme Truppe, Bea. Aber ich helfe dir mal auf die Sprünge. Schließlich hast du mich ja manchmal abschreiben lassen *damals*.«

Beate schwieg. Sie erinnerte sich an ihre gemeinsame Schulzeit, an seine abgeknabberten Fingernägel, an den *Heiko*-Füller und blaue Tintenflecke, an ihre stille Verachtung, wenn sie ihn die Übersetzung aus dem Russischen abschreiben ließ. Sie selbst hatte einen *Pelikano* aus dem Westen besessen, der nie einen unschönen Klecks hinterließ und auf den sie stolz gewesen war.

»Norbert Holdinger wollte eine Mieterin aus seinem Haus vertreiben. Aber das weißt du ja vermutlich. Der Immobilienhai hat für die schnelle, reibungslose Entmietung eine Detektei eingeschaltet. *Meine* Detektei.«

In Beates Ohren klang der Ton, in dem er sprach, absurd stolz. Schnell und reibungslos? Ihr wurde übel. »Ina Reinhardt«, stellte sie fest. »Es ging also um sie.«

Natürlich. Darauf hätte sie doch kommen müssen! Die Verbindung zwischen Ina Reinhardt und Norbert Holdinger führte zu Bertholds Detektei. Sie fühlte, dass sie errötete vor Scham. Sie hatte Berti während der Schulzeit nicht für voll genommen, und als sie ihn dann in seinem Büro wiedersah, hatte sie ihn erneut unterschätzt. Nicht im Traum wäre sie darauf gekommen, dass er etwas mit dem Mord an Norbert Holdinger zu tun hatte.

Er sah sie an, als wüsste er, was ihr durch den Kopf ging. »Sennemann war also zeitweilig mein Mitarbeiter. Er sollte dieser Ina Reinhardt nur ein bisschen Angst machen. Einen Einbruch vortäuschen, die Wohnung verwüsten, vielleicht einen kleinen Brand legen ... so was in der Art. Damit sie endlich auszieht und Holdinger sein Lieblingsobjekt sanieren kann. Stattdessen hat Diether Sennemann sie entführt, dieser Vollidiot. Er wollte aus der Situation Kapital schlagen. Er forderte von Holdinger Lösegeld, sonst würde er ihn auffliegen lassen. Aber der dachte gar nicht daran, auf die Forderung einzugehen. Norbert Holdinger hat den Mann auflaufen lassen und mich stattdessen zu sich bestellt. Genauer gesagt, in *Auerbachs Keller*. Er wollte sein Geld, das er mir für den Auftrag gezahlt hatte, zurück. Dabei hatte ich mir Mühe gegeben, alles wieder ins Lot zu bringen. Kümmerte mich selbst um die Wohnung dieser Reinhardt und ließ sie von den Bauarbeitern ausräumen, damit Holdinger loslegen kann. Und was macht er? Er forderte nicht nur das Geld von mir zurück, *mein Geld*, das mir schließlich zustand. Er drohte wegen dieser idiotischen Entführung mit einer Anzeige. Nicht nur gegen Sennemann, auch gegen mich. Er wollte zur Polizei gehen. Ich hätte die Detektei schließen müssen, verstehst du? Ich wäre bankrott, am Ende, total erledigt gewesen.«

Also hast du Holdinger getötet, dachte Beate. Und gedacht, du kämst davon?

Sie sprach es nicht aus. Wie es aussah, hatte Berthold Hilberg nicht nur Norbert Holdinger, sondern auch noch Diether Sennemann umgebracht. Und auf Josef Almgruber geschossen. Ihr wurde schlecht, als sie begriff, was das bedeutete. Es gab für den Mörder keine Hemmschwellen mehr. Er war eine Gefahr für sie, aber vor allem für ... Erst jetzt bemerkte Beate, dass Elsa sie die ganze Zeit anstarrte. Das Mädchen blinzelte ihr zu, als wollte sie ihr etwas mitteilen.

»Wo ist Ina Reinhardt?«, fragte Beate ihren ehemaligen Klassenkameraden.

Berthold zuckte mit den Achseln. »Sennemann hat sie gefesselt und eingesperrt. In einer Scheune, irgendwo auf dem Gelände. Ehrlich gesagt: Ich habe noch nicht nachgesehen. Meinetwegen kann sie da bleiben, bis sie mumifiziert. Sennemann wollte sie mir verkaufen – wie einen von seinen Kötern. Im Radio hatte er vom Mord in *Auerbachs Keller* gehört. Er *wusste*, dass ich zu der Verabredung mit Holdinger gegangen war. Dann konnte er eins und eins zusammenrechnen. Dachte, er hätte mich in der Hand. Dieser Vollidiot hat ernsthaft geglaubt ...« Er sprach nicht weiter. »So leid es mir tut, Bea, wir müssen jetzt unser Gespräch beenden und Abschied nehmen.« Er richtete seine Waffe auf ihre Stirn. »Und zwar *für immer* Abschied nehmen. Nun ja, wer weiß ... Vielleicht plaudern wir ja in einem anderen Leben weiter.« Er kicherte wieder auf seine merkwürdig irre Art.

»Berti, tu das nicht. Du bist Vater von kleinen Kindern, du musstest irgendwie Geld verdienen. Ich verstehe, dass du für deine Familie sorgen wolltest.« Beate redete, ohne zu wissen, was sie da von sich gab.

Elsa blinzelte ihr noch einmal zu. Beate verstand nicht, was sie ihr mitteilen wollte. Was hatte sie vor? Sie machte doch hoffentlich keinen Blödsinn?

Elsa bewegte sich plötzlich. Im nächsten Moment schrie Berthold überrascht auf. Versuchte das Kind abzuschütteln, das in seine Hand biss. Beate erstarrte einen Herzschlag lang. Sie sah die Waffe, mit der er wild herumfuchtelte. Dann endlich nutzte sie die Chance, griff nach seinem Arm und drückte ihn mit aller Kraft nach oben. Im Gerangel mit ihrem Gegner versuchte sie, einen Blick auf das Kind zu erhaschen. Wie ein Hund hatte Elsa sich in die Hand des Mannes verbissen. Aus den Augenwinkeln bemerkte Beate, dass sie etwas aus ihrer Hosentasche zog. Einen hellen spitzen Gegenstand. Einen Stein?

Berthold schüttelte Elsa ab, oder vielleicht ließ sie sich auch fallen. So genau konnte Beate es nicht erkennen. Sie hielt weiter den Arm mit der Waffe fest.

Erst als Elsa einen wütenden Schrei ausstieß, blickte sie wieder zu ihr hin.

Mit voller Wucht rammte das Mädchen den Stein in das rechte Knie ihres Widersachers, dann in das linke. In das rechte, in das linke ... Immer wieder, immer schneller. Beate glaubte, ihren Augen nicht zu trauen. Elsa kreischte gellend, während sie den Mann wie wild attackierte, der ebenfalls zu schreien begann. Ein Schuss löste sich. Dann ließ Hilberg los, und die Waffe knallte auf den Boden.

Beate hielt die Luft an, versetzte der Makarow einen Tritt. Die Pistole schlitterte in eine Ecke. Gehetzt versuchte sie zu erkennen, was passiert war. *Bloß nicht das Kind!* Putz bröckelte von der Decke auf sie herab. Rieselte wie Regen auf ihren Kopf, in ihr Gesicht. Sie schüttelte sich. Dann begriff sie: Die Kugel hatte das Haus getroffen. Nicht Elsa.

Berthold schwankte in dem kleinen Raum herum, rutschte auf einmal in dem Blut aus, das von Almgruber stammte, ruderte mit den Armen, suchte vergeblich nach einem Halt und fiel. Beate sprang, ohne zu zögern, hinterher. Noch in der Bewegung löste sie die Handschellen vom Gürtel, landete auf seinem Körper, der nicht viel größer war als der ihre, zog seine Handgelenke zusammen und legte die Metallfesseln an. Es klickte leise. Was für ein erlösendes Geräusch.

Erst dann nahm Beate wahr, was um sie herum noch passierte: Elsa schrie weiter wie von Sinnen, schlug mit ihrem Stein wieder und wieder auf Berthold Hilberg ein. Als sie mit der Kraft der Verzweiflung seinen Hinterkopf traf, riss Beate das Kind zurück.

»Hör auf jetzt! Lass es sein. Es ist vorbei. Elsa?« Sie drückte die heulende Kleine an sich, nahm ihr den Stein aus den dünnen verkrampften Fingern, warf einen Blick auf ihren einstigen Klassenkameraden. Blut strömte aus der klaffenden Wunde, lief den Schädel und den Nacken hinab. Elsa hatte ganze Arbeit geleistet. Der Mann konnte von Glück sagen, dass sie nur die Kraft eines Kindes besaß. Ganz offensichtlich hatte er mit einem solchen Angriff eines verzweifelten Mädchens, das aus Notwehr handelte, nicht gerechnet. Berthold verdrehte die Augen und schien das Bewusstsein zu verlieren.

»Ist er tot?«, fragte Elsa und wandte den Blick von ihm ab.

»Nein. Vermutlich hat er nur eine Gehirnerschütterung«, versuchte Beate sie zu beruhigen. Elsa und auch sich selbst. Eine Weile saßen sie so da, umschlangen einander – wie Schiffbrüchige, die auf eine unbewohnte Insel gespült worden waren. Eine Minute oder länger war Beate unfähig, etwas anderes zu tun. »Alles wird gut«, hörte sie sich schließlich sagen.

»Wir brauchen eine Schere«, erklärte Elsa, die nach dem ganzen Geschrei heiser war und ein Stück von Beate abrückte.

»Eine Schere?« Es kam Beate vor, als würde sie durch Watte sprechen und durch Watte hören. Sie fühlte sich vollkommen benebelt.

»Für Frau Reinhardt«, krächzte Elsa. »Eine Schere oder ein Messer.«

»Wo ist sie?«, fragte Beate benommen. »Wo ist deine Lehrerin?« Ihr war nicht klar, was sie jetzt zuerst tun sollte. Sich um den verletzten Josef kümmern? Um Ina Reinhardt, die vermutlich befreit werden musste? Um das Kind?

»Wir brauchen was zum Durchschneiden«, sagte Elsa. »Der Strick ist zu dick.«

»Du weißt, wo sie ist? Sie ist gefesselt, ja? Ist sie verletzt?«

In diesem Moment erklang das Geheul von Sirenen. Das mussten gleich mehrere Streifenwagen sein. Arno Berg hatte wohl doch Verstärkung geschickt. Elsa sprang auf und sah sie mit fragendem Blick an.

»Ja, du kannst gehen. Zeig den Polizisten, wo sie uns finden. Bring sie her. Sie sollen sich beeilen!«

»Ist gut«, flüsterte Elsa, stieg über Berthold Hilberg hinweg, der ihr eben noch die Pistole an die Schläfe gedrückt und sie mit dem Tod bedroht hatte. Jetzt war er nichts weiter als ein Hindernis, das im Weg lag.

Beate sah Elsa nach, die sich aus der Tür schob, und lächelte unwillkürlich. Einen Moment sah sie in dem Mädchen die zukünftige Polizistin. Das Zeug dazu besaß sie jedenfalls. Ihr entschlossenes Handeln hatte Beate vermutlich das Leben gerettet. Dann beugte sie sich über ihren Kollegen. Er atmete noch.

»Josef? Hörst du mich?« Noch einmal fühlte sie seinen Puls, suchte nach der Einschusswunde. »Komm schon, komm zu dir. Komm zu mir.« Beate hatte die Nase voll davon, allein zu sein. Sich allein zu fühlen. Allein für dieses Desaster verantwortlich zu sein.

Sie wusste immer noch nicht, wo ihn die Kugel erwischt hatte. Sein linker Ärmel war vollkommen blutverschmiert. Sie folgte der Spur an seinem Körper mit den Blicken. Zog die mit Blut vollgesogene Jacke ein Stück weg. Und dann sah sie es: Die Kugel hatte ihn in die linke Schulter getroffen. Sie riss den Stoff seines Hemdes beiseite, drückte ihre Handfläche auf die Wunde. »Scheiße, das tut bestimmt weh, was? Josef?«

Seine Finger ... sie bewegten sich. Tasteten zaghaft umher. Legten sich auf ihren Arm. Er stöhnte leise. Mühsam schlug er die Augen auf und blinzelte sie an. »Was ist passiert?«, flüsterte er.

Ihre Gesichter waren sich so nah, dass sie seinen Atem auf ihrer Wange spürte.

»Das erzähle ich dir später.« Beate versuchte zu lächeln und weiter die blutende Wunde zu stillen. »Bleib ruhig liegen. Gleich kommt Hilfe«, versprach sie ihm. »Keine Sorge. Sie sind in einer Minute da.«

62

Josef öffnete das Fenster seiner neuen Wohnung und blickte auf die Saale hinab, die sich an Kröllwitz vorbeischlängelte, den Stadtteil von Halle, in dem er von jetzt an leben würde. Ein lauer Wind schlug ihm entgegen, die Vögel zwitscherten. Auf der anderen Seite des Flusses sah er die Burg Giebichenstein, die nicht nur ein imposantes Gebäude, sondern – was ihn aus irgendeinem Grund beeindruckte – auch die Kunsthochschule von Halle war. Er fühlte die Wärme der Sonne auf seinem Gesicht, schloss die Augen und gönnte sich den Augenblick der Ruhe. Dabei hörte er seinem Sohn zu, der hinter ihm mit gleichmäßigem Auf und Ab die Wand strich. Der Geruch der Farbe mischte sich mit dem Duft des beginnenden Sommers.

Die Operation in der Leipziger Klinik war schon ein paar Wochen her, trotzdem konnte Josef seinen linken Arm noch nicht wieder vollständig bewegen. Schmerzen begleiteten ihn täglich und würden sich wohl nicht so schnell in Luft auflösen, auch wenn er versuchte, sie zu ignorieren. Die Kugel hatte seine Schulter erwischt und war im Oberarmknochen stecken geblieben. Knochensplitter waren ins Gewebe eingedrungen. Trotzdem: Er hatte Glück im Unglück gehabt. Das alles hätte auch ganz anders ausgehen können. Er warf seinem Sohn einen nachdenklichen Blick zu. Viel erzählt hatte er ihm über den Vorfall nicht. Nur dass es ihnen gelungen war, die vermisste Lehrerin und ein Kind zu befreien und den Täter festzunehmen, der auf ihn geschossen hatte. »Alles halb so wild. Meine Kollegin Beate Vogt hat mir das Leben gerettet.« Josef hätte erwartet, dass sein Sohn ihm noch im Krankenhaus Fragen zu diesen Aussagen stellen würde. Aber er fragte nichts, hockte blass an seinem Bett und beobachtete ihn besorgt.

Juliane rief aus der Küche nach ihnen, und Josef ging zu Florian und legte ihm die Hand auf die Schulter. Sein Sohn wandte sich zu ihm um. Weiße Farbspritzer saßen ihm im Gesicht und in den Haaren. Wahrscheinlich sah Josef nicht viel anders aus.

»Hast du Hunger?«, gebärdete er.

Florian nickte. »Großen Hunger«, antwortete er in Lautsprache.

In der Küche standen eine Schüssel Nudeln und ein kleiner Topf mit Tomatensoße auf dem Tisch. Juliane füllte die Teller, hob den Blick und lächelte ihnen entgegen. Josef war sich bewusst, dass es für Florian komisch sein musste, seine Lehrerin jetzt auch außerhalb der Schule zu treffen. Aber sein Sohn ließ sich nichts anmerken, tat so, als wäre er keineswegs überrascht. Und vielleicht war er das auch nicht. Josef lächelte, als er an den siebten Sinn dachte, den Florian zu besitzen schien. Seit Josef aus dem Krankenhaus entlassen worden war, erkundigte Florian sich hin und wieder mit aufgeregt wirkenden Gebärden nach Beate. Dass sie seinem Vater das Leben gerettet haben sollte, beeindruckte ihn zutiefst.

Nach dem Essen strichen sie zu dritt den nächsten Raum, die Decke und die Wände. Im Osten galt es als normal, alles in die eigenen Hände zu nehmen. Ihm war es recht, die gemeinsame Arbeit mit Florian und Juliane gefiel ihm sogar. Für ihn war es das erste Mal, dass er eine Wohnung selbst renovierte.

Auch Beate hatte ihm wie selbstverständlich ihre Hilfe angeboten, aber er wünschte sich etwas anderes von ihr. Als sie mit der Arbeit für heute fertig waren, wuschen sie sich eher notdürftig die Farbkleckse aus dem Gesicht und von den Händen, klaubten die bereits getrockneten Spritzer aus den Haaren.

Der Ochsenberg lag nur ein paar Schritte von seiner neuen Bleibe entfernt, und Josef wusste, wie gern sein Sohn kletterte und mit welcher Neugier er Landschaften erkundete. Florian ließ sich, wie erwartet, leicht zu dem kleinen Ausflug überreden. Juliane verabschiedete sich vorerst, sie musste noch zu einem Elterngespräch. Am morgigen Sonntag wollte sie jedoch wiederkommen.

»Wenn es euch recht ist«, sagte sie und wurde rot. Sie sah nicht nur Josef an, sondern ließ den Blick auch zu Florian schweifen.

»Na klar«, sagte Josef. »Danke dir für die Hilfe.«

Florian grinste nur etwas verlegen, rieb plötzlich in seinem Gesicht herum, als hätte er da noch einen Fleck Farbe, und verzog sich ins Bad.

Juliane blickte Josef irgendwie unsicher an. Er griff nach ihrer Hand, zog sie zu sich, und sie küssten sich. Es war ein scheuer, zärtlicher Kuss.

Josef brachte sie zur Tür und winkte ihr im Treppenhaus nach.

»Bis morgen!«, rief er. *Schatz*, dachte er. Aber er hielt jetzt lieber die Klappe. So weit waren sie ja noch nicht.

63

Ina Reinhardt lief von der Schule zurück zu der Keramikwerkstatt, in der sie zurzeit wohnte. Sie hätte auch in eine Straßenbahn steigen können, aber allein die Vorstellung, dass die Türen sich schlossen und sie in dem Waggon gefangen sein würde, löste Panik in ihr aus. Der kilometerlange Fußweg quer durch Leipzig tat ihr gut. Immer wieder blickte sie auf ihre neuen Schuhe hinab, die sie sich gestern gekauft hatte. Sie beobachtete sich selbst: Schritt für Schritt. Als müsste sie sich vergewissern, dass sie tatsächlich existierte. Das Gespräch mit dem Schuldirektor hatte nicht länger als zehn Minuten gedauert. Ina hatte ihre lange Abwesenheit nicht begründet, ihm nur eine Krankschreibung für die letzten Tage über den Tisch geschoben. Die Gerüchte über ihr Verschwinden mussten sich ja herumgesprochen haben. Und jetzt war sie eben wieder da. Dass sie entlassen werden sollte, war ihr ohnehin klar. Das hatte sie schon gewusst, bevor sie entführt worden war. Wozu sich also die Mühe machen, die Geschehnisse zu erklären. Sie konnte ja selbst kaum glauben, dass ihr das alles passiert war.

Seit ihrer Befreiung durch die Polizei und ihrer Rückkehr bewegte sie sich wie in Trance durch Leipzig. Ihr Leben kam ihr verpfuscht vor. Sie fühlte sich wie ein Geist, der nur so tat, als wäre er ein Mensch aus Fleisch und Blut. Den Aufhebungsvertrag hatte sie sofort unterschrieben. Der Direktor mit dem makellos glatt rasierten Gesicht stellte ihr zum Glück keine Fragen. Zum Abschied reichte er ihr die Hand, aber sie nickte ihm nur flüchtig zu.

Wie ihre Geschichte auch immer weitergehen würde, so wie bisher jedenfalls nicht. Sie humpelte ein wenig. Die neuen Schuhe drückten und scheuerten, als wollten sie ihr die ersten Schritte nicht zu einfach machen. Ina kam ein paar Minuten zu spät. Sie fühlte kein schlechtes Gewissen. Aus ihrer Sicht gab es keinen Grund mehr, pünktlich zu sein.

In die Werkstatt führte ein separater Eingang. Ina sah durch die Fensterfront, dass die Kommissarin schon da war. Beate Vogt unterhielt sich mit Friederike, wie es schien. Ina wusste nicht so recht, was sie davon halten sollte, dass die Ermittlerin vorbeikam. Es gab nichts mehr zu ermitteln. Der Fall war für die Polizei abgeschlossen. Ihr Entführer war tot. Ermordet. Manchmal träumte sie noch von ihm. Manchmal wachte sie mitten in der Nacht auf. In der Finsternis, mit rasendem Herzen glaubte sie, wieder im Bunker zu sein.

Friederike hatte Kaffee gekocht. Einer ihrer filigranen Keramikteller stand, mit Leipziger Lerchen beladen, auf dem Tisch. Es duftete nach dem Marzipan, mit dem das Gebäck gefüllt war. Eine Kerze brannte. Alles sah schön aus, das Leben würde weitergehen. Irgendwie.

Während Ina die Fragen der Polizistin beantwortete und sich anhörte, was diese zu sagen hatte, warf sie immer mal wieder einen vorsichtigen Blick auf das Bett, das Friederike für sie hier aufgestellt hatte. Alles schien in Ordnung. Ihr Nachtlager sah so aus, wie sie es am Morgen verlassen hatte: Decke und Kissen lagen akkurat auf der Matratze des Klappbettes. Das Laken war glatt, faltenlos. Es gab keinen Grund, sich zu schämen oder unruhig zu werden. Das Monster wird zufrieden sein, dachte Ina.

Später am Nachmittag, als Beate Vogt längst weg war und Friederike in der Küche das Geschirr abwusch, sah Ina einen Schäferhund hinter der Scheibe hecheln. Sein Atem beschlug das Glas. Sein Anblick verschwamm vor ihren Augen. Aber er blickte unverwandt zu ihr hin. Langsam erhob sie sich. Überzeugte sich davon, dass kein Krümel mehr auf dem Tisch lag. Dann winkte sie Elsa zu, die den Hund an der Leine hielt, und zog sich die Jacke über.

Der Rüde, der noch jung und ziemlich ungestüm war, bellte aufgeregt, begrüßte sie mit Schwanzwedeln und sprang an ihr hoch. Ina streckte vorsichtig die Hand aus und streichelte ihn zwischen den Ohren.

»Siehst du? Mephisto erkennt dich schon wieder. Er mag dich«, sagte Elsa. »Wo gehen wir heute hin?«

64

Der Aufstieg auf den etwa 120 Meter hohen Berg war steiler als erwartet, dauerte jedoch nicht länger, als sie gedacht hatte. Beate kam rechtzeitig, genauer gesagt überpünktlich oben an. Sie breitete eine Picknickdecke auf der struppigen Wiese aus und kramte eine Tüte mit *Amerikanern* und einer Packung *Toffifee* aus ihrem Rucksack. Die Sonne schien, der Himmel war blau und wolkenlos. Ein wenig kam sie sich vor wie in einem kitschigen Werbefilm, aber es sollte ja vor allem für Florian eine Überraschung sein. Das Treffen an diesem Ort war Josefs Idee gewesen. Und Beate fühlte sich so froh darüber, dass es ihm wieder besser ging, dass sie ihm fast jeden Wunsch erfüllen würde. An die Ereignisse während ihres Einsatzes versuchte sie nicht mehr zu denken. Aber das war leichter gesagt als getan. Josef wäre fast gestorben, beinahe verblutet. Der Täter wollte auch Beate töten. Das zu verdrängen fiel ihr schwer.

Berthold Hilberg, ihr ehemaliger Klassenkamerad und Banknachbar, saß jetzt in Untersuchungshaft. Er schwieg bei den Vernehmungen. Aber es gab Spuren an beiden Tatorten, die ihm zugeordnet werden konnten. Beates Aussage über das, was er ihr gestanden hatte, wurde zu Protokoll genommen.

Nicht weit von ihr entfernt graste eine Herde Schafe. Beate vertrieb sich die Zeit damit, die Tiere zu beobachten. Ihr Meerschweinchen Susi war vor einigen Tagen gestorben. Zwar hatte sie seit Längerem damit gerechnet, aber die letzten Stunden waren furchtbar traurig gewesen. Beate hatte das Tier bis zum letzten Atemzug begleitet. Nach sieben Jahren Zusammenleben war es für Beate fast so, als würde sie eine gute Freundin verlieren. Natürlich konnte man mit einem Meerschwein nicht sprechen, und es folgte einem auch nicht auf Schritt und Tritt wie ein Hund, schmuste nicht wie eine Katze, im Gegenteil, es war ein Fluchttier, scheute jede menschliche Berührung, aber zuletzt hatte Susi unter Beates Achsel nach einer Art Höhle gesucht, in der sie in Ruhe sterben konnte. Der Tod des Tieres hatte Beate viel mehr getroffen als die längst überfällige Trennung von Steffen. Sie wusste immer noch nicht, ob sie überhaupt richtig zusammen gewesen waren. Und sie ahnte nicht, warum er sich in letzter Zeit so distanziert verhalten hatte. Dass es nicht an ihr läge, wie er beteuerte, half ihr da wenig. Sie war sich sicher, dass er ihr etwas verheimlichte. Dass das Scheitern ihrer Beziehung, wenn man ihr Verhältnis so nennen wollte, mit der von ihm errichteten Mauer des Schweigens zu tun hatte.

Beate wischte sich schnell die Tränen aus dem Gesicht, als sie Josef und seinen Sohn kommen sah.

Florian blieb einen Moment verblüfft stehen, dann rannte er plötzlich zu ihr.

Beate sprang hoch und fing den Jungen auf, überrascht über die bekundete Zuneigung, wirbelte sie ihn im Kreis herum. Zum Glück war er nicht besonders schwer. Josef winkte und lachte ihr zu. Einen Moment hörte sie wieder den Schuss, sah ihn in seinem Blut liegen, aber sie drängte die Erinnerung beiseite. Starrte auf den Zuckerguss des Gebäcks, der wie ein vereister Teich schimmerte. Vorsichtig setzte sie den Jungen ab.

Florian gestikulierte wild, und Josef übersetzte: »Amerikaner und Toffifee, genau die richtige Mischung.« Umständlich ließ er sich zu seinem Sohn nieder.

Beate lächelte und holte eine Thermoskanne mit Tee und drei Becher aus dem Rucksack. »Ich wollte eigentlich Muffins backen, aber ich hatte mich noch mit Ina Reinhardt getroffen. Das Gespräch hat etwas länger gedauert als gedacht.«

»Wie geht es ihr?«, fragte Josef, während sie den Tee eingoss.

»So weit ganz gut.« Beate seufzte. »Jedenfalls verglichen mit der Zeit, in der sie ... na, du weißt schon. Sie ist noch dabei, alles zu verkraften.«

»Das wird dauern.«

»Ja. Zumal sie noch krankgeschrieben ist, ihre Arbeit als Lehrerin verloren hat und eine Wohnung sucht. Leicht hat sie es wirklich nicht. Vorerst wohnt sie bei ihrer Freundin, quasi in der Keramikwerkstatt. Auch weil sie zurzeit nicht allein sein kann. Zwar weiß sie, dass ihr Entführer tot ist ... Als ich jedoch vorsichtig anfing, etwas über seine Hintergründe zu berichten, wollte sie das nicht wissen. Sie will ihn aus ihrem Kopf, aus ihrem Leben bekommen. Aber ... sie träumt von ihm.« Beate bemerkte, dass Florian sie anstarrte. Wie viel bekam er mit von dem, was sie erzählte?

»Verstehe. Was ist mit der alten Wohnung, um die sie so gekämpft hat?« Josef suchte auf der Picknickdecke nach einem bequemeren Sitz. Es sah aus, als wüsste er nicht, wohin mit seinen langen Beinen.

Beate zuckte mit den Schultern. »Die Witwe Holdinger hat ihr angeboten, nach der Sanierung wieder da einzuziehen, sogar zum selben Mietpreis, aber das Haus steht zum Verkauf. Das bedeutet, möglicherweise wiederholt sich das Drama. Jedenfalls befürchtet das Ina Reinhardt. Sie möchte in der Nähe ihrer Freundin

wohnen. Das wird schon klappen irgendwann.« Beate trank einen
Schluck von dem Pfefferminztee. Er war noch warm, fast heiß.

»Für meine Wohnung in Leipzig wird noch ein Nachmieter ge-
sucht. Vielleicht mag sie sich die ja mal ansehen?«, fragte Josef.
»Sie liegt im Zentrum. Von da erreicht man eigentlich alles in der
Stadt recht problemlos.«

»Gut. Ich sage ihr Bescheid.« Beate blickte zu Florian hinüber. Mit Appetit aß er einen Amerikaner, etwas von der Zucker-
schicht blieb an seiner Oberlippe kleben. Es sah aus, als hätte er
einen weißen Bart.

Als er merkte, dass sie ihn beobachtete, machte er eine Geste,
legte die Hand ans Kinn und bewegte sie nach unten.

Beate fragte sich, ob das *Du kannst mich mal* bedeuten sollte.

»Das heißt Danke«, erklärte Josef.

Sie atmete auf. »Lecker, oder? Ich mag Amerikaner auch gern.
Obwohl ich keine Ahnung habe, warum sie so heißen.« Sie lachte.

Florian gestikulierte und sah seinen Vater ernst an.

Josef räusperte sich. »Er dankt dir dafür, dass du mir das Leben gerettet hast.«

»Das habe ich gar nicht.« Beate sprach betont deutlich und so,
dass Florian ihr die Worte von den Lippen ablesen konnte. »Das
war Elsa. Das Mädchen. Sie hat uns gerettet. Deinen Vater und
mich.«

Der Junge riss erstaunt die Augen auf und wischte sich den Zucker aus dem Gesicht. »Elsa?«, fragte er mit kehliger Stimme.

»Ja. Sie ist sehr mutig gewesen und hat sich nichts gefallen lassen. Der Mann hielt sie gepackt, und … « Beate verkniff sich im
letzten Augenblick, dem Jungen von der Waffe an Elsas Schläfe
zu berichten. » … und Elsa hat ihn gebissen. Sich gewehrt. Ihn
mit einem simplen Stein bezwungen.« Ihm fast den Schädel ein-

geschlagen, dachte sie. Aber das wusste nicht einmal Josef. Und er würde es auch nicht erfahren. Nicht von ihr jedenfalls.

»Kann ... ich ... Elsa ... kennenlernen?«, fragte Florian mühsam.

»Klar, warum nicht?« Beate warf Josef einen fragenden Blick zu. »Wenn es dein Papa erlaubt und Elsas Mama ...«

»Wäre ... schön.« In Florians Blick flackerte Neugier auf. »Mag sie Fußball?«

»Elsa mag Hunde«, erzählte Beate. »Ihr Blacky ist leider gestorben. Aber sie hat einen Welpen bekommen, der der Hündin etwas ähnlich sieht.«

Beate dachte an die dunkle Hütte, in der sie mit den Kollegen die vermisste Ina Reinhardt gefunden hatten: gefesselt und halb besinnungslos. Am Ende ihrer Kräfte. Vor ihren Füßen war eine Schäferhündin nervös hin und her gelaufen, die offenbar gerade geworfen hatte. Um sie herum wuselten frisch geborene Hundebabys. Und einer dieser Welpen durfte vor Kurzem bei Elsa einziehen.

Beate wusste nicht, ob das so eine gute Idee war. Würde dieses Tier das Mädchen nicht immer an die Ereignisse auf dem Hof erinnern?

Andererseits: Elsa war ohne Zweifel ein besonderes Kind. Sie hatte – zusammen mit ihrer Mutter – herausbekommen, in welches Tierheim die Welpen gebracht worden waren, und keine Ruhe gegeben, bis sie eines der Hündchen mit nach Hause nehmen konnte. Und wer weiß, dachte Beate, vielleicht ist der neue Hund ja eine Art Therapeut für Elsa. Sie wünschte es dem Mädchen. Was sie erlebt hatte, ließ sich nicht wegwischen wie Staub.

»Wirklich schön habt ihr es hier.« Beate erhob sich und beobachtete Florian, der gerade auf einen Felsbrocken kletterte. »Schön grün und die Saale vor der Nase.« Sie warf Josef einen schnellen Blick zu. »Wirst du bei der Kripo Leipzig bleiben?« Die Frage klang etwas ängstlich, das hörte sie selbst.

»Ich denke schon. Wenn ihr mich behalten wollt?«

»Hast du da Zweifel?«, fragte sie überrascht.

Josef schwieg.

»Was mich betrifft: Ich finde, wir sind ein gutes Team«, erklärte sie. War es das, was er hören wollte? Aber an seinem Blick erkannte sie, dass es nicht so einfach war. Er wirkte angespannt.

»Darum geht es nicht. Arno Berg war Major der Volkspolizei. Versteh mich nicht falsch. Er ist kein schlechter Polizist und kein übler Boss. Und er versucht ja auch, mich zu akzeptieren.«

»Warum sollte er das denn nicht tun?« Beate verstand nicht, was Almgruber ihr sagen wollte.

Josef seufzte. »Ich bin Westdeutscher, der ... wie hieß das bei euch ...? Der Klassenfeind.« Er lachte. »Nur weil die Mauer gefallen und Deutschland wieder eins ist, bedeutet das nicht, dass alle Schranken sich öffnen.«

»Das würde auch ein ziemliches Chaos ergeben«, versuchte Beate zu scherzen. »Auch Arno Berg weiß, was er an dir hat«, fügte sie ernsthafter hinzu.

»Ich weiß nur nicht, was ich an ihm habe«, entgegnete Josef plötzlich gereizt. »Ich weiß nicht, was er in seiner Funktion früher getan hat. Es ist nicht so einfach für mich, das alles zu kapieren. Diese ganzen Verwicklungen ... Diether Sennemann und Berthold Hilberg haben sich bei der Stasi kennengelernt. Sennemann hat Ina Reinhardt in dem Bunker gefangen gehalten, weil er sich da bestens auskannte. Hilberg hat mit seiner Dienstwaffe, die er gar nicht mehr haben sollte, geschossen. Verstehst du, was ich meine?«

Beate wich seinem Blick aus. »Arno Berg war auch in der DDR Mordermittler. Oder meinst du, im Osten gab es keine Tötungsdelikte?« Sie holte tief Luft. »Aber ich dachte, dies hier ist ein privates Treffen und sollte ein gemütliches Picknick werden.« Beate verschränkte die Arme und betrachtete halb traurig, halb enttäuscht die Krümel auf der Decke.

»Tut mir leid. Auch das mit deinem Freund. Arno Berg hat mir gestern davon berichtet.«

»Wie bitte? Von Steffen?« Unwillkürlich schüttelte sie den Kopf. Sie hatte niemandem etwas von der Trennung erzählt.

»Ich mochte ihn, ehrlich. Ich finde es schade, dass er seinen Job verliert. Aber so sind die Regeln nun mal, oder?«

»Keine Ahnung, wovon du da redest!«, stieß Beate wütend hervor.

Almgruber wandte sich ihr mit erstauntem Gesichtsausdruck zu. »Es ist eine Akte aufgetaucht. Eine Stasiakte. Steffen war Inoffizieller Mitarbeiter des MfS. Ich dachte, du wüsstest davon. Er ist doch dein Freund, oder?«

Beate schüttelte den Kopf. »Nicht mehr. Wir haben uns getrennt.«

»Das wusste ich nicht.« Josef klang bedrückt. »Aber das ist es eben. Für mich ist undurchschaubar, was da alles passiert ist in eurem Arbeiter-und-Bauern-Staat.«

»Meinst du für mich nicht?« Ihr war plötzlich nach Heulen zumute, aber sie beherrschte sich. »Steffen wäre der Letzte, dem ich zugetraut hätte, dass er ...« Sie konnte es nicht aussprechen. Es tat zu weh. »Falls das überhaupt stimmt. Ich kann das kaum glauben. Wir waren sogar zusammen auf der Demo vor der Runden Ecke. Vor der Stasizentrale«, sagte sie fassungslos.

»Er hat also nicht mit dir geredet«, stellte Josef fest.

Beate schwieg. Eine Antwort fand sie überflüssig. Sie wandte sich von Josef ab, hob die Picknickdecke auf und schüttelte sie länger als nötig aus. Das Zeichen zum Aufbruch. Die Lust an dem Ausflug war ihr vergangen.

Im Tal blökten die Schafe. Sie wollte nicht an ihr Meerschweinchen denken, aber Beate dachte an das neugierige muntere Wesen, das sie jeden Morgen mit einem Quieken begrüßt hatte.

Josef kam zu ihr. »Tut mir leid. Ich bin manchmal ein Idiot«, meinte er.

Du konntest nicht wissen, dass ich nichts weiß, dachte sie. Aber sie brachte gerade keinen Ton heraus.

»Wenn ich bei der Kripo Leipzig bleibe, dann auch ... wegen dir«, sagte Josef.

Beate nickte und vermied es, ihn anzusehen. Aus irgendeinem Grund schämte sie sich. Hatte Steffen auch sie bespitzelt? Warum hatte sie nichts bemerkt?

Sie ging zu Florian hinüber, der auf dem Felsbrocken stand und in die Tiefe sah. Als er sie wahrnahm, lächelte er ihr zu und hielt ihr seine Hand hin.

Sie zögerte, sie zu nehmen. Was hatte er von dem Gespräch mitbekommen? Immerhin konnte er Lippen lesen.

Was soll's, dachte sie. Die nächste Generation wird anders damit umgehen. Mit dem *Ballast* der Vergangenheit. Hoffte sie zumindest.

Beate griff nach seiner Hand, die warm war und kräftiger als gedacht. Es gefiel ihr, in sein Schweigen einzutauchen. Sie musste nichts mehr sagen, nichts erklären, einfach nur ... *da sein*.

Josef gesellte sich zu ihnen. Auch er sagte kein Wort. Sie blickten in die Landschaft, die sie umgab. Unter ihnen lag die Stadt und über ihnen der Himmel. Beate spürte den Wind in ihrem Gesicht, schloss einen Moment die Augen und hörte der Stille zu.